W0296955

Génération

Des mêmes auteurs

L'Affaire Alata
Pourquoi on interdit un livre en France
Éd. du Seuil, coll. « L'histoire immédiate », 1977

Les Porteurs de valises
La résistance française à la guerre d'Algérie
Albin Michel, 1979, et Éd. du Seuil, coll. « Points Histoire », 1982

L'Effet Rocard
Stock, 1980

Les Intellocrates
Expédition en Haute Intelligentsia
Ramsay, 1981, et Complexe poche, 1985

La Deuxième Gauche
Histoire intellectuelle et politique de la CFDT
Ramsay, 1982, et Éd. du Seuil, coll. « Points Politique », 1982

Tant qu'il y aura des profs
Éd. du Seuil, coll. « L'Épreuve des faits », 1984
et coll. « Points Actuels », 1986

Génération
1. Les années de rêve
Éd. du Seuil, 1987
et coll. « Points Actuels », 1990

Génération
2. Les années de poudre
Éd. du Seuil, 1988

Génération
(en collaboration avec Daniel Edinger)
cassettes vidéo de la série télévisée
produites par Kuiv Production
diffusées par les Éditions du Seuil

Hervé Hamon, Patrick Rotman

Génération

2. Les années de poudre

récit

Éditions du Seuil

En couverture : manifestation lycéenne contre la loi Debré 1973.
Photo Bonnotte-Gamma.

ISBN : 2-02-012132-8 (*Génération*).
ISBN : 2-02-012113-1 (t.II. *Les années de poudre*).
(ISBN 1re PUBLICATION : 2-02-009864-4).

© ÉDITIONS DU SEUIL, JANVIER 1988.

La loi du 11 mars 1957 interdit les copies ou reproductions destinées à une utilisation collective. Toute représentation ou reproduction intégrale ou partielle faite par quelque procédé que ce soit, sans le consentement de l'auteur ou de ses ayants cause, est illicite et constitue une contrefaçon sanctionnée par les articles 425 et suivants du Code pénal.

Qu'ils soient comme la poudre et la paille légère
Que le vent chasse devant lui.
RACINE, *Esther*.

Depuis l'invention de la poudre,
il n'y a pas de places imprenables.
MONTESQUIEU, *Lettres persanes*.

Que chez toi se prodiguent et le rouge et le fard...
BOILEAU, *Satires*.

Les années de poudre, mode d'emploi

Ce livre n'est pas une œuvre de fiction, mais le produit d'une enquête.

Le genre du récit fondé sur l'investigation est en France une sorte d'anomalie masochiste. On s'y échine à énoncer de manière accessible des faits complexes sans que transparaisse — ou le moins possible — l'effort de recherche, et en dissimulant sous une dramaturgie narrative la patiente et souvent ardue maîtrise de la matière. Au pays de l'essayisme péremptoire, c'est, avouons-le, un placement aventureux.

Si nous avons choisi le mode du récit — pas du roman : du récit, étroitement, jalousement ajusté aux données recueillies —, c'est par scrupule méthodologique. A si courte distance, sur des épisodes qui éveillent encore tant de comportements passionnels, nous avons jugé raisonnable de donner ce texte pour ce qu'il est : le produit de voix croisées — non pas un mixage d'interviews, mais la mise en perspective, grâce aux recoupements, aux archives [1], d'itinéraires singuliers et pourtant convergents.

Si nous avons choisi d'écrire ce récit au présent de l'indicatif, si nous avons essayé de bannir les anachronismes, de collectionner les mots, les stéréotypes, les clichés du temps, c'est pour fuir deux facilités supplémentaires : la nostalgie mièvre et le ricanement désinvolte. Se reporter quinze ans en arrière est une périlleuse entreprise. Les deuils ne sont nullement consommés, ni les rancœurs estompées : ou bien les souvenirs battent encore, relus, replâtrés, mais lestés d'une véhémence intacte, ou bien une housse d'amnésie les couvre, les segmente. Imaginer que le parti communiste dominait la gauche voilà seulement quinze années ou que le parti socialiste discutait encore, en 1977, de la rupture avec le capitalisme suscite un réflexe fonctionnel de rejet, exotisme et malaise confondus.

La centaine de personnes que nous avons questionnée ne constitue point un panel. Nous n'avons pas cherché à réunir un échantillon du spectre social, ni à établir un subtil dosage entre les ailes de l'éventail

1. A la fin de l'ouvrage, le lecteur trouvera l'inventaire des sources, une chronologie et un index des noms mentionnés.

idéologique. Considérant qu'un récit n'est pas une distribution des prix, nous nous sommes attachés à la densité des personnages plutôt qu'au chiffrage des délégations. C'est par la ligne de crête que nous avons tenté de cheminer, estimant qu'un peu de chacun se retrouvait chez autrui malgré les frontières partisanes. Sans prétendre embrasser toute une génération, notre propos est de mesurer « l'effet de génération » chez divers témoins, connus ou inconnus, éminemment porteurs de signes — positifs ou négatifs — pour leurs contemporains, et traités ici à égale dignité quel que soit leur devenir social. Merci à eux d'une collaboration assidue et difficile. Pardon aux autres d'une sélection qui ne se voulait pas injuste.

Il est dérisoirè de résumer en quelques lignes les six cent vingt pages du précédent volume. On pourrait toutefois hasarder ceci :

Paris, 1962.

La guerre d'Algérie s'achève. Les étudiants, nés de la guerre mondiale, grandis sous la guerre froide, dévorent Malraux, dégustent Godard et Resnais.

Voici la France en paix. C'est un soulagement et c'est une inquiétude. Sont-ils voués à s'installer, à se laisser emprisonner par les Choses *? A consommer à crédit ?*

Le marxisme, dit Sartre, est « un horizon indépassable ». Sous les tropiques sonne l'heure des brasiers. La figure christique du « Che » annonce l'espoir d'une révolution sans bureaucratie, sans Staline.

L'Union des étudiants communistes se transforme en machine contestataire, agresse le Parti tuteur. Les francs-tireurs sont bientôt mis au pas.

Leurs cadets les relaient. Les uns s'enthousiasment pour la Révolution culturelle chinoise. Les autres exaltent la révolte spontanée contre une société archaïque et pansue, paradoxale et coincée, où le romantisme des têtes se cogne au conservatisme des mœurs.

Mai 1968. Les enfants du yé-yé, les enfants du baby-boom dépavent les rues avec les révolutionnaires sans révolution. La jeunesse s'affirme comme force autonome. Et les briscards de l'UNEF, de l'UEC, fournissent à ce mouvement spontané un encadrement politique qui ne l'exprime que partiellement.

Le printemps chaud s'achève fraîchement. Certains groupes — les prochinois, notamment — se disloquent. Pour les soixante-huitards, toutefois, ce n'est qu'un début...

1

Vers la guerre civile

Santa Isabel. On dirait une question rouge du « Jeu des mille francs ». Santa Isabel, au large de Douala, sous le golfe de Bénin, est propriété franquiste, non loin de São Thome, qui appartient, elle, à Salazar, le dictateur portugais. L'île espagnole est pour l'heure investie par la Croix-Rouge internationale, et notamment la section suédoise de cette dernière. Au centre, émergeant d'un cercle vert touffu, dans la touffeur équatoriale, une montagne énorme, conique, habitée par des gorilles. L'exotisme absolu.

Septembre 1968. Bernard Kouchner débarque d'un avion spécial, un Convair Coronado quadriréacteur de la Bal Air. Il est perdu, excité. Il vient de loin.

Cuba lui est connue. Et il a parcouru les routes impraticables de la Bosnie-Herzégovine. Mais c'était le temps des vacances. C'était aussi le temps des croyances – l'époque de l'UEC, submergée par Mai 68. Il entreprend aujourd'hui une autre sorte de voyage, en quête d'un autre monde.

Au fond, Bernard abandonne Paris parce qu'il s'y sent, plus qu'ailleurs, « déplacé ». Pour l'ex-contestataire du mouvement communiste étudiant, le printemps des barricades a fleuri trop tard, fête décalée, mille fois annoncée, incongrûment éclose quand ceux qui l'avaient tant désirée s'étaient méthodiquement vaccinés contre les poussées d'utopie. Entre la fac de médecine et la Sorbonne, le carabin Kouchner a été séduit par l'exercice de style dont il happait les fantaisies inventives. Il a prêté main-forte, porte-parole des spécialistes accomplis (le voilà gastro-entérologue), à la rédaction d'un livre blanc sur les études de sa partie. Mais la révolution, les pierres angulaires, les concepts clés, sincèrement non. Pas à Paris, pas en cette fin de siècle.

Son expérience journalistique, à *l'Evénement,* auprès d'Emmanuel d'Astier, a conforté son goût de se pencher au-dehors. Puis il y a eu, suivant la guerre des Six Jours, le « Comité international de la gauche pour la paix au Moyen-Orient », tentative amplement incomprise afin d'amorcer un rapprochement entre quelques émissaires hétérodoxes de la gauche israélienne et une poignée de Palestiniens « ouverts » — Bernard et son complice Marek Halter n'ont guère ménagé les navettes entre Paris et Rome.

Mai a déclenché une explosion de paroles, un aveu de rêves. Reste que cette éruption partagée semble s'être figée en blocs groupusculaires. Au matin de l'intervention soviétique à Prague, Kouchner, cour de la Sorbonne, ne rencontre qu'un maigre détachement de protestataires. Il se dit que les insurgés d'il y a trois mois bronzent comme les Français de la France profonde ; que les militants sont trop absorbés par leurs psychodrames, leurs « longues marches », leurs « programmes de transition » ; et que les autres, les joyeux dépaveurs de rue apparemment prémunis contre les certitudes et les cartes partisanes, réglaient d'abord un problème personnel sous le frissonnement des banderoles emphatiques.

Il se dit que les Français sont congénitalement préoccupés par leur nombril.

L'aventure. Comment s'y livrer, s'y vouer, sans céder à l'enfermement partisan ? Comment imiter le courage d'un Régis Debray sans couper la planète en deux, ou en quatre ?

Fin août, Bernard Kouchner participe à une réunion chez Marek Halter, avec Jacques Derogy — il s'agit, une fois encore, du Moyen-Orient. Mais l'ordre du jour s'évade vers d'autres conflits. On cherche, annonce Derogy, des médecins pour le Biafra. Kouchner en est presque à quémander un atlas. Dans son esprit, le Biafra n'éveille rien, ou à peu près rien : la guerre de sécession d'un pays africain plutôt mauvais genre, rassemblant contre lui une coalition hétéroclite — depuis les Anglais jusqu'aux Soviétiques, qui appuient les autorités fédérales du Nigeria. Mauvais signe. Une sinistre affaire de pétrole. Du brut et du sang.

Dès le lendemain, il appelle son confrère Max Récamier, chargé par la Croix-Rouge française de recruter une équipe. Bernard, Max, un anesthésiste, deux étudiants en médecine et un infirmier sont convoqués à Genève. Les copains de Kouchner rigolent ou ricanent : servir la Croix-Rouge, c'est un gag, une « bonne œuvre », ou c'est honteux — molle concession à la tiédeur humanitaire. Kouchner s'entête, découvre en Suisse le secourisme international, efficace, riche, et douillet, subit un *briefing* hâtif et se retrouve à Santa Isabel, au voisinage des gorilles.

L'avion pue le *stocked fish,* la morue séchée. Et le pilote norvégien du DC 6 ne s'est jamais posé au Biafra.

— On va risquer le coup, mais je ne connais pas le terrain !

Il est excusable. L'unique piste accessible pour pénétrer dans le réduit rebelle est un bout de route tracé en pleine forêt, à Uli, près d'Oguta. Le front où s'étripent en nombre très inégal les forces du général Gowon — chef du Nigeria — et les dissidents du colonel Ojukwu — fondateur de la « République du Biafra » — ondule, selon le jour et l'heure, à huit ou dix kilomètres.

Kouchner et ses compagnons accrochent leur badge. Et l'on décolle. Au-dessus de l'estuaire du Niger et de Port Harcourt, le grand terminal pétrolier reconquis par les autorités fédérales, la DCA se déchaîne, bien que l'appareil soit abondamment peinturluré de croix dissuasives. Puis la nuit tombe, brutalement.

Il n'est pas question de se présenter de jour à la verticale d'Uli. Les « rapaces », les bombardiers ennemis, surveillent en permanence l'« aéroport », où l'on ne dispose que de dérisoires mitrailleuses. Le jeu consiste à s'annoncer au creux de l'obscurité. Les Biafrais allument quelques lampes torches le long de la piste durant trois minutes, pas une de plus. Au pilote, ensuite, de slalomer entre les camions, les citernes, les Jeeps.

Le Norvégien vient d'identifier la rivière Ejma, il descend. Des feux clignotent, impossibles à situer entre les mailles des frondaisons. L'avion tourne, cherche. Et ne trouve pas. Demi-tour vers Santa Isabel. Là-bas, un pilote suédois rentre de mission avec son Hercules. Lui est familier d'Uli. Le temps de faire le plein, et l'équipe repart. Pour de bon. L'appareil réussit à se glisser entre les arbres, accorde la priorité à un concurrent venu de São Thome, l'île portugaise, s'immobilise devant trois baraques.

— *Welcome !*

— *Good evening...*

Au mur de l'« aérogare » flottent les drapeaux des quatre Etats africains qui ont reconnu le Biafra : la Côte-d'Ivoire, le Gabon, la Tanzanie, la Zambie. Quatre exceptions. « Notre souveraineté n'est pas négociable ! », « Nous refusons la colonisation anglo-nigériane ! », proclament les affiches.

Kouchner, Récamier et leurs acolytes découvrent que le sésame de la Croix-Rouge ne saurait entamer le rituel bureaucratique des pays naissants. Sous la lueur fumeuse des lampes à pétrole, les douaniers infligent deux heures de formalités aux arrivants. Le calibre des tampons est inversement proportionnel à la superficie de la nasse biafraise. *Enugu Immigration,* annonce le visa. Enugu, la capitale de la République frondeuse, est tombée en octobre 1967, plus d'un an auparavant.

Un père jésuite irlandais embarque des bidons d'essence, du Nescafé, du sel. Des civils déchargent les marchandises au moyen de planches inclinées. Surgit un homme qui se prétend chirurgien. Il est suisse, dit-il, de Bâle. Et il dirige l'hôpital d'Awo Omamma. La troupe, munie de mitraillettes, s'enfonce dans la brousse opaque, contourne les fromagers géants, longe des carrés de manioc et d'igname. A la porte du bâtiment qui se profile soudain, faiblement éclairé, une poignée de personnages pittoresques, blancs et noirs, épuisés et confusément éméchés. L'un des « alcoolos » débraillés se détache. Il appartient au personnel soignant. La maison, conçue pour trois cents lits, abrite quinze cents malades.

— Voilà, c'est à vous !

Et il ponctue le propos d'un geste du bras solennel, royal.

Le débraillé n'est qu'apparent. L'« hôpital communautaire » serait une bonne machine si l'on n'exigeait d'elle une puissance quatre ou cinq fois supérieure à sa conception. Le matériel de stérilisation, les étriers, les attelles, les instruments de prothèse manquent. Mais non par sous-développement chronique. Le Biafra, patrie des Ibos chrétiens et animistes, était un territoire riche — et d'abord en pétrole — jusqu'à son encerclement. Il comptait quatre cents médecins, des écoles protestantes (la population est très majoritairement alphabétisée). Si l'on y meurt par balle, si l'on y meurt de faim, c'est parce que les combats sévissent, parce que le ghetto est étroitement verrouillé. Le Nigeria regorge d'arachide, de cacao, d'huile de palme. Sous le sol ocre, de l'or noir, de l'or jaune, de la colombite. Mais les Haoussas musulmans, par le fer et par le blocus, perpètrent ce qui frise le génocide.

Terrible comptabilité des victimes. Kouchner apprend l'injuste relativité des drames. La guerre d'Espagne, balise cardinale de sa formation politique, s'est soldée par six cent mille morts, en trois ans. Le chiffre, ici, est déjà dépassé. En treize mois. Et, à Paris, il ne savait situer Enugu sur une carte... Kouchner apprend que le

Biafra est — si marquées soient les différences — le plus important camp de concentration, et le plus meurtrier, depuis Dachau.

Il apprend beaucoup, et vite. Il apprend que trente médicaments suffisent pour l'essentiel, au lieu de dix mille. Il apprend à trier, en gestes rapides et précis, parmi les cinquante à cent blessés quotidiennement déversés, ceux qui « justifient » une intervention et ceux qu'on va laisser mourir. Max Récamier et lui se transforment en chirurgiens de campagne, réclament un spécialiste — on leur expédie un révolutionnaire guatémaltèque, amateur de tequila mais talentueux. Ils opèrent vingt heures par jour. Les blessés attendent leur tour, allongés dans le couloir, sans jamais se plaindre. Dehors, cernés par la forêt oppressante, à l'ombre des palmiers, des bananiers et des bougainvillées, les morts s'alignent, enveloppés dans des feuilles de cocotier.

Les Biafrais tiennent difficilement Oguta, sous le commandement du colonel Rolf Steiner, ex-légionnaire devenu mercenaire et qui sert, ici, sans solde. Tandis que les Nigérians, les petits soldats des grandes puissances, possèdent des mortiers, des automitrailleuses, leurs adversaires se débrouillent avec des bazookas trop rares. Les DC 6 bombardent la piste d'Uli depuis deux mille mètres, hors de portée — on répare la nuit. Et la Croix-Rouge, la Caritas continuent de faire décoller les avions de la dernière chance.

Une fraternité bizarre, une connivence troublée unit les médecins, les pilotes, les journalistes de passage. Le sentiment de plonger dans l'horreur nue. Et le pressentiment que le récit de cette horreur se contentera d'effleurer ses destinataires. « Aider le Biafra, rumine Kouchner, ce serait d'abord lui fournir des armes. » Il s'étonne de raisonner ainsi.

Il n'est pas au bout de ses étonnements. Pour se rendre d'Oguta à Umahia, l'actuelle « capitale », quatre heures sont nécessaires, bien que la poche ultime n'excède guère quatre-vingts kilomètres sur cent. Force est d'effectuer un crochet par le Nord, afin de contourner la pointe avancée des fédéraux partis de Port Harcourt. Le goudron, sur la route, s'interrompt, laissant place à la poussière de latérite. Et des milliers de piétons hâves, matelas, ballots, meubles sur la tête, convergent vers la ville. Les plus faibles s'arrêtent, c'est-à-dire meurent sur le bord du chemin. Bernard, lui, circule en Jeep. Un cri :

— *Air Raid !*

C'est l'heure des braves. Calés dans la carlingue de leur Mig ou de leur Ilyouchine, les pilotes égyptiens des appareils cédés par les Soviétiques aux autorités de Lagos fondent sur l'artère unique, sans risque de croiser la moindre DCA. Les balles cisaillent la foule, arrachent des membres, éventrent les enfants. L'impuissance.

Au début, à l'été 1967, la sécession biafraise ne semblait nullement condamnée d'avance. La SAFRAF française, filiale de l'ERAP-ELF, et la Gulf Oil américaine avançaient prudemment, séduites par l'idée de concurrencer la Shell et la British Petroleum. Les Anglais, ex-tuteurs de la zone, ont eux-même tergiversé un bref instant. Puis les Russes se sont engouffrés dans la brèche, prêts à prendre pied n'importe où ; le Premier britannique, le socialiste Wilson, s'est empressé de regagner le terrain perdu, les compagnies pétrolières ont volé au secours de la victoire. La France s'est déclarée neutre, quoique de Gaulle ait salué « le vaillant peuple biafrais ». Et Ojukwu s'est retrouvé soutenu — verbalement — par Mao Tsé-toung et... Salazar (en quête d'une base arrière contre les insurgés angolais).

A l'orée d'Umahia, Kouchner entend scander : « Vive Charles de Gaulle ! Hail Mao Tsé-toung ! Vive Bongo ! » Le temps des frontières sûres entre le camp du Progrès et le camp de la Réaction est décidément aboli.

Un fantôme d'Etat subsiste encore. On vend du *garri,* de la poudre de manioc, un peu de sel, des entrailles de chèvre. On déniche de l'alcool, du *Biafran republican gin.* On se marie. Le courrier est distribué, même les lettres recommandées. Mais, à dix-huit kilomètres de là, sur le site d'Oboro, sont parqués des centaines, des milliers d'orphelins qui n'ont plus la force de se traîner jusqu'à la tranchée sanitaire creusée par les volontaires de la Croix-Rouge. Bernard prend dans ses bras l'un de ces gosses atteints de *kwashiorkor,* le déficit en protéine qui bloque la croissance, blanchit les cheveux, grignote les muscles, craquelle la peau. La main de son patient pèse ce que pèse une feuille de cigarette. Et ils sont deux millions cinq cent mille enfants qui ne pèsent rien.

L'hôpital d'Awo Omamma est submergé par les blessés de guerre, soldats ou victimes de bombardements. Il faut spécialiser un second établissement, à Santanna, dans le traitement des enfants dénutris. Kouchner est témoin d'acharnements magnifiques — les infirmiers luttent pour ponctionner les « épicraniennes », veines filiformes qui courent sous les cheveux cassants, pour nourrir goutte à goutte, précautionneusement, les ombres d'enfants possibles dont ne survivent plus que les yeux. Et la même obsession lui martèle le crâne, de plus en plus tenace : le remède contre le *kwashiorkor,* ce serait le fusil, le tank. Mais qui écoutera cela ? Les Danois, quatre millions, sont un peuple, une nation. Les Ibos, huit ou neuf millions, sont une « ethnie ». Et le massacre de dizaines de milliers d'entre eux, voilà deux ans, par les Haoussas musulmans, n'était, au regard des grandes puissances, que rivalité tribale...

Une jeune femme de vingt ans, dont le mari est mort au combat, amène sa petite fille atteinte par un éclat de bombe. Bernard hasarde une opération, l'ampute. La mère, toute la nuit, pleure accrochée à lui.

Le samedi soir, quand les « rapaces » ont disparu, les convalescents dansent avec les infirmières dans le *liberty hall* qui jouxte l'hôpital. C'est une vie qu'on mène ici, une espèce de vie. Le *gallon* d'essence volé à la Croix-Rouge se monnaie neuf livres biafraises, un morceau de poulet coûte une demi-livre. Pourtant, le marché noir, malgré le blocus, demeure peu actif. Une écharde dans la chair d'un vrai mouvement populaire, incompris parce que inclassable.

Oguta, bourgade plantée sur la rive d'un lac, ne compte qu'une dizaine de maisons en dur parmi les paillotes. La bataille qui s'y engage est sans commune mesure avec l'objectif. Les Nigérians entendent annuler, en rasant la cité, l'ultime prise biafraise. Kouchner et ses compagnons poursuivent leur travail tandis qu'approche le son de la mitraille — bientôt à quelque cinq cents mètres. Les malades s'enfuient. Des opérés de la veille, tirés par d'autres éclopés dont les fractures ne sont pas encore ressoudées, rampent vers la brousse. Seuls demeurent les comateux, les agonisants. Chacun sait comment, à Port Harcourt, l'armée fédérale a liquidé, dans leur lit, les hôtes des cliniques avant de s'occuper du personnel soignant. La consigne est de rester à son poste.

Les consignes sont souvent d'une sobriété assassine. Les nouvelles en provenance d'Okiwe, établissement analogue, le prouvent par l'absurde : encerclés, les occupants du lieu sont sortis, brandissant un drapeau à croix rouge ; deux médecins yougoslaves ont été immédiatement abattus, suivis d'un couple de missionnaires installés au Biafra depuis vingt ans.

Bernard Kouchner, Max Récamier et leurs confrères ont plus de chance. Le front recule à cinq kilomètres. Nulle illusion, toutefois — c'est un répit.

Ils décident de respecter les ordres mais de violer la loi. La loi du silence. Le contrat temporaire (de trois mois, telle est la norme) qui les lie à leur employeur international stipule qu'ils se tairont, ultérieurement, sur ce qu'ils ont observé. Ils ont signé cet engagement ; l'homme qui soigne, l'homme qui secourt prononce un vœu de mutisme politique assimilable au secret médical.

Les sauveteurs d'Awo Omamma n'ont nulle envie de mourir. Moins encore de mourir en emportant dans la tombe les images abominables et exclusives que leurs rétines ont fixées. Il faut dire que le massacre des Biafrais est un des plus sinistres massacres de l'histoire moderne depuis celui des juifs. Il faut dire que la famine, délibérément provoquée, sert en l'occurrence de procédé militaire. Il faut dire que ce conflit n'est pas réductible à une quelconque échauffourée post-coloniale. Il faut risquer le mot génocide, expliquer que les victimes, sous ces latitudes, périssent pour ce qu'elles sont et non pour ce qu'elles font.

Tant pis pour la Croix-Rouge. Mandaté par ses amis, Bernard Kouchner regagne Santa Isabel. Son projet est de rentrer à Genève afin d'y tenir une conférence de presse où il déclarera : nous voulons bien demeurer dans la fournaise, mais nous voulons que l'opinion sache ce qu'il en est. Sur l'île espagnole, Kouchner, déjà suspect de déviances gauchistes — sans la garantie de Max Récamier, son embauche était compromise —, est marqué de près par un officiel vigilant. Une conférence de presse aura lieu, assure ce dernier, votre message sera transmis. Pour vous, achevez d'honorer votre contrat. C'est à Oguta qu'on vous réclame. Genève, laissez-la-nous.

Bernard a compris. Il doit purger son temps. Mais ensuite, il se rattrapera. Le DC 6, dans la nuit parfumée au *stocked fish,* met le cap sur Uli.

Décembre 1968. Les rues du quartier Latin sont incroyablement grises et sereines. Les Français, pourtant, n'ont point le sentiment que l'actualité les délaisse. Jeannette Vermeersch a démissionné du Comité central de son parti pour protester contre les réserves émises par Waldeck Rochet envers le coup de Prague. Le franc a frôlé la dévaluation. La fac de Nanterre est en grève. Des policiers contrôlent les cartes d'étudiant aux portes de la Sorbonne. Divers pains de plastic autonomiste explosent en Bretagne. Les socialistes de la SFIO mitonnent une nouvelle organisation, cependant que François Mitterrand opère un repli tactique. Charles de Gaulle, sur les ondes, s'adresse à ses concitoyens : « Portons donc en terre les diables qui nous ont tourmentés pendant l'année qui s'achève. »

Au zinc du Champo, revisité selon l'habitude, Kouchner ne surmonte pas une impression mêlée d'errance, de colère et de dérision.

Il a entamé la tournée des copains, jeté les fondations d'un « Comité international contre le génocide au Biafra » (Sartre et Simone de Beauvoir ont accepté de signer, « sur une base strictement humanitaire »), prononcé maintes causeries, loué la Mutualité. Bilan : l'indifférence, voire la condescendance. L'ancien contestataire communiste devine qu'on le perçoit comme un larmoyant scout de droite, comme un mouton bêlant du troupeau humaniste.

Sous le pseudonyme de Bernard Gridaine, il livre à *l'Evénement* son témoignage, dévide les scènes qui le hantent, agresse les Soviétiques : « Je garde du Biafra une vision précise : un avion massacrant sous mes yeux des hommes, des femmes, des enfants qui voulaient vivre libres. Pourquoi ? Un pays tenant du socialisme officiel a besoin d'une tête de pont en Afrique. Un conseil d'administration londonien protège ses affaires. Cela s'appelle l'impérialisme. »

Holà ! Confusion mentale, syncrétisme idéologique, objectent les camarades de toutes obédiences. La cause biafraise est ambiguë, il suffit de noter qui la soutient.

— Vous exigez des étiquettes ? Des étiquettes connues ? Vous voulez vérifier si les Biafrais appartiennent à une des tendances du PSU ? plaide Kouchner. Il n'y a pas de bons et de mauvais morts.

Son discours patine, sa plaidoirie ne « mord » pas. En France, il ne s'échafaude guère de mobilisation sur les questions internationales hors de la gauche ; et, dans la gauche, il est malaisé d'y parvenir sans le PC. Or les militants de ce dernier claquent la porte. Et ceux des chapelles qui s'en sont écartées — refuges des copains d'hier — ne l'entrebâillent qu'avec agacement, ou commisération.

— Il n'est pas indifférent d'étiqueter un peuple, d'étiqueter un combat, insiste le rescapé d'Oguta. Car cela déclenche ou ne déclenche pas le flux de solidarité nécessaire. Fermerez-vous les yeux comme d'autres, naguère, ont fermé les yeux sur les juifs, les Kurdes, les Soudanais, les Indiens du Matto Grosso ?

Fiasco quasi total. La gauche française, songe amèrement Kouchner, est avant tout sujette à une interrogation : les morts dont on nous parle étaient-ils des gens de gauche ?

Michel-Antoine Burnier, qui s'avouait déjà « révisionniste » aux beaux jours de l'UEC, observe avec sympathie les efforts du jeune médecin pour remonter le courant. Lui-même, quoique partie prenante du mouvement de Mai dans les colonnes d'*Action*, considère que les « modérés » ne sont pas toujours ceux qu'on pense, et les fauteurs de « révolution » non plus. Influencé par d'Astier, féru de sciences politiques, il se méfie des douaniers idéologiques.

Le soir de son retour, Bernard et Michel-Antoine dînent avec des amis communs. « Evidemment », le ton grimpe, Kouchner est sommé de s'expliquer, de se justifier, de choisir son drapeau. Le repas achevé, les deux amis rentrent chez Burnier, qui débouche une bouteille de champagne afin de consoler son hôte. Ils la sifflent prestement, sortent, titubants, aux alentours de 3 heures du matin, arrosent les pelouses du Champ-de-Mars, et remontent en chantant. Burnier propose à son ami de rester coucher chez lui.

Avant de s'endormir, Bernard se glisse une paire de chaussures sous la nuque. Il ne sait plus dormir dans la plume.

Une porte, une seule, s'ouvre volontiers, sans grincement aucun, chez les militants. Robert Linhart, le fondateur du mouvement prochinois, actuellement établi comme ouvrier spécialisé à Citroën, ignore les « détails » de la conjoncture biafraise. Mais son jugement global sur le « dossier » des rebelles est immédiat, catégorique, et favorable :

— Concernant le Biafra, c'est très clair. Le président Mao s'est prononcé.

Pour Bernard Kouchner, semblable soutien a la saveur d'un coup de grâce.

Ils sont quarante, tout au plus, qui s'assemblent régulièrement dans une salle de l'Ecole normale supérieure ou de Censier. Minoritaires, farouchement minoritaires, jouissant de cette solitude, persuadés non seulement qu'elle les distingue, mais qu'elle les meut. Ils sont quarante, les proscrits du psychodrame shakespearien qui a volatilisé, sous l'invective et le râle, l'Union de la jeunesse communiste marxiste-léniniste à la rentrée de 1968. L'année s'achève, et ils persistent dans leur obstination. Ils se réchauffent, s'entrapprouvent, se serrent autour de leur chef : Benny Lévy.

S'il est une leçon de Mai, c'est que les institutions sont mortelles. L'« UJ » s'est évanouie en fumée, en cendres. Les uns, les plus nombreux, se sont mis en quête d'un parti, d'une avant-garde, d'une doctrine. Des copains intimes, des camarades de toujours, Jacques Broyelle ou Tiennot Grumbach, flirtent sans réel appétit avec le PCMLF, l'officine austère et stalinienne qui héberge les sectateurs « officiels » du Grand Timonier. Les autres, le dernier carré qui accusait la majorité de liquider les acquis, s'aperçoivent qu'ils sont peu, mais que pareille rareté les soude, les aide à endiguer l'éparpillement.

Et s'ils croisent un « liquido » à la terrasse du Beach, ils détournent le regard.

Linhart, le Lénine des « ulmards », le génial stratège des fils d'Althusser, est sur la touche. Il a gravement failli, lors de la semaine des barricades. Parce qu'il s'est trompé, couvrant d'opprobre le soulèvement étudiant. Et parce qu'il a craqué, livrant passage à l'impossible, à l'indicible : la souterraine fragilité du guide, du savant, du prophète. Il se croit coupable, encore meurtri des crachats soudainement essuyés — lui, auparavant figure hautaine, agaçant de brio et d'élégance. Le voici à terre, « descendu de son cheval », ouvertement résigné à ne plus se remettre en selle. Il va se rééduquer au contact des masses.

Il demeurera *un* dirigeant. L'article indéfini, quand on a gouverné au rang suprême, est l'indice de la déchéance : simple ministre, après avoir régné sans partage.

Benny Lévy, le successeur « naturel », ne concède nulle culpabilité. Robert porte le faix des ratages. Benny incarne le ressaisissement, les épisodes prolétariens qui ont suivi. Flins, c'est lui. Or, la bataille bucolique — et meurtrière — de Flins est vécue par les quarante comme l'acte initial qui légitime leur réunion, leur pérennité.

Benny, le réfugié qui a fui l'Egypte, l'« ulmard » apatride confiné dans sa turne, le lieutenant trop brillant mal taillé pour les seconds plans tient enfin l'occasion de jouer un rôle à sa mesure. Il ne s'agit pas tant d'être premier dans l'organigramme (motivation un brin vulgaire) que d'être fondateur. Robert Linhart a fondé l'UJC(ml). Fin 1968, Benny Lévy fonde la Gauche prolétarienne, la « GP ».

Les « bases ouvrières » antérieures à Mai se sont amplement volatilisées. Nombre d'établis sont revenus vers la fac et potassent *Que faire ?* en chambre. Des fous généreux qui avaient tout délaissé, à l'aube de la Grande Révolution culturelle, pour s'identifier au peuple, ne subsistent que dix ou quinze observateurs enregistrant la température sociale.

Même à Paris, rue d'Ulm, le noyau dur est fort compact : Tony Lévy, le frère-confident, prof de maths intermittent ; Philippe Barret, normalien en titre, janissaire inflexible ; Olivier Rolin, lui aussi pensionnaire de l'Ecole, spécialiste, avec son homologue « Tarzan », élève à Saint-Cloud, des coups tordus. Jean-Pierre Le Dantec et Jean-Claude Vernier, les centraliens, n'ont pas dételé mais se remettent mal des épreuves psychologiques récentes.

Benny avance une idée simple, lumineuse et incisive : il faut être « au contact de la réalité », il faut « partir de la réalité ». Qu'est-ce que la réalité ? C'est ce qu'il a entendu, lui qui ne s'éloigne guère, par sécurité (il n'est toujours pas français), de l'ENS, sur le terrain, à Sochaux, cet été. Il a entendu des jeunes ouvriers raconter que huit ou dix CRS ont fini leurs jours dans une cuve d'acide ; que, la prochaine fois, les flics seront accueillis avec des flingues. Il a entendu la conversation rouler, non pas sur les programmes comparés du syndicat et du comité d'action, mais sur l'urgence de former des groupes armés. Et des échos semblables ont été collectés aux Batignolles de Nantes, et ailleurs.

Ce que disent les prolos, c'est la réalité.

L'absolue conviction des pionniers de la GP est que ce gisement s'offre, disponible, détectable seulement par affleurements, mais énorme quoique nié, enfoui. Le tour de passe-passe du Général, le scrutin législatif qui a provisoirement détourné le fleuve de son cours, est plus qu'une astuce, une parade de la démocratie bourgeoise pour casser la partie et canaliser dans des voies « légales » une colère montante. C'est un vol. Les grévistes de Mai ont été volés, frustrés de leur victoire, avec la complicité de Waldeck Rochet, de Georges Séguy — ainsi, à la Libération, l'acceptation par les communistes de la dissolution des milices patriotiques avait-elle privé les Français du profit social de leur résistance.

Le pouvoir est au bout du fusil.

Le reflux qui a suivi, et apparemment annulé, désamorcé les « événements » de mai 1968 n'est qu'habillage, simulacre, trompe-l'œil. L'héritage des journées folles — celui-là même que de Gaulle, dans ses vœux aux Français, suggère d'« enterrer » — n'est pas la nostalgie du défoulement collectif, des hilarants délires de la Sorbonne ou de l'Odéon. La fête ne manquait pas de charme, mais ce n'est pas cette Pentecôte qui embrase la cervelle des pionniers de la GP. L'actualité de Mai, pour eux, c'est l'actualité de l'insurrection, la possibilité d'une généralisation explosive — en France, aujourd'hui. C'est la prolifération géométrique des grévistes, des comités d'action, des cahiers de doléances. On croyait la violence à jamais endiguée dans une société gagnée, ravie par les retombées — fussent-elles inégales — de la croissance continue. Et voici qu'une « sauvagerie » renaissante, qu'une « barbarie » obstinée giclent impromptu, bousculent et profanent l'oppression policée qui s'installait presque sans bruit.

La violence ! La violence, hier concept, matière à controverses devant un demi mousseux entre glossateurs de Marx et apologistes de Tocqueville, la violence a rejailli des soupiraux, des égouts au fond desquels la gauche capitularde, la bourgeoisie de toujours et la droite technocratique l'estimaient définitivement contenue.

Les « liquidos » n'ont strictement rien compris. Ils retournent aux textes, les malheureux, ils se replient, quand la démarche qui s'impose est strictement inverse. « On s'engage, et puis on voit ! » suggère Benny. Que voit-on ? Ce qu'ont dans le ventre et dans la tête les travailleurs de Flins, de Sochaux, de Lorraine, de Marseille, du Nord. On cherche les prémices, les signes annonciateurs de l'apocalypse en genèse. Il n'y a rien à apprendre entre les paisibles murs de l'Ecole normale supérieure — et moins encore dans les écoles de rang subalterne. Le monde universitaire n'est qu'une base arrière, une aire d'envol. Ce sont les prolétaires qui « savent », quand bien même ils sont savants à leur insu. Et c'est dans leurs rangs qu'il est concevable d'articuler le possible et le réel.

Le temps n'est pas si lointain où les khâgneux montés en graine politique brandissaient l'arme toute-puissante de la théorie, où ils dispensaient leurs leçons péremptoires aux ignorants complexés du quartier Latin.

Le temps n'est pas si lointain où le « caïman » philosophique d'Ulm, Louis Althusser, entouré de ses disciples et camarades, bâtissait du même trait une architecture conceptuelle et une arme partisane. Lors du « premier mouvement d'établissement », à l'automne 1967, Linhart et les siens avaient amorcé leur meurtre du père — « Feu sur l'intellectuel bourgeois ! » écrivaient-ils, parodiant les *dazibaos* de l'université Beida. A présent, le ton devient carrément méchant, la caricature se grise d'elle-même, indifférente aux effets de sa férocité. « Althusser à rien ! » « Althusser pas le peuple ! » « Si Althusser est entré en cure de sommeil, le mouvement de masse, lui, va bien ! » Ricanements qui franchissent le stade de la désinvolture, qui cherchent à faire mal, et y parviennent.

L'arsenal de la violence ne comporte pas seulement des barres de fer. Chez les jeunes clercs qui enfantent la GP, tout fonctionne comme si cette violence verbale sécrétait par elle-même sa propre létigimité. Les ouvriers détiennent le monopole de l'insurrection finale. Mais, au sein de la famille intellectuelle, tous les coups sont permis.

Louis Althusser n'est, en la circonstance, qu'une cible intermédiaire. Au-delà, bien au-delà, dans le collimateur, il y a Lénine. Non pas le bolchevik qui dansait dans la neige parce que la Révolution des Soviets avait tenu un jour de plus que la Commune de Paris — cet homme-là reste objet de vénération —, mais l'auteur de *Que faire ?* qui préconise la structuration d'une avant-garde d'élite, laquelle importera, injectera les idées justes à l'intérieur du prolétariat.

— La pensée révolutionnaire, proclame Benny Lévy, aborde la « troisième étape » de sa maturation. Les thèses léninistes sur la connaissance, au vrai marquées du sceau de Kautsky, étaient sans doute pertinentes quand une poignée d'exilés russes rêvaient de convaincre, de transmuer en vagues conscientes l'immense mer gelée d'un peuple fraîchement détaché du servage. L'expérience chinoise, à travers la Révolution culturelle, permet de retourner la perspective, de considérer l'immersion dans les masses non comme un détour, ou la recherche morale du « témoignage », mais comme un raccourci, un instrument d'apprentissage accéléré.

Bref, le « marxisme-léninisme » n'est plus de saison. Les errements de l'UJC(ml) quand s'érigèrent les premières barricades montrent que tous les sésames universitaires, toutes les défenses théoriques, tous les donjons organisationnels ne sont point des protections suffisantes contre l'erreur. Les « liquidos » qui fraient avec le PCMLF annoncent une phase de désespoir, de répression, et se blottissent en guettant l'ouragan. Leurs rivaux de la GP, à l'inverse, affichent l'optimisme des promoteurs sur un champ de ruines. Si les références semblent caduques, tant mieux, en un sens. Le sol est vierge. Il sera plus aisé d'y dessiner une trace originale.

Ils furent « léninistes ». Ils se sont dits « prochinois ». Les voici « maoïstes ». Afin d'affirmer leur différence, les compagnons de Benny Lévy, ostensiblement, arborent un badge où s'offre le profil du grand homme à la petite verrue. Culte de la personnalité ? Ils rigolent quand le soupçon leur est décoché. Non, Mao n'est pas Johnny. La référence à son exemple signifie que ce qu'il a fait — la contre-offensive solitaire, l'appel aux masses — importe plus que les institutions, les appareils issus de cette action.

Ce volontarisme pragmatique, cette obsession du passage à l'acte, sans délai, sans truchement, suscitent des ralliements passionnés. Christian Riss, ex-pilier de l'UJ engagé sur la pente « liquidatrice », retourne sur ses pas, revient dans l'orbite de Benny. Mieux, Jacques-Alain Miller, le gendre de Lacan, le principal animateur des *Cahiers pour l'analyse,* naguère excommunié par Robert Linhart pour déviation « théoriciste », frappe à l'huis de la nouvelle chapelle, et son compère Jean-Claude Milner l'y encourage. Quel aveu, et quelle revanche ! Les experts des experts, les purs produits d'Althusser, les très vigilants exégètes des *Manuscrits de 1844,* rejoignent ceux qui tiennent, remodelant allègrement l'authenticité marxiste, le discours de la révolte immédiate, de la rébellion.

Dès l'automne, *la Cause du peuple* reparaît sans que proteste le détenteur légal du titre, Roland Castro. Les membres de la GP ne doutent pas que l'avenir est à eux. Quand un malpensant a le mauvais goût de les questionner sur leurs effectifs, ils répondent, narquois : « Des millions... »

L'ouvrage est épais, de grand format, et de couleur rouge.

A la page 151, le lecteur averti, le lecteur honnête homme

reçoit en pleine gueule un message soigneusement affûté pour lui laisser une entaille : « La haine est le visage le plus clair de la conscience révolutionnaire [...]. Mais ce sentiment n'est nulle part inscrit dans la tactique social-petite-bourgeoise. La haine lui est étrangère. C'est le prolétariat qui, historiquement, la lui enseigne. Livrée à elle-même, la social-petite-bourgeoisie célèbre ses trompeuses victoires, s'arme de fleurs, et non de cocktails Molotov ou de fusils. Classe d'aspiration, elle a intériorisé la mentalité judéo-chrétienne que la bourgeoisie diffuse à titre de morale universelle. Entre les apôtres, livrés aux lions, et Spartacus, c'est bien évidemment dans les apôtres qu'elle se reconnaît. Elle a historiquement intériorisé les interdits sur lesquels, en tant que *système*, la bourgeoisie est fragilement assise. L'idéologie du prolétariat, ce n'est pas seulement le savoir de la lutte de classe comme moteur de l'histoire, c'est aussi la pratique et la connaissance concrète de la lutte *à mort* que se mènent la bourgeoisie et le prolétariat. C'est une manière de vivre *en combattant* : c'est une *éthique* au sens strict du terme. »

Le titre du pavé est *Vers la guerre civile*. Alain Geismar et Serge July en sont deux des trois cosignataires (le troisième, au demeurant, est lui-même double : sous le pseudonyme d'Erlyn Morane se cachent Herta Alvarez et Evelyne July). Ils achèvent leur manuscrit au moment où la Gauche prolétarienne sort des limbes.

Benny Lévy prend connaissance du texte, et son œil s'allume aussitôt. Voilà des gens qui n'hésitent pas à proclamer que « l'horizon 70 ou 72 de la France, c'est la révolution ». Voilà des gens qui tirent de l'aventure du Che et de l'opiniâtreté vietnamienne une leçon tragique et résolue : la solitude est féconde.

Depuis qu'ils sont rentrés, passablement déçus, de leur escapade à Cuba, Geismar et July sont en quête d'un point de chute. Le premier ne se satisfait guère de la dérive ludique qui emporte nombre d'anciens du 22-Mars — il est trop politique dans l'âme pour concevoir la subversion comme une résultante d'échappées individuelles. Le second, moins critique en ces matières, considère cependant que, pour changer le monde, il faut un point d'appui.

Ils errent quelque temps, hument l'air, traversent une crise d'identité où l'idéologie n'occupe pas toujours la première place (Prisca Bachelet, compagne-complice d'Alain en Mai, s'éloigne ; Yves Janin s'enfuit), noircissent des cahiers entiers de prophéties définitives. Et reçoivent une invitation à discuter sur le fond avec les géniteurs de la GP. Ils s'y rendent.

Geismar n'a guère la fibre prochinoise, et July, jadis « Italien » de l'UEC, non plus. Ce qui les entraîne vers les « maos » n'est nullement consigné dans le *Petit Livre rouge* ; la fascination qu'éveille le rite, le vertige de la soumission à la règle, si souvent déterminants dans les conversions, ne remplissent ici qu'une fonction seconde. En amont des pourparlers exploratoires, l'élément qui réunit les interlocuteurs, c'est le souvenir de Flins, le voisinage concret d'une frange mobilisée de la classe ouvrière, prête à en découdre, étrangère à l'emprise du PC et de la CGT. Participer de ce courant autonome semble aux uns et aux autres plus important que d'échanger des fanions.

Geismar est impressionné par Benny Lévy. Le statut d'apatride propre à ce dernier lui paraît s'inscrire dans la lignée internationaliste du Komintern. Sans doute les « maos » ont-ils lamentablement raté la semaine des barricades. Mais ils ont analysé leur aberration, se sont accrochés jusqu'au bout. Eux qui prétendaient bâtir une « CGT de lutte de classe » n'ont pas hésité à remettre en chantier leur ligne. Le mouvement les a dérangés. Ils ont accepté le dérangement. Au point de risquer, lors de cet examen, leur propre survie. Aucune organisation trotskiste, songe Alain, ne serait capable d'expédier ainsi l'appareil aux orties. Et aucune structure « souple » (il pense, cette fois, au PSU) ne saurait accoucher d'une visée aussi radicale.

Serge July est au diapason. Dans son idée, dans son rêve, la GP n'est pas un parti, mais une version française du FNL vietnamien, un front.

Lors de palabres régulières, rue d'Ulm, il développe la « dialectique du centre et de la périphérie », métaphore majeure de *Vers la guerre civile.* Ce ne sont pas, explique-t-il, les aristocrates de la classe ouvrière, les ouvriers P3 payés 600 francs par mois et syndiqués à la CGT, qui seront les détonateurs de la révolution. Ce seront les immigrés, les jeunes, les femmes, les lycéens. Ceux-là, qui occupent la périphérie du mouvement ouvrier, finiront par encercler le noyau dur du PC. Des quartiers généraux provisoires s'établiront ainsi, et, au terme du processus, le cœur du prolétariat battra à l'unisson. Mais cette marche, la « longue marche du quartier général », s'effectuera peu à peu, par secousses.

Benny Lévy et les siens sont séduits. C'est la bonne longueur d'onde. Le thème de la mort, le thème de la guerre circulent entre eux. July possède, observe Benny, l'art de capter un signal de la société civile, et de lui donner toute sa résonance. Quant à Geismar, outre ses qualités propres, sa venue possède une vertu réparatrice : l'un des principaux animateurs du Mai étudiant — et peut-être, tout compte fait, le plus représentatif de ses péripéties multiples — apporte à la GP naissante une légitimité inespérée.

Geismar, July : deux recrues de plus pour un cénacle infime qui refuse de se compter. Mais, symboliquement, une confluence capitale.

Les discussions, précisément, n'achoppent que sur un point — qui touche au symbole. Un point nodal du livre rédigé par les arrivants. « La barricade, écrivent-ils, c'est l'ordre du désir ; la négociation, c'est celui de la demande [...]. Celui qui crée le scandale par les barricades, c'est le barbare. Il n'a pas la culture, le savoir de la négociation. La barricade, c'est la délimitation d'un lieu de la parole, d'un lieu où le désir peut s'inscrire et venir à la parole. Rue Gay-Lussac, une multitude de fantasmes ont cristallisé... »

On sent pointer ici le dilemme qui troubla tant Alain Geismar à partir du 6 mai : la fracture entre les professionnels de la politique — dont il était, au sein du mouvement, l'archétype — et les amateurs, les « barbares », qui inventent l'expression à l'instant où ils résolvent enfin de s'exprimer. Geismar a renoncé au secrétariat général du SNESup comme il s'est écarté du PSU pour cette raison majeure : le syndicalisme traditionnel, les partis « démocratiques », le courant « social-moderniste » sont volontiers enclins à concéder un *temps* de parole, à *prêter* la parole, à l'accorder. Ils ne la laisseront pas *prendre*. La barricade viole le code convenu, le domaine réservé du délégué syndical, du secrétaire confédéral, du dirigeant — qu'ils parlent la langue de l'école publique ou celle de l'école des cadres du Parti.

Les virtuoses en rhétorique de la rue d'Ulm sont parfaitement d'accord pour contourner, ou, mieux, encercler les apparatchiks mollassons qui s'approprient la classe ouvrière. Ils concèdent même que pareille manœuvre enveloppante ne saurait aller sans la libération de pulsions enfouies, de propos refoulés. Mais « l'ordre du désir », le « fantasme » qui « cristallise », non, définitivement non. Benny Lévy voit sourdre là, et dans la terminologie et dans l'intention, ce qu'il abhorre par-dessus tout : l'interprétation libidinale de l'acte révolutionnaire, l'aveu ou la recherche du plaisir dans et par le geste guerrier. La lutte des classes n'est pas un dîner de gala. L'écrasement de l'ennemi n'est pas une fête. La victoire n'est pas l'orgasme.

Sous le regard gourmand de Jean-Pierre Le Dantec, qui s'amuse beaucoup et réprime sa sympathie pour les inclinations libidinales des deux novices, Alain et Serge louvoient au plus près. En fait, la cause est entendue. La GP a grand besoin d'eux. Et Benny devine qu'ils ont besoin de lui. A son entourage, il confie :

— Tôt ou tard, les révolutionnaires indépendants sont fascinés par un pôle organisé. Ce n'est pas tant la nécessité de rejoindre une organisation que de s'inscrire dans l'histoire de cette organisation.

Bien vu. Les « pourparlers », les « négociations » ressortissent plus au rituel, au jeu de rôles, qu'à la vigilance programmatique. Les fondateurs de la GP sont en délicatesse avec l'orthodoxie. Et les renforts qui surgissent sont prêts à miser gros pour rompre leur isolement. Du reste, sur l'essentiel, la connivence se vérifie : prolétarisation, militarisation. Plus une absolue conviction : la répression qui frappe les gauchistes — le mot, désormais, s'emploie couramment — n'est pas un handicap mais une chance. L'Etat cogne, interdit, parce qu'il a peur. Il a raison d'avoir peur. La dissolution légale de l'UJC(ml) a suscité un progrès, non une régression. Vive Raymond Marcellin ! Vive la Gauche prolétarienne !

Au travers des empoignades sur « l'ordre du désir », Geismar et July fournissent à Benny Lévy le chaînon qui lui manquait. L'interrogation cruciale est semblable à celle qui régissait l'opération de Flins : promouvoir le soulèvement armé, soit, mais à quel rythme, jusqu'où ? La stratégie des prochinois, en juin 1968, a été d'attiser la violence sans excéder les seuils fixés par les travailleurs eux-mêmes. Mais, à l'époque, une fraction significative du prolétariat était mobilisée, facile à observer, à consulter. Comment, aujourd'hui, prendre les devants sans s'ériger en avant-garde autoproclamée ? Comment occuper la ligne de crête sans perdre de vue la vallée ? Comment agir sans se substituer aux acteurs légitimes ?

La réponse se trouve à la page 183 de *Vers la guerre civile,* sous le titre « Qu'est-ce qu'un provocateur ? ». « Un provocateur, expliquent les théoriciens de la barricade désirante, c'est celui qui n'a pas l'attitude souple qui " seule " permet que le puissant octroie quelque chose. [...] Avec l'attitude souple, on reste dans l'ordre de la demande, le puissant garde sa puissance, et donne un certain nombre de choses. Si on le provoque il déclenche le conflit, provoquant à son tour le risque de mort. A ce moment-là apparaît, et seulement dans le risque de mort, la possibilité d'instaurer l'ordre nouveau. »

Cette fois, l'articulation fonctionne. Pour que la résistance prolétarienne s'énonce, s'amplifie, s'organise, des « détachements de partisans » ouvriront la brèche par des actions *exemplaires.* Ils montreront *symboliquement* la voie, et ce recours au symbole les prémunira contre la tentation de remplacer l'avant-garde réelle, de progresser à marches forcées. Provocateurs, au sens où l'entendent Geismar et July, ils se feront interprètes — comme au théâtre — de l'attente, de la volonté des opprimés. Mais il faudra qu'un mandat explicite ou tacite justifie pareil déclenchement. Si les OS d'une chaîne rêvent chaque soir de casser la gueule au chronométreur qui les talonne, on aura le droit, et le devoir, d'attendre le chronométreur à la sortie. Si un paysan pauvre, endetté, est harcelé par le Crédit agricole, on aura le droit, et le devoir, de briser les vitrines de la succursale dont il dépend.

On mimera la guerre. Afin qu'un jour mort s'ensuive.

Robert Linhart n'est pas hostile à l'élargissement du cercle. Mais ce concept de guerre civile le gêne, l'horripile. Il y décèle une connotation putschiste contraire à l'immersion longue, profonde, dans les masses, qui lui semble la quintessence du maoïsme. Benny, en revanche, admet que le « maoïsme » ne constitue guère la référence maîtresse de ses interlocuteurs. Ce qui importe le plus, c'est l'urgence de l'action. Tout terrain.

Fin septembre 1968, la Gauche prolétarienne est un objectif, une forme vide.

Fin décembre, les conversations avec Geismar et July battent leur plein. Elles dégagent un axe pratique : l'édification d'une force autonome dans le monde du travail suppose qu'on s'appuie, préalablement, sur la jeunesse révoltée, sur tous les fronts ouverts.

Janvier 1969 : une « assemblée ouvrière nationale » réunit à Paris les militants de Citroën, de Renault, de Sochaux avec lesquels il a été possible de renouer. La « CGT de lutte de classe » est enterrée sans remords — le fantôme d'un syndicalisme rouge plane, et la consigne, d'ici qu'il prenne chair, est de boycotter ou déborder les appareils existants.

Février 1969 : les querelles talmudiques avec Geismar et July sont vidées.

La GP est lancée.

Jean-Louis Péninou, l'ancien leader de l'UNEF au milieu des années soixante, suit avec un effarement certain les pérégrinations de son camarade July. Il travaille comme sociologue-conseil pour le compte d'EDF mais veille à préserver une bonne moitié de temps libre afin de l'investir en d'autres domaines. Militer ? C'est sa drogue, sa matrice. Et pourtant, le cœur n'y est plus. Non par défaut d'intérêt, paresse, lassitude soudaine. Il ne s'agit pas de se ranger, il s'agit de comprendre. Promoteur des comités d'action, Péninou éprouve la sensation d'avoir, en mai dernier, sous les contours d'une carte familière, décelé une terre inconnue.

Durant l'été, il rencontre Daniel Anselme, un sacré personnage, une « nature », qui s'est illustré lors de la guerre d'Algérie par diverses activités illicites et un récit d'exceptionnelle plume, *la Permission*. Anselme se pose la même question que Péninou : que nous est-il arrivé ?

— Au fond, suggère-t-il, nous ne savons pas ce qui s'est passé. Le travail d'avenir le plus fructueux serait de partir à la découverte du concret, de recueillir, d'identifier le non-dit des gens.

Ainsi naissent *les Cahiers de Mai*. Curieuse entreprise, à l'écart des incantations groupusculaires, à rebours du volontarisme ambiant. L'idée directrice est de rassembler un collectif d'enquête, de fédérer des groupes de correspondants locaux et régionaux en sorte que la face cachée de la France laborieuse dévoile un peu de ses ombres, transgresse quelques-uns de ses silences. Offrir une langue, un espace, des colonnes, un lien à ceux qui ordinairement se taisent ou ne confient leur expérience qu'à un réseau d'intimes. Le journal sera quinzomadaire, conçu et rédigé par des bénévoles. Une règle, une obsession : le refus de « bidonner ». Coller au terrain, éviter la glose, accumuler des faits, recouper l'information.

Le premier numéro, consacré aux ouvriers nantais, dont la

veine anarcho-syndicaliste est particulièrement haute en couleur, s'écarte un brin de ces sages précautions — le style « saga » l'emporte fréquemment sur le reportage minutieux. Mais, au fil des quinzaines, Anselme retient sa verve et l'équipe serre les boulons. A l'automne, *les Cahiers de Mai* sont capables de raconter Flins avec une précision d'entomologiste, ou de reproduire le journal ordinaire d'un comité de quartier.

La bande qui se réunit chaque semaine quai de la Rapée n'a guère d'efforts à fournir pour vérifier ses désaccords et ses complicités. Les présentations sont tôt expédiées. Péninou est là, Antoine Griset, Jean-Marcel Bouguereau sont là : bref, quasiment dans l'ordre d'entrée en Sorbonne, le peloton de tête du syndicalisme étudiant s'est reconstitué. Et d'autres affluent, des copains de la haute époque : Marie-Noëlle Thibault, ex-pasionaria de l'UEC, Yves Lichtenberger, qui défendit *les Paravents* de Genet contre les commandos fascistes...

Ils sont fort divers mais ont en commun l'absolu rejet de l'« exemplarité » fabriquée, des récits édifiants destinés à conforter la cause. Ils assistent à l'éclosion de la Gauche prolétarienne, et n'en croient pas leurs yeux. Eh non, l'ère des petits soldats n'est pas révolue.

Une oligarchie.

Olivier Rolin, que Robert Flacelière, directeur de l'Ecole normale supérieure, se désole de voir gâcher des dispositions hors pair pour le maniement de la langue grecque au profit du maniement des barres de fer, Olivier Rolin, donc, n'ose s'avouer que ce serait là le terme propre à désigner le gouvernement dont les maoïstes se sont dotés. *Oligarkhia* : « régime politique dans lequel la souveraineté appartient à un petit groupe de personnes, à un petit nombre d'hommes choisis et puissants ». Il ne lui est pas indifférent de figurer parmi les oligarques de la GP. Rolin, *alias* Antoine, y est chargé de l'action violente.

Ils sont dix à douze qui s'assemblent deux fois par mois. L'organisation naissante n'est pas une organisation léniniste et, de façon raffinée, jalouse, veille, jusque dans les détails, les appellations, à se démarquer des vieilles pyramides.

L'unité de base ne saurait se nommer « cellule » — le mot sent le renfermé, évoque la clôture. La GP, au contraire, cultive le flou à ses frontières, s'assure qu'entre le dedans et le dehors aucun seuil n'est perceptible. Pas de cartes, pas d'adhérents, pas de chiffres, pas de nombres. Le groupe initial n'est qu'un embryon, un fœtus, la figure virtuelle d'un parti possible, et même nécessaire, quand les masses s'y seront taillé la plus large part. D'ici là, l'unité de base s'intitule « détachement », mieux encore, « détachement de partisans ».

Ces « partisans » délèguent certains d'entre eux, les plus combatifs, ou les mieux situés, au « Comité national » — lequel, bien sûr, n'a rien d'un « Comité central » puisque, entre le centre et la périphérie, la dialectique du mouvement implique une incessante navette.

Et puis, en « haut » (mais l'ascendant hiérarchique est dans les têtes, pas dans les mots) siège le « Comité exécutif », société secrète dont Rolin s'honore d'être l'un des initiés et où l'on ne pénètre que par cooptation.

La modestie politique de la direction justifie son invulnérabilité. De toute manière, les meilleurs partisans, les futurs cadres du « vrai » parti sont à l'extérieur, anonymes, sur les chaînes, dans les ateliers. Le noyau provisoire qui assure l'intérim, coordonne la « longue marche du quartier général », sera fatalement détrôné lorsque le prolétariat des usines saisira ses armes.

Pour l'heure, Benny Lévy commande. Petit, le profil pointu, l'œil ironique, la voix sèche, il en impose par la fulgurance de ses reparties. Tout son être exprime la vivacité, non pas le sautillant réflexe de l'inquiet, mais un don de promptitude, un art de la détente — la détente de l'arme.

Lecteur de Platon, il attend n'importe quel Gorgias au tournant, sans ciller, et le terrasse. Il a lu plus que quiconque, personne ne le coincera sur ce registre-là. Et il est fort malaisé de le coincer sur tout autre registre.

Ses peurs sont infiniment secrètes. Nul, sinon son frère Tony, ne mesure exactement le chemin parcouru depuis que le cadet a quitté la terre égyptienne. Nul ne sait combien l'exil, la perte d'identité, l'habite, le hante. Démuni de droits civiques faute de passeport, il vit en chambre, reclus à l'Ecole. C'est d'exil qu'il dirige la bataille. Et de cette réclusion il tire une force extrême : un pouvoir politique risque de l'expulser, mais l'épreuve des faits ne viendra jamais le pourchasser dans son refuge.

Benny est incontestable et incontesté. Non qu'il impose le silence autour de lui. Il suscite méthodiquement la controverse, attise les antagonismes, et, *in fine*, déploie son écrasante faculté de synthèse. On ne le connaît pas assez pour l'aimer — sa manière incisive préserve les distances. Mais on l'admire et on le craint. Les plus littéraires, au sein de la direction, sont fascinés par cet « étranger » qui parle comme d'autres écrivent, sans la moindre faute de syntaxe, qui ne parle pas comme on parle. Un talent diabolique, paré de toute la beauté du diable.

L'autocritique, l'autoflagellation, l'aveu des fautes, la fragilité révélée, étalée, parfois dans les larmes, la soumission à la loi du groupe sont les exercices spirituels auxquels se plient, de gré ou de force, la plupart des chefs « maos ». Leur indignité est proportionnelle à leur pouvoir. Ils le confessent par crises.

Pierre Victor — tel est le pseudonyme derrière lequel s'abrite le leader suprême — est, lui, exempt de ces abaissements.

Mai 1986. Benny Lévy, chargé de cours en philosophie à l'université de Paris-Jussieu :

— L'éclatement de l'UJ m'avait donné une intelligence supplémentaire de la direction. Qu'est-ce qu'un chef politique si ce n'est quelqu'un qui sait conduire des flux démoniaques ? Détenir le savoir de ces retournements de visages en gueules, ces gueules qui crachent... J'étais doté d'une cécité totale à l'égard des questions psychologiques. Je ne voyais pas les hommes. Je n'ai découvert qu'après la dissolution de la GP le poids de la problématique du pouvoir. Il faut me croire là, quitte à l'inscrire à ma charge, à le décrire comme mon point aveugle. Pour me comprendre, il faudrait que chacun étudie pieusement le Livre V de la République. *Il faudrait comprendre ce qu'est le roi-philosophe, le fondateur. En un sens, j'étais au-dessus du pouvoir.*

Le Comité exécutif revêt l'allure d'une société de pensée au sein de laquelle les rapports — fussent-ils durs, âpres — sont formellement égalitaires. Benny/Pierre en est le Socrate. « Un maître, aime-t-il à dire, c'est toujours un maître des mots. » Et il guide ses camarades dans le dédale du signifiant et du signifié. Cloîtré rue d'Ulm, il reçoit, par l'intermédiaire des membres du CE, mille messages du monde extérieur. Sa tâche propre consiste, selon l'expression du président Mao, à « dépiauter le moineau », à saisir ce qu'une expérience intègre d'universel. Il trie le matériau pour aboutir au simple, au mot, au nouveau mot.

Aucun des présents n'est là par la vertu d'une élection, d'un mandat clair et net, dont la durée serait déterminée. Sous la férule de Pierre Victor, le groupe se dilate ou se contracte. Par le jeu des critiques et autocritiques, les uns entrent, les autres sortent. On attend les prolétaires et l'on renvoie vers les prolétaires ceux des dirigeants qui auraient tendance à faiblir, ou à dévier.

Le noyau d'origine emprunte beaucoup à l'ex-UJC(ml). Robert Linhart jouit d'un statut singulier, sorte de « conseiller spécial ». Mais son établissement chez Citroën l'éloigne quelque peu. Tandis que Nicole, sa femme, qui travaillait en usine à la veille de Mai 68, reprend sa profession de pharmacienne, il s'en va, lui, devenant OS, racheter ses fautes et mettre personnellement en pratique la consigne qu'il avait naguère donnée à d'autres. Cette décision, d'une certaine manière, le protège. Il ne sera plus accusé de se couper des masses.

Tony Lévy quitte Paris pour Marseille et ne « remonte » vers la capitale qu'à l'occasion des réunions du CE. Doué d'une excellente mémoire, il circule en province et retrouve les camarades épars de l'UJ dissoute, renoue les fils, notamment à Grenoble. Christian Riss agit de même autour de Nantes. Jean Schiavo, lui, méridional diplômé de HEC puis établi près de Montpellier, se métamorphose en homme du Nord. Le hasard a voulu qu'il vive à Lille les « événements » du printemps dernier. Agitateur insatiable et prolixe, il y a jeté ses filets avec succès et a donc décidé de demeurer sur place.

Olivier Rolin — « Antoine » — et son équipier « Tarzan » nouent avec « Pierre » une relation originale. Rolin, fils d'un officier colonial résistant de la première heure, croit en la nécessité de la violence, mais d'une violence pensée, conçue. L'ordre militaire, chez cet amoureux de Malraux, mêle l'aventure et la mort à l'interrogation constante sur le droit de verser le sang, la limite de ce droit, l'aune du bien supérieur escompté d'un mal nécessaire. Il entre, dans la « spécialité » choisie par Antoine, une dimension métaphysique qui n'échappe pas à Lévy/Victor. Rolin est un homme sûr, précis, courageux. C'est aussi un homme qui rêve. La nature de ses tâches le voue à maints apartés avec le général en chef : la mise en scène de la guerre civile appelle divers réglages officieux.

Quant aux deux transfuges du 22-Mars, ils ne tardent guère à occuper une place considérable.

Serge July, très assidu, est un excellent rabatteur d'idées neuves, de phénomènes sociaux en voie d'émergence. Pierre Victor ignore tout de ses passions littéraires, théâtrales, cinéphiliques. Semblables inclinations, en ces lieux et ces temps, n'ont plus cours, enfouies dans les catacombes du plaisir petit-bourgeois. Tout au plus le timonier de la GP juge-t-il Serge un peu trop rond, enclin à l'unité par-delà le multiple, porté à flatter la bête. Il faudra qu'il apprenne le tranchant, la découpe saignante.

Geismar, parmi tous ces anonymes, est l'unique personnage connu du public, le seul qui ait recueilli les ovations de foules conquises. C'est sa force — la GP s'enrichit, grâce à lui, d'un fructueux capital symbolique. Et c'est sa faiblesse. Scrupuleux, enclin à la culpabilité, il désire quitter son habit de lumière, s'inscrire à l'école des humbles et des opprimés. Et malgré cette résolution farouche où il engage sa vie, le métier, la « bouteille » politiques acquis lui interdisent de raisonner en pur militant de base. Il veut se ressourcer, mais force lui est de rester ce qu'il est : un politique chevronné. Et cette contradiction, cet écartèlement le vouent à d'infinis examens de conscience. Avec Jean Schiavo, qui estime toujours ne pas donner assez, il fournira un gibier de choix pour l'arme de l'autocritique.

Aucune loi écrite, aucune constitution ne régit leurs rapports. Ils commandent par consensus, et par tautologie — ils commandent parce qu'ils sont les chefs.

On n'a raison que dans l'opposition. Populistes, ouvriéristes, les fondateurs de la GP, drapés dans leur isolement orgueilleux, n'en obéissent pas moins à une impulsion aristocratique. Il y a l'ennemi : le gaullisme. Il y a le traître : le parti communiste (la seule évocation d'une gauche non communiste semble incongrue). Et il y a la Gauche prolétarienne. Ne parlons pas des misérables annexes du « léninisme ossifié », trotskistes ou prochinoises.

Pas de livres, pas de ciné, pas de jardins secrets, pas d'alibis sentimentaux. Le combattant est « pur », transparent. Il n'encombrera pas les autres de ses états d'âme. Il n'éprouvera pas d'états d'âme si d'autres le questionnent sur ses recoins obscurs.

Les meilleurs. Ils ont entre vingt et vingt-cinq ans, pour la plupart. Ils sortent des berceaux de l'élite. Philippe Barret, Robert Linhart, Jacques-Alain Miller, Jean-Claude Milner, Christian Riss, Olivier Rolin, Pierre Victor sont hôtes, ou l'ont été, de l'Ecole normale supérieure de la rue d'Ulm. Jean Schiavo a fréquenté HEC. Alain Geismar et le nouvel « intendant » de l'organisation, Gilbert Castro, sont ingénieurs des Mines. Jean-Pierre Le Dantec, directeur de *la Cause du peuple,* et son copain Jean-Claude Vernier ont été formés à Centrale.

François Mitterrand, dont le printemps des barricades a interrompu l'ascension, régale, paraît-il, ses fidèles d'un bon mot : « 68, c'est la révolution des cancres... »

2

Les gardes rouges

Antoine en est encore tout ému ; l'homme d'allure trapue, au visage rondouillard, qu'il vient de croiser dans le couloir, c'est bien Geismar, l'un des héros de Mai dont il a si souvent vu la photo imprimée. Le jeune lycéen, dix-sept ans, fraîchement débarqué de Toulouse, sa ville natale, n'en finit pas de savourer la chance qui l'a plongé d'un coup au cœur de la marmite — là où se mitonne le Grand Soir. A la rentrée de septembre 1968, les portes du temple, de la prestigieuse hypokhâgne du lycée Louis-le-Grand, se sont ouvertes pour lui.

De temps à autre, il perçoit les échos d'une sourde ébullition qui ne doit rien à l'examen des textes classiques. En salle 4, ou dans quelque recoin, se déroulent d'étranges conciliabules. Les habitués des lieux chuchotent qu'Alain Geismar soi-même, souvent flanqué d'un balèze à lunettes, le nommé Serge, rencontre celui qui passe pour le chef des « maos », un petit gars au regard vif et à la parole déliée, que les autres appellent mystérieusement « Jean ».

Lorsque la rue d'Ulm affiche complet, les géniteurs de la Gauche prolétarienne se replient fréquemment sur l'établissement de la rue Saint-Jacques, rebaptisé en code « Base-Grand ». Simple retour aux sources pour maints militants qui ont transité par cette antichambre privilégiée de Normale sup. D'ailleurs, Antoine de Gaudemar, lui aussi, est « monté à Paris » afin de préparer « le » concours, bien que flottent dans sa tête nombre de mauvaises pensées : la révolte, tradition familiale oblige, y occupe une place de choix. La première.

Antoine, comme ses quatre frères et sœurs, a été élevé dans la mythologie de la Résistance. Le père fut à Lyon, durant la guerre, l'un des fondateurs de *Témoignage chrétien*. Professeur au lycée du Parc, il a servi d'agent de liaison, caché des juifs, échappé de peu à l'arrestation. Chez ce chrétien progressiste, d'abord compagnon de route du parti communiste avant de rejoindre la « nouvelle gauche » puis le PSU, les méfaits commis au nom de la raison d'Etat lors des « événements » d'Algérie ont suscité une définitive indignation.

Un itinéraire classique, propre à inculquer chez les rejetons deux ou trois valeurs intangibles — le souci du bien, la vigilance face au mal, le droit à l'insoumission contre l'injustice.

Jean-Paul, le frère aîné, responsable de l'UNEF sur Toulouse, entre à l'UJC(ml) en même temps qu'il intègre l'Ecole polytechnique. Les textes d'Althusser ont tôt circulé dans la maison Gaudemar. Le philosophe est un ami de jeunesse du père, et sa figure s'impose aux enfants, qui le voient régulièrement, comme modèle de l'intellectuel pur, désintéressé.

Sur un tel terreau, la politisation d'Antoine, le petit dernier, est fatalement précoce. Il déchiffre Althusser sans en démêler les finesses. A quinze ans, il commence à fréquenter le comité Vietnam de son lycée, collabore au journal des potaches pour lequel il interviewe Armand Gatti. L'année du bac, c'est Mai 68. Le professeur de philo, qui est en contact avec les Nanterrois, fait circuler parmi les plus délurés de ses élèves divers documents du 22-Mars.

Au lycée Bellevue, investi en permanence, s'inaugure une sorte de forum perpétuel où défile la foule composite des contestataires. Antoine y campe jour et nuit, découvre la magie de la parole brutalement libérée, s'émerveille d'éprouver des sentiments élémentaires et forts : la fraternité immédiate, la connivence tant espérée avec des ouvriers qui viennent respirer l'air des enragés locaux.

En cercle autour d'un transistor, les lycéens suivent les péripéties parisiennes, vibrent pendant les barricades au fracas des explosions et aux récits des reporters qui mettent la France en transes. Emotion totale. Antoine consacre de viriles soirées à boire du gros rouge — c'est de saison — avec ses copains, à écouter de la musique « planante ». Ils parlent sans discontinuer, déclament des poèmes. Des vers qui jurent que ces moments de bonheur ne cesseront plus.

La fin est terrible. Un déchirement absolu. Dix-sept ans, c'est un peu tendre pour apprendre à terminer un rêve. Antoine rumine l'échec, croit déceler l'horrible odeur de la trahison. Il pleure. La révolution s'achève. La vie commence. La belle vie, quand même, puisque Paris l'attend.

Louis-le-Grand, ses murs, ses grilles, son cérémonial, son folklore.

Le thème grec peut-il être un remède au chavirement intime ? Antoine n'a guère le loisir de formuler la question. Il ne lui faut pas deux semaines pour constater que l'antre du savoir a reçu l'illumination d'un buisson ardent. Il se reprend à espérer.

Au dortoir, une petite bande se forme : des provinciaux, comme lui, qui ont traversé Mai sur un nuage, ne parviennent pas à toucher terre et n'admettent point la fin prématurée de la fête printanière. Ils n'imaginent pas un instant de redevenir les bons élèves qu'ils furent, dociles, humbles machines à ingurgiter, comme s'il ne s'était rien passé devant les tableaux noirs aveugles. Le leader du groupe est un Rouennais, Nicolas Canu, qui exerce un indéniable ascendant sur ses camarades.

La première cible de leur vindicte est le règlement intérieur. Accepter les contrôles tatillons, justifier les absences, il n'en est plus question. Les lycéens s'arrogent le droit d'aller et venir selon leur bon vouloir. Les responsables, placés devant le fait accompli, incapables de faire respecter la norme ancienne, s'inclinent. Mal leur en prend ; la reculade est aussitôt exploitée et les voici dénoncés, par voie de tract, comme « groupuscule autoritaire ».

Au début du deuxième trimestre, l'agitation envahit les salles de classe. Les rebelles élisent leurs têtes de Turc : Ambrosi, un Corse à poigne, et Lagarde, le coauteur avec son collègue Michard de célèbres manuels. Le harcèlement devient incessant. En toute occasion, les plus déchaînés des élèves manient l'injure grossière, ou l'apostrophe méprisante — « Pousse-toi, va jouer aux billes ! » Au milieu d'un cours, l'effet est garanti. Saisissant le moindre prétexte, le chœur interrompt le maître et scande vigoureusement : « A bas l'enseignement bourgeois et décadent ! » Si le mandarin, calé derrière sa chaire, s'obstine héroïquement, les lazzi pleuvent jusqu'à ce qu'un leader jette :

— Alors, c'est pas bientôt fini, ton jus ?

Et les trublions sortent, plantant là le prof désemparé. L'hypokhâgne d'Antoine est contaminée : le gratin des lycéens, une moisson de lauréats du concours général, de forts en thème, jouent la version originale de *Zéro de conduite,* s'insurgent contre l'idéologie du savoir scolaire et ses modes de transmission. A Louis-le-Grand, c'est du jamais vu. Quelque chose d'irréel.

Vers la fin du trimestre, l'administration tente d'organiser, comme l'exige la tradition, un concours blanc. Gaudemar et ses copains décident de boycotter l'épreuve. A l'heure prévue, ils envahissent la salle où se tient le simulacre d'examen, hurlent mots d'ordre et chants révolutionnaires. Trois élèves ont même enfourché des vélos, ébauche de cavalerie légère. Précisément, André Lagarde a charge du bon déroulement des opérations. Il essaie de s'interposer, de repousser les perturbateurs. Il est ignoré, débordé, bousculé. Tout à coup, il s'effondre, victime d'un malaise cardiaque. Ses adversaires ne lui accordent pas un regard, le contournent, évitant juste de le piétiner. Le chahut se poursuit tandis que le malade est évacué par ses pairs accourus en hâte.

Le soir, le lycée bouillonne. Les enseignants, indignés, crient au meurtre — heureusement, des nouvelles rassurantes parviennent de l'hôpital. La classe est fermée jusqu'aux vacances de Pâques. Au dortoir, les meneurs se réunissent. Ils ont atteint leur objectif : paralyser l'institution. Comment continuer ? Jusqu'où ? La discussion s'éternise. L'imagination se dérobe. Et une voix propose :

— Maintenant, il faut se tirer !

Se tirer. Tout de suite, comme cela, sans prévenir. Les jeunes gens affalés sur les lits jugent l'invite tentante. Partir ? Mais où ? Qu'importe ! Partir pour partir, dans la seconde, sans réfléchir, sans mesurer les conséquences. La même voix, ou une autre peut-être, lance :

— Partons à Syracuse !

Pourquoi Syracuse ? A cause de l'air sucré et langoureux que fredonne Henri Salvador, *J'aimerais tant voir Syracuse* ? Va pour Syracuse. Ils sont six, dressés, prêts dans l'instant à fuir, dédaignant préparatifs et boussoles.

Un peu plus tard, alors que la nuit givre Paris, ils lèvent le pouce, répartis par groupes de deux, à l'entrée de l'autoroute du Sud. Le vent est glacé. Gaudemar se félicite d'avoir, dans la précipitation du départ, emporté des couvertures. Le voyage est interminable. Son coéquipier et lui atteignent, épuisés, la frontière italienne où les fugueurs se sont donné rendez-vous. Deux camarades les ont devancés, à bout de forces.

Sans argent, sans papiers, les quatre adolescents errent sur le port de Menton. Le soleil du Midi réchauffe leurs carcasses endolories et frigorifiées. Ils lient connaissance, longeant le quai, avec un marin qui carène un yacht et les invite à bord. Sur le bateau, ils passent cinq jours de *farniente* à rêver du grand large, d'embarquement définitif, d'accostages exotiques. Et puis un matin, après cette croisière immobile, l'évidence s'impose : il faut rentrer.

Ils remontent à Paris comme ils sont descendus, fiers d'avoir frôlé le grand frisson, légèrement inquiets de l'accueil qu'on leur réservera. Au lycée, les parents affolés, les autorités paniquées attendent. Explications. Silence.

L'aventure des fuyards parcourt les préaux, se mue en épopée. La légende naît. Serge July, chargé par la direction de la Gauche prolétarienne de « suivre » l'agitation dans les lycées, s'enflamme pour cette juvénile désobéissance où il décèle un capital de potentialités subversives. C'est lui qui, le premier, baptise les mutins « les Syracusains ».

Honneur suprême : *la Cause du peuple* consacre quatre pages à leurs exploits et relate dans son style fort particulier l'affaire Lagarde : « L'administration tente d'imposer ses structures ancestrales, le concours blanc ; une classe refuse les sujets réactionnaires par essence qu'on lui impose, et les élèves envahissent massivement une khâgne placée sous l'autorité de l'ignorant Lagarde. Révolte antiautoritaire parfaitement enthousiasmante, d'autant que la sommité s'en mêle. Lagarde meurt mais ne se rend pas ; en l'occurrence l'imbécile réactionnaire pique sa crise cardiaque. Et, alors que l'administration, les réformistes et les révisos s'empressent autour de la sommité académique à terre, le camp antiautoritaire continue son action ; pourquoi s'arrêter pour une autorité académique ? Peu nous importe le sort d'un pauvre type, du moment qu'il cesse de répandre ses insanités ! »

Comment, après avoir humé les effluves du large, se couler à nouveau dans le moule routinier, étriqué ? A la rentrée du troisième trimestre, les potaches doivent signer un texte où ils s'engagent « à respecter le travail de leurs professeurs et de leurs camarades, à suivre les cours régulièrement et à participer à tous les travaux de la classe ». Antoine cesse de travailler. Il ne fréquente plus guère, par inclination, que les cours de français et de philo, et « sèche » tous les autres. Il prend l'habitude de paresser au lit jusqu'en fin de matinée. Et il n'est pas le seul à braver ainsi l'autorité.

L'hypokhâgne 2 est entrée en sécession, et le mauvais exemple gagne les autres prépas. Dans le lycée, les insoumis ne rencontrent nulle résistance. Le proviseur et le censeur évitent de se montrer, les surveillants généraux, déguisés en fantômes, ne remarquent aucune incartade. Ils seraient bien incapables de sévir.

Poursuivant l'offensive, les insurgés, sans coup férir, « libèrent » le « jardin privé » — petite cour fleurie où le proviseur, avant la révolution, aimait à méditer, Lucrèce sous le bras. Afin d'étaler cette conquête aux yeux de tous, un canot gonflable, orné d'un drapeau rouge et baptisé le *Bateau Mao,* est lancé dans le bassin. Le portrait du Grand Timonier orne le monument aux morts.

La contestation permanente, toutefois, n'occupe pas en permanence les contestataires. Entre deux actions d'éclat, les journées s'étirent. Après la grasse matinée au dortoir, viennent les sports, en l'occurrence maints tournois sur le flipper de Chez Annette, un café de la rue Saint-Jacques, théâtre d'interminables palabres, de réunions informelles. Le lycée Louis-le-Grand, antichambre de la félicité céleste pour des générations de khâgneux, n'a plus ni dieu ni maître.

Anars, les leaders le sont, emportés par un soulèvement qui vise et embrasse tout ce qui incarne l'Ordre. Gorgés de textes surréalistes, ils forment un provocant monôme nourri de rimbaldienne insubordination. Le militantisme professionnel, entravé de codes et de statuts, ne les attire guère ; l'engagement sous quelque bannière connote encore une manière de soumission, d'enrôlement, et s'il leur arrive de brandir des posters de Mao, c'est d'abord parce que pareil spectacle choque en ces lieux. La dérision, toujours. La GP, pourtant, veille au grain qui lève. Et pas seulement July, observateur attentif et théoricien attentionné. Les maos ont des hommes dans la place, qui se gardent pour l'heure d'imposer les maximes trop sèches du *Petit Livre rouge.*

Christian Jambet et Guy Lardreau sont les chefs de file des lycéens de la GP. Ils se sont connus à Louis-le-Grand dans les années qui ont précédé Mai. Jambet, le plus jeune, était en hypokhâgne, cependant que Lardreau préparait le concours auquel il échoua en 1968. Tous deux, militants de l'UJC(ml) où ils avaient abouti par le cheminement classique de l'althussérisme, furent chargés de tenir le stand de leur organisation dans la cour de la Sorbonne.

Toute la journée, des réfugiés d'Europe de l'Est venaient leur demander pourquoi ils y avaient accroché le portrait de Staline. Toute la journée, en militants marxistes-léninistes conséquents, ils répondaient que la politique du petit père des peuples était *fondamentalement* juste. Le stand voisin était celui des concurrents abhorrés de la JCR, qui affichaient, eux, l'effigie de Trotski.

Un jour qu'un des émules du prophète assassiné attaquait encore Lardreau pour ses penchants coupables, le khâgneux, emporté par son élan et par le goût de la provocation, se mit à chanter les louanges de Beria. Un membre de la direction lui fit observer qu'il avait outrepassé la ligne de l'UJC(ml). Après cette histoire, la légende de Jambet et Lardreau sectateurs de Beria commença de courir la planète gauchiste.

Dans les déchirements internes qui pulvérisèrent l'UJ durant l'été 68, les deux compères se rangèrent parmi les plus déterminés, les plus farouches partisans de Benny Lévy.

A la rentrée, Lardreau n'a point l'intention de préparer une seconde fois le concours. Il se conçoit comme agitateur professionnel à plein temps.

Entre les murs de « Base-Grand », sa virulence, sa férocité, sa vitalité façonnent un personnage qu'il entretient avec soin, jusque dans l'accoutrement — la mise en scène n'échappe pas à un esthétisme certain. Toujours drapé d'un long manteau de cuir noir qui lui bat les mollets à la mode Guépéou, chaussé de bottes solides, atout important pour les bagarres de rue, il manie son parapluie comme une épée, pourfendant l'air et l'adversaire en d'amples moulinets.

Avec cela, une intelligence aiguë, une sincérité émouvante, une aisance dans la parole et la jonglerie des idées qui époustoufle ses camarades. Cet apprenti bolchevik est de la race des meneurs.

Christian Jambet, exclu de Louis-le-Grand, a été repêché par Henri-IV où il est autorisé à suivre la khâgne, mais « suit » surtout le secteur lycéen de la GP. Il habite un temps chez July, rue des Blancs-Manteaux. Il se sent en complète harmonie avec ce mouvement lycéen destructeur, activiste, qui refuse tout — défini par un néologisme qui surgit et fait fureur.

Ras-le-bol.

Un soir, la cellule « gépiste » de « Base-Grand » organise la projection de *l'Orient rouge*, opéra pékinois de facture réaliste-socialiste dont l'architecture spinalienne sert une pédagogie sans faille : les bons paysans finissent par triompher des méchants contre-révolutionnaires. Au terme de l'instructive séance, les lycéens édifiés s'aperçoivent que, dans la pièce voisine, une association de parents d'élèves réputée « réactionnaire » a convoqué ses membres.

En un instant, les esprits s'échauffent : la présence ici de « bourgeois décadents » frise la profanation. Une farandole se forme, drapeaux rouges déployés et petits livres brandis. Gaudemar et ses compagnons déboulent en vociférant : « Fachos ! », « Pourris ! ». Ils sont déchaînés, incontrôlables, et utilisent leur instrument préféré : la bombe à peinture. Les slogans fleurissent sur les murs. Puis les perturbateurs circulent entre les adultes et, méthodiquement, dessinent des croix gammées sur les manteaux coûteux de femmes éplorées. Les dessinateurs s'acharnent particulièrement contre les fourrures.

L'opération se déroule sans ménagement aucun. Chaque victime est tournée et retournée brutalement, comme un mannequin de cire, afin de recevoir sa marque d'infamie et de face et de dos. Les insultes fusent, saluent les crises de nerfs. Les parents sont plus nombreux que les gardes rouges, mais les hommes eux-mêmes, terrifiés, n'osent intervenir. Enfin, la troupe se retire.

Plus tard, une fois seul, Antoine ressent une légère gêne, la honte confuse d'avoir pris un tel plaisir à humilier autrui. Il devine combien la dynamique du groupe, la surenchère, l'excitation peuvent l'entraîner à commettre des actes inimaginables hors contexte.

Son malaise s'estompe vite.

Le scandale retentit au-delà des murs du lycée. Les agitateurs découvrent avec ravissement que leur guérilla, comme pour l'affaire Lagarde, émeut la grande presse. Ils s'étonnent seulement que les sanctions ne tombent pas.

L'escalade continue.

En avril, un élu gaulliste du Ve arrondissement, Jean Tibéri, participant à une réunion, est rossé et expulsé de l'établissement. *La Cause du peuple* célèbre cette action d'éclat. Désormais, les exploits des « partisans » de Louis-le-Grand sont portés au pinacle, donnés en modèle.

Dans les lycées parisiens, les militants qui n'en finissent pas de prolonger Mai soufflent sur les braises. A Michelet, une demi-douzaine d'élèves entament une grève de la faim dont les mobiles ne sont guère transparents. A Mallarmé, les incidents se multiplient. A Buffon, Nicole de Hautecloque, député de Paris, qui commet l'imprudence de s'aventurer en territoire ennemi, est accueillie par des jets de petits suisses et de tomates mûres. A Henri-IV, Jambet, emmenant une cohorte casquée, attaque un conseil de classe. Le proviseur s'enfuit par la fenêtre. Il se cramponne à une corde sans remarquer qu'elle est simplement passée dans une poulie. La descente est plus rapide que prévu, et l'arrivée, dans la cour bourrée d'élèves, spectaculaire...

Ailleurs, fût-ce sans incident notable, l'atmosphère change. De l'embellie du printemps précédent, qui vit s'épanouir la révolte contre le « lycée-caserne », subsistent de beaux souvenirs et une manière d'être : des cheveux plus longs, un tutoiement généralisé, parfois des contacts plus fournis avec les parents. La brise libertaire balaie la discipline ancestrale.

Avant, l'institution ronronnante tolérait quelques chahuts traditionnels, marginaux et éphémères. Lors des journées de Mai, nombre d'élèves ont côtoyé leurs profs dans des commissions, des assemblées. Ils ont échangé des idées, constaté des divergences, éventuellement violentes. La hiérarchie, la distance respectueuse ont été chamboulées. Il est vite apparu à la rentrée que, sous l'apparence du rite retrouvé, la liturgie ancienne était déliquescente.

Le changement s'observe à mille détails. Les potaches ne s'alignent plus lorsque retentit la sonnerie, ne se lèvent plus quand arrive le prof. Les sanctions perdent leur caractère dissuasif. La cigarette est tolérée dans la cour et même, ici ou là, durant les cours. On ne pointe plus pour entrer et sortir, les heures de permanence se passent au café. De gré ou de force, la politique pénètre, encombre les panneaux de tracts contradictoires, érafle les murs de graffiti mobilisateurs, s'insinue dans les assemblées.

Cadeau du ministre de l'Education nationale, Edgar Faure, le « conseil d'administration » réunit dans chaque établissement les représentants des professeurs, des parents, des personnels, des élèves — plus quelques « personnalités extérieures ». Le succès est mitigé ; les séances traînent en longueur, coupées d'affrontements verbaux. Les gauchistes rejettent avec mépris ces strapontins compromettants et boycottent les élections. Dans *Action*, ils affirment que « même les vers de terre refusent de commenter la pensée du président Edgar Faure ».

Ils sont écoutés, suivis assez fréquemment. Reste que le mouvement lycéen s'étiole. Les comités d'action, les CAL unitaires, qui ont démontré au printemps 68 leur audience, se morcellent en courants rivaux. Tout lycée possède sa petite bande qui, comme à « Base-Grand », mène le bal sans trop se soucier de sortir de son ghetto.

Au troisième trimestre, Jambet, Lardreau, Gaudemar et les autres franchissent le point de non-retour. Tels les personnages d'*If*, ils n'entendent nulle voix modératrice. Le film, sorti peu auparavant sur les écrans, relate la mutinerie de collégiens anglais qui s'achève par un terrible massacre — à la mitraillette —, le jour de la distribution des prix. A Louis-le-Grand, on n'en est pas là, mais Antoine pourrait faire sienne l'affirmation d'un des « héros » : « La violence et la révolution sont les seuls actes purs. »

Les boutefeux de la rue Saint-Jacques décrètent la dissolution de l'administration. Ce n'est qu'une confirmation ; cependant, l'intéressée réagit et appelle la police afin de dégager le grand hall décoré de gigantesques panneaux qui commentent le mot d'ordre du jour. Les lycéens élèvent des barricades avec les tables et les chaises. Ils repoussent l'assaut à l'aide de pétards, fabriqués en bourrant de poudre des tubes d'aspirine, et surnommés « les ras-le-bol ». Les forces de l'ordre n'insistent pas.

Les rebelles, maîtres à bord, s'installent dans l'occupation et, pour consacrer avec faste leur triomphe, organisent une « fête de la libération ». Les filles de Fénelon sont conviées aux agapes, qui revêtent l'allure d'un gigantesque pique-nique sur le carrelage. Un orchestre rameuté joue des chants révolutionnaires. Quelques pères de famille ulcérés tentent une incursion. Ils sont éjectés sans douceur. La commune lycéenne règne sur Louis-le-Grand. Gaudemar, enthousiaste, s'abandonne à ces délices qui le replongent une année en arrière.

Le 2 mai, vers midi, les élèves déjeunent au réfectoire dans l'aimable pagaille habituelle. Antoine, qui vient de se lever, est encore en pyjama. Soudain, un cri perce le brouhaha des conversations et le fracas des couverts.

— Les fachos ! Les fachos attaquent !

Les convives se lèvent, saisissent tout projectile potentiel et se ruent à l'assaut. Les agresseurs, eux, déploient un équipement sérieux — coups-de-poing américains, barres de fer.

Les lycéens répliquent en lançant des assiettes, des verres, des plats que les cuisiniers accourus à la rescousse apportent sur de lourds chariots, lesquels sont à leur tour projetés vers l'ennemi.

Les occupants des lieux ont l'avantage du nombre et parviennent à repousser le commando d'extrême droite dans un coin du hall. Pendant un court moment, les deux camps s'observent dans l'attente de l'ultime confrontation.

Tout à coup, une grenade offensive roule en direction des lycéens, sans exploser. Un ami d'Antoine, près de lui, se baisse pour la ramasser, juste à la seconde où elle éclate. La main disloquée part en morceaux et le jeune homme s'écroule, poussant un hurlement de bête. Ses camarades se précipitent, recueillent les lambeaux de chair, transportent le blessé à l'hôpital, où il est amputé. Profitant de la confusion, le gros des assaillants réussit à s'enfuir, sauf le chef du commando, le baroudeur Roger Holeindre — qui est assommé.

Le drame bouleverse Antoine. Jusqu'à cet instant, il participait avec jubilation à un grand jeu sans conséquence. La main bousillée de son compagnon le ramène à une réalité où les gestes perdent leur gratuité ludique. Il éprouve le besoin de conférer un sens à des actes désordonnés, d'interrompre le futile badinage.

La violence appelle la violence, la meurtrissure exige réparation. Le désir de frapper, le goût de la castagne croissent chez Gaudemar.

Les militants de la GP sont là pour recueillir tant d'ardeur disponible, pour la canaliser vers des horizons plus vastes, des cibles plus excitantes. July, Benny et Geismar viennent fort à propos, en s'inspirant des événements de « Base-Grand », de rédiger un long texte publié dans le premier numéro des *Cahiers prolétariens*. Le programme affiché, « De la révolte antiautoritaire à la révolution prolétarienne », est de nature à séduire Antoine et quelques-uns de ses camarades, lassés comme lui de la gesticulation provocatrice.

Gaudemar franchit le pas, s'accroche un badge de Mao sur la poitrine, symbole d'un enrôlement qu'il aurait jugé insupportable voilà peu. Maintenant, il est prêt à exécuter les actions qu'on lui demandera. Benny Lévy est moins fasciné que July par la subversion lycéenne ; aux monômes juvéniles il préfère l'embrasement des usines, mais il perçoit le parti que la GP peut tirer de cette main-d'œuvre fraîche.

Les potaches de Louis-le-Grand, Saint-Louis, Balzac, Henri-IV forment des détachements musclés, aptes à intervenir dans les banlieues, aux portes des entreprises. Ce sont eux qui fournissent le gros des troupes, toujours d'accord pour en découdre.

Christian Jambet ne se sépare plus de son instrument de travail favori, un solide bout de ferraille, et répète à l'envi, lorsque surgit un problème, en brandissant l'engin :

— Cela se règle à coups de barre de fer.

Robert Linhart pousse avec peine son chariot, rempli de carcasses en tôle. Il avance difficilement, courbé, arc-bouté sur ce plateau bas, pesant, dont les petites roues semblent coller au goudron. La fonte glacée brûle les mains que menace le tranchant du métal transporté. Tout à l'heure, il a demandé des gants à un contremaître goguenard. Ce dernier a simplement craché entre ses dents :

— Démerde-toi. Y en a pas.

Et il a ajouté :

— De toute façon, tu es là pour en chier.

Il en chie, Robert, le normalien « établi », depuis huit mois qu'il trime chez Citroën. On ne lui a rien épargné ; des postes pénibles, il en a occupé plus d'un, mais là, il touche le fond.

A lui seul, avec ses bras et ses jambes, il pallie un « trou » dans la chaîne qui fabrique les 2 CV, rupture due à une anomalie architecturale. Entre l'atelier d'emboutissage où l'on assemble la « caisse » et celui de la soudure où les différents éléments sont définitivement fixés s'étend une cour, un espace de cent mètres.

Son job, précisément, c'est d'effectuer le lien, d'assurer la continuité. Il transporte les charpentes métalliques d'un bout de la cour à l'autre, de l'emboutissage à la soudure. Cent fois par jour, il recommence le trajet, ahanant sur la charge. Le retour est pire, peut-être, lorsqu'il doit ramener les attelages vides, empilés les uns sur les autres. Une masse à peine dirigeable, qui scie les reins.

Depuis que la direction de l'usine connaît le cursus universitaire de ce manœuvre sans ambition, elle s'efforce de le faire céder. Placé à l'un des endroits les plus éprouvants, il finira bien par demander son compte, l'« intellectuel » — qui suscite, toutefois, un respect certain. De temps en temps, un garde-chiourme, le chronomètre à la main, et le sourire aux lèvres, l'attend pour lui susurrer :

— Vous êtes patient, mais nous sommes plus patients que vous.

Robert serre les dents et reprend son épuisante noria sans prêter attention à ce voussoiement insolite qu'il inscrit au compte de la fascination exercée par le diplôme.

Une « caisse ». Le chariot. La cour. Le vent et le froid. La douleur dans les bras, le dos. Partout.

Robert ne songe point à se plaindre. S'il est là, il l'a bien voulu, ardemment souhaité. C'est lui qui, au début de septembre 1968, s'est présenté à l'embauche muni d'un faux certificat de travail, cachant ses origines, occultant ses études. Plus tard, au détour d'une conversation avec un camarade de travail, Robert a révélé qu'il n'était pas réellement un ouvrier, qu'il avait assez appris pour devenir professeur. L'autre l'a regardé, incrédule : pourquoi choisir cette vie si l'on n'y est pas contraint ? Il a vu en Linhart un vantard. Et puis, un soir, il est venu chez Robert, a découvert les bouquins empilés sur des étagères.

— Alors, tu pourrais vraiment être professeur ?

Il pourrait. Et il pousse le chariot.

Dès le premier jour, Linhart avait compris que l'usine, ce ne serait pas comme il l'avait imaginé.

— Mettez-le au 86 !

Il s'était retrouvé à la soudure. D'emblée, l'odeur âpre de ferraille et de brûlé, le bruit assourdissant, la couleur uniformément grisâtre des murs, des vêtements, des visages, l'avaient décontenancé. Son premier travail n'appelait aucune compétence technologique : effectuer une soudure à l'étain d'un mouvement de chalumeau, précis. En apparence, lorsqu'il regardait l'ouvrier qui lui montrait le geste, cela semblait facile, à sa portée. Il n'était pas parvenu à acquérir le coup de main.

La chaîne, il l'imaginait comme une succession d'actes saccadés, rythmés par des arrêts chronométrés — la gymnastique de Charlot dans *les Temps modernes*. Il s'aperçut que la chaîne avance sans cesse, sans temps mort, lentement et fatalement. Pour pratiquer sa soudure, il était obligé d'accompagner le véhicule sur plusieurs mètres. Les autres agissaient comme lui, et l'ensemble de ces déplacements fournissait un mouvement inexorable et perpétuel, faussement calme.

Robert, durant une journée entière, avait vainement tenté de réussir ses soudures. Il mélangeait les procédures, se trompait de main, cafouillait.

Le lendemain, on le transféra. Son nouveau poste consistait à gainer des vitres avec du caoutchouc. L'opération lui sembla encore plus facile que la précédente lorsqu'on lui en fit la démonstration : un peu de talc, repérer l'encoche, et un petit coup de maillet. Ce fut un désastre. La poudre se répandait partout, le caoutchouc glissait, se coinçait, se tordait. Robert ne tint pas la cadence. A plusieurs reprises, un OS lui porta secours afin d'éviter la rupture d'approvisionnement.

A midi, Robert Linhart fut affecté à la sellerie.

Cette fois, le travail était indéniablement enfantin : accrocher la toile des sièges aux armatures métalliques. Il suffit d'un coup de pouce déterminé sur le crochet pour qu'il morde la toile. Un coup de pouce à chaque crochet. Cinquante crochets par siège. Soixante-quinze sièges par jour. Le soir, Robert ne sentait plus les choses sanguinolentes et boursouflées qui pendaient à l'extrémité de ses paumes.

Le lendemain, imitant ses camarades d'atelier, il arborait d'épais bandages protecteurs qui s'effilochaient, partaient en charpie à mesure que la journée avançait.

Il s'habitua. Linhart acquit le rythme. Trois mille cinq cents coups de pouce en dix heures. Du moins, il était au chaud à la sellerie, à l'abri des intempéries. Tandis que maintenant !

La cour, la pluie, cent mètres dans un sens, cent mètres dans l'autre. Et le chariot. Il est seul, affreusement seul, sans lien. N'était son incommensurable orgueil — qui irritait tant ses féaux d'Ulm —, il aurait capitulé depuis longtemps. Mais il ne leur accordera pas ce cadeau. Demander son compte ? Jamais. Plutôt le chariot.

A la sellerie, il est tombé malade. Son poste était occupé quand il a voulu le reprendre. On l'a mis aux balancelles. Presque une sinécure : décrocher des capots, des ailes ou des portières qui se baladent au bout de grands crochets et les répartir sur des plateaux. Un travail de manutention pas trop fatigant, mais monotone. Les heures, les journées défilaient au rythme des pièces qui se balançaient sans fin. Moins les pauses vite rituelles. Le casse-croûte, le déjeuner — les mêmes mots immuablement échangés entre deux bouchées.

Robert perdait la notion du temps, confondait les jours qui tous se ressemblaient. Il s'interrogeait, se prenait à douter. Il ne s'était tout de même pas embauché pour se faire exploiter à 4 francs de l'heure ! Il n'avait pas à expier un quelconque péché originel. Lorsqu'il avait lancé le premier mouvement d'établissement, en 1967, combien de fois avait-il prévenu ses camarades de l'UJ ? La plongée en usine, ce n'était pas, ce ne devait pas être un bain purificateur destiné à nettoyer le petit-bourgeois des souillures de sa classe. L'embauche n'avait de sens qu'en vue d'un travail politique.

Bien parlé.

Dans les bistrots du quartier Latin, cela paraissait l'enfance de l'art, l'implantation au cœur de *la* classe. Et dans l'usine, on la cherche en vain, la fameuse classe. Il y a certes Christian, Sadock, Mouloud, Simon ou Pavel. Tous des cas, des histoires particulières, les parcelles d'un puzzle. Comment se repérer, nouer le contact ? L'abrutissement physique annihile toute velléité d'action.

A la sortie, chacun fonce vers la liberté, et les conversations ne dépassent pas l'anodin propos autour d'un demi avalé en vitesse au café du coin. Militer requiert du temps. Après dix heures de chaîne, il faut une constitution anormale pour s'intéresser à la guerre du Vietnam.

Le doute a saisi Robert. Des mois d'atelier, de vie d'usine, ont transformé le maoïste prosélyte en un ouvrier passif, recru de fatigue, qui subit son sort, le sort commun.

Mais la grève a éclaté. Et tout a changé, à commencer par sa situation. S'il tire son chariot dans cette cour venteuse, c'est bien à cause de la grève. Grâce à la grève.

Il ne regrette rien. Il demanderait même double charge pour revivre ces secondes précieuses où la chaîne s'est miraculeusement arrêtée. Il aimerait recommencer la journée du 17 février 1969.

A 17 heures précises, Robert a retiré ses gants, posément, ostensiblement, et il a suspendu la noria des balancelles. Du coin de l'œil, il observait les copains qui l'imitaient. Il entendait le silence s'installer.

Ils avaient gagné. La grève démarrait.

Cela avait commencé, quelques semaines plus tôt, à deux, à cinq. Une première réunion au café. Une petite vingtaine. Puis la discussion, le tract et l'incertitude. Suivront ? Suivront pas ?

Ils ont suivi. Plusieurs centaines d'ouvriers ont refusé de « faire » les trois quarts d'heure supplémentaires que la direction de Citroën souhaitait récupérer pour compenser les augmentations de salaire consenties en juin 1968.

La grève a tenu huit jours. Chaque soir, le même rituel se répétait. Et, petit à petit, le nombre de ceux qui stoppaient à 17 heures a décru. Un par un, les grévistes étaient convoqués devant l'encadrement. Les immigrés, surtout, subissaient des pressions.

Le huitième jour, prenant son poste, Robert a trouvé le contremaître qui l'attendait, narquois. Muté, il était muté, à l'« annexe », à un kilomètre de l'usine, loin des copains, loin de la grève.

L'exil.

Par bribes, au hasard des rencontres, il a suivi l'agonie du mouvement. Une cinquantaine d'irréductibles ont continué de refuser les nouveaux horaires — une question d'honneur, de dignité. On les a harcelés sans trêve, jusqu'à ce qu'ils craquent, demandent leur compte.

Robert a passé un mois à l'entrepôt, affecté au rangement de pièces détachées. Et, un matin, il a reçu une convocation pour l'usine. L'espoir s'est ravivé de retrouver des visages connus, l'atelier, les mots anodins au moment de la pause, les « détails » quotidiens qui lui manquaient tant.

Le contremaître lui a montré la cour. Le chariot. Les « caisses ». Ses épaules douloureuses alimentent et pansent son orgueil d'intellectuel. Même s'il lui faut réserver la primeur de ses analyses politiques au vent qui tourbillonne entre les bâtiments, il tient. Il tiendra jusqu'à ce qu'on le licencie. Il est fier de sa condition.

Etabli.

D'un geste machinal qui lui est familier, Jean-Marc Salmon se caresse le menton, gris de barbe. Il regarde le grand amphi, plein à déborder, houleux, il entend les cris et les interpellations. Il se sent perplexe. La séance est ordinaire, pourtant : à chaque fois qu'un incident éclate sur le campus — et il en éclate tous les jours —, les Vincennois se rassemblent dans cette vaste enceinte, basse de plafond, sans fenêtres. L'AG est pratiquement permanente. C'est là qu'un millier d'étudiants décident de l'action à entreprendre, ou plus exactement approuvent par acclamations les propositions des leaders.

Dès l'ouverture du « Centre universitaire expérimental de Vincennes » — telle est l'enseigne officielle —, Salmon s'est imposé comme le vrai patron du lieu. A vingt-six ans, l'ancien responsable de l'UNEF (nul n'a oublié dans le sérail ses empoignades homériques avec Kravetz, cinq ou six ans plus tôt) est riche d'une déjà longue expérience. Après le syndicalisme étudiant, il a rejoint l'UJC(ml), dont il fut un des gros bras. En avril 1968, il a dirigé l'opération de commando contre le 44, rue de Rennes, afin de détruire une exposition de soutien aux « fantoches » sud-vietnamiens. En juin, il fut, sur le terrain, l'un des chefs maos lors des affrontements violents devant les usines Renault de Flins. A cette occasion, il vit se noyer, tout près de lui, Gilles Tautin.

Son désir d'action l'a d'abord incité à suivre Benny Lévy, à parrainer la fondation de la Gauche prolétarienne ; mais, presque aussitôt, il s'en est détaché. Il se défie des organisations, regrette d'avoir, en mai, par la cécité des dirigeants prochinois, raté le mouvement étudiant, redoute une nouvelle ossification groupusculaire. Benny ne lui a-t-il pas confié, dans une grande tirade sur le métabolisme politique où il citait abondamment le président Mao, qu'il était nécessaire de « régénérer le sang impur » ?

A Vincennes, Jean-Marc donne libre cours à son spontanéisme : lors des AG, il renifle intuitivement les *desiderata* de la « base » et en fournit avec brio la traduction attendue. Bon orateur, il intervient sobrement de sa voix chaude de Pied-Noir, sans s'encombrer du jargon sacré.

Mais aujourd'hui, 25 juin 1969, Salmon ne flaire rien, sinon un courant d'élans si contradictoires qu'il se tapote sept fois le menton avant de parler. La situation revêt, il est vrai, un caractère totalement inédit. Depuis l'aube, les « révisos », les « stals », bref, les gens du PC occupent le bâtiment où doivent se dérouler les élections universitaires. Trois à quatre cents solides militants communistes, emmenés par Gérard Molina, secrétaire de l'UEC, et Pierre Juquin, se sont retranchés dans les salles de vote et assurent le bon déroulement du scrutin.

Pour plus de sécurité, les nouveaux gardiens de l'ordre en vigueur ont fixé les urnes aux tables. Sage précaution : la semaine précédente, lors d'une première tentative, elles avaient volé à travers les fenêtres jusqu'au bassin, opportunément asséché. Un reporter d'Europe n° 1, Ivan Levaï, que sa cravate désignait certainement comme un ennemi du peuple, avait failli suivre la même trajectoire.

L'assemblée générale hésite : faut-il donner l'assaut et attaquer les « révisos » ? Certains préconisent un repli vers les bois et s'affublent de feuillages, selon les préceptes de l'oncle Hô, afin de ramper sur les pelouses sans se faire remarquer.

A ce stade, Salmon se frotte anxieusement le dessus du crâne. Il va bien falloir trouver une issue, énoncer quelque chose. Depuis l'inauguration de Vincennes, cinq mois plus tôt, il a affronté d'autres conjonctures difficiles. Et s'en est toujours sorti.

Le 23 janvier 1969, une cinquantaine d'étudiants de la Sorbonne investissent le rectorat. Par solidarité, les Vincennois résolvent d'occuper leur propre université. En pleine nuit, la police débarque, mais les étudiants retranchés n'entendent point se rendre sans combat. Les escaliers menant aux étages ont été obstrués avec des tables, des armoires et des chaises. Les flics montent à l'assaut, escaladent les barrages, balancent des grenades lacrymogènes.

On se bat furieusement. Sur les toits, Salmon encourage de la voix et du geste ceux qui bombardent les forces de l'ordre à l'aide de projectiles variés. André Glucksmann n'est pas le dernier, et Michel Foucault, ravi, lance des cailloux, veillant à ne pas tacher son costume de velours noir à grosses côtes.

Les CRS, après trois heures d'affrontements, finissent par avoir le dernier mot. Tout le monde est embarqué vers Beaujon. Le lendemain, la presse se déchaîne contre les « casseurs » ; diverses photos dressent l'inventaire des dégâts. Certains articles critiquent le ministre de l'Education nationale, Edgar Faure, coupable d'avoir péché par excès de libéralisme ; il est accusé d'avoir offert, avec l'argent des contribuables, un trop beau joujou aux gauchistes.

Le Centre expérimental est un produit direct de Mai 68. Qui eut, le premier, l'idée de prolonger le boulevard Saint-Michel jusqu'au zoo de Vincennes ? Sans doute le doyen de la Sorbonne, Raymond Las Vergnas, lequel soumet au ministre dès le mois d'août 1968 un projet d'Université nouvelle régie par des préceptes neufs : pluridisciplinarité, ouverture sur le monde contemporain.

Cette vision moderniste séduit Edgar Faure, qui est en train de concocter sa loi d'orientation sur l'enseignement supérieur — dont les idées forces sont l'autonomie et la participation. Le but avoué est d'adapter sans délai une institution sclérosée aux mutations culturelles de la société française. Il donne, en quelques jours, le feu vert au doyen Las Vergnas.

Vincennes sera la vitrine de son projet.

Il ne déplaît point au trépidant ministre de déborder les enragés, de montrer que l'imagination peut être aussi de son côté. A des carabins qui l'interpellent en citant le *Petit Livre rouge* lors d'une visite dans une faculté, « Edgar » lance, hilare, son unique cheveu lui chatouillant la langue :

— Le président Mao, je le connais mieux que vous !

Ce n'est pas faux.

Et puis, en reléguant loin du quartier Latin ceux que dévorent l'illusion révolutionnaire ou l'ambition novatrice, le ministre espère assurer ailleurs une paix relative.

L'expérience attire le gratin des enseignants. Un vrai Bottin des gloires universitaires : Bouvier, Chatelet, Cixous, Deleuze, Dommergues, Foucault, Laborit, Lyotard, Serres — tels sont, entre autres, les noms de pédagogues et chercheurs qui rêvent d'établir avec les étudiants des relations sans précédent.

Construits en un temps record, les bâtiments sont prêts pour décembre ; du préfabriqué assez luxueux, circuit vidéo intérieur, moquette, petites salles propices au travail en équipes restreintes, grandes baies vitrées qui ouvrent sur le bois...

Edgar Faure entendait créer un abcès de fixation du gauchisme. Ses vœux sont exaucés, et au-delà. Dès l'ouverture, la fine fleur de la contestation rapplique.

Ils sont presque tous là, les ténors qui s'affrontent en tumultueuses joutes publiques. Henri Weber, assistant au département de philosophie, représente le gauchisme raisonnable. Depuis que Krivine, à sa sortie de prison, est parti pour l'armée, c'est lui qui préside aux destinées du principal courant trotskiste, regroupé autour du journal *Rouge*.

Sur la fac, il est secondé par Michel Récanati, leader des CAL en Mai 68. Malgré ses dix-huit ans, ce dernier ne se départit que rarement de son esprit de sérieux. Le militantisme chez lui est un sacerdoce, qui exige abnégation et sacrifice. Tendu, vibrant, il camoufle ses émois derrière un mur de certitude, d'autoritarisme, qui lui donne l'air pète-sec, rabat-joie. Mais il passe parfois dans ses yeux verts des écrans de tristesse voilée, signes d'une vulnérabilité intime qui le rend attachant.

On devine alors que ces allures martiales compensent une affectivité frissonnante, une générosité qu'il ne parvient pas à traduire dans ses relations avec les autres, une quête de pureté. Gamin trop vite responsable, « Réca » prend à cœur son rôle de chef. Pour lui, ce n'est pas un jeu.

Dans les AG, Weber et Récanati tentent de résister à la déferlante mao-spontanéiste, aux « maos-spontex » selon l'expression en vogue, mais ils sont fort minoritaires. Inlassablement, réunion après réunion, ils développent leur analyse : le caractère « récupérateur » de Vincennes est patent ; le pouvoir désire transformer le Centre en vitrine de sa politique ; montrons-nous à la hauteur de l'enjeu, retournons ses armes contre lui ; là où le gouvernement avance les formules les plus novatrices, le mouvement étudiant adoptera les formes de lutte les plus avancées ; Edgar Faure souhaite fabriquer un ghetto gauchiste, transformons-le en base rouge, en « Régie Renault de la contestation », en modèle d'Université critique : recrutement, formation idéologique et politique des militants — voilà à quoi doit servir l'Université, qui fonctionnera ainsi pour le compte de ses usagers. Accessoirement, les étudiants égarés en profiteront pour acquérir une poignée de diplômes, et un brin de connaissances.

Tout autre est l'argumentation du petit groupe rassemblé autour de Salmon. Il ne s'agit pas que l'Université fonctionne autrement ; il s'agit de la détruire.

Courant février, un « Comité de base pour l'abolition du salariat et la destruction de l'Université » voit le jour. Salmon en est l'orateur, Glucksmann et Dollé en sont les théoriciens. Ils concentrent leurs idées dans une petite brochure à couverture rouge, sobrement intitulée *Après Mai 68, les plans de la bourgeoisie et le mouvement révolutionnaire*. L'Université, exposent-ils, lieu par excellence de reproduction du savoir bourgeois, est aujourd'hui un maillon faible que les révolutionnaires sont capables de faire sauter. Détruire l'Université bourgeoise, c'est commencer à détruire le pouvoir de la bourgeoisie.

L'ambition du comité de base, proclamée par un tract, est donc claire : « La destruction de l'Université n'est pas une action ponctuelle, correspondant à un test imposé par le gouvernement, mais un long processus. Ce mouvement passe par la compréhension, par les masses étudiantes, de l'inanité de l'Université, de son système d'examens, de l'inutilité de son enseignement perverti. »

Les fidèles de la Gauche prolétarienne adoptent des positions analogues. La GP, sur le campus, est trustée par la famille Miller. Le plus visible, le chef local, est Gérard — qui vient de Nanterre. Petit, nerveux, sec, sanglé dans un blouson de cuir, il semble toujours investi d'une mission historique immense. C'est un militant aguerri qui, très jeune, a roulé sa bosse à l'UJC(ml), conduit quelques « longues marches » dans le bocage mayennais pendant l'été 68. Sa popularité n'atteint pas les sommets.

Son frère, Jacques-Alain, arrive au département de psychanalyse de Vincennes en même temps qu'il intègre la GP. Comme pour Jean-Claude Milner, ce n'est qu'un retour aux sources. Après le grand traumatisme de Mai, les lacaniens reviennent à la politique, au militantisme — et au maoïsme. Variations autour du maître ? Toujours est-il que Jacques-Alain professe chez les « psy », que Judith, sa femme, la fille de Lacan, enseigne la philo, et que Gérard, lui, anime la cellule GP qui subit la rude concurrence du comité de base de Salmon et Glucksmann.

Ce dernier, trente ans passés, est le plus âgé de la bande. Avant Mai, il était l'assistant d'Aron à la Sorbonne et l'auteur d'un essai remarqué sur Clausewitz. Depuis les « événements » qui l'ont gauchi, il cherche sa voie entre les chapelles de la révolution, dont aucune ne le séduit vraiment. Publiquement, il intervient peu, goûte davantage les cénacles où il s'alloue volontiers le rôle du penseur, « convoque les concepts » avec force moulinets du bras, secouant son abondante chevelure.

Autour ou plutôt derrière ces petits noyaux, une mouvance élastique, constamment prête à s'enflammer. Vincennes est le seul endroit où il semble que Mai 68 n'ait pas connu de fin. L'aspect physique des lieux frappe rudement le visiteur. Inscriptions énormes sur chaque espace libre, affiches collées partout, même dans les recoins inaccessibles et autour du bassin, panneaux géants où valsent les idéologies.

Le sol est jonché de tracts, et, tout au long des couloirs, des vendeurs de journaux, de brochures, de livres volés à la librairie Maspero voisinent avec les fabricants de merguez dont l'odeur empeste. La sono sous « contrôle populaire » s'entend dans le hall, les escaliers, et même dehors. Elle lance à jets continus des invites pour des réunions, des AG, des distributions de tracts au métro Château-de-Vincennes, des collectifs infiniment divers. Entre les annonces, les haut-parleurs diffusent *A bas l'Etat policier* sur l'air du chant nazi *Heili, Heilo*. Quelques enseignants sursautent à ce rappel d'une autre époque....

Personne ne prête attention au bric-à-brac environnant. Pour qu'une affiche soit remarquée, il faut qu'elle mesure dix mètres. Et les étudiants ne s'offusquent nullement que les bâtiments flambant neufs se soient détériorés en quelques semaines. Des graffiti, des bombages à la peinture maculent murs et baies vitrées. Certains individus, tenaillés par une solide parano, défoncent les plafonds afin de vérifier qu'ils ne dissimulent aucun micro policier. Et des pourfendeurs de la morale publique arrachent les portes des toilettes, tabous de la bienséance. Quant à la bibliothèque, elle perd ses volumes suivant un rythme inquiétant.

Pourtant, dès qu'on s'éloigne du souk, on aperçoit dans les salles des élèves studieux qui grattent consciencieusement ; en effet, démentant les apparences, la majorité des usagers travaillent, et travaillent même doublement, car beaucoup sont salariés. Ceux-là ne fréquentent point les assemblées générales. Ce qui ne signifie pas qu'à l'occasion ils refusent leur concours.

Le Vincennes de la révolution, déchiré, morcelé, ne retrouve son unité que dans la haine du parti communiste. Les uns disent « les révisos », les autres « les stals », tous « les crapules ». Peu nombreux, les étudiants du PC endurent un harcèlement permanent. Il leur arrive, suite à l'insanité d'un tract polémique, de trouver en face d'eux une meute vengeresse qui exige réparation. Un enseignant ou un journaliste — il en traîne partout — s'interpose-t-il ? Il s'entend répondre par un des agresseurs qu'on ne cultive pas, ici, « le sens bourgeois de l'honneur », et que l'attaque à dix contre un se justifie par un légitime souci d'efficacité. Le président Mao n'a-t-il pas conseillé de surprendre l'ennemi en son point faible ?

Les enseignants communistes non plus ne sont guère à la fête. En tout cas, ceux qui affichent une orthodoxie de fer. André Gisselbrecht, maître-assistant d'allemand coupable d'avoir tancé, dans les colonnes de *l'Humanité,* « l'anarchisme de papa, la lutte finale des croyants du maoïsme », est sommé de s'expliquer publiquement. Un tract dénonce « Gigi la crapule révisionniste bien connue » et affirme : « Le seul représentant de l'ordre bourgeois, à Vincennes, c'est le parti communiste. »

Lorsque, au matin du 25 juin, les gauchistes vincennois découvrent que les « révisos » ont occupé le terrain durant la nuit, ce n'est pas une complète surprise : la rumeur en courait depuis quelque temps. Déjà, deux ou trois jours auparavant, la nouvelle de l'arrivée imminente des « permanents de la CGT » avait plongé les gardes rouges dans une fébrile agitation.

Gérard Miller, fort d'une expérience « militaire » que nul n'osait lui contester, avait dessiné au tableau noir les lignes de défense de la faculté. Plusieurs centaines de militants s'étaient retranchés sur les toits en terrasse, abrités derrière des tables disposées en créneaux, ce qui donnait à l'ensemble une vague allure moyenâgeuse.

L'attente fut vaine.

L'assemblée générale s'agite de plus en plus. Une initiative s'impose. Salmon consulte ses copains du comité de base, aussi indécis que lui sur l'attitude à adopter. Les reconnaissances effectuées par des Estafettes établissent que le bâtiment où le service d'ordre du PC s'est retranché a été transformé en fort Chabrol. L'assaut paraît pratiquement impossible.

Salmon s'en veut de s'être laissé surprendre de cette manière. Il comptait, pour prévenir l'éventuelle intrusion des « révisos », organiser dans la matinée l'« autodéfense de la faculté » ; mais les prolétaires farouches rameutés par les staliniens se sont avérés plus matinaux que les étudiants. Sans peine, au demeurant.

Weber discerne des flottements dans les rangs « maos-spontex », et calcule vite : voici l'occasion ou jamais de déborder l'ultra-gauche sur sa gauche. Toute cette agitation confine au grotesque, mais n'est-ce pas le moment de montrer que les trotskistes « en ont » ?

Déjà, quelques jours plus tôt, alors que les concurrents se réfugiaient sur les toits, il avait paradé à l'entrée de l'université avec une poignée de militants, assurant qu'en cas d'attaque des « stals », il se ferait un plaisir de « s'en occuper personnellement ». Le bluff avait fonctionné.

Henri demande la parole et propose à l'AG d'aller déloger les usurpateurs. Applaudissements, cris, remous. Salmon opine. On ne peut rester éternellement assis dans cette salle. Les plus décidés sortent, s'organisent par manipules et s'équipent en vue du combat. Casques sur la tête, chaises et tables utilisées comme des boucliers, une cohorte hérissée de piques telle une tortue romaine s'ébranle vers les escaliers. D'en haut, les cris fusent :

— Salauds de gauchistes, venez-y !

Pas si facile... Les projectiles sifflent. Les murailles de meubles qui barrent les marches interdisent tout contact. Des enseignants, Madeleine Rebérioux aux avant-postes, jouent les soldats de l'ONU, essaient de s'interposer. Les assaillants refluent. On a tenté une sortie, l'honneur est sauf. Jean-Marc Salmon, fidèle à la tactique éprouvée du président Mao, décrète le repli en bon ordre. Un militant « gépiste » tire les leçons de l'épreuve :

— Vincennes, c'est la Tchécoslovaquie. Un coup de force social-fasciste contre le mouvement de masse pour imposer par la terreur la dictature révisionniste.

Les étudiants présents l'approuvent gravement et se dispersent à la hâte. Le parti communiste reste maître d'une maison vide.

Le jeudi 16 janvier 1969, en début d'après-midi, un aiguilleur de tramway praguois aperçoit une torche vivante qui se consume au pied du Musée national. Jan Palach, vingt et un ans, étudiant en philosophie, vient de s'arroser d'essence avant de s'immoler par le feu, à la manière des bonzes vietnamiens. Toute la ville, figée dans le recueillement, suit les obsèques de ce martyr qui entendait protester contre la « normalisation » de son pays par les troupes soviétiques.

A peine plus de dix pour cent des étudiants, un peu plus d'un tiers des enseignants ont mis un bulletin dans l'urne gardée par les sbires du PCF. Mais ce refus de voter avec une matraque dans le dos ne signifie pas une victoire pour les gauchistes. Glucksmann et Salmon se rendent compte que leur orientation — la « destruction de l'Université » — reste amplement minoritaire. Ils ont beau tenter de bloquer la fac par tous les moyens, le Centre tourne cahin-caha, malgré sa ration quotidienne d'incidents, de polémiques. Suivant le précepte que le plus grand ennemi est le plus proche ami, le comité de base s'efforce de perturber les cours des profs sympathisants. Michel Foucault essuie les plâtres et prend très mal ce « privilège ». La GP approuve. Jacques-Alain Miller, Milner et Jambet ont, de concert, rédigé un texte dont l'intitulé est plus qu'explicite : « A bas l'Université. Ecrasons l'infâme ! »

Une autre fois, une cinquantaine de gardes rouges vincennois envahissent, à la suite de Dollé et Glucksmann, la salle où Weber donne son cours. Les interrupteurs brandissent le *Petit Livre rouge* qu'ils menacent de transformer en objet volant, et scandent : « Bas les pattes devant la Chine rouge ! » Dollé, placide, engage la discussion, mais Glucksmann l'interrompt :

— Laisse tomber, Jean-Paul, son cerveau a cessé de fonctionner en 1940.

Weber est blême. L'allusion à l'assassinat du « Vieux » exaspère le trotskiste. Il apostrophe Glucksmann :

— Dédé, tu n'es qu'un pitre sinistre. Tu entraînes ces jeunes abrutis dans une voie sans issue. Mais toi, tu es tranquille : tu es maître-assistant. Tu peux détruire l'Université. Tu t'en tireras toujours.

Cette dernière sortie met la salle en transes ; les maos veulent régler son compte à « Riton », ce « con plein de bouffissures ». Les étudiants dudit protestent. Glucksmann donne l'ordre d'évacuation.

Le groupe de base — Dollé, Glucksmann et sa compagne Françoise Renberg, Salmon — réunit encore ses efforts pour sortir une revue, *Révolution culturelle.* Elle n'aura qu'une seule livraison.

Dans *le Nouvel Observateur,* Jean Daniel intitule l'un de ses éditoriaux « Le sel du gauchisme » : « Il reste que, pour le moment, l'immense et puissante Chine nourrit le vrai gauchisme, le gauchisme éternel... Le gauchisme est par essence libertaire. Il est défoulement dans les sociétés mécanisées, affirmation dans les collectivités opprimées. C'est le cri qui précède la doctrine, l'acte antérieur à la pensée. » Et encore : « Il est le sel dont parle l'Ecriture, et sa disparition conduirait à un enfer de pharisaïsme et d'immobilité. Mais il est aussi et en même temps anarchique, et, à la lettre, irresponsable : son dessein n'est pas la responsabilité mais le changement. Non le devenir mais le refus... Composée exclusivement de gauchistes, une société est conduite à l'hystérie. Privée de gauchistes, une société est conduite à l'asphyxie. »

A Vincennes, ce sont les « gauchos » qui sont menacés d'étranglement : hormis le noyau militant, extensible au gré des circonstances, les étudiants étudient, souhaitent subir leurs contrôles, obtenir des licences. Certains départements ne se montrent guère regardants sur les critères d'évaluation, et quelques jeunes gens pressés accomplissent à vil prix un cursus accéléré.

Glucksmann et Salmon, en tout cas, désespèrent d'enrayer le cours de Vincennes. Dans un long tract amer, les membres du comité de base tirent le bilan de l'expérience, et leur révérence :

> Vincennes a fonctionné comme Edgar Faure voulait qu'elle fonctionne. L'administration et les profs libéraux de gauche, à l'avant-garde de l'idéologie bourgeoise, du cul et de la psychanalyse, endorment dans leur salon moquetté. Avant de devenir des imbéciles heureux ravis d'être au courant des péripéties structuralistes, il serait temps de passer à l'offensive. Le snobisme de Vincennes, de ses intellectuels de tout poil, est pourri. Il est temps de le jeter à la poubelle ; ici, il y a des révolutionnarisants partout, dans les cours, dans les cafétérias, sur le gazon et sur les toits. Les profs sont d'accord avec la lutte des travailleurs ; allez donc à leurs cours, la révolution est à l'ordre du jour.
>
> On nous a gavés d'illusions, de poudre aux yeux, de participation-piège à cons, de confiture pluridisciplinaire, le tout enrobé d'un miel puant : celui de l'intellectualisme de gauche qui ne s'intéresse à la révolution que dans la mesure où elle est ponctuelle, tranquille et hebdomadaire : une heure de cours, le tout baignant dans les controverses, ô combien passionnantes, entre Léon Machin et telle fausse couche de Lacan.
>
> Vincennes-fort-la-pute s'est découvert cinq mille clients en première année en roulant des hanches, en attirant dans son bordel confortable l'intelligentsia bien pensante de la révolution au chaud : les profs libéraux, révisionnistes, larbins de l'idéologie bourgeoise qui les paie bien, profitant de la confusion des faunes révolutionnaires après Mai, du désarroi de nombreux militants.
>
> Le recrutement du corps enseignant à Vincennes indique clairement les intentions gouvernementales : il s'agit de rassembler tous les pots de peinture avant-gardistes, nouveau roman, écoles sous-lacaniennes, historiens marxistes tranquilles, structuralistes en délire et avatars universitaires de Mao. A charge pour eux d'impressionner les étudiants, de leur faire oublier Mai et la lutte des classes.

L'Université ne sera pas détruite. Jean-Marc Salmon n'attend plus rien du mouvement étudiant. Il suffit de regarder le paysage alentour : excepté quelques îlots de résistance, Censier, Nanterre ou Vincennes, la loi d'orientation élaborée par Edgar Faure se met en place. Avec difficultés, tâtonnements — mais elle existe.

La participation que le comité de base vincennois dénonçait comme un « mythe idéologique à résonance fasciste » entre peu à peu dans les mœurs, selon des fortunes diverses. Ceux qui, en Mai 68, formaient commission sur commission trouvent dans les nouvelles institutions le moyen d'étancher leur soif d'accommodement. Le ministre de l'Education avait prévenu : « Il n'y a pas d'exemple dans l'histoire qu'une révolution ait été faite simplement par des révolutionnaires. Il faut donc que les révolutionnaires entraînent avec eux les réformistes ; mais nous faisons tout ce qu'il faut pour qu'ils n'y parviennent pas. »

Bien observé. Salmon décide de couper le cordon, de quitter ce milieu où il baigne depuis si longtemps. Abandonner la fac, s'échapper du ghetto. Il veut travailler en usine, se colleter avec ce prolétariat dont il parle tant et qu'il n'a pour ainsi dire jamais vu ; reste qu'auparavant il lui faut se préparer pour l'épreuve, tuer le petit-bourgeois qui s'agite en lui.

Mouvement de rectification. Lutte-critique-réforme. L'idée vient de Chine, directement importée. Sous la Révolution culturelle, la pratique s'en est répandue comme une poignée de riz. Dans l'usine ou la ferme, on arrête la production, on s'assied en rond, et tout le monde critique tout le monde, les cadres en particulier. Et, naturellement, chacun s'autocritique, reconnaît ses erreurs.

Un copain de Salmon depuis l'UEC et l'UNEF, Roland Geggenbach, suggère au petit groupe une séance purgative de quarante-huit heures.

Dans un appartement, les voici assemblés, une quinzaine : inlassablement, ils se jugent, s'évaluent, soupèsent les actes des uns et des autres. Tous doivent être soumis à l'inquisition mutuelle, tous acceptent de s'y prêter. La règle du jeu impose que chaque participant soit mis en accusation, disséqué, qu'il collabore lui-même à sa propre radiographie sociopsychologique, et morale.

Tous les thèmes défilent : le comportement quotidien, l'attitude politique, la vie affective sont impitoyablement étalés. Dénoncer, proscrire, calomnier, s'emporter, se lamenter, se justifier...

La séance est rude, décapante. Et, le lendemain, on recommence. Ce n'est jamais fini. Il faut reprendre le procès jusqu'à ce que la moindre parcelle de résistance, de réticence, ait été extirpée. Jour après jour, le psychodrame s'éternise.

Il dure plusieurs semaines.

Un garçon du groupe porte la tare indélébile de n'avoir point pris part au mouvement de Mai. Il est traqué, poussé dans ses retranchements. Est-il un bourgeois, un flic ? Il se défend pied à pied, mollit, s'effondre. C'est bon. Il est nécessaire d'aboutir à la soumission repentante, aux aveux. La rédemption, la grâce sont de l'autre côté du miroir, après la négation de soi. Celui qui renonce à lui-même est sauvé de l'enfer.

Jean-Marc Salmon supporte difficilement l'âpreté, la violence de ces interpellations. Lui, le leader, le dirigeant, est singulièrement dans le collimateur. Selon l'expression utilisée en Chine, on l'accuse de ne pas « descendre assez de son cheval », d'être lointain, coupé des masses, de la base. On s'acharne fraternellement sur lui. Il n'en peut plus, se rebelle ; on l'enfonce, l'accable. Un soir, après un mois de forcing ininterrompu, il cède, il craque, il pleure. Il veut arrêter, fuir.

Le lendemain, il revient. Comme les autres, il se bastonne moralement, reconnaît ses torts, dénonce ses travers secrets. Le leadership est aboli. Le chef est brisé.

Tous rampent et jouissent dans l'autoflagellation.

1986. Jean-Marc Salmon, conseiller en communication :

— Nous avons vécu dans ces organisations gauchistes des expériences de micro-totalitarisme. Elles nous ont vaccinés pour le restant de nos jours. C'est parce que nous avons touché concrètement, intimement, à la folie de cette logique, que nous sommes tellement vigilants sur la question du totalitarisme. Pédagogiquement, c'était utile.

Après cela, il se sent purifié, neuf, discipliné et fort, prêt pour la longue marche au sein du prolétariat. Les stigmates de l'intellectuel sont effacés, les cheveux raccourcis. La drogue, proscrite.

L'homme de fer est digne d'affronter l'établissement.

3

Isoloirs

Verdun. Minuit passé. L'officier désigne la bouteille de vin blanc avec un clin d'œil complice :

— Allez, Krivine, ça s'arrose !

— Non, merci, mon lieutenant.

Ce n'est nullement l'envie de trinquer qui lui manque, au camarade Krivine. Le communiqué publié par l'Elysée, quelques minutes auparavant, satisfait l'un de ses plus chers vœux : « Je cesse d'exercer mes fonctions de président de la République. Cette décision prend effet aujourd'hui à midi. » Diffusé à 0 h 11, le 28 avril 1969, le message laconique est signé Charles de Gaulle. Exceptionnellement, Alain, trésorier de la compagnie d'infanterie où il effectue son service militaire, a été autorisé à veiller. Les gradés lui ont dit et redit qu'ils sont gens de gauche, garantis purs républicains, qu'ils ont naguère combattu l'OAS. N'empêche : ils célèbrent la retraite du « Vieux » avec une allégresse suspecte. Krivine demeure sur ses gardes. Il aime bien savoir avec qui et pourquoi il sable le champagne.

Et puis, cette « victoire », il la devine non moins ambiguë que les toasts portés autour de lui. De Gaulle est battu, sans doute aucun. Son référendum, visant conjointement — tactique éprouvée du fourre-tout — la régionalisation et le dépérissement du Sénat, se solde par 53 % de refus. Pourtant, le Général avait, comme à l'accoutumée, jeté sa charge dans la balance. Mais qui a dit non ? Les gauches plus ou moins unies, la classe ouvrière, les soixante-huitards qui n'ont pas rompu avec le suffrage universel ? Sûrement. Reste que la frange qui a creusé l'écart, qui a fait la différence, Krivine est assez bon politique pour le flairer, c'est la caste des notables, c'est le marais centriste, ce sont les amis de Giscard d'Estaing, c'est le ventre mou de la France profonde ou les nostalgiques de la coloniale.

Mai 68 a déstabilisé le monarque, et les régicides qui grouillaient aux marches du palais en ont profité pour affûter leurs poignards. Alain ne saurait dénombrer, depuis 1958, les manifs où il a crié son refus du gaullisme... Le sauveur suprême, hautain et muet, s'enferme à la Boisserie. Vertige. Rideau.

Le scrutin est équivoque. Mais les trotskistes avaient raison lorsqu'ils parlaient de « répétition générale » au soir des barricades. L'histoire s'accélère. La Ve République n'en a plus pour longtemps.

Emprisonné au début de l'été dernier, après la dissolution de la JCR, Alain Krivine a directement quitté la Santé — le dossier de l'instruction manquait de consistance — pour se retrouver bouclé derrière d'autres grilles, militaires celles-là. Chez les adhérents de la IVe Internationale, la consigne est d'accepter d'endosser l'uniforme afin de ne pas abandonner à l'ennemi de classe la connaissance des armes. Discipliné, Alain s'est donc laissé incorporer à Verdun, fantassin du bas de l'échelle. Quant à découvrir le maniement de la poudre à canon, maldonne...

On l'attendait de pied ferme. Sitôt expédiée la phase rituelle de rassemblements et de marches forcées, son lieutenant, un type astucieux manifestement chargé de veiller sur cette brebis notoirement galeuse, l'a bouclé dans un bureau, loin du gros de la troupe. Krivine, au début, n'a dans sa ligne de mire que des colonnes de chiffres, et ne vise que les frais de mission des officiers.

Durant les premiers mois, il est aussi coupé des siens. Le Comité central se réunit sans lui à Bruxelles. Et, sans lui, l'ex-JCR, lors d'un congrès tenu outre-Rhin, se transforme en Ligue communiste, organisation « nouvelle » provisoirement à l'abri des foudres de Raymond Marcellin.

Petit à petit, le lien se rétablit. Quand il bénéficie d'une permission, Alain achète une bouteille de pinard, comme n'importe quel bidasse en goguette, et rejoint des copains de « beuverie » dans l'appartement d'un militant PSU, lequel — coïncidence — est précisément absent. Les poches de son uniforme sont vierges de tout écrit politique. Si la Sécurité militaire interrompt la réunion amicale, elle ne saisira qu'un peu de côtes-du-rhône. Les émissaires de la Ligue tiennent leur leader régulièrement informé de la vie parisienne et des débats internes. Il réussit même, rompant le cordon sanitaire, à créer une cellule clandestine dans la caserne.

Son compagnon de bureau et de chambre est un tout jeune appelé, apprenti notaire. Krivine observe un jour que ce dernier reçoit une convocation de la SM, pâlit, enfile sa tenue de sortie et disparaît sans un mot. Vers 11 heures, il rentre, le teint plus coloré, et raconte son aventure :

— J'ai été invité dans un grand restaurant. Il y avait des civils, des officiers supérieurs, un type qui venait de Metz ou de Nancy. Ils m'ont dit que tu étais un extrémiste, m'ont demandé ce que tu lisais, comment tu réagissais, ce que tu écoutais à la radio, qui tu voyais. Ils m'ont donné un numéro de téléphone pour les joindre. Qu'est-ce que je fais, Alain ? Qu'est-ce que je dois faire ?

L'interpellé — qui a tant l'expérience de la clandestinité, du double jeu, du double langage, rompu par son long séjour chez les staliniens à ces exercices pervers — est sensible au désarroi de son interlocuteur, un garçon apolitique mais sincèrement indigné, choqué :

— C'est à toi de choisir, de leur dire oui ou non, de leur dire ce que tu penses.

La Sécurité militaire a mal sélectionné son agent. Au bout de trois « rapports » creux, le notaire en herbe craque, déclare qu'il lui est moralement impossible de continuer.

Le révolutionnaire infiltré, lui, continue. La cellule interne à la caserne se double bientôt d'une cellule extérieure, en ville. Krivine serait capable de recruter des partisans au Vatican ou à la Banque de France. C'est un don, et un savoir. Rien ne saurait l'intéresser plus. Et peu lui importe d'exercer ses talents ici ou là. C'est toujours intéressant.

La défaite et la démission du plus célèbre des Français exigent une réflexion collective approfondie. Le week-end suivant, muni du billet à tarif réduit dont bénéficient les permissionnaires, Krivine gagne Paris. Le bureau politique de la Ligue s'apprête à ausculter la France orpheline.

Le vide, au sommet de l'Etat, est provisoirement comblé par Alain Poher, le président du Sénat. Mais l'homme qui s'affirme, c'est Georges Pompidou. L'ex-petit prof issu d'Auvergne, normalien méritant à force de bourses, devenu banquier puis conseiller occulte du pouvoir et enfin Premier ministre, a franchi le Rubicon. Remercié par le Général après Mai 68, il n'a pas attendu le verdict des urnes pour postuler la succession du chef irremplaçable. Dès janvier, il l'avouait en Italie lors d'une « visite privée ». Et, un mois plus tard, afin que nul n'invoquât un lapsus, il confirmait ses intentions à la télévision suisse. Il fut socialiste, jadis, rue d'Ulm. Il est aujourd'hui — à quelques défections près — le poulain du parti gaulliste. Les choses, d'ailleurs, n'ont guère traîné. De Gaulle s'est retiré le 28 avril. Pompidou dévoilait ses batteries dès le lendemain.

Le noyau dirigeant de la Ligue, « en termes de classe », n'y décèle pas une mutation fondamentale. Le champion de l'appareil majoritaire est homme de compromis entre la tradition bonapartiste incarnée par de Gaulle et les puissances néocapitalistes — celles qui font flèche de tout bois et béton de tout sable en ces années d'expansion. Les centristes, les atlantistes, les « réacs » façon IVe République vont soutenir Poher. Mais ces divergences mineures se décanteront entre le premier et le second tour.

Alain Krivine partage l'analyse. Le rapporteur de service, Daniel Bensaïd, observe encore que la gauche n'abordera pas l'échéance au mieux de sa forme. Le parti socialiste ressort Gaston Defferre, feu « M. X » dans les années soixante. Mitterrand, prudent, passe un tour. Le PC préfère le disert et subtil Jacques Duclos à l'imprévisible et taciturne Waldeck Rochet. Reste le PSU, qui délègue son secrétaire général, Michel Rocard, pour tenter une synthèse entre les audaces utopiques de « l'esprit de Mai » et les rigueurs technocratiques de la « nouvelle gauche ». Question de l'orateur : « Camarades, allons-nous laisser Rocard porter seul l'étendard du Mouvement ? » Et il complète : « Abandonnerons-nous à Duclos, vieil apparatchik s'il en est, le monopole de la parole ouvrière ? »

Bonne question, estime Krivine. Mais de quel recours disposons-nous contre les sociaux-démocrates décomposés, les stals à l'offensive, et les modernistes récupérateurs ? Il a beau chercher, il n'en voit aucune.

Sonne l'heure du déjeuner. Alain grignote un sandwich avec Daniel Bensaïd, Hubert — son frère — et quelques autres dirigeants. Hubert, l'œil perfide, le laisse répéter son constat d'impuissance. Puis, tranquille :

— On a trouvé une solution.

— Ah ?

— Une solution géniale.
— Explique !
— Tu es assis ?
— Je suis assis.
— Alain Krivine, le bureau politique de la Ligue communiste t'informe qu'il te fait l'honneur de te désigner pour représenter le courant révolutionnaire aux élections présidentielles.
— Vous êtes malades ?

Non, c'est sérieux. Quoique paradoxal : la Ligue ne manque aucune occasion de fustiger la « démocratie bourgeoise », l'Etat de droit qui se flatte d'ouvrir à chacun ses urnes mais disqualifie, interdit de parole le citoyen-prolétaire sur son lieu de travail, « là où s'exerce l'oppression quotidienne, où part en quenouille l'égalité juridique, la fiction égalitaire entretenue par les possédants ». Reste que les exploités votent. Juin 1968 a montré, si c'était nécessaire, que le mot d'ordre « Elections-piège à cons » est aussi fondé qu'incompris. Il faut participer au scrutin pour dénoncer la tartuferie du cérémonial. Il faut retourner contre le système les armes du système, s'infiltrer dans chaque brèche, occuper chaque tribune.

Alain possède par cœur les arcanes de cette dialectique. Voilà des lustres que les trotskistes, au hasard de leur éparse implantation, présentent ici et là des mandataires témoins dont les scores dérisoires ne découragent pas l'ardeur. Mais, en l'occurrence, on change d'échelle. Le référendum de 1962, confiant à l'ensemble des électeurs la désignation du premier des Français, a sacralisé la fonction. D'autre part, la loi concède à chaque postulant un temps de parole égal sur les ondes de la radio et de la télévision. L'occasion est trop belle. Cent deux journalistes grévistes des actualités parlées et télévisées ont été licenciés, en une seule charrette, le 31 juillet. C'est dire combien l'accès des studios est barré aux contestataires. La campagne qui va s'ouvrir fournit un incroyable artifice afin de contourner les chicanes.

Cent signatures d'élus sont requises pour parrainer un éventuel candidat. Sans attendre, l'état-major trotskiste a dressé l'inventaire des papas conseillers généraux, des tontons maires du village — on en trouvera suffisamment. D'autant que Pierre Mauroy, qui a aimablement accueilli les émissaires trotskistes, les a expressément assurés qu'il ne désavouerait point ceux des siens qui concéderaient leur paraphe. Quant à la caisse de campagne, elle commence à s'emplir : diverses personnalités, tel Jean

Bousquet (doublure de Cacharel) qui a versé 10 000 francs, encouragent les francs-tireurs.

Effaré, étourdi, le bidasse de Verdun vide sa cartouchière d'objections :

— Mais pourquoi moi ?

— Mon vieux, tu es notre seule vedette. Ton arrestation a fait du bruit, *France-Soir* t'a désigné comme l'un des principaux animateurs de Mai, tu es le plus connu d'entre nous.

Alain Krivine n'ose l'avouer : il est saisi de panique. Militer dans une cellule, porter la contradiction au sein d'un cercle, coller des affiches, amender une motion, intervenir en congrès, c'est son « métier », sa nature profonde. Sa passion originelle. Totalement sincère, vraiment modeste, rien, sinon l'expérience et le dévouement, ne le porte vers les premiers rangs. Or, ce qu'on lui demande là, c'est plus, et autre chose — un *one-man-show,* une intrusion magique, un numéro singulier. Tout un art de la pirouette qui contredit la culture militante. Il essaie encore de désobéir :

— Vous oubliez que je suis militaire, tenu à l'obligation de réserve. Légalement, ça ne colle pas.

— Erreur. Nous avons consulté des avocats, des juristes. Le cas n'est pas prévu par la Constitution. Pour se présenter, il est nécessaire, disent les textes, d'« accomplir ses obligations militaires ». Tu les accomplis, tu n'as pas refusé l'armée. Les experts sont optimistes. Et un deuxième classe candidat, quel gag supplémentaire !

Les copains se régalent. Plus ils ruminent l'idée, plus elle les réjouit. Ils savent qu'Alain, discipliné, jouera le jeu. Ils savent aussi que, parmi eux, c'est lui, assurément, qui sera le plus rebelle à la « personnalisation », à la griserie des sunlights. Un candidat en or...

Le soldat Krivine, futur locataire de l'Elysée, est reconduit gare de l'Est par les conspirateurs. La consigne est simple et claire : tu ne bouges pas, tu te tais, tu ne quittes plus ton transistor.

5 mai 1969, 12 h 30. Jacques Paoli donne, sur l'antenne d'Europe n° 1, les titres du journal parlé. Le PCF, comme prévu, lance Jacques Duclos « à l'assaut du ciel » (formule qu'affectionne l'ancien ouvrier pâtissier). Et la Ligue communiste, « orga-

nisation trotskiste », précise Paoli à l'adresse du grand public, présente Alain Krivine, actuellement sous les drapeaux.

L'intéressé est à l'écoute. Il fonce aussitôt chez son capitaine afin d'exiger une perm' exceptionnelle. L'état-major de la caserne est déjà au courant, déconcerté, affolé. Le capitaine débat avec le colonel. Et le colonel débat avec Krivine :

— Jusqu'à ce que cette affaire soit tirée au net, vous êtes exempté de gardes et de défilés. Vous mangerez à part, dans la trésorerie.

— Merci, mon colonel. Je voudrais aussi pouvoir lire tous les journaux et recevoir des visites.

— Accordé.

Alain néglige les colonnes de chiffres, se plonge dans la lecture des quotidiens. Des envoyés de la Ligue, sans plus se dissimuler, sonnent à la conciergerie, exigent de rencontrer leur camarade. La hiérarchie n'ose refermer l'huis. Mieux, la salle de garde est dégagée pour que le candidat à la candidature communique avec ses mandants. Les nouvelles, assurent ces derniers, sont bonnes. Les divers juristes amis de l'organisation confirment leur pronostic : la droite aura beau finasser, elle ne parviendra pas à récuser l'intrus.

Effectivement, dans les quarante-huit heures, Pierre Messmer, ministre des Armées, est contraint d'accorder par télégramme au deuxième classe Krivine l'autorisation spéciale de quitter son unité pour battre la campagne. L'obligation de réserve est levée. Toute la caserne rigole.

Sauf le colonel. Le malheureux ! Jamais, au fil de sa carrière, un « bleu » n'a autant perturbé son existence. Entre Alain et lui s'amorce un ballet bouffe ininterrompu, dans l'atmosphère fébrile d'une veille de générale. Le père du régiment, tenaillé par la hantise du faux pas, convoque son désormais illustre subordonné toutes les deux ou trois heures pour affiner le scénario, ajuster une nuance.

— Ah ! Krivine, confesse-t-il, j'en ai bavé avec les fellouzes... Mais ça, c'est pire que tout, les gars sont intenables !

Et un peu plus tard, quasi suppliant :

— Soyez régulier, n'attaquez pas le régiment à la télé !

La copie du télégramme ministériel arrive vers 10 heures du soir. Les correspondants de presse, les cameramen sont massés contre les grilles. Le colonel réunit, autour d'Alain, un conseil de guerre où figurent au grand complet les officiers supérieurs. D'un commun accord, on convient de renforcer les gardes — la responsabilité en incombe au lieutenant dont dépend directement Krivine ; lequel lieutenant est obligé, pour la circonstance, de dévoiler ses fonctions réelles : il appartient à la Sécurité militaire. Ensuite, penchés sur une carte, les stratèges assemblés étudient la meilleure manière de réussir une sortie en douceur. Quelqu'un suggère d'employer le bon vieux truc de l'ambulance :

— Non, objecte le colonel, ça ne prendra pas avec les photographes.

Finalement, il est décidé qu'un capitaine et deux sergents, en civil, dans une voiture banalisée suivie d'un second véhicule appartenant aux Renseignements généraux, évacueront le « colis » par une porte discrète.

La voiture roule dans la nuit. Au téléphone, Alain a joint Xavier Langlade, responsable du service d'ordre de la Ligue. Le rendez-vous est fixé : une gare désaffectée, à vingt kilomètres de Verdun. Tellement désaffectée qu'elle n'existe plus. Le capitaine tourne en rond, les agents des Renseignements généraux suivent, déconcertés. Langlade aussi a tourné en rond. Il s'est posté en embuscade sur la nationale.

Appels de phares. Le contact est établi. Krivine quitte son capitaine, change de véhicule. A nous deux, Paris !

La meute. Complètement déphasé, le larynx étranglé par une cravate sombre, gauche dans ses vêtements civils, l'œil encore torve d'une nuit demi-blanche, le voici projeté dans l'éblouissement des flashes avec Daniel Bensaïd et Henri Weber. Cette première conférence de presse, au 44, rue de Rennes, il n'a pas eu le temps de la préparer. Il n'a pas eu le temps de roder ses formules, de prévoir les pièges. Surtout, il n'a pas eu le temps, troufion de base soudainement arraché à l'ordre militaire et à ses routines dont la dérision sécrète une sorte de halo émollient, d'admettre l'idée qu'on attend de lui des phrases assurées, un programme, du tonus.

Les journalistes, eux, se ruent sur le candidat déviant. Pompidou, on le connaît par cœur. Poher, c'est la vieille dentelle sans l'arsenic. Defferre et Mendès (le premier, maire de Marseille, a annoncé qu'il confierait Matignon au second, en cas de victoire) s'annulent au lieu de s'épauler. Duclos est excellent, hâbleur, blagueur, rond et brillant en surface, chaleureux d'aspect et cynique au-dedans. La vraie nouveauté, c'est Rocard, un « gagneur », dit-on, un politique compétent, un timbre différent. Et l'attraction, c'est Krivine.

Hier, les gauchistes ne savaient que faire pour décrocher quatre lignes dans la presse bourgeoise. Aujourd'hui, les éditorialistes du *Figaro,* les politologues du *Monde,* les vieux rubricards de *l'Aurore* se bousculent avec une curiosité gourmande afin de recueillir les déclarations d'un présumé distributeur de cocktails Molotov.

Sous les portraits de Marx, de Trotski, du Che, sous les drapeaux bleu et rouge frappés de l'étoile d'or du FNL vietnamien, Alain crève de trouille, sent monter la panique. Il se jette à l'eau :

— Il s'agit pour nous d'éclairer la classe ouvrière, de démystifier l'électoralisme, d'en guérir le mouvement ouvrier... Nous partirons, pour cela, du mouvement de Mai, dont certains paraissent aujourd'hui avoir presque honte. Nous lui rendrons son vrai visage, qui n'est pas celui des beatniks et des voitures brûlées. Et nous ne chercherons pas à esquiver le problème de la violence, en rappelant qu'elle n'est pas une fin en soi, et qu'au surplus, s'il y a usage de la violence, c'est surtout de la part des forces répressives de la bourgeoisie.

Krivine sollicite les questions de ses vis-à-vis.

Les questions ? Elles sont fort simples et consistent en variations multiples sur un thème unique : à quoi bon vous embarquer dans pareille galère ?

— Le système, à la faveur de ces élections, nous offrait une tribune de choix, par-dessus la presse bourgeoise et ses calomnies, par-dessus les appareils des grandes organisations ouvrières qui déforment à dessein le sens de notre combat.

Pas très habile : cogner d'emblée sur ceux qui ont charge de retransmettre vos propos ! Mais Krivine n'est point là pour servir des petits fours. Il les tient, les faiseurs d'opinion du Tout-Paris. Et tant qu'il les tient, il a l'intention d'en profiter, de ne rien leur épargner :

— Ma candidature sème, paraît-il, la perturbation. Pompidou mène une campagne « à l'américaine ». Poher va son train de sénateur. Et vous, dans la plupart des journaux, vous collectionnez les anecdotes, vous cherchez si les concurrents assistent aux finales de rugby, si leurs femmes manquent la messe. Je ne participerai pas à ce spectacle de foire. Je n'offrirai pas un dérivatif supplémentaire aux luttes sociales.

Une main se lève :

— Souhaitez-vous l'unité de la gauche ?

— Nous sommes contre. Nous pensons qu'elle ne représente actuellement rien de sérieux. Qu'est-ce que cette « unité », avec des hommes comme Jules Moch, matraqueur des ouvriers, Guy Mollet, qui lança les parachutistes à Suez, Mitterrand, partisan de l'Algérie française ? Nous ne sommes pas anticommunistes. Car être communiste ne consiste pas à détenir la carte d'un parti, mais à agir pour abattre les pouvoirs de la bourgeoisie. Et nous disons fraternellement à nos camarades du PCF que ce sont ceux qui ont accepté les camps staliniens, l'agression contre la Hongrie et qui protestent si faiblement contre l'invasion de la Tchécoslovaquie qui font le jeu de l'anticommunisme.

— Comment jugez-vous le PSU de Michel Rocard ?

— Un conglomérat, devenu caméléon après 1968.

— Tenterez-vous d'obtenir le maximum de voix ?

— Oui, mais nous nous refuserons à toute concession dans ce but.

— Vous êtes-vous entraîné pour passer à la télévision ?

— Je ne prends pas de cours de maintien.

Alain respire ; ça va mieux, les réflexes recommencent à fonctionner, les mots renaissent. La partie de ping-pong devient même excitante. Les trois événements de l'année passée, explique-t-il, sont le printemps des barricades — actualité de la révolution —, l'intervention soviétique à Prague — pas de démocratie possible sous la botte stalinienne — et le durcissement du conflit vietnamien — pas de démocratie possible sous la férule impérialiste.

Cent minutes se sont écoulées. Le candidat interrompt l'exercice, s'enquiert de la suite des opérations. Les photographes le mitraillent tandis qu'il monte en voiture — une Dauphine —, devant, à côté du chauffeur. Le QG de la campagne est établi chez Jeannette Pienkny (l'ex-« Cubaine » de l'UEC), rue René-Boulanger, près de la porte Saint-Martin. Hubert, le frère jumeau du futur président, mène le bal. « A présent, dit-il, tu dois enregistrer pour la télé. »

Alain n'a jamais visité un studio de sa vie. Le trac revient tandis qu'il enfile un des longs couloirs courbes de la maison de la radio. Il a été reçu par le directeur et un représentant de la commission de contrôle. Les règles édictées sont fort simples : trois prises maximum, en plan fixe ; l'orateur retiendra celle qui lui agrée le mieux, mais ne pourra obtenir aucun artifice de montage. Le décor est parfaitement décourageant : un rideau, un bureau ; l'unique accessoire toléré est une carafe.

.Krivine, cependant que l'ingénieur du son règle les deux micros, observe l'énorme horloge ronde, métallique, archaïque, dont la trotteuse court à toute vitesse. Est-ce que c'est beaucoup, ou peu, sept minutes ? Il l'ignore. Il ne possède pour repère que les feuillets — Bensaïd en a rédigé le premier jet — qu'il s'apprête à dire consciencieusement comme on récite les stances de Polyeucte, y mettant le ton. La France, la France entière est blottie au fond de ce trou opaque qu'Hubert lui a donné ordre de quitter le moins possible des yeux.

Les techniciens sont contents. Krivine, c'est plus marrant que Poher. Mais comment le cadrer convenablement, avec sa veste mal coupée, son nœud de cravate trop serré, et ces sacrées lunettes qui lancent des SOS ?

Le rouge s'allume. La trotteuse s'emballe. Un raclement de gorge, et le fantassin s'ébranle d'un pas décidé :

— Pour la première fois, un militant révolutionnaire s'adresse à vous...

La trotteuse accélère.

— Oui, nous avons crié « Elections-trahison ! », oui, nous avons boycotté le référendum, et pourtant nous participons à cette campagne...

Krivine ressort sa panoplie d'autojustifications : je me contente de passer, d'investir une tribune, l'essentiel se déroule ailleurs. Sur le terrain des entreprises, pas dans les palais officiels. Pas à l'Assemblée, quand bien même les représentants du peuple y seraient intègres :

— Les députés honnêtes et consciencieux contaminent les masses avec cette forme pernicieuse d'abrutissement dont ils sont eux-mêmes victimes : le crétinisme parlementaire.

Derrière la vitre de la régie, non loin d'Hubert, le mandataire de la commission de contrôle vire au violet.

Six minutes trente. L'instant de la péroraison. Le message de la Ligue communiste ne se perd pas en fioritures : la violence révolutionnaire est inévitable ; nier cette évidence, différer cette échéance serait gaspiller du temps et des larmes.

Une seconde prise ? Alain refuse. Il a été mauvais, c'est certain.

Il le serait plus encore en bissant. Le magnétoscope est impitoyable : le tronc raidi, la voix cassante, le regard bolchevik, on va frissonner dans les chaumières ! Tant pis. Dans l'ascenseur, Hubert hasarde un conseil de diction :

— Main-*te*-nant, Alain, pas « main-nant » !

— D'accord : main-te-nant...

Sourire des frères jumeaux. La Cause exige parfois de surprenants exercices.

Dans l'immédiat, cap sur Orly. L'annonce du pied-de-nez adressé aux légalistes par les enfants de Mai a suscité un courant de sympathie qui déborde, fort amplement, les frontières étriquées de la Ligue communiste. Les témoignages s'accompagnent fréquemment de chèques, si bien que l'infime réseau militant n'hésite pas à parodier les « pros ». Ce soir, Alain Krivine tient meeting à Toulouse. Il y sera, malgré les charges de son agenda parisien. Et en avion privé.

Un copain de copain pilote l'engin, qui peut emmener trois passagers. Même si ça secoue, l'expérience est grisante. L'avion particulier, au fond, c'est dans l'ordre symbolique analogue à la télévision — l'instrument d'une ubiquité privilégiée. Merveilleux outil révolutionnaire, et merveilleux jouet.

Ils sont quatre mille, massés dans la grande halle toulousaine. L'esprit de 68 souffle gaiement, et la plupart des présents se sont déplacés autant pour faire corps, proroger la connivence, que pour souscrire au talmud d'une organisation. « A bas les politicards qui se faufilent ! », « Krivine complice ! », scandent quelques maoïstes qui soupçonnent l'orateur principal de vendre son âme contre deux heures de petit écran. C'est aux portes des usines qu'on crée l'événement, soutiennent-ils, et non avec l'aval de démocrates bourgeois.

Alain ne redoute guère semblable joute. Un bon meeting bien chaud, voilà son élément, son répertoire, son « truc ». Discuter. Depuis qu'il a noué autour de son cou le foulard des Vaillants — mouvement des communistes en culottes courtes —, le jeune Krivine a placé l'équation au centre de sa culture, de son langage : faire de la politique = discuter. Et là, libre à lui de donner sa mesure, de saisir, de relancer. Il s'aperçoit qu'il n'est nullement bâti pour le vedettariat, qu'il n'en tire pas plaisir. Mais il vérifie, simultanément, que la politique, au sens où il l'entend, est son destin.

Martelant le pupitre, il répète son message paradoxal :

— Le terme d'« isoloir » est en soi parfaitement clair. L'isoloir n'est qu'un des moyens par lesquels la bourgeoisie s'efforce d'atomiser le prolétariat, de supprimer sa conscience de classe en la remplaçant par la fausse conscience de l'« égalité » bourgeoise des « citoyens »...

Ainsi s'écoulent les jours de campagne. La Ligue ne recule devant aucun sacrifice et s'offre le Palais des sports, à Paris. La salle s'emplit de cinq mille auditeurs enthousiastes. Charles Michaloux, membre du bureau politique, conclut son intervention par une promesse solennelle : « [...] Et dans deux ans, nous fêterons le centenaire de la Commune de Paris en défilant derrière les mitrailleuses de la révolution prolétarienne ! » L'assistance applaudit longuement, debout, à l'unisson.

Rentrant, tard dans la soirée, d'un meeting en province, l'avion d'Alain est pris dans une perturbation, bloqué par un « plafond » excessivement bas. Il faut atterrir d'urgence. Le seul aéroport voisin appartient à l'armée. Sitôt identifié le passager de l'appareil en difficulté, la tour de contrôle accorde l'autorisation de se poser. Toute la nuit, l'avion est protégé par un cordon de CRS. M. Krivine, fauteur de barricades rue Gay-Lussac, est classé « VIP » et, à ce titre, reçoit l'appui de ceux qui l'enfumaient à la grenade, voilà juste un an.

1er juin 1969. Résultats du premier tour de l'élection présidentielle. Georges Pompidou : 44 %. Alain Poher : 24 %. Jacques Duclos : 23 %. Gaston Defferre : 5 %. Michel Rocard : 3,6 %.

239 104 électeurs ont voté pour Alain Krivine. Il est devenu « Monsieur 1 % ».

Fabuleux ! exultent les vieux trotskistes. Un formidable vivier potentiel... Ce n'est qu'un début. Les scores ne sont qu'apparence.

Dommage ! philosophent quelques rabat-joie. L'extrême gauche est apparue trop sectaire, trop menaçante. Elle s'isole, elle se coupe du flot multiple qui, un temps, avait submergé Paris.

Mission accomplie. L'armée, qui est une grande famille, récupère le fils prodigue. Il ne sera pas président de la République. La charge échoit à Georges Pompidou, au terme d'un pâle pas de deux avec Alain Poher (le PC, dont le slogan « bonnet blanc, blanc bonnet » prônait l'abstention, a, par antiatlantisme, facilité l'avènement du candidat gaulliste).

Alain n'est ni déçu ni surpris. Il vient de gagner un surnom : « Krivine la Cravate » — ainsi les soixante-huitards libertaires se moquent-ils du léniniste pur et dur qui a craché des flammes à la télévision en habit de premier communiant. Et il va gagner des galons : l'heure, émouvante, a sonné de grimper d'un cran dans les honneurs militaires.

Mais le colonel, homme sage, ruine les espérances de son interlocuteur :

— Vous comprenez, Krivine, je vous supprime les patrouilles, les gardes, les défilés, parce que tout le monde vous reconnaît. Alors, comprenez aussi que je ne peux pas vous nommer première classe.

— Vous sanctionnez mes idées, mon colonel ?

— Mais non, Krivine, mais non. Ce n'est pas une brimade. Juste une précaution, pour éviter le ridicule.

Le soir du référendum qui voue Charles de Gaulle à la retraite, un autre ancien de l'UEC se réjouit autant que les animateurs de la Ligue communiste, mais pour des raisons sensiblement différentes. Michel-Antoine Burnier est avec son cousin Frédéric Bon dans le grand studio de Radio-Luxembourg, où règne l'effervescence des soirées de gala. Fred, pour la première fois en France, s'est vu confier la tâche d'extraire des ordinateurs une estimation affinée. Quand l'imprimante crache son verdict, Michel-Antoine revient sur les tentations antiuniversitaires qui l'avaient assailli, l'espace d'un vertige démagogique, entre deux barricades. Le calcul est juste. Le savoir existe. C'est quand même rassurant...

A cette satisfaction de l'esprit s'en ajoute une autre. Bon et Burnier, avec le renfort de Jean-Paul Ribes, ont rédigé en trente jours un reportage prophétique intitulé *la Chute du Général*. Il a fallu le culot d'un jeune éditeur, Jean-Claude Lattès, pour qu'un pari de ce type soit engagé. Les livres sont imprimés, prêts à envahir les vitrines. Dès que l'estimation prend bonne tournure, les compères se ruent sur le téléphone : on peut y aller, Sciences-Po et le goût du canular s'épaulent et triomphent. Lattès, royal, a avancé une « brique », un million de centimes aux coauteurs. La fortune.

Burnier en a grand besoin. Depuis la rentrée, il hésite entre divers investissements. C'est *Action,* l'organe de Mai, pour lequel il a délaissé *l'Evénement,* qui suscite l'interrogation la plus aiguë. Que faire de ce titre né des circonstances ? Quel sort réserver à ce produit « sauvage » ? Au sein de l'équipe, la discorde s'installe. La concurrence de la presse « groupusculaire » — *la Cause du peuple, Rouge* — devient gênante. Afin de s'en démarquer, Jean Schalit, le pionnier de la presse étudiante contestataire, actuellement capitaine du navire, préconise, comme d'habitude, un coup de poker : reprendre le rythme quotidien. Non, objecte Bon, mieux vaudrait un solide hebdomadaire. Le ton monte, Jean-Louis Péninou s'éloigne définitivement vers *les Cahiers de Mai.* André Glucksmann rompt sans retour.

Finalement, le quotidien paraît à la veille du référendum. Il n'atteint pas dix jours d'existence. Schalit et Burnier arrêtent les frais. Les journaux meurent aussi.

Jean Schalit en est ébranlé, mais il possède une confortable planche de salut. Fin 1968, il a reçu l'appel d'un certain Robert Delpire, publicitaire de son état. Les trouvailles graphiques d'*Action,* les titres-chocs, les maquettes-affiches empruntées à *Black Dwarf* ont attiré l'attention des pionniers de la « pub », désireux d'enterrer l'âge de la « réclame ». La sœur de Schalit s'est déjà taillé une place au soleil de cette petite planète. Jean accepte d'y exercer ses talents, moyennant, dès le départ, 5 000 francs par mois. Lorsque capote le projet de quotidien, il s'y jette à plein temps.

« Pour 13 800 francs, vous avez le choix entre une DS et une voiture. » Telle est la première accroche qu'invente l'ex-rédacteur en chef de *Clarté.* Les « publiphobes » lui semblent ridicules, comme la plupart des ténors gauchistes. Voilà presque une décennie qu'il combat la langue de bois. C'était une conviction, une aventure, un goût. Maintenant, c'est aussi un métier.

L'existence de Burnier est plus errante, plus incertaine. Il ne désapprouve pas l'option professionnelle de Schalit. Quand ses copains reprochent à ce dernier de tirer commerce d'une expérience militante — au fond, d'en revendre les enseignements à l'adversaire —, il rétorque, provocateur, que les lithographies des Beaux-Arts n'étaient point issues de l'imagination populaire, mais de la culture et du trait d'une poignée de spécialistes confirmés. De Mai, il retient l'aspiration à un bouleversement des mœurs. Quant aux oripeaux idéologiques de l'extrême gauche, il les estime grotesques et pauvres.

Il fréquente Emmanuel d'Astier, mais n'ose signer la préface qu'il donne à la galerie de portraits politiques publiée chez Gallimard par l'illustre « compagnon ». Entre les deux tours de l'élection présidentielle, Michel-Antoine passe le week-end avec son mentor. Ni l'un ni l'autre, pour des motifs divers mais concourants, ne voient en Pompidou un digne remplaçant du chêne foudroyé. D'Astier (même s'il a voté « gaulliste ») y perçoit comme Malraux un affaissement, un empâtement de la France et de l'époque. Le soixante-huitard marginal confesse le flou de ses repères, et les zigzags de sa carrière.

Le lundi matin, il doit se présenter à un rendez-vous prometteur d'embauche, mais n'est guère vêtu en conséquence. « Vous cherchez du travail ? Laissez-moi, au moins, vous offrir ceci ! » Et le vieil homme, amical et malicieux, tend à son disciple rebelle une de ses cravates. Plus, en prime, un roman de Dumas.

Trois jours plus tard, le jeudi 12 juin, il meurt soudainement. Burnier se sent, à tous égards, orphelin.

*1986. Michel-Antoine Burnier, rédacteur en chef d'*Actuel :

— D'Astier m'avait invité à lire Alexandre Dumas. Et je me suis aperçu que Dumas décrivait très bien le délire révolutionnaire, le jacobinisme, le comportement assez dégoûtant des foules au pied de la guillotine. Je me suis dit : ce n'est pas seulement le marxisme qui est en cause, mais la révolution elle-même — le vice est dans l'acte révolutionnaire. J'ai parcouru ce que j'ai pu trouver sur les blancs et les bleus. Dans la foulée, je me suis intéressé au XIXe siècle et je suis entré en littérature. Ma sortie de la politique commence là.

Assemblés sous un bouquet d'arbres, quelques dizaines de très jeunes gens écoutent, recueillis, l'exhortation de Christian Jambet, élève de khâgne au lycée Henri-IV :

— Le président Mao Tsé-toung a dit : « Mourir, c'est toujours grave ; mais mourir pour le peuple, c'est léger comme une plume... »

Antoine de Gaudemar n'en doute pas.

Avant de mourir, les membres du détachement s'acheminent vers l'église d'Elisabethville. Le curé, un sympathisant, a accepté que son sanctuaire constitue le dernier point de rencontre. Ils sont bientôt deux cents, alignés dans la nef. Les uns sont venus par la route, d'autres en train, d'autres à travers champs. Les lycéens fournissent l'essentiel de l'effectif. Des barres de fer tintent contre les dalles, glissant d'un prie-Dieu.

La plupart des présents, quoique prêts à verser le sang, ignorent encore où et comment. Olivier Rolin, général en chef des forces armées de la Gauche prolétarienne, lève le secret. Ce jour, mardi 17 juin 1969, à 13 h 30 précises, les maoïstes vont commémorer l'« assassinat », un an auparavant, de leur camarade Gilles Tautin. Gilles a perdu la vie ici, près de Flins, pour que l'autonomie ouvrière ne soit pas étouffée par l'alliance des bureaucrates et des bourgeois, pour que la violence insurrectionnelle explose, nécessaire et légitime.

En souvenir du premier martyr de la longue marche, ceux qui perpétuent son combat ont résolu de libérer symboliquement les prolétaires de leurs chiens de garde. Le temps d'un affrontement, les « nouveaux partisans » montreront concrètement combien l'ordre capitaliste n'est qu'une ligne Maginot — apparemment infranchissable, en réalité fragile. Nous allons, conclut Rolin, pénétrer de force dans l'usine et affronter l'encadrement tant que ce sera possible. Sitôt l'ordre de repli donné, l'évacuation s'effectuera par une tranchée d'égout à ciel ouvert. Des voitures sont prévues pour escamoter le commando.

Les lieux de rassemblement, la nature exacte des opérations ont été tus jusqu'à l'instant critique. Mais des signes avant-coureurs, délibérément accumulés, ont cherché à créer un climat d'attente. Une semaine plus tôt, on a manifesté devant le lycée que fréquentait Gilles Tautin. Le lendemain, gare Saint-Lazare, un groupe a couvert de slogans les trains qui desservaient la région. C'est ensuite la chambre patronale des constructeurs d'automobiles, voisine de l'Etoile, qui a été attaquée. Enfin, sur Flins même, un « Comité d'action révolutionnaire » a diffusé un tract explicite et prometteur. Le titre — « Petits ou grands, bien des chefs ne sont que des sangsues » — était au diapason des menaces assorties : « Ils ne passeraient pas leur temps à nous emmerder, ces petits roquets, et cela les guérirait peut-être, s'ils faisaient la cadence comme nous... Par les coups, nous pouvons répondre aux coups. Par la révolte, aux brimades. Qu'ils prennent garde, tous ces chiens véreux ! »

Dans les cités ouvrières des Mureaux, la rumeur s'est répandue que les « cheveux longs » préparaient quelque chose.

Ils déboulent, les « cheveux longs », à l'échéance exacte du changement d'équipe. Ils sortent de l'église, pénètrent dans l'enceinte de l'usine. Tandis qu'un noyau restreint diffuse des textes explicatifs, le gros de la troupe brise les vitres des cabines où nichent les cerbères, peignent maintes inscriptions, amènent le drapeau de la Régie et le remplacent par une oriflamme rouge, atteignent le monument à la gloire de feu Lefaucheux, ex-patron de l'entreprise, et y barbouillent : « Vengeons Gilles Tautin ! »

D'abord interloquée, la maîtrise réagit, bat le rappel. Sur les pelouses interdites s'amorce une sorte de joute mérovingienne, de corps à corps barbare où la haine crue incite à cogner sec, à frapper bas, à viser les yeux, les couilles, à briser les dents. Des victimes s'écroulent, dans chaque camp. Les prolos, déconcertés, observent en retrait. Les plus hardis encouragent un rétiaire ou un mirmillon qui se coltine tel surveillant particulièrement exécré. Du premier étage, un responsable CGT invective les « éléments étrangers » puis balance une chaise, qui fait mouche. Pour s'encourager, les agresseurs crient que le directeur et son adjoint direct comptent parmi les vaincus prostrés dans l'herbe. Au vrai, nul n'en sait rien. Tout est brouillé dans une bulle, une sphère de coups et de sang.

Cela dure une bonne, une exquise demi-heure. Olivier Rolin a le bras gauche et un os du visage cassés. La douleur à la fois l'obsède et le stimule. Il se dit, tout en bataillant comme il peut, que certaines situations, paradoxalement, sont simultanément brutales et irréelles. Mais il sent que le rapport des forces bascule. Les autres sont plus nombreux, mieux armés. Un hélicoptère vrombit, des sirènes s'approchent. Il donne l'ordre de décrocher.

L'usine est coincée entre la Seine au nord, la route nationale n° 13 au sud. Aussi vite qu'elle en est capable, traînant ses éclopés, la phalange des justiciers file vers la tranchée préalablement repérée. Un second hélicoptère a surgi. Les flics ont saisi la manœuvre et cherchent à bloquer l'issue. Rolin, blanc, refuse d'être évacué en priorité — il est comptable, jusqu'au bout, de l'exécution du plan. Jean-Claude Milner, en trench-coat, le parapluie au bras, offre des suppositoires analgésiques à ses camarades mal en point. La colonne progresse trop lentement, mais maintenant à l'abri des feuillages. Si les chauffeurs chargés de l'évacuation sont ponctuels, c'est gagné.

Nicole Linhart a loué un mini-bus où se sont entassés, à l'aller, vingt-cinq combattants. Sa mission est de les récupérer après l'échauffourée. Pendant qu'elle roule vers l'endroit convenu, à la corne d'un bois, elle happe les flashes sur la radio du bord. Les dépêches parlent d'une trentaine de blessés, ne signalent aucune arrestation. La voici près du but. Le plan qui lui a été fourni est approximatif, elle s'égare un peu, puis tombe sur ses valeureux camarades. Olivier Rolin, devoir accompli, est embarqué dans une voiture. Nicole se gare, annonce qu'elle a apporté des boissons.

Et tout à coup, c'est la débandade. Cinq véhicules de police s'engouffrent dans le chemin forestier, le barrent. Chacun fuit, enjambant les fougères. Nicole abandonne le car, se rappelle trop tard qu'elle y a laissé son sac, ses papiers, le plan. Elle franchit vingt mètres et, les jambes coupées par la peur, s'effondre au milieu des herbes, pensant : « C'est cuit, je suis fichue, ils sont sur moi ! » Mais rien. Elle se terre, s'aplatit, se décide enfin à risquer un œil. Les flics entourent un retardataire, Kostas Mavrakis, sorbonnard de haute lignée et prochinois avant l'heure.

Nicole Linhart — la « femme du chef » quand Robert gouvernait l'UJ — songe que le moment est venu d'éprouver du courage, de manifester un peu de cette vertu exemplaire qu'elle requérait d'autrui. Mais elle ne perçoit, au creux de ses tripes, qu'une incoercible trouille, une panique élémentaire, irraisonnée. Elle erre à travers le bois, désorientée. Et ce qu'elle croyait impossible se produit : son épouvante croît encore. Des chiens aboient, difficiles à situer, apparemment lâchés, avides de foncer dans les broussailles, de mâcher leur proie.

Vers minuit, les gendarmes interpellent une jeune femme blottie et sanglotante, perdue. Elle se déclare pharmacienne, ce qui les étonne fort. Et, dans le secret de son âme, elle s'avoue inapte à certaines batailles.

Le panier à salade se dirige sur Versailles. Au commissariat, l'ambiance est électrique, haletante. C'est la première fois, depuis un an, qu'une action violente est entreprise. Les inspecteurs, courtois et intrigués, questionnent la nuit durant leurs multiples clients. Nicole reconnaît Kostas Mavrakis, Judith Miller, Roland Geggenbach — nouveau venu à la GP. Deux malheureux trotskistes, des « militants de porte », selon le jargon groupusculaire, parfaitement ignorants de l'expédition et qui s'apprêtaient à répandre sur Flins leur propagande ordinaire, sont assimilés aux « casseurs ».

Lorsque pointe l'aube, les suspects sont ramenés sur le théâtre de leurs exploits présumés. On les fait défiler, un par un, devant une escouade de petits chefs revanchards ornés de pansements. Nicole, Judith, Kostas — qui assuraient l'infrastructure logistique et n'ont point participé à la bagarre — sont promptement « reconnus », ainsi qu'un des trotskistes. En revanche, Roland Geggenbach, pourtant l'un des chefs du détachement des kamikazes, passe miraculeusement à travers les mailles du filet.

Après deux jours de prison, Nicole obtient son élargissement grâce à la complaisance d'un médecin gauchiste. Dans *la Cause du peuple,* la GP publie un tonitruant communiqué de victoire : « Flins 69, c'est le début d'une issue prolétarienne à la révolte antiautoritaire, d'une direction du prolétariat sur les étudiants et lycéens révoltés ; c'est aussi la preuve que la révolution idéologique, la destruction du révisionnisme, ne sera pas un dîner de gala où tous les révolutionnaires en chambre viendraient ripailler et échanger des idées, mais une suite d'affrontements violents contre les ennemis du mouvement populaire. »

La direction se réunit la semaine suivante afin de « dépiauter » l'événement, d'analyser sa portée et ses conséquences. Du point de vue strictement militaire, Olivier Rolin/Antoine ne recueille que des éloges. Les « pertes » ont été limitées ; exception à la règle, c'est le général qui a été le plus atteint. Et les retombées judiciaires s'annoncent assez lourdes pour populariser la démarche, assez légères pour ne pas l'entraver.

Reste à évaluer l'impact politique réel de l'initiative. Encore convient-il de préciser que ce qu'on nomme, ici, « politique » échappe au sens courant. Peu importe que Georges Pompidou occupe l'Elysée. Peu importe qu'il ait choisi le maire de Bordeaux comme Premier ministre. Poher ou Pompidou, c'est pareil. Johnson ou Nixon, c'est pareil. Chaban ou Marcellin, c'est pareil. Pendant les élections, la Gauche prolétarienne a préconisé le « boycott actif » et manifesté son absolu dédain envers les joutes de surface. La politique, la vraie, c'est l'ancrage dans la classe messianique, c'est l'invention de leviers originaux, c'est la découverte de points d'appui.

L'irruption des partisans à Flins, observe Benny Lévy/Pierre Victor, révèle la contradiction principale : aucun ouvrier ne s'est interposé entre les militants et la maîtrise, mais l'immense majorité est demeurée sur la touche, regardant l'affrontement d'un œil sympathisant et envieux. Comment cette sympathie pourrait-elle l'emporter sur l'inertie acquise, la crainte accumulée ?

Robert Linhart, le meilleur spécialiste céans de l'expérience chinoise en milieu rural, note que les réactions des paysans étaient mitigées quand l'Armée rouge s'emparait du domaine d'un propriétaire. Les uns redoutaient la vengeance de ce dernier et ne bronchaient pas ; d'autres ravitaillaient en cachette les forces révolutionnaires ; peu s'engageaient directement. Le cas de figure est classique. Le point nodal, essentiel, est que les étudiants et lycéens n'ont pas importé dans l'usine une revendication antidespotique. Elle était là, présente, latente. Elle couvait. Et la transgression brusque de la loi patronale a multiplié, avivé cette énergie disponible.

C'est constatable chez les travailleurs, enchaîne Alain Geismar, mais cela bouleverse aussi le paysage militant. Au fond, notre culture politique considère que les actions de petits groupes, c'est bon pour les Vietnamiens, pour les Chinois, éventuellement pour les Irlandais. Mais pas pour nous. Plus nous agirons de la sorte, plus nous serons dénoncés par la Ligue, par les léninistes. Aucune importance. Pendant qu'ils condamneront l'« aventurisme », notre écho grandira dans la mouvance sauvage du gauchisme. Il faut renouveler ce type d'opération, miser sur la contagion de l'exemple.

Et les maos, en plein *brain-storming,* rêvent tout haut. Quel « truc », quel « coup » serait capable de frapper les imaginations hors des sentiers battus, des zones déjà balayées ? Olivier Rolin, totalement séduit par la fonction éducatrice de la guerre théâtrale, émet une hypothèse grandiose : serions-nous capables d'établir, ne serait-ce que pendant deux heures, un pouvoir communiste sur une ville donnée, à l'occasion d'une fête ouvrière, par exemple un 1er Mai ? Enthousiasme collectif. On cherche une cible sociologiquement appropriée. Quelqu'un suggère Saint-Dizier, dans l'Est. Pourquoi pas Saint-Dizier, en effet ? Il est convenu que le projet sera mis à l'étude.

La parole échoit à Serge July. Il a reçu mission d'examiner les réactions de la presse et a donc passé en revue les titres bourgeois et les autres. De feuille en feuille, l'anathème est analogue : « fascisme » tout court (version *Humanité*), ou « fascisme rouge » (version *Figaro*). July en retire trois leçons. D'abord, l'action exemplaire « mord » sur la société du spectacle. Si haineux soient-ils, les éditorialistes, les chroniqueurs ne sauraient réprimer le frisson qui les parcourt en oyant la nouvelle. Cela les démange trop, il faut qu'ils se grattent. Fût-ce pour accoucher d'invectives, ils « en » parlent. Moralité : si nous ne craignons pas l'injure, toutes les colonnes nous sont ouvertes.

Ensuite, continue July, le défi lancé aux patrons, aux contremaîtres, aux chefs, est reçu comme une égale provocation par les leaders syndicaux, les permanents, les ténors des partis révisionnistes. La réprobation émanant de la CGT est aussi vive que celle du CNPF. Excellent. Aveu superbe. L'action spectaculaire déstructure du même élan le système de domination et le mécanisme de refoulement. Le spectre d'une « opposition ouvrière » naissante répand une coulée froide sur l'échine des possédants et sur celle des bureaucrates.

Enfin, nul doute que les OS, les immigrés à la chaîne représentent actuellement, au sein du prolétariat, la meilleure aire d'accès. Pas seulement parce qu'ils sont les plus pauvres, les plus exploités, les moins instruits, les moins pourvus d'une qualification estampillée. Ce simple constat « humanitaire » embarrasse, certes, les plumitifs du PCF. Pas facile de couvrir d'ordure les défenseurs des laissés-pour-compte. Mais un ingrédient autrement puissant s'y mêle, complexe, détonant. La « découverte » des OS pulvérise la mythologie de l'anoblissement par le travail, dissout la collaboration de classe, renvoie à l'exploitation brute, frontale.

Bref, conclut Serge July, la lecture des journaux est un encouragement quotidien.

L'état-major se sépare dans la liesse. Une « conférence des groupes d'usine » sera prochainement convoquée. Elle aura pour but de montrer que l'affiche géante « RAS-LE-BOL » placardée rue Saint-Jacques par les lycéens de Louis-le-Grand aurait sa place sur le panneau de n'importe quel comité d'entreprise.

Le dernier vendredi de juin 1969 est poisseux de pluie à Berlin-Est. Derrière les lourds rideaux gris de l'hôtel Unter den Linden, Bernard Kouchner et Marek Halter enragent. Ils ont accepté de participer au énième « Congrès de la paix » dont les pays et partis « socialistes » sont friands parce qu'une tribune n'est jamais négligeable, et que leurs efforts pour favoriser le dialogue israélo-arabe se heurtent au mur de toutes les lamentations. Mais ici, c'est comme ailleurs. Des liens chaleureux avec Mme Binh, porte-parole du Front national de libération vietnamien. Un Soviétique pondéré. Deux Roumains en veine de confidences. *Don Giovanni* à l'Opéra. Et, dès que *la* question est soulevée, l'incompréhension, le raidissement.

Ils enragent de vérifier, selon l'habitude, que les plus intransigeants sont les moins concernés. Abib Daoudy, ambassadeur de Syrie à Bruxelles, se montre amical hors séance. Le Palestinien Yehia Hamouda, sur le trottoir de la Karl-Marx-Allee, ex-Staline-Allee, ne détourne point le regard. Mais les Indiens, les Grecs, les Marocains, les Yougoslaves traitent en suppôts de l'impérialisme les ambigus apôtres de la main tendue.

Las d'être montrés du doigt, Bernard et Marek décident de boycotter la cantine de leur hôtel. Ils frappent à l'huis du Varsovie, du Budapest, du Sofia, et s'entendent partout répondre que les tables sont complètes. Force est de retourner vers le massif Unter den Linden. Sourire narquois du serveur qui leur offre un verre de sekt, le champagne local... Mi-furieux mi-rigolard, Kouchner avise le portrait de Walter Ulbricht, grand maître de la RDA, se lève, brandit sa coupe et, devant deux cents délégués ahuris, porte un toast à son hôte. Halter fait chorus. D'abord déconcertée, l'assistance imite gravement, debout, les deux agents impérialistes qui, eux, se rassoient en hoquetant de rire.

A la fin du repas, tandis qu'ils achèvent leur insipide compote de pommes, Bernard et son complice sont interrompus par un tandem de fonctionnaires en civil. On relève leurs noms. Certaines plaisanteries, paraît-il, ne sont pas de saison.

Depuis février, le Conseil national palestinien, assemblé au Caire, s'est donné un « président exécutif », Yasser Arafat, leader de l'aile prédominante au sein de la résistance antisioniste, El Fath. Des commandos s'entraînent en Jordanie — contre l'avis du roi Hussein. Le traumatisme consécutif à la guerre des Six Jours a fédéré les porte-parole discordants des proscrits de la terre sainte. Toutefois, Georges Habache et son FPLP (Front populaire de libération de la Palestine) ruent dans les brancards, refusent de se plier à la discipline collective, ordonnent plusieurs attaques contre des avions civils de la compagnie israélienne El Al.

Les militants de la Gauche prolétarienne sont acquis à la cause palestinienne. Voilà un peuple spolié, parqué dans des camps précaires, et qui lutte de manière autonome. Contre David ? Non : contre Goliath.

L'épure semble parfaite, impeccablement dessinée. L'oppresseur n'est qu'un porte-avion de la flotte US. Le sionisme nie le droit à la résidence et à l'identité d'hommes et de femmes avec lesquels les juifs pourraient cohabiter dans le cadre d'un Etat laïque. Tony Lévy, dès 1967, a éclairé la lanterne de ses compagnons prochinois. Il leur a expliqué la nature double d'Israël dont l'existence est compréhensible après le génocide mais qui s'est muée en une sorte d'Afrique du Sud. L'UJC(ml) a été, lors de la guerre éclair, l'une des rares organisations de gauche à manifester contre Tel-Aviv, entre les Gobelins et la Mouffe. Les étudiants arabes s'en sont souvenus et Tony, à la cité universitaire, a même animé un épisodique « Comité des étudiants juifs antisionistes ».

Une affaire simple, en bonne logique politique. Pourtant, il n'est pas nécessaire de creuser très avant dans les fondations de la famille Lévy pour y déceler des silences ou des fissures. La mère, tendrement aimée, fut sioniste en sa jeunesse. Elle se rend régulièrement au pays de Ben Gourion, proclame que Jérusalem est l'unique lieu qui demeure quand tout est perdu, et, là-bas, dans sa famille, tait les opinions de ses rejetons.

Quant au grand frère (sept années le séparent de Benny, le cadet), au héros rescapé du bagne de Nasser, il est juif par le sang et arabe par le cœur. Non seulement il s'oppose à l'attitude israélienne, mais il s'affiche sous un pseudonyme explicite : Mahmmoud Hussein. Installé à Paris, il fréquente Charles Bettelheim, écrit un ouvrage sur l'Egypte, initie les futurs fondateurs de la GP aux arcanes du Proche-Orient. Ensemble, les trois frères Lévy surmontent un sentiment d'humiliation devant la défaite égyptienne et — cependant — la tentation d'un pincement ému lorsque Jérusalem est conquise.

Leur imaginaire n'a pas reçu le poinçon de l'antisémitisme — les enfants du Caire et d'Alexandrie ignoraient cette frontière. Pour autant qu'ils soient transparents à eux-mêmes, c'est donc volontiers qu'ils saluent l'émergence de l'OLP, l'organisation unitaire qui s'affirme en 1969. L'aîné, « Mahmmoud », est étroitement lié avec les « ambassadeurs » parisiens de Yasser Arafat. Il présente à Tony et Benny le camarade Hamchari, émissaire du Fath. Le contact s'établit aisément. Hamchari écoute, intéressé, ces jeunes militants différents du reste de la gauche française (Mendès, Mitterrand, Sartre l'étonnent par leur refus de condamner Israël) et qui portent une attention particulière aux travailleurs immigrés. Pourquoi, propose-t-il, ne viendriez-vous pas sur place, en Palestine, évaluer la situation, observer nos combattants ?

Pourquoi pas ? Le Comité exécutif de la Gauche prolétarienne accepte l'invitation.

1986. Tony Lévy, mathématicien :

— Nos choix paraissaient limpides. Nous étions les premiers pro-Palestiniens de Paris. Et notre identité juive était un non-dit, une zone occultée. D'autres étapes ont été nécessaires pour que cela ressorte, pour comprendre que le fort contingent de juifs dans la mouvance gauchiste n'était pas un hasard, qu'il en résultait une connivence. Quelle image Pierre Goldman gardait-il de son grand-père, mort avec le châle de prière sur ses épaules ? Il suffit de relire quelques romans de Singer sur l'attente messianique. Il suffit d'étudier les mouvements hérétiques qui voulaient accélérer la venue du messie. Cette attente est une clé, associée au sentiment ténu ou violent de n'être pas chez soi, même dans un pays comme la France.

Coïncidence ? Le choix, en tout cas, n'est pas explicitement motivé. Ce sont deux militants juifs que le CE désigne pour effectuer le voyage : Alain Geismar et Léo, la femme de Benny. Geismar, en 1967, s'estimait plutôt proarabe, demeurant sur la touche quand la question du Proche-Orient venait à surgir dans les débats du SNESup. Israël, abrité sous le parapluie américain, ne lui semblait pas sérieusement menacé. Aujourd'hui, via Mahmmoud Hussein et Mohammed Hamchari, son jugement s'est aiguisé, radicalisé.

Les fedayin, depuis les *Ashbell,* les « Lionceaux », jusqu'aux vieillards, sont perçus par les « partisans » français comme les héroïques émules des Vietnamiens ou des Chinois. Ils ont su s'emparer des armes abandonnées par les bataillons alliés en déroute. Ils ont lancé contre les chars sionistes des commandos suicides, bardés de grenades dégoupillées. Ils ont compté sur leurs propres forces, imposé aux sinueux politiciens du monde arabe, aux marchands de pétrole solidaires dans les proclamations mais avares de leurs dollars, l'obligation de prendre parti. Ils sont faibles, mal équipés. Mais, à leurs yeux plus qu'aux yeux de quiconque, le pouvoir est au bout du fusil.

Dès janvier 1969, la GP a convoqué un meeting de soutien. On y a scandé : « Le peuple est invincible ! », « El Fath vaincra ! », « Le sionisme ne passera pas ! »

Karamé, le village vers lequel sont acheminés Geismar et Léo, est adossé à la montagne, traversé par une route parallèle au Jourdain. Ici, à trois cents mètres au-dessous du niveau de la mer, la chaleur est humide, étouffante. Amman n'est guère éloignée, et les volontaires d'El Assifah, la branche militaire du Fath, s'accrochent fréquemment avec les forces régulières de l'armée royale. En cet été brûlant, il n'est guère d'oasis dans la région, guère de havre où l'air ne fleure la poudre. Les raids israéliens se multiplient au Liban. Les grèves se généralisent dans les territoires occupés.

Et voici le camp. On dirait un camp scout, constate ironiquement Geismar — des tentes rustiques, sagement alignées. De plus près, le spectacle change de caractère. Les barbelés, les tranchées, les guetteurs altèrent l'apparente tranquillité de la carte postale.

Nombre d'étudiants européens sont, eux aussi, les hôtes de Yasser Arafat, dormant sur des lits de toile, prêtant la main pour creuser des abris antiaériens — il n'est pas rare que la stridence des Mirages vendus par la France déchire le ciel. Des Anglais, des Allemands, qui parlent politique à longueur de nuits. Toutes les fractions du gauchisme occidental sont ici représentées. Les délégués de l'université libre de Berlin proposent même, bouclé à la virgule près, un programme complet destiné aux « frères » palestiniens...

Geismar s'aperçoit vite que ses interlocuteurs arabes appartiennent à l'encadrement supérieur du Fath. Certains sont issus du mouvement communiste jordanien. Il n'est nullement malaisé d'inventer un langage partagé. Et puis, en amont des controverses stratégiques, les faits s'imposent, secs et douloureux : les combattants de l'OLP dérangent tout le monde, et d'abord ceux qui sont censés les protéger ou les tolérer — beaucoup de Libanais grimacent, Hussein négocie par-derrière, Nasser lui-même, durement éprouvé sur le champ de bataille, tergiverse sans l'avouer.

Tout cela sonne brouillé, tordu, emmêlé. Mais Alain est sensible à l'entêtement pathétique des laissés-pour-compte. Il se dit qu'il faut soutenir les gens tels qu'ils sont, et non tels qu'on rêverait qu'ils soient — geste ordinaire des trotskistes, adeptes du « soutien critique ».

Léo et lui sont invités à s'exprimer sur l'antenne du Fath, dont les émissions sont diffusées en ondes courtes. Ils acceptent. Toutefois, dans la tente-studio, l'invitation s'infléchit quelque peu. Consentiriez-vous, demande l'interviewer, à préciser que vous êtes juifs ? Sans clairement saisir les raisons de son irritation, Alain s'énerve, s'offusque :

— Je suis parmi vous en qualité de militant révolutionnaire. Le reste, ce que vous sollicitez, n'a aucun sens pour moi.

Intrigué par cette émotion soudaine, le « journaliste » bat en retraite.

Au fil des conversations nocturnes, les interrogations des uns et des autres se dessinent mieux. Les Palestiniens voudraient comprendre pourquoi un homme tel que Sartre, dont l'appui à l'insurrection algérienne ne s'est jamais démenti, ne déguise point son inclination vers le sionisme. Ils voudraient aussi découvrir, cerner l'opposition israélienne, ces juifs qui, citoyens de l'Etat hébreu, sont prêts à conjuguer Salam et Shalom. Geismar promet de faciliter, en France, une information mutuelle, de contacter des intermédiaires éventuels (il pense à Sartre même, mais également à divers mendésistes qu'il a côtoyés dans les rangs du PSU).

La question qu'il se pose, réciproquement, est de saisir si le potentiel explosif du monde arabe serait susceptible d'alimenter, d'unifier vers une perspective révolutionnaire les révoltes croissantes des travailleurs immigrés dans les usines occidentales. La naissance du Fath illustre le développement par bonds de la conscience revendicative, la dialectique entre l'action militaire et l'action politique. Adhérer à la cause palestinienne est un geste élémentaire de solidarité internationaliste. C'est encore un guide, une référence, pour le travail sur le terrain, à Flins et ailleurs.

Le séjour dure un mois. Fin août, Alain et Léo quittent leurs hôtes, regagnent l'aéroport d'Amman. Lors des adieux, les cadres de l'OLP ont proposé de l'argent pour financer la campagne d'explication que la GP entamera outre-Méditerranée. Geismar a aussitôt refusé. Inciter l'opinion publique française à défendre l'héroïque et solitaire combat des proscrits, c'est une urgence, c'est normal. Comme il est normal que chacun vive sur ses propres réserves.

Dès la rentrée, d'autres offres assaillent les militants français. Un émissaire du FPLP de Georges Habache rencontre Olivier Rolin, parle d'attentats, de stages d'entraînement tous frais payés. Cette fois encore, la GP décline l'invite, reste jalouse de son autonomie. Mais elle agit — symboliquement.

Dans la nuit du 25 au 26 septembre, un « groupe d'ouvriers révolutionnaires » se dirige vers l'hôtel particulier du baron Elie de Rothschild, « oppresseur du peuple palestinien et trésorier d'Israël ». Les murs blancs de la prestigieuse demeure sont maculés de slogans rouges : « El Fath vaincra ! », « Rothschild, le peuple français et le peuple palestinien te balaieront ! », « Ben Gourion fasciste ! »... Le lendemain, trois cents manifestants européens et arabes se rassemblent au métro Notre-Dame-de-Lorette, agressent le siège de la banque Rothschild, brisent les vitres du rez-de-chaussée, répandent de l'essence dans les bureaux, allument un incendie et s'éloignent aux cris de « Rothschild crèvera ! ». Un peu plus loin, rue de Richelieu, c'est le local de *l'Aurore* qui est lapidé par le cortège, tandis qu'un drapeau de l'OLP est fiché dans la devanture.

Olivier Rolin mène le bal. Il progresse en science des armes, apprend que le cocktail Molotov à mèche est excessivement dangereux, qu'il convient de lui préférer le mélange chlorate-sucre.

Sur ordre de ses chefs, il se fait réformer. Non sans une pointe de regret.

4

Pleine lune

Au bas de l'échelle, la silhouette engoncée dans une combinaison, vacillante et blafarde, se décide à bouger. Avec une infinie précaution, Neil Armstrong pose le pied devant lui. Des centaines de millions de téléspectateurs, ce 21 juillet 1969, observent passionnément la scène. Ils entendent la voix de l'astronaute américain, immédiatement traduite dans toutes les langues :

— C'est un petit pas pour l'homme, mais un grand bond pour l'humanité.

Il est 3 h 56. Antoine de Gaudemar regarde la tache blanche qui se déplace sur le sol rocailleux en soulevant, à chaque mouvement, un petit nuage de poussière. Il est assis sur une caisse, au milieu de paquets, de colis qui encombrent l'appartement où ses parents viennent de s'installer. Le père d'Antoine a obtenu sa mutation pour Vincennes, sa mère prend en charge le service de documentation de l'Institut d'études politiques. Ils ont quitté Toulouse et espèrent mieux surveiller, dans la capitale, les études de leur progéniture.

Contre toute attente, Antoine, qui a accepté de passer le concours blanc du troisième trimestre, a été admis à poursuivre en khâgne au lycée Louis-le-Grand. Moyennant l'octroi d'une chambre indépendante, il a plus ou moins promis de préparer le concours d'entrée à l'Ecole normale supérieure. Le jour même où la mission Apollo 2 réalise un des plus vieux rêves des Terriens, les Gaudemar déménagent.

Neil Armstrong s'aventure à quelque distance du module lunaire. Il commente :

— Le sol est très ferme. Je ne peux pas voir l'empreinte de mon pied sur le sol, qui ressemble à de la poussière de charbon. Je n'ai aucune difficulté à marcher. Nous sommes sur une zone très plate. C'est beau, beau, beau. Une magnifique désolation.

Antoine ne quitte pas l'écran des yeux ; l'image est si nette, si proche, qu'il est ému lorsque les deux astronautes plantent le drapeau américain sur un petit monticule de la mer de la Tranquillité. Et pourtant, il la déteste, cette bannière étoilée, symbole de l'« impérialisme yankee ». Il se souvient de la révolte des ghettos noirs, et dans son oreille traînent les paroles de Malcolm X :

> Je ne suis pas américain.
> Le dernier crétin d'émigrant débarqué est américain.
> Il suffit d'avoir les yeux bleus pour être américain
> Je suis là depuis un siècle et je ne suis pas américain.

Elle triomphe, l'Amérique ; il en a fallu, de l'imagination, des dollars, des efforts pour accomplir cet exploit, depuis qu'en 1961 le président Kennedy lança son formidable défi : envoyer un homme sur la Lune avant la fin de la décennie. Pari tenu. Kennedy a été assassiné, les marines s'embourbent dans les rizières du Sud-Est asiatique, Nixon est président.

Les Etats-Unis offrent au monde le spectacle de leur puissance, de leur ascendant. Les caméras de la télévision montrent sans arrêt les techniciens de la salle de contrôle, à Houston, rasés de près, cheveux courts, chemises blanches immaculées, qui se congratulent en pleurant de joie.

L'Amérique est fière d'elle-même, fière de ses fils.

Prudent, le gouverneur Rockefeller a décrété la zone sinistrée. Mais ses plus sombres prévisions sont franchies : des files ininterrompues de voitures, de cars, couverts d'inscriptions et d'énormes fleurs, bouchonnent sur les routes qui cisaillent les forêts d'érables et de bouleaux. La jeunesse américaine, celle qui conteste sur les campus, dénonce la guerre du Vietnam, s'est donné rendez-vous ici, en pleine nature, loin de la civilisation des villes. A cent soixante kilomètres exactement de Manhattan, dans un recoin champêtre de l'Etat de New York : Woodstock.

L'immense champ adossé à une colline se transforme peu à peu en village de pionniers. Un vaste campement s'organise : les cuisines, l'infirmerie, le podium géant... Et l'invasion se poursuit — un demi-million de têtes qui masquent entièrement la prairie. Etranges figures, étranges corps. Chemises et robes bariolés, foulards dans les cheveux longs que les deux sexes portent sur les épaules, boucles d'oreilles arborées avec ostentation par les hommes, paupières maquillées, joues et fronts peints, tatouages barrant les torses bronzés.

Sur la scène principale, les plus grandes gloires du moment se succèdent. Joan Baez chante, et la sono — exceptionnellement efficace — répercute jusqu'à la forêt les paroles que la foule reprend en chœur :

— *I'm a rambler, I'm a gambler...*

Par moments, l'assistance se dresse, ondule sur place, frappe dans les mains ou se balance doucement, les doigts tendus vers le ciel. Les vertus apaisantes de la musique n'expliquent pas, à elles seules, les regards extatiques. Le son de Joe Cocker ou des Who n'est pas cause unique des sourires trop figés. L'herbe circule, les joints passent de main en main. Des dealers proposent cinquante variétés différentes de paradis artificiels : la libanaise rose, les boules afghanes, la noire de Colombie, le foin texan, ou la marocaine, couleur terre... D'autres encore, sans nom, à l'étal de ce supermarché du rêve. Un vendeur annonce dans les rangs :

— Acide, mescaline !

Des rires frénétiques, interminables, gagnent de proche en proche.

Sur scène, Jimi Hendrix a bondi. Trois mois plus tôt, il s'est fait pincer à la frontière canadienne avec de l'héroïne dans ses bagages. Plus qu'une idole, c'est un prophète pour tous les candidats au voyage, les assoiffés d'« évasion psychique ». Mais le concert monstre, fête de la musique, est aussi une manifestation contre la guerre du Vietnam. Hendrix, sur sa guitare fétiche qu'il cajole et embrasse comme à l'accoutumée, entonne sa version parodique de l'hymne américain, *Star Spangled Banner,* aussi célèbre en ces lieux que le texte original l'est à West Point.

Défoncés de tous les Etats de l'Union, barbus christiques psalmodiant *peace and love,* étudiants en rupture de sursis, ouvriers lassés du boulot, tribus marginales, communautés adolescentes, tous nagent dans les effluves fraternels et bleutés de marijuana partagée.

Le plus célèbre des six mille habitants de Woodstock est absent. Robert Allen Zimmermann réside dans ce comté mais observe une semi-retraite depuis l'après-midi de juillet 1966 où toutes les chaînes de radio interrompirent leurs programmes pour annoncer que Bob Dylan avait eu un grave accident de moto, en conduisant sa Triumph 500 au garage. Toutefois, commente *Rol-*

ling Stone, « qu'il le veuille ou non, Dylan a été l'ombre qui planait sur ce jamboree de trois jours. Dylan a été autant responsable de ce surgissement massif d'êtres humains que n'importe quelle campagne de promotion, de publicité ou de presse ».

Moins de deux semaines après Woodstock, Bob Dylan prépare son retour à la scène, lors du festival musical de l'île de Wight. Un événement.

Au large de Portsmouth, sur la côte sud de l'Angleterre, Wight est un endroit fréquenté par de riches *gentlemen* qui s'adonnent aux distingués plaisirs de la régate ou du golf. Pour le dernier week-end d'août, la météo locale annonce un cataclysme. Deux cent mille hippies amenés par trains puis bateaux spéciaux submergent le havre résidentiel ; mais, démentant la rumeur, ils ne se livrent nullement au pillage.

Une pancarte, sous la sono, avertit : « Ne pas s'approcher sans s'être protégé les oreilles. » De chaque côté du podium, cinquante haut-parleurs rangés en batterie atteignent une portée d'environ un mile. Durant trois jours et trois nuits, l'air se déchire et la terre tremble. Les Who et leur opéra *Tommy,* Joe Coker, les Pretty Things... Entre deux morceaux, on lit des messages. Celui du plus populaire des Beatles, John Lennon, qui s'est déplacé avec Ringo et George, tient en un mot : « *Peace !* »

« Vous êtes la génération bénie ! » clament les enceintes géantes. Dans les premiers rangs, on reconnaît Françoise Hardy et Georges Moustaki, Jane Fonda et Roger Vadim. A tout le monde, l'annonce a été faite qu'un dieu redescendrait sur terre. Et tout le monde guette cette résurrection. Les journaux anglais titrent : « *D-day* sur l'île de Dylan. »

Le dimanche soir flotte une vague odeur d'encens, familière. Voilà quarante-huit heures que les spectateurs se sont roulés dans l'« herbe ». Peu avant minuit, « il » apparaît, vêtu d'un étroit costume blanc. Ovation gigantesque, flashes des photographes, ballet des projecteurs. « Il » entonne, de sa bizarre voix de crooner, *She Belongs to Me* et enchaîne avec *Ramona, Lay Lady Lay.* Les clameurs prévues saluent *Rolling Stone.* Puis, brusquement, au bout de soixante minutes, « il » dit merci et s'évanouit dans l'obscurité, laissant les fans qui ont accompli tout ce voyage pour l'entendre, le voir, le toucher, frustrés, hurlants, au bord de l'émeute.

Dieu est reparti.

Place aux commentateurs qui, de Wight à Woodstock, notent

l'avènement d'une nouvelle culture de la jeunesse. *Time* prophétise : « Woodstock restera peut-être un des événements politiques et sociologiques significatifs de l'époque. » Quant à Dylan, le *New York Times* affirme : « Il a probablement plus d'influence que n'importe qui sur ce qui se passe chez les jeunes aux Etats-Unis aujourd'hui. »

La « Woodstock Nation » est née. Le syndrome vietnamien laboure la jeunesse américaine qui brûle son drapeau, celui qu'Armstrong a planté là-haut, quitte les chemins tracés, choisit les marges, la guitare en bandoulière. Une contre-société au cœur de l'autre.

Elle a son héraut : Jerry Rubin, provocateur inspiré, qui a parcouru le trajet complet, du militantisme à l'herbe et retour. Il se définit comme *yippie,* croisement hybride de gauchiste et de hippie fleuri. Un agitateur politique qui épuise méthodiquement les ressources de la dérision, de la manipulation.

Convoqué au Capitole pour répondre d'« activités antiaméricaines », il s'y rend le visage bariolé comme un chef sioux, le poitrail peinturluré et orné de badges. Il tient à la main un fusil en carton. Apôtre de la « rupture culturelle », il devine que la musique est le support et le pôle d'innombrables courants subversifs. Sur tous les tons, sur tous les modes, il gueule :

— La révolution a commencé avec le rock !

Et Rubin, le pape de la contre-culture, certifie qu'en cas de victoire des « flics socialistes », le « sexe serait proscrit sauf pour faire des mômes au service de la révolution, l'usage des drogues serait un crime, [qu']on serait obligé d'aller se faire chier à des cours d'éducation politique au moins cinq fois par semaine, [que] le rock serait tabou, ainsi que les minijupes, les films d'Hollywood et les illustrés... »

Sur cette rive de l'Atlantique, l'étoile des curés rouges pâlit.

Jean-Pierre Le Dantec fonce droit devant. Envolée, la trouille, la dérobade traîtresse qui scie les jambes à l'instant décisif. Cette fois, il se jette dans la mêlée de fort bon cœur : en face de lui, les costauds qui gueulent « Les bourgeois dans le XVIe ! » sont les ennemis entre tous, des militants communistes d'Argenteuil, des « révisos ». La lie de la terre.

Dimanche 14 septembre 1969, les maoïstes de la Gauche prolétarienne se sont déplacés en force jusqu'au bout de cette banlieue sinistre, fief du PCF depuis des décennies et chasse gardée des apparatchiks municipaux. La bagarre est violente ; de part et d'autre, la sachant inévitable, on s'est préparé.

Les révisos arborent des barres, des planches, des chaînes. Les maos, outre le portrait du Président, et leur ferme résolution, affichent un équipement similaire. Les horions pleuvent. Le Dantec, en récompense de sa témérité, reçoit un coup sur le front qui l'étourdit. Son sang dégouline d'une entaille profonde.

Le marché d'Argenteuil aligne sur près d'un kilomètre, au bord de la Seine, des étals hétéroclites, des baraques où l'on trouve de tout, y compris des animaux vivants — un vrai souk bourré de produits exotiques, d'épices, d'herbes, à destination de la clientèle immigrée. Tôt le matin, les maos ont débarqué, rejoints par les habitants du bidonville, et ont commencé à manifester contre les expulsions dont ces derniers sont l'objet. La mairie, mise en cause, avait prévenu qu'elle ne laisserait pas faire, qu'elle donnerait un coup d'arrêt à cette « campagne calomnieuse ».

Argenteuil est un fleuron de la « ceinture rouge », une enclave prolétarienne dans cette banlieue ouest qui, peu à peu, se transforme, elle aussi conquise par les bureaux et les résidences « de standing ».

Reste qu'au milieu du chantier novateur, le long des eaux polluées du fleuve, subsiste une tache, une aire lépreuse. Le bidonville. Un cloaque sordide, architecture de caisses et de tôles, qui abrite des milliers d'étrangers, noirs ou basanés. Les services de voirie ont renoncé à ramasser les ordures, qui s'amoncellent en strates sédimentées, formant un sol meuble, spongieux, marécageux à la première ondée. Les enfants jouent avec les immondices dans des travées où aucune voiture ne s'aventure, par crainte de s'embourber définitivement.

Certaines familles vivent là depuis dix, quinze ans, inscrites sur une liste de relogement qui n'en finit pas de s'allonger et dont elles n'atteignent jamais le sommet. Peu à peu, la municipalité tente de réduire la cité sans joie, dépêche ses bulldozers qui écrasent quelques bicoques. Mais comme elle ne peut fournir assez de logements neufs, les expulsés sont contraints d'aller porter leur misère plus loin, vers la grande couronne, vers un autre bourbier moins ostensible.

Le 27 juillet, les habitants du grand bidonville d'Argenteuil ont reçu leur feuille d'expulsion. Aussitôt interviennent les militants de la GP. Ils distribuent des tracts, collent des affiches, convoquent des réunions. Le terrain est délicat : est-ce bien raisonnable de s'opposer à la destruction de cet amas nauséabond ? Aussi axent-ils leur propagande sur le relogement immédiat pour tous. La campagne démarre, les meetings se succèdent, quelques centaines d'immigrés suivent les émules de Mao.

La municipalité communiste s'inquiète. Dans sa presse locale, elle dénonce les gauchistes, accusés d'avoir partie liée avec les marchands de sommeil, les trafiquants de main-d'œuvre. Le climat se durcit, la police s'en mêle. Le dimanche, sur le marché, les diffuseurs de tracts sont pourchassés et le PCF mobilise des bandes de jeunes loubards ainsi que les adhérents du club de boxe local.

La direction de la GP décide de riposter. Le 14 septembre, donc, ses troupes sont rameutées de toute la région parisienne. Olivier Rolin garde — vestige de l'expédition de Flins — le bras en écharpe, mais cela ne l'empêche nullement de commander la manœuvre ni d'agir lui-même. De sa main valide, il frappe un ouvrier barbu appartenant à la SNECMA, qui lui crache l'épithète infamante s'il en est : « Fils à papa ! » L'affrontement dure deux heures ; les blessés, dont Le Dantec, sont évacués vers l'hôpital, mais, en fin de compte, les maos sont demeurés maîtres du terrain. Victoire « militaire ». Victoire éphémère.

Les bulldozers reviennent.

Selon l'ordinaire, Benny épice l'épisode d'Argenteuil de condiments idéologiques, de dialectique sinueuse, afin que la péripétie soit marquée d'une pierre rouge : l'échauffourée devient « la première bataille prolétarienne antirévisionniste ». Pour la première fois, en effet, les gauchistes s'attaquent physiquement aux gros bras du PCF. Le parti que Georges Marchais dirige de fait est maintenant désigné comme l'ennemi principal.

Aux yeux de Gaudemar, de Rolin, c'est une sorte d'évidence.

L'épisode surgit à point nommé pour le quartier général mao. Au cours de réunions tenues vers la fin de l'été, Benny et les siens ont arrêté l'orientation qui les guide : la « Nouvelle Résistance ». Le pays est sous la botte de hordes conquérantes, les profiteurs, les patrons, soutenus par les bandes armées de l'Etat — la police, la justice. « L'exploiteur est comme l'occupant nazi : un occupant, écrivent les dirigeants de la GP, et il faut éveiller une Nouvelle Résistance, continuant l'ancienne. » L'ennemi bénéficie en outre de la complicité bienveillante des syndicats et du PCF, ces « collabos » qui ne ménagent pas leur peine pour brider la colère du peuple...

L'intuition de Benny le pousse à exploiter le désir effréné d'action qui étreint les lycéens, les étudiants. Devant le Comité exécutif, Pierre Victor théorise, manie le concept de « révolution culturelle ininterrompue » :

— C'est maintenant que cela se passe. Il ne s'agit pas d'attendre la prochaine occasion, le prochain Mai, d'ici vingt ans. Nous sommes en pleine révolution. Il faut y aller, donner de grands coups de pioche dans ce gisement de révolte, de colère.

Les autres approuvent l'idée de multiplier les actions exemplaires, d'amorcer l'escalade sans attendre une hypothétique conjoncture favorable. C'est là-dessus qu'ils se sont retrouvés à la rentrée 1968, qu'ils ont fondé la GP. Reste que la thématique de la Nouvelle Résistance et la comparaison avec la France occupée ne recueillent pas l'unanimité.

Philippe Barret, sceptique, exprime son désaccord. July le suit, formule également des réserves sérieuses. La discussion se termine sans vote, mais Benny laisse clairement entendre que la participation à la direction implique une approbation sans réserve. A la fin de la séance, Barret et July partent ensemble. Au comptoir du Zimmer, une brasserie de la place du Châtelet, ils font le point.

— Tu comptes aller à la prochaine réunion ? interroge July.

— Je ne pense pas. Cette ligne est délirante. Et toi ?

— Je ne sais pas.

La fois suivante, Serge July est là, fidèle au poste. Benny n'a plus de contradicteurs.

La Nouvelle Résistance vaincra.

Coudes au corps, buste droit et sourire d'athlète vainqueur, l'ancien délégué du général de Gaulle en France occupée, Jacques

Chaban-Delmas, monte quatre à quatre les escaliers de Matignon. A cinquante-quatre ans, le Premier ministre choisi par Georges Pompidou soigne sa forme : deux séances de culture physique hebdomadaires, plus un entraînement de tennis.

Il lui reste toutefois le temps de peaufiner sa ligne politique. Conseillé par deux hommes venus de la gauche, Simon Nora et Jacques Delors, des « modernistes », Chaban veut, en transcendant les clivages partisans, assurer la mutation de la France post-soixante-huitarde. Il n'est pas loin de faire sien le mot de Malraux évoquant la « crise de civilisation » que traverse le monde occidental. Le 16 septembre, deux jours après les affrontements du marché d'Argenteuil, il prononce à la tribune de l'Assemblée nationale un discours-programme qui doit beaucoup à la plume de Nora, où il affirme la nécessité d'une « nouvelle société ».

Cent cinquante ans de centralisation bureaucratique et de conservatisme social ont engendré des blocages qui paralysent l'évolution dans tous les domaines. L'Etat est omniprésent et impuissant, tentaculaire et inefficace ; l'administration, totalitaire et injuste ; les différences de revenu, les inégalités, criantes ; les rentes de situation, l'addition des égoïsmes et des corporatismes découpent le pays en clans, en castes. Le résultat ? L'immobilisme, le statu quo, l'incapacité de mener à bien des réformes, litière de tous les extrémismes.

Chaban exhorte les députés à accepter des transformations hardies sous peine de subir la révolution. Il insiste : Mai 68 n'est pas si éloigné, qui montre la pertinence d'une telle analyse. Après le diagnostic, le Premier ministre indique les chemins de la « nouvelle société » : assouplir l'administration, redéfinir le rôle de l'Etat, fournir un gros effort pour la formation, assurer la libéralisation de l'information télévisée, promouvoir la mutation de rapports sociaux fondés sur le partenariat et la discussion contractuelle.

Bref, le grand dessein chabaniste est un aggiornamento national afin de moderniser le pays, de préparer l'avenir, à l'image du Concorde qui, lors d'un vol d'essai, franchit pour la première fois la vitesse du son.

A droite, on s'insurge : Chaban veut adopter la politique de la gauche. A gauche, on ricane : le locataire de Matignon n'a pas la majorité de sa politique.

Sur les écrans sort un film de Michel Audiard, *Faut pas prendre les enfants du bon Dieu pour des canards sauvages.*

Au théâtre de la Porte-Saint-Martin, la première partie du spectacle s'achève. Une dizaine de comédiens, dans une semi-pénombre, surgissent complètement nus et progressent sur le devant de la scène. C'est à cet instant qu'un commando de l'Armée du salut charge pour interrompre un tel étalage pornographique. Après une grosse bousculade, la représentation continue.

Depuis des mois, *Hair* emplit la salle tous les soirs, et il faut louer vingt-huit jours à l'avance. Pourtant, nulle vedette parmi les comédiens, recrutés parce qu'ils avaient des têtes de hippies acceptables, qu'ils savaient danser le jerk en cadence et vocalisaient à peu près juste. Le rôle principal est tenu par un jeune inconnu qui se nomme Julien Clerc.

La comédie musicale, créée à Broadway, adaptée par Jacques Lanzmann, s'inspire vaguement des impromptus du Living Theater, de la mode des « happenings ». Un spectacle échevelé et chevelu, une cérémonie sauvage où les mots perdent leur sens, où comptent les gestes, les attitudes, destinés à troubler, à provoquer, dans un décor de bric-à-brac où prévaut un camion peinturluré sur lequel sont juchés les musiciens. « A la fin de ce show unique, narre *Paris-Match,* les spectateurs couverts de confettis, enfumés par les odeurs d'encens, fredonnent : Marijuana, Marijuana ! »

Il paraît même qu'un des comédiens, passez-moi le mot, urine sur scène...

« Patrons, c'est la guerre ! » Le titre, en première page de *la Cause du peuple,* ravage la rétine. L'équipe du journal a été chargée de mettre en application l'orientation décidée. Et elle ne ménage pas sa plume. Elle fustige « cette racaille », cette « sale race de bourgeois », promet des « cortèges funèbres » pour les « petits chefs » et annonce à la fin d'un édito : « Patrons, puisque vraiment vous y tenez, c'est la guerre ! »

Pour qu'elle ait lieu, il faut bien la déclarer. Le comité de rédaction s'en charge. Là aussi, Benny Lévy règne. Chaque semaine, il arrive à la réunion les poches bourrées de papiers : ce sont les articles rédigés en vitesse sur des coins de table par divers camarades de la base. Toujours les récits exemplaires de combats titanesques contre les petits chefs et les révisos, farcis de formules du type : « Quand c'est insupportable, on ne supporte plus. » Il pêche dans le tas, sélectionne les papiers les plus édifiants, indique les lignes majeures de l'éditorial. Les autres, Le Dantec, directeur en titre, Lardreau, qui a renoncé à préparer Ulm et a été affecté au journal, transcrivent l'ensemble dans le style « *CDP* », vite célèbre.

Les rédacteurs entendent renouer avec la violence verbale qui giclait dans les journaux ouvriers à l'aube du siècle : *le Père peinard* ou *la Guerre sociale*. Ils en remettent avec délectation, vantent le sabotage, l'action directe. En octobre, la chute de l'édito « On a raison de séquestrer les patrons » tape fort : « Patrons, directeurs, gouvernement, cumulards, gradés, faites gaffe à vos os. Quand nous le voudrons, tous unis, on vous séquestrera, on vous crachera dans la gueule et on vous pendra ; par les pieds d'abord... »

La Cause du peuple est un cri de haine. Mais Benny, Lardreau, Le Dantec ne se défoulent pas sous l'emprise littéraire d'une frustration inassouvie. Ils pensent que ces mots ne précèdent que de peu, le temps de les formuler, les actes. Ce qu'ils décrivent, ce qu'ils appellent de leurs vœux, se produira, se produit déjà. La guerre civile arrive.

Ils en sont convaincus.

Dès la fin du comité de rédaction, tandis que Benny, increvable, fonce vers une autre réunion, Le Dantec et Lardreau s'échappent en direction du Harry's Bar, lieu de perdition bourgeois dont le « bloody Mary » stimule si bien l'indispensable méditation sur la nouvelle étape du marxisme...

La trentaine, déjà. Tiennot Grumbach aborde cette lisière au-delà de laquelle la jeunesse s'effrite en souvenirs, obsédé par l'amère pensée d'un gâchis irrémédiable. Toutes ces années, la moitié de sa vie à quêter l'avenir radieux dans une boulimie forcenée d'activisme. Combien de réunions, de manifestations depuis ses premiers pas politiques où, lycéen imberbe, il soutenait son oncle, Pierre Mendès France, lors du Front républicain ? Et toutes ces heures à discuter, argumenter, convaincre. Les nuits flambées à la ronéo, les mains dans l'encre, afin de sortir le tract attendu au petit matin.

Quinze ans à cavaler, le cœur débordant d'attention, d'affection pour toutes les « justes causes », de Paris à Alger, de La Havane à Shanghai — cavaler après son ombre, toujours plus rapide, dissoute, enfuie. Il ne regrette rien, ni le temps, ni l'énergie, ni — ce mot abject qu'il ne parvient pas à prononcer — la « carrière » piétinée sur l'autel du militantisme. Il est prêt à repartir, à recommencer, car il sait que seule cette cavalcade charge sa vie de sens.

Recommencer. Mais avec qui ?

Tiennot vit un après-Mai douloureux. Il a souffert de ces séances atroces, à l'Ecole normale supérieure, où les copains d'hier se criaient la haine au visage. Il a largement pris sa part dans ce déferlement verbal et, au fond, s'en veut de s'être laissé aspirer par la dynamique de l'implosion. Sans doute, il juge qu'il a eu raison de critiquer la défunte direction de l'UJC(ml), incapable de comprendre le mouvement étudiant. Mais il y avait la manière, la rage, la déchirure.

Les amis qui s'éloignent, les regards qui se détournent, les paroles définitives, meurtrières, il n'a pas supporté cette sorte de fatalité mortifère. Tiennot, chaleureux, sensible, moral, est constamment porté vers autrui par un élan spontané. Il recherche la complicité, l'approbation des camarades. Il a trente ans et il est seul, lessivé. Sans but.

A la rentrée de 1968, il s'est embauché chez Citroën, dans le XVe arrondissement : en fin de chaîne, un poste aux finitions sur les DS 19. Il savait Linhart également OS, mais dans l'usine du XIIIe. Il ne l'a pas revu et se reproche de n'avoir point sauvegardé cette amitié qui lui était précieuse. Au bout de trois mois, on le licencie. Il traîne, fricote avec les stalino-maoïstes du PCMLF, les aide à sortir leur journal, *l'Humanité rouge,* mais s'éloigne rapidement. Il est perdu.

Roland Castro le sauve du désespoir. Le 1er mai 1969, la Gauche prolétarienne organise une manifestation dans les ruelles qui montent vers Belleville. Geismar et July ouvrent la marche, poing brandi. Roland croise Tiennot, venu comme lui en curieux. Ils ne se sont pas rencontrés depuis des mois. Castro s'est installé à Nanterre, a formé un petit groupe, « Vive le communisme », fourmille d'idées, de projets : une revue, par exemple.

Tiennot retrouve un souffle, une espérance. Les deux compères nouent des contacts avec plusieurs noyaux militants de Montreuil, Bois-Colombes, Nanterre, et, au début de l'été, publient une brochure. C'est austère, sérieux et sans ambiguïté : « Nous espérons que cette revue contribuera au processus de fusion à entreprendre sur la base du marxisme-léninisme-maoïsme. »

L'objectif affirmé est bien de créer une nouvelle organisation révolutionnaire.

Elle naît à l'automne et porte le même nom que le journal qui paraît simultanément, *Vive la révolution,* bientôt connu sous ses trois initiales : VLR. Castro a posé de fermes conditions pour en être le chef : le jour où leur groupuscule deviendra un parti, et cela se produira inévitablement, il sera inscrit à l'article 1 des statuts : « L'autocritique est interdite. Seule la critique est autorisée. » Tiennot approuve des deux mains : rien de plus pervers que ces autoflagellations extorquées qui, longtemps après, donnent envie de vomir.

VLR sera une famille de copains. Quarante, exactement, venus surtout de l'UJC(ml) et du 22-Mars. Toutes les décisions se prendront à l'« Assemblée des quarante » où l'on est coopté, de fait, par le tandem Castro-Grumbach. Une forme de démocratie dirigée.

Le microcosme favorise la complicité, le fonctionnement de groupe. Tiennot reprend goût aux soirées entre camarades, aux bouffes, aux gags. Sous la rigueur d'un maoïsme orthodoxe revendiqué perce l'aspiration à vivre autrement, à s'occuper de l'existence quotidienne des gens, à modifier la sienne propre sans attendre le Grand Soir. Tiennot se sent bien — assez militant, assez en famille — parmi ces bolchevo-rigolards.

Des camarades requièrent son aide aux portes de l'usine Renault, à Flins. Il est partant, trouve une maison à louer près de Mantes, s'y installe. Plusieurs fois par semaine, le voici devant les grilles interdites. Des ouvriers ravitaillent en informations l'équipe de VLR ; lesdites informations sont très rapidement répercutées sous forme de tracts tirés sur une ronéo planquée dans la voiture. Ainsi naît la « base ouvrière » de Flins. Tiennot est heureux.

Il promet : je resterai là dix ans.

Entre les frères ennemis de *Vive la révolution* et de *la Cause du peuple,* les relations sont fraîches. Les stigmates de la rupture saignent toujours. Ils se rencontrent pourtant en terrain neutre, un lieu œcuménique, un journal lancé par Jean-Edern Hallier, *l'Idiot international,* dont les méchantes langues se demandent pourquoi « international » orne son frontispice.

Depuis qu'il a traversé Mai 68 au volant de sa Ferrari, portant des paquets d'*Action* d'un bout à l'autre de Paris, Hallier s'est convaincu que la révolution avait grand besoin de lui. Avec magnanimité, l'ex-cofondateur de *Tel Quel* consent à mettre son génie au service du Mouvement. Lequel ne sait comment utiliser tant de ressource.

Repoussé de partout, Jean-Edern décide de lancer son propre organe de presse. Il trouve de l'argent, donné par quelques héritières, et entreprend la tournée des popotes. Hallier souhaite rassembler autour de lui toutes les composantes du gauchisme. Et, de fait, séduits par son bagout, impressionnés par ses moyens financiers ou simplement en mal de tribune, la plupart des groupes lui délèguent des ambassadeurs.

Roland Castro hante les couloirs sans s'investir. Il croise Kravetz ou Bouguereau, July ou Jean-Claude Milner, le linguiste lacanien qui représente ici la Gauche prolétarienne avec Christian Jambet. L'ex-khâgneux d'Henri-IV n'a rien perdu de sa virulence.

Un jour où Hallier s'est enfermé dans son bureau avec un journaliste américain venu l'interroger, il n'hésite pas à tirer sur la porte. L'arme du crime est un fusil ordinairement relégué à la cave pour de folkloriques séances d'entraînement « militaire ». L'interview s'en trouve écourtée. L'Américain détale. Jambet, furieux de voir Hallier jouer les patrons de presse, se jette sur lui.

Les méthodes de Jean-Edern sont, il est vrai, propres à susciter la controverse. Une autre fois, il poursuit le responsable de la publicité, brandissant une hache, afin d'obtenir son départ sans indemnités. A maintes reprises, le directeur devient punching-ball et se retrouve à quatre pattes, cherchant son œil de verre qui a roulé çà ou là... La pagaille s'installe, les départs se succèdent, l'argent manque. Hallier a besoin d'un administrateur. Il embauche Jean-Pierre Barou.

Barou est un spécialiste du béton armé, ancien élève de l'école d'ingénieurs de Strasbourg. Il se pique de littérature, a publié avant Mai une petite revue, *Atoll.* En 1968, il travaille à la SCIC, filiale de la Caisse des dépôts. Un jour de printemps, il allume son transistor et abandonne *illico* le bureau où il s'ennuyait. Il passe ses nuits entre la Sorbonne et l'Odéon, emporté par le délire verbal qui s'y déverse. Un mois plus tard, la tête chamboulée, il regagne son travail. Et attend l'occasion de partir. Il saute sur l'offre de Jean-Edern.

A *l'Idiot,* il rencontre Francis Bueb, Jean-Claude Dauphin, le fils du comédien, Antoine Dumayet, dont le père officie à la télévision, Pierre Wiazemsky, un jeune dessinateur qui commence à signer sous le nom de Wiaz. Une fine équipe, ballottée par les coups de folie de son patron — lequel, un beau matin, pour se faire pardonner ses foucades, promet à chacun un costume Mao.

Parole en l'air.

Chacun sait, depuis Socrate, que le premier degré de la philosophie est l'art de poser des questions. Pourtant, le jour de la rentrée 1969, au lycée Bergson, M. André Sénik, professeur agrégé, bat d'une courte longueur son illustre devancier. Aux élèves de terminale sidérés, il demande aimablement :

— Avez-vous l'intention de préparer le baccalauréat ?

Léger flottement. Sénik s'explique :

— Je crois qu'il est plus honnête de régler ce point tout de suite. Vous comprenez, vos camarades de l'année dernière ont été géniaux. Ils ont méthodiquement et brillamment flanqué le bordel dans cet établissement. C'était une manière d'apprendre la philosophie. Moi, je me figurais que, lorsqu'on était génial, on obtenait le bac en prime. Eh bien non, le désastre a été complet. Je repose donc ma question : voulez-vous être géniaux ou préparer le baccalauréat ?

Quelle année ! Dix mois de bonheur. Sénik, ex-stalinien dévot quand il avait quinze ans, ex-voltigeur de la contestation antistalinienne aux chaudes heures de l'UEC, vient de vivre à l'approche de la trentaine l'insurrection adolescente qui lui avait été volée. Il se dit qu'il ne connaîtra plus jamais pareille fête.

La saison 1968-1969 n'a été qu'une suite ininterrompue de gags, de provocations, de détournements parodiques. Les metteurs en scène du spectacle étaient un groupe d'élèves situationnistes auxquels le prof de philo servait à la fois d'antagoniste et de papa. Les salles de classe, en terminale, étaient à ce point maculées d'inscriptions qu'on n'aurait su dénicher un centimètre carré disponible, fût-ce sur le plancher ou au plafond.

Les « meneurs », selon la terminologie de l'administration, ont d'emblée édicté deux décrets qui ont ravi Sénik. Article 1 : « C'est 68 tous les jours. » Article 2 : « Au cul les avant-gardes ! » La politique, la révolution, oui, mais sans le bazar des organisations, sans Mao, sans Krivine, et même sans Che Guevara. Renversant l'ordre de la maïeutique, ils soumettent leur prof à un bombardement d'interrogations cascadantes, le somment de justifier l'intérêt qu'il peut puiser dans une conversation avec des militants trotskistes. Le terrorisme verbal s'accompagne d'une constante invention, d'un rire féroce et renaissant.

Pour l'enseignant, même sympathisant, l'expérience n'est pas de tout repos. Les « cours », ou les séances qui en tiennent lieu, se déroulent dans un brouhaha fabuleux. La porte a été démontée, afin que la chose soit publique. Sénik circule entre les paquets d'élèves, tâchant de repérer lequel, aujourd'hui, est disposé à entendre Heidegger. Et tandis qu'il exécute sa commande, les autres chantent, délirent, se bécotent gentiment. On est là pour jouer, pour travestir en espace ludique le domaine de la contrainte.

Dans le couloir, des feux de Bengale et des boîtes d'allumettes sont à la disposition de celui ou de celle qui aura envie, en passant, de libérer une bouffée verte, jaune, rose.

« Crève, salope ! Crève, salope ! Crève, salope ! » Le censeur, un yéti à poigne qui avant Mai répandait la terreur, distribuait colles, devoirs supplémentaires, avertissements, est ainsi salué, le matin, par les enragés de Bergson. La directrice, femme de dialogue et de bonne volonté, baisse les bras, complètement paniquée. Dans cette ambiance surréaliste, nul ne perçoit plus très bien où est l'ennemi et où est l'allié. Sénik, complice majeur des allumeurs de feux de Bengale, n'en voit pas moins son domicile personnel occupé un jour durant par une dizaine de disciples venus stigmatiser les signes extérieurs de son installation bourgeoise.

L'adversaire véritable, en réalité, c'est le sérieux. Il ne s'agit nullement de conquérir une once de pouvoir. Il s'agit de pratiquer, d'imposer la transgression pure, suffisante à elle-même. Quand s'ouvre la campagne électorale pour élire les délégués des élèves au conseil d'établissement — premiers fruits de la réforme

Faure —, les dadaïstes du lycée fauchent l'herbe sous le pied des boycotteurs (les gauchistes groupusculaires) comme des participationnistes (les communistes de l'UNCAL). Ils présentent quatre listes, dont la plus loufoque — « Ligue royaliste pour le soutien de la directrice », devançant de peu l'« Association pour la défense de la vertu » — arrache une majorité de sièges.

A la séance inaugurale du conseil, les porte-parole lycéens dévoilent leur programme : repeindre l'intérieur des conduites de W.-C., creuser un trou dans le bureau du censeur, planter un baobab dans le trou ainsi creusé, etc. La séance est prématurément levée... Afin de protester contre cette « atteinte intolérable » aux « légitimes revendications exprimées par les mandataires régulièrement et démocratiquement élus », les trublions pondent un tract qui reproduit la rugueuse langue de bois du style cégétiste.

En salle des profs, l'angoisse croît. Le milieu est très marqué à gauche — Bergson, lors du printemps des barricades, a été le pionnier des lycées parisiens fermés pour cause de grève. Mais la tournure que revêtent les événements est complètement déconcertante. Les trotskistes : terrain connu. Les maoïstes : terre d'aventure. Du moins ces espèces turbulentes sont-elles répertoriées. Les élèves de Sénik, eux, gomment les ultimes repères. Voilà des garçons et des filles astucieux, séduisants, pourvus d'un bagage littéraire exceptionnel. Ils n'en sont que plus imprévisibles, plus redoutables et grossiers. Depuis la rentrée, ils ont déjà usé quatre maîtres de français. Et la cinquième ne doit sa survie qu'au fait d'être l'épouse de Philippe Robrieux — André, par solidarité envers son vieux compagnon de militance, la « protège » de son mieux.

Même adhérents du SNES, même gauchistes sur les bords, les enseignants sont à bout. Solennellement réuni, le conseil de discipline prononce l'exclusion temporaire de deux garçons, chefs de file du commando pirate.

Les condamnés ne l'entendent pas ainsi. Quand la directrice leur communique le verdict, ils rigolent :

— C'est noté, madame. On ne viendra pas demain, parce qu'on aura trop baisé pendant la nuit et qu'il nous faudra du repos. Mais après-demain, rassurez-vous, nous serons sur pied.

Cette promesse désinvolte n'est pas honorée. Les proscrits, bravant l'interdit, se présentent à la conciergerie dès l'aube du jour suivant.

Le tract qui circule dans le lycée, quelques heures plus tard, franchit la frontière de l'imaginable, abandonne le gag aux vestiaires : « Le conseil d'administration, on s'en fout. Le conseil de discipline, on s'en branle. Nous répondons au grotesque par le mépris. Nous sommes l'expression du mépris de l'institution, partie intégrante d'un univers que nous rejetons. Réellement, nous la méprisons, nous chions dessus, puisqu'elle nous réprime, et nous sommes décidés à ne pas tenir compte de ses décisions bidon. »

A l'adresse des pédagogues : « Regardez-les dans leur impuissance (d'origine sexuelle, évidemment !) ; regardez-les et jouissez de les voir encore se débattre et tenter de frapper certains d'entre nous pour faire peur aux autres, pour rétablir l'ordre républicain, la liberté sans laquelle il n'y a pas d'institutions. Là est l'évidente démonstration de la force de notre mépris, de la merde dans laquelle se débattent toutes les ruines d'un monde en putréfaction. On ne peut rien contre nous, car c'est par notre mépris de la nullité que le vieux monde crèvera. »

Un cordon de professeurs s'interpose — en l'occurrence des gens de gauche, syndicalistes, soucieux d'éviter l'escalade. Les insultes fusent, la prise de bec dégénère en bousculade, des coups sont échangés. L'administration appelle la police. Second tract : « Non, ce n'est pas tragique du tout. Ce qui est tragique, ce sont vos gueules, bande de profs-flics de la gauche humaniste... » Chacun de ces derniers est nommément désigné, raillé pour ses disgrâces physiques (Untel, affligé d'un double menton, se voit qualifié de « tremblotant du goitre »), et l'énoncé des patronymes est ponctué du rituel « Crève, salope ! »

La promotion philosophique 1969 fréquente Lacan et Bataille. Elle dévore goulûment René Char, surtout *le Poème pulvérisé* : « [...] A la poursuite de la vie qui ne peut être encore imaginée, il y a des volontés qui frémissent, des murmures qui vont s'affronter et des enfants sains et saufs qui découvrent. »

Haï de ses collègues, Sénik est considéré comme le mentor des adolescents sauvages, l'architecte de leurs folies. Il estime n'avoir, de sa vie professionnelle, rencontré meilleurs éléments. Au bac, c'est l'hécatombe.

Voilà pourquoi, dès la rentrée, mû par l'ironie et par le scrupule, il place sa nouvelle fournée devant une alternative insolite.

Les élèves répondent qu'ils ont l'intention de décrocher leur examen.

Sénik croit sincèrement avoir vidé le dilemme, invité ses ouailles à chevaucher les contradictions du système. Mais un tel discours, sitôt répété dans le lycée, parachève la levée de boucliers. On dit qu'il admet dans sa classe des auditeurs libres. On dit que garçons et filles s'y caressent, fument du hasch. On dit qu'aucun devoir n'est obligatoire, ni chiffré. Les parents se plaignent. La directrice attribue à son subordonné une note administrative sans précédent : 2 sur 20. Et l'intéressé non seulement ne rougit pas de honte, mais étale *urbi et orbi,* y compris devant ses disciples, le commentaire acide qui justifie la sanction.

Olivier Guichard, successeur d'Edgar Faure, s'est porté garant que le laxisme serait bouté hors les murs de l'Education nationale. André Sénik, fin septembre, est le premier gage de la volonté ministérielle. En attendant d'être jugé par la commission disciplinaire adéquate, il est suspendu « à titre conservatoire » (et avec traitement). A l'inspecteur général qui lui est dépêché pour l'entendre, il objecte sereinement : « On ne " donne " pas la parole aux élèves. La parole se prend contre ceux qui ont le droit de parler, contre l'ensemble des réponses professorales existantes, raisonnables et préparées d'avance. »

Il s'amuse de bon cœur. Peu lui chaut que ses camarades syndicalistes ne le défendent qu'avec des pincettes. Il n'a, au fond, guère le désir d'être innocenté. Son ambition, même, serait qu'on le reconnaisse, officiellement, indéfendable. Et que, à ce carrefour précis, les bureaucrates de gauche et les bureaucrates de droite convergent vers une commune réprobation.

Le cas Sénik enflamme la France enseignante. Depuis Mai 68, les profs cheminent à cloche-pied entre l'ordre et le désordre. « Je ne peux plus faire mon métier, confesse l'un d'entre eux dans *le Nouvel Observateur*. Le lycée appartient aux élèves. » Et il raconte : carnets de notes brûlés sous le regard impuissant du surveillant général, programmes remplacés par l'étude des « trois Ma » (Marx, Mao, Marcuse), boutades à l'emporte-pièce (« La Déclaration des droits de l'homme n'a aucune valeur : des droits numérotés, c'est pas des droits ! »)... Pourtant, le correspondant qui témoigne figurait parmi les enragés, une année auparavant.

Déchiré, affolé, il avoue son désarroi : « Ce que nous avons pris pour une révolution, n'était-ce qu'un conflit de générations, et nous, enseignants, n'avons-nous été que les grands dadais qui se mêlent au monôme ? »

Les uns souhaiteraient retrouver la quiétude du magistère. Mais ils ont perdu leurs béquilles, leurs outils d'évaluation, leurs insignes d'autorité — les moyennes couperets, calculées au dixième de point. Ils explorent avec une méfiance soudaine les recoins du programme ; les historiens, les littéraires, les philosophes se demandent quelle idéologie clandestine ils refilent, quelles valeurs bourgeoises, quels relents colonialistes, quelles castrations silencieuses rôdent entre les quadrichromies du *Lagarde et Michard*.

Pire, à la fin du trimestre, ils sortent du conseil de classe comme on s'évade d'un mauvais rêve, honteux d'avoir, une fois encore, trié socialement, au tamis de l'élite, des gosses censés prémunis contre les disparités, contre l'injustice.

Les autres récusent la honte, la culpabilité. L'école est ennuyeuse, inégalitaire, étouffante parce qu'elle n'est qu'un rouage de la machine dominante. Assez de mièvreries « laïques », de mythologie des hussards noirs. Le périmètre scolaire n'est point un refuge transcendant, un havre républicain, mais l'arme lourde de la classe oppressive, le mirador de l'ordre moral. L'urgence est de casser, de briser le moule, d'un geste de refus identique à celui des élèves. Ce n'est pas détruire le savoir que rompre ces digues. C'est réhabiliter sa dignité, bafouée, détournée en dissertations ronronnantes, en exercices pré-mâchés, en morceaux choisis.

Sénik est de ceux-là, au diapason avec les guérilleros de Vincennes, ses homologues dans l'enseignement supérieur. Détruire, dit-il, l'appareil à décerveler, le canidrome des chiens de garde, d'où la fantaisie, l'imagination, la création sont exclues.

Où le plaisir est interdit. L'amour, imprononçable.

Gabrielle Russier avait trente-deux ans, et Christian Rossi, juste la moitié : seize. Lui était son élève, en seconde, au lycée Saint-Exupéry de Marseille. Elle était son professeur, estimée de ses chefs, pressentie pour monter en grade — à l'université d'Aix, où la mère de Christian est titulaire de chaire. En 1968, Gabrielle, divorcée avec deux enfants, s'est sentie attirée par ce garçon plus mûr que les autres, beau. Ils ont vécu Mai ensemble. Ils sont devenus amants, et imprudents.

Peu avant Noël, M. et Mme Rossi, quoique le cœur à gauche et l'esprit « libéral », ont déposé plainte pour détournement de mineur. Plus question de nomination sur Aix. Le ministère a invité Mme Russier à rejoindre Rennes. Elle a refusé.

L'affaire a suivi son cours. Vers la fin du printemps 1969, Gabrielle Russier a été incarcérée — pour huit semaines — à la prison des Baumettes et condamnée, le 12 juillet, à 500 francs d'amende et à douze mois de détention avec sursis. Christian, sur la recommandation de psychiatres amis de ses parents, a été bouclé dans une « maison de repos », l'Emeraude.

Le 1er septembre, Gabrielle a été trouvée morte dans son appartement marseillais de la résidence Nord. Elle s'est suicidée au gaz. Le parquet, jugeant la condamnation qui l'avait frappée trop faible, avait fait appel *a minima*.

Durant la crise qui aboutit à sa suspension, André Sénik ne cesse de rencontrer ses amis et camarades d'adolescence, Alain Forner et Pierre Kahn, anciens secrétaires généraux de l'UEC. Tous trois ont rompu avec la logique partisane. Tous trois jugent que la vraie politique, c'est cette révolution culturelle naissante qui libère le désir, change la vie. Eux, jadis manipulateurs d'amendements, experts en tribunes, bêtes de congrès, spécialistes des couloirs et des coulisses, veulent s'« éclater » comme les plus jeunes, les plus spontanés de leurs élèves. Philippe Robrieux, demeuré fidèle à son style antérieur, adjure Sénik :

— Tu fais le malheur de tes élèves, tu fais le malheur de ta famille ; je te le demande en tant qu'ami : consulte un médecin, soigne-toi !

Mais non. André est persuadé que sa « santé », au contraire, s'améliore, qu'il s'arrache aux miasmes, qu'il liquide les séquelles d'une très ancienne, tenace et douloureuse affection.

Pierre Kahn, également maître en philosophie (il a passé le CAPES à la session de 1968), exerce dans la Somme. Le lycée de Péronne — à l'est d'Amiens — lui semble, hélas ! l'antithèse des bateaux ivres dont il écoute l'odyssée avec une envieuse fascination. La tradition locale est plus que conservatrice : franchement réactionnaire. Et cependant, même à Péronne, l'épidémie gagne insidieusement. C'est d'abord une misérable histoire de limonade, supprimée par l'intendant, qui déclenche une grève de la faim chez les pensionnaires. Puis la brèche s'élargit, l'absence de foyer, de ciné-club alimente la colère.

Lorsque Guichard sanctionne Sénik, Kahn est mûr pour afficher sa solidarité. Au sens propre. Avec vingt-trois collègues promptement rameutés, il rédige une déclaration dont la diffusion, aux portes de maints établissements scolaires et dans les salles des profs, suscite l'émeute. Alain Forner, présentement assistant à la fac de Jussieu, compte parmi les signataires. Ainsi se trouvent réunis l'ancien rédacteur en chef de *Clarté,* Sénik, et les deux derniers secrétaires généraux de l'UEC « italienne » normalisée par Roland Leroy : Kahn et Forner.

Le texte reproduit d'abord la prose corrosive des insurgés de Bergson. Et les enseignants signataires enchaînent : « [...] Si la fête commence, nous ne sommes plus que des guignols avec notre prétention à faire passer notre savoir pour leur vérité. Comme si la révolution était une question de cours et la sexualité un croquis de spermatozoïde. Mais " eux ", ils refusent de parler du sexe sans avoir l'air d'y toucher. Notre bonne conscience de profs repose sur un sacré mensonge : " ils " auraient besoin de notre savoir pour vivre. Mais on leur apprend seulement, en réalité, à tenir leur place dans une hiérarchie, on leur donne seulement les raisons de se résigner à ne pas vivre. »

La chute est à l'avenant : « On verra bien si on supporte longtemps de rester profs. En attendant, ni embastilleurs de fous ni pourchasseurs de drogués, nous sommes avec les barbares ! » Les retombées ne tardent guère. « Un groupe aberrant, une réaction fascisante », commente *France-Soir*. Plainte de parents d'élèves — M. Kahn n'interdit pas le tabac dans sa classe, accorde des autorisations de sortie, se contentant d'informer l'administration. Plainte du recteur d'Amiens. Plainte d'Olivier Guichard. Pierre Kahn, trente ans, est déféré devant le conseil académique, où il est accusé d'avoir fomenté le « Manifeste des vingt-quatre ». Le second « suspendu » de l'après-Mai vit la péripétie avec autant d'allégresse que le premier. L'un et l'autre sont convaincus qu'ils ne resteront pas seuls sur ce chemin. L'enseignement secondaire compte trois millions d'inscrits. Avant 1968, les foyers infectieux étaient localisés, circonscrits. Maintenant, l'épidémie gagne. Et une force politique s'affirme, une force *autrement* politique.

Chez les pédagogues eux-mêmes, le sens de la pente se précise. Les pédagogues réfutent la pédagogie. Si l'école fonctionne, par essence et non par accident, comme l'outil principal de la discrimination sociale, le cadenas de la subversion culturelle, si l'école reproduit ou aggrave les inégalités tout en feignant de les compenser, rien ne sert de l'amender du dedans, rien ne sert de glisser quelques artifices techniques dans cette enveloppe trompeuse. Il faut, au contraire, dissoudre l'illusion pédagogique, abandonner le réformisme paternaliste, proclamer ce qu'il en est, sans fard et sans délai.

Une voix, de l'autre côté de l'Atlantique, stigmatise « l'escroquerie scolaire » et commence à trouver des auditeurs sur le vieux continent. Ivan Illitch, prêtre démissionnaire, ancien curé d'une paroisse de Manhattan, est le prophète serein de l'apocalypse républicaine. Basé à Cuernavaca, dans la banlieue de Mexico, il anime un institut de recherche où éclosent beaucoup de novations vénéneuses.

Le discours qu'il a récemment prononcé, à l'université catholique Ponce de Porto Rico — dont il fut quatre ans le vice-recteur —, serait propre à faire se retourner Jules Ferry dans sa tombe. Promettant l'égalité des chances, l'école, selon Illitch, ne favorise que les enfants de favorisés : elle transforme le savoir en marchandise et donc le soumet à la loi de la rareté. Elle crée l'amalgame entre l'obtention d'un diplôme et la possession d'une compétence. Elle est la religion d'un prolétariat modernisé. Elle est l'opium du peuple.

Et l'hérétique, devant les caméras de la télévision portoricaine, s'est avancé plus loin encore : « J'espère que vos petits-enfants vivront dans une île où la majorité de la population attachera aussi peu d'importance à la fréquentation des classes qu'on en attache aujourd'hui à l'assistance à la messe. »

Dans les cercles contestataires — hors groupes politiques gênés aux entournures —, voilà un langage qui éveille plus que de l'intérêt. Mais au-delà de l'effritement critique, où puiser une utopie directrice ?

Le message, cette fois, provient d'Angleterre, très exactement de Leiston, dans le Suffolk. Là-bas, un vieil homme, ami de Reich, a créé une école communautaire, Summerhill. Il se nomme A.S. Neill et a publié le bilan de son expérience dans un ouvrage qui commence à circuler : *A Radical Approach to Child Rearing.* La traduction française (qui s'intitulera *Libres Enfants de Summerhill*) est en cours.

L'enfant est naturellement bon, mais la société le réprime, affirme Neill. « Il n'y a pas d'enfants-problèmes, il n'y a que des parents-problèmes, et même il conviendrait de dire qu'il y a une humanité-problème. » A Summerhill, point de *maître,* point d'« image du père autoritaire, transcrite dans le cadre institutionnel, et que l'enfant intériorise ». Point de hiérarchie. Les cinquante élèves s'assemblent chaque samedi, pratiquent le *self government*, établissent les lois, désignent des responsables, jugent les infractions, arbitrent les choix et conflits. Le travail est libre, l'enfant travaille pour lui — ne sécrétant pas sa propre fin, cette forme de travail procure un plaisir ludique au lieu de le bannir. L'adulte n'est « ni un policier, ni un camarade, ni même un " bon maître " » ; il devient « le représentant d'un principe de réalité non répressif ».

C'est possible, songent Sénik, Kahn et nombre de leurs collègues. Cela marche, à titre expérimental, en microsociété. Mais, quand on est muré dans le béton de l'Education nationale, avant de construire, il faut détruire.

Entre les murs de Louis-le-Grand, soumis à l'affreux régime de la khâgne, Antoine de Gaudemar serre les dents et courbe la nuque pour honorer la parole donnée à ses parents. Il tient, vaille que vaille, jusqu'à la fin du premier trimestre. Et, brusquement, tout dérape. Laurent Dispot, un copain, est traduit en conseil de discipline, puis exclu, coupable d'insolences répétées (et d'avoir déchiré quelques affiches honnies).

La chiourme repose les rames, se mutine. Antoine et ses camarades déboulent dans le bureau du directeur et le séquestrent. L'opération dure un jour et une nuit. Le gardien-chef, vert de rage, reste immobile, coincé derrière sa table, tandis qu'une cinquantaine d'émeutiers entrent, sortent, s'assoient par terre, utilisent le téléphone du « dirlo » mais en défendent l'usage à son propriétaire.

Sept agitateurs sont à leur tour exclus. Antoine est du lot.

Fatalement.

Le 1er octobre 1969, Pierre Goldman débarque à l'aéroport d'Orly. Il arrive d'Amérique latine. Quinze mois plus tôt, il a quitté Paris, muni d'un faux passeport, afin de rejoindre la guérilla au Venezuela.

Enfin, loin des simulacres, du théâtre, il vivra les combats où la vie se joue, sans détour, sans tricherie. Dès son arrivée sur le continent andin, il écrit à sa belle-mère et à son père, le franc-tireur de la MOI dont les exploits — qu'il rêve jusqu'à l'obsession d'imiter — nourrissent son imaginaire :

> Je serai bref. Il aura fallu que je fasse partie d'une collectivité dont je partage totalement le but, que j'ai intégrée en toute liberté, pour mesurer à quel point il est vrai que je suis resté vingt-quatre ans ignorant de la vie en commun, de l'existence et des rapports avec les autres. Vous aviez raison. Je n'ai eu qu'à apprendre humblement la sévère discipline de ce type d'existence. En fin de compte, je suis en train de me transformer petit à petit dans des conditions très dures mais dont le résultat, à condition que la volonté ne flanche pas, me semble assuré au prix d'un long chemin que vous m'autoriserez à qualifier de « couvert de sang et de sueur ».
> Je n'ai aucun recours pour me laisser aller, puisque je suis en train de vivre le seul rêve important dont j'aie jamais tenté jusqu'au bout l'accomplissement. Si j'avais effectué ce que je devais faire en France avant de partir, j'aurais pu trouver une planque, une porte de sortie. Dans les conditions qui sont les miennes (beaucoup plus rigoureuses), je ne peux absolument plus jouer, sinon je ne suis vraiment plus rien. C'est pour cela qu'il s'agit d'une véritable ascèse, car si peu m'importe d'être rien pour les autres (on peut toujours les tromper par le jeu), je ne pourrai admettre de me savoir raté, nul. Tout ceci pour vous fournir une sorte de consolation. Sachez au moins que je n'ai pas choisi la facilité. Par moments, quand je songe que nous n'avons jamais pu vraiment être heureux, je suis tordu par l'angoisse et la tristesse. Ma seule joie serait que vous soyez heureux avec les trois gosses, sans moi... Malgré tout, je ne suis pas de pierre. A bientôt, je reviendrai, je serai un homme et nous serons heureux.

Pierre Goldman s'intègre à un petit groupe de maquisards, sous les ordres du commandant Oswaldo Bareto, qui bat la montagne en attendant de regrouper ses forces. Les guérilleros évitent les affrontements, s'imposent de longues marches, traversent d'interminables phases d'expectative. Goldman, qui s'imaginait de loin comme Che dans la Sierra, courant d'embuscades en escarmouches, découvre des réalités plus prosaïques : le mal aux pieds, les moustiques, l'ennui, la fatigue.

Trop peu pour assouvir son désir de purification par le feu, le sang. Calme trompeur ; un de ses compagnons est assassiné au cours d'une mission. Il portait une chemise et un pantalon que Pierre lui avait donnés, et ce dernier ressent l'événement comme une mort par procuration.

Il rencontre des hommes d'exception, des jeunes gens de son âge, déjà mûrs, aguerris, accomplis. Mus par une force intérieure qu'il envie. A l'un d'eux, il apprend le français dans Rimbaud — *Une saison en enfer*. Pierre est au paradis. Pleinement heureux, même si l'action d'éclat, lorsque claquent les fusils et pètent les grenades, lui manque. Il est venu pour cela ; ressentir ce frisson qui engendre la sérénité, apporte l'apaisement.

Avec un de ses compagnons, durant les patientes pauses que l'inactivité leur octroie, Goldman parle inlassablement de l'amour, de la mort. De l'impuissance politique. Et aussi de l'épitaphe — besoin pourrait s'en faire sentir — que Pierre voudrait voir graver sur sa tombe. Il suggère : « Son plus vif plaisir fut de lire *le Monde* en mangeant des tomates. »

Son ami approuve.

La nourriture, d'ailleurs, l'occupe beaucoup. Il ne s'habitue pas à cette frugalité des clandestins qui ne saurait satisfaire sa boulimie naturelle, presque maladive. Une nuit, il n'y tient plus. Il se lève alors que le campement dort, s'approche de la réserve de provisions et dérobe quelques boîtes de conserve. Il est surpris en flagrant délit de larcin gastronomique, accusé devant tous.

Voler des vivres en temps de guerre est un geste grave, presque une trahison, qui fut, en d'autres lieux, puni de douze balles dans la peau. Goldman est condamné. La sanction est pour lui d'une sévérité extrême : il doit quitter le maquis. Les responsables du groupe l'affectent à une section urbaine.

Il traîne dans Caracas, sans papiers, à la merci d'un contrôle, fréquente des bouges, joue de la tumba dans un bordel, dort chez des sympathisants, des pauvres qui ignorent tout de lui et dont la gentillesse généreuse l'émeut. Il participe à des attaques de banque afin de « récupérer » de l'argent pour les illégaux ; en ces instants, Goldman serre la crosse de son arme avec un plaisir trouble, attendu.

Il lui arrive aussi de rester seul durablement. Il lit *Cent Ans de solitude.*

La tentative de son groupe pour relancer la lutte armée se solde par un échec. Les conditions n'étaient pas « mûres ». Goldman repart sans avoir connu l'essentiel, l'épreuve initiatique qu'il recherche depuis toujours, où il se montrera digne de ses héros. Il était parti au Venezuela dans l'espoir d'y mourir.

Il vit encore et n'entend pas s'habituer à cette survie.

A Paris, Pierre revoit son père, sa belle-mère, sa demi-sœur Evelyne et ses demi-frères Jean-Jacques et Robert, « les gosses », comme il écrivait un an auparavant dans son unique missive. Jean-Jacques et Robert, qui étaient en effet des enfants lorsqu'il les avait vus pour la dernière fois, sont des adolescents : ils portent les cheveux sur les épaules, aiment la musique pop, mais n'ont pas oublié Pierre, qui en est ému. Se pourrait-il que lui, le sauvage, après tant d'années de repli farouche, se découvre une famille — qu'on l'aime ?

Au hasard des cafés autrefois fréquentés, il retrouve certains copains de l'UNEF ou de l'UEC. Le dialogue est difficile ; ils ont taillé leur chemin ou bien militent dans quelque officine qui semble fade.

Il rencontre Benny Lévy et Alain Geismar, et leur propose ses services d'expert en guérilla urbaine. Il souhaite créer un groupe qui préparerait des hold-up, enlèverait des personnalités, attaquerait des commissariats. Les chefs de la GP observent un silence gêné, le regardent comme un fou délié de sa camisole, et déclinent l'offre. La Gauche prolétarienne n'en est pas à ce stade. Son objectif reste l'insurrection armée du peuple, mais non le braquage, fût-ce à finalité politique.

Goldman est déçu, terriblement déçu. Il brûle d'importer sous ces latitudes trop tranquilles les méthodes éprouvées qui sous les tropiques annoncent les brasiers, de marier le maniement du revolver et celui des concepts, de libérer une violence qui ne serait pas feinte. Il tente désespérément d'habiller la pulsion de mort qui l'habite d'une enveloppe idéologique présentable. Crever sur le pavé parisien, au cours d'une fusillade avec les forces de l'ordre, ne manquerait pas de panache.

Une belle sortie, avant que jeunesse ne s'en aille.

Pierre Goldman erre. Il passe des heures, des nuits chez son vieux copain Kravetz, rue de l'Odéon.

Il fréquente également Jacques Rémy, à qui le lient mille affinités nourries de virilité combattante, de fascination guerrière. C'est Goldman, quand il était responsable du service d'ordre de l'UEC, qui a remarqué ce fils de métayer, bâti en colosse, courageux. Rémy avait la réputation justifiée de ne point céder un pouce de terrain, quoi qu'il advienne, dans une bagarre.

Et puis, Jacques Rémy arborait l'insigne de la préparation militaire parachutiste — vingt-neuf sauts homologués. Manière intime de conserver la mémoire d'un frère aîné, sous-officier, tué en Algérie lorsque Jacques avait treize ans. Un gradé vint dans la ferme familiale raconter comment son subordonné avait trouvé la mort au cours du « nettoyage » d'une mechta. L'hommage s'acheva comme s'achève ce genre d'hommage : « Ses hommes ont tué tout le monde en représailles. »

De ce jour, Jacques Rémy ne supporta plus la moindre attitude raciste envers un Arabe.

Avec Pierre, il partage encore l'amour des arts martiaux, et tous deux s'entraînent ensemble au karaté. Quand Goldman s'éloigne du quartier Latin, Rémy hérite de la responsabilité des services d'ordre. A ce titre, comme son prédécesseur, il noue d'étranges relations avec les chefs d'extrême droite, où entre une connivence inavouée.

Si Jacques Rémy croise au carrefour de l'Odéon Gérard Longuet, Alain Madelin ou Alain Robert, les cogneurs d'Occident, on se salue poliment (en 1967, alors que la « tête » de Rémy avait été mise à prix par les « fafs », Longuet l'avait fait prévenir). Cette complicité, cette reconnaissance de l'adversaire qui « en » a, dure jusqu'au jour où Rémy rencontre Longuet devant l'Institut d'études politiques. Il l'apostrophe :

— Qu'est ce que tu deviens ? On ne te voit plus dans les cognes.

— Je suis rangé des voitures. Je prépare l'ENA.

Rémy ne s'est pas rangé. En mai 1968, il a naturellement figuré parmi les organisateurs du SO, à la Sorbonne.

Le Goldman que retrouve Jacques, en cet automne 1969, n'est que le fantôme du complice d'autrefois. C'est un garçon paumé, à la dérive, hanté par une sorte d'esthétique du suicide. Il ne lui reste plus, se surprend à penser Rémy, qu'à se faire tuer.

Goldman parle de coups de main, part en Suisse se procurer une arme.

En trois semaines, il claque une forte somme d'argent emprunté : costumes élégants, chemises chères jetées après usage, restaurants de luxe, caviar et champagne, putes. Les billets filent comme s'il désirait se revoir vite sans ressources, acculé à l'inéluctable. Il glisse vers la délinquance, séduit et horrifié à la fois.

Le 4 décembre 1969, un de ses amis lui demande de l'argent afin de traiter dignement une femme qui lui est très chère. Goldman, qui n'a plus un sou, compatit. Il saisit son arme, descend dans la rue, entre dans une pharmacie voisine de son domicile et braque les vendeurs. Il s'enfuit avec 2 500 francs.

Le militant est devenu gangster.

5

La classe

Au 27 de la rue des Postes, à Aubervilliers, le « Foyer de la solidarité franco-africaine » n'est en réalité qu'un modeste pavillon de banlieue où cinquante Noirs s'entassent dans cinq pièces minuscules. Le loyer coûte 70 francs par mois. Le propriétaire a entrepris d'ajouter une annexe — carreaux de plâtre hâtivement assemblés et recouverts de plaques de tôle — afin d'héberger quelques clients supplémentaires. Tout à ses travaux d'agrandissement, il a omis de payer la note d'électricité. Le chauffage est coupé depuis plusieurs semaines.

Durant la nuit du 1er au 2 janvier 1970, la température descend à trois degrés au-dessous de zéro en région parisienne. Les occupants transis d'une des chambres, glaciale, exiguë, privée d'aération comme de lumière, allument un feu de bois dans le couvercle d'une vieille poubelle, qu'ils alimentent avec des détritus. Ils s'endorment, baignés de cette fausse chaleur nauséabonde.

Au matin, quatre Sénégalais et un Mauritanien sont morts.

Asphyxiés.

L'opinion s'émeut. La presse, la télévision — c'est nouveau — évoquent les conditions d'hébergement des travailleurs immigrés. Cent mille d'entre eux peuplent des bidonvilles semblables à celui d'Argenteuil, des dizaines de milliers d'autres trouvent refuge dans des baraques insalubres, des cahutes désaffectées, murs de la honte aux frontières de Paris.

Le député d'Aubervilliers, Waldeck Rochet, réclame l'ouverture d'un débat à l'Assemblée nationale sur le logement des étrangers. François Mitterrand, parlementaire de la Nièvre, adresse une question écrite au ministre de l'Intérieur, Raymond Marcellin, suggérant l'examen « du dossier des bidonvilles et des foyers de toute espèce ». Une enquête est annoncée.

Le 10 janvier, jour des obsèques, en fin de matinée, une vingtaine de jeunes gens se présentent à la porte du 31, avenue

Pierre-Ier-de-Serbie. Roland Castro jette un coup d'œil sur la plaque qui indique « Conseil national du patronat français » et pénètre sans hésitation à l'intérieur. La bande suit et se répand dans les bureaux.

Deux ou trois cents personnes, planquées dans l'église américaine toute proche, accourent en renfort ; des militants de Vive la révolution, qui ont eu l'idée de cette opération, auxquels se sont joints des prêtres, des écrivains — tels Maurice Clavel, Marguerite Duras, Jean Genet —, et des universitaires, dont Pierre Vidal-Naquet.

Le long de la façade, les manifestants déploient des banderoles rouges où les passants peuvent lire : « Le responsable : le capital ! » ou encore : « De l'exploitation légale à l'assassinat légal. » Du balcon, Roland Castro entreprend de haranguer la foule qui s'amasse sur le trottoir. Il dénonce le patronat, la bourgeoisie, mais sa diatribe est interrompue par certains auditeurs non inscrits au programme, et qui scandent : « A mort ! A mort ! »

Roland transpire.

Dans les couloirs du CNPF règne une totale confusion. Les gauchistes s'en donnent à cœur joie, goûtent l'inespérée jouissance de saloper les murs du temple. La peinture des bombes gicle. « La bourgeoisie ne loge pas, elle stocke », proclame une inscription. Le personnel tente de s'opposer aux contestataires, et l'on échange quelques horions.

Vingt minutes plus tard, les forces de l'ordre bloquent l'avenue aux deux extrémités et investissent l'immeuble. Les assaillants sont expulsés sans douceur, poussés vers la sortie. Les matraques s'abattent sur les récalcitrants ; Vidal-Naquet a le visage en sang ; Clavel, propulsé dans l'escalier, reçoit sur le crâne un coup sévère. Tout le monde est embarqué.

Du car où on l'a bouclé, Roland Castro essaie de s'évader par la fenêtre. Il est rattrappé, ceinturé, bastonné. Bon pour le flagrant délit. Les autres sont parqués à Beaujon.

La levée du corps des cinq victimes se déroule à la même heure devant l'Institut médico-légal, quai de la Rapée. Là aussi, plusieurs centaines de personnes se sont rassemblées : les familles, des Africains membres de diverses associations de résidents, des militants de la Gauche prolétarienne — qui ne sont pas venus

« pour verser des larmes sur leurs camarades assassinés », comme ils le proclament dans un tract distribué sur place.

Effectivement, la cérémonie se transforme en meeting politique. Dans un coin, Jean-Paul Sartre déclare aux cameramen que « la mort des travailleurs africains illustre le scandale de la société française, qui utilise à son profit une main-d'œuvre sous-payée ». Plus loin, le secrétaire national du PSU, Michel Rocard, depuis peu député des Yvelines, juge que « cette tragédie est le résultat d'une certaine logique du capitalisme ».

Les maos ont battu le rappel. Les prises de parole se succèdent, noyées dans le fracas des rames du métro aérien. Les militants forcent la voix : « Patrons-flics assassins ! Nous vengerons nos camarades ! » et brandissent le *Petit Livre rouge*. Les parents des disparus, tout à leur douleur, ne semblent guère saisir les raisons de cette agitation, de ces cris. Enfin le convoi s'ébranle, accompagné par un cortège de jeunes gens, poings levés.

Presque simultanément, d'autres manifestants se rassemblent devant le 45, rue Gabriel-Péri, à Ivry-sur-Seine. Il y a là des responsables de groupes d'alphabétisation, des avocats, des représentants de la Ligue des droits de l'homme, les écrivains Jean-Pierre Faye, Michel Leiris, Jérôme Peignot. Ils viennent sommer le propriétaire de rétablir l'eau et l'électricité coupées depuis plusieurs mois, afin d'éviter une nouvelle tragédie.

Dans cette ancienne chocolaterie désaffectée logent sept cents Africains, des Maliens pour la plupart. Les visiteurs découvrent avec effarement une sorte de hangar sombre, sinistre, doté d'un comptoir où le bol de riz est vendu 4 francs. Les dortoirs, ce sont onze pièces dépourvues d'éclairage ; les lits sont entassés les uns à côté des autres, pratiquement sans espace de séparation. Les « locataires » dorment à cent trente-cinq par « chambre » humide. Pas de fenêtres, ni de placards, ni d'armoires, ni de rayonnages, ni de tables.

Les équipements collectifs se résument à quatre lavabos, dont deux d'eau potable, à cinq W.-C. et à une cuisine, battue par les courants d'air, qui prend l'eau quand il pleut.

Chaque client paye 40 francs par mois, plus le charbon et le gaz des cuisinières. Grâce à ce taudis, considéré par les autorités comme un « centre d'accueil provisoire » depuis 1965, le propriétaire ramasse mensuellement deux millions et demi de centimes.

En mai 1969, le gérant annonce une augmentation de 20 francs. Les locataires refusent. Au mois d'octobre, par mesure de rétorsion, le logeur coupe l'eau, le gaz et l'électricité. Le hangar devient un bouge insalubre, dangereux. Les travailleurs africains, conseillés par des avocats, écrivent au préfet du Val-de-Marne : « On ne peut plus vivre comme des rats dans un trou. Faites vite ! » Il ne fait rien, le préfet, ne peut rien faire : un litige entre particuliers, entre propriétaire et locataires, n'est point de son ressort...

Lorsque les militants, avocats et écrivains, atteignent le bureau du maître de céans, ce dernier hurle qu'il est interdit d'entrer, que la propriété est sacrée. Il reconnaît volontiers avoir coupé l'eau et l'électricité, jure qu'il ne les rétablira que « si les nègres paient ». Vers 14 heures survient le commissaire de police. Les avocats et les membres de la Ligue des droits de l'homme lui décrivent l'état des lieux.

— Vous ne m'apprenez rien, il y a des mois que nous connaissons la situation des dortoirs...

En ce début d'année 1970, trois millions d'étrangers habitent en France, dont un tiers de Maghrébins. La majorité, recrutés directement dans leur pays d'origine par de grandes entreprises, sont en situation régulière. Mais plusieurs dizaines — centaines ? — de milliers sont clandestins. Entrés illégalement, démunis de tout papier, ils travaillent au « noir », survivent misérablement, exploités par les « marchands de sommeil » et les trafiquants de main-d'œuvre.

Après le drame du foyer d'Aubervilliers, les Français — ceux, du moins, qui ne refoulent pas la nouvelle — découvrent que le tiers monde commence aux portes de Paris. Une réalité que les gauchistes ont intégrée dans leur stratégie. La Gauche prolétarienne, en particulier, perçoit le bénéfice qu'elle peut tirer de cette « colonie intérieure ». Immigrés, Arabes, bidonvilles, OS, Palestine : un cocktail prometteur.

Roland Castro passe en tribunal des flagrants délits. Jean Genet témoigne à la barre, explique sa présence au siège du CNPF :

— On cherchait l'assassin d'Aubervilliers, lance l'auteur des *Nègres*, on l'a retrouvé, il est ici, dans le box.

Et il insiste :

— L'impression qui nous reste après tant de morts de travailleurs immigrés, c'est que, cet hiver, le patronat français les a tués froidement..

Castro est condamné à un mois de prison avec sursis.

L'année 1970 débute vraiment mal. A Lille, un lycéen de seize ans s'immole par le feu. Emule de Jan Palach ou de ces bonzes vietnamiens que la télévision montre régulièrement entre la poire et le fromage ? Trois jours après, un autre jeune, âgé de vingt ans, se donne la mort de la même façon. En deux semaines, on dénombre six suicides analogues.

Jean-Jacques Servan-Schreiber, le dynamique secrétaire général du parti radical, publie un manifeste rédigé avec son ami Michel Albert. Ce texte, qu'il qualifie de « révolutionnaire », s'intitule *Entre ciel et terre.*

Sur la musique planante des Pink Floyd, les amateurs de salles obscures s'envolent vers Ibiza, rendez-vous des marginaux amateurs de soleil et adeptes d'un retour à l'état de nature. *More,* de Barbet Schroeder, est le film phare du moment ; la méditation devant la mer cède aux effets meurtriers de l'héroïne.

Ni pour l'expédition réformiste, ni pour le voyage au bout de la seringue, les militants ne sont partants.

Jean Schiavo est un activiste. Dur pour lui-même, impitoyable envers les autres. Depuis le jour de 1967 où, diplôme de HEC en poche, il a renoncé à son métier, à sa carrière, à sa femme pour l'amour du président Mao, il embrasse la Cause avec une rage, une détermination qui suscitent le frisson même parmi ses proches. Il n'a pas vraiment d'amis, il compte beaucoup de camarades qu'il traite avec la rudesse des chefs payant de leur personne. L'exemple, il le donne. Son histoire propre en témoigne. Choisir, comme il l'a fait naguère, de devenir manœuvre chez Perrier alors que maints postes de directeur commercial lui étaient offerts, c'est le *nec plus ultra* de l'éthique prolétarienne.

Schiavo est le grand patron de la GP pour le nord de la France. Il s'est installé à Lille, où fonctionnait un petit noyau maoïste, pendant Mai 68. Durant des semaines, il court des amphis aux entreprises, recrute des jeunes prolos en rupture de CGT ou des vieux mineurs nostalgiques de l'époque où le parti communiste affrontait les CRS dans les corons.

Un jour de la fin mai, une équipe du 22-Mars, en route pour l'université de Louvain, s'arrête à Lille. Dans la troupe, une étudiante de Nanterre, Brigitte, qui a aperçu Schiavo lorsqu'il était venu avec l'UJC(ml) défendre le campus menacé par les fachos. Jean, tout à ses manœuvres « militaires », ne l'avait même pas remarquée. Elle lui rappelle ce souvenir.

Brigitte est libertaire et, au restaurant, tandis qu'ils dînent, assaisonne comme il convient les « crapules staliniennes » qui trahissent le mouvement. Schiavo sursaute devant pareille agression contre le camarade Staline. Pendant trois heures, du débit ininterrompu qui lui est coutumier et épuise le contradicteur ou le simple auditeur, Schiavo explique à sa charmante interlocutrice la « question de Staline » selon l'orthodoxie prochinoise.

Au terme du repas, elle suffoque d'indignation, meurt d'ennui.

Ce grand échalas dont les yeux noirs brûlent de la flamme des croyants cèle-t-il pourtant un charme insoupçonné ? Brigitte décide de rester ; mais il faudra encore quelques semaines, un aller-retour nocturne Lille-Paris lors de l'opération Renault-Flins, pour que les événements s'accélèrent, et que Schiavo abandonne — provisoirement — la question de Staline au profit d'ébats plus doux.

Dans la débâcle qui ravage l'UJC(ml) à l'été 68, Schiavo reste seul, ou presque. Dès que la GP voit le jour, il fonce, plus décidé que jamais, conquis par l'idée de la violence féconde. Il est coopté à la direction nationale et, de manière volontariste, méthodique, reconstitue un groupe régional à partir des quatre ou cinq rescapés des effroyables séances d'excommunication mutuelle.

Une vie de révolutionnaire professionnel. Austère, sans temps morts, sans distractions, tout entière tournée vers des objectifs militants. L'argent que gagnent les établis est partagé. Les maos prennent leurs repas en commun : le menu, invariable, offre du riz pilaf rehaussé d'oignons. Du maquereau à la tomate, les jours de liesse. La révolution ne ressemble certes pas à un dîner de gala.

Le gros des ressources est investi dans l'entretien des voitures et le carburant. Car Schiavo passe ses journées et ses nuits sur les routes, assurant la liaison d'un groupe à l'autre, d'Arras à Roubaix, de Lille à Valenciennes. Il prépare les distributions de tracts, les collages, rameute les commandos d'intimidation destinés à punir les contremaîtres trop zélés. Quand un « petit chef » particulièrement retors est signalé à sa sourcilleuse vigilance, Jean débarque, assemble ses troupes, guette l'intéressé à la sortie de l'entreprise et l'arrose de peinture jaune ou verte.

Escarmouches pédagogiques et salutaires. Mais l'objectif majeur du général des maos nordiques est d'une autre envergure. La cible prioritaire, c'est Dunkerque.

Juste après mai 1968, le premier contact qu'il a retrouvé est Bernard Liscia, établi depuis plusieurs mois aux chantiers navals.

Le long d'une cité de brique et de béton qui a perdu son corps sinon son âme lors du désastre de 1940, et fut reconstruite après cinq années de bombardements dans une morne hâte, le troisième port commercial français aligne ses quais encombrés de portiques, de grues métalliques dont la pointe déchire le plafond bas des cieux gris. Les carènes des bateaux en construction ou au radoub, cernées d'épontilles, d'échafaudages, signalent de loin le domaine des Ateliers et Chantiers de Dunkerque et Bordeaux (ACDB).

C'est là que Liscia a réussi à se faire embaucher. Etudiant en rupture d'études, il a voulu devenir ouvrier, non pour expier la tare originelle d'être fils de médecin, mais parce qu'il croit dur comme fer, *Petit Livre rouge* sur le cœur, que seul le prolétariat libérera l'humanité de la servitude.

L'espace de quelques mois, et il parvient à regrouper une poignée de sympathisants. Pas facile de militer sur ces chantiers gigantesques qui, avec leurs entrepôts, leurs bureaux, les rues intérieures, forment sur vingt hectares une véritable ville.

Heureusement, beaucoup de jeunes délaissent le midi l'infect menu à 3 francs de la cantine pour manger des sandwiches en vidant un demi dans les cafés de la place Mink. En face, les marchands de poisson s'égosillent pour écouler la marée.

L'intello Liscia n'est guère en peine de repérer les thèmes qui font recette autour du zinc : la majorité des travailleurs sont encore payés à l'heure, et le salaire varie selon le « boni », calculé au rendement. Avec les primes, il est possible d'atteindre 1 000 francs par mois. Plus on travaille vite, moins on prête attention à la sécurité, fort précaire dans la construction navale.

Bernard et son groupe ne loupent pas une occasion de nourrir leur propagande ; un contremaître se comporte-t-il comme un adjudant de la coloniale ? Une bande dessinée le ridiculisant est affichée partout. Une rambarde lâche-t-elle ? Les « nouveaux partisans » dénoncent, par un énorme bombage sur la peinture neuve du navire, les « bateaux-cercueils ». A fond de cale, les ouvriers sont-ils incommodés par les vapeurs nocives, les odeurs nauséabondes ? Un tract est balancé depuis le pont.

Peu à peu, les maos récoltent les fruits de leurs efforts. Mais la moindre activité propagandiste requiert une logistique importante, et clandestine : coller une affichette devant la machine à café ne s'improvise point — il faut s'assurer des complicités, faire le guet.

Fier des premiers résultats obtenus, Liscia envoie à la rédaction de *la Cause du peuple* un article édifiant. Le soleil rouge se lève sur Dunkerque : « Très rapidement, les ouvriers prennent en main eux-mêmes l'agitation : ils expriment tout haut ce que chacun pense depuis toujours seul dans son coin. D'une part, ils nous font parvenir leurs griefs et même de petits tracts, d'autre part, aux W.-C. les mots d'ordre politiques remplacent les histoires de cul. Des inscriptions apparaissent partout : “ Vive Mao, le vengeur ! ” Ou bien ce dessin : un fort des halles aux yeux chinois ; sur ses biceps il y a écrit “ Mao ”, et, dans la bulle : “ Qu'on m'amène Lefol ! ” »

Jean Lefol est le directeur-adjoint des chantiers, la bête noire des gauchistes, qui le rendent responsable des conditions de sécurité insuffisantes.

Le 26 janvier, Francis Deloffre, un assembleur qui travaille sur le pétrolier *Gilda,* a la tête broyée par une barre d'alésage de trois cents kilos. Il avait dix-neuf ans. Sur le chantier, l'émotion et la consternation sont d'autant plus profondes que chacun se sait à la merci de ce type d'accident. Mais, pour Liscia et ses amis, la fatalité a bon dos. Le coupable, c'est le patron, c'est Lefol.

La nuit, sur le mur qui longe les ACDB, les maos peignent en épaisses lettres noires « Lefol assassin », « Francis, nous te vengerons », « ACDB = hécatombe ». Mais les gépistes jugent semblable protestation par trop légère. Le groupe se réunit afin d'envisager la riposte appropriée. Les uns proposent une vengeance personnalisée. Attendre Lefol, la nuit, le frapper, bousiller sa voiture. Les autres estiment ce défoulement inefficace, avancent l'idée de bloquer la production, en sorte que le lancement du bateau ne puisse avoir lieu à la date normale. Ce dernier point de vue l'emporte.

Pour assembler un navire, tout transite par les grues. Sans ce recours, la progression de l'ouvrage est stoppée. Questionnés, des anciens qui ont connu la guerre fournissent le mode d'emploi. Rien n'est plus facile que de saboter une grue : il suffit de mettre hors d'usage le trolley qui alimente l'engin en électricité.

Le 5 février, au matin, juste après la reprise du travail, un commando détruit les circuits de deux grues de la cale nord. L'après-midi, une feuille signée « les nouveaux partisans », et revendiquant le sabotage, est distribuée. Elle avertit que « demain, après le sang versé de l'ouvrier, les partisans pourraient faire couler le sang des patrons ».

Trois semaines plus tard, le 26 février, Jean Vanorenberghe, chef d'équipe, dirige la mise en place au flanc du *Gilda* d'une nacelle de soudure automatique. Il est debout sur une plate-forme suspendue à une grue d'où il donne ses ordres. A 8 h 30, la plate-forme cède et s'écrase vingt mètres plus bas.

Une demi-heure est nécessaire aux secouristes pour dégager « Vano » — comme on l'appelle sur le chantier. Pendant son transfert à l'hôpital, le blessé succombe. Ses camarades, examinant les débris afin de déterminer les causes de l'accident, s'aperçoivent que le piton qui retenait le câble de la grue était rouillé et dessoudé. Aucun dispositif de sécurité n'avait été prévu. Ils décident de débrayer immédiatement, et les syndicats suivent.

La psychose de l'accident s'installe. Dans les bistrots de la place du Mink, entre deux bouchées de saucisse, beaucoup commentent pendant la pause un tract des maos : « Pour aller plus vite, il n'y a pas de garde-corps sur les échafaudages. Parfois, on donne aux assembleurs des ceintures de sécurité, mais elles sont inutilisables dans ce genre de travail. Partout, il y a des madriers en bascule, des bouts de ferraille qui tombent. A bord, il n'y a pas de lumière, on s'éclaire au chalumeau. Avec ça, des bouts de baguette, des câbles qui courent dans tous les sens, dans lesquels on se prend les pieds, et c'est la chute huit mètres plus bas. »

La dénonciation, qui vise juste, porte.

Dix jours après, le 9 mars, un nouveau drame éclate, encore sur le *Gilda*. En fin de matinée, un soudeur perce un trou dans une paroi métallique. De l'autre côté de la cloison, un isolant plastique a été déposé au pistolet : de la mousse de polyuréthane qui s'enflamme immédiatement. Une fumée noire, compacte, se répand par tout le navire. Aveuglés, affolés, les ouvriers cherchent à tâtons les issues. L'incendie est difficilement maîtrisé : au moment du sinistre, une seule lance à eau était accessible, et la pression n'est venue qu'après plusieurs minutes.

Dans les débris carbonisés, les pompiers retrouvent deux corps, un menuisier de vingt-sept ans, père de quatre enfants, et un ouvrier d'une entreprise de sous-traitance, âgé de dix-neuf ans. Aussitôt, le personnel quitte le chantier. Le bateau est placé sous la surveillance de la police. La presse locale et nationale s'empare de l'affaire et s'interroge sur l'emploi inconsidéré de la mousse inflammable.

Mais la direction des ACDB laisse entendre qu'une main criminelle a peut-être agi et aiguille les soupçons vers Liscia et ses compagnons. N'ont-ils pas revendiqué récemment le sabotage des grues ? Les maos s'insurgent contre cet amalgame, clament leur innocence ; il n'empêche : leurs dénégations ne sauraient dissoudre la rumeur.

Les incendies continuent sur les navires en construction. Le 12 mars, un début de foyer se déclare dans les cuisines, et les services de sécurité observent de près la mousse suspecte : elle brûle effectivement très vite, dégageant une fumée opaque et toxique. Le 23, des flammes surgissent de la buanderie.

Dans la nuit, les « nouveaux partisans » brisent avec des pierres les vitres de la villa qu'occupe Jean Lefol, à Malo-les-Bains, et inscrivent « Lefol assassin » sur les murs. Le lendemain éclate un nouveau commencement d'incendie, le quatrième en quinze jours : une caisse emplie de chiffons enflammés est découverte sur un pot de bitume renversé. Tout près, des câbles électriques traversent plusieurs cloisons enduites du produit inflammable. L'intention criminelle est manifeste.

Trop.

Les maos, montrés du doigt, hurlent à la provocation. Mais la mise en scène est soignée. La direction les identifie comme fauteurs des sinistres. La CGT locale dénonce les agissements des « aventuriers fascistes ». Le halo de sympathisants patiemment assemblé par Liscia s'étiole. La longue marche de la Gauche prolétarienne dans les chantiers navals — que Benny Lévy juge

« exemplaire » — marque le pas. Et la police, qui multiplie les investigations, s'intéresse à Bernard Liscia.

Ce dernier n'est pas seulement responsable de l'activité des gépistes aux chantiers navals de Dunkerque. En tandem avec Schiavo, il dirige la Gauche prolétarienne dans le Nord et renifle d'une narine professionnelle tout ce qui sent la poudre : dès qu'un incident se déclenche, qu'une révolte surgit, qu'un mécontentement naît, l'agitateur est là, infatigable, prêt.

En novembre 1969, une bagarre éclate dans un bal organisé à Rosendael. Le gérant appelle la police, et, lorsque les agents arrivent, ils sont accueillis à coups de chaises par les belligérants réconciliés. Le meneur est arrêté. Aussitôt, Liscia mène campagne « contre la répression policière », mobilise des jeunes gens désœuvrés. Pour l'occasion, il se lie avec un ajusteur au chômage, Patrick Taupe, vingt ans, et son copain Jacky Tropchaud, vingt-quatre ans, peintre sans travail. Liscia les revoit de temps à autre.

Un midi, début février 1970, Taupe est en train de vider un demi au café dunkerquois A la bonne humeur lorsque Liscia survient, et, après quelques minutes de conversation, lui propose de participer à une action de représailles contre les Houillères du Nord. Il accepte, et son ami Tropchaud également. Toute la région est encore sous le choc de l'accident qui vient d'endeuiller la mine.

Le 4 février, à 6 h 55, une énorme explosion a retenti dans la fosse 6 de Fouquières-lès-Lens. Un coup de grisou meurtrier — il a fauché seize mineurs. La Gauche prolétarienne réagit avec sa virulence habituelle : l'accident, au fond, n'était nullement inévitable. Les ingénieurs savaient depuis plusieurs jours que des facteurs de risque convergents s'étaient accumulés. Un ventilateur était tombé en panne, et ils n'avaient pas fait évacuer la galerie durant la réparation. Les Houillères sont responsables de cet « assassinat ». Le jour des obsèques, en présence du ministre François Ortoli, les militants maoïstes se glissent dans la foule un œillet rouge à la boutonnière ; les policiers leur donnent la chasse et les embarquent.

Liscia et Schiavo n'entendent point en rester là. La GP, par un geste explicite, doit souligner l'implication des Charbonnages.

Des mineurs consultés leur indiquent un possible objectif: le siège des Houillères, à Hénin-Liétard. Les deux compères demandent aux Parisiens du renfort. Olivier Rolin, le spécialiste des « actions violentes de partisans », est expédié sur place.

Dans l'après-midi du 16 février, Bernard Liscia passe prendre Taupe et Tropchaud, et les avertit que le coup est pour cette nuit même. Les deux chômeurs embrigadés n'en mènent pas large. Liscia les rassure: ils n'interviendront qu'en deuxième ligne. Chemin faisant, il s'arrête à Lille devant une quincaillerie et achète une pince-monseigneur. Au soir tombé, le trio gagne Douai, s'installe chez une enseignante, sympathisante de la GP. Les conjurés sont rejoints un peu plus tard par Rolin, Schiavo et Bernard Victorri, un normalien, maître-assistant à la faculté des sciences, l'un des piliers de la GP du Nord.

Rolin explique le plan. Taupe, Tropchaud et lui-même resteront en couverture. Liscia, Schiavo et Victorri, dans une seconde voiture, agiront dès qu'ils recevront le signal. Ils s'approcheront de la cible et balanceront leurs cocktails.

Cette méthode a été préférée à l'emploi d'un engin explosif; en effet, une reconnaissance lors d'une précédente tentative avait révélé qu'un gardien logeait sur place. On ne peut courir le risque qu'il soit atteint par l'explosion pendant sa ronde. Il est donc indispensable que les « partisans » soient sur place. Pas d'objection ? Aucune. Rolin se rend dans la pièce voisine et emplit soigneusement de grandes bouteilles d'Orangina avec un mélange d'essence, d'huile et d'acide sulfurique...

Schiavo est encore plus tendu qu'à l'ordinaire. La présence des deux chômeurs — à peu près apolitiques — l'inquiète : il n'est pas dans ses habitudes d'embarquer ainsi le premier venu pour des expéditions périlleuses. Mais Bernard a insisté : si aucune tâche ne leur est confiée, ils glisseront vers la délinquance.

Les « justiciers » s'ébranlent à 2 heures du matin. L'immeuble qui abrite les services des Houillères est une ancienne maternité, entourée d'un parc clôturé. Liscia, Schiavo et Victorri descendent de voiture. Chacun porte son engin et marche précautionneusement. La neige tombe, rend le sol glissant. Ils poussent le portail donnant sur la route de Douai, lequel n'est pas fermé, et s'approchent du bâtiment proprement dit. Par les fenêtres, ils lancent les cocktails, et presque aussitôt des flammes s'élèvent à l'intérieur. Les trois hommes se retirent en courant. Bernard saute au volant de la R 4 tandis qu'Olivier prend celui de la R 12.

Sur la route du retour vers Dunkerque, Liscia raconte à Taupe et Tropchaud comment l'action s'est déroulée. Soudain, dans un virage, la voiture dérape sur une plaque de verglas et heurte violemment le talus droit. L'aile est enfoncée, et les trois hommes tentent vainement de la redresser avec la pince achetée à Lille l'après-midi quand stoppe un automobiliste qui leur donne un coup de main. Le véhicule peut de nouveau rouler. Liscia et ses compagnons atteignent Dunkerque à la pointe de l'aube. Avant de se séparer, ils prennent un café au Figaro.

Pendant ce temps, Rolin, Schiavo et Victorri ont regagné Lille. Quelques heures de sommeil, et Schiavo rédige un communiqué triomphal :

> Mercredi 4 février, seize mineurs sont morts brûlés par le grisou... Chaque jour, les Houillères assassinent... Ils ont envoyé les mineurs à la mort, demain ils en enverront d'autres. Qu'importe si le charbon sort rouge du sang des mineurs ; de leurs grands bureaux confortables, les grosses têtes qui organisent les plans d'assassinat des mineurs ne sont pas incommodées par l'odeur de cadavre qui envahit les galeries.
> " Assassin ! " : ce cri lancé par les mineurs à Ortoli a fait trembler les patrons. Devant le bureau des Houillères, à Hénin-Liétard, les patrouilles passent et repassent sans cesse.
> Mardi, 4 heures du matin : les vitres de la façade arrière volent en éclats. Trois cocktails Molotov explosent et enflamment les bureaux du rez-de-chausssée.
> Les nouveaux partisans ont frappé ; ils se sont repliés dans la nuit ; avant que les flics ne réagissent, ils étaient loin.

En fait, les dégâts sont minimes. Une des bouteilles incendiaires, maladroitement propulsée, s'est écrasée sur le mur extérieur. Les deux autres, tombées dans une salle de conférence vide, ont provoqué un petit feu qui a consumé trois chaises et un peu de parquet, puis s'est éteint de lui-même. Le « sinistre » n'a été découvert que le lendemain matin, quand le gardien, qui n'avait pas été réveillé par le bruit des explosions, a ouvert les locaux.

Après cet exploit, les deux chômeurs ponctuellement enrôlés disparaissent dans la nature. Liscia, accaparé par ses activités sur les chantiers navals, ne cherche pas à les revoir. Les incendies sur les cargos soviétiques, volontaires ou non, se multiplient à ce moment précis. La police enquête, pénètre le milieu gauchiste dunkerquois. Un indicateur signale que Liscia pourrait être l'auteur, avec deux comparses, de l'attentat d'Hénin-Liétard.

Le principal suspect est introuvable, mais la police identifie ses acolytes : Taupe et Tropchaud. Et ce d'autant plus facilement qu'ils sont incarcérés à la maison d'arrêt de Dunkerque. Désœuvrés et sans ressources, ils ont été épinglés lors d'un vol minable dans une bijouterie. Les enquêteurs ne sont pas au bout de leurs surprises : Taupe reconnaît avoir participé à l'expédition contre l'immeuble des Houillères, mais révèle aux inspecteurs qu'il est lui-même un informateur des Renseignements généraux.

La vérification effectuée auprès des RG confirme que, quinze jours après l'attentat, un fonctionnaire a approché Taupe, et que ce dernier a accepté de donner des « tuyaux » sur les maoïstes. Naturellement, il a dissimulé sa participation au raid par crainte d'être lui-même inquiété. En échange de ces confidences, le policier qui interroge Taupe promet de l'aider à obtenir une carte de docker. Et Tropchaud confirme le récit de son copain.

Le commissaire de police du SRPJ de Lille, chargé de l'enquête, sort alors un paquet de photographies : ce sont les portraits des militants maoïstes connus dans la région du Nord. Taupe identifie aussitôt « le grand sec » Schiavo, les « Lillois » Victorri et Liscia. Mais aucun des clichés présentés ne correspond au visage du fameux « Olivier ». Rolin sauvegarde son anonymat.

Peu après, une Renault 4L abandonnée est repérée sur le parking de la gare de Dunkerque. Elle porte au côté droit les traces d'un choc. La fouille du véhicule permet de découvrir, sous le siège avant, une pince-monseigneur. La voiture appartient à une enseignante sympathisante de la GP.

Liscia et Schiavo ont appris l'arrestation de leurs complices d'un soir. Ils savent la police sur leurs traces. L'affaire d'Hénin-Liétard est instruite par la Cour de sûreté de l'Etat. Le procureur général de cette dernière, tenu au courant des progrès de l'enquête, n'omet aucun détail à la table familiale. Il ignore que sa propre fille est une militante de la Gauche prolétarienne, et qu'elle rapporte aussitôt ses propos à Jean Schiavo.

La rafle serait imminente.

Par ailleurs, Taupe, bourrelé de remords, avoue à sa petite amie venue le voir au parloir qu'il est un abominable salaud.

Contre la promesse d'une carte de docker, il a dénoncé les maos. La jeune fille, sur ses conseils, avertit Liscia.

Les chefs de la GP du Nord se concertent : cela sent le roussi, il est temps de disparaître. Bernard, déjà clandestin, abandonne sa planque. Jean, lui, décide d'aller rendre compte à Paris avant de nettoyer la place. Il voit Benny Lévy, qui lui conseille de prendre toutes dispositions pour entamer une existence illégale.

Schiavo « remonte » à Lille. Il arrive tard le soir, ramasse ses affaires, boucle ses valises. Brigitte est là. Les adieux se prolongent.

6 heures du matin. Les inspecteurs de police sonnent à la porte du 3, rue Davy. Hagard, hirsute, Jean Schiavo, se maudissant, assiste à la perquisition. Dans la poche intérieure de sa veste, les policiers trouvent un agenda. En date du 6 janvier, une inscription : « V. Oliv », et du 14 février : « Olivier : téléphoner. » Le lendemain, 15 : « Olivier (vendredi avant 11 h 15). »

Schiavo est emmené. Au même moment, Victorri connaît un sort identique. A la fin de la garde à vue, les deux hommes sont présentés au juge d'instruction. Le ton de la rencontre est frais, acide. Le magistrat pointe l'index :

— Vous, les maos, vous êtes des fils de bourgeois, vous avez eu toutes les chances et vous gaspillez tout. Schiavo sort de HEC, Victorri de Normale sup, et vous voulez détruire la société. Moi, je suis issu du peuple et j'ai dû travailler pour payer mes études. J'ai regardé le dossier. Vous allez prendre le maximum.

Schiavo et Victorri sont incarcérés à la prison de Lille. Leurs femmes et divers comparses, inquiétés. Liscia est en fuite. La GP du Nord est décapitée.

Paris, 1987. Bernard Liscia, Jean Schiavo et Bernard Victorri sont tous les trois actionnaires et animateurs d'une entreprise d'informatique. « Diriger une boîte, affirme Schiavo, c'est la même chose que diriger la GP du Nord. De l'audace, de l'audace... »

Huit tomes de Marx, une brosse à dents. Lorsqu'il gagne Marseille, à l'automne 1968, Tony Lévy est un commis-voyageur sans bagage, chargé par la direction de la GP de construire un groupe local. Les forces sont maigres : un apprenti psychiatre, un étudiant établi dans une entreprise de métallurgie, un autre dans la réparation navale, et qui se fait licencier rapidement. Un peu maigrelet pour lancer des « actions de partisans » !

Afin de recruter des troupes, Tony commence par « draguer » en faculté. Le milieu étudiant marseillais est dominé par un groupe dit « groupe 66 », qui revendique farouchement son autonomie par rapport aux organisations et nourrit une forte animosité à leur encontre.

En mai 1968, le groupe 66 a animé la grève, organisé des manifestations, mais sans violence excessive. Sauf le jour où le service d'ordre du parti communiste a jeté quelques gauchistes dans le Vieux Port... Hormis cet incident, les étudiants ont ressenti une immense frustration : ils n'ont pas aperçu un képi durant tout le mois. Pas d'affrontement, donc pas de révolution.

Le 30 mai, tous les contestataires se retrouvent sur la Canebière auprès d'un kiosque à journaux équipé de haut-parleurs qui diffusent le discours du général de Gaulle. Quand le chef de l'Etat conclut, un silence impressionnant s'installe. Faut-il dire l'indicible : tout est foutu ?

Tony Lévy, quittant Paris, a également abandonné son métier d'assistant en mathématiques ; permanent de l'organisation, il subsiste chichement, loge chez un camarade qui a hérité d'un grand appartement. Mais, malgré ce dépouillement, cette abnégation, il n'échappe pas aux attaques. On lui reproche de rester un intellectuel, un petit-bourgeois qui ne s'est pas dépouillé de ses oripeaux. Sa compagne (belle, trop belle) est qualifiée de « chatte de salon ». Dans le microcosme de la GP, la critique et l'autocritique sont érigées en règles de fonctionnement. Le « chef » parachuté, comme les autres, plus que les autres, reçoit sa part.

Tony, las de ce harcèlement, décide d'aller en usine. Muni de faux certificats, il s'embauche aux Bennes Marel, dans la banlieue nord. Le mathématicien ne sait à peu près rien faire de ses dix doigts ; on lui confie un chalumeau et on lui enseigne quelques rudiments de soudure.

Rapidement, son compagnon de travail s'aperçoit que sa maladresse est telle qu'elle en devient dangereuse : il s'agit de fixer des verrins hydrauliques sur des plateaux de camions. S'ils lâchent, c'est la catastrophe. Tony, un jour, la frôle à ses dépens. Alors qu'il manœuvre un châssis d'une demi-tonne, il tire trop fort, et la masse s'écrase à cinquante centimètres de lui. Tony découvre qu'être ouvrier est un métier, qui suppose un savoir, impose des règles strictes. Les ignorer ou les contourner conduit à l'accident : presque quotidiennement, on déplore des mains mutilées, des coupures profondes.

Tony Lévy s'installe dans cette vie de prolétaire. Elle lui plaît, jusque par la rudesse, les sacrifices qu'elle comporte, les souffrances qu'elle inflige. Le matin, à l'aube, il conduit au boulot son amie qui travaille dans une usine de yaourts. Lui commence à 7 heures une journée qui s'achève à 18 heures, entrecoupée de la pause repas et des haltes où il enfourne comme tout le monde des baguettes de pain entières.

Il parle aussi, lance quelques idées, mais constate surtout, avec effarement, la virulence du racisme antiarabe chez ses compagnons. Cette plongée dans le réel suscite un opportun déniaisement social, mais Tony n'en tire aucune conséquence théorique, ni politique. Le doute ne l'effleure pas, ne l'entame pas. Il croit toujours à la révolte spontanée de ce peuple écrasé, brimé, soumis — trompé jusque dans ses phobies. Même si le fossé reste immense entre le jargon militant, le prêche de *la Cause du peuple,* et l'observation prosaïque de ce qui se passe autour de lui.

Le samedi, les jeunes gens de son âge remettent la plus grande partie de leur paye à leur maman, puis se tapent la cloche au restaurant. Ensuite, ils vont en bande au bordel avant de finir le week-end à se « beurrer la gueule » avec constance. Et, le lundi, ils recommencent. La libération du prolétariat ne les obsède guère.

La GP, par chance, veille à son avenir.

Puisque l'implantation ouvrière progresse au rythme d'un pas en avant-deux pas en arrière, Tony Lévy et ses copains sentent qu'il importe de casser la routine pour débloquer la situation sur Marseille. Tenter un gros coup, provoquer un affrontement avec les flics, mobiliser les marginaux et les paumés, les révoltés et les violents — et que ça se sache. L'objectif retenu ne manque pas d'ambition : l'assaut contre un commissariat de police, afin de sanctionner plusieurs expulsions d'immigrés. Une fois encore sollicitée, la direction parisienne mandate son spécialiste, son pyromane volant. Revenant du Nord, où il a monté le coup des Houillères à Hénin-Liétard, Olivier Rolin débarque sur le Vieux Port.

L'amateur de thème grec jamais rassasié de sensations fortes jette son dévolu sur le commissariat de la porte d'Aix qui jouxte le quartier arabe. L'affaire se prépare minutieusement ; on rameute des sympathisants jusqu'à Nice. Les engins incendiaires sont confectionnés en quantité industrielle. Et l'on achète une soixantaine de manches de pioche, par petits lots, dans les quincailleries.

Au jour dit, plusieurs dizaines de manifestants se rassemblent porte d'Aix et descendent en rangs serrés vers le poste de police. Les plus décidés portent des cocktails Molotov, les autres brandissent des « bidules » coquettement ornés d'une faveur de tissu rouge.

Lorsque sur eux cette troupe s'avance, les agents en faction se précipitent à l'intérieur et se barricadent, toutes herses abaissées. Les cocktails fusent, s'écrasent sur la façade, détériorent l'entrée. Quatre véhicules de police garés devant l'immeuble s'embrasent, crament. Rolin ordonne vite le repli. L'effet de surprise joue à plein et nul, sur le moment, n'est inquiété.

Pour les maos, l'heure de gloire a sonné ; dans les jours qui suivent, ils distribuent sur les marchés des tracts saluant l'expédition sans la revendiquer expressément. Cela n'empêche pas les diffuseurs d'être interpellés. Les activistes de la GP marseillaise sont tôt identifiés. L'affaire fait grand bruit, *le Provençal* lui consacre ses colonnes. Le noyau gépiste reçoit le renfort des amateurs de cogne, marjos et loubards, jeunes chômeurs en colère. Plus des immigrés ravis de voir les flics essuyer des coups.

Après l'action, le bilan. Une réunion est convoquée afin de désigner les nouveaux dirigeants locaux. Le critère de choix prioritaire est l'attitude durant l'attaque du commissariat. Ceux qui se sont le plus exposés méritent de conduire le groupe. Tony, dont le courage physique est patent, se trouve cependant écarté. Il ressent une amère frustration, doublée d'une blessure plus intime : sa compagne, traitée quelques semaines plus tôt de « chatte de salon », figure, elle, parmi les élus.

Renvoyé à la base, Tony est chargé de la conquête du port. Une sorte de mission suicide. Sur les quais règne l'ordre cégétiste. Le syndicat contrôle les docks, gère l'embauche et ne tolère aucune incursion étrangère. Tony Lévy, pourtant, ne se dérobe pas, ne refuse pas ce travail d'Hercule. Eprouve-t-il le besoin de se racheter aux yeux de ses camarades, de venger l'humiliation secrète qu'il a subie ? Est-il devenu inconscient des risques encourus ?

Le voici, un matin, à l'entrée du port, avec une poignée de copains. La visite ne dure pas trois minutes. Les gros bras déboulent et, simple avertissement, cassent le nez du porteur de la sono. Nullement découragés, les maos résolvent d'assumer l'épreuve de force. Tony s'enquiert néanmoins d'alliés potentiels.

Peu de temps auparavant, les gardes rouges marseillais ont pris la défense de Gitans qui étaient menacés d'expulsion dans les bidonvilles de la banlieue nord. La mesure a finalement été appliquée, mais les Gitans ont juré « à la vie, à la mort » qu'ils prêteraient main-forte, le cas échéant, aux gauchistes. Tony fait appel à eux et leur donne rendez-vous dans un café de la Joliette, vers 5 heures du matin — l'heure de l'embauche. Ici, où l'on ne sert que des ballons de rouge fût-ce à l'aurore, un des militants de la GP est regardé de travers quand il commande un thé-citron...

Les minutes passent ; et les renforts n'arrivent pas. Tony s'inquiète. Il va être trop tard pour mener à bien le projet : haranguer les dockers. Enfin, aux alentours de 6 heures, un Gitan surgit :

— Nous sommes cinquante, juste à côté.

Tony le suit au-dehors. Dans une rue adjacente, un camion est stationné. Sous la bâche sont blottis plusieurs dizaines d'individus qui, avec un sourire étincelant, exhibent des lames effilées. Tony frémit, remercie poliment, et presse ses janissaires de quitter les lieux. Quand le véhicule — volé — disparaît, il respire. Heureusement que les Gitans avaient du retard...

Il ne reste, comme l'a dit et répété le président Mao, qu'à compter sur ses propres forces. La GP convoque tous les militants et s'entête à tenir un meeting devant l'entrée du port. Tony, juché sur des épaules, dénonce le monopole de la CGT qui régente l'embauche. Autour de lui, en cercles concentriques, des camarades le protègent.

La bagarre est aussi brève que violente. Tony voit peu à peu refluer vers lui des trognes tuméfiées, des visages en sang. Il parle toujours, mais personne n'écoute. Et soudain, des mains l'agrippent, des poings cherchent sa figure. Il sombre dans la mêlée.

Ils ont résisté un peu plus longtemps que la première fois...

Après cet incident, les gépistes sont interdits de séjour dans le quartier de la Joliette. Il arrive même que des sympathisants soient éjectés des cafés.

Tony renonce définitivement le jour où il est assailli, avec deux copains, par une bande de dockers cégétistes. Empoigné, traîné par terre, il est frappé avec une haine, une sauvagerie qui l'étonnent. Roué de coups, il reçoit la pointe d'un soulier dans l'œil, un voile noir l'aveugle, puis il devine que des bras charitables l'arrachent aux cogneurs : ce sont des policiers qui le tirent des griffes de la CGT.

Eprouvante leçon. A l'hôpital où est conduit Tony Lévy, le médecin croit son œil perdu, mais lorsque l'hématome se résorbe, il en recouvre l'usage.

Sur les quais, le « vidage » des maos ne suscite guère de protestations. Seul un grand Noir prend leur défense. Il est le représentant du syndicat Force ouvrière et, accessoirement, le responsable local du SAC.

Tony et sa compagne, révolutionnaires professionnels, sacrifient au rite bourgeois. Ils se marient. Arrivés en retard à la mairie — ils n'ont pas voulu écourter une distribution de tracts —, ils attendent en vain leurs témoins, qu'une mission plus noble a vraisemblablement retenus. La cérémonie est remise. Elle se déroule finalement l'après-midi même. Le marié arbore fièrement un badge de Mao sur son blouson. La mariée ne songe pas à ôter la casquette bleue — prototype chinois — vissée sur sa tête. Les camarades reprochent pourtant au couple d'accorder une excessive importance à cet épiphénomène sentimental qui ne mérite pas qu'on ajourne une réunion.

Les jeunes époux partagent une maison avec une dizaine de maos. Pur arrangement matériel qui n'incite en rien à la convivialité communautaire. Le rigorisme ambiant proscrit tout débordement affectif. Les relations, au contraire, s'aiguisent ; le non-dit se fige en contentieux latents. Des pointeurs méticuleux relèvent le temps volé à la Cause pour des occupations frivoles. Les parents d'enfants en bas âge encourent le reproche permanent de consacrer trop d'énergie, d'intérêt mièvre, à leur progéniture. La révolution exige une disponibilité permanente. Absolue.

Un immigré qui logeait là s'enfuit avec la radio et l'argent qu'il a pu dénicher.

Cela doit s'expliquer « en termes de classe ».

Une fois de plus, Jean-Marc Salmon peste contre cette machine rebelle. Pour la mettre en route, il faut donner un coup de pied ajusté sur la pédale. Mais lui tape trop fort, ou pas assez. En tout cas, elle n'obéit point. Salmon se tourne vers son voisin, lequel, d'un geste assuré, lance l'engin — qui sert à coudre des couvertures.

Après les grandes séances d'introspection collective de l'été 1969, dont il était sorti lessivé, Salmon a décidé avec son groupe de s'établir en usine. Les Vincennois qui délaissent le milieu étudiant élisent une destination « stratégique » : l'usine Renaúlt de Cléon, pionnière de la grève ouvrière en mai 1968. Les salariés, jeunes, sont dépourvus de tradition syndicale et offrent en principe un terrain favorable à la propagande gauchiste.

Mais un seul étudiant parvient à franchir les grilles convoitées. Les autres, s'ils désirent prolétariser leur *curriculum vitae,* sont contraints de se rabattre vers les PME environnantes. Et c'est ainsi que Salmon, le cogneur mao de Flins, l'agitateur de Vincennes, commence à 5 heures du matin sa journée chez Blin, une entreprise de textile. Il gagne 800 francs par mois pour cinquante-cinq heures de travail hebdomadaire.

Avec cinq autres établis, il loge dans un modeste pavillon ouvrier, et, le soir, après avoir abandonné sa machine vétuste, il s'écroule devant la télévision, la tête vide. Progressivement, il se coule dans cette vie morne et répétitive, rythmée par les cadences, subordonnée à l'effort physique. Intellectuellement, il se rabougrit, ne lit plus que des polars — et encore. Envolées les fermes résolutions conquérantes, disparu le prolétariat imaginaire : les ouvriers réels ne goûtent guère l'évangélisation.

Le midi, durant la halte du déjeuner, lorsque les contremaîtres s'éloignent, les langues se délient : jamais les salariés n'abordent de sujet politique. Si Jean-Marc, d'aventure, réussit à détourner la conversation du répertoire ordinaire (la pêche, en tête de liste), s'il évoque les Etats-Unis par exemple, ce n'est pas pour recueillir une ferme condamnation de « l'impérialisme coupable de génocide au Vietnam ». Ses camarades de travail envient l'autre rive de l'Atlantique, où tous les ouvriers, dit-on, possèdent une voiture, et parfois deux.

Le militant s'impatiente face à la mauvaise volonté des faits. La classe ouvrière ne serait-elle pas ce qu'il croyait ? Pourquoi sacrifier son existence à changer un ordre des choses fort bien accepté ? Le prolétariat souhaite-t-il vraiment l'émancipation ?

Salmon se prend à douter que l'idée même d'émancipation soit susceptible d'y germer. Puisque la classe ouvrière ne veut pas de cette révolution à laquelle il consacre, depuis des années, sa vie, à quoi bon s'acharner ?

Les mois passent, Salmon est saisi de panique : des années, devant lui, à coudre des couvertures, sans autre perspective... Impossible. Il ne supporte plus, ou mal, les copains qui l'ont suivi dans cette vallée de la basse Seine et qui attendent de lui une orientation, un commandement.

L'isolement est trop lourd. Il a besoin, lui aussi, de se fondre dans un ensemble plus vaste, d'obéir à des chefs, d'être rassuré à son tour. Troublé, il cherche des certitudes.

Escorté des siens, il adhère à la Gauche prolétarienne.

« Dans les régions-usines où les masses sont pour nous comme la forêt et la jungle qui nous cachent, il faut mener le travail de propagande politique tout en poursuivant la guérilla. » Le mot d'ordre central de la GP ne dévie pas d'un pouce. Benny Lévy ignore et veut ignorer les états d'âme d'un Salmon qui, le nez rivé sur sa bécane, ne mesure nullement l'ampleur de la vague. A l'état-major de la GP, on sent poindre partout la colère prolétarienne.

La Cause du peuple lance d'ailleurs un appel « afin que les masses s'arment » : « Pour donner confiance au peuple, il faut démasquer les terroristes. Pour ôter le masque aux monstres, il faut les frapper. Pour frapper, il faut s'organiser en partisans. Pour former la grande puissance populaire, pour former une muraille indestructible, il faut qu'à travers les combats de partisans des masses de plus en plus larges participent à la résistance. Alors la majorité du peuple comprendra par sa propre expérience qu'il faut en finir avec cet ordre social, qu'il faut seulement opposer à l'armée blanche des terroristes, l'armée des CRS et des tortionnaires, l'armée rouge du peuple. »

Alors, la vérité selon laquelle « le pouvoir est au bout du fusil », cette vérité vaincra.

La ligne est tracée. C'est celle de la « Nouvelle Résistance ». Lors d'un débat enregistré avec Manuel Bridier, dirigeant du PSU, Serge July en expose la substance :

— L'attitude de l'ouvrier devant le despotisme de fabrique se traduit par une attitude de résistance qui s'exprime d'abord par des actes de révolte individuelle, pour s'élargir à des formes de résistance organisée, comme le sabotage de la production. Le travail politique consiste donc à stimuler, à encourager, à organiser cette résistance. Telle est la réalité dont tout révolutionnaire doit partir.

Le terme de « résistance » n'est pas manié ni ressassé au hasard. La connotation avec la lutte des francs-tireurs pendant la Seconde Guerre mondiale est copieusement soulignée par July :

— La Résistance est la plus grande expérience politique du prolétariat français. Je n'en veux pour preuve que les traces vivantes laissées par la lutte armée : les fusils entretenus secrètement et avec amour par des dizaines de milliers d'ouvriers, de paysans...

Objecte-t-on que la situation de la France pompidolienne est malaisément comparable aux heures noires du vichysme ? Le dirigeant de la GP balaie l'argument :

— Le thème de l'occupation souligne très fortement le fait qu'il y a dans ce pays deux mondes et qu'il y en a un qui opprime l'autre ; ce thème exprime pour le peuple le fait qu'on puisse construire un monde sans les riches, c'est-à-dire en les détruisant. Pour l'ouvrier dans l'usine, le patron apparaît de plus en plus comme un étranger. Quand nous disons : « En France, c'est la guerre, la guerre de classes », c'est que s'opposent vraiment deux camps, deux mondes. Il faut construire la France du peuple sur les ruines de la France du fric. Voilà pourquoi le mot d'ordre de « Nouvelle Résistance » systématise et concentre la réalité immédiate, la réalité de l'expérience de lutte armée faite par le peuple français, et enfin la réalité de la société de classes.

Les partisans de la Seconde Guerre mondiale possédaient un chant, conçu à Londres par Joseph Kessel et son neveu Maurice Druon. Les nouveaux partisans ont également le leur, écrit par une chanteuse de vingt-sept ans, Dominique Grange. Et son refrain est entonné à la moindre occasion :

> Nous sommes les nouveaux partisans
> Francs-tireurs de la guerre de classe
> Le camp du peuple est notre camp
> Nous sommes les nouveaux partisans

Dominique Grange avait à peine vingt ans lorsque, au début de la vague du yé-yé, elle a entamé une carrière de chanteuse à succès. *Salut les copains* lui ouvre ses colonnes, elle effectue quelques apparitions remarquées sur les plateaux de télévision. En Mai, elle part, guitare sous le bras, vers les usines occupées, et ne se remet pas de l'expérience, du contact avec un public si différent de ses fans habituels. Quand tout semble rentrer dans la norme, elle ne parvient pas à reprendre son métier antérieur, à pousser les mêmes ritournelles.

A l'automne 1968, elle erre dans la Sorbonne, discute, lit des journaux. Un jour, elle assiste à un meeting sur la Chine, entend parler de la Révolution culturelle – un mouvement des masses contre les appareils. Elle achète des livres de Mao, parcourt *Pékin-Informations* et tombe sur un article édifiant écrit par une comédienne qui relate comment elle a abandonné les planches pour se vouer au service du peuple.

Dominique Grange, telle la rédactrice, se persuade que la révolution est l'impératif catégorique, le préalable essentiel. Continuer à suivre la mode serait « entretenir l'idéologie dominante ». Elle dénonce un contrat de disques, refuse les galas, les émissions, les interviews. La voilà militante, mais l'envie de chanter ne l'abandonne pas. Seulement, paroles et musiques ont beaucoup changé :

> Ecoutez-les, nos voix qui montent des usines,
> Nos voix de prolétaires qui disent y en a marre
> Marre de se lever tous les jours à 5 heures
> Pour prendre un car, un train, parqués comme du bétail
> Marre de la machine qui nous soûle la tête
> Marre du chefaillon, du chrono qui nous crève
> Marre de la vie d'esclave, de la vie de misère
> Ecoutez-les, nos voix, elles annoncent la guerre

Désormais, dans les meetings, les manifestations, les gépistes clament en chœur :

> Regardez l'exploité quand il rentre le soir
> Et regardez les femmes qui triment toute leur vie
> Vous qui bavez sur nous, qui dites qu'on s'embourgeoise
> Descendez dans la mine à six cents mètres de fond
> C'est pas sur vos tapis qu'on meurt de silicose

Vous comptez vos profits, on compte nos mutilés
Regardez-nous vieillir au rythme des cadences
Patrons, regardez-nous, c'est la guerre qui commence.

Dominique Grange enregistre le disque. Il est vendu 6 francs. Pour la cause du peuple.

6

SOS Sartre

Il est 4 h 45 du matin, et les policiers qui assurent la permanence au commissariat de Mantes-la-Jolie attendent la relève, le terme de cette nuit du 23 janvier 1970, monotone et sombre, ordinaire.

C'est d'abord un coup sourd. Puis trois, six détonations dans la cour, devant le poste. Des boules orangées éclatent en langues soudaines, en flammes rampantes qui chuintent sous les autos noires, sous les paniers à salade. Les flics foncent, l'arme au poing. Et battent en retraite. Le réservoir d'un car vient de s'embraser, le feu noie le véhicule, monte très haut. Les agresseurs ne sauraient être loin. Mais quand les agents parviennent à la grille, ils découvrent qu'un antivol de moto la condamne. Impuissants, ils se battent contre le cadenas.

Olivier Rolin et Alain Geismar galopent vers leur voiture. Une fois encore, la Nouvelle Résistance a frappé. Quatre jours auparavant, cinq camarades de la GP ont comparu à l'audience des flagrants délits du tribunal de Versailles. Ceux qui s'étaient déplacés pour les soutenir (Geismar et July figuraient parmi les trublions) ont été expulsés de la salle lorsqu'ils ont entonné *l'Internationale*, bras tendu et poing fermé. La riposte à la répression n'a pas traîné.

Rolin, chef de la branche militaire, est satisfait. Il a reçu consigne de « mouiller » dans ces opérations les membres du Comité exécutif — les maos mettent leur point d'honneur à ce que le partage des risques soit équitable entre les dirigeants et la piétaille. Hormis Benny Lévy, chaque leader doit inscrire un ou plusieurs faits d'armes à son palmarès. Voilà « Geis » en règle... N'empêche, jouer les poseurs de bombe avec le plus célèbre gauchiste de France, c'est multiplier par dix le prix du danger. Olivier/Antoine est soulagé de mener son acolyte à bon port.

Il est également satisfait du « matériel ». Si la copine qui travaille dans une fabrique de munitions et le fournit en cartouches à blanc se trompe régulièrement de calibre, la technique des feux d'artifice est, elle, très efficace. Par la méthode des essais et des erreurs, et ne misant que sur ses propres forces, Rolin a perfectionné la recette du cocktail détonant. Le contenant idéal est la bouteille du type Tropicana grand modèle (deux litres). Et le contenu classique s'enrichit de raffinements vicieux — certaine dose d'huile provoque un « effet napalm » dont les argousins de Mantes ont pu apprécier les vertus.

Ce n'est pas encore la guerre, mais elle est déclarée. Peut-être bientôt, peut-être dans longtemps, les bazookas et les fusils-mitrailleurs succéderont à l'ersatz de jus d'orange.

A travers la France, les « actions de partisans » se répondent. Aix-en-Provence : le bureau de la main-d'œuvre est saccagé. Besançon : une caserne, un local de gendarmerie, le consulat d'Algérie subissent des outrages analogues. Maxéville (Meurthe-et-Moselle) : le siège du Centre nord-africain est élu pour cible. Saint-Nazaire : les « assassins d'ouvriers » des chantiers navals sont nuitamment visités, en leurs douillets repaires, par un commando du peuple. Un peu partout, les gérants des foyers de travailleurs immigrés sont visés.

Chaque fois, *la Cause du peuple* revendique triomphalement les victoires de la guérilla en des communiqués dépourvus d'ambiguïté. Le n° 18, saluant l'incendie partiel du bâtiment administratif des Grands Moulins de Corbeil, est un modèle du genre :

> D., gérant du foyer des ouvriers immigrés de Moulin Jaulhemier : pour 51 francs par mois, on a droit à un paillasson dans une piaule de six, et on reçoit les flics tous les deux jours. Les matelas n'ont pas été changés depuis 56.
> D. crache sur notre vie, nous condamnons D. D. nous piétine, nous condamne à mourir pour les beaux jours du patron. Nous, nous voulons vivre et nous harcelons ceux qui nous agressent.
> Le vendredi 6 mars, à 3 h 05, un groupe de partisans de la Nouvelle Résistance a frappé D.
> Son bureau, à l'usine des Grands Moulins de Corbeil, a brûlé, attaqué aux bouteilles incendiaires.
> Lumineuse est la voie des partisans.

Les gauchistes sont d'accord avec Jacques Chaban-Delmas sur un point — un seul : oui, la société française « est bloquée ». Mais ce ne sont pas les compromis de classe, les « contrats de progrès » brevetés Jacques Delors (le premier a été signé à l'EDF-GDF) qui feront sauter le verrou. Au contraire, ils diffèrent l'échéance insurrectionnelle.

Car la violence est déjà là, martèlent-ils. La violence subie, muette, des cadences et de la plus-value extorquée. La violence hurlée d'une impatience croissante chez les jeunes. A Nanterre-droit, entre camps adverses, la bagarre se mue en bataille. Paul Ricœur, doyen de la faculté des lettres, est molesté, coiffé d'une poubelle. Les lycées Buffon, à Paris, et Michelet, à Vanves, sont investis par la police.

Qu'importe si Roger Garaudy, début février, est chassé du bureau politique et du Comité central pour avoir rompu l'obligatoire unanimité des congrès communistes, critiquant l'URSS, qui livre cyniquement du charbon à Franco et étouffe le peuple tchèque. Qu'importe si Waldeck Rochet, dont la santé, dit-on, décline, est désormais flanqué d'un secrétaire général-adjoint, pur produit de l'appareil : Georges Marchais, l'homme qui monte au sein du P« C »F.

Tous des collabos.

Tandis que, le 26 février, les cours reprennent au centre universitaire Dauphine après six semaines de grève, Paul Ricœur, la mort dans l'âme, demande que le campus nanterrois soit placé sous la « protection » de la police. Le ministre s'empresse d'accéder à pareille supplique. Avec une telle ardeur que, les 3 et 4 mars, ce sont les gendarmes mobiles qui doivent freiner leurs collègues policiers, lesquels, déchaînés, cassent les vitres, saccagent les voitures des étudiants, rossent tout ce qui passe à portée. On se collette dans les amphis, on se pourchasse mutuellement au carrefour des couloirs.

Soixante blessés de part et d'autre. Les dégâts, à la faculté de droit, atteignent le demi-million de francs lourds. Le restaurant universitaire est dévasté. Paul Ricœur démissionne, remplacé par René Rémond, dont les plus optimistes saluent le courage.

Répondant aux questions de *l'Express*, Raymond Marcellin, ministre de l'Intérieur, constate que, de l'avis même des autorités universitaires, la traditionnelle notion de « sanctuaire » est périmée. « C'est une situation insensée, ajoute-t-il. La faiblesse devant les actes d'intimidation accroît la contagion de la violence. »

A la fin du mois, vingt gauchistes sont sous les verrous.

Banni de Louis-le-Grand, Antoine de Gaudemar, sans remords ni regrets, s'éloigne de la khâgne. Mais ses parents, si tolérants soient-ils, souffrent de voir leur brillant rejeton hypothéquer son avenir d'un pas léger, foncer dans l'inconnu. Ils souffrent de voir se rompre une complicité qui n'était pas fausse, fruit de l'habitude ou de la convenance. Antoine, sincère, rêveur, qui déclamait des poèmes en Mai, semble un étranger saisi d'une fièvre bizarre, exaspérée.

Lakanal consent à l'accueillir. Il n'y met les pieds que pour se lier avec un frère d'emportement, Frédéric Joignot, naguère tenté par Krivine et qui arbore maintenant le badge de Mao. Tous deux, sous la houlette d'Alain Geismar et de Gérard Miller, abandonnent définitivement l'étude pour entraîner les troupes lycéennes de la GP. Leurs « bases » majeures sont Balzac, Hélène-Boucher, Carnot, Condorcet, Michelet à Vanves, plus les établissements du quartier Latin. Et leur QG est la fac de Jussieu, dont ils occupent diverses salles sans que nul ne leur en dispute l'accès exclusif. Là sont entreposées les barres de fer, les caisses de cocktails Molotov. En deux heures, Antoine et « Frédo » sont capables de rameuter trois ou quatre cents fantassins.

Ils croisent les deux Lévy, Benny et Tony, Jean-Pierre Le Dantec. Lors des réunions de « cadres », les discussions stratégiques leur passent au-dessus de la cervelle. Jadis, ils ont parcouru *l'Idéologie allemande,* ainsi que *l'Etat et la Révolution.* Depuis, le seul ouvrage qu'ils aient feuilleté, c'est le *PLR,* le *Petit Livre rouge.* L'effigie du Grand Timonier n'est pour eux qu'un signe de reconnaissance antiautoritaire. Dans le fond, ils ne sont pas plus « maoïstes » que le pape. Les cahiers au feu, et les profs au milieu ! Au commencement est l'action.

S'ils ne méprisaient tant l'écrit, ils se régaleraient des conseils qu'adresse Mephisto à Faust, dans Goethe : « La théorie est grise, mon ami, et l'arbre de la vie reste toujours vert... »

La question ne se pose évidemment plus de se présenter au concours. Puisque les parents coupent les vivres, il faut dénicher quelque boulot d'appoint. C'est facile. Le père d'une camarade dirige le restaurant du Palais des expositions, porte de Versailles.

Entre deux lâchers de tracts, entre deux castagnes, la fine fleur des lycéens en rupture de ban y endosse une veste blanche. Et quand les extras ne sont pas requis, on s'improvise coursier à Mobylette.

La « campagne du métro » est l'épisode marquant du premier trimestre de 1970. La RATP a décidé d'augmenter ses tarifs. Les maos décident que les transports doivent être gratuits pour les salariés parisiens. Dès l'annonce de la hausse, le 2 février, ils envahissent les quais de la station Austerlitz, brandissent des drapeaux rouges, empêchent les poinçonneurs d'accomplir leur office. Antoine de Gaudemar est présent, avec son détachement. Quand surgit une escouade d'uniformes de la RATP, les barres de fer se lèvent, menaçantes et dissuasives, cependant que les voyageurs, resquilleurs par nécessité, reçoivent un tract explicatif : « Vive l'action directe des travailleurs unis ! Refusons tous de payer ! Assez de wagons à bestiaux ! Occupons les premières ! »

Succès sur... toute la ligne. Il s'agit à présent d'exporter l'expérience vers une zone critique. Elle s'impose d'elle-même : la station Billancourt. Chaque matin, durant quinze minutes, à l'heure où les prolos affluent, Gaudemar et les siens bloquent les billeteries, scandent : « Ouvriers de Renault et du métro, même combat contre les crapules qui nous exploitent ! » Les banderoles, elles, proclament : « Vie chère, vie d'esclave, assez ! »

Après trois jours de ce ballet, la police entre dans la danse. L'échauffourée devient quotidienne, se transforme en rendez-vous, les gauchistes invitent les ouvriers amateurs de sport à constituer des « groupes de sortie d'atelier ». En réalité, les spectateurs sont infiniment plus nombreux que les acteurs.

L'étape suivante est d'une autre nature. Dans la nuit du 23 au 24 février, Olivier Rolin, escorté d'un commando de choc, force les grilles puis le guichet central du métro Passy. Deux complices font le guet : un polytechnicien en grand uniforme et une jolie demoiselle dont la robe du soir donne élégamment le change. Les renseignements collectés sont exacts : à l'intérieur, dans des coffres de bois, agglomérés comme des briques, des blocs de tickets s'entassent — le décompte, ultérieurement, révélera qu'il y a là 2 560 carnets. 25 600 billets... de première classe, pour la plupart !

Un tout petit paquet, et une véritable manne. Antoine, Frédo et leur cohorte reçoivent mission d'écouler la prise. Encore une « libération symbolique », celle des transports en commun. Reste que la difficulté technique n'est pas mince : où s'immerger dans une foule assez dense pour avoir le temps de distribuer suffisamment de titres « récupérés » avant que la police ne s'en mêle ? Le choix s'oriente vers la gare Saint-Lazare, quand la salle des pas perdus est noire de monde. Et voici les lycéens de la GP, sous leurs calicots, qui tendent aux passants les sésames jaunes et rigolent :

— Mais si ! Prenez, madame ! Aujourd'hui, le métro, c'est gratuit !

D'abord méfiants — s'agirait-il de revendeurs douteux, de faussaires ? —, les Parisiens, volontiers resquilleurs, s'enhardissent, profitent de l'aubaine, réclament un carnet supplémentaire.

La grande presse elle-même, peu amène envers les incendiaires, narre l'épisode avec une pointe d'amusement. L'illégalité à la sauce Gavroche est, en France, un inépuisable filon. L'état-major de la GP, fort sérieusement, se décerne un *satisfecit* sans nuage. Non seulement l'action symbolique a mis les rieurs du côté des contestataires, mais elle a fait mouche à l'endroit sensible : après avoir stigmatisé la provocation « minoritaire et irresponsable », les pontes syndicaux de Billancourt ont été contraints d'inscrire sur leur cahier de revendications l'octroi d'une nouvelle prime de transport. CQFD.

« On sera bientôt les juifs de la nouvelle société. On portera l'étoile jaune et on nous fera marcher sur l'autre trottoir ! » C'est un revendeur de chaussures qui parle, un « petit » ; il est « monté » à Paris, ce 11 mars 1970, pour dénoncer les « gros ». Ils sont trente mille, massés au Parc des Princes, commerçants et artisans qui se découvrent écrasés par les mammouths naissants.

Les super- puis hypermarchés cernent les villes, alignent mille escadres de séduisantes gondoles. A leur enseigne, c'est moins cher. Et surtout, la vitrine déborde. Quarante marques de lessive, vingt-trois formes de pots de confiture. Tout, tout, tout. Cela brille en musique, cela s'inaugure comme une parade de Bouglione. Guy Lux en personne anime les levers de rideau. Le contenu des caddies se déverse dans les coffres des voitures acquises à crédit — on fait ses courses en une fois, en une fête.

Et le coffre des épiceries de quartier se vide par contrecoup. 5 % des commerces, en France, ont adopté le libre-service. En Allemagne, c'est 55 %. Le sens de la pente est aisé à pressentir : les chaînes, déjà, assurent le quart du chiffre d'affaires.

L'homme qui énonce cet arrêt de mort, à la tribune, s'appelle Gérard Nicoud. « C'est la Saint-Barthélemy du commerce et de l'artisanat que le gouvernement organise ! » tonne-t-il de sa voix épaisse, un peu grasse — comme lui-même. Et il proteste, il gueule : des gens qui ont trimé toute leur vie, dimanche compris, qui cotisent plus que les salariés pour une protection sociale moindre, vont aborder la retraite sans ressources, sans même la ressource de vendre convenablement un instrument de travail dévalué. La foule l'ovationne, Nicoud, c'est un jeune, un battant. Il en veut. Et on n'a que lui.

Il tient un bistrot dans l'Isère et n'a pas hésité à prendre le maquis. C'était à l'automne. Deux amis proches, un plombier et un électricien, avaient séquestré le président d'une caisse de maladie et s'étaient retrouvés en taule. « S'ils ne sont pas relâchés dans les quarante-huit heures, a menacé Nicoud, aucun préfet, aucun ministre ne sera plus en sécurité. » Raymond Marcellin, ulcéré par l'ultimatum de ce braillard, dépêche illico ses gendarmes. Lesquels débarquent en plein meeting, dans le petit village de Montalieu. L'ambiance vire à l'aigre, deux inspecteurs des Renseignements généraux sont pris en otages, la sous-préfecture de la Tour-du-Pin est assiégée. Nicoud, poursuivi par vingt mille hommes, échappe au quadrillage jusqu'à la fin décembre, où six mois de prison avec sursis lui sont infligés.

Vingt mille flics ! Les paisibles habitants du Dauphiné n'ont point vu pareil spectacle depuis l'Occupation. Nicoud-Mandrin devient célèbre. Son mouvement, le CID (Comité d'information et de défense), détrône Pierre Poujade.

Et là, au Parc des Princes, le prince des paumés, des ringards de la société de consommation, évoque ses martyrs : l'un, nommé Signoli, propriétaire du restaurant Le tout va bien, à Marseille, s'est suicidé plutôt que d'être déclaré failli ; l'autre, Labbaye, épicier rue Melette, à Châtellerault, a mis fin à ses jours : il avait dans sa poche un papier bleu de la perception — 1491,27 francs. Après avoir maintes fois manifesté derrière des cercueils symboliques, allons-nous, demande Nicoud, défiler à l'avenir derrière de vrais corbillards ? Et il répète la phrase qu'il a prononcée avant Noël, lors de son interpellation : « Le mot de légalité n'est pas toujours synonyme de justice. J'ai la conviction de me battre pour la justice. »

Le succès du rassemblement parisien alerte les milieux politiques. Le gouvernement parle d'améliorer le régime d'assurance-maladie. L'extrême droite se rue sur ce gibier qu'elle considère traditionnellement enclos dans sa chasse gardée. Les marxistes-léninistes rangent le phénomène au registre Poujade, et refoulent les vapeurs des petits-bourgeois déclassés. A la limite, s'ils se prolétarisent, la sociologie révolutionnaire y gagnerait plutôt.

Benny Lévy s'écarte des analyses orthodoxes. Prenant au dépourvu plus d'un camarade, il suggère de soutenir Gérard Nicoud. Ne nous enfermons pas, plaide-t-il, dans une logique sommaire « classe contre classe » : le leader du CID défie l'Etat, n'hésite pas à opter pour l'illégalité, défend les humbles, les plus menacés. Nombre d'objections s'élèvent : les boutiquiers forment le sempiternel vivier des partisans de l'ordre ! Sans doute, répond Benny, mais un partisan de l'ordre qui, totalement fragilisé pour la première fois, devient la victime, la cible des forces de l'ordre, n'est pas loin de se muer en partisan tout court. Les méthodes adoptées par les petits artisans, peu à peu, les arrachent à leurs habitudes, à leurs origines mêmes.

— Finissons-en avec le style anti-boutique de l'intellectuel de gauche ! Nous devons introduire en France le thème révolutionnaire de l'unité populaire.

Vive, donc, le camarade Nicoud ! Lequel a tôt besoin de renforts. Car il augmente la pression : le CID invite les travailleurs indépendants à « observer la grève totale et générale de l'impôt », à « retirer tous leurs fonds déposés dans les banques nationalisées, les chèques postaux et caisses d'épargne ». Le ministre des Finances, Valéry Giscard d'Estaing, porte plainte pour « incitation du public au refus de l'impôt ».

Gérard Nicoud n'en a cure. Le 23 mars, des milliers de véhicules engorgent les routes du pays, établissent des barrages mobiles. Certains curés de village, dans les Basses-Pyrénées, sonnent le tocsin. Les ouvriers de Sud-Aviation, à Toulouse, d'accord avec leurs chauffeurs de cars, s'associent au mouvement. En Isère, le fief des meneurs, l'émeute gronde. Des barricades s'élèvent dans les rues de Bourgoin, face aux gendarmes. Et les manifestants du

CID ont la surprise de trouver, à leurs côtés, des jeunes, lycéens ou étudiants, qui manient le lance-pierres, enflamment des vieux pneus, retardent la progression des gardes mobiles. La GP est présente. Révolutionnaires et révoltés pleurent en chœur dans le brouillard des lacrymogènes.

Gérard Nicoud et trente-trois de ses complices sont condamnés à des peines de prison ferme. Benny Lévy n'en espérait pas tant. Il n'est nullement au terme de ses étonnements.

Jean-Pierre Le Dantec, si lourdes soient ses tâches à la tête des partisans, ne délaisse pas complètement sa passion esthétique majeure : la gastronomie. Et il rumine, pour le week-end du 22 mars, un de ces déjeuners fins qui laisseront une nostalgie indélébile sur le palais des convives — parmi lesquels doit figurer « Tataouin », Jean-Claude Vernier, son vieux complice de l'Ecole centrale. Le samedi soir, Jean-Pierre descend rue de Belleville consulter longuement le maître-échanson du lieu sur le bordeaux le plus approprié.

Quand il rentre au domicile conjugal, berçant précautionneusement la dive bouteille, Mimi, sa femme, paraît un peu inquiète :

— Les flics sont passés encore une fois. Ils voulaient te notifier la saisie de *la CDP*. Tu crois que c'est grave ?

Jean-Pierre ne s'alarme guère. Les formulaires bleus, il en a déjà reçu une sacrée série. Le juge d'instruction Galmiche, sur plainte du ministre de l'Intérieur, a charge de trois informations pour « injures et diffamation envers la police, provocation au meurtre, au pillage, à l'incendie et aux crimes contre la sûreté de l'Etat » — suite à divers articles de *la Cause du peuple*, dont Le Dantec est toujours directeur. Il s'est empressé de confier l'affaire aux avocats amis, Mes Leclerc (figure notoire du PSU) et Courrégé (défenseur des militants FLN pendant la guerre d'Algérie).

Henri Leclerc lui a promis un beau procès, mais rien de plus menaçant :

— En France, on n'arrête pas pour des affaires de presse...

Pas de panique, donc. Même si la dernière livraison du journal a dépassé d'un cran les anathèmes antérieurs. « L'univers de papa éclate », constate gaiement l'édito. « Nous sommes tous des fedayin », certifient les combattants de la Nouvelle Résistance.

« Les patrons, ça se séquestre », conseille la rubrique sociale. Et la page internationale s'orne d'un « chapeau » prometteur : « On n'enfouit pas les armes avant d'avoir enterré les assassins. » L'escalade verbale répond à l'interdiction par la préfecture de police d'un meeting sous l'égide de la NRP, initialement prévu pour le 14 mars, salle de la Mutualité.

A l'aube du dimanche, Le Dantec sort compléter ses emplettes. Sa Coccinelle, sur le parking de la rue Villiers-de-l'Isle-Adam, est curieusement coincée par des goujats mal garés. Loin de libérer la sortie, ils resserrent l'étau, puis quittent leurs véhicules, un insigne au creux de la main. Chaque porte cochère dévoile soudain quelque flic en civil.

Un mandat d'arrêt a été délivré contre M. Jean-Pierre Le Dantec, vingt-sept ans, professeur à l'Ecole des beaux-arts. Le juge reprend les motifs d'inculpation précédents : le prévenu prêche le meurtre, le vol et l'incendie. Il met en péril l'Etat républicain.

Pire : il ne dégustera jamais ce fameux petit bordeaux...

Assemblés rue d'Ulm, les membres du Comité exécutif réfléchissent à la meilleure parade. Ils excellent, ordinairement, dans le bon usage du martyre et, en attendant que l'inspiration se précise, rédigent un communiqué de presse. « Le gouvernement, assurent-ils, a ainsi répondu aux demandes pressantes du PCF. Mais les ouvriers n'assisteront pas passivement à ces mesures : *la Cause du peuple* est leur arme dans la lutte quotidienne contre le patronat et ses collaborateurs du PC. » Suit l'incantation rituelle, en pareilles circonstances : « La Nouvelle Résistance ne s'arrête pas par des décrets ou des peines de prison ; pour chaque camarade arrêté, cent se lèvent. »

Le PSU, « malgré des désaccords très profonds », dénonce une « nouvelle atteinte à la liberté d'expression ». La Ligue communiste, « en dépit d'importantes divergences », emploie la même formule.

Maigres appuis, octroyés avec des pincettes. Pour que le courant de protestation s'enfle, il convient avant tout de préserver la pérennité du journal — 12 des 40 000 exemplaires tirés ont été effectivement saisis. Michel Le Bris, amateur de musique (il écrit dans *Jazz-Hot*) et de littérature, un brin à l'écart du noyau dirigeant, est désigné pour succéder à Le Dantec. C'est son nom qui sera désormais jeté en pâture au bras séculier.

Nicole Linhart, elle, se spécialise dans la formation d'une « organisation politique des prisonniers », étayée par un « front démocratique d'avocats » (l'expression, qui d'abord la surprend, est lancée par Benny).

Depuis que ce dernier tient le gouvernail, Nicole éprouve un malaise grandissant, effrayée par l'apologie et la pratique de la violence, effrayée par les séances de critique-autocritique où l'« égoïsme individuel » est montré du doigt, où la norme culturelle, affective, sexuelle est prescrite. Elle se sent confusément coupable d'occuper un appartement acheté avec les deniers paternels, de porter — hors réunions — des vêtements chics, d'éprouver un plaisir persistant à l'audition de la musique bourgeoise. La terreur qu'elle a éprouvée après l'attaque de Flins lui a enseigné qu'elle veut vivre, et non mourir, qu'elle n'est pas taillée pour le sacrifice suprême.

De plus, elle est seule. Robert, éjecté de Citroën, accomplit son service militaire dans les commandos, à Frileuse. L'organisation lui déconseillait semblable épreuve : contrairement aux trotskistes, les maos estiment n'avoir rien à apprendre de l'armée du Capital (Serge July a ainsi obtenu son exemption avec la complicité des psychiatres de La Borde, la clinique « différente » où officie Félix Guattari). Mais Linhart, lui, s'est entêté. Il puise, apparemment, dans l'extrême rigueur de l'entraînement qui lui est imposé, une sorte de satisfaction exaltée. Lors de ses permissions, rentrant de marches forcées, de bains glacés, de varappes nocturnes, il dit à sa femme : « J'ai failli mourir, mais c'est dingue, tout ce que j'ai découvert ! »

Pour une fois, Benny a fait preuve de compréhension psychologique. Nicole en a marre. Marre d'être régulièrement embarquée quand elle distribue des tracts au dépôt de bus Lebrun. Marre de s'impatienter, bouclée dans une cellule, enrageant de ne pouvoir prévenir la nourrice qui garde Virginie, sa gosse. Marre de susciter la réprobation générale lorsqu'elle invoque ce fil à la patte devant les camarades. Marre de n'oser « avouer » qu'elle est enceinte et heureuse de l'être — ne lui répondrait-on pas qu'en période de guerre, c'est inopportun ?

Elle accepte donc avec soulagement d'assurer le suivi des problèmes judiciaires. Ses deux principaux interlocuteurs sont Henri Leclerc et Marianne Merleau-Ponty. Ni l'un ni l'autre ne perçoivent d'honoraires en contrepartie de leurs services compétents e dévoués. Tout au plus la GP, royale et désinvolte, rembourse-t-elle, à l'occasion, les frais de ses conseils quand une affaire le appelle en province.

A Serge July échoit la délicate responsabilité d'exposer e direction du public « cultivé » le sens des péripéties récentes Tandis que les détachements de partisans peignent sur les mur « Libérez Nicoud, libérez Le Dantec ! », ou encore « Libérons le résistants ! », Serge s'arme de sa plume et écrit au *Monde*.

Sa « libre opinion » paraît à la mi-avril, sur deux pleines colon-nes. Il cite Saint-Just en exorde : « Obéir aux lois, cela n'est pa clair, car la loi n'est souvent autre chose que la volonté de celu qui l'impose. » Et Marat en conclusion : « Pour qui me suis-je fai ces nuées de mortels ennemis ? Pour le peuple ; ce pauvre peupl épuisé de misère, toujours vexé, toujours foulé, toujour opprimé. C'est pour avoir épousé sa cause que je suis dans le liens d'un décret de prise de corps, comme un malfaiteur. Mais j n'éprouve aucun regret ; ce que j'ai fait, je le ferais encore s j'étais à commencer. Hommes vils, qui ne connaissez d'autre passions dans la vie que l'or, ne me demandez pas quel intérê me pressait... »

Et, entre ces deux piliers de la « révolution bourgeoise », Jul plante sa prophétie. La situation est « excellente ». Les masse sont en train de comprendre qu'afin de gagner le pain et les roses il faut lutter. Bref, « le jour viendra où l'Etat n'aura bientôt plu que l'autorité du fusil pour tenter de mettre à la raison les centai nes de milliers de hors-la-loi qui ne supportent plus le régim d'oppression et de vie chère. A ce moment-là, nous continueron à nous battre comme, avant nous, la génération FTP avait dû l faire. »

Raymond Marcellin, trois jours plus tard, ordonne l'interpella tion de Michel Le Bris.

« Ohé ! Artisans, ouvriers et paysans, c'est l'alarme ! » titre *l Cause du peuple.*

Les 28 et 29 mars s'est déroulé au Bourget le premier festiva de rock jamais organisé en France. La faune des beatniks scandi naves ou britanniques — dont la densité sur l'île Saint-Louis, ru de la Huchette et square du Vert-Galant, à la pointe de la Cité préoccupe la préfecture — y a fraternisé avec un fort contingent de très jeunes Français, lycéens et apprentis brassés. On y a révélé la tournée prochaine de Gene Vincent dans l'Hexagone, commenté les démêlés de Mick Jagger avec Scotland Yard (le chanteur des Rolling Stones a dû verser 200 livres d'amende pour détention illégale de graines de cannabis), annoncé un concert exceptionnel au profit des Black Panthers, saisi quelques échos de pop music rapportés de Rotterdam par Michel Lancelot pour son émission « Campus ».

On a bien rigolé en apprenant que John Lennon avait formé un contre-gouvernement (avec Cliff Richard chancelier de l'Echiquier, Ringo Starr ministre de l'Intérieur, et Paul McCartney au Foreign Office).

Surtout, on s'est une nouvelle fois donné rendez-vous, en août, à l'île de Wight. Il y aura, c'est promis, Joan Baez, les Beach Boys, Chicago, Leonard Cohen, Donovan, Richie Harper, les Who. Le monde entier.

Sur la planète gauchiste, l'événement a généralement été perçu — quand il l'a été — comme un innocent colloque de fêtards.

Pierre Goldman s'est levé après midi, pâteux. La veille, il a bu trop de vin rouge, écoutant à s'en soûler un enregistrement du carnaval de Santiago de Cuba et une série de *descargas,* de jam-sessions des Caraïbes. Il tourne en rond dans les rues du quartier Latin, finit par décider de rendre visite à son ami Kravetz, près de l'Odéon.

C'est toute son existence qui tourne en rond. Après le hold-up initiatique, il en a commis un second, assisté de deux voleurs noirs, dans un établissement de haute couture jouxtant la Madeleine. Il possédait un Walther P 38, pistolet réglementaire de la Wehrmacht, et cela s'est passé sans accroc. Le directeur du magasin qu'il a braqué s'appelait M. Dreyfus.

Comme d'habitude, il a claqué son butin en nuits rythmées, en étreintes vénales, en dons gracieux. Il a rêvé d'autres coups.

Il a rêvé de kidnapper Jean-Edern Hallier, qui lui inspire une répugnance instinctive, et de faire cracher sa trop riche épouse.

Il a rêvé de détrousser Jacques Lacan, un soir, après que le dernier client eut confié son ultime angoisse. Il s'est même présenté au domicile du maître, rue de Lille, escorté d'un complice

— espérant, finalement, que le dernier client serait encore là, et qu'il serait excitant de le contraindre à réciter, dans l'antichambre, quelques vers d'Artaud. Et l'image du vieil homme puissant aux cheveux blancs l'a brutalement paralysé. *In extremis,* il a tourné les talons, entraînant son acolyte.

Le domicile de Kravetz est maintenant à deux pas. Goldman longe le bar qui précède l'entrée. Des hommes, plusieurs, l'agrippent par-derrière, le plaquent contre le sol. Des fachos de la haute époque, que la rancune habiterait encore ? On le retourne sèchement. Ce sont des policiers.

— Passez-lui les bracelets, dit leur chef.

« J'y suis », pense Pierre.

Il est accusé d'avoir, le vendredi 19 décembre 1969, aux alentours de 20 heures, tué deux pharmaciennes, et grièvement blessé un client ainsi qu'un agent de police, lors d'un hold-up manqué dans une officine, boulevard Richard-Lenoir.

Il se déclare, concernant cette affaire, totalement innocent.

Raymond Marcellin bout d'indignation. Des textes existent datant de 1935, qui punissent d'emprisonnement et d'amende ceux qui dévoient sciemment une manifestation de l'objet annoncé, et ceux qui participent à une démonstration non déclarée, ou interdite. Mais les magistrats, selon le ministre de l'Intérieur, n'appliquent ces dispositions qu'exceptionnellement, et de mauvaise grâce. « Nouvelle société » ou pas, le premier garant du maintien de l'ordre obtient que la chancellerie saisisse la commission des lois, au Palais-Bourbon, et qu'un arsenal répressif approprié réponde aux bouteilles orangées d'Olivier Rolin.

Présenté par René Pleven, garde des Sceaux, le projet est examiné en commission le 23 avril 1970, et voté le 29. Il consiste *grosso modo,* à engager la responsabilité des organisateurs, non seulement lors des raids « menés à force ouverte », mais dès qu'un défilé quelconque débouche sur des violences ou des destructions sans que la consigne de dislocation ait été explicitement prononcée.

En bref, le pouvoir sera désormais libre de frapper à la tête. Il ne devra plus se contenter de traduire en flagrant délit le menu fretin.

Les partis de gauche et les syndicats flairent le danger, convoquent aussitôt un meeting de protestation à la Bourse du travail. Il suffira qu'une poignée de gauchistes sème un peu d'« ambiance » dans un honnête cortège du PC ou de la CGT pour que les directions en soient tenues comptables.

Dans le camp révolutionnaire, les réactions oscillent entre le sarcasme et l'inquiétude. Le PSU, auberge espagnole de toutes les sensibilités contestataires, possède d'excellentes raisons d'appréhender le pire. La Ligue communiste sait qu'elle sera la proie « naturelle » de tous les amalgames. Quant aux maos, s'ils voient là une incitation à mieux cerner leurs cibles, il y décèlent aussi l'absolue confirmation que le fer est croisé : oui, la bourgeoisie s'affole. La vie va devenir de plus en plus complexe. Mais, que voulez-vous, c'est la guerre !

A l'Assemblée nationale, le débat s'annonce houleux. François Mitterrand dépose une motion préalable — elle est rejetée —, proteste passionnément contre « cette grave atteinte au droit de rassemblement », déclare que l'équilibre est rompu entre les garanties offertes au gouvernement et celles dont jouit le citoyen.

Michel Rocard est plus virulent encore. Il vient, lors d'une élection législative partielle, de ravir son siège à Maurice Couve de Murville, ancien Premier ministre, dans les Yvelines. Et cet audacieux pari a conforté son image de « battant ».

— Vous vous accrochez à la répression, s'écrie le leader du PSU, parce que vous avez peur, et vous avez peur parce que vous ne comprenez rien à ce qui vous arrive. Il vous reste alors la ressource d'essayer de faire peur, pour décrocher quelques voix.

La « loi anticasseurs » est adoptée par 386 suffrages contre 94.

Le surlendemain, cinq desdits casseurs sont jugés en correctionnelle. Ils ont, en janvier, occupé et détérioré les locaux de l'Education surveillée, précisant que l'intitulé même du lieu leur semblait illustrer l'actuelle fonction de l'enseignement, « fonction d'encadrement qui l'emporte sur la fonction d'éveil ». Parmi les prévenus, deux professeurs, Alain Badiou et Pierre Kahn, ainsi que trois étudiants, dont Guy Hocquenghem.

Ils sont une dizaine, réunis tard dans la soirée chez Jean-Claude Milner. Le dilemme qui les assemble est apparemment irréductible. Eux, les fondateurs de la GP, ont voulu « en finir avec l'irresponsabilité », tuer l'intellectuel, pourfendre le prêcheur qui commande l'action, se garde de l'accomplir, et traîne alors en bandoulière sa conscience malheureuse de discoureur ambigu, d'impuissant, de stratège volubile cantonné à l'arrière. Ils se sont approprié le mot de l'un d'entre eux : « Notre tête doit être comme une casserole vide ! » — manière de dire que le vrai, le juste, le savoir gisent au-dehors, loin du temple, au creux de la foule. Ils ont choisi de « se faire le buffle de l'enfant », selon les termes du président Mao Tsé-toung, ni porte-parole ni instructeurs, mais élèves du prolétariat.

Ils se sont exposés. Ils ont — métaphoriquement — risqué leur tête. Et voici que la répression policière et judiciaire les boucle dans une alternative aussi rigide que les barreaux de la Santé. Ou bien continuer. Mais, un à un, les chefs tomberont, et le mouvement n'est pas assez implanté pour survivre dans la clandestinité. Ou bien battre en retraite. Mais un repli tactique, quand l'atmosphère est si chaude, équivaudrait à une abdication.

Ou bien, ou bien. La discussion s'enferre.

Et une bouche prononce le nom de Jean-Paul Sartre.

Benny Lévy saisit l'idée au bond. Malgré l'antihumanisme régnant, l'auteur de *l'Etre et le Néant* demeure à ses yeux le philosophe qui lui a permis d'habiter en France. Benny ne prise guère l'œuvre de Foucault, refuse le divan lacanien, éprouve une antipathie foncière pour Claude Lévi-Strauss. Même si l'air du temps brouille quelque peu l'image du réfractaire au prix Nobel, la silhouette de ce dernier lui est restée familière, précieuse, libérant à l'évocation une onde de chaleur entretenue.

Convoquer Sartre n'est pas seulement une commodité. La démarche, de manière encore trouble, réveille des sensations à demi enfouies, où s'emmêlent liens affectifs et sollicitations intellectuelles.

Chœur : c'est l'évidence, c'est génial ! Demandons à Sartre de nous couvrir en acceptant la direction juridique de *la Cause du peuple*. Marcellin se retrouvera pris à son propre piège, coincé lui-même dans l'étau qu'il entendait resserrer : il lui faudra, s'il entend exterminer les maoïstes, embastiller le plus célèbre des écrivains français.

Au téléphone, la voix râpeuse trahit une excitation immédiate. Se voir ? Bien sûr ! Très vite ? D'accord ! Rendez-vous est pris autour d'une table à la Coupole.

Jean-Paul Sartre, soixante-cinq ans, ne dissimule pas qu'il est ravi de se retrouver cerné de jeunes gens — Benny Lévy, Alain Geismar, et autres — qui ont besoin de lui.

Au bord de la vieillesse, constamment talonné par l'omniprésent chromo d'une énergie exceptionnelle et d'une autorité qui ne l'était pas moins, le monarque de Saint-Germain-des-Prés se sent parfois nu. Il a d'abord pensé, en Mai 68, que le mouvement lui était hostile, qu'il subirait le double assaut des althussériens et des croqueurs de maîtres. Puis la fameuse soirée dans le grand amphithéâtre de la Sorbonne l'a rassuré. Et l'inquiétude est revenue lorsque, invité à débattre de la loi Faure, début 1969, il a trouvé un billet, sur sa table, à la tribune : « Sartre, sois bref ! »

Aujourd'hui, tout au long de ce déjeuner, il se régale, Sartre, et c'est lui qui régale :

— Mangez, mangez ! ordonne-t-il, souriant, à ses convives.

Benny, Geismar exposent leur demande. Mais, non sans subtilité, ils ne se contentent pas de réclamer un « parapluie », ou un paravent. C'est d'abord cela, naturellement. Et autre chose aussi. Le rappel de la célèbre préface donnée en 1960 par Jean-Paul Sartre à la réédition d'*Aden Arabie,* le texte oublié du proscrit Nizan : « A présent que les vieux s'éloignent, qu'ils laissent cet adolescent parler à ses frères... Ils reconnaîtront leur propre voix. Il peut dire aux uns : vous mourez de modestie, osez, désirez, soyez insatiables, délivrez les forces terribles qui se font la guerre et tournent en rond sous votre peau, ne rougissez pas de vouloir la lune : il nous la faut. Et aux autres : dirigez votre rage sur ceux qui l'ont provoquée, n'essayez pas d'échapper à votre mal, cherchez ses causes et cassez-les... »

L'auteur de ces lignes ne saurait être une simple caution. Lui qui a tant fui « l'irresponsabilité des justes milieux » — au point de choisir le versant communiste durant la guerre froide — est fatalement séduit par la requête des « casseurs ».

Il accepte. Aussitôt.

Et, à mots retenus, il livre déjà les clés de son enthousiasme. Le contact des maos lancés dans l'action le ravitaille en oxygène.

— Vous me rajeunissez, avoue-t-il. Mais attention, je n'ai plus d'avenir, mes réserves d'efficacité n'iront pas au-delà de soixante-dix ans...

Reste que, fixé ce compte à rebours, les animateurs de la GP atteignent leur interlocuteur à l'endroit le plus sensible. Sartre a toujours souffert — c'est son parcours propre — du statut équivoque de l'écrivain connu qui est simultanément lui-même et une chose publique, une « vedette », sur laquelle il ne possède guère d'emprise. Benny Lévy et ses compagnons lui offrent de récupérer ce double, de le détourner à d'autres fins. Le futur directeur de *la Cause du peuple* n'adhérera point au mouvement, ne cosignera pas même les articles dont il rendra, espère-t-on, la divulgation concevable. Mais il échappera au pitoyable rôle du compagnon de route. Bref, les maos inventent pour Sartre une fonction stratégique sur mesure.

Il en rêvait.

Pendant la dernière semaine d'avril, tandis que la botte secrète est définitivement affûtée, Benny, au fil des échanges, reçoit confirmation de ses intuitions premières et décèle même des convergences plus aiguës qu'il ne le pressentait. Sartre sait gré aux « nouveaux partisans » — quoiqu'il juge telle ou telle opération inutile, voire infantile — de réactiver la violence révolutionnaire, de reproclamer sa nécessité en un temps où les communistes officiels, la coexistence pacifique à la bouche, taxent d'aventurisme la moindre pratique illégale.

Il suit encore ses jeunes camarades dans leur « spontanéisme » ; oui, la pensée juste naît du peuple — si l'on considère, à tout le moins, que ce peuple est en gestation, présentement morcelé, divisé, dominé, et qu'il lutte pour sa propre émergence par des protestations éparses et peu à peu reliées. La question n'est pas de nier la théorie, de la dissoudre dans la pratique, mais de poser la pratique comme sa condition d'apparition. Enfin, et peut-être surtout, ces protestations, ces violences sont foncièrement morales : la révolte des ouvriers, des paysans, est vierge de toute quête d'exploitation, de toute scorie dominatrice.

Benny boit du petit-lait.

Six directeurs de publications se solidarisent, ès qualités, avec Jean-Pierre Le Dantec et Michel Le Bris. Dans une déclaration conjointe, Daniel Anselme *(les Cahiers de Mai),* Guy Degorce *(Tribune socialiste),* Jean-Marie Domenach *(Esprit),* Jean-Edern Hallier *(l'Idiot international),* Paul Noirot *(Politique aujourd'hui)* et Claude Perdriel *(le Nouvel Observateur)* notent que, « pour la première fois depuis la lutte violente contre les nazis et leurs collaborateurs », l'inculpation d'apologie du meurtre, du vol, du pillage et de l'incendie est prononcée contre des responsables de presse.

L'impact n'est pas mince. Mais c'est le 27 avril que tombe la grande nouvelle.

Dans une lettre remise aux journaux, Jean-Paul Sartre annonce et justifie la charge qu'il accepte d'assumer. Il précise que sa décision n'implique aucun « tournant » de la GP, ni ne modifie la ligne des *Temps modernes*. Et il s'explique : « [...] On vise à refuser le statut politique à la Gauche prolétarienne et à traiter ses militants comme des " droit commun ". En prenant les fonctions de directeur-responsable, j'affirme ma solidarité avec tous les actes qui, comme ceux qui ont été incriminés, traduiront la violence qui existe aujourd'hui *réellement* dans les masses, pour en souligner le caractère révolutionnaire. S'il plaît au gouvernement de me déférer à la justice, il ne pourra empêcher mon procès d'être politique. »

La Cause du peuple, désormais, porte la griffe de Jean-Paul Sartre en dernière page (et parfois à l'intérieur, avec celle de Simone de Beauvoir, comme par précaution supplémentaire). Le numéro qui succède au communiqué mentionne cependant un rectificatif, lequel n'est guère de détail. Au lieu de « J'affirme ma solidarité avec tous les actes », il convenait de lire « avec tous les articles ».

Eloquente coquille.

8 mai 1970. La scène se déroule en accéléré — quelques minutes peut-être. A 13 h 30, un commando de vingt « partisans », sous les ordres de leur chef « Tarzan », envahit soudain la prestigieuse épicerie Fauchon, le plus snob et le plus cher des magasins d'alimentation parisiens, juste derrière la Madeleine. Sitôt la porte franchie, la troupe se scinde. Un premier groupe, sans violence, immobilise les vendeurs. Et les autres entassent, dans de grands sacs, truffes, foie gras, marrons glacés, alcools de luxe, caviar. Ils visent systématiquement les étiquettes haut de gamme. Pendant le pillage, les clients (les clientes, plutôt, de pur style Malesherbes) refluent vers l'arrière-boutique. Un portier judoka tente quelques moulinets, puis les suit.

Antoine de Gaudemar a rassemblé une cinquantaine de « ses » lycéens pour couvrir l'expédition. Il voit rappliquer prestement la bande des malandrins vers la bouche du métro dont il a mission de protéger l'accès. Dès que le commando s'est éclipsé, la phase d'explication commence, sous les espèces d'un lancer de tracts :

NOUS NE SOMMES PAS DES VOLEURS
NOUS SOMMES DES MAOÏSTES
Salaire moyen d'un OS : 3,50 francs l'heure
1 kg de foie gras : 200 francs, soit 60 heures de travail
1 kg de cake : 18,50 francs, soit 6 heures de travail
1 kg de marrons glacés : 49 francs, soit 8 heures de travail
ALORS ? QUI SONT LES VOLEURS ?

Sur le même mode, et sous le titre « Tout est à tous », *la Cause du peuple* enchaîne : « Si vous voulez manger en hiver des fraises du Japon, allez chez Fauchon ; si vous voulez douze prunes pour 80 francs, allez chez Fauchon ; si vous habitez l'Elysée et que vous voulez remplir votre Rolls Royce de victuailles, allez encore chez Fauchon ; si vous vous appelez Kossyguine et que vous voulez commander quarante bouteilles millésimées à l'année de votre naissance, allez toujours chez Fauchon. Mais si, comme presque tout le monde, vous avez du mal à boucler vos fins de mois, alors vous approuvez l'action menée par les jeunes maoïstes contre cette porcherie à rupins... »

Il n'est pas question d'imiter Daniel Cohn-Bendit qui, en mai 1968, fit la quête auprès des psychanalystes de l'Ecole freudienne de Paris et dilapida en agapes conviviales le produit de sa démarche. Le raid place de la Madeleine n'est point un « casse » ludique mais une « récupération » légitime. Un transfert de fonds, en quelque sorte.

Très ému, Antoine de Gaudemar débarque en camionnette à l'orée d'un immense bidonville, près de Saint-Denis. Sans un mot, les militants déploient leur butin, sur le sol, en demi-cercle. Les habitants du lieu s'approchent, s'amassent. Ils sont bientôt tous là. Un orateur de la GP sort alors son mégaphone, commente le geste collectif. En face, quelqu'un lui répond, remercie. Antoine se rappelle que les Tupamaros avaient agi ainsi avec les miséreux d'Uruguay, qu'ils avaient lancé le mot d'ordre : « Pas de Noël pour les riches ! » C'est excitant d'attaquer un car de flics aux cocktails Molotov. Mais cette autre exaltation est plus prenante encore.

Une distribution analogue est organisée à Ivry, dans un foyer de travailleurs africains qui découvrent les saveurs comparées des caviars russe et iranien.

L'épisode provoque maints émois. La presse à gros tirage, dont la tendresse envers les casseurs n'est ordinairement pas le réflexe premier, hésite et craint de heurter son public populaire. *Le Parisien libéré,* s'il condamne le larcin, n'esquive pas la générosité des mobiles et monte en épingle l'élément romanesque, la tonalité Robin des Bois.

D'autant que la légende s'enrichit d'une héroïne et martyre. Ni Tarzan, au vif de l'action, ni Antoine de Gaudemar, depuis le métro Madeleine, n'ont remarqué qu'une camarade manquait à l'appel.

Frédérique Delange, vingt ans, étudiante en sociologie et dactylo à mi-temps pour arrondir ses fins de mois, s'est trouvée coincée par un charcutier brandissant un coutelas et a été livrée à la justice. L'inculpée n'était porteuse d'aucune arme. Les témoignages de moralité abondent en sa faveur. Un père haut fonctionnaire au Plan, une mère chercheuse — Frédérique avait tout à perdre en transgressant la loi.

L'affaire secoue l'opinion. Mes Leclerc et Revon, chargés de la défense, voient s'amonceler sur leur bureau une pile de messages de sympathie. A côté de Jean-Pierre Faye, de Michel Leiris, de Bernard Pingaud, à côté des pétitions provenant de l'Université, de la recherche, divers « simples citoyens », par dizaines, expriment leur solidarité. Beaucoup de « petites gens ». Beaucoup de personnes âgées.

Ainsi Jeanne Trarieux, soixante-cinq ans, qui écrit pour raconter comment lui fut refusé un engagement chez Fauchon, deux décennies auparavant : « Fauchon demande une caissière expérimentée avec références ! Je me précipite, on me dirige vers le bureau de " M. Arsène ", le grand patron. Il ne regarde même pas mes références mais mes vêtements de deuil. Je verrai toujours cet individu énorme, laid, trop bien nourri, replet de tous les plaisirs que procurent une grosse fortune, de nombreuses maisons de commerce, et de somptueux châteaux, me dire avec dégoût : " Vous avez le malheur sur le visage, je ne veux pas de malheur chez moi. " »

Et Jeanne Trarieux commente son geste : « J'ai été marquée

par quelques “ Fauchon ” dans ma vie ; il ne faut donc pas s'étonner que des gens comme moi ne soient pas contre les expéditions “ punitives ”... »

Le 19 mai, devant la vingt-quatrième chambre correctionnelle de Paris, Georges Delange, sans approuver l'acte de sa fille, déclare en comprendre les motifs :

— Elle a volé non pour son compte personnel, mais pour redistribuer. Elle n'avait pas besoin de voler pour manger des produits de chez Fauchon, je lui en aurais volontiers offerts pour l'anniversaire de ses vingt ans. Sa seule angoisse, après son arrestation, était que la redistribution, qui était moins facile que le vol, ne puisse avoir lieu pour des raisons matérielles.

Puis le père de l'inculpée avoue ses interrogations intimes :

— Son acte me pose un problème douloureux. J'ai cherché cette explication depuis des jours. Frédérique n'a pas compris, au fond, que l'idéal de justice que nous lui présentions excluait la violence, sauf dans des cas extrêmes. De cette incompréhension je suis partiellement responsable, mais l'histoire l'est plus encore. Elle a vu chez nous des amis que nous aimions et respections particulièrement qui sortaient de camps de concentration pour faits de résistance, qui sortaient de prison en raison de leurs actions pendant la guerre d'Algérie. Elle en a conclu que la violence était très souvent légitime.

Après une demi-heure de « délibéré », la cour concède les circonstances atténuantes, suite aux « bons renseignements » recueillis sur l'accusée. Le verdict n'en est pas moins lourd : treize mois de prison ferme. Pourtant, la société Fauchon elle-même, comme travaillée par quelque sourde culpabilité, avait refusé de se constituer partie civile et recommandé l'indulgence.

Fort involontairement, le substitut déclenche un tollé national. Il a comparé la Gauche prolétarienne à « une sorte de conférence de Saint-Vincent-de-Paul musclée », plaidé qu'« il ne s'agit pas de quelques boîtes de conserve mais de l'ordre d'une société ».

A pleines colonnes, sur toutes les ondes, les éditorialistes s'emparent de son réquisitoire. « Jamais, s'indigne *le Nouvel Observateur,* châtiment n'aura été plus disproportionné à la faute. » « Qui donc met en péril notre démocratie ? questionne Françoise Giroud dans *l'Express*. Les enfants farauds, inorganisés, qui rêvent d'un monde juste et dont quelques-uns, du moins, tentent follement de faire passer dans les actes ce qu'on leur a enseigné en classe ou au catéchisme ? Ou ceux qui donnent à l'ordre social des aspects si odieux qu'ils finissent par mobiliser contre lui des gens qui ne sont plus des enfants, et qui ne se font pas trop d'illusions sur ce qui pourrait lui être substitué ? »

Si le PC et la CGT continuent de tirer à vue sur le moindre gauchiste qui bouge, Eugène Descamps, le secrétaire général de la CFDT, évite l'anathème et n'exprime qu'une réprobation « technique ». « Le geste est respectable mais inutile, observe-t-il avec une pointe de malice. Les ouvriers savent ce qu'est Félix Potin ou Prisunic, pas Fauchon... »

La presse des jeunes s'en mêle. *Music Maker,* nouveau titre où paraissent, notamment, les signatures de Christian Barbier et de Michel Lancelot, consacre une page entière à Frédérique, entre Joe Cocker, Norman Greenbaum et Paul Semama.

L'état-major de la GP trouve dans l'aventure l'absolue confirmation du pronostic émis par Serge July après l'expédition de Flins : il n'est pas de commune mesure entre les dimensions, l'implantation d'un mouvement, et son éventuelle capacité d'agitation par le truchement des relais d'opinion. Les maos, numériquement, sont encore plus faibles que les trotskistes. Comparés au PSU — qui, lui, jouit d'un véritable enracinement social, surtout dans l'Ouest et en région parisienne —, ils ne pèsent rien. Mais ils investissent l'actualité parce qu'ils maîtrisent l'art du rebondissement, n'hésitent ni devant la provocation ni devant l'outrance, et portent au paroxysme les mythes du moment.

Ils sont à la politique ce que le Living Theater est à l'art dramatique.

Sans délai, les conjurés poussent leur avantage. Cependant que Benny Lévy demeure dans l'ombre, Alain Geismar et Serge July occupent l'avant-scène, eux-mêmes précédés par leur M. Loyal — Jean-Paul Sartre.

Répondant à Pierre Dumayet sur l'antenne de RTL, le philosophe défie Raymond Marcellin, somme le gouvernement de lui infliger le même sort qu'à Le Dantec et Le Bris : « Il est évident qu'il faut m'inculper aussi, puisque j'ai la même responsabilité qu'eux ! » Interrogé sur ses convergences ou divergences avec les rédacteurs de *la Cause du peuple,* Sartre admet qu'il ne partage pas toutes leurs analyses, en particulier sur Israël, mais exprime une solidarité globale quant aux démonstrations qui défraient la chronique : l'existence même de Fauchon, lance-t-il, « est un scandale ».

Et voici, dans la foulée, les gardes rouges marginaux qui défilent sur les avenues de l'intelligentsia — *le Nouvel Observateur,* dont le premier numéro, en 1964, fut inauguré par Sartre, leur accorde une soudaine et spectaculaire hospitalité. Jusqu'alors, l'hebdomadaire de Jean Daniel a plus volontiers prêté attention aux soubresauts de la société civile et aux résurgences d'un socialisme décanté qu'au narcissisme groupusculaire.

Nicolas Boulte, jadis transfuge de la JEC vers la JUC, a par exemple tenu dans *l'Obs* la chronique attentive de la contestation qui traverse l'Eglise. Des prêtres, sous l'appellation d'« Echanges et dialogue », ont constitué un véritable Mouvement du 22-Mars. Ils réexaminent leur statut de clerc, interpellent la hiérarchie, récusent l'obligation du célibat, suggèrent à l'institution d'écouter enfin l'écho de la rue et de dresser son propre examen de conscience devant la brutale vacuité des séminaires. Mais les « gradés » répondent à coups de crosse.

En politique proprement dite, Michel Rocard est l'homme neuf. Il est compétent, il parle vrai, il s'inscrit dans la lignée d'un Mendès, il s'efforce de traduire au plus près le dialecte broussailleux des enfants du printemps rouge. Mais il peine pour chevaucher le tigre à l'intérieur de sa formation, pour préserver un minimum de cohabitation entre gauchistes de toutes espèces et sages émules du Club Jean-Moulin ou de l'expérience suédoise. L'exercice est si acrobatique qu'il engendre fréquemment un double discours.

Parallèlement, les rescapés de la FGDS (la fédération dont François Mitterrand fut, en 1966-1967, la cheville modérément ouvrière) digèrent l'échec de Gaston Defferre aux présidentielles, et échafaudent un parti socialiste revu et corrigé. Entre les uns et les autres, Jean Daniel s'applique à préserver l'équilibre...

C'est donc une première. Sur huit pages, la semaine même où Frédérique Delange est durement condamnée, le dossier qui clôt le numéro s'intitule : « Jean-Paul Sartre fait parler les " casseurs ". » La photo chapeautant l'entretien montre le maître entouré de Geismar et de July (mais ce dernier, inconnu au bataillon, ne reçoit point les honneurs de la légende, ni ne figure parmi les intervenants). Le duo Sartre-Geismar est un pur festival mao.

Pourquoi, demande le directeur supplétif de *la CDP*, vous solidarisez-vous avec Gérard Nicoud ? Pourquoi vous dépeignez-vous comme les fedayin de la France en guerre ? Pourquoi qualifiez-vous de collabos les leaders syndicaux ?

Nous ne sommes pas pressés, nous ne sommes pas putschistes, répond l'ex-secrétaire général du SNESup. La guerre populaire, la guerre prolongée, la tactique de la guérilla — non armée, puis armée —, c'est tout le contraire de l'aventure. Dix ans, vingt ans seront nécessaires. Nous ne préconisons pas l'explosion impromptue, l'insurrection prématurée tôt noyée dans le sang. Le Grand Soir dont rêvent certains, au PSU ou à la Ligue, est précisément le piège qu'il convient de déjouer.

Mais, objecte Sartre, le prolétariat préfère-t-il cette interminable marche à une transformation progressive de la société ?

Geismar n'y va guère par quatre chemins :

— Pour nous, l'événement capital de 1969 n'a pas été la conquête de la Lune, mais le fait que la CGT, dans certaines usines, a perdu l'initiative. Il y avait des dizaines d'années qu'on en rêvait : eh bien ! cela se passe en ce moment même.

Sartre, complaisamment, tire la morale de l'histoire :

— On vous reproche beaucoup votre violence. Je crois qu'il est important de souligner qu'elle ne vient pas de vous et que vous seriez d'ailleurs incapables de la provoquer si elle n'existait pas déjà dans la classe ouvrière. Il y a une violence prolétarienne qui n'est que la réponse à une violence d'un autre type, celle de l'oppression capitaliste.

L'interviewer, avec une apparente allégresse, cède place à l'apologiste.

« Dehors, la presse ! » « A bas la presse bourgeoise ! » Sur la scène de la Mutualité, encore plus encombrée qu'à l'ordinaire, photographes et cameramen reçoivent une bordée d'invectives. Le service d'ordre les autorise à mitrailler la tribune, où Jean-Paul Sartre préside, mais leur interdit de détourner les objectifs vers le public entassé à leurs pieds. Cela sent la sueur et la poussière. La température s'élève de minute en minute.

Le spectacle de cette foule mériterait pourtant un cliché historique. Car elle est présente au grand complet, la fine fleur du gauchisme français. Pour la première fois depuis 1968, toutes tendances non pas confondues mais juxtaposées, les groupes, fronts, sectes, chapelles, partis, mouvements, ligues et autres comités sont parvenus à s'entendre sur la nécessité partagée de sceller un pacte « contre la répression ». Les négociations préalables ont légèrement dépassé en complexité les préludes des accords d'Evian.

La répression, éternel ciment des enragés épars...

Sont — principalement — inscrits au programme : la GP (Jean-Pierre Le Dantec et Michel Le Bris seront jugés dans deux jours, le 27 mai), Ligne rouge (officine « marxiste-léniniste » rivale), l'UNEF, la Ligue communiste, le PSU, Lutte ouvrière, VLR (l'enfant nouveau-né de Roland Castro et Tiennot Grumbach)... L'objectif déclaré est d'obtenir l'élargissement des directeurs de *la Cause du peuple.*

En fait, chacun, ici, peut brandir ses martyrs. Devant l'Assemblée nationale, le 22 mai, Raymond Marcellin a étalé son tableau de chasse : cent vingt-trois personnes ont été déférées au parquet pour « activités gauchistes » depuis le 15 avril. Sur le lot, soixante-dix inculpés ont été laissés en liberté provisoire et cinquante-trois écroués. Les tribunaux ont prononcé plus de cent condamnations — dont soixante-neuf à des peines de prison, et trente et une, de prison ferme.

Les « maos-spontex », visiblement, ont quadrillé la salle, serrés de près par la bande à Krivine. Dehors, on crie le dernier numéro de *la CDP,* daté du 23 mai, et immédiatement saisi.

Sartre inaugure la cérémonie en dressant l'état des pertes, en protestant contre l'amalgame qui voue les militants politiques aux foudres du droit commun. Lui succède Joseph Tournel, un prolo, un vrai de vrai, mineur du Nord. Recruté par la GP, il est censé symboliser la mémoire combattante d'une région où la résistance au nazisme fut par définition précoce et par tempérament énergique.

Assis dans leurs fauteuils d'orchestre, le commissaire principal Londin-Quny, chargé du quartier Saint-Victor, et l'inspecteur contractuel Fichaux se font aussi incolores que possible. Le magnétophone du commissaire est camouflé au creux d'une serviette, sur ses genoux, et il a glissé le micro dans la poche intérieure de son veston.

Et le meeting tangue, bascule, hésite entre messe et foire. L'oratrice ML de Ligne rouge a du mal à terminer. « Le pouvoir est au bout du fusil ! » vocifèrent les partisans de Benny Lévy (le grand absent, comme d'habitude).

Derrière, Chassine, le président de l'UNEF, subit un traitement pire encore. Complètement décomposé, ravagé par l'émiettement idéologique, soumis à mille sectarismes centrifuges, le syndicat étudiant n'a rien engrangé de sa moisson de printemps. L'idée même de syndicat pue le réformisme, la bureaucratie, la boutique. Du « parti des jeunes » qui, à la fin de la guerre d'Algérie, tenait la dragée haute au PC et à la CGT, il ne reste rien, plus rien qu'un sigle et quatre bureaux. Les révolutionnaires assemblés méprisent souverainement la relique et s'en disputent mollement les fragments. Quolibets.

— Ne faites pas rire les journalistes bourgeois en sifflant ! s'interpose Jean-Paul Sartre.

Au vrai, nombre de « journalistes bourgeois » sont plutôt saisis par le *spleen* que par l'hilarité. Car cette UNEF négligemment reléguée à la casse fut, bien souvent, leur meilleure école...

Henri Weber escalade la tribune. Aussitôt, le concerto des slogans se déchaîne *fortissimo.* « Marx, Engels, Lénine, Staline, Mao ! » hurlent les prochinois. « Marx, Engels, Lénine, Trotski, Rosa ! » ripostent les ligueurs.

Weber en a vu d'autres. Il laisse les chœurs libérer la pression, vider leurs poumons. Et, guettant l'instant où la meute reprend haleine, il livre à l'assistance un scoop. Il est en possession d'un document confidentiel, conçu dans les services du commissariat général au Plan, en date du 17 avril dernier.

Les experts sollicités par le gouvernement émettent un subtil diagnostic : « Les manifestations étudiantes plus ou moins violentes créent un " modèle " de comportement dont " bénéficie " ou qui " contamine ", si l'on préfère, l'ensemble du corps social. Au total, les moyens d'expression et d'action de toutes les catégories socioprofessionnelles risquent d'être profondément modifiés par ce nouveau phénomène collectif. »

La « Mutu », d'un seul élan, applaudit les perspicaces technocrates chabanistes. Mais Henri Weber sape leur enthousiasme :

— Attendez, camarades, attendez !

Les rédacteurs, en effet, ne se sont pas contentés du diagnostic. Ils se sont livrés au plaisir délicieux des schémas fictifs, du *brainstorming,* du psychodrame. Il ont imaginé un scénario qui liquiderait les agitateurs en tout genre, révolutionnaires, paysans, petits commerçants du CID. Et ils sont optimistes, si l'on juge par les hypothèses que dévoile maintenant Weber :

— Fin 1970, quelques sabotages gauchistes dans des usines provoquent des morts d'hommes. L'écrasement au sol d'un avion leur est attribué. La condamnation d'un des coupables provoque des manifestations dont le succès est très limité ; dans quelques universités, des bagarres rangées entraînent une vingtaine de morts, dont celle de deux membres du service d'ordre ; la faculté de Vincennes est incendiée. La répression qui s'ensuit, très limitée, dans le cadre des lois réprimant les délits de droit commun, mais cependant très ferme, permet de disperser les groupuscules. Le gouvernement apparaît alors comme le garant de la sécurité intérieure, ce que sanctionnera le résultat des élections municipales en 1971.

Henri n'a pas manqué son effet. L'escalade de la provocation et de la répression revêt bien l'allure d'une partie de poker entre les enragés et l'Etat. La carte de la violence peut servir tantôt les uns, tantôt l'autre. D'ailleurs, la police ne se prive pas de jeter, ici ou là, un peu d'huile sur le feu. Deux auteurs, arrêtés le 14 mai, d'un attentat contre le palais de justice de Besançon, se sont avérés n'être que des provocateurs, le premier ex-OAS, le second membre de l'UDR, le parti gaulliste...

Manuel Bridier, qui intervient à présent au nom du PSU, exploite à fond les révélations de son prédécesseur, critique bille en tête la pratique maoïste, annonce des lendemains périlleux. « La violence révolutionnaire, rappelle-t-il, est une violence de masse liée à la lutte concrète des travailleurs. » Pas d'aventurisme, donc.

Mais la salle, dans sa majorité, n'est guère encline à la retenue. Le gouvernement souhaite le quitte ou double. Il l'aura. Furieux, les chefs de file du PSU et de la Ligue subissent la pression de cette poignée de cinglés — les maos — qu'il est moins fou d'accompagner que d'abandonner. Et qui, malgré le délire qu'ils alimentent, ou grâce à lui, leur fauchent la vedette.

Alain Geismar, justement, s'approche du micro. Que reste-t-il de l'ancien chef syndical, de l'ancien émule de Jean Poperen ? Le savoir-faire politique, et l'éloquence :

— Aujourd'hui, en France, la terreur s'installe, et nous sommes réunis pour protester contre la répression terroriste. Cette répression terroriste, c'est celle qui s'abat contre tous ceux qui relèvent la tête, contre tous ceux qui relèvent la tête dans les usines d'abord, contre ceux qui construisent dans la lutte la force autonome qui est en train de monter des usines, contre ceux qui font trembler sous leurs pas la police des patrons et la police syndicale...

Le magnétophone du commissaire Gilbert Londin-Quny tourne sans bruit.

— C'est pourquoi nous disons que s'unir contre cette répression terroriste, c'est bien ; que s'unir pour dénoncer la provocation que constitue le procès du 27, c'est bien ; que s'unir contre la tentative d'étouffement par les saisies répétées de *la Cause du peuple,* c'est bien ; que s'unir pour former autour de la résistance, autour de ceux que l'ennemi frappe, un immense Secours rouge, un immense Secours rouge qui permettra de venir en aide à toutes les victimes de la répression, aux ouvriers licenciés, aux familles des ouvriers licenciés, aux camarades emprisonnés, c'est bien. Mais nous disons aussi : cela ne suffit pas. Car, pour nous, le plus important, ce n'est pas de rechercher partout les infiltrés, de rechercher partout les flics. Le plus important, c'est de chasser les flics de sa tête...

L'inspecteur contractuel Fichaux se le tient pour dit.

— Il n'y aura pas de paix sociale, promet Geismar. Il n'y aura pas de trêve. Et cet été, ce ne sera pas l'été des vacances pour les riches, ce sera l'été de la révolte pour le peuple.

« Cause toujours ! » pensent Daniel Bensaïd et Henri Weber. Il va s'agir de coordonner sérieusement notre service d'ordre avec celui du PSU.

Le mandataire de la GP invite tous les militants à manifester le surlendemain, tandis que Le Dantec et Le Bris seront traînés devant leurs juges.

Juste après la dispersion du meeting, la préfecture de police stipule que toute démonstration sur le pavé sera interdite le 27 mai.

Si la renommée de la GP est florissante, les caisses, elles, déjà vidées par les saisies répétées du journal, sonnent tragiquement le creux. Gilbert Castro, le « trésorier », est aux abois. Et les créanciers, fussent-ils amicaux, s'inquiètent. Les éléments « présentables » du noyau mao, les Geismar ou July dont le carnet mondain se trouve convenablement fourni, sont invités, entre mille autres obligations, à tirer les sonnettes de « personnalités » généreuses — ou susceptibles de l'être.

Sartre, fatalement, est mis à contribution. Mais Geismar ne dédaigne pas de « ratisser large », cochant soigneusement artistes et intellectuels sur sa longue liste de prospection. Il rentre rarement bredouille. Certains refus, pourtant, ne manquent pas de piquant. Ainsi Jean Ferrat :

— Quand vous serez capables de réunir autant de gens qu'à la fête de *l'Huma*, je cotiserai !

Ou bien Georges Moustaki, amical mais sceptique :

— Vous vous croyez en guerre, mon vieux. Savez-vous que chez moi, des colonels, des vrais, sont au pouvoir, tandis qu'ici rien ne m'empêche d'acheter un canard communiste au kiosque du coin ?

Mais l'épreuve la plus rude, c'est la longue visite — quatre heures ! — rendue à Jacques Lacan.

Le contexte semble favorable. Judith Miller, fille du maître et militante maoïste, vient d'être chassée de Vincennes — où elle était assistante — sur ordre de Georges Pompidou lui-même, qui a requis son ministre de l'Éducation nationale, Olivier Guichard, de renvoyer « cette dame » dans le secondaire.

Le déclic de l'ire présidentielle fut une interview accordée à Madeleine Chapsal et à Michèle Manceaux, ultérieurement reproduite par *l'Express*. Judith déclare qu'à Vincennes le contrôle des connaissances est allègrement saboté. Et c'est peu dire qu'elle justifie semblable sabotage : « L'Université est un appareil d'État, un morceau de la société capitaliste, et ce qui apparaît comme un havre de libéralisme ne l'est pas du tout. On ne peut pas le détruire en tant que morceau de l'appareil d'État si on ne détruit pas l'ensemble. Je ne crois pas qu'on peut le briser indépendamment de l'ensemble. Tout ce qu'on peut dire, c'est qu'on le fera fonctionner le moins possible. »

Le fortuné père sera-t-il solidaire des compagnons d'infortune de sa fille ? Geismar, à la veille du rendez-vous, juge que la partie n'est nullement gagnée d'avance.

La chronique vincennoise relate que le pape de l'École freudienne de Paris, invité par le département de psychanalyse, a abordé le souk révolutionnaire d'un œil sarcastique, où étincelaient condescendance et dérision. Tout le monde a eu vent des péripéties de cette fameuse séance. Plus rien à voir avec l'atmosphère pieuse de la salle Dussane, rue d'Ulm.

Un étudiant, ancien du 22-Mars, grimpé sur l'estrade, a entrepris de se déshabiller pour ridiculiser le psychanalyste-chef-flic. Lequel, secouant sa crinière blanche et la poussière de ses sandales, a pris le perturbateur à contre-pied :

— Hier soir, j'étais à l'Open Theater, il y a un type qui faisait ça, mais il avait un peu plus de culot que vous, il se foutait à poil complètement. Allez-y, mais allez-y bien. Continuez, merde !

Malgré tout, le séminaire s'est amorcé, haché d'interruptions vociférantes :

UNE VOIX. — Est-ce que vous ne pourriez pas parler plus lentement, parce que certains étudiants n'arrivent pas à prendre des notes ?

UNE VOIX. — Il faut être débile pour prendre des notes et ne rien comprendre à la psychanalyse et à Lacan en particulier.

UNE VOIX. — Lacan, nous attendons depuis une heure ce que tu nous annonces à mots couverts : la critique de la psychanalyse. C'est pour ça qu'on se tait, parce que là, ça sera aussi ton autocritique.

LACAN. — Mais je ne critique pas du tout la psychanalyse, il n'est pas question de la critiquer. Il entend mal. Je ne suis pas du tout contestataire, moi !

Et le dénouement, selon le procès-verbal d'un témoin, a frisé l'épopée :

UNE VOIX. — En haut et à droite de Dieu, c'est Lacan...

LACAN. — Si vous aviez un peu de patience et si vous vouliez bien que nos impromptus continuent, je vous dirais que l'aspiration révolutionnaire, ça n'a qu'une chance d'aboutir, toujours, au discours du maître. L'expérience en a fait la preuve. Ce à quoi vous aspirez comme révolutionnaires, c'est à un maître. Vous l'aurez.

UNE VOIX. — On l'a déjà, on a Pompidou.

LACAN. — Vous vous imaginez que vous avez un maître avec Pompidou ! Alors ? Qu'est-ce que c'est que cette histoire ? Moi aussi j'aimerais vous poser des questions. Pour qui, ici, a un sens le mot libéral ?

UNE VOIX. — Pompidou est libéral, Lacan aussi.

LACAN. — Je ne suis libéral, comme tout le monde, que dans la mesure où je suis antiprogressiste. A ceci près que je suis pris dans un mouvement qui mérite de s'appeler progressiste, car il est progressiste de voir se fonder le discours psychanalyste pour autant que celui-là complète le cercle qui pourrait peut-être vous permettre de situer ce dont il s'agit exactement, ce contre quoi vous vous révoltez. Ce qui n'empêche pas que ça continue foutrement bien. Et les premiers à y collaborer, et ici même à Vincennes, c'est vous, car vous jouez la fonction des ilotes de ce régime. Vous ne savez pas non plus ce que ça veut dire ? Le régime vous montre. Il dit : « Regardez-les jouir... » Bien. Voilà. Au revoir pour aujourd'hui. *Bye.*

Et le vieux provocateur est sorti, plantant là ceux qui le provoquaient.

Franchement, cette obscure affaire de cercle, ou cette affaire de cercle obscur, Geismar n'y comprend goutte. La « psy », de toute manière, éveille en lui une sourde défiance. Ce qu'il saisit nettement, c'est que le bras de fer sera rude.

Il l'est. Dans le cabinet de Jacques Lacan, le porte-parole de la Gauche prolétarienne sue sang et eau. Il a beau plaider, argumenter, quémander, le transfert ne s'opère point. Le psychanalyste écoute, c'est son savoir et son devoir. Mais la sentence n'en est que plus tranchante :

— Pourquoi vous donnerais-je mon fric ? La révolution, c'est moi. Je ne vois pas pourquoi je subventionnerais une maison concurrente, d'autant que vous essayez de rendre ma révolution impossible en me fauchant mes disciples.

La matinée du mercredi 27 mai offre l'apparence du calme. La dix-septième chambre correctionnelle, saisie du dossier Le Dantec-Le Bris, est soigneusement protégée. La station de métro Cité a été fermée aux usagers, comme l'escalier qui débouche devant l'hôtel Crillon, à la Concorde. Les panneaux latéraux des autobus, fréquent matériau des constructeurs de barricades, manquent préventivement. Boulevard Saint-Michel, quai des Orfèvres, aux portes du Châtelet, les cars de gendarmes mobiles s'alignent, grillagés.

Jean-Paul Sartre et Simone de Beauvoir, pourchassés par une vingtaine de photographes, s'en vont déjeuner dans un petit restaurant place Dauphine. Les choses sérieuses ne commenceront qu'en début d'après-midi.

Une séance parmi d'autres ? Certes non. Le prétoire est vite envahi par une nuée d'avocats surgis en curieux, les journalistes affluent, les échos de slogans confus deviennent perceptibles dès l'appel des témoins. Et Me Henri Leclerc donne le ton lorsqu'il lit au président Bracquemond la lettre que lui destine Alain Geismar : « Je vous demande de bien vouloir excuser mon absence à ce tribunal... Vous aurez ainsi compris que je témoignerai, aujourd'hui, dans la rue. »

Jean-Pierre Le Dantec occupe le premier rang dans l'infamie. Vingt-sept ans, le poil roux et la mâchoire carrée, l'ex-centralien ravale les multiples nuances qui l'ont séparé de Benny Lévy ; il a mission d'utiliser cette tribune pour la plus grande gloire de la GP, et il s'y jette :

— Que les mêmes faits soient appréciés de manière différente selon que l'on soit exploiteur ou exploité, c'est là une loi de la lutte des classes. Rappelez-vous l'Affiche rouge, celle que les nazis collaient sur nos murs en 1944. Eux aussi voulaient faire passer les partisans pour des terroristes, des criminels. Rappelez-vous leur slogan : « Des libérateurs ? La libération par l'armée du crime ! »

Et tout le répertoire métaphorique défile. Le patronat est « l'occupant », le « PCGT » offre un quartier général aux « collabos », les bidonvilles sont devenus de modernes « camps de concentration », les gauchistes incarnent « l'armée de l'ombre ». « Il n'y a pas de différence fondamentale pour un marxiste, défie Le Dantec, entre l'oppression d'un capitalisme étranger comme en 1940-1945 et l'oppression présente du capitalisme dit français. » Il justifie l'effectif minoritaire des actuels insurgés (comparables à la « dizaine d'enragés » qui déclencha Mai 68), récuse l'avenir bourgeois que ses diplômes lui garantissaient et garde Spinoza pour la chute : « La vérité coûte cher, ce ne sera pas la répression qui me la fera abandonner. »

Alain Geismar, cependant, gueule avec une cinquantaine de partisans à travers la salle des pas perdus, gare Saint-Lazare. Les mots d'ordre résonnent à vide sous les voûtes de la cathédrale ferroviaire. Quand rapplique une escouade d'agents municipaux, le détachement s'engouffre dans une rame. Six retardataires sont embarqués vers Beaujon. Coup nul.

A la barre, les témoins de moralité ont été méticuleusement choisis. Joseph Tournel, l'homme du Nord, et deux ouvriers de chez Renault apportent le salut des masses laborieuses. Les chrétiens déposent ensuite. D'abord Michel Blaize, prêtre franciscain, rédacteur à la revue *Frères du monde* : « Si l'on reproche à MM. Le Dantec et Le Bris d'exprimer de la sympathie et de l'admiration pour l'action du peuple par les moyens qui lui sont imposés, je me demande : pourquoi ne sommes-nous pas, nous aussi, arrêtés ? » Puis c'est le père Cardonnel, dominicain en renom, qui s'exclame : « Je suis le témoin d'une cause qui nous est commune... La vraie justice serait d'exiger que paient ceux qui cassent les hommes. »

Séduction indirecte du martyrologe. Alors que la GP est fort critiquée, même au sein de l'extrême gauche, voici, grâce au raidissement du pouvoir, qu'un cortège sympathisant prend tournure, où se brassent prolétaires et curés, intellectuels et paysans.

Rue Bonaparte, à hauteur des Beaux-Arts, des étudiants sans drapeau engagent quelques escarmouches avec les forces de l'ordre. Deux autobus de la ligne 95 portent l'inscription : « Libérez Le Dantec ! »

Jean-Paul Sartre s'adresse au tribunal :

— Je pense que les poursuites sont incomplètes, qu'elles devraient s'exercer contre moi. Depuis que je suis le directeur de *la Cause du peuple*, trois numéros sur quatre ont été saisis, et l'information, à chaque fois, était ouverte contre X. Qu'est-ce qui fait la différence ?

— Moi, je n'en sais rien, répond modestement le président.

— C'est parce qu'ils sont de l'ex-Gauche prolétarienne et que je n'en suis pas. C'est pour leur appartenance politique qu'ils sont détenus, et vous aurez à cœur, j'espère, de faire cesser ce scandale.

L'« ex-GP » ? Dans l'assistance, sur les bancs de la presse, maints regards étonnés questionnent ceux qui paraissent ne point l'être.

La nouvelle est fraîche mais sûre. Plaidant devant le Conseil des ministres, Raymond Marcellin a rapporté les termes d'Alain Geismar à la Mutualité. Et il y a ajouté, pour alourdir le dossier, les récentes déclarations de Serge July au Cercle français de la presse : « La pierre que la bourgeoisie vient de lever va lui retomber dessus ; elle lui fera très mal. L'idée " pour que ça change, il faut prendre le fusil " effectuera un nouveau bond en avant. »

Le ministre de l'Intérieur a obtenu gain de cause. Le gouvernement prononce la dissolution de la Gauche prolétarienne et précise même que, « vu l'urgence », cette mesure entre immédiatement en vigueur.

Au procès, la mère du principal accusé, qui a quitté Guingamp pour la circonstance, s'indigne : « Instituteurs ruraux, mon mari et moi, nous avons élevé notre enfant dans l'amour de la justice. Nous avons milité dans la Résistance. Nous sommes fiers de notre fils. »

« *La Cause du peuple*, réplique le substitut Houdot, est une véritable école de la casse. Le vœu du public sain est que les instigateurs de la casse soient appelés à sentir le prix de la casse. L'heure est venue de savoir si nous devons sombrer ou survivre. »

Alain Geismar n'y comprend plus rien. Ils n'étaient qu'un commando-suicide, en début d'après-midi, gare Saint-Lazare. Et maintenant, tandis qu'Henri Leclerc, au Palais, entame sa plaidoirie, des gens, des jeunes, des inconnus accrochent les flics un peu partout sur les boulevards et dans les ruelles du quartier Latin.

A la nuit tombée, lorsque s'éteignent les lumières de la salle d'audience — le verdict n'est pas encore connu —, deux ou trois cents « gauchistes » présumés martèlent « Libérez Le Dantec ! » place Saint-Michel. « CRS-SS ! » : le cri élémentaire du printemps envolé rejaillit sur le bitume. Ce n'est pas la première après la générale, loin s'en faut. Mais deux barricades tentent de s'édifier face à l'Odéon. Une autre y parvient, juste après minuit, le long de l'école des Mines, puis devant l'abbaye de Cluny, et rue Saint-Jacques. On dépave à Port-Royal, le boulevard Saint-Germain est coupé.

Par deux fois, un gendarme mobile vise et blesse par grenade, d'un tir tendu, Claude Lafontan, photographe de presse à l'agence des Reporters associés. La salle de commandement de la police municipale dénombre cinq cents interpellations.

Dix militants de la GP sont arrêtés en région parisienne et inculpés d'atteinte à la sûreté de l'État. A Grenoble, à Marseille (où les troupes de Tony Lévy ont revendiqué le sabotage de trente et une remorques chez Coder), des cortèges d'une centaine de personnes attaquent les cars de police.

Dans *le Monde*, sous le titre « Toute la vérité », Sartre a comparé les gauchistes au FLN, naguère qualifié d'association de malfaiteurs par l'autorité coloniale. « Mai 68, écrit-il, n'a pas été une flambée sans lendemain ; ce fut une insurrection trahie mais non vaincue. »

Jean-Pierre Le Dantec est condamné à un an de prison ; Michel Le Bris, à huit mois.

Réuni dans l'appartement d'une sympathisante, rue de Londres, le Comité exécutif de l'organisation proscrite examine la situation point par point. Le moral est excellent. Peu nombreuse, faiblement enracinée, la GP a réussi son coup : elle occupe la une de tous les journaux ; elle perturbe au-delà de ses espérances le jeu politique et social.

La revue de presse, ce jeudi 28 mai, est réjouissante. Les trotskistes, l'UNEF, le PSU et divers socialistes, tout en mentionnant les précautions de rigueur, dénoncent la chasse aux éléments subversifs. Jacques Fauvet, dans un éditorial, donne la tonalité médiane des « démocrates sincères » écartelés entre Jacques Chaban-Delmas et son ministre de l'Intérieur : « Il semble que, prisonnier du fantôme de Mai, le pouvoir n'ait pas su encore adapter tout à fait sa stratégie. Il est un peu comme ces états-majors qui étaient prêts à gagner en 1940 la guerre de 1914. La guérilla urbaine se moque des gros bataillons et des défenses statiques. »

Quant aux titres communistes, ils rient jaune. *L'Humanité*, en aussi petits caractères que possible, interpelle conjointement l'accusation et la défense : « Pourquoi M. Marcellin et le gouvernement manient-ils ainsi le marteau-pilon contre... ces mouches, quoi que vous en pensiez, M. Sartre ? » Et *France nouvelle*, sous la plume de Laurent Salini, met dans le même sac les maoïstes et ceux qui les emprisonnent : les adeptes de la longue marche sont qualifiés de « gauchistes-Marcellin », bref, d'agents provocateurs.

Ces amuse-gueule expédiés, on aborde l'essentiel : la dissolution. Benny, fort paisible, livre d'emblée son sentiment. La GP, née d'un déchirement douloureux, inventée de toutes pièces, n'était nullement bâtie, quoi qu'il advînt, pour perdurer en l'état. Et il s'avance plus loin, ironique, paradoxal :

— Au fond, Marcellin nous a devancés, et nous lui devons sans doute l'économie d'une crise. S'il n'avait décidé de nous interdire, nous aurions été obligés de réexaminer nous-mêmes nos structures et notre itinéraire. Si l'escalade avait continué, nous n'aurions probablement pas été en situation de suivre.

Olivier Rolin approuve, et s'avoue même soulagé. Ces derniers temps, les frontières de l'action « militaire » devenaient incertaines, et, plus d'une fois, il a été forcé de contenir quelques dérapages périlleux.

— Notre ambition, insiste Rolin (qui sait de quoi il parle), n'est pas de devenir la première bande armée de France, mais de préparer l'insurrection des usines.

— Le problème qui se pose à nous est un problème de croissance, reprend Benny. Nous sortons d'une époque heureuse : les cadres ont été sélectionnés dans la lutte contre la liquidation, des liens d'affection se sont noués. Tant que nous étions peu nombreux, il était facile de conserver une connaissance directe de tout ce qui se passait. Maintenant, la rançon du succès fait que ça pousse dans tous les sens. Le temps qui vient sera celui de la complexité, et la question est, désormais : comment, alors que ça se complique, continuer à être simple ?

Geismar :

— L'expérience d'hier montre que nous sommes de plus en plus un corps séparé du mouvement dont nous sommes issus et que nous animons. On invite les masses à bouger, elles bougent par elles-mêmes, et au quartier Latin, pendant que nous, nous sommes gare Saint-Lazare. C'est du délire. Nous serons bientôt des vedettes du Tout-Paris, mais fermés sur nous-mêmes. Marcellin nous permet d'adopter une ligne de fuite.

Cette « ligne de fuite », la discussion s'attache à la préciser, sachant que, dans une organisation politique, le changement, le nouveau sont généralement appréhendés avec suspicion :

— Une base, observe crûment Benny, c'est toujours conservateur, c'est toujours ce qu'il y a de moins intelligent dans un groupe.

S'ouvrir, sans se disperser à tous les vents. L'affaire est épineuse. Selon l'absolue règle des motions de congrès et des dissertations de concours, trois axes sont dégagés. Premièrement, les « détachements » vont s'amarrer plus étroitement au monde ouvrier (notamment immigré), se transformer en comités d'usine — une partie du groupe pénétrant dans l'entreprise et l'autre partie assurant la logistique et l'animation aux portes.

Ensuite, le « front démocratique », le « Secours rouge » (référence à l'association d'entraide qui fut créée avant la guerre, lors de la montée du fascisme) qu'appelait de ses vœux Geismar à la Mutualité, sera sérieusement mis en chantier : puisque les arrestations et les saisies émeuvent les doux démocrates et les intellectuels pensifs, autant capter cette énergie disponible.

Enfin, l'aile militaire, le « service » dirigé par Rolin, acquerra une autonomie accrue pour ne point mélanger les genres ; elle seule conservera l'appellation de « Nouvelle Résistance populaire » et se pliera aux règles de la clandestinité.

Entre le gaulliste de gauche et le partisan sous pseudonyme, les branches du compas sont écartées au maximum.

Alain Geismar, le plus célèbre — donc le plus « grillé » — des gauchistes, le meilleur symbole, aussi, que Mai perdure, est désigné pour servir de voix « officielle » au mouvement et, par mesure de sécurité, « consigné » dans l'appartement où se tient la réunion — le domicile d'une chanteuse, amie de Dominique Grange. C'est lui qui signe le communiqué remis à la presse : « Les maos sont partout dans les masses : chez les ouvriers, les étudiants, les intellectuels, les petits commerçants et les paysans. »

Les maos sont partout, et la dissolution, prononcée « suivant le conseil du groupe Marchais », n'est qu'aveu d'impuissance contre leur galopante ubiquité...

L'inaction pèse à Geismar. Il regrette l'époque, toute proche, où il montait un groupe dans la banlieue rouennaise, trinquait sur la toile cirée des cuisines hospitalières, fréquentait les bals du samedi soir avec des jeunes prolos de Renault-Cléon, de Rhône-Poulenc.

Mais il n'est pas d'issue. Pour éviter la prison, le voici en prison. Car, dès le 30 mai, un mandat d'arrêt est lancé contre lui. Le motif est sans surprise : « Provocation directe, suivie d'effets, à violences et voies de fait contre les agents de la force publique. » Quand on a incité l'auditoire de la Mutualité à écraser « les hordes flicardes », quand on a refusé de paraître à la barre d'un prétoire pour « témoigner dans la rue », et quand ce « témoignage » s'est traduit par des cars de police saccagés, le juge d'instruction du tribunal d'instance n'est guère démuni d'inspiration.

Trois jours plus tard, c'est la Cour de sûreté de l'État qui est chargée d'une information ouverte pour reconstitution d'organisation dissoute. Le journal de la GP s'obstine, en effet, à polluer les kiosques.

Après une minutieuse concertation avec Benny Lévy, Sartre contre-attaque. Il annonce, le 5 juin, la naissance d'une « Association des amis de *la Cause du peuple* », animée par Simone de

Beauvoir et Michel Leiris, plus le renfort de personnalités en vue : Alexandre Astruc, Jean-Louis Bory, Cavanna, Marguerite Duras, Samy Frey, Jean-Luc Godard, Jean Rouch, Delphine Seyrig et maints autres.

Sartre proteste contre la nouvelle saisie qui vient de frapper le journal dont il est directeur, lequel journal n'est nullement l'organe officiel de la GP, et ne saurait donc être menacé par l'interdiction de cette dernière. Il promet, si nécessaire, de vendre lui-même la mauvaise graine dans la rue, d'inviter ses amis à signer des articles, afin, explique-t-il, « d'amener le gouvernement à arrêter le plus grand nombre possible d'intellectuels, ce qu'il souhaite certainement, mais qu'il n'ose pas faire ».

Extrait du télex n° 19, 1/6/70, 20 h 45 :

DIRECTEUR PJ A CRES CONTROLEURS GENERAUX CRES POLICE QUARTIERS PARIS ET CIRCONSCRIPTIONS BANLIEUE CRES BRIGADES CENTRALES ET TERRITORIALES CABINETS DELEGATIONS EN COMMUNICATION CABINET DION GENERALE PM DION RG DION PE IGS PASSEPORTS
GEISMAR ALAIN EST SUSCEPTIBLE D'UTILISER LES VOITURES SUIVANTES
CITROËN ID 19 NOIRE 4839 UZ 75 LUI APPARTENANT
VOLKSWAGEN GRIS MOYEN 8402 VS 75 APPARTENANT A LE DANTEC
CITROËN 2 CV GRISE 2049 TD 75 APPARTENANT A OLIVIER DE SARDAN
CITROËN 2 CV 2819 NJ 75 APPARTENANT A LINHART ROBERT...
EN CAS DECOUVERTE NE PAS INTERROGER PRENDRE TOUTES MESURES CONSERVATOIRES A L'ENCONTRE DES PERSONNES POUVANT SE TROUVER EN SA COMPAGNIE ET AVISER DE TOUTE URGENCE ETAT-MAJOR DE MA DIRECTION ODE-13-32
SIGNE BOUVIER

Au rez-de-chaussée du 58, rue de Londres, Alain se morfond. Sa seule « distraction » a été d'enregistrer un message sur magnétophone, qui a été diffusé à la Mutualité lors d'un meeting supplémentaire contre la répression, le 8 juin. Il y répétait l'imminence d'« un été chaud qui portera l'insécurité chez les bourgeois ». Les intellectuels complices ont fourni la claque, mais les formations de gauche et d'extrême gauche n'ont pas dissimulé leur exaspération de devoir accompagner un processus qu'elles jugent suicidaire, fou.

Dix-sept jours, depuis, se sont écoulés. Et Geismar s'emmerde. Les liaisons sont rares. Voilà des mois qu'il a rompu avec toute recherche abstraite, qu'il a délaissé la lecture suivie, le ciné. Il ne connaît plus le silence, ni la musique, ni le bon usage du temps mort.

Cela se passe exactement comme dans les feuilletons. Deux hommes en blouson, jambes légèrement fléchies, bras joints, le braquent avec d'énormes pistolets. Alain a peur, crie :

— Calmez-vous, je ne suis pas armé !

Il ne comprend pas à quel groupe spécial appartiennent les flics qui lui entravent les poignets, l'amènent à la préfecture, le remettent au commissaire divisionnaire Poiblanc. Deux officiers le fouillent à corps, déchirent les doublures de sa veste en cuir, le mettent nu, notant leurs prises soigneusement — une chemise bleu marine, un pantalon de couleur paille, une paire de chaussures dites Clarks, un permis de conduire en mauvais état, un calendrier publicitaire du snack-bar Cluny Terrasse, une attestation de la MGEN, une carte de donneur de sang bénévole « B rhésus positif », un écusson à l'effigie du président Mao Tsé-toung, une photographie en couleurs représentant un jeune garçon au bord d'un plan d'eau...

L'interpellé refuse de signer le procès-verbal.

— Tu as été donné, révèle un inspecteur.

Ils disent toujours ça, le vieux truc, songe le prisonnier. On ne l'interroge pas. Visiblement, le commissaire a ordre de le garder pour la bonne bouche. Geismar éprouve ce qu'éprouve quiconque au terme d'une trop longue attente, et quel que soit ce terme — une furieuse envie de dormir.

1986. Alain Geismar, directeur-adjoint de l'Agence pour l'informatique :

— C'était vrai, j'ai probablement été dénoncé. En 1981, on m'a indiqué un nom, et l'on m'a proposé de vérifier la chose d'après les archives. J'ai refusé de toucher à cela. Quelle utilité, franchement, maintenant ?

Ils sont vingt-huit vendeurs « sauvages », à l'heure de midi, sur les grands boulevards.

— Demandez *la Cause du peuple* ! Demandez *la Cause du peuple* !

Sartre s'enhardit, hausse la voix, en avant des autres, polo blanc et veste claire, la main droite tendue, le paquet de journaux coincé sous le coude gauche. Geismar a été arrêté hier, et il s'agit de marquer le coup, de saisir le relais, d'illustrer la continuité.

Face au Rex, dans le sillage du philosophe, Simone de Beauvoir, Jean-Edern Hallier, Jean-Francis Held, et des gens du spectacle — Patrice Chéreau, Samy Frey... Des compères, mêlés aux passants, surveillent alentour, animent le trottoir : il y a là Robert Gallimard, Claude Lanzmann, Eric Losfeld. La rédaction des *Temps modernes* est fortement sollicitée, et le photographe de *la NRF* a immortalisé l'épisode, un peu plus tôt, au carrefour Alésia.

Des policiers surviennent. Enfin ! Les camelots de la cause interdite sont conduits au poste, et y restent une heure et quart, pour « vérification d'identité ». Vérification faite, le prix Nobel contestataire est relâché le premier. Deux poids deux mesures, ironise-t-il. Questionné par les radio-reporters, l'auteur du *Sursis* s'amuse :

— Il ne s'est rien passé.

— Vous ne cherchez pas à vous faire arrêter ?

— Non, je suis très content, au contraire, de ne pas être arrêté. Cela me permettra de témoigner au procès de ceux qui sont arrêtés, eux.

Agacés ou non par les maos, les esprits frondeurs de France et de Navarre sourient à la pensée du casse-tête qui doit torturer MM. Marcellin et Pleven, et du tollé qui s'élèverait à l'étranger si le plus illustre des Français, après Charles de Gaulle, se retrouvait inculpé pour délit d'opinion.

Les élèves de l'ENA eux-mêmes — du moins trente-trois malpensants de la promotion Thomas More — ne viennent-ils pas, dans un texte qui a remué le conseil des ministres, de fustiger « l'absence d'indépendance du pouvoir judiciaire », les « abus des forces de répression », bref, les méfaits d'un « État dénaturé » ? Et ce sont de futurs préfets qui le clament !

Dans la foulée, le Secours rouge prend forme, s'étoffe. Un appel est amplement reproduit par la presse. Le ton en est énergique, la facture vigoureuse : « Les lois scélérates contre les attentats anarchistes ont été depuis un demi-siècle utilisées contre toutes les formes de lutte de la classe ouvrière. Les nazis ont tenté de justifier par la responsabilité collective les exécutions d'otages. Toutes les couches laborieuses sont menacées. »

Suit l'inventaire des secteurs ou institutions « sensibles » : travailleurs immigrés, soldats, enseignants et élèves, petits commerçants et paysans.

Le Secours rouge se présente comme « une association démocratique légalement déclarée, indépendante de toute organisation et ouverte à tous ». Son objectif est unique et simple : la « défense politique et juridique des victimes de la répression ».

La liste des signataires du premier « Comité d'initiative national » révèle combien s'est élargi le cercle des amateurs de pétards et de mimodrames. Claude Angeli, Marcel-Francis Kahn, Bernard Lambert (figure de proue de l'agitation paysanne et dirigeant du PSU), Henri Leclerc... Les chrétiens de gauche pèsent fort lourd, suivant leurs multiples attaches ou nuances : le R.P. Cardonnel, le pasteur Casalis, Robert Davezies (présenté comme ex-porteur de valises, mais principal animateur du collectif « Échanges et dialogue », expression et catalyseur de l'actuelle révolte du clergé), Georges Montaron (directeur de *Témoignage chrétien*). Enfin, diverses figures historiques de la Résistance signent en cette qualité : Eugénie Camphin, Jean Chaintron (qui fut secrétaire général, avant la guerre, du Secours rouge international), Mme Halbwachs-Basch, Roger Pannequin, Charles Tillon, Vercors.

Et Sartre.

Sans doute, l'ex-GP n'est-elle, dans cette entreprise, qu'une composante initiale et un prétexte majeur. N'empêche : quelle satisfaction de voir la thématique des « partisans » quasi authentifiée par un tel aréopage (même si les fondateurs se démarquent des maoïstes quant à la pensée politique même) ! Et quelle tentation de manipuler ce superbe « front démocratique » à son exclusif profit...

Tandis que Benny Lévy et Serge July, l'un clandestin et l'autre de plus en plus exposé, tirent de leur mieux les ficelles, Philippe Barret est chargé de représenter officiellement la GP dissoute lors des réunions œcuméniques du Secours rouge.

Barret vient de gâcher sa dernière année de Normale sup pour s'établir aux PTT. Au lieu de décrocher son agrégation de grammaire, il trie les sacs postaux à la gare de Lyon. Et il découvre, au cours des assemblées qu'abrite Liliane Siégel, combien la GP exerce sur les « intellos » plus qu'un attrait — une fascination culpabilisée, un frisson charmeur que July exploite avec subtilité. Par le canal du Secours rouge, historiens, philosophes, chroniqueurs s'encanaillent avec délices, volontiers séduits par ces jeunes gens qui balancent diplômes, argent, carrière par-dessus les moulins, et que la prison, même, n'effraie point. Les grands du royaume des lettres accourent bientôt. Et d'abord Michel Foucault.

Drôle de saison, pour les maos, que les premiers jours de cet « été chaud ». Ils oscillent entre l'euphorie et la garde à vue. Ainsi Tony Lévy, toujours basé à Marseille, reçoit-il une convocation devant la Cour de sûreté de l'État après plusieurs opérations hasardeuses — notamment un incendie manqué, place des Halles. Il est arrêté en juillet à La Ciotat, transféré par avion jusqu'à Paris, enfermé au Fort de l'Est où il croise Geismar et une foule de copains... et bénéficie, divine surprise, d'une libération conditionnelle : Jacques Chaban-Delmas a compris qu'il est imprudent de multiplier les martyrs.

Sitôt dehors, il reçoit consigne de rassembler en secret le Comité national de la GP. La tâche semble acrobatique : où loger soixante-dix personnes, les cadres du mouvement, trois jours durant, à l'insu des flics ?

Comme Barret, comme July, Tony s'aperçoit que l'effet Robin des Bois exerce de fructueux ravages. « On » lui propose des manoirs dans la campagne, des châteaux au fond des forêts. Plus d'un héritier repenti, dont le parc immobilier mérite le respect, s'offre à prêter les vieilles pierres familiales. Pour l'occasion, c'est le site de Choisy-le-Roi qui est retenu. L'ambiance y est guillerette, échauffée, optimiste. Marcellin constitue un irremplaçable sergent-recruteur.

L'ouverture d'un « front démocratique », en revanche, suscite réticences et dédains. Pourquoi s'encombrer de ces intellectuels « démocrassouilleux » qui jouent à pimenter leurs quiétudes sentencieuses d'une once de faux courage ? Benny, fin calculateur et tranquillement désinvolte, expose la nécessité d'une zone-tampon, d'un paravent protecteur : ne crachons pas trop, dit-il, sur « les bronzés du Secours rouge ».

1986. Benny Lévy, chargé de cours en philosophie à l'université de Paris-Jussieu :

— Nous avions abandonné toute idée de carrière intellectuelle. Et, nous retrouvant face à des intellectuels professionnels, je dirais que c'était eux ou nous. Le centralien établi avait du mal à ne pas porter un regard dédaigneux sur le centralien du Secours rouge. Et puis, les intellectuels ne sont pas sérieux, ils broutent, ils cueillent une fleur. Nous leur reprochions de ne pas se mouiller, et, une fois qu'ils se mouillaient, nous les méprisions. Sartre, c'est différent. Le rapport à lui était plus vital, et nous avons noué un lien personnel.

Philippe Barret et Serge July, après ces débats, s'en vont expliquer au directeur de *la Cause du peuple* quels foyers l'ex-GP entend allumer pendant les vacances des bourgeois. Là-dessus, leur ange gardien résiste :

— L'été chaud, l'été chaud, grommelle Sartre. Moi, je pars à Rome...

7

Des femmes enfin

Sa carte d'identité dit Nadine, mais les siens disent Nadja, comme l'héroïne d'André Breton, insolite, à contrechamp.

Nadja, très brune, la peau mate, les yeux noirs, est allongée dans l'herbe sous le soleil de juillet, parle avec ses copines Anne Dollé, Françoise Picq. Nadja-Nadine Ringart vient d'avoir vingt-deux ans et achève sa maîtrise de sociologie. Les vacances sont douces, ici, à Louviers, dans la propriété de Pierre Mendès France dont le neveu, Tiennot Grumbach, a obtenu la clé pour lui-même et la bande de VLR.

A peine une pause. Un quart de soupir. Nadja traverse l'année la plus dense qu'elle ait connue. Entre autres, elle sort de prison, bénéficiaire d'une « liberté provisoire ». Et la Cour de sûreté de l'Etat la jugera à l'automne. Par ces temps, les jolies jeunes filles deviennent des dangers publics.

Rebelle, Nadja l'est selon sa manière, qui est complexe. Rebelle à l'ordre bourgeois, mais encore, de plus en plus violemment, à la procédure, à la langue, aux organigrammes de ceux qui le contestent, fussent-ils de sa propre paroisse. Son réflexe intime, familier, qu'elle a voulu et ne veut plus réprimer, est un sursaut d'insolence, timide d'abord, et qu'aujourd'hui elle admet, revendique. Où qu'elle se trouve, Nadja dévie, s'écarte, rit. On le lui pardonne bon gré mal gré, parce qu'elle est follement énergique, et tendre aussi. Excessive dans le conflit, elle l'est autant dans l'alliance. Armée, désarmante.

Le goût du défi est-il héréditaire ? Son grand-père, juif russe athée, avait la réputation de passer à cheval, le samedi, devant la synagogue — Oistrakh était un homme qui prisait le scandale, pourvu que ce fût un scandale assez chic. La famille avait quitté la Russie pour l'Allemagne avant 1917, fuyant les pogroms, et subi la Première Guerre mondiale en résidence surveillée.

C'est à Montparnasse, au Dôme très exactement — le café des

exilés — que la future mère de Nadja rencontre l'homme qu'elle choisit d'épouser. Russe et juif comme elle, comme elle incroyant. Tisserande mais d'extraction bourgeoise, elle pratique l'allemand et le russe, non le yiddish. Lui, d'origine plus modeste, maîtrise huit langues, dont l'hébreu, a quitté la Pologne pour Berlin ; archiviste photographique, il est, dès la fondation, l'un des piliers de l'agence Magnum. L'année de leurs noces, Adolf Hitler est très légalement nommé chancelier de l'Etat allemand.

Pendant l'Occupation, lui se planque en banlieue. Elle gagne la Normandie avec sa mère, qui feint d'être sourde-muette, et sa fille, la sœur aînée de Nadja. Le grand-père Oistrakh, dénoncé par une petite bonne polonaise, a disparu en déportation. Du côté Ringart, ils étaient douze enfants avant la guerre. A la Libération, quatre restent de ce monde. Nadja, qui naît en 1948, ne se rappelle, à ce propos, qu'un absolu silence. Plus tard, adolescente, elle s'étonne que les patronymes sémites ne figurent guère parmi les noms des héros de la Résistance ordinairement cités. Elle se dit que les juifs parlaient sans doute trop mal le français pour rejoindre l'armée des ombres...

A Palaiseau, sur le tapis du bureau paternel, il lui est permis de piocher dans la très riche collection personnelle de l'archiviste — dix mille, vingt mille clichés, accumulés depuis Berlin. Par terre, autour d'elle, s'étalent les tirages en cercles concentriques. Elle barbote gaiement au milieu des images du Front populaire.

Les plus forts, les plus marquants des rendez-vous familiaux sont les concerts de l'oncle David, cousin germain de sa mère. Etranges retrouvailles, clandestines au milieu de la foule, douloureuses dans l'enthousiasme des rappels. David Oistrakh, le violoniste dont le monde entier se dispute les visites, n'ose pas, à Paris, rendre visite aux exilés. Il est juif, son épouse — qui ne l'est pas — l'attend à Moscou, et son fils Igor souhaiterait également mener une carrière de concertiste. Quand le virtuose se produit salle Pleyel, la mère et la grand-mère de Nadja louent, longtemps à l'avance, des fauteuils d'orchestre au premier rang. Et le maître, massif, planté sur l'avant-scène, leur adresse un signe de tête. C'est tout.

Après la mort de Staline, les coulisses s'entrouvrent. Nadja et sa grande sœur — qui étudie le chant — sont admises, lorsque l'assistance s'est retirée, dans la loge du grand homme. Il n'est jamais seul, embrasse ses parentes, ne s'éloigne point des banalités affectueuses. Au fil des ans, la cérémonie perd de sa solennité.

On a le droit, maintenant, de rencontrer David Oistrakh presque en privé, à l'hôtel Georges-V. Il reste flanqué d'un « interprète », d'un organisateur parisien, d'un directeur artistique du Chant du Monde, la maison de disques contrôlée par le PCF. Mais il s'exprime plus librement, se plaint de ne pouvoir — lui, le numéro un ! — déterminer à sa guise ses programmes, avoue qu'il rêverait de jouer en Israël, où « le public est si mélomane », prononce le nom de son ami Rostropovitch...

Nadja a compris. Elle a compris, du moins, que le plus illustre des artistes soviétiques vit dans la peur. Pourtant, au lycée mixte d'Orsay (un des premiers lycées mixtes), elle fréquente une année durant le cercle des Jeunesses communistes, y dissimule ses liens de parenté et les questions qu'ils lui inspirent. Bref épisode, entre treize et quatorze ans, où affleure le besoin frénétique d'agir, de lancer un journal, d'ouvrir un foyer, de fonder un ciné-club, et non celui d'adopter une orthodoxie. Si Nadja était catholique, elle militerait à la JEC. Faute de foi chrétienne, elle pousse la porte voisine, sème le désordre en critiquant l'antisémitisme russe et le mur de Berlin, juge indigent le contenu de *Nous les garçons et les filles,* et se retrouve dehors.

Elle va, à l'heure du bac, de découverte en découverte : rétive aux encadrements, elle adore l'agitation, l'initiative ; timide, elle est travaillée par la maladie de convaincre autrui.

Pendant les « événements » de Mai 68, Nadja est inscrite en sociologie à Censier. La socio, pense-t-elle, c'est l'antichambre du social. Autour d'elle, on s'empoigne sur la révolution par étapes et la révolution ininterrompue, on lui ordonne d'avaler Lénine. La JCR est ici implantée. Ecoutant Daniel Bensaïd invoquer les mânes de Trotski, la descendante des Oistrakh admet que tel doit être son camp puisqu'elle se sent antistalinienne. Mais elle aimerait discuter du couple, de l'amour, des *Mémoires d'une jeune fille rangée* — lecture majeure de ses quinze ans. Et elle n'entend nullement renoncer à la culture bourgeoise si la culture bourgeoise, c'est Mozart ou Mahler.

1985. Nadja Ringart, sociologue :

— Je ne pouvais être que là, mais je portais des paroles qui n'étaient pas miennes. La théorie ne m'intéressait pas. J'aurais voulu qu'on parle normalement dans les tracts, mais je n'osais

plus le réclamer. En Mai, j'ai, disons, souffert avec joie. J'avais la trouille, il y avait un côté jeu de mecs. Avant les manifs, nous étions quelques filles terrifiées, honteuses d'éprouver cette terreur, certaines que nous allions détaler devant les grenades. J'avais l'esprit de famille et je croyais à la révolution, mais les hiérarchies d'organisation, c'était grotesque, la guéguerre me révulsait. Je rêvais que l'organisation préfigure la société future. Trop de gâchis, comme c'était un gâchis de saloper les fresques de la Sorbonne. Pourtant, militer était gai ; les rendez-vous clandestins, ça m'excitait.

Entre l'automne 1968 et le printemps 1969, l'ex-JCR (le mouvement est officiellement interdit) traverse à Censier et ailleurs une crise violente. L'objet du litige, pour la forme, est le partage de l'organisation entre une structure clandestine et une structure publique — la première, « dure », réservée aux « professionnels » ; la seconde, « souple », salle d'attente dévolue aux « amateurs ». Quant au fond, c'est de la postérité du printemps des barricades qu'il s'agit. Construire le Parti, disent les orthodoxes. Changer la vie, objectent les déviants.

Autour de Nadja, ces derniers sont majoritaires. Emmenés par Guy Hocquenghem, ils ferraillent contre les politiques à tout crin. Elle les trouve beaux, astucieux, chaleureux, simultanément réfléchis et un peu fous, irréductibles à la norme. Leur tendance porte le numéro trois. A l'appel du chiffre, elle lève le bras. Et la voilà en dissidence.

— Vous procédez de façon stalinienne, jette-t-elle à Pierre Rousset.

— Je préfère encore être stalinien que « spontex »...

L'adjectif, par dérision, est accolé aux maos de la GP. « Spontanéistes », les sectateurs du Grand Timonier ? Lisant *la Cause du peuple,* Nadja y décèle tout sauf de la spontanéité : prêchi-prêcha, stéréotypes en béton, ouvriers exemplaires, paraboles invérifiées. Cette « Révolution culturelle » ne tolère ni cul ni culture, rigolent les hérétiques de Censier. Au soir de la rupture avec la JCR, Nadja, Hocquenghem et les autres frondeurs sablent le champagne. Ils éprouvent la frustration des exclus et la délivrance des évadés. Ils savent qu'en marge des groupuscules, l'existence sera légère et malaisée.

L'année 1969 s'écoule sur ce mode, l'accentuant de plus en plus. Les rapports affectifs, amoureux, les rapports de faiblesse et de force occupent une part croissante dans les échanges. A l'été, ils sont une dizaine qui vivent en commun dans l'une des demeures de la famille Hocquenghem, à Châtenay-Malabry. La maison sert de havre ; les drames passionnels y sont fréquents mais jamais sauvages. Et, la rentrée venue, les parents de Guy, discrets et libéraux, feignent de ne point remarquer que chaque vendredi soir, tandis qu'ils s'absentent pour leur bridge hebdomadaire, le réfrigérateur — plein, comme par hasard — est dévalisé par une horde d'affamés nocturnes.

Nadja se régale de cette vie « scandaleuse », sans véritables excès, sans mentors ni modèles. Il lui semble cependant que le balancier est reparti trop vite, trop fort dans le sens contraire à celui du militantisme d'avant.

— Toi, tu es infrapolitique, observe Marc Hatzfeld, un copain de la bande.

C'est idiot mais c'est ainsi. Elle en est vexée, mortifiée, et pleure. Est-il inconcevable d'être politique et d'être soi ?

L'occasion s'offre par hasard. Un soir d'octobre 1969, le mot circule dans les amphis de Censier : des camarades qui militent à Renault-Flins cherchent quelques renforts. Révolutionnaire et sociologue, Nadja se porte volontaire. Avec deux amis, Marc Hatzfeld et Anne Hocquenghem, elle se rend rue d'Aboukir chez un nommé Grumbach, Tiennot Grumbach. L'appartement de ce dernier tient du dortoir improvisé et de la permanence politique. La ronéo tourne sans discontinuer, dégoulinante d'encre grasse. Au mur, un portrait (on dirait Dimitrov, mais c'est le grand-père de Tiennot) déconcerte la visiteuse. L'hôte, lui, plaisante avec un des présents, Daniel Cukerman :

— D'accord, concède Tiennot, le camarade Staline a commis des erreurs...

— D'accord, enchaîne Daniel, le camarade Staline n'a pas commis que des erreurs !

La première tentation de Nadja avait été de reprendre son sac et de s'enfuir. Mais ces types, sous leur épouvantable jargon, paraissent avoir de l'humour. Elle reste.

Et sa vie déjà pleine s'accélère, s'emballe. La fac (jupes longues, manteaux amples, à rebours de la mode), les portes de l'usine (jean et pull), l'atelier maternel (ensembles tissés, foulards colorés) : elle est multiple, elle se change trois ou quatre fois par jour, et découvre la condition ouvrière — ce qui, en retour, la conduit à se détacher un peu de sa « communauté » parisienne.

Grumbach, lui-même partagé entre des vacations au centre Dauphine, la fondation de VLR, et la « base » de Flins, a l'intelligence de ne proposer à ses recrues aucune affiliation, aucune « ligne » prérédigée. Il ne professe que deux commandements : premièrement, on annonce la couleur, on se présente pour ce qu'on est, on explique pourquoi on se lève à 4 heures du matin quand rien ne nous y oblige ; deuxièmement, on ne « bidonne » pas, on refuse le tract incantatoire qui ne serait pas étayé par une enquête préalable, on fournit aux prolétaires une sorte de journal brut, réunissant les informations dont ils ne perçoivent, pour cause de cloisonnement, que des parcelles.

Nadja est enthousiasmée. Elle n'a, pour l'heure, nulle intention d'adhérer à VLR ni à quoi que ce soit. Mais une action concrète, solide, dont les résultats sont tangibles, voilà ce qui lui manquait.

Et ils sont vite tangibles, les résultats. Aux changements d'équipe, les feuilles régulièrement distribuées par « les étudiants » rencontrent un certain succès. Les prolos sont jeunes, chaleureux. Les immigrés se font traduire les textes — bientôt, une version arabe du message sera fournie. La petite chronique des ateliers, brimades, cadences, primes, racisme, s'alimente d'anecdotes aiguës qui déclenchent la discussion, la réflexion, la plaisanterie. La CGT récuse les « éléments extérieurs », suivant la consigne, mais la CFDT ne ferme pas sa porte, au contraire. D'ailleurs, Tiennot veille à se démarquer nettement des slogans fétiches de la GP. S'il critique les empâtements bureaucratiques, il se garde de dénoncer comme « collabos » les camarades syndiqués.

Chaque samedi après-midi, la « base ouvrière » s'assemble. Par étapes, étudiants et ouvriers se mêlent, se guettent à la sortie, s'entassent dans les 2 CV et les 4L pour aller déjeuner, parlent de la famille, des enfants. Les travailleurs manuels, les paysans entre deux univers, les immigrés entre deux continents sont troublés de fréquenter ces jeunes femmes cultivées qui semblent si libres, accessibles. Et elles, les filles, ne peuvent point éviter les quadrichromies vulgaires, seins et fesses placardés, sur les murs des célibataires déracinés.

Les OS voudraient « pendre les petits chefs par les couilles ». Propos qui ravirait les « partisans » de la GP. Grumbach et ses compagnons sont soucieux de s'en démarquer, préconisent une violence collective, critiquent les défoulements minoritaires dont le principal effet est d'isoler ou de désigner à la répression telle figure combative.

Semblable discours rassure Nadja. Un à un, elle voit nombre de ses copains aspirés vers l'orbite de la GP, engagés dans la « Nouvelle Résistance ». Elle est contre, radicalement contre, juge que les maos en titre pressent les prolos comme des citrons, les amènent au bord du gouffre et les abandonnent quand l'inévitable — la chute — se produit. Quitte, ultérieurement, à exploiter leur martyre, dans les colonnes de *la Cause du peuple,* afin d'enrôler de nouveaux kamikazes. L'« action exemplaire », selon les camarades de Tiennot Grumbach, ne saurait être le geste qui tue mais le geste qui sauve.

Alors que la Gauche prolétarienne, agacée par la concurrence de VLR, accuse ses rivaux de n'être que « son reflet avec six mois de retard », les militants ou proches du nouveau groupe contestent l'appropriation par une mouvance quelconque du badge modèle déposé (« Nous sommes tous des maoïstes ! » raillent-ils), soutiennent qu'aucun noyau activiste n'est aujourd'hui à même de s'ériger en matrice principale, bref, qu'il convient, s'appuyant sur des comités de base, d'amorcer un futur regroupement de la « gauche révolutionnaire » dont les éléments réels ou virtuels sont épars. Jacques-Alain Miller qualifie dédaigneusement de « mouches » — du coche, sans doute — ces gardes rouges différents.

Le pouvoir au bout du fusil et la ligne juste sur le bout de la langue.

RAID MAOÏSTE A LA MAIRIE DE MEULAN
UN COMMANDO DE TRENTE JEUNES BOUCLE LE QUARTIER
DE L'HÔTEL DE VILLE DE LA COMMUNE DES YVELINES
FOUILLE LES BUREAUX DE L'EMBAUCHE
RENVERSE DES MEUBLES
SE REPLIE EN VOITURE

Ainsi titre, à la une et sur quatre colonnes, *France-Soir*, le samedi 7 mars 1970. En intertitre, cette précision croustillante : UNE JEUNE FILLE A LEUR TÊTE.

La jeune fille en question, c'est — croit la police — Nadja.

Les maos sympathisants de VLR ont décidé de donner aux maos de la GP une exemplaire leçon d'action exemplaire. Vers le mois de janvier, un cégétiste est venu trouver les « étudiants » de la base ouvrière et leur a parlé d'un trafic d'immigrés dont les filières s'étendraient jusqu'aux mines du Nord. Les gauchistes mènent l'enquête et ne tardent pas à vérifier qu'il ne s'agit point d'une rumeur. Trois rabatteurs maghrébins écument les cafés arabes de Meulan ou des Mureaux, aux alentours de Flins, et repèrent leurs proies potentielles : des OS, marocains surtout, désireux de se faire engager chez Renault, ou chez Simca. Les uns sont fraîchement arrivés sur le sol français et ne possèdent qu'un permis de travail temporaire ; les autres ont derrière eux quelques bulletins de salaire mais souhaiteraient échapper à la condition de mineurs. « On » leur promet les papiers et les contacts nécessaires, moyennant quelque 100 000 centimes pour un candidat en règle, et plus du double si nombre de tampons sont manquants.

Peu à peu, la gazette volante, aux portes de l'usine, ajuste ses informations. Les trois premiers rabatteurs identifiés sont épaulés par cinq autres. Ils introduisent leurs recrues auprès d'un directeur du bureau de la main-d'œuvre de Meulan — tout contre l'hôtel de ville —, lequel prélève sa dîme et aiguille ses « clients » vers un agent de la Régie, surnommé « le Manchot », qui se charge de les enrôler. Le trafic rapporte gros : un million (d'anciens francs) pour quatre à cinq têtes, et cela dure depuis longtemps. Quand les victimes ne sont pas immédiatement solvables, un « crédit » leur est accordé : un tiers de leur paie est prélevé afin de « rembourser » ceux qui les ont efficacement secourus.

Nul — dans les entreprises — ne conteste, au vrai, ce que révèlent noir sur blanc les tracts rédigés en français et en arabe. Parce que nul n'ignore, au fond, que c'est la vérité.

Mais le feuilleton s'épice bientôt d'un scoop plus dérangeant. Tiennot Grumbach et sa bande mettent nommément en cause un certain Marcel Dupont, « conseiller technique en matière de main-d'œuvre étrangère », qui propose des « contrats d'abonnement » et s'offre à « documenter et renseigner », moyennant finance, les Maghrébins en perdition. Selon les gauchistes de Flins, Dupont reçoit les solliciteurs dans une cave de sa villa de Vernouillet, aménagée en « cabinet ». Et c'est lui qui serait l'âme et le principal bénéficiaire du complot. C'est lui qui assurerait la coordination entre l'ANPE de Meulan, le service adéquat de la Régie et certains rouages de la préfecture de Versailles aptes à délivrer les cachets indispensables.

La police elle-même, en novembre 1968, avait flairé l'affaire et perquisitionné à Vernouillet. Mais Marcel Dupont en était sorti indemne. Peut-être parce que cet honorable retraité, naguère fonctionnaire de la Sûreté nationale en Algérie — et sympathisant de l'OAS —, puis chef de la police à Triel-sur-Seine, demeurait, en quelque sorte, un membre de la famille.

Convaincus que leur homme jouit de protections puissantes puisque le manège se poursuit en toute impunité, Tiennot et les siens décident de porter un coup public. Ils sont forts de leur dossier. Ils sont forts du soutien d'un ample contingent d'immigrés et de membres de la CFDT. L'ANPE, plaque tournante des opérations, jouxte la mairie de Meulan. Tel est l'objectif retenu, le 6 mars, à 10 heures : un jour de marché. Il ne s'agit pas de lancer plus ou moins au hasard une grappe de cocktails Molotov. Il s'agit, faits et chiffres brandis, de dévoiler une escroquerie infâme.

Le « raid » — selon *France-Soir* — n'excède pas dix minutes. Scindé en deux ailes, le commando gare ses voitures derrière l'église et converge vers la mairie, place Gency, par la rue des Pénitents et la rue Saint-Nicolas. Ils sont trois dizaines et bouclent ainsi le secteur. Les premiers investissent l'antenne de l'ANPE, bousculent Marcel Boreau, le directeur soupçonné d'être le « correspondant » de Marcel Dupont (la presse les accusera de lui avoir dérobé son portefeuille), violent divers classeurs, éparpillent les dossiers tandis qu'à la fenêtre un orateur explique dans son porte-voix le sens des événements en cours. Les autres envahissent la mairie, déploient sur le balcon un calicot où le losange de la Régie Renault est agrémenté d'une légende : « Embauche = trafic d'hommes ! » Dehors, sur les murs de l'édifice, les petites bombes crachent leurs encres multicolores : « Bureau de main-d'œuvre = trafic d'esclaves ! », « Français et immigrés tous unis ! », « A bas les nouveaux négriers, à bas le Capital ! »

Et l'on se replie, après quelques horions. Cinq gendarmes appelés à la rescousse ont leurs carrosseries endommagées par jets de pierres. Les voitures où s'entassent les gauchistes démarrent dans une certaine confusion.

Pour preuve, l'une d'entre elles a été abandonnée. La Citroën Ami 6 d'un jeune ingénieur. Dans le véhicule, un sac à main contient une carte d'étudiante, celle de Nadine Ringart. Et chez le propriétaire de l'Ami 6, la police découvre une carte grise au nom de Marc Hatzfeld, assistant de travaux dirigés à la faculté de droit de Saint-Maur. Les enquêteurs savent que c'est ce dernier qui utilisait la voiture accusatrice. Il a été interpellé aux abords de la mairie de Meulan, a réussi à s'enfuir et, depuis, est recherché pour « violences volontaires, violences à agent de la force publique, violation de domicile, dégradation de monument public, vol, et complicité de ces diverses infractions... »

Un mandat est également lancé contre Nadine Ringart. La « pasionaria » du groupe, dit la presse populaire.

« Pourquoi, bon Dieu ! pourquoi ai-je laissé traîner ce sacré sac dans la voiture ? » Pour une histoire de sac, pour rien, pour une carte de restau U avec une minable photo d'identité, on se retrouve coffrée à la Roquette, seule, atypique, parmi les infanticides et les maquerelles. Et l'on se demande, on se redemande quelle raison, quel motif justifiaient l'abandon de ce sac. Et l'on imagine ce que seraient ces heures si le sac avait été ailleurs, pendu dans le corridor de l'appartement, glissé sous le siège d'une autre voiture. « Si j'avais posé mon sac trois mètres plus loin, ou plus bas, ou si je l'avais gardé sur moi, je pourrais, ressasse Nadja, décider quelle rue je choisis au carrefour du coin, décider même de ne pas choisir — je serais libre. »

Le 17 mars, les flics l'attendaient 12, rue de la Pie-Voleuse, à Palaiseau, devant la maison de ses parents, et sa mère a fondu en larmes quand ils l'ont emmenée.

Elle a eu beau soutenir — sur le conseil d'avocats amis consultés entre-temps — qu'elle avait oublié son sac dans le véhicule d'un copain, mais nullement pris part à l'« attaque » de Meulan, le juge Angevin l'a inculpée. Et le garde des Sceaux, René Pleven, a réclamé que ce dossier fût confié à la Cour de sûreté. La saison est orageuse, les Moulins de Corbeil brûlent, embrasés par la GP. Et une descente éclair sur une modeste mairie de province

— douze fois moins violente qu'une banale jacquerie paysanne — s'en vient menacer l'Etat.

Le plus dur, c'est la soudaine dissolution du tissu fraternel, la déchirure prudente et brutale des liens élémentaires. Elle y était, Nadja, à Meulan, une parmi d'autres. Et parce que la voici distinguée, les autres, tous les autres s'égaillent. Marc Hatzfeld est en cavale. Le reste, la cohorte des camarades non identifiés, se garde de commettre le moindre geste compromettant, d'adresser le moindre signe.

C'est normal, bien sûr. Mais la lettre — unique — de Guy Hocquenghem tranche doucement et douloureusement sur l'absolu silence des proches d'hier. Et parfois, dans la cervelle, une pointe de doute parano perce la cloison des évidences : que sont mes amis devenus ? Me délaissent-ils par précaution ou par abandon ?

Et puis, la mécanique de l'instruction est effrayante jusque dans ses scrupules. Le juge, méticuleux et courtois, accumule les vérifications. Il établit lui-même que les gants souillés de peinture prétendument trouvés par les policiers dans le fameux sac de Nadja y ont été ajoutés, pour faire bonne mesure, par ces derniers. En revanche, trois graphologues attribuent à l'inculpée des plans griffonnés qui ne sont nullement de sa main. Elle proteste vainement. Informé, Marc Hatzfeld écrit pour en revendiquer la paternité. Vexés, les experts s'obstinent, jurent qu'une partie des documents sont imputables à la prévenue. Le magistrat ordonne une confrontation avec des employés municipaux de Meulan. Nadja est encadrée par diverses secrétaires de la Cour de sûreté. Et les témoins reconnaissent sans hésiter deux de ses voisines.

Ce jeu-là connaît-il une limite ?

La vie carcérale est, elle, à l'abri des rebondissements. Linéaire, conçue sans faille, sans imprévu. Nadja rassemble par l'esprit toutes les ressources dont elle s'estime pourvue. Elle est sociologue, prépare une maîtrise sur l'autogestion rurale en Algérie : autant tirer parti de l'expérience, se placer en observation, changer d'objet, introduire une distance utilitaire dans ce qui lui est infligé. Tant pis pour l'agriculture d'outre-Méditerranée, elle planchera sur la maison d'arrêt.

Reste qu'elle ne fréquente pas ces lieux en simple visite. Force est d'y vivre. Lectrice d'Albertine Sarrazin (*l'Astragale* l'a passionnée), elle s'attendait à la fouille à corps. Ce qui la surprend plus, c'est l'extrême difficulté de réorganiser, d'inventer un fragment d'univers propre. Le règlement interdit d'orner les murs d'une simple image.

— Pourquoi ?

— Parce que ça abîme.

Nadja possède un peu de fil de coton, destiné à broder son nom sur sa chemise de nuit. Elle en accroche un brin au clou d'une armoire, tourne autour de la lampe, réussit à suspendre sa gravure.

— Vous n'avez pas le droit.

— Pourquoi ? Allez chercher la surveillante-chef.

Défense, encore, de porter des bijoux. Cela aviverait, paraît-il, les jalousies entre détenues. Elle collectionne les pépins de citrons, de pommes, enfile, accumule colliers et bracelets.

— Ce n'est pas permis.

— Pourquoi ?

Objecter. Résister à la question par la question. Ravaler, au matin, ses cauchemars — elle rêve qu'un putsch fasciste emporte, à l'extérieur, les libertés bourgeoises, et qu'elle demeure coincée dans sa prison. Elle est effrayée par la pile quotidienne de lettres délatrices que la directrice de l'établissement lui a montrée.

Nadja a supporté que son corps soit fouillé. Elle ne supporte pas qu'un jour, à l'improviste, sa cellule soit mise à sac, son ordre détruit, ses rites cassés. Elle hurle, s'abandonne à la crise qui la convulse. Les psychiatres commis pour statuer sur son état ne s'intéressent guère à ces manifestations connues. Ils préfèrent lui demander pourquoi elle aime s'habiller de noir.

Mais la secousse la plus violente, et la plus troublante, c'est de plonger, de respirer dans un milieu exclusivement féminin. Les premières images, et plus encore les premiers sons paraissent inaudibles, grinçants, stridents. Ce brouhaha infantile de cour de récréation, ces piaillements pathétiques de petites filles immatures, quelquefois des hurlements, des imprécations lancées contre les meurtrières d'enfants, ou les rumeurs d'histoires d'amour entre détenues et gardiennes. Et la tension qui grimpe lorsque s'alourdit l'air, l'été venant, à l'approche de juin. Et aussi ces étranges séquences de rêve collectif quand les prisonnières, la lumière éteinte, fantasment tout haut, imaginent, le samedi soir, des départs, des destinations, des embouteillages.

Un oxygène ambigu, tantôt salvateur et tantôt raréfié. Nadja le préfère, tous comptes faits, à celui qui l'agresse dès qu'elle se trouve projetée, lors d'une sortie, d'un interrogatoire, hors les murs. Les flics lourdauds qui, bons princes, ne manquent jamais de lui offrir une gitane dans les cahots du panier à salade. Elle éprouve alors l'envie de rentrer à la maison, chez les femmes.

Beaucoup de « matonnes » sont jeunes, enrôlées depuis peu. Souvent divorcées, contraintes de gagner un salaire après séparation, elles ont laissé leurs enfants chez les grands-parents, en province. Et elles racontent leur peine ou leur solitude, tout en jouant à l'assistante sociale. Nadja les séduit par sa fraîcheur, sa formation intellectuelle, son engagement politique aussi — celles qui ont pratiqué un autre métier étaient généralement ouvrières. Telle glisse des mots sous la porte et exige que la détenue-confidente brûle ensuite ces messages. Telle autre prête sa broderie en cachette.

Bientôt surgissent d'autres « politiques ». Nadja apprend que Frédérique Delange, l'« héroïne » de l'opération symbolique montée par la GP contre Fauchon, dort sous le même toit qu'elle. Frédérique lui est connue : elles ont naguère pris des notes côte à côte en socio (à l'époque, la future garde rouge fréquentait la JCR). De l'escamoteuse de foie gras, les matonnes disent avec dédain : « Elle, c'est pas comme vous, c'est une voleuse... »

Les deux gauchistes obtiennent une promenade commune, quarante-huit heures avant le procès de ladite « voleuse ». Et la discussion politique s'enflamme. Nadja conteste l'exemplarité des actions de la GP, les déclare dénuées de sens, indéchiffrables, sinon pour leurs propres auteurs en proie à une exaltation narcissique et volontariste. Elle n'en aide pas moins Frédérique à préparer son discours devant les juges.

Fin mai, Marc Hatzfeld, lesté de quelques kilogrammes de tracts, est arrêté sur la route de Flins, en compagnie d'Anne Dollé, par les gendarmes — l'imprudent a franchi une ligne jaune ! Les présomptions qui pèsent à son encontre sont beaucoup plus probantes que le sac de Nadja. Quinze jours plus tard, le juge Angevin accorde à cette dernière la liberté provisoire, en attendant le procès prévu pour l'automne. Parallèlement, il requiert les services de police d'enquêter, à Meulan et Versailles, sur l'éventuel racket dont seraient victimes des travailleurs immigrés. Pareil geste d'indépendance est modérément apprécié à la Chancellerie. Si les magistrats prennent au sérieux les accusations de ceux qu'ils ont mission de condamner, qui juge qui ?

Eblouie, à la mi-juin, Nadja quitte la Roquette. Sa sœur est venue la chercher. Et les informations déferlent, complétant les bribes collectées *intra muros* par l'intermédiaire des avocats. Sartre est directeur de *la CDP* ? Formidable ! Le groupe de Flins a, en bloc, rejoint VLR ? Allons-y : cette boutique-là ressemble plus à la caverne d'Ali Baba qu'aux tristes échoppes des soldeurs de certitudes ! La bande des copains a loué une maison à Ivry. Nadja y est reçue en grande pompe, on trinque et chante, fort tard, sous les lampions.

Avant de rejoindre Louviers et de bronzer sur les pelouses de l'« oncle Mendès », la délinquante en sursis met un peu d'ordre dans sa situation universitaire. Elle rédige sa maîtrise sur la vie carcérale des femmes, conçoit à ce même propos un article pour *Partisans,* essaie de décrocher une bourse de thèse, effectue quelques interviews alimentaires financées par un assistant en psychologie sociale. Et, une fois tous ces devoirs expédiés, repue de travail, elle frissonne au soleil des vacances quand elle imagine, carré comme un bœuf de pierre, le front imposant et têtu du palais de justice.

C'était hier dans la rue du Landy
Rassemblement de tous les prolétaires
Ils sont venus tous ceux de Saint-Denis
Pour faire une grande fête populaire
Comme d'habitude les flics ont rappliqué
Bidule en main ils ont tout matraqué
Y a pas eu le temps de bouffer les merguez
Tant pis la prochaine fois on bouffera du poulet
Et à chaque fois qu'ils ramèneront leurs fraises
Le peuple uni leur foutra la raclée...

Georges, Pedro, Ahmed, Omar, Aïcha, Malika, Nordine, Kamal et les autres s'époumonent dans les huit « autocars rouges » qui les emmènent à Mers-les-Bains, près du Tréport. C'est l'apogée, le « clou » de l'été chaud promis par Alain Geismar. Après une kyrielle d'« AC » (l'action contestataire dont chaque militant doit quotidiennement s'acquitter), voici la plus classique BA : soixante bénévoles se réclamant du Secours rouge — en réalité, ils sont membres de la GP dissoute — ont résolu, pour couronner le mois d'août, de faire découvrir les flots bleus à deux cents gosses de Choisy, Gennevilliers et Saint-Denis. La plupart sont d'origine algérienne.

Sous l'œil interloqué des CRS chargés de surveiller la plage, une « horde basanée » envahit les dunes, poing levé, scandant : « Des vacances pour les pauvres ! » Le temps que s'émeuvent les « vrais » vacanciers et que les sentinelles subalternes consultent leurs gradés, les enfants se roulent dans les vagues aux cris déconcertants de « *Viva Mao Tsé-toung ! Viva Hô Chi Minh ! Que muera Brejnev !* » ou : « *Que muera Marchais !* »... Un spectacle de marionnettes — inspirées du Bread and Puppet — doit, après le séchage général, commémorer sous un hangar l'opiniâtre résistance des grévistes de l'usine Valentine, mais, trahison ! les chauffeurs syndiqués des bus de louage rappellent que l'horaire dérape et que l'heure a amplement sonné de remettre le cap sur Paris. Vengeurs, leurs clients en culotte courte braillent tout au long du retour :

Ecoutez-les nos voix qui annoncent la guerre
Nous sommes les nouveaux partisans
Francs-tireurs de la guerre de classes
Le camp du peuple est notre camp...

Et les conducteurs exaspérés regrettent l'heureuse époque où leurs clients, fussent-ils gueulards, ne s'évadaient pas du répertoire. Youkaïdi, youkaïda...

Au vrai, l'été des maoïstes n'a pas été si chaud que cela. Pas assez, en tout cas, pour altérer la lourde quiétude des consommateurs d'Ambre solaire.

Sans doute *la Cause du peuple* accumule-t-elle les communiqués de victoire des groupes « Alain Geismar est partout ». On apprend ainsi que sept « porcheries à rupins », sept palaces ont été la cible de sabotages antiriches : kilos de merde sur les tapis d'Orient du Plazza Athénée, à Paris ; rats morts lancés à travers les vitres du Negresco niçois ; pneus crevés dans le garage du Carlton, à Chamonix ; grenade fumigène contre l'hôtel Royal, à Metz ; cocktails variés à La Baule ou Toulouse, goudron souillant l'eau d'une piscine privée toulonnaise.

On apprend encore que quatre golfs et un tennis ont été labourés ; que du purin, déversé depuis un pont, a gâché la promenade nautique de privilégiés qui remontaient l'Erdre (près de Nantes) dont les berges sont interdites au menu fretin ; que coupés et limousines ostensiblement cossus ont, un peu partout, subi les outrages de justiciers en mal d'AC — l'incendie d'une Lamborghini, à Deauville, a suscité quelque panique avant qu'une défaillance électrique ne soit retenue.

Les attaques *ad hominem* sont les plus spectaculaires. M. Witemberger, figure dirigeante de l'industrie minière en Lorraine, possède une villa à Sainte-Marie-aux-Chênes. Un commando arrose les pelouses de désherbant, coupe les fleurs, les emballe d'un tract et les distribue aux femmes de mineurs. A la campagne, ce sont les « cumulards », ceux qui profitent de la faillite des autres pour arrondir leur domaine, qui sont visés. Les frères Tribondeau à Craon, en Mayenne, les « accapareurs » Guiziout et Lescouat, près de Quimper, connaissent une notoriété fort involontaire.

Peu de chose, au total. Des foyers circonscrits que la première ondée renvoie à l'oubli. Il faut quelque énervement des autorités pour que la publicité requise soit effectivement obtenue. Ainsi Tony Lévy, dans le Midi, tire-t-il meilleur parti de l'interdiction, par le préfet du Var, d'un festival pop prévu à Saint-Raphaël (lequel menacerait, stipule l'arrêté, « le bon ordre, la sûreté, la sécurité et la salubrité publics »), que des barbouillages appliqués par nuit noire, en barque, sur le flanc immaculé des yachts à l'ancre devant l'île Ricard.

Du point de vue « militaire », et même si la moindre flambée de broussailles est attribuée aux maquisards gauchistes, le bilan reste maigre et les « riches » s'en tirent à bon compte. En revanche, des revendications plus pacifiques rencontrent un réel écho. L'accent placé sur l'inégalité des travailleurs devant le loisir — sur « ceux qui ne partent pas » —, la dénonciation des appropriations indues — secteurs entiers de la côte déclarés tabous, réservés à l'élite — font mouche. Le député modéré Eugène Claudius-Petit interpelle le ministre de l'Equipement, Albin Chalandon, sur « l'accès à la mer ». Et ce dernier convient que sévissent « les pratiques abusives de particuliers ou de sociétés qui se réservent l'usage de portions de rivage en y apposant des panneaux : plage privée ».

Plus que les menaces d'apocalypse, les protestations élémentaires attirent la faveur des braves gens. On estime ces révolutionnaires un brin grandiloquents et impulsifs, mais on s'empare volontiers des interrogations qu'ils soulèvent. Et lors des bals d'été, il arrive, comme à La Ciotat, que l'orchestre entonne *les Nouveaux Partisans* sans autre engagement de sa part. Semblable épisode, dans les colonnes de *la CDP,* est toujours rapporté sur le mode triomphaliste. En contrepoint, *le Monde,* sous la plume de Jean-Pierre Clerc, observe avec ironie : « On peut se demander si le gauchisme n'est pas en train de tenir dans la société française un rôle qu'il ne peut cependant manquer de récuser avec violence : celui du gêneur qui dit que le roi est nu. »

Quelquefois, la péripétie bon enfant tourne mal. Jean-Marc Salmon, dans les environs de Rouen, l'expérimente avec quelque amertume. Las de sa condition marginale, épuisé par une tentative d'établissement dans le textile, il a fini par rejoindre, au printemps, la GP. Olivier Rolin souhaitait l'expédier en Lorraine, mais il demeure en Normandie, sous les ordres de Jacques-Alain Miller — qu'il rencontre, de temps à autre, pour la transmission des consignes, dans un foyer de travailleurs immigrés.

A la base, loin de la rue d'Ulm, la clandestinité ne revêt guère l'allure d'une excitante partie de cache-cache. Tout s'accomplit dans l'improvisation la plus entière. Tout manque : planques, ronéos. Dominique Pouchin, secrétaire fédéral du PSU, apporte son soutien par solidarité contre la répression. La FEN rouennaise prête des caravanes. A l'aube de l'« été chaud », Salmon reçoit l'ordre d'exécuter une mission suicide — la direction de l'ex-GP entend qu'une attaque soit dirigée contre le péage du pont de Tancarville. Jean-Marc et ses camarades — vingt ans, prompts à s'emballer — étudient l'affaire, multiplient les repérages, dessinent cent croquis, et renoncent : techniquement, le projet ne résiste pas à l'examen.

La bande se bat les flancs. Et quelqu'un propose de transformer le bal du 14 Juillet, à Saint-Etienne-du-Rouvray, municipalité communiste, en « démonstration prolétarienne contre le révisionnisme ». On passe à l'acte. Violant la trêve nationale, une dizaine de très jeunes ouvriers interrompent les flonflons, s'emparent du micro, annoncent la révolution prochaine. Le bal se fige, les couples se défont, les « révisionnistes » appellent les flics, qui surgissent sans délai, et chiens policiers à l'appui. Les perturbateurs résistent, succombent, avouent au poste leur affiliation. Bientôt, le commissariat est assiégé — Salmon vérifie que le réflexe antiautoritaire est infiniment plus mobilisateur que des mois d'implantation patiente au cœur des ateliers : ce constat, secrètement, le trouble, le déçoit.

Provocation/répression : la sempiternelle dialectique produit les effets escomptés. Marianne Merleau-Ponty est dépêchée par Benny Lévy pour assurer la défense des inculpés. Jean-Marc, dénoncé auprès du juge d'instruction, se cache.

Ils sont dix, tapis dans un appartement durant tout le mois d'août, qui ont ordre de ne pas bouger, et se nourrissent avec 5 francs par jour de spaghettis à chaque repas. C'est maintenant Serge July qui supervise la région. Débordé, il n'apparaît que rarement. Et les emmurés crèvent de faim et d'ennui.

Quand vient septembre, Salmon est enfin rapatrié sur Paris. Un fichu été, un été pourri.

Antoine de Gaudemar s'est enfui loin de Lakanal, loin de la khâgne, aux antipodes du territoire qui lui avait été dévolu. A la veille des vacances, sa rupture s'est trouvée définitivement consommée avec la machine scolaire et avec le giron familial. Il s'est embauché aux PTT comme « roulant ». Du reste, la consigne transmise aux « lycéens » est de s'écarter du milieu « naturel », de se prolétariser comme le reste de l'organisation.

Paris-Saint-Brieuc quatre fois par semaine, toute une nuit, puis trois jours de repos. Du wagon postal où l'on trie le courrier, l'extérieur n'est perçu que par messages sonores — Le Mans, Laval, Vitré, Rennes, Lamballe —, par secousses d'arrêt ou de démarrage, par ricochets de néon à travers les lucarnes grillagées.

Les roulants forment une population singulière. Des vieux, stables dans l'emploi, qui racontent 36. Et des jeunes qui passent, qui tâtent de ce boulot en attendant mieux. L'ambiance est fraternelle. Malgré la faille des âges et des statuts, cette vie provisoire, cette vie de nulle part sécrète sa propre chaleur — une complicité au creux du no man's land.

Un tel travail, dur, monotone, le repose en un sens. Il puise quelque vertu apaisante dans les conversations routinières, banales, où s'avoue la vie « normale » : la baise, les joints.

Antoine a discrètement fréquenté les cours de Baudrillard et de Lyotard à Vincennes. Le décervelage, le puritanisme mao — les femmes ne sont pas des femmes, ou sont des femmes qu'on ne regarde pas — lui pèsent. Difficile d'oublier comment, lors d'une réunion, un camarade a déclenché la stupéfaction et la réprobation générales en s'excusant innocemment : « Non, ce soir, je ne suis pas libre, j'ai un rencart. » Haro sur le vil jouisseur, le déserteur libidineux ! A l'index, les cinéphiles, les lettrés ! Il n'est que Michel Le Bris — présentement à la Santé — pour oser conserver ses rayonnages d'épanchements bourgeois et les milliers de disques que lui procure sa collaboration à *Jazz-Hot*.

Dans le grincement des bogies, du moins, les échos de l'existence ordinaire sont agréés, partagés. Comme si le réel se rappelait familièrement à l'ordre.

Le réel, Gaudemar continue de le côtoyer lorsqu'il part, pendant le mois d'août, en « longue marche ». Il ne s'agit pas ici d'opérations militaires mais d'apprentissage à l'école des masses rurales. Le « préfet des études », pour la circonstance, est Gérard Miller, qui a longuement repéré divers points de chute dans le monde agricole, principalement à l'Ouest, où les « paysans-travailleurs », militants syndicaux en délicatesse avec la FNSEA, sont solidement implantés.

Ce ne sont pas des maoïstes, tant s'en faut ; leurs attaches politiques, quand elles existent, les lient au PSU. Mais ils apprécient que des jeunes intellectuels fournissent l'effort de vivre les situations sur le terrain. Prochinois et rescapés de l'action catholique (la JAC, la Jeunesse agricole chrétienne, fut l'académie et la matrice des paysans contestataires) prisent les uns et les autres l'expérience, la modestie empirique préludant à l'action.

Une cinquantaine de « stagiaires » mandatés par l'ex-GP sont ainsi disséminés dans des familles d'accueil. Nourris et logés, ils offrent leurs bras en contrepartie. La plupart atterrissent dans les Côtes-du-Nord, le Finistère, la Loire-Atlantique. Antoine, lui, est l'hôte d'un GAEC (Groupement agricole d'exploitation en commun) mayennais, aux marches de la Bretagne. Il se dépense physiquement comme jamais : les foins, la luzerne chaque matin pour les animaux, la conduite du tracteur. Il est heureux. Les discussions politiques sont hautes en couleur, les contradictions vives. Mais cela n'entache nullement les fêtes et les rires, les assemblées conviviales.

Un homme domine alors le débat. Bernard Lambert, aviculteur à Teillé, non loin d'Ancenis, vient de publier un livre-bilan qui est aussi un livre-programme : *les Paysans dans la lutte des classes.* Issu de la démocratie chrétienne, naguère député MRP, puis leader du CNJA (le Centre national des jeunes agriculteurs) et dirigeant du PSU, Lambert est une figure et une nature. Sa faconde, son talent de tribun n'entament pas le tranchant d'un esprit fouailleur, d'une intelligence boulimique et autodidacte.

Antoine de Gaudemar, par le truchement des « paysans-travailleurs », découvre la qualité et l'ampleur de la réflexion engagée. Beaucoup plus brutalement que la classe ouvrière, le milieu rural est victime d'une tornade économique et culturelle. « Nous sommes 17 % de la population, constate Bernard Lambert, et ce nombre diminuera très vite. Parmi nous, un sur cinq, peut-être, s'en tirera selon la logique capitaliste. »

Condamnés à se moderniser ou à disparaître, les agriculteurs se croient petits patrons, chefs d'entreprise, alors que l'endettement les mue en façonniers, prisonniers à l'amont des organismes de crédit, et dépendants à l'aval des circuits distributeurs. La charge de l'investissement foncier les écrase — les plus chanceux vivent pauvres pour mourir riches. Et les instruments régulateurs, les structures coopératives ont perdu leur âme, leur visée démocratique.

Lambert et ses partisans reprochent au syndicalisme agricole d'entretenir indûment le mythe d'une introuvable unité de la profession. Rien ne rassemble, estiment-ils, le céréalier ou le sucrier et le petit producteur de lait, sinon le trompe-l'œil d'un corporatisme désuet, sinon les rituelles demandes d'assistance adressées à Paris et à Bruxelles, et dont les effets sont inégalement répartis. Les clivages de classe traversent aussi les campagnes.

Populistes, les maos retiennent de ce discours un schéma simple, un message à la Nicoud : les petits trinquent et les gros profitent. Plus subtils, leurs interlocuteurs du PSU objectent que la modernisation n'est pas perverse en elle-même, mais que la naissance d'une conscience collective, le rétablissement de la démocratie coopérative, la lutte contre les firmes privées, un plan équitable d'utilisation des sols supposent, de la part du monde paysan, la recherche de solidarités, d'alliances culturellement inédites. Habitués à se définir voire à se défouler contre la ville, il faudrait que les agriculteurs s'associent aux ouvriers, aux prolétaires, fût-ce pour dénoncer certains d'entre eux : les cumulards.

Contre ces derniers, les troupes de Gérard Miller sont toujours prêtes à l'assaut. Plusieurs affaires sont d'ailleurs en cours. La plus célèbre est le procès qui menace François Gourmelon, syndicaliste finistérien. Le 10 février, à Lesneven, près de Brest, ses amis et lui ont empêché la mise aux enchères de neuf hectares d'excellente terre. L'exploitant ne demandait qu'à les racheter, mais l'âpreté des spéculations vouait sa ferme à être amputée de moitié. Une histoire entre mille.

Les proches de Bernard Lambert expliquent cependant à leurs visiteurs qu'il serait trop facile d'évacuer, par décret idéologique, l'existence de seuils de rentabilité ; trop facile de promettre aux propriétaires de trois vaches que bientôt, sur l'autre versant de la révolution, ils vivront sans crainte.

Antoine ne s'embarrasse guère de ces nuances. Il vient de rencontrer Jacquou le Croquant (le feuilleton de Stellio Lorenzi a tiré les mêmes larmes aux téléspectateurs des villes et aux téléspectateurs des champs). Il vient de vivre le plus chaleureux des étés.

La joyeuse équipe de VLR perçoit d'une oreille sceptique l'écho des pétards allumés par la GP. La croisade antiriches lui semble franchement indigente. Ce qui préoccupe les compagnons de Roland Castro, c'est le lancement, prévu pour septembre, d'un mensuel dont le titre s'écartera des métaphores révolutionnaires usuelles (*Barricade, la Brèche, le Pavé, la Lutte finale, le Prolétaire,* et autres frontispices saluant l'inéluctable revanche des damnés de la terre). Non, ce canard sera le vilain petit canard de la constellation gauchiste, celui qui refuse de marcher sagement à la queue leu leu. Il s'appellera *Tout,* et même, très exactement, *Ce que nous voulons ? Tout !*

Un organe de combat qui ne proscrira pas le désir. Une protestation contre l'extorsion de la plus-value qui n'oubliera point le refoulé, l'obscure zone des silences.

Le projet d'éditorial du n° 1 circule, infiniment amendé. Il tire à boulets fatalement rouges sur les « gauchistes institutionnels », modèle Krivine, qui « font gaffe et construisent le parti » ; et aussi sur les « gauchistes révolutionnaires » qui se révoltent à la place des masses, cèdent au vertige de la substitution, pour aller plus vite, pour garder le pouvoir. Et le texte, en lettres capitales, insiste : « Entendons-nous bien, surtout vous, lecteurs gauchistes, fabricants d'avant-garde en bibliothèque ou “ partisans, francs-tireurs de la guerre de classes ” : L'ÉMANCIPATION DES TRAVAILLEURS SERA L'ŒUVRE DES TRAVAILLEURS EUX-MÊMES. »

Suit une déclaration d'intention, assortie d'une clause de sauvegarde envers les modèles : « On va faire du travail avec les masses, pas du travail de masse ; on ne va pas se présenter en crucifiés adorateurs du peuple, mais en agitateurs, organisateurs, meneurs et propagandistes simplement convaincus que si on n'aime pas les gens, autant partir immédiatement taquiner le goujon. Les gens luttent pour vivre, nous aussi. Et *mourir pour vivre autrement,* mener, continuer la lutte pour abattre le vieux monde n'est pas un drame... On sait ce qu'on veut, on commence à lire Mai, on n'est pas trotskiste, on veut pas refaire Octobre, on n'est pas prochinois — qu'ils aillent en Prochine (on admire la révolution chinoise, c'est le plus grand moment révolutionnaire actuel ; simplement, dans nos métropoles impérialistes, on a des problèmes spécifiques à résoudre). »

L'ensemble s'intitule : « Une nouvelle attitude politique. »

Nadja Ringart approuve le manifeste. S'il ne tenait qu'à elle, la critique des groupuscules péremptoires serait plus vive encore. La prison, de manière floue mais forte, a modifié son regard militant, son regard tout court.

Pour la première fois de sa vie, elle a séjourné durablement dans un espace exclusivement féminin ; et elle s'est aperçue que cette donnée de l'expérience n'était pas source de frustration — au contraire : qu'une parole différente naissait alors, simultanément irréductible et rassurante.

Elle en discute avec Anne Dollé, arrêtée en même temps que Marc Hatzfeld et qui a été détenue durant trois semaines à Versailles.

Françoise Picq les écoute converser. C'est l'amie, la complice de Nadja. Elles se sont rencontrées à Censier, en plein Mai 68. Françoise aussi est sociologue, et même assistante en sciences politiques à la fac de Dauphine où elle s'est liée avec Tiennot Grumbach. Née à Mantes d'un père médecin engagé à gauche, elle dissimule sous une timidité bon chic bon genre sa farouche volonté d'engagement. Comme Nadja, elle a longtemps tu ses peurs, accepté l'ascendant guerrier des chefs virils, inscrit réticences ou hésitations au compte de son extraction petite-bourgeoise et provinciale.

Et aujourd'hui, elle se dit que changer la vie, ce serait d'abord changer la manière dont on s'y prend pour le faire. Altérer, pour commencer, cette espèce d'évidence qui alloue aux mecs les fonctions de commandement, l'exclusivité de l'initiative, le monopole de l'ordre du jour. Récupérer, de droit, ses envies et — pourquoi pas ? — ses craintes.

Anne et Nadja continuent d'évoquer la prison, tranquillement, étendues sur la pelouse. Survient Daniel, un copain. Françoise observe qu'aussitôt, en sa présence, le langage des deux filles s'infléchit ; que le vocabulaire désignant la taule devient plus « politique », plus codé ; qu'il perd de sa spontanéité et de sa fraîcheur. Et ce glissement anecdotique, par son automatisme même, l'atteint, fait choc. Voilà peu, elle proclamait volontiers : « Nous ne sommes pas des femmes, nous sommes des militantes. » L'importance croissante qu'occupent dans sa réflexion les problèmes relationnels l'étonne, la déconcerte.

Le déclic, chez Nadja, remonte un peu plus loin, au début de l'année, lors de l'occupation du CNPF pour protester contre la mort accidentelle de six immigrés. L'extrême jouissance de profaner le temple fut inoubliable mais brève. Moins d'une heure plus tard, Nadja se retrouvait à Beaujon en excellente compagnie : Marguerite Duras partageait la même cellule (et insistait pour lui offrir un Valium, souverain remède, certifiait-elle, aux coups de matraque sur l'occiput).

Dans les cellules du sous-sol, les femmes ont été séparées des hommes. Bientôt, l'auteur de *Moderato cantabile* est arraché(e) à ses compagnes, notoriété oblige. Cependant que commencent les premiers interrogatoires (« Votre profession ? » — « Fleuriste, M. l'inspecteur... »), le chahut s'installe côté dames. On rit, on chante, on joue au poker — les détenus, côté messieurs, réclament sans écho un peu plus de dignité militante. Les filles n'en ont cure, s'amusent à se maquiller en clowns, transforment la cage en volière, exaspèrent les tympans de leurs geôliers.

Interrompant sa partie de cartes avec Annette Lévy-Willard, Nadja s'approche d'une copine de VLR qui lit silencieusement. Elle se penche, déchiffre la couverture de l'ouvrage : *Un Noir à l'ombre,* le témoignage d'Elridge Cleaver. Le bouquin lui est familier. Sans autre intention que de prendre langue, elle note :

— Ce que j'ai trouvé marrant chez Cleaver, c'est qu'il déclare baiser les femmes blanches parce que c'est le point faible de la société américaine.

— Moi, je ne trouve pas cela marrant. Pas du tout !

La femme qui s'interpose s'appelle Monique Wittig. Nadja ne la connaît que de nom. Le propos est courtois mais très ferme : non, les filles d'Eve ne sont ni des proies ni des objets.

Nadja rougit, sent remonter des évidences anciennes. Flashback : elle a douze ans ; sa grande sœur, la chanteuse lyrique, lui explique — sous un pin parasol — comment vit le couple Simone de Beauvoir/Jean-Paul Sartre. Et l'adolescente, enthousiasmée par tant de liberté solidaire, et de respect mutuel, jure qu'elle ne se mariera jamais.

Sortant de Beaujon, à l'aube, Nadja et Annette savent que des femmes, ici et là, se réunissent. Des réunions fort militantes, voisines des pratiques classiques, mais où l'on s'occupe de soi. Quelques groupes infimes, dont chacun doit se penser seul au monde, dont aucun n'ose encore élever la voix, distribuer un tract.

Elle enfouit l'information. D'autres tracts, ceux de la « base ouvrière », l'absorbent à longueur de mois sur le parvis de Flins. Plus l'affaire de Meulan. Plus trente-six comités. Et pourtant, même en territoire prolétarien, même dans les tranchées de la guerre de classes, la question renaît, lourde et insaisissable. Elles sont instructives, ces assemblées du samedi où OS et intellectuels établissent une relation paritaire. Oui mais, pendant ce temps-là, les femmes des Mureaux ou de la Vigne-Blanche râlent parce qu'elles sont privées de leur homme, le seul moment de la semaine où les élémentaires soucis du train domestique — conduire le gosse chez le médecin, remplir les caddies au supermarché — avaient quelque chance d'être divisés par deux.

En outre, les filles de VLR ne tardent pas à vérifier qu'ils sont d'authentiques machos, leurs prolos chéris, qu'ils les draguent de bon cœur et dépeignent, perturbés par l'irruption des militantes, leurs propres épouses comme des boudins, des attardées, des coincées. Ils jouent sur la corde infiniment sensible de la culpabilité des origines, et des privilèges de la culture : allez-vous, très désirables camarades, refuser vos bras blancs au rugueux contact des déshérités — victimes de l'oppression et, à ce titre, vecteurs de la libération ?

Plus d'une révolutionnaire abolit ainsi les barrières sociales, panse ses stigmates bourgeois, use de la séduction dans la conquête des masses exploitées. Françoise, Nadja et nombre de leurs amies résistent. Mais rien n'est simple. Dans une maison communautaire, à Gargenville, près de Flins, séjournent des militants de VLR et du PSU, dont quatre filles et plusieurs enfants. Elle est ouverte aux jeunes ouvriers, aux loubards qui réclament sans façon le vivre et le couvert, ou font même de désinvolture vertu.

Avec les immigrés, c'est plus complexe encore. Que répondre à leur frustration qui n'est pas feinte, à leur fascination qui est sincère ? Les fêtes de l'été s'achèvent par des bals où la jovialité ambiante masque les refus tragi-comiques. L'antiracisme, même inébranlable, ne saurait se dévoyer en droit de cuissage.

La situation serait supportable si l'organisation politique concédait quelque attention, quelque légitimité à ces débats complexes. Mais non. L'organisation politique professe que l'émancipation des travailleurs entraînera, du même pas, l'émancipation des travailleuses ; que l'oppression masculine n'est qu'une contradiction secondaire, une variation mineure de la contradiction principale. Sortons du capitalisme, et le reste nous sera donné par surcroît.

Tout en continuant de se lever à 4 heures du matin pour ravitailler les OS de Renault en propagande fraîche, Françoise, Nadja et les autres militantes ont perçu, chacune à son rythme mais sur des trajectoires concourantes, l'émergence du non-dit. Quand l'une d'entre elles, Leslie, a entrepris de rédiger un texte théorique où la « question des femmes » cessait d'être un état d'âme, quand elles se sont avoué que l'idée de classe ouvrière n'englobait pas le prolétariat dans son extension vraie, un seuil a été franchi, les bouches se sont ouvertes.

Et les adhérentes de VLR ne sont pas seules. Maints signes leur parviennent, alimentent les échanges qui, de plus en plus, se déroulent en l'absence des garçons. Nadja reçoit la dernière livraison de *Partisans,* où elle a décrit la prison. Le thème du numéro est explicitement inaugural : « Libération des femmes, année zéro. »

Les nouvelles d'outre-Atlantique y servent de panneaux indicateurs. Non seulement des livres, tel *Sexual Politics* de Kate Millett, attaquent sans nuance le patriarcat, mais des groupes polymorphes émergent dans chaque cité, allant des « Red Papers » aux « Redstockings », fédérés ou non, soucieux de proclamer leur différence dans la différence. « *Bread and roses !* » scandent les féministes de Boston. Nous voulons un « mouvement prolétarien de libération des femmes », répondent les marxistes-léninistes de San Francisco. Mais non, objectent les Bas-Rouges de New York, les femmes forment par elles-mêmes une classe opprimée : « Nous sommes exploitées comme objets sexuels, éducatrices, bonnes à tout faire, et main-d'œuvre à bon marché... Nous ne chercherons pas à savoir ce qui est " révolutionnaire " ou " réformiste ", mais nous nous demanderons ce qui est bien pour les femmes. »

Derrière cette agitation pittoresque, par-delà les démonstrations symboliques et/ou humoristiques — soutiens-gorge brûlés face à la Maison-Blanche ou pancartes ornées des « trois K » *(Kinder, Küche, Kirche)* brandies à Berlin —, des revendications précises se profilent, recevables par toutes : dénonciation du viol et de la quasi-impunité dont profitent les violeurs, droit à l'avortement.

Jusqu'ici, la lecture de *Partisans* a éveillé chez Nadja et ses camarades un enthousiasme spontané. Mais les femmes qui ont rédigé ces lignes ne se contentent pas de fustiger la domination masculine, de se poser en s'opposant. Elles entendent affirmer une identité propre. Elles parlent du sexe, de leur sexe, avec leurs mots.

L'orgasme vaginal est un mythe, assure l'américaine Anne Koedt ; Freud diagnostiquait que le centre de la jouissance se déplace du clitoris, dans l'enfance, vers le vagin, après la puberté. Mais il n'en est rien : la pénétration par le mâle n'est nullement l'indispensable révélation de la femme à elle-même.

La frigidité féminine aussi est un mythe, enchaîne Christiane Rochefort, tant les opprimées se sont persuadées qu'elles ne peuvent jouir qu'au gré de l'oppresseur. « Je te baise, donc tu es ! » Voilà, selon l'auteur du *Repos du guerrier,* ce que pense et dit le maître.

Et Christiane Rochefort précise : « L'acte sexuel est devenu dans notre société une convention. Le baisage relaie le mariage, en perte de vitesse du fait d'une relative " émancipation " des femmes : à peine obtenue une relative liberté de coucher hors mariage, cette liberté a été détournée par l'" idéologie dominante ". D'où, pour promouvoir et renforcer cette convention de rechange, le subit essor publicitaire d'un orgasme vaginal que le puritanisme de grand-papa avait plutôt tendance à dissimuler pudiquement aux intéressées... »

Ces deux articles-là, les filles de VLR les épluchent, les commentent. Ils recèlent, noir sur blanc, et même si l'on n'en accepte pas les attendus, ce que la politique est incapable d'énoncer et qui, néanmoins, est la vie même.

D'ailleurs, un témoignage recueilli par la revue insiste sur l'effet de contraste, sur le décalage entre le monde des motions — le monde des mecs — et celui du désir, du plaisir.

« J.K. », ex-membre de la JCR qui a ensuite côtoyé les maos, raconte ses déceptions, justifie son éloignement. Il existe deux catégories de types, dans les boutiques gauchistes, d'après son expérience : les « penseurs » — esprit de synthèse, talent oratoire — et les sous-fifres de ces derniers, les « relations publiques », les « envoyés impériaux ». Quant aux femmes, l'alternative qui leur est offerte se résume à jouer les secrétaires ou se viriliser. S'abaisser ou se nier.

La plaignante raille l'héroïsme viril des militants « qui ont des couilles au cul », « qui ne craignent ni les épreuves ni la mort ». Pourquoi a-t-elle plaqué la politique professionnelle ? Par dégoût de la relation qui s'établissait avec les chefs, pour ne pas trahir, se trahir : « Les femmes renforçaient leur précaire virilité en écrasant de leur mépris toutes les “ victimes ”, toutes celles qui ne parlaient pas, comme si elles-mêmes étaient moins victimes du racisme qui s'exerce à l'égard des femmes. Je me souviens de n'avoir jamais été considérée comme une militante “ sérieuse ” pendant longtemps, simplement parce que je portais des minijupes (ça ne fait pas sérieux quand on veut faire la révolution...). Comme si faire la révolution était synonyme de devenir ascétique, desséché, et dogmatique. »

Les analyses précédentes touchaient à l'intime, renvoyaient chacune à ses doutes, à ses blocages, à ses amours. Les critiques de « J.K. » déclenchent une polémique immédiate. Elle voit juste, disent les unes. Cela ne fonctionne pas autrement chez nous. C'est trop facile, trop simple, ripostent les autres, de balancer la lutte des classes par-dessus les moulins. Changeons l'organisation, ne la tuons pas.

Roland Castro, Tiennot Grumbach commencent à s'inquiéter. Un compte rendu des débats leur est volontiers fourni. Et ils s'indignent :

— Pourquoi toutes ces salades ? Le projet de *Tout* est, justement, d'ouvrir la revendication politique sur la vie.

UNE VOIX. — En attendant, ce sont toujours les mêmes qui tournent la ronéo !

TIENNOT. — Les femmes sont opprimées par les bourgeois, pas par les militants !

Chœur de dénégations, sifflets, rires, onomatopées diverses.

Castro sent l'assemblée vaciller. Il plante son regard dans celui d'une fille :

— Je t'opprime, moi ? En quoi est-ce que je t'opprime ?

— Roland, même quand tu te laves les dents le matin, tu m'opprimes...

Une discussion pour rien, un constat d'étrangeté. Les chefs se replient sur l'Aventin. Les filles ne quittent plus le forum. Peu à peu, chez certaines, une envie s'esquisse, une nécessité s'impose : la non-mixité. Elles mesurent l'incongruité de l'entreprise. Se réunir entre femmes, c'est transgresser l'axiome fondateur de l'action partisane : un militant = un militant, qu'il soit mâle ou femelle. Exclure les mecs, fût-ce temporairement, privilégier une parole spécifique, ce n'est plus exprimer une revendication catégorielle (nouvelle répartition des postes, etc.), c'est déplacer le champ politique tout entier.

Elles hésitent, tentées.

Des groupes de femmes, ça existe donc. Très peu, très maigres, dispersés, improvisés, informels. Un noyau mixte « Féminin-masculin-avenir », qui rêvait d'échancrer le conformisme de la gauche socialiste, s'est radicalisé et mué en « Féminisme-marxisme-action ». D'autres cercles éprouvaient tant la conviction d'être atypiques, parlant de sexualité, de psychanalyse, en marge de la politique convenable, qu'ils se sont dotés de noms loufoques, dérisoirement inclassables : ainsi les Oreilles-Vertes... D'autres projettent des happenings sur les marchés ou murmurent qu'il serait aussi utile de distribuer des tracts dans les squares qu'aux portes de Billancourt.

A Vincennes, l'affaire a pris de l'ampleur. Depuis l'automne 1968, une vingtaine d'intellectuelles, convaincues que « le steak d'un militant est aussi long à cuire que celui d'un bourgeois », ont régulièrement tenté de cerner ce « nous » décidément inassimilable par les programmes des divers partis ou groupuscules. Et, au mois de mai dernier, elles se sont résolues à sortir de la clandestinité, convoquant les populations de l'université « expérimentale » pour une expérience hors norme. Ce tract pittoresque, Nadja s'en procure copie :

LES FEMMES ET LES TRAVAILLEURS ONT CECI EN COMMUN
QU'ILS SONT EXPLOITÉS

Nous nous appelons Mme Paul Durand, Mme Henri Petitpas, Mme Serge Machin.
Nous avons besoin de « Lingettes Viomel » pour tenir notre sexe au frais et le désodoriser plusieurs fois par jour.
Nous entrons en rivalité avec des poupées en plastique gonflable dont il est dit : « Les désirez-vous plus rondes, plus fessues, moins ventrues, etc. ? Il vous suffit de gonfler ou de dégonfler telle ou telle partie de l'anatomie de cette charmante personne qui offre l'avantage de ne jamais rouspéter... »
Nous sommes celles qu'on drague : « Il faut que la fille sente le mâle prêt à la sauter. Je ne dis pas qu'il faut la brutaliser, mais il faut la brusquer, il faut qu'elle ait l'impression, très vite, qu'elle choisit le plus beau, le plus intelligent, le plus fort, le plus féroce » *(Adam)*.

RAS-LE-BOL DE LEUR IDÉOLOGIE POURRIE !

QUI fait la cuisine pendant qu'ils parlent de la révolution ?
QUI garde les enfants pendant qu'ils vont à des réunions politiques ?
QUI tape les stens pendant qu'ils rédigent et qu'ils organisent l'avenir ?
QUI prend des notes pendant qu'ils ont le micro ?
QUI n'est pas à la tribune des meetings ?
QUI voit toujours ses initiatives récupérées au niveau de la parole et de l'action ?

C'EST NOUS, TOUJOURS NOUS !

On nous dit : « Il sera toujours temps d'aborder ça plus tard. »
Plus tard : après la révolution.
Mais quelle révolution, faite par qui ?

ICI ET MAINTENANT, PAR NOUS
partie intégrante du peuple
LE POUVOIR A TOUT LE PEUPLE !

Le jeudi 21 mai, la cafétéria de la fac était pleine. De femmes. Et d'hommes. Le ton, sans délai, a grimpé, agressivement, méchamment. « A poil ! A poil ! A poil ! » criaient des garçons notoirement connus comme exégètes vigilants de Lénine. « A bas le terrorisme masculin ! » répliquaient, un cran au-dessous, les auteurs de la convocation. Sous les huées, les filles se sont décidées à ne discuter qu'entre elles, à prier leurs frères supérieurs de rejoindre le couloir pendant qu'elles écouteraient une messagère, rentrant des USA, raconter le Women's Lib.

Bannis ? Proscrits ? Le tohu-bohu est alors devenu grandiose :

— Virez-nous vous-mêmes ! ont vociféré les mâles. Le pouvoir est au bout du phallus !

Et l'injure définitive a giclé :

— Mal baisées !

— Nous sommes toutes des mal baisées ! ont entonné les soixante-huitardes...

Nadja était en prison et a donc manqué cette grande première, comme elle a manqué la parution, concomitante, d'une annexe à *l'Idiot international,* baptisée *Le torchon brûle.* Partagée entre la jubilation et l'inquiétude, elle se demande si ce degré de violence risque d'être atteint au sein de VLR. Si ces copains, ces révolutionnaires généreux, ces amants sont des ennemis en puissance.

Non, pas eux, pas ceux-là ! Ils sont, quand même, les meilleurs des hommes...

26 août 1970. Dans les rues de New York, cinquante mille femmes célèbrent l'anniversaire — tout juste un demi-siècle — de leur conquête du droit de vote. Mais aujourd'hui, ce n'est plus l'ambition égalitaire des suffragettes qui les mobilise. C'est l'accès de toutes, dans des conditions équitables, médicales et financières, à l'avortement libre. Le Women's Lib déplace les foules, envahit les écrans.

A Paris, elles sont neuf, au mitan de l'après-midi, place de l'Etoile. Célèbres (Christiane Rochefort), connues (Monique Wittig) ou anonymes (Cathy Bernheim, Christine Delphy, Mano de

Lesseps, Anne Zelenski...), elles traversent la file des touristes qui attendent l'ascenseur afin d'embrasser Paris du haut de l'Arc de triomphe, piétinent le gravier, mettent le cap sur la dalle centrale — ci-gît l'échantillon, sans étiquette, de chair à canon solennellement coulé dans le béton pour entretenir la mémoire des oubliés, pour obstinément honorer leur sacrifice involontaire.

Les appareils photographiques abondent, d'ordinaire, sous les arches pataudes où sont gravés les noms de trois cent quatre-vingt-six généraux, gloires de l'Empire et de la République. Cette fois, curieusement, ils pullulent, outre quelques micros et caméras : autant qu'un 11 Novembre.

Un bruit a dû circuler. Quelque chose se trame, en douce et en civil.

C'est tellement soudain, tellement fugace que seuls les pros endurcis ont le temps de fixer la scène. Sur la tombe sacrée, deux banderoles se déroulent : « UN HOMME SUR DEUX EST UNE FEMME » et « IL Y A PLUS INCONNU QUE LE SOLDAT INCONNU : SA FEMME ! »...

Simultanément, une couronne est acheminée de main en main, dédiée « A la femme inconnue du soldat ». Mais les gardiens de la paix responsables des lieux foncent, tels des rugbymen, empêchent les manifestantes de transformer l'essai, les agrafent, les tirent vers le poste, à l'angle d'un pilier. « Débattez-vous ! Débattez-vous ! » crie à Cathy Bernheim un photographe frustré.

L'une des perturbatrices, américaine, réussit à se mêler aux badauds — « *Oh well, women !* » Deux autres esquivent la ligne d'avants.

Elles sont bientôt six, entassées dans le local minuscule. Six femmes. Le chef, par téléphone, réclame des secours...

France-Soir, le lendemain, ironise : « Quand les Américaines brûlent leurs dessous sur la place publique, la France du bœuf mironton hausse les épaules. Il n'y a pas eu d'autodafé de soutiens-gorge hier à l'Etoile. Seulement une bousculade. » A l'appui, la photographie du « commando en jupcns » (qui, au vrai, porte pantalon). Et, coiffant l'ensemble, ce titre décourageant : « Les manifestantes féministes de l'Etoile n'ont pas pu déposer leur gerbe. »

La France du bœuf mironton respire. Il ne s'est rien passé.

Comme nous sommes belles ! Comme nous nous comprenons !

Le pas est franchi. C'est le début du mois de septembre, et les filles de VLR sont assemblées dans un appartement du XIVe arrondissement. Entre soi, enfin : l'ambiance est à l'euphorie espiègle, à la complicité déclarée. Leurs opinions divergent, mais elles parlent la même langue. Deux « correspondantes » du groupe de Vincennes participent à la discussion, plus quelques inorganisées. Et semblable estompage des lignes de démarcation éveille un sentiment très doux : l'esprit de parti, en ce qu'il gèle les certitudes, en ce qu'il parodie le dispositif militaire, est intrinsèquement non féminin.

Nadja et Françoise sont épatées : Hélène, l'épouse de Roland Castro, la femme du chef, a apporté son canevas et brode tout en conversant.

Toutes, ici, sont épatées les unes par les autres. L'idée, parfois, les effleure que si leurs mecs les voyaient, ils les jugeraient superbes, drôles et inventives.

Aucun ordre du jour n'a été fixé. Nulle ne préside, n'accorde ni ne mesure le temps d'intervention. D'elle-même, la séance s'ordonne autour de thèmes majeurs : l'unité du mouvement des femmes et l'émiettement des affiliations politiques, l'oppression de classe et l'oppression sexiste, la hiérarchie des priorités, l'opportunité ou non d'informer, voire de consulter les hommes.

Hélène. — On est là quarante filles de la petite-bourgeoisie révolutionnaire qui ont fait leur prise de conscience, et on s'imagine que ça suffit, qu'on va gagner la classe ouvrière ! Nous, on est marxistes, on sait comment ça se passe, on a tout compris, et la classe ouvrière nous attend bras ouverts...

Chœur. — Personne n'a dit ça.

Hélène. — Moi, c'est l'impression que me donne le groupe. Un excès de prétention et l'idée, aussi, que les aspirations des petites-bourgeoises n'ont rien d'intéressant. *(Brouhaha.)*

Une voix. — N'interrompez pas l'oratrice.

Hélène *(tirant l'aiguille)*. — Je m'en fous qu'on m'interrompe.

Judith. — Il y a des femmes de la bourgeoisie qui seront du côté de la révolution.

Juliette. — Si tu veux développer une propagande sur l'avortement, iras-tu dans les jardins publics où l'on rencontre toutes sortes de femmes ou à la sortie des usines ?

JUDITH. — Les bourgeoises ne vont pas dans les squares, elles y envoient les bonnes d'enfant.

HÉLÈNE *(piquant l'aiguille).* — Si les bourgeoises ne sortent pas de chez elles, où est le problème ? Les gens qu'on croise dans la rue nous suffiront...

EVELYNE. — Qu'on aille vers toutes les femmes, sur le fond, je suis d'accord. Pourtant, tactiquement, je préfère qu'on mette le paquet sur les ouvrières.

MONIQUE *(Monique Wittig, invitée d'honneur).* — Mais rien n'est plus ambigu qu'un mouvement de masse. Le peuple, ce n'est pas seulement la classe prolétarienne !

HÉLÈNE *(tirant l'aiguille).* — De toute façon, ce sont toujours les intellectuelles qui ont pris la tête des luttes, et ça ne va pas changer du jour au lendemain.

MONIQUE. — C'est vrai, bordel ! Vous défendez automatiquement les intérêts du prolétariat. Moi, je me bats contre le patriarcat. Et le patriarcat m'opprime plus que le capitalisme. C'est le capitalisme qui vient du patriarcat, pas l'inverse. Les femmes travaillent pour rien alors que les patrons, au moins, paient les ouvriers.

Nadja se tait, déchirée entre son ouvriérisme foncier et l'avalanche d'arguments, d'objections qui ébranle les colonnes du temple.

ANNETTE. — On n'obtiendra pas la libération avant la révolution. N'empêche que la prise de conscience provoque déjà des bouleversements dans la famille, dans les rapports avec les mecs. Je le vois bien quand on monte des crèches sauvages.

MONIQUE. — Oui, mais si l'on pense que le pouvoir est au bout du fusil, on le pense également pour les femmes, et ça coûtera ce que ça coûtera !

ANNETTE. — Mais les femmes, est-ce qu'elles veulent le pouvoir en tant que femmes ?

FRANÇOISE. — Elles ne sont pas le peuple.

ANNETTE. — Si, elles font partie du peuple. Quand on dit « Le pouvoir au peuple ! » cela inclut le pouvoir des femmes...

CHŒUR. — ... Au sein du peuple... Hors du peuple... Contradiction principale...

JULIETTE. — A votre avis, devons-nous discuter avec les mecs qui sont d'accord avec nous ?

ANNETTE. — C'est comme si, au lieu de mener la lutte armée, on faisait un coup d'Etat, un putsch, sans que le peuple y soit associé. Tant que les femmes n'ont pas compris leur aliénation, ça ne sert à rien.

Juliette. — Il ne s'agit pas que les hommes se chargent de libérer les femmes, mais qu'ils combattent leur propre image d'oppresseurs.

Margaret *(une Américaine, autre invitée d'honneur).* — Eux ne sont pas opprimés mais aliénés.

Monique. — Tu crois que le jour où la femme d'ouvrier dira à son mari : « Aujourd'hui, c'est toi qui fais la vaisselle ! » il répondra : « D'accord... » ?

Judith. — Non, il y aura lutte, mais au sein du peuple.

Annette. — Quand les types de la GP nous tapent dessus, on leur explique une fois ; la deuxième fois, on cogne aussi. Il est possible qu'à certains moments on se tape sur la gueule avec les mecs.

Hélène *(piquant l'aiguille).* — Si ce n'est pas un affrontement physique, ce sera fatalement un rapport de forces. Mais nous avons nos armes, d'autres armes. On pleurera... *(Rires.)*

Annette. — Il faut dire que les mecs de VLR sont vachement intéressés par ce qui se passe et réclament une participation aux réunions. Moi, j'ai envie de savoir ce qu'ils pensent, à condition de préserver à côté les réunions autonomes.

Juliette. — D'accord, mais mettons-les à l'épreuve en leur proposant des tâches qui ne soient pas systématiquement des tâches de direction. Et ne remplaçons pas le patriarcat par le matriarcat au sein du groupe.

Hélène *(tirant l'aiguille).* — Attention, c'est dangereux, ça c'est dangereux. Si on leur demande de travailler dans les crèches ils accepteront pour nous prouver qu'ils ont compris le truc. Mais ce ne sera pas leur initiative — juste un gadget.

Annette. — A la crèche de Nanterre, ils sont parfaitement corrects. En se libérant, les femmes libèrent les hommes, puisqu'elles les désaliènent. Il n'y a pas de raison pour qu'ils ne luttent pas avec nous.

Hélène *(piquant l'aiguille).* — Peut-être, à condition de démasquer les contre-révolutionnaires. Plus nous avancerons, moins les hommes seront nombreux dans les réunions mixtes...

Le jour décline. Le magnétophone tourne depuis quatre heures. Entre-temps, trois ou quatre participantes ont claqué la porte, choquées que l'« analyse de classe » subisse pareil traitement. Les autres examinent encore le meilleur usage possible de la bande témoin. Finalement, on décide de la prêter aux hommes. Les pauvres sont sur la défensive, se figurent que les bonnes femmes, entre bonnes femmes, n'échangent que des secrets de bonnes femmes... De terribles secrets !

Ils ne s'étaient guère croisés depuis près de deux ans, depuis la rupture entre Prisca Bachelet et Alain Geismar, depuis le ralliement à la GP des auteurs de *Vers la guerre civile*. Eux qui avaient traversé Mai dans une transe totalement commune, emportés par le ballet du 22-Mars...

Serge July — blouson de cuir — roule un peu des épaules en pénétrant dans l'appartement de Prisca, haut perché, rue Quincampoix :

— Je n'ai pas réussi à larguer ma filature !

— Que veux-tu ? Tes lourdes fonctions ne te permettent plus de lire assez de romans policiers.

Mandaté par l'état-major des maos, Serge est ici en mission officielle. Il souhaite que le groupe « Défense active », dont Prisca est l'un des piliers, ne se contente pas d'aider le Secours rouge mais s'y agrège. Elle l'écoute. Tant d'images, tant de souvenirs les unissent — l'UEC, l'UNEF. Elle l'écoute et le reconnaît mal. Où a disparu le fondateur de *Calliope*, le fou de théâtre, le cinéphile de *Clarté* ? July parle en regardant ses pieds, débite un discours sur mesure, taillé dans la langue de bois, comme un permanent du PC.

A l'automne 1968, Prisca Bachelet n'a plus supporté son rôle d'animatrice culturelle employée par la municipalité communiste de Nanterre. Elle a rendu son tablier et, durant un an, sans fric et sans toit, a vécu en marge, liée aux zonards du mouvement de Mai. Elle a négocié une issue pacifique, épaulée par deux autres « intellos », quand les flics sont venus expulser des loubards amateurs de drogue qui s'étaient installés à la cité U (collectant, *in extremis*, les crans d'arrêt des suspects, jusque dans le car de police). Et elle a réuni un collectif d'avocats, dont Monique Antoine et Marianne Merleau-Ponty, pour défendre vaille que vaille les « Katangais », les pseudo-« mercenaires » de la Sorbonne occupée, boucs-émissaires trop flagrants des ultimes règlements de comptes.

A la rentrée suivante, elle a sollicité sa réintégration dans l'Education nationale et s'est retrouvée prof à l'école normale de Châlons-sur-Marne. Frisson. La seule pensée des murs gris, de la cour carrée, du monument aux morts la terrifiait par avance. Et elle s'est aperçue que le métier lui plaisait, qu'on pouvait « enseigner sans trahir ». La formation professionnelle des instituteurs l'a vite passionnée.

Parallèlement, sur la lancée de ses « bonnes œuvres » judiciaires, le collectif d'avocats hâtivement constitué pour plaider à contre-courant s'est étoffé. Un local, propriété de Mohammed Boudiaf et de Simon Blumenthal, 73, rue Buffon, a été transformé en permanence. Et Défense active est sorti des limbes à Noël 1969. Un forum, un havre, un atelier de dépannage, un défouloir-confessionnal, une rédaction (élaborant un bulletin mensuel dont le directeur de publication est Maurice Clavel), une consultation spécialisée dans les cas aigus (déprime grave, avortement urgent), un Bottin administratif, une boîte aux lettres pour les militants emprisonnés, une imprimerie de secours, un dortoir, une banque sauvage, une crèche qui ne l'est pas moins...

De la formulation des patentes foraines à l'accueil des femmes algériennes en fugue, des maîtres sanctionnés pour refus d'inspection aux objecteurs de conscience insoumis, Défense active ne néglige, ne refuse aucun litige. Ceux qui s'y brassent — Monique Antoine, Jean-Paul Dollé, Christiane Gilman, Gilbert Klajman, Henri Leclerc, Josyane Moutet, Bruno Queysanne, Françoise Rozelaar-Vigier ou encore Félix Guattari retrouvé par Prisca au séminaire de Lacan — s'accordent sur une idée force : tout est politique, la vie quotidienne est inséparable de la vie politique ; et il ne suffit point, pour avancer en ce sens, d'enrichir les programmes : il faut une prise en charge mutuelle des gens, des citoyens.

Voilà ce qu'elle balance, Prisca Bachelet, à la tête de son vieux camarade Serge July. Secourir les réprimés, cela va de soi. Plier le genou devant Benny Lévy, génial stratège de la classe ouvrière, non merci :

— Vos actions symboliques m'ont souvent plu. Mais je ne supporte pas la phraséologie pseudo-militaire de la GP, votre soupe néorésistante, votre rigidité moraliste, votre maoïsme bidon. Jouer les petits soldats, quand on est faible, ça ne peut que tourner vinaigre. Vous vous fabriquez un pays imaginaire, vous délirez. Et Félix récupère à La Borde les copains déglingués qui s'enferment dans votre délire !

La Borde, la clinique de Guattari, Serge la connaît bien. C'est par ce truchement qu'il s'est fait réformer l'an passé. Impitoyable, Prisca remue le fer. L'équipe de Défense active s'est mobilisée lors du procès Le Dantec, elle a manifesté, comme tant d'autres, à Paris, en banlieue. Et la GP s'est tranquillement approprié l'enfant qu'elle n'avait nullement engendré ; elle s'attribue le mérite de créer un phénomène dont elle n'est que le révélateur, le catalyseur.

— Serge, comprendrez-vous un jour que ce qui compte, ce qui est vraiment révolutionnaire, ce sont les milliers d'actions menées modestement par des individus dont les historiens oublieront le nom, et qui ne s'inscriront jamais dans une stratégie globale ?

L'ambassadeur de la GP ne bronche pas.

— La mère d'une copine, une Pied-Noir sicilienne, nous a laissé la gestion de son café, Au bœuf gros sel, rue Jules-Vanzupp, à Ivry. Et là, nous organisons des cours d'alphabétisation pour les travailleurs maliens du foyer d'à côté. C'est plus discret qu'un communiqué de la NRP, mais aussi efficace, tu ne crois pas ?

July se tait. Peut-être, au fond de lui-même, approuve-t-il ce langage. L'avouer demeure un luxe que, fût-ce en privé, il ne saurait s'offrir.

La Gauche prolétarienne occupe l'avant-scène et fournit les gros titres de *France-Soir,* mais la constellation gauchiste est de moins en moins réductible à ce modèle, ni d'ailleurs à quelque modèle que ce soit. Le débat qui secoue VLR via la « prise de conscience » des femmes — tempête dans un verre d'eau, noterait l'observateur narquois — n'aurait de valeur qu'anecdotique s'il ne se répétait en tous lieux sous des formes voisines. Le politique « pur » devient perméable à des revendications jusqu'alors exotiques, minorées, rejetées.

Bon gré mal gré, Roland Castro tolère, et Tiennot Grumbach souffre que le premier numéro de leur journal, mis en vente le 23 septembre, comprenne un article intitulé « C'est personnel : tout le monde en parle », ainsi qu'une déclaration du camarade H.P. Newton, ministre de la Défense du Black Panther Party, qui se solidarise avec « le juste combat des femmes et des homosexuels ».

En province et dans la capitale, sous quelque bannière — notamment celle du PSU — ou sans étiquette, des groupes fonctionnent à la manière de Défense active. Des groupes « tous terrains », auberges espagnoles des féministes (le mot s'emploie peu), des autonomistes régionaux, des immigrés, des lycéens, des psychiatres ou des clients de ces derniers. Des groupes de base, de quartier, de ville.

Liane Mozère milite ainsi dans le « comité d'action du XIVe », dont le bulletin, *l'Antimythe,* ronéotypé, est depuis 1968 un tam-tam aux aguets. Les postiers du centre de tri Paris-Brune, les employés d'Alcatel ou des Compteurs de Montrouge, les conducteurs de bus du dépôt porte d'Orléans, les imprimeurs de chez Bussière, les vendeurs de la Samaritaine y exposent leurs doléances. Le ton est vif, mais l'humour tempère la « guerre de classe » (au reste, le comité a solennellement enterré Mai — avec catafalque et drap noir — quand sonna l'heure de la retraite). Et le sectarisme groupusculaire provoque des levées de boucliers.

A présent, quoique l'exploitation patronale reste au répertoire, le centre de gravité se déplace vers les difficultés de la vie quotidienne, de la vie privée : le logement, la sexualité, la délinquance, l'école, la drogue, la contraception, le couple. Un lien étroit, permanent, est noué avec Défense active.

Car Liane Mozère et Prisca Bachelet sont amies de très longue date, et leur connivence est quasi « naturelle ».

La première, pourtant, vient de fort loin. Elle est née à Pékin, juste avant le conflit mondial. Son père, lui, fils d'un Chinois et d'une Française, a poursuivi à Paris des études scientifiques, fréquenté les surréalistes, conquis l'amitié de Salvador Dali. Puis il est rentré en Chine et s'est embauché au *Journal de Pékin.* Liane a grandi dans une splendide demeure, sur les collines, servie par des domestiques innombrables. Luxe, calme et cécité. Le maître des lieux, son grand-père maternel, était ministre, chef d'orchestre de la collaboration avec l'occupant japonais. Au retour de Tchang Kaï-chek, il a été inculpé de haute trahison, dépouillé de ses biens et jeté en prison, condamné à vie. Il y mourra de faim.

Tout s'accélère. Le père travaille pour l'ambassade américaine, tout en demeurant lié aux milieux français. La mère est aussi l'employée des Américains, comme bibliothécaire. Mais leur couple se déchire. Quand les partisans de Mao Tsé-toung investissent Nankin, Liane a dix ans. Elle se rappelle les soldats communistes, dans le jardin. Des ploucs, frustes, gauches, perdus en ville, qui apprennent *l'Internationale* aux deux petites filles de la maison.

C'est la fin d'un monde. Et c'est la fin de la vie familiale. Français, l'une par le mariage et l'autre par la naissance, les parents de Liane gagnent séparément Paris. Rapatriée avec sa mère et sa sœur, elle obéit à l'injonction paternelle et change de nom : Mozère (patronyme de la grand-mère) au lieu de Tchang. A vingt ans, elle décroche son bac, s'inscrit en économie politique, par hasard.

Liane Mozère n'est qu'à l'aube de ses métamorphoses. En fac de droit, elle s'impose doublement, surprend doublement : comme femme dotée d'une tête politique, et comme leader de la gauche. Au sein de cette corpo singulière, dominée par l'extrême droite (Jean-Marie Le Pen en est le président d'honneur, et son ami Lagaillarde y fait figure de martyr), elle fédère tous les noyaux de résistance susceptibles d'inverser le courant — chrétiens du centre Saint-Yves, socialistes unifiés, communistes de l'UEC, et simples quémandeurs de polycopiés. Dans la « grande UNEF », dont l'audience culmine à la fin de la guerre d'Algérie, la voilà présidente de l'AG de droit, environnée par les fachos, mais forte de cinq cents cartes.

A l'automne 1962, après un séjour en Algérie, enceinte de quatre mois et demi, elle avorte. Elle désire avoir plus tard des enfants mais a résolu de ne jamais se marier.

Prisca se trouve fatalement sur son chemin, au carrefour de l'UNEF et de l'UEC. C'est peu dire qu'elles sympathisent. Très différentes de style, de caractère, mais à la fois libertaires et organisatrices, elles traversent ensemble la crise des étudiants communistes et basculent ensemble, après 1965, de l'autre côté de la politique, hors des sentiers partisans. Le noyau que rejoint Liane s'appelle pompeusement « l'opposition de gauche ». Quelques rescapés de l'UEC (Michel Butel, Pierre Goldman, épisodiquement Marc Kravetz et Jean-Louis Péninou) ; quelques ex-fondateurs de *la Voie communiste* agonisante : Gérard Spitzer, Félix Guattari.

La rencontre de ce dernier est déterminante. Commence une

navette régulière entre Paris et la clinique de La Borde — l'équipe loue même une maison proche, aux Godelins, et François Fourquet, qui s'est initié à l'économie politique dans les mêmes amphis que Liane, y rédige un manifeste qui fait date : les « neuf thèses de l'opposition de gauche ».

Le domaine de Félix (chacun, soignant ou soigné, le désigne par son prénom) est territoire initiatique. Il y a là cinquante « moniteurs » pour une centaine de « malades » — mais les frontières sont souvent indécises entre le normal et le pathologique, entre le savant et le démuni, entre le stagiaire et le professionnel, entre le visiteur et le sédentaire. Guattari, par une démarche analytique collective, entretient une permanente réflexion sur ce qu'il baptise « la constitution subjective d'un travail politique ». Jean-Claude Polack, naguère porte-parole à l'UNEF des étudiants en médecine, compte parmi les thérapeutes.

Liane goûte cette absolue liberté de ton, suit le séminaire de Jacques Lacan, découvre avec ses amis qu'un « collectif » remplace avantageusement une « avant-garde ». Ainsi naît, peu avant 1968, la FGERI (Fédération des groupes d'étude et de recherche institutionnelle) où l'influence de Félix Guattari est prépondérante. S'y rassemblent des chercheurs, des militants, enseignants (Fernand Oury anime un noyau d'instituteurs), architectes, médecins, sociologues, ethnologues dont l'idée directrice est qu'« on ne change pas la société en rêvant seulement de conquérir le palais d'Hiver ». La méthode rebute maints révolutionnaires à tout crin (Butel, Spitzer s'écartent). Elle attire ceux qui ont envie de faire, et pas uniquement de gloser *Que faire ?*...

Liane milite avec Prisca en faveur des révolutionnaires latino-américains, s'engage au Comité Vietnam national, vit Mai 68 dans la mouvance du 22-Mars — où l'étonnent et la ravissent le nombre, l'aplomb, l'émancipation sexuelle des toutes jeunes filles de Nanterre. La création, dans la foulée, d'un comité d'action du XIVe prolonge à ses yeux l'inspiration de la FGERI. Répondre aux maoïstes, aux trotskistes, aux organisés enclos, aux titulaires autoproclamés de brevets révolutionnaires, par des structures souples, pensées et pratiques, proches de la vie concrète et susceptibles de, concrètement, la modifier — telle est son option, méthodiquement, patiemment mûrie.

La FGERI, comme le reste, n'est pas sortie intacte du tourbillon de Mai. Lui succède, fin 1969, le CERFI (Centre d'étude, de recherche et de formation institutionnelle), qui a l'ambition de bombarder le politique sous tous les angles et d'y investir conjointement visée militante et compétence professionnelle.

Ce bureau d'études « différent » décroche des contrats d'un niveau théorique fort élevé (la préservation des langues vernaculaires en Côte-d'Ivoire, ou une commande du ministère de l'Urbanisme sur la généalogie des équipements collectifs, avec le renfort de Foucault, Deleuze, Guattari). Le cercle initial, outre « Félix », Liane, François Fourquet, accueille des personnages dont l'itinéraire n'est pas anodin : entre autres Gérard Grass (UNEF, FGEL), Hervé Maury (UNEF, UEC), Anne Querrien (UNEF, UEC), Luc Rosenzweig (ex-ténor de l'AG de Lyon, UEC), Michel Rostain (ancien vice-président de l'UNEF), plus un solide contingent issu du 22-Mars.

Mais à ces chercheurs ès qualités se mêlent aussi des découvreurs empiriques, acteurs et témoins des conflits du moment : magistrats et avocats spécialistes des flagrants délits, taulards et visiteurs des prisons, pédagogues et profs suspendus, analystes et analysés... Le siège du CERFI, boulevard Beaumarchais, devient la caisse de résonance d'une foultitude de mobilisations éparses, parisiennes ou provinciales. Les fonctions « nobles » et les fonctions « techniques », subalternes (dactylographie, comptabilité) n'y sont pas plus séparées que chercheurs estampillés et chercheurs improvisés. L'autogestion — moyennant mille accrocs — est la règle de l'établissement. On invente, on milite, on se paie.

La multiplication des « groupes », des « comités », en cet automne 1970, n'est donc pas seulement une éclosion spontanée, un défi amnésique lancé aux boutiques tonitruantes. Il s'y mêle des militants frais émoulus du printemps des barricades, et d'autres dont l'expérience, la « bouteille », remontent autrement haut. Les pros n'ont pas l'exclusivité des tribunes, ils sont aussi à la base. Mais ceux-là pensent que la révolution n'est pas conditionnée à une magique et soudaine « sortie du système » ; qu'en agissant sur le vécu, le système subit, de façon moins spectaculaire, des déséquilibres plus révolutionnaires. L'antagonisme réforme/révolution, décidément, est une idée simplette...

Pour Prisca, pour Liane, pour Anne Querrien et la bande du CERFI, le mouvement des femmes naissant est la pointe avancée de cette démarche. Il libère les femmes. Il libère, simultanément, la politique. Elles y courent.

Une salle poussiéreuse et plane, face à l'atelier, dans l'enceinte des Beaux-Arts. Combien sont-elles ? Cent cinquante ? Deux cents ? Plus ? Quel âge ont-elles ? Les unes ont dépassé quarante ans, d'autres en auront bientôt vingt. Peut-être mères et filles, qui sait ? Et d'où sortent-elles ? Le bruit a circulé qu'une réunion s'était tenue rue Descartes ; que le groupe de Vincennes, lui, a choisi Normale sup ; qu'une première AG, enfin, a été convoquée au centre protestant — où des « camarades organisées » ont essayé sous les lazzis de dévider leur catalogue.

Mais ce soir, ce mardi d'octobre, les affluents ont frayé leur chemin jusqu'au lit du fleuve. LE mouvement de libération DES femmes vérifie qu'il a pris corps. Un seul mouvement, quoique élastique, dépourvu de bureau politique, d'organigramme, de porte-parole accrédité, de statuts inviolables : toute femme en est membre de droit, dans sa singularité ou dans son orthodoxie, dans sa logorrhée ou dans son mutisme. Certains hommes gardent les enfants tandis que leurs compagnes s'assemblent. Certains autres, le long du couloir qui mène à l'amphi, dressent une haie hostile — Roland Castro est sur les rangs, questionne « ses » militantes et n'obtient que rires.

Non, il n'y aura pas de présidente de séance. Oui, ce sera le foutoir, le bordel. Tant pis. On ne va pas réintroduire, subrepticement, l'hégémonie du chef. « Contre un mouvement unifié, desséché, uniformisé, barannisé, désodorisé, vive la différence — la parole des femmes, tout de suite ! » proclame Liane Mozère dans le premier bulletin ronéotypé du MLF...

Elles s'assoient sur les tables, saturent l'espace déjà bourré, enfumé, se serrent à mesure que l'assistance grossit. La plupart portent le jean mode pattes d'éléphant. Le style cool (robes indiennes, patchouli, fard) contraste avec les visages nus, les chemises d'homme et les chapeaux qu'arbore un détachement plus âgé — les homos, les aînées sorties du ghetto. Pas une jupe droite, plus aucun de ces habits-carcans qui entravaient la marche, bridaient la peau.

L'AG s'annonce violente. Une violence formidable. D'où qu'elles sortent, de leur silence ou de nulle part, elles n'ont jamais imaginé déferlement semblable. C'est l'hystérie permise, l'hystérie autorisée, songe Liane. Les cris et les larmes, elle en a été maintes fois témoin ; mais c'était au terme d'une nuit de congrès, quand l'usure nerveuse dissolvait le rite. Tandis qu'ici, le rite est aboli : hurle qui veut, venge qui veut les raideurs contraintes, le refoulé convenu.

Françoise Picq se rappelle ses timidités théoriques, la force de frappe dissuasive dont usaient et usent toujours les titulaires de chaire, les propriétaires de tribune, les leaders, les hommes. Elle écoutait sans répondre. « C'est possible, se dit-elle. Nous avons créé un lieu où n'existe pas de savoir qui fasse loi. » Tout est ouvert, tout est à inventer. Tout est incertain. Ce qui meurt dans ce désordre, c'est le militantisme-rédemption, la supériorité du militant qui connaît l'oppression que l'opprimé supporte et parle à sa place.

Lutte des femmes/lutte des classes. Mme Dassault est-elle assimilable à sa cuisinière ? Les femmes sont-elles les « jaunes » de la classe ouvrière ? Ou bien les combattantes de l'émancipation ouvrière sont-elles les « jaunes » des femmes ? La discussion fuse, s'embrouille, s'égare, néglige l'héritage des devancières lointaines, des « féministes » du passé. Ce n'est pas grave, on a le temps.

Prisca Bachelet (qui était présente à Vincennes lors du psychodrame inaugural) identifie vingt ou trente silhouettes familières, plus ou moins perdues de vue depuis l'UNEF, l'UEC. Elle retrouve aussi l'ambiance des grands moments du 22-Mars.

Nadja Ringart entend sa voisine questionner une participante :

— Tu as la voix de Delphine Seyrig !

C'est Delphine Seyrig.

Par décantation, plusieurs oratrices se détachent, se distinguent. Christiane Rochefort, Monique Wittig, Antoinette Fouque (une petite femme ronde à l'accent méridional). Et un essaim d'autres, dont seuls les prénoms sont perçus : Anna, Cathy, Christine, Jo, Mafra, Mano, Margaret, Micha, Monique...

De toute façon, le risque du vedettariat sera conjuré. Les communiqués, les tracts, les articles porteront la signature « des femmes ». Nulle ne s'appropriera le mouvement. Nulle n'en tirera commerce ni gloire.

Il faut vider les lieux avant 11 h 30. Rendez-vous tous les quinze jours. Pour « ne pas se quitter comme ça », par paquets, les pionnières, le verbe haut, encore sous le coup de l'émotion, remontent la rue Bonaparte vers le Saint-Claude afin de prendre un pot. Aux hommes agressifs qui les croisent, elles répondent sur l'air du *Chant des marais* :

> Nous qui sommes sans passé, les femmes
> Nous qui n'avons pas d'histoire
> Depuis la nuit des temps, les femmes
> Nous sommes le continent noir
> LEVONS-NOUS FEMMES ESCLAVES
> ET BRISONS NOS ENTRAVES
> DEBOUT !

Un magazine — c'est son rayon — a perçu le frémissement de l'époque. Au printemps, déjà, *Elle* a interrogé ses lectrices sur « ce qui peut encore les choquer ». Le résultat du sondage révèle que « la Française » est hostile à l'homosexualité, à la pornographie, aux affiches érotiques, à la drogue, au port de la soutane et aux détournements de mineurs. En revanche, ladite Française plébiscite l'avortement (93 %) et la pilule (65 %). Commentaire : un être « normal » et « moderne ».

Ce n'était qu'un début. Le 23 novembre, au palais des Congrès de Versailles, sont convoqués des « Etats généraux de la femme » préparés par « une gigantesque enquête ». En avant-première, Jean Mauduit, le promoteur de l'opération, réunit quelques consœurs et confrères afin de leur fournir le programme des cérémonies. Cela se déroule entre gens du monde, dans les salons d'un restaurant cossu sur les Champs-Elysées.

Feutré, le cocktail mijote quand une voix aiguë s'exclame :

— Suffit !

Trente des « invitées » se démasquent, s'approchent du micro. Déconcerté, le courtois Jean Mauduit s'interrompt en pleine péroraison :

— Mais, mesdemoiselles, nous avons toujours été favorables au dialogue...

Trop tard. Le commando du MLF a envahi l'estrade. Une des perturbatrices donne lecture du texte qu'elles ont préparé :

— Votre campagne laisse croire aux femmes qu'on leur demande leur avis. Elle propose aux femmes des choix de détail qu'elle leur fait prendre pour des choix essentiels quand les choix essentiels ont été pris pour elles et à leur place. Leur oppression fondamentale reste. L'amour, le mariage, le couple, la féminité, l'instinct maternel, le travail ménager, etc., ne sont pas remis en question... LA femme n'existe pas, c'est une des créations du patriarcat destinées à écraser les femmes.

Shocking! Mais le réflexe indigné se mue bientôt en hilarité. Car les manifestantes, leur prône achevé, distribuent un « contre-questionnaire » qui ne manque ni de piment ni de sel.

VERSION « ELLE ». — Le mariage est-il :

* la vocation profonde de la femme ?
* le moyen indispensable de construire son bonheur ?
* la façon la plus normale de vivre à deux ?
* une formalité superflue quand on aime vraiment ?
* la meilleure façon d'avoir des enfants ?

VERSION MLF. — Le mariage est-il :

* la seule façon d'échapper au célibat ?
* la seule façon d'échapper au célibat ?
* ou la seule façon d'échapper au célibat ?

VERSION « ELLE ». — Les femmes sont-elles plus douées, moins douées, aussi douées que les hommes pour conduire une voiture ?

VERSION MLF. — A votre avis, le double chromosome X contient-il ou non les gènes du double débrayage ?

Les contestataires se sont, en outre, permis d'ajouter une batterie de demandes auxquelles les géniteurs des Etats généraux n'avaient point songé. Ainsi :

— Qui est le plus apte à décider du nombre de vos enfants :

* le pape qui n'en a jamais eu ?
* le président qui a de quoi élever les siens ?
* le médecin qui respecte plus la vie d'un fœtus que celle d'une femme ?
* votre mari qui leur fait guili-guili le soir en rentrant ?
* vous qui les portez et les élevez ?

Et encore, plus cru :

— Quand un homme parle à une femme, doit-il s'adresser :

* à ses seins et à ses jambes ?
* à son cul et à ses seins ?
* à son cul seulement ?

Le Figaro du lendemain évoque l'intrusion « d'inquiétantes amazones à la nuque rasée et aux larges feutres »...

Le 23 novembre, les inquiétantes amazones sont d'abord refoulées par des vigiles musclés. Mais elles griffent, se débattent, s'infiltrent, finissent par obtenir l'aumône d'une intervention, récusent une « libération concédée par Chaban-Lazareff-Moulinex-Delmas ».

L'étape suivante est la préparation d'un nouveau supplément à *l'Idiot international,* plus étoffé qu'en mai, toujours intitulé *Le torchon brûle.* Le manifeste d'ouverture, « Lettre au monstre qui est en moi-même », établit que, siècle après siècle, un contrat tacite dominant-dominé a été conclu, si terrible, si ancré qu'il en paraît naturel : « Tu es Sa femme, Sa nourrice, Sa mère, Sa sœur, Sa maîtresse, Son égérie, Sa muse, Son infirmière, Sa cuisinière, Sa secrétaire, Sa femme de ménage... Tu es une bête, un ange, un avatar du diable, un os arraché de Sa chair, l'épine dans Son cœur, le péché incarné, la rédemption... TU ES SA COMPLICE. »

Les « mecs révolutionnaires » sont directement, explicitement dans le collimateur. Une voix (anonyme, aucun article n'est signé) : « A partir du moment où j'avais une tête de mec, une tête d'intellectuelle et la tête de mon père, qui plus est, c'était plus possible. Une nana qui n'en est pas une, ça n'a pas le droit d'exister, ça n'est pas baisable. A bon entendeur salut. Les types qui déclarent pas baisable une nana qui parle et écrit, ils sont dans les groupes révolutionnaires et ils les dirigent. Alors la révolution qui me permettra d'avoir un corps, de rire et de garder ma propre tête, il faut que je la fasse ailleurs, moi-même. »

Un poème :

> Volez planez jouissez ils disent
> sous-entendu : et que nos femmes suivent
> d'accord
> quand vous aurez fini
> de torcher les enfants
> et toutes les petites choses annexes
> ménage lessive vaisselle cuisine marché
> enfin quoi le quotidien
> quand les volets seront fermés
> la poubelle vidée
> et le seau sous l'évier
> faites jouir monsieur
> femmes je vous le dis
> le sort de la révolution est dans votre culotte.

Le mardi soir, aux Beaux-Arts, il ne reste plus un strapontin disponible...

Nadja et Françoise modifient leur regard sur la « base ouvrière » de Flins, sur l'ensemble de l'investissement militant. Informer, mobiliser, aider les prolétaires, il n'est rien, sans doute, de plus urgent. Si ce n'est qu'il faut aussi rencontrer leurs femmes, frapper autant aux portes des pavillons populaires qu'aux portes de l'usine. En un mot, l'ouvriérisme primaire, c'est terminé.

Avec deux autres filles de la bande, elles mettent par écrit leurs questions, leur lassitude, et interpellent les chefs de VLR, Roland, Tiennot : « On ne supporte plus d'être un objet qui ne comprend pas, qui distribue des tracts et des sourires, qui répète les discours politiques avec un dévouement pathétique. Il y a des mecs qui ressentent tout cela, mais il n'y a que les femmes qui puissent le remettre en cause — pour eux, aussi. Le mouvement des femmes, on y respire, on ose se parler et même se tromper. Nous voulons élaborer la politique que nous allons appliquer. »

Et, pour conclure, cette bizarrerie grammaticale où l'essentiel est ramassé : « Libérons-vous ! »

Les dirigeants sont impressionnés. Les simples soldats également.

Lénine prend un coup de vieux.

A la mi-novembre, l'affaire de Meulan est appelée devant la Cour de sûreté de l'Etat. Un procès offensif, efficacement préparé par Tiennot Grumbach (lui-même déclare avoir participé au raid), sans inculpés vedettes ni avocats vedettes, où Marcel Dupont, le « négrier », concède qu'il envisage « de se retirer très prochainement en Espagne », où le directeur de l'ANPE reconnaît être en contact régulier avec ce dernier. Un procès où les inculpés requièrent et où les témoins avouent, où la CGT nie et la CFDT approuve... « Honneur aux accusés ! » écrit Maurice Clavel dans *Combat*. « Aux mains des hors-la-loi, Paris fait sa toilette », raille Kateb Yacine dans *le Monde*. Marc Hatzfeld est condamné à trois ans de prison avec sursis ; Nadja, à six mois. Ils peuvent rentrer chez eux. La France est moins tranquille.

Pour prêter serment, dans le prétoire, Roland Castro a levé le poing.

8

Guerre et fête

Kouchner ne tient plus en place. Depuis son retour du Biafra, il mesure l'effrayant décalage entre le discours et la réalité ; les horreurs de la guerre, les souffrances des populations, la faim, rien de ce dont il a été le témoin n'émeut vraiment ses amis cantonnés dans des schémas abstraits. Il est irrité que ses vieux camarades de militance le traitent en gentil boy-scout qui, sa trousse d'urgence à la main, vibrionne de par le monde. Et il enrage qu'on lui demande d'apposer une étiquette politique sur les cadavres au ventre gonflé. Battre les tribunes pour le Comité international contre le génocide au Biafra ne suffit pas à apaiser son désir d'action.

La cinquantaine de médecins qui, sous l'égide de la Croix-Rouge, sont partis au Biafra, se rassemblent une fois par mois chez un chef de service de l'hôpital Beaujon ; petite amicale d'anciens combattants, nourrie d'émotions, d'amitiés, de souvenirs partagés. On y écoute des exposés sur la chirurgie dans le tiers monde, on y compare les gestes qui sauvent. Ce groupe d'intervention sans appellation ni affiliation ne s'embarrasse guère d'analyses sur la nature des conflits ni sur l'origine du mal. Ses membres n'obéissent qu'à un unique mot d'ordre : là où est la souffrance va le médecin.

En juin 1970, un tremblement de terre ravage le Pérou. Par l'intermédiaire de Frères des hommes, Kouchner part pour Lima. Les secouristes accourus du monde entier attendent longtemps d'être transportés vers les zones sinistrées. Ils sont logés au dernier étage d'un hôpital vidé de ses lits. Le Français y rencontre des baroudeurs, des aventuriers sympathiques et fous qui volent de catastrophe en désastre.

Arrive enfin le porte-hélicoptères américain *Guam,* de retour du Vietnam. Comme ses confrères, Kouchner grimpe à bord des hélicos bariolés qui, peu auparavant, répandaient la mort dans les rizières. Les pilotes fument des joints et plaisantent. Quand les équipes de secours sont débarquées, il est tard, trop tard.

De Lima, Kouchner espère passer en Bolivie et visiter Régis Debray, qui purge à Camiri ses trente ans de prison. Mais l'ambassadeur de France à La Paz, Dominique Ponchardier, le dissuade de mettre son projet à exécution. L'évolution de la situation politique laisse espérer un prochain élargissement. Ce n'est pas le moment de troubler le jeu.

Wilborn Hampton, correspondant de l'agence United Press en Jordanie, regarde, accroupi derrière la fenêtre de son hôtel, les voitures blindées de couleur sable qui se faufilent dans les rues. A 5 heures du matin, ce jeudi 17 septembre 1970, le journaliste américain a été réveillé par le bruit aigu des balles traceuses, bientôt relayé par les explosions sourdes des obus de 75. Un engin touche l'hôtel au niveau du quatrième étage, forant un large trou dans ce qui fut une salle de bains. Hampton et ses confrères galopent d'une ouverture à l'autre afin d'essayer de suivre l'offensive de l'armée royale contre les camps palestiniens accrochés aux sept collines de la périphérie.

Depuis plusieurs semaines, la tension ne cesse de monter entre les commandos palestiniens et les soldats d'Hussein. A plusieurs reprises, des incidents violents ont éclaté. Le souverain hachémite s'efforce de limiter le champ d'action des organisations regroupées dans l'OLP qui évoluent sur son territoire. Il a ordonné la construction de fortifications autour de la capitale et concentre ses blindés. Au cours de la nuit du 30 au 31 août, une fusillade sérieuse réveille les faubourgs d'Amman. De part et d'autre, on se prépare à la guerre.

La situation s'aggrave encore lorsque, le 6 septembre, des fedayin appartenant au Front populaire de libération de la Palestine du docteur Habache détournent deux avions, l'un de la Swissair, l'autre de la TWA, sur un terrain militaire qu'ils contrôlent, près de Zarka en Jordanie. Le FPLP garde les passagers en otage et exige contre leur libération celle d'auteurs d'attentats détenus en Israël.

Des négociations s'ouvrent par l'intermédiaire de la Grande-Bretagne et de l'Allemagne, mais une nouvelle difficulté surgit : le FPLP entend opérer une discrimination entre les passagers juifs et les autres. En fin de compte, les femmes et les enfants sont relâchés et les avions dynamités. Une soixantaine d'otages demeurent aux mains du commando. Le Comité central de la résistance palestinienne condamne l'action du FPLP et lui reproche d'attirer la répression sur les Palestiniens de Jordanie.

En effet, Hussein forme un gouvernement militaire et décide l'assaut contre les camps qui cernent sa capitale. Les soldats du roi, équipés d'artillerie lourde, de blindés, rencontrent une résistance acharnée de la part des commandos, qui ne possèdent, eux, que des fusils et des mitraillettes. Auprès de l'aéroport, les combats sont âpres ; c'est dans la lueur des incendies, des fusées éclairantes que, de temps à autre, un appareil de la Croix-Rouge internationale réussit à se poser.

Mais ce sont les civils qui subissent les pertes les plus nombreuses. Les forces royales bombardent sans arrêt l'immense camp de Djebel-Wahadate. Les réfugiés, femmes et enfants, sont massacrés. Des milliers de victimes s'entassent dans les rues pilonnées par les obus. La tuerie est sauvage. De sa fenêtre, le correspondant d'United Press aperçoit un convoi d'ambulances pris sous la mitraille. Hampton ne peut quitter son hôtel ; il est impossible de se déplacer dans la ville. La population épouvantée se terre ; beaucoup de maisons ont été atteintes par un engin explosif. L'eau, les vivres manquent. Quant aux blessés, ils ne reçoivent aucun soin.

A Paris, réunis chez le professeur Minkowski, les médecins adhérents du Secours rouge se concertent pour envoyer une équipe en Jordanie. Bernard Kouchner rapporte ce que l'expérience biafraise lui a enseigné sur la médecine d'urgence. Peu après, la Croix-Rouge internationale le contacte ; il n'hésite pas, et, avec son complice Max Récamier, s'envole vers Tel-Aviv.

Leur intention est de passer par Israël pour gagner Amman. Ils logent à l'American Colony ; Kouchner s'entretient avec les correspondants du Comité pour la paix au Proche-Orient, qu'animent Clara et Marek Halter autour de la revue *Eléments*. Une délégation française du Comité, où figuraient Michel-Antoine Burnier, Jean Lacouture, Claude Roy, vient d'ailleurs d'effectuer une reconnaissance ; Burnier, jusque-là réservé, est reparti pro-israélien convaincu.

Les toubibs de la Croix-Rouge franchissent le pont Allenby, et Kouchner est surpris par la modestie des lieux ; le Jourdain lui semble un ruisseau. Ils s'intègrent à l'équipe médicale d'intervention rapide de l'armée française, qui a installé un hôpital de campagne dans le stade d'Amman.

Les soldats d'Hussein n'ont pas encore réduit les djebels tenus par les Palestiniens, mais un cessez-le-feu précaire — que personne ne respecte vraiment — autorise quelques déplacements. Le consul de France, qui manifeste un réel courage, emmène Kouchner et ses compagnons dans les bidonvilles environnants. Et là, les médecins observent des scènes atroces, insoutenables ; dans des dispensaires de fortune, malades et soignants ont été égorgés par les Bédouins. Il est des quartiers où la puanteur des cadavres décomposés l'emporte sur celle de la poudre. Des voitures blindées de l'armée ramassent les corps, inhumés par groupes de cinquante dans des fosses hâtivement creusées à l'entrée sud de la cité.

Le docteur René Frydman a suivi une autre filière que son ancien camarade de l'UEC ; avec divers praticiens qui ont entendu l'appel du Croissant-Rouge palestinien, il est affecté à l'hôpital d'Achraffié. Il y parvient peu après le passage des soldats du roi et découvre la même épouvante : le sang macule les murs, déborde des urinoirs. Plusieurs blessés qui ont essayé de fuir par la fenêtre se sont écrasés en contrebas. Frydman ne s'étonne guère que les Palestiniens refusent de se faire soigner par crainte d'être achevés dans les lits.

Tandis qu'à Amman l'armée royale concentre ses tirs d'artillerie vers le djebel Webdeh où se trouve le quartier général de Yasser Arafat, des chars d'assaut syriens investissent le nord du pays. Les forces jordaniennes se replient, et plusieurs détachements palestiniens occupent la ville frontalière d'Irbid, qui est violemment bombardée. A Eric Rouleau, envoyé spécial du *Monde*, le roi Hussein déclare :

— Combien de temps croyez-vous que nous serons en mesure de supporter les humiliations que tentent de nous infliger les fedayin ? J'ai exigé que les commandos quittent Irbid dans les quarante-huit heures. Passé ce délai, nous serons obligés de les en chasser.

La population d'Amman ignore la situation exacte : les communications sont coupées. La rumeur fait état d'une gigantesque bataille de chars entre Syriens et Jordaniens, mais Rouleau, qui a survolé la région à bord d'une Alouette III de l'armée royale, n'a décelé nulle trace d'un combat d'envergure. Les Syriens se sont retirés en bon ordre.

Sur la demande de la Croix-Rouge, la bande de Kouchner accepte de se rendre à Irbid, afin que la ville assiégée bénéficie d'une assistance médicale. On lui fournit une Fiat, mais le véhicule est trop exigu pour accueillir toute l'équipe. Les médecins ne tergiversent pas : ils volent une Jeep sur l'aéroport d'Amman.

Cap au nord. Le frère Poucet, religieux installé en Jordanie, sert de guide et d'interprète. Kouchner, Récamier et les autres chirurgiens traversent des villes et des villages noyés de cadavres, où les blessés agonisent dans des maisons éventrées. Les Bédouins ont signé leur passage. Sur la route, les barrages de l'armée royale succèdent à ceux des Palestiniens, tant les lignes du front sont entrelacées.

Les voici à Irbid, dernière poche palestinienne. Kouchner s'aperçoit qu'il est allé s'enfermer dans la nasse la plus retirée, la plus exiguë, à portée des canons jordaniens.

1987, Bernard Kouchner :

— J'ai mis longtemps, très longtemps à comprendre que cet enfermement dans le coin le plus paumé, le plus exposé, était inconsciemment voulu. J'avais besoin de pénétrer le plus loin possible sans souci d'un éventuel repli. Par la suite, bien des fois, au Kurdistan, au Liban, j'ai éprouvé cet étrange sentiment qui pousse à aller jusqu'au bout de l'aventure, à courir les plus grands risques, à goûter le délicieux frisson du danger, à frôler le grand saut. Des années après, j'ai enfin saisi que l'aide humanitaire, j'en faisais d'abord pour moi-même.

La nébuleuse palestinienne est maîtresse d'Irbid dans une totale dispersion ; chaque rue, chaque quartier est sous l'autorité d'un mouvement qui a miné la chaussée et interdit aux autres de la traverser. Les Français s'approprient une maison qu'ils transforment en dispensaire. Juste en face, visible à l'œil nu, pointe l'artillerie jordanienne. Quand les médecins entrent dans la pièce où ils dorment tous à même le sol, ils rasent le mur avec précaution, évitant, baroudeurs déjà experts, le piège de la fenêtre. Les balles perdues ne le sont pas pour tout le monde.

Chez le maire se tiennent les réunions où sont représentées les diverses factions palestiniennes ; c'est là que sont arrêtées les décisions, répartis les soins, les secours, les vivres. Kouchner y remarque une fille, Rassama, belle et active, qui n'hésite pas à prendre la parole, à formuler des avis que les hommes écoutent. Rassama parcourt les rues d'un pas décidé, vêtue d'un battle-dress, le revolver à la hanche. Cette silhouette féminine et guerrière rappelle à Bernard les miliciennes cubaines sanglées dans les mêmes uniformes verdâtres. Avec son compagnon, un médecin palestinien, Rassama est l'une des figures marquantes de la cité assiégée.

Quinze jours après, quand est signé l'armistice, Irbid retrouve un aspect plus ordinaire. Les réunions de coordination sont toujours convoquées chez le maire ; Rassana, cependant, y assiste en robe, la chevelure cachée sous un foulard. Les chefs l'écoutent moins, puis ne l'écoutent plus. Bientôt, elle reste silencieuse. Dès que la guerre s'arrête, les femmes reprennent leur place.

Juste à la lisière de la ville s'étend, sous la protection de l'ONU, un camp palestinien, triste assemblage de tentes et de baraquements plantés sur un piton, en plein soleil. Kouchner propose l'aide de son équipe au confrère — palestinien lui aussi — qui dirige le service sanitaire. Ce dernier se montre réticent, mais, peu à peu, le Français gagne sa confiance. Ne sont-ils pas tous là pour soigner ? Cependant, lorsque l'interlocuteur de Bernard apprend que ce dernier a transité par Israël, il se ferme. Kouchner s'emporte, raconte qu'il a vu à Jérusalem des gens défendre les droits des Palestiniens, manifester à cette intention. Il crie :

— Qui vous massacre, en ce moment ? Israël ou vos amis arabes ?

Et Kouchner, qui jusqu'à présent a observé le silence sur ce sujet, révèle à l'autre qu'il est juif. Le médecin, interloqué, lui fait signe de se taire :

— Tu ne peux pas dire cela ici, ils vont t'assassiner.

— M'assassiner ? Moi qui viens pour les soigner ?

Il les soigne, en effet, et donne chaque jour sa consultation dans le camp. Au moment du départ, alors qu'il s'apprête à regagner Israël, Bernard prend congé de son confrère devenu ami. Le Palestinien, ému, chuchote :

— Toi qui connais Golda Meir, tu devrais lui dire que si elle parlait comme toi, la paix régnerait depuis longtemps.

Kouchner essaie de le convaincre qu'en Israël même, des courants existent qui souhaitent le dialogue. Sous l'égide du Comité dont il est un des aiguillons avec Marek Halter, il a tenté de multiplier les contacts entre Palestiniens et Israéliens. Sachant de longue date, séquelle du courant « italien » de l'UEC, que Staline a tué beaucoup plus de communistes que Hitler, il répète que les « frères » arabes liquident des milliers de Palestiniens tandis que le gouvernement israélien recueille présentement des femmes, des enfants, des blessés rescapés des tueries d'Amman.

Où passe l'absolue frontière ?

A Jérusalem, Kouchner revoit lors d'une soirée ses amis de la gauche israélienne. Ils sont gais, fument du hasch. Les filles sont jolies, pétillantes. Bernard évoque ce qu'il vient de vivre, relate la boucherie, tâche de décrire et situer les différentes organisations palestiniennes. On l'écoute un moment, et puis l'ambiance légère reprend le dessus. La nuit est douce.

Là-bas, à cinquante kilomètres, de l'autre côté du Jourdain, le sang frais sur les murs...

Quand il regagne Paris, en octobre, Bernard Kouchner découvre à la devanture des kiosques un journal qui étonne et détonne ; sur la couverture, la caricature d'un type, la tête entre les mains, les cheveux dressés, les yeux agrandis, la bouche tordue en un rictus barbare. De l'ouragan qui ravage ses méninges et triture ses traits s'évadent des mots : confusion, frustration, structures, récupération, barricades, jouissance. Le dessin est signé « R. Crumb » et le magazine s'intitule *Actuel ! ?*

Kouchner n'est point surpris. Il a suivi la gestation du nouveau-né depuis des mois, entre ses séjours au Biafra, au Pérou ou en Jordanie. La passion de la presse, contractée à *Clarté,* entretenue à *l'Evénement*, ne l'a jamais abandonné. Il aime l'atmosphère des comités de rédaction, la fébrilité des bouclages. Bernard et son camarade Michel-Antoine Burnier ont cherché, début 1970, à relancer un titre. Tous deux, nostalgiques du mensuel disparu avec d'Astier, ont reconstitué l'équipe : Dany Corbel, Christian Jelen, Jean-Paul Ribes. Les réunions se sont succédé pour échafauder un périodique ouvert et tolérant, partagé entre la politique et la société. Quelque chose d'austère, de sérieux.

Burnier allège son violent désir de confectionner un journal en s'occupant de celui de la FNAC, *Contact.* Il travaille dans le bureau voisin d'André Essel et, à l'heure où les gépistes poussent leur cri : « Patrons, c'est la guerre ! », se réjouit de côtoyer un chef d'entreprise progressiste et moderne qui lui révèle les complexités de la fonction. Parfois, Essel, ancien trotskiste, se plaint d'être élu pour cible par les troupes de Krivine : « Pourquoi viennent-ils précisément chez moi où les droits sociaux, les avantages, sont bien plus nombreux qu'ailleurs ? »

Burnier comprend. Reste que, si la FNAC nourrit son homme, elle n'apaise pas la faim d'écriture de Michel-Antoine. Il entame avec Kouchner une longue enquête, *la France sauvage,* « de Nanterre à Nicoud ». Les deux reporters explorent les foyers de contestation, interviewent professeurs et ouvriers, gauchistes et syndicalistes. De leur plongée dans une société en crise ils ramènent un livre-reportage, un peu effrayés de mesurer les fossés qui se creusent, les haines qui s'accumulent. Le diagnostic tient en trois pages introductives :

> La France bougonne, grommelle, conteste, se bat et se survit [...]. En 1970, les rêves se tarissent et s'opposent. Les femmes et les enfants refusent de jouer les doublures et parlent d'esclavage. Des prêtres se marient, d'autres retroussent leur soutane. Les volutes de la drogue retombent vite. On se met en ménage à quinze, on divorce à tour de bras [...]. A l'époque de la voiture et du Frigidaire, de la vente à crédit et des loisirs collectifs, là où des observateurs pondérés attendaient une génération raisonnable, la France découvre le romantisme de l'illégalité. Le phénomène prend une ampleur mondiale : devant le gâchis et les contradictions des sociétés bouleversées par les sciences et les techniques, une jeunesse que l'échec n'a pas encore démobilisée a tout à gagner dans le combat qu'elle mène contre une organisation dont elle est exclue. Gauchistes et contestataires ne sont pas les marionnettes d'un complot international. Fils naturels de notre société, ils naissent du pourrissement des conformismes, du vieillissement des routines et des morales [...]. Les gauchistes et les autres se révoltent parce qu'ils savent qu'on ne peut rien changer au long des voies élimées et bouffonnes des carcans politiques. Par la violence et l'ironie, ils récusent le système tout entier, son enseignement et sa culture, son organisation sociale et son ordre policier.
>
> Y a-t-il d'autres moyens de brûler sa jeunesse puisqu'il faut bien le

> faire ? Le lycéen ne supporte plus son professeur, l'étudiant son mandarin, l'ouvrier son contremaître, le travailleur immigré son négrier, le commerçant ses impôts — et parfois le soldat accuse son officier. Si les cris ne s'accordent pas encore, chaque Français est individuellement un rebelle.

Cette complainte module l'air du temps. La France entame la décennie sur un étrange paradoxe. Jamais gouvernement ne s'est montré plus soucieux d'ouvrir le dialogue. Jamais société n'a paru aussi cloisonnée, bloquée — comme le diagnostique dans un retentissant essai le sociologue Michel Crozier. Le gouffre semble abyssal entre les sommets de l'Etat, les institutions héritées d'un autre âge, et un pays chamboulé de part en part, traversé de courants féconds et novateurs, mal ou peu perçus.

Le Premier ministre, conscient de ce divorce, incompris de sa majorité parlementaire friande d'ordre moral et policier, s'épuise à rattraper sa « nouvelle société », tandis que partout craquent les digues, s'étiolent les valeurs, s'effacent les hiérarchies. On croirait que le virus inoculé au printemps 1968 a mis deux ans pour se répandre dans le corps social. Cette fièvre qui oblige *le Monde* à ouvrir une rubrique « agitation », Burnier, Kouchner, Jelen et leurs compères souhaitent en mesurer l'exact degré. Lassés de la politicaillerie et du militantisme, ils demeurent des observateurs politiques vigilants.

Mais, au fil de leurs rencontres, le projet de magazine reste un projet. C'est simple : l'argent n'est pas au rendez-vous.

Lors d'une assemblée rituelle, Jelen arrive flanqué d'un grand garçon blafard — long nez dans un visage rond qu'encadrent des cheveux blond filasse :

— Je vous présente Jean-François Bizot.

Jean-François Bizot est un fils de bourgeois, d'une famille qui n'étale pas sa fortune et cache aux rejetons leur bonne fortune : enfant, Bizot ignore qu'il est l'héritier d'une lignée industrielle issue de l'alliance entre une dynastie qui règne sur le textile du Nord et une branche lyonnaise, pionnière dans la soierie.

Les exemples de réussite ne manquent pas chez les Bizot, autant fruits du mérite que de la naissance. Le père de Jean-François, polytechnicien, fut un des grands capitaines de l'industrie chimique. Un de ses oncles a été avant guerre vice-président de la Banque de France, un autre, directeur de la BNP. Le travail, bien plus que le fric, est la valeur-étalon. Ses parents inculquent au jeune Jean-François des principes imprégnés de christianisme social qui incitent à une relative austérité : l'argent, il est bon d'en gagner pour le faire fructifier, pour faire tourner les usines, non pour le dépenser à la manière ostensible des parvenus. D'ailleurs, Jean-François reçoit une éducation religieuse stricte qui l'amène vers douze ans à se rêver missionnaire.

Jusqu'à cet âge, il ne dîne pas en compagnie de ses parents mais à l'office, sous la houlette d'une gouvernante. Son père le voussoie. Cependant, cinquième enfant du couple, il entretient avec ses géniteurs des relations moins guindées que les aînés. La politique n'a guère droit de cité dans le cercle familial, et quand l'adolescent Bizot peint sur les murs de l'immeuble « URSS = Nazis » sans rien comprendre à l'intervention soviétique en Hongrie, son père s'inquiète, légèrement offusqué :

— Mais, Jean-François, qu'est-ce qui vous prend ?

Pourtant, le garçon bien né, en grandissant, éprouve un réel malaise ; son origine l'a hissé d'emblée, sans effort aucun, dans cette couche de la société où pouvoir, honneurs et argent figurent « naturellement » dans l'escarcelle. Loin de goûter ce privilège, Bizot souffre de ne rien devoir conquérir par lui-même. Il redoute d'être déjà lancé sur l'orbite préétablie où l'attend quelque uniforme : officier, préfet, ambassadeur... Un avenir galonné, cousu main.

S'il invite chez lui ses copains de lycée, les sifflets admiratifs l'embarrassent :

— Le hall d'entrée est aussi grand que tout mon appartement !

L'adolescence venue, Bizot aspire à s'affranchir de cette vie close, ouatée ; il étouffe chez des parents déjà vieux, se rebelle contre le cérémonial, contre le maître d'hôtel qui sert à table. L'opposition est à ce point marquée, le refus tellement absolu, que le jeune homme conçoit une rupture sans retour. Il ne s'agit plus seulement de la poussée d'acné d'un enfant des beaux quartiers. Tous les attributs habituels dévolus aux spécimens de son genre, Bizot les méprise. Puisqu'il ne peut gommer les stigmates originels, il s'efforcera, presque jusqu'à l'obsession, de les dissimuler. Réussir sa vie par lui-même. Cette règle, il promet de s'y tenir.

Aux alentours de sa quinzième année, il s'échappe par le jazz, dont il tombe amoureux fou. Sur les longues plages délirantes nées du saxo de Coltrane, il croit deviner l'écho des tourments qui l'agitent. La musique, il le pressent, annonce un tremblement des profondeurs. En attendant d'y plonger tout à fait, il devient expert, collectionne les pochettes. L'argent de poche y passe. Il fréquente les surprises-parties et s'occupe avec assiduité du sexe opposé, bien que cet intérêt soutenu soit insuffisamment payé de retour.

L'époque est encore à la frustration.

Baccalauréat en poche, il passe un contrat avec son père : il promet d'accomplir des études scientifiques et reçoit, en échange, 500 francs mensuels. Le bachelier s'inscrit en taupe, est admis à l'école d'ingénieurs de Nancy. Pendant deux années, il s'installe dans la capitale lorraine et en profite pour se gaver de lectures, depuis Marx jusqu'aux surréalistes, répare un vif complexe culturel. Il lit *Beau Masque* sans savoir que l'histoire librement interprétée par Vailland s'est déroulée dans sa propre famille.

A sa majorité, Jean-François apprend que son compte en banque vient de gonfler soudainement : l'héritage. Vingt et un ans, et pratiquement milliardaire... Semblable pactole le terrifie ; il envisage d'en faire don au parti communiste. Tant d'argent l'angoisse, avive son doute existentiel : « Suis-je capable de mener quelque chose à bien, seul, sans cette fortune ? » Le magot est gelé ; il n'y touche pas. Question d'identité, question d'orgueil parfaitement incompréhensible pour qui a traîné ses jeunes années dans la banlieue ouvrière.

Ingénieur en 1966, titulaire par surcroît d'une licence ès sciences économiques, Bizot ne songe pas une seconde à utiliser le réseau familial pour se propulser à quelque poste. Ses camarades de promotion sont avides d'escalader l'échelle sociale. Lui souhaiterait plutôt la descendre. Le sommet, il l'a exploré et sait d'expérience qu'y poser son postérieur ne résout pas l'impossible problème du bonheur. Le seul qui l'intéresse.

Intellectuellement, il se considère comme un marxiste ; l'influence d'un ami l'a amené à fréquenter le prophète barbu, et il y décèle l'outil de compréhension d'un monde bancal, injuste. La misère des tropiques l'offusque, le sous-développement le révolte. Un temps passionné par la planification, lecteur assidu de Charles Bettelheim, il voudrait partir en Afrique comme coopérant technique. Attiré par les espaces arides, il s'imagine organisant l'irrigation, régulant les approvisionnements, cherchant les débouchés.

C'est à l'usine Rhône-Poulenc de Vitry qu'il entre, simple ouvrier, pour un stage de deux mois. Incognito. Il cache son diplôme et tait évidemment que sa famille est actionnaire de l'entreprise. Il arrive avant l'aube, traversant à Mobylette la zone industrielle ceinturée de fumées bleues et ocre, immense et sinistre. Dès le vestiaire, l'odeur terrible, poisseuse, soulève le cœur.

— On s'habitue, petit, l'œuf pourri finit par faire partie de toi.

Le premier jour, un vieil ouvrier l'a prévenu. Et il a beau, le soir, se frictionner sous la douche durant des heures, la puanteur s'accroche, en effet. Cela ne l'empêche pas de vider les cuves avec conscience, avec un soin méticuleux. A grandes pelletées, il remplit des brouettes de boue noirâtre et nauséabonde.

Il accompagne ses copains d'atelier au foot le dimanche, tâte du flipper, et parfois sort dans une boîte des boulevards. Il singe leur vie et continue de se sentir exclu. Quand il sortira, le stage terminé, il ne reverra plus ses potes éphémères ; il s'en veut de ne pouvoir vraiment partager l'existence de quiconque ; il en veut aussi à cette classe ouvrière qui se laisse traverser sans le retenir.

Foutues barrières sociales !

La Révolution culturelle chinoise excite Bizot : une société où les intellectuels vont à l'usine, et d'abord les héritiers, mérite l'enthousiasme et le détour ! Le voici maoïste. Il pense que la France est un royaume indigent, que tout y est importé — un pays soumis à une sorte de couvre-feu culturel qu'il contemple avec haine. Les enjeux de carrière, les affres de la concurrence, les chemins balisés du conformisme le révulsent. Il suffoque, et le spectacle de toutes ces vies rétrécies, bornées à l'horizon de la caisse d'épargne, du bas de laine franchouillard, lui inspire aversion et désespoir.

Bizot rejoint un groupe lié à l'UJC(ml), animé par un peintre qui a détruit toutes ses œuvres parce que la peinture est bourgeoise — il travaille désormais comme ouvrier. Jean-François milite au sein d'un Comité Vietnam de base, assiste à des réunions vaseuses où il ne comprend pas grand-chose. Le dimanche matin, il vend *le Courrier du Vietnam* au marché Buci, confectionne de grands panneaux afin d'expliquer aux ménagères que la guerre du peuple est invincible.

De temps à autre, il hante les abords de l'Ecole normale supérieure. Mais lui, le bourgeois qui roule en 2 CV n'est pas admis à côtoyer les chefs prochinois, ces dieux retranchés dans leurs turnes où se décide le sort de la révolution mondiale. Humilié mais consentant, il attend dans le hall pendant que ses compagnons du Comité recueillent les consignes.

Il trouve un job au ministère de l'Industrie, employé par le BIPE (Bureau d'information et de prévision économique) : il dessine d'amples tableaux, des schémas directeurs, « restructure » la chimie française d'un trait de crayon, sachant que ce travail ne sert à rien sinon à évaluer la dérision et l'inertie administratives.

Durant l'été, grâce à François-Henri de Virieu qui le « pistonne », il effectue un stage au *Monde*, où son absence manifeste de dispositions pour la presse l'accable ; il persévère néanmoins.

A la fin de 1967, Bizot entre comme journaliste à *l'Express*. Il a été recommandé auprès de Jacques Boetsch, rédacteur en chef, par une relation commune, un ancien des Brigades internationales que Jean-François a rencontré quasiment par hasard. Il touche 1 680 francs par mois et est affecté au service étranger, où il partage le bureau de Jean-François Kahn dont il admire la dextérité, la rapidité. Lui peine, se creuse la cervelle pour écrire. Chaque semaine, obstinément, il propose une enquête sur l'Afrique du Sud. Journaliste laborieux et emmerdeur fini.

Il parle beaucoup avec Kahn, lui apporte les livres de Marcuse, d'Henri Lefebvre, et s'étonne un brin de voir son brillant confrère, deux jours plus tard, faire tourbillonner ses découvertes littéraires devant Françoise Giroud. Mais Bizot n'a que vingt-trois ans, et l'assurance, le flair de Kahn lui en imposent. Ce dernier ne lui a-t-il pas prédit, dès décembre 1967, que la situation allait bouger en Tchécoslovaquie ?

Apprenti journaliste, Bizot mène une double vie : *l'Express* le jour, le militantisme la nuit. Un dimanche d'avril 1968, on lui donne rendez-vous près de l'église Saint-Germain-des-Prés. Il se retrouve avec quelques dizaines de jeunes gens devant la salle du 44, rue de Rennes, en train de gueuler : « Vive la juste lutte du peuple vietnamien ! » cependant qu'un commando des CVB met à sac une exposition glorifiant le régime « fantoche » de Saigon.

Sa double casquette, Bizot la conserve pendant tout le mois de mai. La fermeture de Nanterre intervient alors que l'équipe de *l'Express* est en plein bouclage. Du côté de la hiérarchie, on ne déborde pas de tendresse envers les trublions du 22-Mars. Lorsque Jean-François entend Georges Suffert pronostiquer un essoufflement du Mouvement et recommander le renvoi de Cohn-Bendit en Allemagne, il explose. Devant l'assistance interloquée par l'audace du novice, il prend à partie Suffert puis Françoise Giroud, plaide que le chahut estudiantin sort de l'ordinaire.

Le lendemain, 3 mai, il a rendez-vous, pour une interview, avec Olivier Guichard, ministre de l'Industrie, à l'heure où se tient dans la cour de la Sorbonne le meeting qui allume la mèche. En sortant, il se précipite vers le quartier Latin et déboule, sur le boulevard Saint-Michel, au cœur de l'émeute.

Dans les bureaux chics de *l'Express,* tout à coup, le climat change ; on consulte cet énergumène qui deux jours auparavant semblait perdu pour le journalisme. Lui n'éprouve aucun scrupule à participer aux manifestations, à lancer des pavés avec sa carte de presse en poche. D'ailleurs, la police n'opère pas non plus de distinction. Le 6 mai, il est sévèrement matraqué et retire de cette bastonnade une légitime fierté et une solide rancune.

Logeant au coin de la rue Gay-Lussac et de la rue des Feuillantines, il se venge allègrement lors de la nuit des barricades, éprouve un plaisir aigu à bombarder, de sa fenêtre, les CRS en contrebas. Et un plaisir non moins aigu à terminer cette nuit héroïque dans les bras d'une jeune fille rencontrée antérieurement sur le pavé — les policiers, cependant, tentent d'enfoncer sa porte.

L'après-Mai est douloureux. L'explosion des révoltes n'a pas assouvi la sienne, trop intime. Il se débat contre une amère solitude, souffre de ne pas déployer plus de talent dans son métier. Après une longue enquête, il rédige quarante feuillets sur les travailleurs immigrés. Le papier part à la corbeille.

L'armée le réforme. Sans trop savoir pourquoi, il adhère au PSU, participe à la campagne de Michel Rocard, écrit deux articles pour *Tribune socialiste* sous le pseudonyme de Julien Vladimir.

Mais Bizot n'attend plus rien de la politique, du militantisme des petits groupes clos sur eux-mêmes, impuissants et sectaires. L'essentiel, à ses yeux, se situe ailleurs, dans les relations entre les gens, les rapports au sein de la famille, la vie quotidienne qu'il aimerait subvertir. Un de ses amis, rédacteur en chef du magazine américain *Ramparts,* lui parle longuement des Etats-Unis, raconte les Panthères noires, et un mouvement stupéfiant, à vrai dire incompréhensible : le Women's Lib. Des femmes qui revendiquent leur libération ? questionne Bizot, incrédule.

— Et elles sont nombreuses ?

A l'été 1969, Jean-François traverse l'Atlantique ; de New York à la Californie, il parcourt le continent en tous sens, saute d'un lieu à l'autre, visite systématiquement ce monde parallèle et souterrain où l'aspect vestimentaire et la chevelure servent de signe de ralliement ; il séjourne trois mois à Berkeley dans une communauté féministe, croise Jane Fonda, écoute la musique, entend parler d'écologie.

Cette fois, il a trouvé son point d'ancrage. La vraie révolte, à l'évidence, elle est là. La jeunesse américaine, hantée par la guerre du Vietnam, invente une contre-société, en marge de l'autre, où se créent des valeurs nouvelles, où s'ébauchent des relations sociales dégagées de tout souci marchand. Bizot exulte. La découverte de l'Amérique l'enthousiasme ; la déviance introduite par les femmes, les marginaux, la drogue et le rock mine beaucoup plus sûrement l'impérialisme yankee que la classe ouvrière. Aucun doute : la vague, d'ici peu, atteindra l'Europe.

— Elle te plaît, ma femme ? Je te la donne.

Dans une communauté qui l'héberge, un hippie hospitalier a saisi le regard de Bizot. C'est vraiment un monde inconnu qui se dessine ici, où l'amour exclut la jalousie.

Emu et reconnaissant, Jean-François profite de sa bonne fortune. Le lendemain matin, le mari s'avère moins cool :

— Maintenant, tire-toi rapidement !

Bizot ne comprend plus, n'a guère le temps de faire ses adieux. Il s'enfile un trip d'acide et obtempère.

En décembre, il est de retour à Paris. Le vent d'Ouest lui a tourné la tête, et il se sent investi d'une mission historique : devenir l'importateur de la révolution culturelle.

La vraie.

Il propose à *l'Express* des reportages sur le mouvement des femmes, l'écologie, l'underground. On lui accorde un feuillet et demi. *Le Nouvel Observateur* accepte un long papier publié comme « document de la semaine ».

Début 1970, Bizot est persuadé qu'il n'a d'autre isssue que de fonder son propre journal. C'est à cette époque que Christian Jelen l'introduit auprès de Burnier, Kouchner, Ribes. Jean-François porte un costume, tient à la main un attaché-case très « cadre moyen » bourré de notes, de papiers, de brochures. Il lui est arrivé d'entrevoir Burnier à *l'Evénement* où il pigeait naguère sous pseudonyme, mais il ne le découvre réellement que maintenant. Le cheveu raide et long sur la nuque, lunettes carrées, gitane maïs collée à la lèvre, l'intellectuel sartrien trace les contours du mensuel qu'il rumine : de la politique, de la culture, du sérieux, des analyses.

— C'est vieux, votre truc, laisse tomber Bizot. Vous êtes fous de vouloir faire un canard politique. Cela n'intéresse plus personne. Je rentre des Etats-Unis. Vous ne vous rendez pas compte de ce qui se passe dans ce pays. Le rock ! C'est le rock, le nouveau média de masse, le vecteur de la nouvelle culture.

Burnier et Kouchner échangent un regard inquiet. Cet hurluberlu risque de gâcher la réunion. Ribes — cuir noir de kominternien bourlingueur —, fraîchement émancipé du moule marxiste-léniniste, fronce les sourcils.

Bizot surmonte sa timidité naturelle, maladive, s'enhardit, stimulé par les joints qu'il vient de rouler. Il relate son périple aux States, l'underground, les histoires de dealers qui réinvestissent leurs profits dans la contre-culture, possèdent une presse, des locaux. Dans chaque ville fonctionne une contre-société, avec ses réseaux, son mode de vie, ses rites, sa musique. Il cite pêle-mêle Hendrix, Janis Joplin, le Velvet, John Cale, Lou Reed.

— L'underground existe partout sauf en France. Il faut le promouvoir.

Le journal à créer, c'est celui de tous les paumés de l'après-Mai, des laissés-pour-compte du militantisme qu'indiffère aujourd'hui le sempiternel débat sur la construction du parti révolutionnaire, des voyageurs revenus de Goa, de ceux qui ne sont pas partis ou ont planté leur désespoir dans un coin de la Lozère. Un journal courant d'air, qui saisisse les effluves récents, un journal haut-parleur qui renvoie aux lecteurs les expériences rassemblées.

Jean-François termine son plaidoyer fervent et brouillon ; Burnier, Jelen, Kouchner et Ribes ne sautent guère de joie. Ils igno-

Mai 1969. Alain Krivine, entouré de Daniel Bensaïd (à gauche) et d'Henri Weber, annonce sa candidature à la présidence de la République.

Le candidat Krivine tient un meeting devant l'usine Renault de Billancourt.
A gauche, Jeannette Pienkny.

Novembre 1969.
Henri Weber,
à la tête d'un groupe
de manifestants,
attaque le consulat
du Sud-Vietnam.

Michel Récanati.

Février 1970.
Alain Krivine
et Michel Rocard.

29 juin 1973.
Quelques instants avant
son arrestation,
Alain Krivine est reçu
par François Mitterrand
et Edmond Maire.
Derrière, Claude Estier,
Charles Hernu
et Alain Geismar.

Dany Gander-Gosse

Dany Gander-Gosse

1974. L'équipe d'*Actuel*.

1975. L'équipe d'*Actuel* se sépare.
De gauche à droite :
Jean-Pierre Lentin,
Jean-Paul Ribes, Patrick Rambaud,
Anita, Michel-Antoine Burnier,
Claudine Maugendre, Léon Mercadet,
Jean-François Bizot,
Patrice Van Eersel.

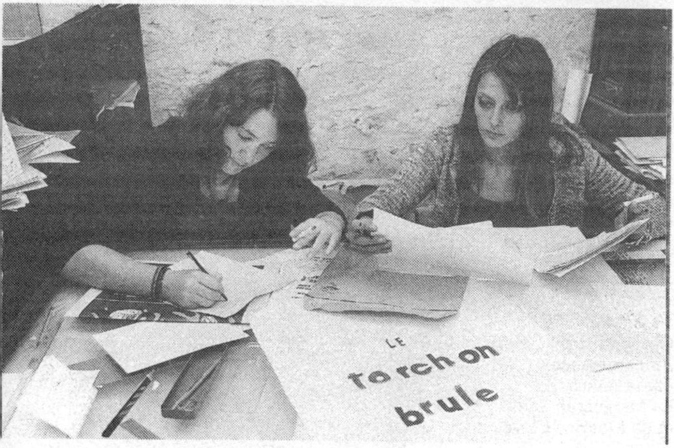

1971. Manifestation du MLF.

1971. Création du *Torchon brûle*.
A gauche, Nadja Ringart.

10 janvier 1970.
Après l'occupation
du siège du CNPF,
arrestation
de Roland Castro.

26 juillet 1983.
Roland Castro,
architecte,
et le président
de la République,
François Mitterrand.

Page ci-contre,
en haut et à droite :
10 janvier 1970.
Occupation du CNPF.
Embarquement
par la police
de Marguerite Duras
et de Maurice Clavel.

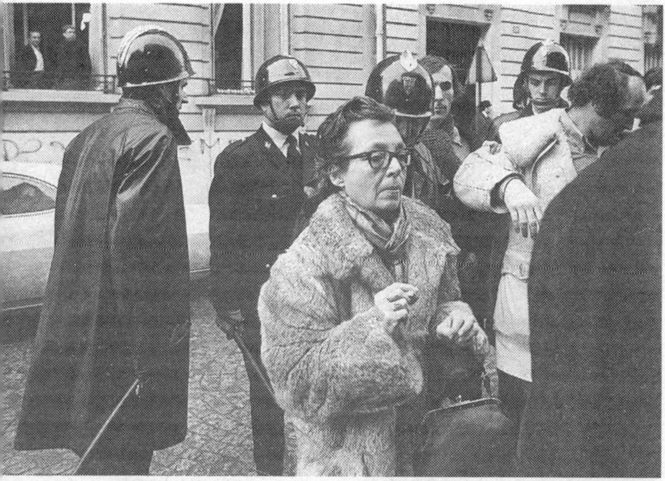

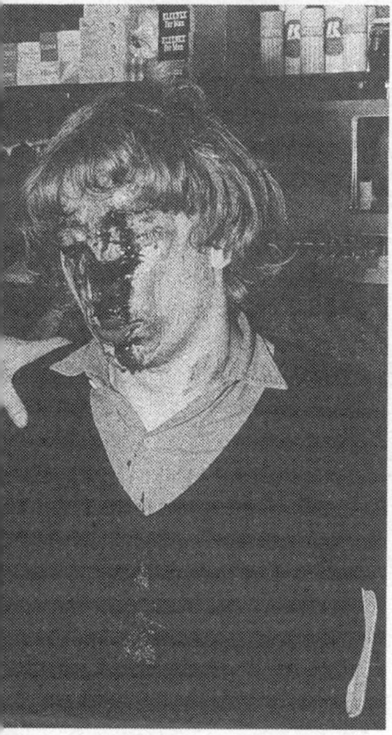

Gamma/Gilles Caron

9 février 1971.
Richard Deshayes reçoit
une grenade en plein visage.

Gamma/Ethel Blum

Octobre 1970.
A l'imprimerie de *la Cause du peuple,* Marie-France Pisier et Delphine Seyrig, Jean-Paul Sartre et Jean-Luc Godard.

Janvier 1971.
Simone de Beauvoir à un meeting à la Mutualité.

rent l'existence de cette peuplade étrange dont l'ethnologue Bizot a esquissé le portrait de groupe. Et c'est à peine s'ils ont entendu prononcer les noms des chanteurs rock qu'il brandit comme autant de références acquises. Tout cela paraît lointain, étrange, étranger. Exotique. Et quand le chantre de la contre-culture suggère d'appeler le fruit de leurs efforts *Acide,* Kouchner s'esclaffe.

Pourtant, la passion de leur interlocuteur est communicative, et la véhémence cahotique de ses propos possède une séduction certaine.

On décide de se revoir.

Durant des semaines, des mois, les réunions s'enchaînent. Les échanges tournent en rond, parfois à l'aigre. Jean-François semble illuminé, décollé du réel. Il juge les autres trop raisonnables, trop raisonneurs.

Burnier avance les collaborations éventuelles d'André Gorz, contacté pour assurer les éditoriaux, de Serge Mallet, qui étudia et baptisa la « nouvelle classe ouvrière », les « grèves sauvages ».

Bizot réplique en citant, à moitié convaincu, le manifeste de Tuli Kupferberg, ami de Ginsberg et chanteur du groupe de rock Les Fugs, qui écrivait : « Le vieux socialisme a échoué. La situation qui l'a produit n'existe plus. Le marxisme s'est laissé hypnotiser par la machine. Il date de la vapeur et du charbon [...]. Des révolutions ont déjà eu lieu, révolution sexuelle qui a libéré l'énergie d'une génération, révolution de l'automation, révolution artistique. »

Et l'imprécateur insiste :

— Qui, en France, a lu Kupferberg et peut avec lui gueuler : « Cassez les modèles, fracassez les images, à bas les icônes ! » ?

Sérieux comme un professeur de sciences politiques, Michel-Antoine Burnier ne se laisse pas emporter par l'ouragan. Il argumente, rétorque que l'impérialisme culturel américain sévit, que la langue de l'underground est également celle des marines à Saigon.

Bizot lève les yeux au ciel, balaie l'objection, repart.

Au fil des joutes, les troupes faiblissent ; l'ancienne équipe de *l'Evénement* se réduit ; Jelen s'éclipse, Ribes part pour les Indes, Kouchner garde le contact mais se préoccupe davantage des Biafrais affamés. Seul, fidèle et tenace, Michel-Antoine s'agrippe au fantasque Jean-François. Il crève tellement d'envie de lancer son journal qu'il craint de manquer l'occasion. Ecrire, couper, récrire, mettre en page, illustrer, titrer, il goûte trop, depuis *Clarté,* ces moments où l'enfant paraît, cette troublante conversion des brouillons chiffonnés en papiers, des idées hasardées en signes, pour renoncer sans combat.

Reste à monter le financement.

Pour *l'Express,* Bizot avait rencontré et interviewé le manager d'une modeste maison de disques, un nommé Karakos. Les deux hommes avaient sympathisé, s'étaient revus ; Karakos, d'origine grecque, avait racheté un petit journal né à l'automne 1968, *Actuel,* qui était au bord de l'effondrement financier et se voulait le magazine des arts contemporains. Après avoir tenté de le vendre à Bizot, Karakos lui offre son titre, criblé de dettes et diffusant moins de dix mille exemplaires.

Bizot consulte Burnier, qu'il veut absolument entraîner dans l'aventure. L'ancien « Italien » plaisante :

— Je suis un fossoyeur : tous les canards auxquels j'ai collaboré, *Clarté, Action, l'Evénement,* tous ont coulé. Tu ne manques pas d'optimisme...

L'affaire se conclut. Les deux compères, suivis par Kouchner, reprennent *Actuel* : la feuille moribonde atteint le seuil fatidique du treizième numéro. La rencontre avec l'ancienne équipe, des spécialistes de musique électronique, des fanas de rock, est passablement pittoresque. Bizot arrive en retard, précédé d'un énorme cigare ; entre deux bouffées, il multiplie les provocations, adopte tous les attributs du patron de choc. Du premier *Actuel* ne persiste que Patrick Rambaud, une plume agile et rapide, toqué des surréalistes qu'il a lus et relus, annotés.

Les nouveaux propriétaires se mettent au travail et préparent le fameux n° 13, qu'ils conçoivent comme le dernier de la série. Avec le concours de RTL, Karakos organise au mois d'août, à Biot — petit village de l'arrière-pays niçois —, un festival de pop music. L'occasion ou jamais de promouvoir la nouvelle formule d'*Actuel,* prévue pour la rentrée.

En plein après-midi, la chaleur est suffoquante sur la colline de Biot. A la porte du festival, Jean-François Bizot et Philippe

Aubert distribuent des numéros zéro d'*Actuel*, que personne ne veut acheter. Les chevelus, attirés par la présence à l'affiche des Soft Machine, défilent devant eux, indifférents. Bizot accroche quelques couvertures aux arbres, interpelle les passants :

— Vous ne connaissez pas l'underground ? Alors, lisez *Actuel* : la contre-culture, les communautés, la libération sexuelle, l'art dans la vie, c'est votre futur.

Paroles de vent qui s'évaporent au soleil du Midi. Là-bas, sur la route, un nuage de poussière grossit. Bizot tend le cou, la main en visière. Il distingue une petite troupe qui marche d'un bon pas, bannières déployées, perçoit vaguement des chants, repère un drapeau rouge. Les maos ! Ce sont les maos, dont la rumeur avait annoncé la venue, les maos en pleine offensive de l'été chaud. Ils sont proches maintenant, alignés en rangs serrés, compacts.

— La pop au peuple ! A bas les marchands de pop !

Jean-François s'alarme ; les arguments de la Gauche prolétarienne, il les connaît par cœur : le rock est l'opium des jeunes, la drogue tue le militantisme, la pop pue le fric. Dix fois, il a soutenu la thèse inverse lors de conversations avec ses ex-camarades : le rock est l'instrument de la révolte, l'acide ouvre les crânes, la subversion culturelle sape les valeurs bourgeoises bien plus efficacement que les meetings à la Mutu. Dialogue de sourds.

Le cortège approche, soulevant une poudre blanchâtre ; ils sont au moins mille qui gueulent en cadence :

— La pop au peuple !

Du côté des organisateurs, la panique croît : comment les arrêter ? Discuter ? Parlementer ? Expliquer que le festival ne rapporte pas un sou ?

La phalange pénètre sans un regard. Et sans payer. Les Soft Machine refusent de jouer. La recette est insuffisante pour leur garantir un cachet convenable. Bizot et Karakos sont furieux ; la GP a cassé la première manifestation de contre-culture à la française. La musique fait peur à tout le monde.

Le maire socialiste d'Aix interdit un festival qui doit se tenir sur le territoire de sa commune, au motif imparable qu'il n'aime pas « voir les hippies uriner contre les platanes ». Devant les protestations de tous bords — même Valéry Giscard d'Estaing, ministre des Finances, s'élève contre cette mesure —, le festival n'est pas annulé. Mais, au lieu du déferlement redouté, ils sont à peine dix mille qui campent sur place pendant trois jours. Leonard Cohen, le chanteur vedette, est copieusement sifflé : on l'accuse d'être « récupéré » par le système. La pop à la française éprouve maintes difficultés pour démarrer ; Aix ne ressemble — même de très loin — ni à Woodstock ni à l'île de Wight.

Parfois, un groupe réussit à dégeler l'atmosphère, et l'assistance se dresse, chante au refrain. Ou bien un type lance en l'air une bouteille vide, et bientôt des dizaines, des centaines de mains l'imitent. Pendant une heure se déroule un étonnant ballet de bouteilles qui montent et descendent. Courts intermèdes qui rompent une morne apathie. A Michèle Manceaux, envoyée du *Nouvel Observateur,* Pierre Barouh, célèbre auteur de la musique du film de Lelouch, *Un homme et une femme,* et fondateur d'une maison de disques qui essaie de promouvoir la musique pop *made in France,* commente le décalage entre l'Hexagone et les pays anglo-saxons :

— Si la musique pop ne s'impose pas en France, c'est parce que c'est une musique importée. Pour l'instant, on ne fait que copier. Les jeunes Français ont vu des images de Woodstock, alors ils ont fait des glissades dans la boue en singeant les Américains. Les Français doivent inventer leur pop, et c'est là où les officiels ont tort et raison d'avoir peur. Tort, parce que, pour le moment, la pop n'a aucune valeur explosive. Les gens n'auront de raison de se méfier que lorsque la pop deviendra le chant de notre contestation personnelle.

Contestation ou récupération ? Refus de la société ou marginalité confortable ? Volonté de différenciation ou subtile intégration ? Jean-François Bizot, malgré le semi-échec de Biot et les sarcasmes de l'extrême gauche, ne doute pas une seconde que s'exprime là une révolte fondamentale. Il lui manque, seulement, un porte-voix.

Burnier s'est laissé convaincre, Kouchner entre Pérou et Liban a d'autres priorités, Jelen s'est éloigné. *Actuel* sera bien le journal de la contre-culture, la gazette de l'underground, le carrefour de tous les marginaux. Les premières réunions du comité de rédaction sont laborieuses. Comment traduire ces balbutiements, donner vie à ces embryons, pâles ersatz des délires californiens, des audaces new-yorkaises, des communes berlinoises ?

Dans le vieil appartement biscornu, rue de Richelieu, où

l'équipe a élu domicile, on se gratte la tête : que dire, que décrire ? Bizot impose une démarche volontariste : il faut faire comme si la contre-culture existait en France, parce qu'elle ne peut qu'exister. Ainsi juge-t-il indispensable que le premier numéro comporte un article sur les communautés. Le mouvement se développe en Amérique, en Angleterre, en Hollande, en Allemagne. En France, les exemples sont encore rares, et il faut chercher longtemps.

Enfin, un jeune homme chauve débarque au local. Il porte un appareil de projection sous le bras. Contre le mur de l'entrée, sur un drap tendu pour la circonstance, défilent les instantanés maladroits, tremblotants, d'une communauté champêtre. Le jeune homme chauve commente le bain collectif, dans un baquet, au milieu du pré, les enfants qui barbotent, et les adultes nus qui galopent sur l'herbette. Non contente d'avoir tourné ce film 8 millimètres, la communauté a produit un long récit d'une quarantaine de pages.

Il faut couper, négocier, arranger, s'exposer au crime de lèse-spontanéité des masses. Pire, la communauté en question s'est dissoute, et il semble difficile d'y déceler un modèle. Mais, comme le temps passe, que le jour du bouclage approche, et que force demeure d'impulser le mouvement, l'épopée fera la une.

« Les communautés contre la famille » : courir nu au milieu des forêts, vivre en groupe la fleur au nombril, se bercer de pop music dans une vaste maison délabrée, sans confort aucun, sans eau courante...

Au bistrot, raconte l'article, le patron interroge :

— Alors, mon gars, qu'est-ce que ça sera ?

— Un Vichy.

— Ben, bois donc un p'tit blanc : ça fait de mal à personne.

— Peux pas, m'sieur, je suis macrobiotique.

— Macro quoi ? Non mais, ça a quinze femmes et ça peut pas boire un coup entre hommes ! Qu'est-ce que vous fabriquez donc tous là-haut ?

— On médite et on fait de la tapisserie.

Courant septembre, une faune multiforme converge vers *Actuel* : écrivains rentrés, journalistes en herbe, génies méconnus, inventeurs ignorés, experts improvisés, spécialistes de la contestation, propriétaires patentés de la nouvelle culture — tous émettent des avis, offrent leurs conseils, promettent des papiers qui s'envolent.

Imperturbables, Bizot et Burnier reçoivent les auteurs de manifestes définitifs, les artistes convaincus de détruire l'art en couvrant une femme nue de papier d'argent (et qui songent à poursuivre l'expérience avec les sommets du Puy-de-Dôme), les émissaires de l'underground international auxquels la tignasse sert de passeport.

L'accouchement du premier numéro est précédé de contractions spectaculaires. Les ingrédients sont discutés, repris cinq, dix fois, en d'interminables séances. Peu à peu le sommaire s'ébauche. Outre l'ouverture sur les communautés, une enquête de Bizot soi-même à propos de l'argent et de la pop, et un reportage concernant les peintures murales à New York, un article présente la guérilla urbaine des Tupamaros en Uruguay. Plus une nouvelle inédite de Gilles Perrault. Un curieux mélange, encore très sérieux.

Un rédacteur d'humeur champêtre propose de mener campagne pour le droit de marcher sur les pelouses. Les autres ricanent.

— Ne riez pas : cela se fait partout, en Amérique ou au Pakistan, sauf en France.

Le sujet est inscrit au menu, confié à Kouchner. Mais *Actuel* se veut un journal responsable : on vérifie auprès d'un spécialiste que l'herbe supporte le piétinement. Sur les pelouses, la plage...

— Attention, les gars, vous oubliez la musique.

— C'est indispensable dans tous les numéros ?

Elle est là, sous toutes ses formes, et fortement teintée de coloration politique. Trois chanteurs portugais qui ont fui la dictature de Salazar évoquent la répression et la censure. Jimi Hendrix, qui vient de mourir d'une overdose, livre une confession posthume. Bizot l'a rencontré quelques mois auparavant, à Londres :

— La guitare est une arme pour changer les esprits. Je ne suis pas un politicien ; je lutte avec ma musique. La guitare est l'arme du moment, l'arme de l'homme libre. Ma musique c'est ma façon de dresser des barricades.

Quelques pages plus loin, au milieu d'un long développement consacré aux Rolling Stones, *Actuel* reproduit en gras les paroles de *Street Fighting Man,* présenté comme l'hymne international de l'underground politisé :

Partout j'entends le martèlement des pas
L'été est le plus favorable aux combats de rue
Mais que peut faire un pauvre type
sinon chanter dans un orchestre de rock ?
Dans Londres qui dort il n'y a pas de place
pour un combattant des rues.

Les Stones croient-ils que la musique sauvage est révolutionnaire en soi ? questionne *Actuel.* Et de rappeler que Mick Jagger, qui « ressemble à une de ces vieilles Cadillac des années cinquante, avec ses lèvres en pare-choc », déclare que les recettes de la tournée du groupe en Europe iront aux Black Panthers. Comment mieux illustrer la « ligne » Bizot ?

La silhouette du numéro inaugural est à présent découpée ; Alain Schifres y regrette encore l'éclatement du Living Theater, tué par le succès ; on salue les débuts de Jacques Higelin en duo avec Areski, on déplore le peu d'intérêt que portent les Français à un metteur en scène pourtant fracassant, Jérôme Savary, réclamé par le monde entier avec son Grand Magic Circus, et boudé dans l'Hexagone.

Tout est assemblé noir sur blanc. Mais le parcours du combattant n'est pas achevé. Bizot déniche une imprimerie bon marché, où la fabrication accumule un retard inquiétant : alors que le temps presse, une partie des articles n'est toujours pas composée. D'autres reviennent de la linotypie par petits paquets de plomb non identifiables, qu'il faut déchiffrer à l'envers. Pour comble, les ouvriers décident de se mettre en grève le matin même où la bande d'*Actuel* arrive, la jetant dans un dilemme cruel entre solidarité idéologique et intérêt immédiat.

Bizot et ses boys campent sur place durant huit jours, frôlent l'indigestion de poulet froid, dorment à même le sol sur de vieux journaux, et jouent du crayon, de l'encre et du pinceau. Ils veulent surprendre par la forme aussi. Burnier s'en donne à cœur joie, mêlant bleu, rouge et jaune en un barbouillis où disparaissent les caractères, s'estompent les titres, s'évanouissent les photos. Enfin, au bout de la semaine, *Actuel* va mériter son nom : les clichés sont prêts, bons pour la rotative. Survient le chef d'atelier :

— C'est une catastrophe, vous vous êtes trompés de format. Le journal est monté sur 28 centimètres, et la bécane ne va pas au-delà de 26,5.

Bizot, l'œil battu, la pommette blafarde :

— Qu'est ce qu'on peut changer ?

— Rien. Le texte sera amputé d'un centimètre en hauteur. La machine va couper trois lignes par page. Vous préférez que ce soit en haut ou en bas ?

Le journal paraît entier : c'est l'imprimeur qui s'est trompé dans ses calculs. Mais le résultat n'évoque que fugitivement les espérances des initiateurs. Le premier numéro d'*Actuel* s'apparente, avec ses bariolages, ses coquilles, ses articles mal ficelés, à un canard de patronage. Epuisé, atterré, Bizot rentre se coucher. Au matin, on sonne à la porte. Ce sont ses parents, qui ont grimpé les six étages à pied.

— Jean-François, si vous persistez avec ce journal, vous ne ferez plus rien de votre vie !

Un pronostic qui, entendu à vingt-six ans, sème le doute.

Les jours suivants, Bizot et Burnier reçoivent de tous côtés insultes et mises en demeure ; un soir, à la Coupole, des experts ès underground les agressent :

— C'est dégueulasse, vous traduisez Crumb en français, c'est une honte. Vous récupérez la culture anglo-saxonne pour ramasser du blé.

Les deux suspects battent en retraite. Sur la planète gauchiste, la méfiance est de rigueur. Ceux qui s'aventurent jusqu'au local de la rue de Richelieu alignent des griefs capitaux :

— Avec votre idéologie confuse, vous désertez le combat. La révolution doit organiser la révolte de la jeunesse, et vous, vous ramenez la révolution vers la révolte pure.

L'extrême gauche redouterait-elle la concurrence du joint et de la libération sexuelle ?

*1987. Jean-François Bizot, directeur d'*Actuel *:*

— Avec Burnier, notre projet était clair dès le début. Nous voulions casser le gauchisme politique, cet archaïsme qui mettait une camisole dans les têtes. Nous voulions promouvoir des valeurs différentes, imaginer une contre-société où pourraient se créer des consciences neuves. Il fallait échapper au dessèchement du militantisme groupusculaire qui transformait les mecs marrants en momies.

En ce début d'après-midi du 20 octobre 1970, les abords du palais de justice, l'île de la Cité et le quartier Latin tout proche sont en état de siège. Les forces de l'ordre — environ cinq mille hommes — occupent les carrefours stratégiques. Les ponts sont barrés. Dans la cour de la préfecture de police, des équipes spéciales d'intervention stationnent depuis l'aube sur le pied de guerre. Un impressionnant matériel, hélicoptère, voitures-pompes, bulldozers, motos, cars radio, attend d'être utilisé.

Pour accéder à la dix-septième chambre, les journalistes accrédités doivent franchir trois barrages successifs, d'abord sur le quai des Orfèvres, puis au bas du grand escalier où les inspecteurs en civil montent la garde, enfin devant la porte du tribunal. A 14 h 30, cerné de gardes, Alain Geismar entre. Il est pâle, et la chemise rouge qu'il porte sous son blouson de cuir fait davantage ressortir son teint blafard.

Le leader le plus connu de la Gauche prolétarienne répond devant le président Bracquemond de « provocation directe, suivie d'effets, de violence et voies de fait contre les agents de la force publique ». La justice lui reproche d'avoir, le 27 mai, lancé un appel à manifester dans la rue lors de la réunion publique unitaire qui s'était tenue à la Mutualité.

Après son arrestation, le 26 juin, Geismar a été mis au secret. Coupé de l'extérieur, isolé, il patiente plusieurs semaines avant que le contact ne se rétablisse. C'est Marianne Merleau-Ponty, jeune avocate, qui lui transmet les messages.

Les défenseurs des gauchistes ne chôment guère.

A la fin de l'été, une centaine de militants sont emprisonnés, la plupart en détention préventive. Ce sont des diffuseurs de *la Cause du peuple* interpellés sur les marchés, arrêtés dans des manifestations, les inculpés de l'affaire d'Hénin-Liétard — ou encore les coupables de flagrants délits, tel Michel Julien, condamné à cinq mois de prison ferme parce qu'il a peint un slogan sur le pont de Choisy. La législation ne reconnaît pas de régime politique mais autorise un « régime spécial », plus libéral, assorti de divers avantages : livres, journaux, cellule individuelle.

Le 1er septembre, une trentaine de détenus entament une grève de la faim pour obtenir l'amélioration de leurs conditions d'incarcération. Geismar, Le Dantec, Le Bris, Gilbert Castro, Schiavo et leurs camarades ont conscience que semblable demande n'est point exempte de contradictions. La GP n'a-t-elle pas proclamé que la délinquance est une réponse à l'oppression de la société ? Selon cette optique, tous les prisonniers sont politiques, même s'ils l'ignorent. Affirmer sa différence, exiger un statut spécial, n'est-ce pas réintroduire par la bande la distinction entre délinquants politiques et délinquants de droit commun ?

La conviction de mener un combat qui sera utile à tous emporte la décision des maos. « Nous ne revendiquons pas de privilèges par rapport aux détenus dits " de droit commun ", affirment-ils dans un communiqué : à nos yeux, ils sont des victimes d'un système social qui, après les avoir produits, se refuse à les rééduquer et se contente de les avilir et de les rejeter. » Le Dantec et ses amis espèrent, par l'exemple, ouvrir la voie de la révolte.

L'ancien directeur de *la Cause du peuple* et son successeur, Le Bris, qui ont le privilège de loger ensemble, ayant été jugés, se sont forgé un argument décisif pour mieux supporter la privation de nourriture : celle qu'on leur sert est abjecte. Le gastronome qu'est Le Dantec se convainc qu'un palais aussi raffiné que le sien ne saurait se compromettre avec de tels aliments. Il ne remangera que lorsqu'il aura la possibilité de déguster quelque chef-d'œuvre.

D'ici là, et tandis que son estomac s'insurge, Jean-Pierre se fait apporter à la Santé un classique intitulé *Pot-au-feu,* édité par *le Figaro* à la fin du XIXe siècle. Les deux « chefs » rivalisent alors de préparations fantasmées, de menus imaginaires où la « barbue sauce genevoise », la « poularde demi-deuil » disputent l'assiette à la « selle de chevreuil sauce moscovite » ou aux « mauviettes en caisse en chaudfroid ».

Dès l'amorce du mouvement, la chancellerie réagit vivement et déclare que « ce refus de nourriture est essentiellement motivé par le désir de ces détenus d'attirer sur eux l'attention de l'opinion publique »... Mais, au bout de trois semaines, le garde des Sceaux, René Pleven, annonce la modification du régime de détention des gauchistes, et la grève s'interrompt trois jours plus tard. Geismar, Le Dantec et Le Bris, Schiavo et Victorri sont regroupés au premier étage de la première division — où ils ont tout loisir de préparer leurs procès.

Quand il comparaît à l'audience, Geismar est encore affaibli par le jeûne volontaire qu'il a supporté avec difficulté. Il est néanmoins déterminé à se servir du tribunal comme d'une tribune.

Benny Lévy l'entend bien ainsi. Alain est un symbole, une des « vedettes » de Mai. Aussi la GP, sans solliciter l'avis de l'intéressé, a-t-elle entrepris une campagne « personnalisée » : « Alain Geismar nous montre le chemin de l'honneur », « Geismar-Arafat, même combat », ou encore : « Alain Geismar est partout. » Dans sa cellule, l'ancien secrétaire du SNESup fulmine, se sent manipulé, indique par l'intermédiaire de l'avocat qu'il désapprouve de tels slogans. Henri Leclerc lui apporte la réponse de Serge July :

— Fous-nous la paix. Le peuple est stalinien. Il a besoin de martyrs.

Me Leclerc, qui assure la défense de Geismar, est un avocat engagé, spécialiste des causes politiques. Il est également l'un des dirigeants du PSU. Sans épouser les thèses gépistes, il suit sa pente, laquelle est volontiers populiste. En plein accord avec Benny, qui lui laisse une totale autonomie, il choisit de marquer sa connivence mais non de négliger le terrain proprement juridique ; il s'agit d'utiliser la loi, d'en exploiter les failles et finesses, de contrôler le débat technique qui permet de basculer à point nommé vers l'affrontement politique dans le prétoire.

Sitôt l'audience ouverte, Leclerc et son confrère Courrégé entament donc une guérilla procédurière et déposent des conclusions récusant la compétence du tribunal : soixante-dix-neuf policiers ont été blessés les 27 et 28 mai ? Pourquoi l'accusation n'a-t-elle cité aucun témoin, produit aucun certificat médical ? Henri Leclerc émet maintes réserves sur les conditions de l'arrestation d'Alain Geismar, sur la perquisition effectuée hors de la présence de l'inculpé. Ces conclusions sont jointes au fond et, après les escarmouches, commence l'interrogatoire du prévenu.

Le président Bracquemond :

— Monsieur Geismar, avez-vous tenu le discours qu'on vous reproche, le 27 mai, à la Mutualité ?

Dans le box, le leader mao s'arroge l'initiative :

— Avant de répondre, je voudrais apporter quelques explications.

Et Geismar sort un paquet de feuilles qu'il commence à déclamer sur le mode tonitruant d'un orateur de meeting :

— Le 27 mai, la bourgeoisie a par deux fois provoqué les masses populaires...

Les juges semblent déconcertés par une telle entrée en matière ; Alain, les yeux brillants, poursuit. Ce texte, il ne l'a pas écrit : il l'estime même franchement indigeste. Mais les copains lui ont fourni un discours-programme, et, militant discipliné, il s'exécute :

— Notre pays est à la veille, nous ressasse-t-on, de proclamer la « nouvelle société ». Au cœur des villes bourgeoises, lieux de plaisir et magasins de luxe se disputent les places au soleil. Mais le tiers monde commence en banlieue. Au centre des villes, les bourgeois comptent leurs profits, au profond des cités ouvrières, les travailleurs comptent les mutilés du travail...

La harangue s'enfonce dans un silence épais. Pas une seule fois Geismar n'est interrompu. Tous les thèmes habituels du répertoire « spontanéiste » défilent, un peu plus incongrus en pareille enceinte. Après un ultime appel à la révolte, Geismar se rassied. L'essentiel est dit. Le reste n'importe guère.

Parmi les témoins de la défense, le protagoniste est Jean-Paul Sartre. Le philosophe doit déposer le deuxième jour du procès, mais, dans une lettre adressée au tribunal, il explique l'inutilité de la démarche, puisque « les jeux sont faits d'avance ». Il estime plus opportun « de témoigner dans la rue, devant l'opinion publique ».

Boulogne-Billancourt. Sur la place Bir-Hakeim, à la porte des usines Renault, un spectacle exceptionnel capte l'attention des ouvriers de l'équipe du matin. Juché sur un tonneau, vêtu d'une canadienne, un petit homme entouré d'un cercle de journalistes et de photographes parle dans un micro. La voix éraillée de Sartre s'élève :

— Camarades, en ce moment je devrais témoigner au palais de justice pour le procès Geismar. Si je suis venu témoigner auprès de vous, c'est d'abord parce que la justice de classe est décidée à punir Geismar, que les peines sont déjà données...

Hésitants, curieux, des métallos s'approchent, des groupes s'agglutinent.

— Vous seuls pouvez juger l'action de Geismar. Quel est le travail de *la Cause du peuple* ? C'est de montrer que la violence exercée sur le peuple au nom de prétendus impératifs économiques, la violence sournoise mais totale que l'on subit ici dans les usines, avec les cadences, les menaces de licenciement, avec l'espionnage et les gardes-chiourme, tout cela est en réalité une mise en esclavage.

La sono crachote, le vent emporte un peu les paroles, mais le discours est ferme.

— Contre cette violence-là, il n'est pas de moyens légaux, il n'est pas de possibilité de réformes, il n'y a qu'une solution : la violence populaire. C'est pour cela qu'on juge Geismar ; celui qu'on juge, c'est le peuple lui-même.

Le procès touche au terme. Henri Leclerc achève sa plaidoirie.

— Tout le monde sait que ce n'est pas Alain Geismar qui est jugé. Ce n'est même pas un homme, c'est une idée, un espoir. Veut-on condamner un homme ou se venger de Mai 68 ?

Une dernière fois, l'inculpé prend la parole :

— Je sais que je vais être condamné.

Le président s'interpose :

— Vos avocats viennent de demander votre relaxe.

— Je serai quand même condamné. J'ai pris la lourde responsabilité d'appeler les gens à se révolter, mais ceux qui appellent à se résigner portent une plus lourde responsabilité encore.

Et il ajoute :

— Je suis fier d'être dans ce box.

Dix-huit mois de prison. Ferme.

Pendant le procès, un peu partout dans la capitale, des petits groupes de militants gépistes manifestent. Ils attaquent des cars de police, brisent des vitrines et disparaissent. Quelques centaines de jeunes gens tentent de s'approcher de la Santé, mais ils sont dispersés rapidement. La police interpelle trois cent soixante-quinze personnes. Jean-Marc Salmon juge cette riposte dérisoire. L'organisation, à Paris, est aussi déliquescente qu'en Normandie. Pour lui, la boucle est bouclée : la classe ouvrière ne veut pas de la révolution, les étudiants sont isolés. Il ne reste qu'à raccrocher. Un mouvement d'opinion, pourtant, se dessine : quatre-vingts ingénieurs, anciens élèves de l'école des Mines, divulguent un texte de soutien à leurs ex-camarades emprisonnés, Alain Geismar et Gilbert Castro.

Au cours de la nuit du 1er novembre, un incendie se déclare au dancing de Saint-Laurent-du-Pont, dans l'Isère. En quelques instants, les flammes ravagent tout l'établissement ; les danseurs, pris de panique, se précipitent vers la sortie, mais les tourniquets métalliques qui filtrent l'entrée les bloquent. Une épaisse fumée provient de la décoration en matière plastique ; on dénombre cent quarante-quatre cadavres. La plupart, des jeunes gens, ont péri asphyxiés.

« Le général de Gaulle est mort, la France est veuve. » Emu, la voix plus sourde qu'à l'ordinaire, le président de la République Georges Pompidou s'adresse aux Français, le 10 novembre, sur les antennes de la radio et de la télévision. La veille au soir, l'homme du 18 Juin s'est affaissé dans sa maison de Colombey-les-Deux-Eglises.

Le Conseil des ministres décrète une journée de deuil national, et une cérémonie officielle se déroule à Notre-Dame. De tous bords, amis et adversaires rendent hommage à l'ancien chef d'Etat. Les enseignants sont invités à prononcer, avant de reprendre les cours, l'éloge du disparu.

« Bal tragique à Colombey : un mort », titre *Hara-Kiri,* le journal satirique qui est, du coup, interdit à l'affichage. Choron, Cavanna, Reiser, Wolinski et leurs complices continuent sous une nouvelle enseigne : *Charlie-Hebdo.*

Un mois après avoir comparu en correctionnelle, Alain Geismar se retrouve dans un box, mais, cette fois, les magistrats parés de rouge, les généraux en uniforme montrent que les chefs d'inculpation se sont alourdis. La Cour de sûreté de l'Etat s'entoure de solennité renforcée.

Le dirigeant mao, accusé de « reconstitution de ligue dissoute », est prêt à l'esclandre. Cette juridiction d'exception, il ne la reconnaît pas, et ces hommes qu'il juge ridiculement accoutrés vont entendre leur fait. Alain a préparé un discours d'une violence extrême, et espère secrètement qu'il ne pourra l'achever, qu'on l'expulsera de la salle d'audience avant le cinquième acte.

— Un tribunal comme le vôtre offre une image dépouillée, une caricature de ce que votre classe appelle, par dérision sans doute, la justice... Vous êtes au-delà de la dictature légale, vous êtes son fer de lance, vous êtes déjà la terreur blanche, vous êtes à la justice bourgeoise ordinaire ce que sont les barbouzes à la police ordinaire, vous serez les antichambres des pelotons d'exécution.

Les magistrats encaissent la diatribe sans broncher. Toujours vêtu de sa chemise rouge, toujours aussi pâle, Geismar s'en prend directement à l'avocat général Charlot, et révèle au tribunal que la fille de ce dernier est une militante maoïste, que son père annonçait devant elle les coups de filets prévus, et qu'elle s'empressait de prévenir ses camarades. Geismar ajoute que c'est le ministre de l'Intérieur lui-même, Raymond Marcellin, qui a téléphoné à Charlot pour lui révéler l'appartenance politique de sa fille. Le trait porte, les journalistes jubilent, l'avocat général se décompose.

Geismar conclut :

— Nous n'avons plus rien à nous dire : le peuple ne discute pas avec ses ennemis, il les combat jusqu'au bout. Je demande à quitter cette séance. Messieurs du tribunal et autres traîneurs de sabre, vous êtes démasqués, et vos défroques de juges ne cachent même pas les mitraillettes de vos gardes.

Le président Romeirio est demeuré impassible sous la charge :

— Vous voulez partir ? Alors, partez !

Geismar se lève et abandonne l'audience, escorté des gendarmes. Henri Leclerc, auquel le prévenu a interdit de plaider, déclare qu'il ne peut assurer la défense de son client, et se tait.

La Cour de sûreté de l'Etat condamne Geismar Alain à deux ans de prison et à 10 000 francs d'amende. Cette peine n'est pas confondue avec la précédente, les dix-huit mois infligés par la dix-septième chambre. L'ancien secrétaire général du SNESup se voit, en outre, privé de ses droits civiques et familiaux.

Dans *le Nouvel Observateur,* Jean Daniel qualifie de « scandaleuse » la condamnation de Geismar mais observe : « Le cynisme gouvernemental est évidemment bien plus proche de la réalité que l'optimisme révolutionnaire du courageux prisonnier. On ne voit nulle part trace en France, en 1970, de cette résistance populaire dans laquelle, selon la doctrine maoïste dont se réclame Alain Geismar, le mouvement gauchiste devrait baigner comme en une eau nourricière. »

Au coin de la rue Eugène-Labiche, juste devant la pharmacie, l'Estafette Renault est parée. Assis à l'avant, Olivier Rolin surveille la rue. Dans la pénombre de cette soirée d'automne, il distingue malaisément la voiture garée à une cinquantaine de mètres où un complice attend. Depuis plusieurs jours, Rolin et ses comparses guettent le député UDR Michel de Grailly. Le parlementaire habite bien là, mais, à trois reprises déjà, la « planque » s'est prolongée vainement.

Dans le rétroviseur, Rolin vérifie sa physionomie, qu'il a modifiée en se dessinant une raie au milieu des cheveux. La glace lui renvoie l'image d'un danseur de tango au poil gominé. Comme lui, les membres du commando sont grimés, portent des fausses moustaches ou des perruques.

Afin de passer inaperçus dans ce quartier cossu du XVIe arrondissement, ils se sont procuré — aux puces de Clignancourt — des costumes censés affecter le bon goût.

Tout à l'heure, dans l'hôtel particulier d'un sympathisant quelque peu terrorisé où il se sont préparés, Rolin n'a pu s'empêcher de sourire, malgré la tension qui précède l'action, en contemplant les vestons blancs trop clairs pour la saison, garnis de fausses bedaines :

— On a vraiment l'air de Latinos d'opérette !

La décision d'enlever de Grailly a été prise en réunion restreinte de la direction de la GP. Afin de protester contre le procès Geismar, les « nouveaux partisans » entendent, séquestrant un des responsables du scandale de la Villette, démontrer que la justice est borgne. « Qui vole un pain va en prison, qui vole des milliards va au Palais-Bourbon », proclament les affiches collées par les militants.

La construction d'abattoirs géants à la Villette a coûté un milliard de francs avant qu'on ne constate leur inutilité. Il est prévu de dynamiter le béton à peine sec. Michel de Grailly préside la société d'économie mixte qui a été mise sur pied pour gérer l'opération.

Le député n'arrive toujours pas, et Olivier Rolin commence à douter : va-t-il falloir rentrer bredouille une nouvelle fois ? Le plan, minutieusement préparé, ne présente guère de risques de dérapage. A l'arrivée de la voiture du parlementaire, celle des ravisseurs doit démarrer pour libérer la place que, logiquement, la victime viendra occuper. A ce moment, l'Estafette démarrera, se portera à sa hauteur...

Rolin sursaute : cette 504 Peugeot qui s'engage dans la rue, c'est bien celle de leur « client ». L'action se déroule comme sur un plateau, selon le scénario prévu. Le député range sa voiture, et, à l'instant où il referme sa portière, Olivier et deux acolytes jaillissent de l'Estafette, les armes à la main. De Grailly, effaré, se laisse entraîner jusqu'à la fourgonnette, où il est brutalement hissé. Le chauffeur accélère. Déséquilibré, le captif tombe à plat ventre.

Les trois kidnappeurs se jettent sur lui et s'efforcent de l'immobiliser. L'un d'eux sort une seringue ; un médecin ami a fourni des prescriptions en matière d'anesthésie. Rolin a opté pour la dose minimale afin de ne risquer aucun accident cardiaque. De Grailly se débat, et ses tressaillements redoublent lorsqu'il s'aperçoit que ses agresseurs veulent baisser son pantalon. La camionnette roule vite et, à l'intérieur, les passagers tanguent dans les virages. Olivier et ses deux complices ne parviennent pas à maîtriser le député : ils le frappent à coups de crosse. L'autre se calme, subit l'injection sans protester. Puis il est enfermé dans une malle en bois.

Le plan prévoit que le colis soit changé de véhicule, déposé porte de Versailles, et finalement abandonné. L'Estafette pénètre dans le garage souterrain où le transfert aura lieu. Rolin et ses complices n'ont pas le temps de transporter la caisse dans la camionnette relais. A peine étourdi par la trop légère quantité d'anesthésique, de Grailly défonce à coups de pied les parois de la malle. Les phares d'une voiture éclairent l'entrée du parking. Rolin donne aussitôt le signal du repli. Abandonnant leur véhicule, les ravisseurs s'enfuient en courant par la rampe d'accès, arrachent dans la débandade frusques et postiches.

La nuit même, Rolin franchit la frontière belge. Un communiqué de la « Nouvelle Résistance populaire » revendique l'« arrestation » du député.

Olivier Rolin est le chef de la NRP. Il a été désigné à ce poste par le Comité exécutif de la GP, après la dissolution du 27 mai, dans l'appartement même où Geismar a trouvé refuge. Ce jour-là, Benny a justifié la nécessité d'une « organisation partisane secrète » (OPS), capable de prendre en charge « les tâches de la guérilla ». Toutefois, le leader de la GP a bien précisé que ce bras armé ne devait en aucun cas tendre vers l'autonomie, qu'il demeurait étroitement soumis à l'autorité politique.

Pour prévenir une éventuelle dérive militariste, les membres de l'OPS, avait précisé Benny Lévy, seront des militants solides, expérimentés. Olivier Rolin était tout désigné pour assumer la responsabilité du groupe. Voilà deux années qu'il orchestre les actions « dures » de « partisans » ; depuis l'incendie des Houillères à Hénin-Liétard jusqu'à l'attaque du commissariat marseillais en passant par le raid sur Flins, il a, chaque fois, manifesté efficacité et sang-froid. La GP dissoute crée donc la NRP — et ce sigle qui paraphait naguère les « coups de main » des maos désigne maintenant une petite cellule clandestine.

En juin, Rolin plonge dans l'illégalité. Pour ses camarades, ceux qui sont au parfum, il ne s'appelle plus que « Antoine » ; il continue à fréquenter les réunions du Comité exécutif, mais, dans la pratique, c'est avec Benny qu'il arrête ses décisions majeures.

Olivier/Antoine recrute son équipe. Il procède par entretiens individuels, écarte les postulants que fascinent la violence ou les armes : sur la dizaine de candidats retenus, plusieurs ont suivi des études supérieures, et tous possèdent des attaches familiales stables. Parmi eux, trois femmes.

Emma était étudiante à Nanterre lorsque « le rouquin » commença d'agiter le campus... Elle participe au mouvement du 22-Mars, plus libertaire que marxiste, plus révoltée que révolutionnaire. Puis, avec une fraction de Nanterrois emmenés par Gérard Miller, elle rejoint la GP à la faculté de Vincennes. Cette fille de famille aisée qui habite encore le XVIe arrondissement, chez ses parents, distribue des tracts aux portes des entreprises de la banlieue est. Bientôt, Emma se spécialise, milite dans les foyers d'immigrés. En 1970, elle se marie — et en grande pompe, sur le conseil de Gilbert Castro, le trésorier des maoïtes, afin de « ramasser le maximum de fric ».

Après le raid sur Fauchon, elle est chargée de la répartition des victuailles au foyer d'Ivry. Elle y va de son petit discours, mais les Africains regardent drôlement les plum-puddings que les justiciers distribuent généreusement. Lors de la dissolution officielle de la Gauche prolétarienne, elle est de ceux qui organisent la sortie et la diffusion de *la Cause du peuple*. Et, en août, on lui demande d'assurer le secrétariat clandestin de la direction. Il s'agit de coder les textes internes, de les expédier en province à des boîtes postales « propres », de préparer des lieux de réunion.

C'est dans cet exercice qu'Olivier Rolin remarque ses compétences « professionnelles ». Alors qu'il prépare l'enlèvement de Michel de Grailly, il lui demande de participer aux repérages. Peu à peu, par glissements progressifs, Emma se fond dans le noyau de la NRP.

Ils sont, comme elle, une dizaine de pros. Chaque mois, le trésorier de la GP dissoute leur remet en liquide de quoi vivre : environ 1 000 francs chacun. Un jour, à sa grande confusion, Rolin se laisse dérober les « salaires » par un voleur à la tire.

La cellule clandestine a besoin de faux papiers ; elle fonctionne d'abord avec des documents volés dont la photo a été changée. Puis le système se perfectionne. Emma se fait embaucher comme caissière chez Inno et en profite pour relever les identités complètes de clients dont les profils d'âge ou de physionomie concordent. Dans un appartement réservé à cette opération, près de la porte de la Villette, de « vrais faux » sont fabriqués par un étudiant en médecine particulièrement adroit de ses mains. Un spécialiste en sérigraphie d'art lui a enseigné les techniques, les matériaux. Toute l'installation requise, dissimulée dans un buffet trompeur, est susceptible d'être escamotée en quelques minutes.

Un autre appartement, dans le XIIIe arrondissement, sert de station d'écoute. Le studio, équipé de matériel assez sophistiqué, a été monté par un étudiant électronicien ; il est possible de capter toutes les communications de la police. En revanche, les tentatives d'émissions pirates échouent malgré la taille impressionnante du dispositif.

Pour ses déplacements, le groupe vole des voitures. La méthode employée ne varie guère. Un militant loue un véhicule sous un faux nom et « oublie » de le ramener au garage. Il suffit ensuite de changer les plaques. Un jour, dans une rue de Belleville, l'un des chauffeurs, au volant d'une camionnette « d'emprunt », a la surprise de lire sur la plaque d'immatriculation de la voiture qui le précède le même numéro (vrai) qui figure sur son propre véhicule. Coïncidence...

Quand des « opérations » sont ordonnées, il faut des armes. La direction de la GP a décidé qu'elles ne seront jamais chargées, et les « clandos » de la NRP ne possèdent que des munitions à blanc. D'anciens résistants extraient d'une cache quelques fusils et des pistolets-mitrailleurs. Les mineurs fournissent des explosifs, précautionneusement stockés. Enfin, un flic est délesté de son revolver de service lors d'une « action de représailles ».

Rolin et les siens habitent des logements d'emprunt et déménagent sans cesse. La clandestinité exige de la patience ; les kilomètres parcourus pour déjouer d'éventuelles filatures, les lignes de métro utilisées en tous sens — avec de multiples changements —, le repérage des immeubles à double entrée et la reconnaissance des itinéraires de fuite, tout cela dévore les journées.

La vie « normale » s'estompe. Les contacts deviennent rapides, furtifs, les conversations limitées au strict nécessaire. Bref, ce « métier » demande l'abandon de relations sociales ou intellectuelles ordinaires. Il implique de vivre « sur » soi, avec soi, dans une sorte d'exterritorialité intime.

Olivier Rolin ne souffre pas de cette solitude imposée. Le normalien abandonne même la lecture, qui requiert trop d'attention, n'entre plus dans les librairies pour feuilleter les nouveautés. Il néglige *le Roi des Aulnes,* de Michel Tournier, qui obtient le prix Goncourt, renonce à visiter *la Reproduction,* de Bourdieu et Passeron. Il ne remarque même pas la sortie du premier album d'un jeune dessinateur, Reiser, dont le titre, pourtant, devrait l'amuser : *Ils sont moches.* De temps à autre, entre deux rendez-vous, il s'engouffre dans une salle obscure et regarde, la tête ailleurs, les images de Montand torturé dans *l'Aveu,* ou les roulements d'épaules de Belmondo et Delon dans *Borsalino.* Il flotte fort loin de ces *Choses de la vie* qui unissent Michel Piccoli et Romy Schneider.

Lorsqu'au lendemain de l'enlèvement du député de Grailly, la première opération revendiquée par la NRP, Rolin lit les comptes rendus de presse, sa trouble excitation cède la place au malaise. Les commentateurs, notamment ceux de la télévision belge, ignorent s'ils doivent attribuer le rapt à un commando d'extrême gauche ou d'extrême droite. Quelle confusion !

Les cinémas affichent *Enquête sur un citoyen au-dessus de tout soupçon.*

Sur la photo de *France-Soir*, Jean Schiavo et Bernard Victorri sourient en embrassant leurs femmes. Ils sortent de la Santé, et leur joie est compréhensible : ils viennent d'être acquittés par la Cour de sûreté de l'Etat. Le lecteur profane ne peut que partager l'opinion du rédacteur de l'article : « La sentence rendue par les juges de la Cour de sûreté de l'Etat dans l'affaire des maoïstes accusés d'avoir lancé des cocktails Molotov dans un local de la direction des Houillères, à Hénin-Liétard, est juste. » Rolin, lui, est l'un des rares à savourer pleinement ce commentaire d'un titre « bourgeois ». Il se souvient parfaitement de cette nuit d'hiver, dix mois plus tôt, où, avec Schiavo et Victorri, il a déclenché l'attaque...

La Cour de sûreté ne jouit pas d'une réputation de clémence, notamment envers les gauchistes. L'addition réglée par Geismar l'illustre éloquemment. Mais, cette fois, le verdict semble le dénouement logique d'un procès cohérent.

Ils sont six dans le box, le 14 décembre, soupçonnés de « destruction par substances explosives », dans le cadre d'« une entreprise individuelle ou collective tendant à substituer une autorité illégale à l'autorité de l'Etat » : Schiavo, Victorri, Dominique Lacaze et Pierrette Madesclaire, militants connus de l'ex-Gauche prolétarienne. Plus Taupe et Tropchaud, les deux paumés manipulés par la police qui ont balancé les précédents.

D'emblée, Schiavo affirme que lui-même et ses camarades se sentent politiquement solidaires des auteurs de l'attentat — geste de représailles contre les Houillères responsables de l'accident qui coûta la vie à seize mineurs —, mais il nie toute participation à l'expédition. Il s'offre, pour comble, le plaisir de défier les magistrats :

— Les vrais auteurs sont en fuite. Vous ne les découvrirez jamais.

Taupe et Tropchaud réitèrent leurs accusations ; ils ont bien pris part à l'affaire, embarqués par Schiavo et les autres. Ultérieurement, sur la suggestion d'un policier des Renseignements généraux, ils ont accepté de témoigner contre les maoïstes afin d'être exonérés de sanction, comme le prévoit le Code pénal.

— On nous a aussi promis des cartes de dockers.

— Méfiez-vous, ironise Henri Leclerc, la police ne respecte guère ses promesses.

Le lendemain, à la reprise, Me Leclerc brandit une lettre qu'il a tout juste reçue : un détenu à la prison de la Santé y affirme qu'il en sait long sur l'histoire ; au cours d'une promenade, Taupe lui aurait confié qu'il était « au mieux avec les Renseignements généraux » et qu'il avait monté une machination contre les maoïstes. L'avocat exige la comparution de ce témoin. Moins d'une heure plus tard, le détenu, extrait de sa cellule, est à la barre. Il confirme point par point sa déposition écrite.

— Ce que je vous dis, je ne suis pas seul à le savoir. Nous sommes au moins vingt, à la Santé, auxquels Taupe a parlé.

Leclerc bondit, demande des noms. Le témoin fournit divers numéros de cellules. L'avocat réclame également la comparution de ces détenus ; le président Romeirio refuse. L'incident est clos mais il a jeté le trouble dans les esprits. Les journalistes, désormais, doutent du sérieux de l'accusation.

Commence alors un procès dans le procès. Celui des Houillères. Un ingénieur dénonce les médiocres conditions de sécurité, des médecins évoquent la silicose.

Pendant des heures, les trois magistrats civils et les deux officiers supérieurs qui forment la Cour écoutent, impassibles. La défense donne lecture d'un texte, signé par plusieurs dizaines d'élèves de l'école des Mines, qui certifie que la catastrophe de Fouquières ne saurait être imputée à la fatalité, mais résulte d'une négligence criminelle.

Dans sa plaidoirie, Henri Leclerc colle au dossier ; il n'a guère de peine à montrer que, hormis une dénonciation contestable, ce dernier est à peu près vide. Avec brio, il soutient que l'accusation repose sur une machination assez maladroite. A l'adresse du tribunal, il lit un rapport des Renseignements généraux où figurent les noms des responsables de la GP du Nord. Ce sont les mêmes qui sont ici, dans le box.

— Pensez-vous que la Gauche prolétarienne soit assez stupide pour impliquer dans cette opération toute sa direction régionale ?

L'argument porte. Schiavo sourit : ce serait en effet idiot... Quant à Thierry Lévy, chargé de défendre Tropchaud, il termine en se tournant vers les maos :

— Je vous demande de ne pas mépriser complètement ceux qui vous ont dénoncés.

Durant la délibération, Leclerc émet son pronostic : cinq ans ferme. C'est la peine maximale requise par l'avocat général.

A l'annonce du verdict d'acquittement, Schiavo est partagé entre la joie et le trouble. Henri Leclerc a été si convaincant que lui-même, un instant, s'est vraiment cru innocent !

Serge July pavoise : la salle prêtée par la municipalité de Lens est comble ; avant même que la Cour de sûreté ne siège, le Secours rouge du Nord a convié la population au procès — parallèle — des Houillères. Accrochés au mur, les portraits des seize mineurs tués à la fosse n° 6 de Fouquières rappellent la tragédie et l'objet des délibérations : prouver que l'« accident » constitue bien un meurtre avec préméditation.

July n'a pas ménagé son énergie pour organiser, le samedi 12 décembre, ces assises inédites — que des distributions de tracts sur les carreaux et dans les corons annoncent depuis des semaines. Malgré l'intensité de la campagne, les mineurs se comptent sur les doigts des deux mains, noyés dans une foule de jeunes gens. Le « procureur », Jean-Paul Sartre, siège à la tribune, avec, près de lui, une vieille dame au visage grave, très pâle dans ses vêtements noirs : Eugénie Camphin, mère de trois résistants, figure emblématique du bassin.

Les témoins défilent : ingénieurs des mines qui étalent les carences de la sécurité, médecins qui décrivent les ravages de la silicose... A l'issue de ces dépositions, Sartre se lève :

— Le tribunal populaire de Lens reconnaît l'Etat-patron coupable d'assassinats ; les cadres et les ingénieurs de la fosse n° 6 de Fouquières sont coupables du même crime.

Par ses applaudissements frénétiques, la salle entérine le verdict.

— Arrêtez votre cirque ! gueule un perturbateur.

L'Internationale noie cette protestation isolée.

Serge July a succédé à Schiavo comme chef mao du Nord.

Un jour, lors d'une réunion de la direction, Benny Lévy s'est avisé que le travail « démocratique » mené par Serge auprès des intellectuels commençait à le corrompre, à éroder sa pureté prolétarienne. Trop fréquenter la « petite-bourgeoisie » engendre de mauvaises habitudes. July fume des gros cigares, il est systématiquement en retard aux rendez-vous. Il manifeste un penchant certain pour l'accommodement. Plus grave : il a trahi de sévères carences dans le soutien aux prisonniers politiques. L'accusation est rondement menée, l'autocritique attendue consentie du bout des lèvres, et l'intéressé obtient l'envié privilège d'« aller se rééduquer dans les masses » du côté de Douai. Cela tombait bien : le Nord avait été décapité par la police.

Cette brimade à la chinoise, July l'accepte sans rechigner. Certes, il prenait goût à rencontrer Sartre et Foucault, à écrire des tribunes incendiaires dans *le Monde* ou à donner des interviews. Mais il n'avait jamais, pour autant, délaissé le militantisme quotidien. Embarqué un jour sur le marché de Mantes au cours d'une distribution de tracts, il passe en flagrant délit devant le tribunal correctionnel de Versailles. Un policier expose ses griefs :

— Monsieur le président, il criait : « Liberté pour le peuple ! », alors je l'ai interpellé.

S'ensuit un beau chahut, qui sera érigé en modèle de comportement face à la justice « bourgeoise ».

Dans le Nord, July est saisi par cette classe ouvrière surgie du XIXe siècle — celle-là même qui nourrit les fantasmes de la GP. Il ne descend qu'une fois au fond, en simple visite ; mais il parcourt les cités pauvres. L'ancien rédacteur de *Clarté* étend son expérience des hommes, élargit son champ de vision, très loin du quartier Latin, dans un univers rude où les mots font sens, où s'établissent des liens forts. Parfois, il remercierait presque Benny de pareil exil.

Gdansk, 8 heures du matin, le 15 décembre 1970. Un paquet de manifestants particulièrement déterminés atteint le siège de la milice. Au cœur de la ville portuaire, sur les bords de la Baltique, l'émeute a envahi la rue, et les forces de l'ordre reculent devant les ouvriers des chantiers navals armés de barres de fer. Un jeune ouvrier, un inconnu, petit et trapu, s'engouffre dans l'immeuble, suivi de quelques-uns. Lech Walesa tente la négociation de la dernière chance, exige la libération des manifestants emprisonnés. Il apparaît à une fenêtre du deuxième étage, s'adresse à la foule, mais sa voix est couverte par le fracas des grenades lacrymogènes. La bataille redouble, des coups de feu claquent, des hommes s'écroulent. Les premiers morts.

Presque au même moment, à Varsovie, le vieux secrétaire général du parti communiste polonais, Gomulka, propose à la direction de recourir aux armes pour ramener l'ordre. Les débrayages se multiplient depuis l'annonce d'une nouvelle hausse des prix, et, dans les cités du littoral, le climat social s'est rapidement dégradé. Le ministre de la Défense, le jeune et taciturne général Jaruzelski, n'élève aucune objection.

Les chars investissent Gdansk et Szczecin. On compte les tués par dizaines, et les combats durent plusieurs journées. A Szczecin, le siège du Parti flambe. L'agitation gagne le pays, les Soviétiques s'inquiètent, interpellent l'encadrement polonais. Le 17, Gomulka est remplacé à la tête du Parti par Gierek ; et ce dernier, quelques semaines plus tard, accepte de discuter avec les ouvriers des chantiers. La hausse des prix est annulée.

Lech Walesa, vingt-six ans, a appris la puissance de l'action collective, le pouvoir d'un nom : solidarité.

Le mois de décembre offre un cruel instantané de la répression qui sévit aux extrémités de l'Europe. Le parti des « travailleurs » polonais envoie la troupe aux ouvriers. En URSS, Alexandre Soljénitsyne renonce à se rendre à Stockholm pour y recevoir le prix Nobel de littérature qui lui a été décerné. *La Pravda* l'accuse d'être « un migrant spirituel de l'intérieur, étranger et hostile à toute la vie du peuple soviétique ». A Leningrad, onze personnes, dont deux juifs, sont traduites en procès ; elles ont tenté de détourner un avion afin de quitter le territoire.

Le tribunal prononce deux condamnations à mort.

Burgos, en Espagne : seize nationalistes basques comparaissent devant le tribunal militaire ; six d'entre eux, accusés d'avoir exécuté le chef de la police politique de San Sebastián, risquent le garrot. Les autres sont poursuivis pour leur appartenance à l'ETA. Les seize inculpés, parmi lesquels trois femmes et deux prêtres, gardent les menottes aux mains pendant l'audience. Dans le box, ils manifestent au cri de « Vive le pays basque libre ! » et traitent leurs juges d'« assassins ». Plusieurs déclarent avoir été torturés durant les interrogatoires. Trois cents intellectuels espagnols, notamment le peintre Joan Miró, s'enferment dans le monastère de Montserrat, près de Barcelone, et protestent contre le procès.

Le tribunal prononce six condamnations à mort.

A travers toute l'Europe, l'émotion jette dans la rue des dizaines de milliers de personnes hostiles à la dictature franquiste. Les autorités religieuses, les gouvernements interviennent auprès du général Franco pour obtenir la grâce. En France, le Secours rouge, cette fois unitaire, multiplie les initiatives et réussit à mobiliser beaucoup plus que les sympathisants habituels. Sous la pression de l'opinion internationale, la vie des Basques est épargnée.

De Pierre Goldman, matricule 518941, prison de Fresnes, à Jacques Rémy, le 20 décembre 1970 :

> Cher vieux Jacques,
> Je te dis en quelques mots comment je vais, et pas où je vais, car bien entendu, je l'ignore. Au début, j'étais en proie à une rage terrible d'être enfermé, c'est-à-dire empêché, privé, éloigné irrémédiablement du retour à l'action que je m'étais prescrit avant d'être arrêté (et ce comme le seul remède déjà traditionnel à la formidable amertume qui me prenait devant le spectacle de simili-révolution offert par le music-hall pop maoïste). En d'autres termes, je souffrais violemment à la pensée que je ne pourrais plus partir en ces terres tropicales, mener d'aussi tropicales révolutions, et ce avant pas mal d'années. D'autant plus que j'ai été cueilli à un moment où je n'allais pas m'éterniser en France. En fait, après avoir cherché plutôt désespérément à m'y employer politiquement, j'avais abandonné toute idée de collaboration avec les groupes existants. Et puis, il y a dans certains exils des saveurs et des fortes profondeurs qu'aucun quartier Latin ne pourrait plus m'offrir. Enfin, tu vois toi-même fort bien que j'avais cessé de parler et de comprendre le langage de nos organisations et de notre pays politique.
> Il a suffi d'une lente opération philosophique pour m'arracher aux douleurs de l'emprisonnement : j'ai considéré qu'après tout, pour un homme qui avait toujours méprisé la joie et le bonheur de vivre, la prison n'était pas fondamentalement un autre monde, ni une catastrophe. Après tout, c'est une question de temps et de la conception du temps. Il faut aussi faire une croix funèbre sur sa jeunesse et j'ai eu un certain mal à le faire, mais j'y suis parvenu : tu sais qu'avant, je concevais peu que la vie vaille vraiment la peine d'être vécue ou plutôt « mourue » après trente ans. C'est bien ce qui a rendu difficile que j'accepte l'idée de passer en prison, c'est-à-dire sans rien pouvoir faire, les quatre années qui me séparaient du terme ultime que j'avais fixé à mes intérêts, castré donc des années de ma vie auxquelles je tenais évidemment et logiquement le plus. Ayant plus ou moins réglé sinon résolu tout cet atti-

rail de problèmes et d'inquiétudes, je me trouve calme, sans peur et presque sans angoisse. Je compte pas mal sur la philosophie et l'espagnol, dont je me suis juré que je n'oublierai jamais les fortes sonorités vénézuéliennes et cubaines, comme si cela me rattachait par un dernier fil à la petite épopée que j'ai vécue en ces lieux à la fois violents et doux. Donc, pas de problème, je serai doublement licencié dans trois ans et enrichirai par conséquent les statistiques judiciaires d'un nouvel exemple sociologique. Dans les différentes vies que j'aurai menées sous divers déguisements, j'aurai donc enfin été aussi étudiant.

Mais, Jacques, tout cela est triste et amer et gris et blanc sale. Au moins l'action et la lutte directes de mon aventure américaine ménageaient parmi d'égales sécheresses et grises amertumes quelques joies fulgurantes, qui, bien qu'avec un peu d'alcool pour les rehausser, apaisaient par moments et embellissaient un peu l'ordinaire.

Je te salue d'une accolade fraternelle.

Pierre.

Dans leur cellule, à la prison de la Santé, Geismar et Le Dantec enragent d'être derrière les barreaux. Grâce aux journaux, aux caisses de livres envoyées par l'éditeur François Maspero, ils tuent les journées. Mais dehors, cela bouge tellement...

Pierre Viansson-Ponté, le célèbre chroniqueur du *Monde,* mesure l'ampleur du dérèglement général : « Tout indique que dans notre société, écrit-il, et pas seulement en France, et pas seulement dans le domaine politique, la contestation cherche à prendre la relève de l'opposition. » Les locataires de la Santé ne démentiraient pas les dernières lignes de l'article : « Que voit-on ? Un fossé d'incompréhension, et sur l'une des rives presque tous les adultes, sur l'autre une fraction ardente de la jeunesse. D'ores et déjà, il y a finalement moins de différence entre les responsables politiques, économiques, universitaires, religieux même, quelles que soient leurs options, qu'entre tous et un jeune contestataire. Une telle situation n'est pas saine, et ne saurait se prolonger sans danger. »

Deux jours avant le réveillon, les maos incarcérés reçoivent leur colis de Noël, expédié par les familles. En fin de matinée, Le Dantec et Geismar s'apprêtent à goûter aux « extras » lorsqu'un gardien entre dans la cellule :

— Le Dantec, ramassez vos affaires, vous devez être dehors avant midi.

Jean-Pierre, auquel il reste encore trois mois à tirer jusqu'à la fin de sa peine, est sidéré. A côté, Geismar s'immobilise, une tartine de saumon à la main. Il a compris qu'il va rester seul. Le Dantec lui aussi a compris ; il essaie de grignoter un délai :

— Je n'aurai jamais le temps, d'ici midi, de ranger tous mes livres.

— Ne prenez que l'indispensable, on mettra le reste en caisse. Allez, grouillez !

Les deux garçons s'embrassent et la porte se referme. Gracié par le président Pompidou, Le Dantec est libre. Geismar a une année de prison devant lui. Seul.

Le lendemain, 24 décembre 1970, Régis Debray, amnistié par le président bolivien Torres, est libéré. C'est un groupe d'hommes de confiance de la Présidence, en civil, et fortement armés, qui ont déverrouillé les portes du cachot de Camiri, sans prévenir les militaires chargés de la garde — ils redoutaient une réaction hostile.

Quelques semaines auparavant, le Français a reçu une compatriote journaliste, Nicole Bonnet, venue l'interviewer dans sa geôle. *Le Nouvel Observateur* a publié l'entretien. Interrogé sur l'attitude qu'il aurait adoptée s'il avait vécu les événements de Mai 68 à Paris, le prisonnier réplique :

— Quelle question ! Comme un simple militant, j'aurais participé aux mouvements de masse. Je les aurais suivis jusqu'au bout, mais sans illusions, les yeux bien ouverts.

— Votre libération semble imminente. Quand vous serez libre, que ferez-vous ?

— La plus grande joie que m'apportera cette éventuelle libération sera de retrouver l'anonymat dont je suis sorti pour des raisons indépendantes de ma volonté. Ma conception de la vie, celle à laquelle j'aspire, est incompatible avec la situation de vedette. Toute cette publicité faite autour de moi m'exaspère. Je suis content de donner cette interview mais j'espère que ce sera la dernière fois qu'on parlera de moi dans la presse.

Libre, Régis s'envole aussitôt pour le Chili ; il ne veut pas rentrer en France, affronter la célébrité qui lui vaudra d'être désigné du doigt dans les salons de la Rive gauche. Et puis, à Santiago, le 4 novembre précédent, Salvador Allende, arrivé en tête avec 34 % des suffrages à l'élection présidentielle, est entré en fonctions. Un socialiste au palais de la Moneda. Debray n'entend pas rater l'événement.

Allende l'accueille avec sympathie. Le guérillero est impressionné par la résolution de l'homme sous des aspects de notaire provincial. Salvador Allende lui accorde du temps, et deux longs entretiens pour un futur livre, l'emmène à Valparaiso. Il lui raconte que, pendant les deux mois qui ont séparé l'élection proprement dite de sa ratification par le Congrès, il a dû déjouer mille complots de la droite, se comporter en vrai chef de la Sûreté.

Régis s'inquiète : ne subsiste-t-il nul risque d'affrontement violent, de soulèvement armé contre le processus de révolution par la loi ?

Allende :

— S'ils le provoquent, l'affrontement aura lieu ; nous n'attaquerons pas les premiers mais nous sommes sur nos gardes. Nous savons très bien ce que l'histoire nous enseigne, et ils ne nous prendront pas par surprise.

Debray insiste. Et si l'on cherchait à l'éliminer ?

Allende :

— S'ils m'assassinent, le peuple suivra sa route, avec cette différence que les choses seront plus difficiles, plus violentes. J'ai envisagé la possibilité de ma mort, je ne ferai rien pour leur faciliter le travail, mais ce n'est pas chez moi une préoccupation.

Le samedi 26 décembre commence à la Cartoucherie de Vincennes, entièrement réaménagée par les quarante-quatre comédiens d'Ariane Mnouchkine, le spectacle du Théâtre du Soleil, *1789*. Le sous-titre en résume l'intention : « La révolution doit s'arrêter à la perfection du bonheur. »

9

L'échappée belle

Alain Geismar « apprend » la prison comme on apprend la mécanique des fluides ou les gestes qui sauvent après un naufrage. A 7 heures, c'est le café, et le café, c'est cent portes déverrouillées puis reverrouillées dans un fracas de ferraille. 11 heures, c'est le déjeuner — purée, riz ou pâtes baignés de sauce que maints détenus balancent directement dans la cour, par les fenêtres-meurtrières. Vient ensuite la « promenade » rituelle, entre quatre pans de béton grillagé : soixante minutes, moins le temps d'acheminement et celui du retour. Parloir, le cas échéant. Dîner à 18 heures.

Depuis la grève de la faim, il est permis de conserver la lumière allumée jusqu'à 23 heures. Une plage de vraie vie, de réflexion, d'écriture et de lecture — l'époque est révolue où les seuls titres disponibles, deux fois la semaine, étaient de douceâtres Delly. Non seulement c'est fade, Delly, mais c'est court... Alain n'a jamais autant écouté la radio : l'arrestation de Bernadette Devlin à Dublin, le suicide de Yukio Mishima, la mort d'Antonio de Oliveira Salazar, le lancement d'Apollo 14, il court de bulletin en bulletin, le corps enclos et l'oreille au-dehors.

Transféré de Fresnes à la Santé après le jeûne où les maos ont déclaré lutter pour tous, « délinquants » directement politiques et « délinquants » produits par l'oppression sociopolitique, Geismar a été reçu en grande pompe. Les fenêtres donnent sur la cour de promenade, et tous les taulards l'ont salué, poing levé à travers les barreaux. Est-il plus vive ou plus noble solidarité que celle des exclus, des proscrits, des asociaux, des matricules, des zombies ?

« Vous êtes ici pour apprendre à être égoïste », lui avait dit M. Mourgue, sous-directeur de Fresnes. C'était à la fois un conseil et un constat. Geismar s'est appliqué à lui ôter toute pertinence.

Veiller sur soi-même, certes, s'imposer des contraintes afin de ne point s'abandonner aux contraintes du système — Alain se lave méticuleusement, soigne son corps. Mais, dès le début, il saisit la moindre occasion de restaurer un semblant d'existence sociale. Tel maton lui apporte la copie de quelque détenu candidat au certificat d'études. Il accepte de la corriger et, bientôt, croule sous les dictées et calculs divers, y compris ceux des gardiens qui préparent l'examen de premier surveillant. « Arrêtez-moi ça ! » protestait l'égoïste M. Mourgue. « Arrêtez-le vous-même ! » rigolait le syndicaliste Geismar.

A la division n° 1 de la Santé, en janvier 1971, les gauchistes décident de relancer l'offensive frontale contre l'institution. René Pleven, le garde des Sceaux, a partiellement cédé en septembre dernier, au terme de vingt-cinq jours d'opiniâtre abstinence des prévenus ou condamnés révolutionnaires. Mais les assouplissements — visites, droit de réunion, lecture — n'ont été accordés qu'aux prisonniers inculpés devant la Cour de sûreté de l'Etat, dont l'affaire est explicitement politique. En revanche, les multiples victimes de la loi anticasseurs restent considérées comme des malfaiteurs ordinaires, passibles du traitement ordinaire. Et ils s'insurgent, ces malfaiteurs, d'abord à Toulouse et à Bordeaux, ensuite à Paris, à Fleury-Mérogis, à Fresnes, à Marseille, à Metz.

La grève de la faim est connue le 14 janvier. Il ne s'agit pas uniquement de confort hôtelier. Il s'agit d'attaquer à sa racine la logique gouvernementale, selon laquelle les contestataires sont des voyous — point final. D'ailleurs, le ministre de la Justice ne s'y trompe guère, qui récuse *a priori* l'octroi du « régime spécial » (celui-là même qu'arrachèrent les « terroristes » du FLN en 1959) à la quinzaine de jeunes gens, proches de la GP ou de VLR, qui recrachent la soupe servie par l'Etat.

Henri Leclerc reçoit, en réponse à ses intercessions, une lettre sans appel : les clients qu'il représente sont étiquetés « droit commun » et le demeureront. L'estomac vide ou l'estomac plein.

S'il subsiste, sur le sol français, un condamné officiellement « politique », c'est Alain Geismar. Pareille prérogative lui vaut un surcroît d'exigence. Il jouit, lui, de ce que réclament ses camarades (radio, livres, journaux, courrier rapide). Raison de plus pour s'afficher en pointe. Pendant le mouvement de septembre, il s'est nourri d'eau sucrée et a découvert — honnête citoyen pour qui sauter un repas frisait l'aventure — qu'il est ainsi possible de survivre très longtemps. Cette fois, pas de sucre. Par crainte qu'une alimentation artificielle ne soit camouflée dans l'eau claire, il exige des bouteilles cachetées et refuse les perfusions proposées par le personnel médical.

Du reste, après deux semaines de diète intensive, le toubib de la centrale l'avertit rudement :

— Vous n'avez pas le droit de vous laisser partir si vous avez un gosse, observe-t-il, désignant une photo épinglée au mur.

Il explique :

— J'ai vu les résultats de vos analyses ; ça ne va pas fort. Dans deux jours, si vous persévérez, vos bras seront paralysés.

Un silence. Et le disciple d'Hippocrate prédit :

— Ensuite, comme vous manquerez de vitamines PP, c'est votre cervelet qui sera attaqué. Vous serez idiot.

Et, ultime argument, le coup bas, en dessous de la ceinture :

— Pour finir, je dois vous dire, vous serez peut-être impuissant.

Le mois de janvier 1971 tire à sa fin. Les gardes ont été doublées autour de la prison, et les plantons battent la semelle dans la nuit. Soudain, au coin de la rue de la Santé, un toit paraît s'embraser. Des lueurs violentes, comme des feux de Bengale, rouges, jaunes, blanches, ruissellent sur l'enceinte de la prison. Puis une pétarade éclate, sèche, nourrie. Des explosions plus sourdes la chevauchent. Et une voix s'élève, une voix féminine, nasillée par un haut-parleur, dont le message n'est perceptible que dans les aigus, haché (« ... Juste lutte... Jusqu'au bout... Flics, vous avez raison d'avoir peur... Camarades... tiendront... »).

Intra muros, l'alerte maximale est déclenchée. Sirènes, cavalcades, matons allongés sur le sol, tireurs qui enfilent les gilets pare-balles et foncent vers leurs créneaux respectifs. Les détenus hurlent, martèlent les portes, cognent en cadence sur les grilles, les barreaux. Nul ne sait d'où proviennent les déflagrations amorties. Nul ne saisit exactement les mots que la voix haut perchée ressasse dans le brouhaha.

La cellule d'Alain Geismar domine les immeubles environnants. Il repère vite la source du tumulte. Et il sait bien que l'assaut est fictif. Olivier Rolin s'est chargé d'organiser, pour les copains et pour les autres, un spectacle son et lumière de son cru. C'est une horloge qui a mis le feu aux poudres, allumé fusées et pétards, déclenché la sono. N'empêche, les maîtres de la Santé, pendant quinze minutes, se sont crus les assiégés de fort Chabrol. Et les taulards, eux, se sont régalés.

Moins d'une heure plus tard, Geismar est enfourné dans un car vers Fresnes. Le convoi est à peine moins fourni que s'il transportait le gouvernement au grand complet. Motards, voitures blindées, escorte en armes. La nationale n° 20 est déserte, et le chef de l'opération, pas peu fier, explique à son passager que, d'ordinaire, semblable expédition requiert une semaine de préliminaires. En un sens, c'est flatteur.

Alain est dans un tel état d'épuisement qu'il est admis à l'hôpital pénitentiaire. Il souffre de décalcification osseuse et ne peut plus bouger.

Les bombes sont fausses, mais le mal est réel.

De Pierre Goldman, prison de Fresnes, à Jacques Rémy, le 25 janvier 1971 :

> Alors, vieux frère,
> Voilà, je te salue et te dis : tu as raison de te maintenir à l'écart des rites du théâtre simili-révolutionnaire gauchiste, avec son imitation d'insurrection et sa représentation de guérilla urbaine où tous les coups portés restent dans le strict et élégant cadre de la respectabilité sociale, de l'honorabilité et de la bi-reconnaissance. Le pouvoir a sa gauche sauvage, les gauchistes ont leur simili-fascisme. Le tout sans grandes douleurs ni effusions de sang — sinon rêvées par notre bon vieux gros chat (Geismar) en Cour de sûreté de l'Etat. (Peut-être que si sa prophétie se réalisait et qu'on fusillât les gauchistes, nombre de militants parviendraient enfin à l'orgasme *.) Mais, justement, la révolution n'est pas une maison de tolérance pour impuissants et on ne fusille pas les « nouveaux partisans », c'est-à-dire les prétendus héritiers des anciens fusillés : on les condamne à quelques mois de prison. Même pas autant qu'un proxénète !
> Salut.
>
> Pierre.

* Non, ils ne parviendraient à rien. Leur jeu ne vit qu'au sein du cadre ludique. Si, par exemple, la France se mettait, disons, au rythme du Brésil, on peut croire plutôt que leurs moyens en seraient radicalement coupés. Pas parce qu'ils auraient été castrés par quelque police politique, mais par incapacité à l'histoire ADULTE.

L'exploit pyrotechnique d'Olivier Rolin ne retient guère l'attention des feuilles populaires, même « à sensation ». C'est que l'écho des prisons n'a nul besoin d'artifice pour se répandre. Autant, fin 1970, la protestation des maoïstes est restée « catégorielle », autant, à présent, le débat s'enfle, gagne sur les marges, touche aux principes, conquiert l'opinion.

A partir du 22 janvier, de nouveaux grévistes — libres — de la faim élisent domicile à la chapelle Saint-Bernard, sous la gare Montparnasse. Jean-Claude Vernier, ex-compère de Jean-Pierre Le Dantec à Centrale, est parmi les volontaires, ainsi qu'un pasteur (au demeurant, le président de la Fédération protestante de France et celui de l'Eglise réformée s'inquiètent auprès de René Pleven d'un « risque de mise à l'écart d'une fraction de la jeunesse, quelles que soient ses options politiques »). Maurice Clavel, Vladimir Jankélévitch, Yves Montand, Simone Signoret visitent régulièrement les occupants de Saint-Bernard. François Mitterrand, député de la Nièvre, interpelle le garde des Sceaux au Palais-Bourbon, dénonce les conditions « inadmissibles » auxquelles sont soumis les gauchistes « dont les actes, fussent-ils critiquables, n'en relèvent pas moins d'un choix idéologique ».

Les humoristes assurent la relève des autorités morales. Lors de son émission dominicale sur Europe n° 1, Francis Blanche salue, narquois, le « régime contre le régime » pratiqué par un nombre croissant d'adeptes.

De fait, les pionniers font école. A Notre-Dame-de-Lorette, à la Halle aux vins, à la Sorbonne, des noyaux solidaires se nourrissent de sucre et d'eau. L'abbé Jaouen, ancien aumônier de la prison de Fresnes, partage ce carême avant l'heure. Et les commentaires, les réactions déferlent. Douze psychiatres et psychologues attachés à la maison d'arrêt de la Santé se déclarent incapables, les choses étant ce qu'elles sont, de remplir leur mission de réadaptation sociale et d'exercer une action thérapeutique. Cent soixante médecins, relayés par le Secours rouge, avertissent que l'entêtement gouvernemental est lourd de risques irréversibles.

Dans un tel climat, les « casseurs » marquent des points. Le tribunal administratif de Paris annule la décision du préfet de police de ne pas délivrer son indispensable récépissé de déclaration à l'association des « Amis de *la Cause du peuple* » constituée selon la loi de 1901 et où réapparaissent diverses figures de l'ex-GP. Exploitant sa revanche, l'amicale importune tient meeting salle de la Mutualité dès le lendemain, 26 janvier, au nez et à la barbe du garde des Sceaux. Michel Leiris préside la soirée.

Le 6 février, la tonalité est moins solennelle à l'université de la Halle aux vins : trois mille jeunes chevelus, « vêtus, notent les gazettes hostiles, de peaux de bique », s'y assemblent pour une kermesse qui ne s'annonce nullement héroïque, sous la bannière du Secours rouge local. L'équipe de VLR assure le service d'ordre, et l'on mesure vite le chemin parcouru depuis les temps, encore proches, du militantisme puritain. La musique pop et le free jazz dominent, les amphis se muent en pistes de danse autour de quelques feux de joie ; plusieurs happenings attirent le chaland, notamment les effeuillages conviviaux où le public scande sans complexe : « Nous sommes tous des voyeurs ! »

Non loin de là, Henri Leclerc, au centre d'un cercle grave, explique que la chancellerie sera bien contrainte d'engager des pourparlers. La fête se clôt par un feu d'artifice (qui ne doit rien à Olivier Rolin). Et, la nuit consommée, les cinq grévistes de la faim installés dans l'UER de mathématiques se retrouvent enfin seuls aux prises avec le froid.

Le 8 février, René Pleven recule. Sans panache, et trop tard. De manière fort alambiquée, il promet des « mesures d'allégement », sous réserve qu'une commission étudie les critères d'octroi du « régime pénitentiaire spécial ». Méfiant, le Secours rouge convoque, malgré l'interdiction de la police, une manifestation pour le lendemain, en fin d'après-midi, place Clichy. Si les gauchistes emprisonnés interrompent leur jeûne, reste à dénoncer le sort des autres prisonniers.

En temporisant, le gouvernement a laissé se déplacer le champ de la contestation. Cependant que *l'Aurore,* après la bataille, ne juge plus « indispensable au maintien de l'ordre public que M. Geismar et ses émules soient privés de visites, de journaux, de radio », *Combat* relève le silence des « organisations traditionnelles — partis, syndicats — » concernant l'effroyable fiasco de la machine carcérale, et inscrit le courage de dessiller les regards au crédit des perturbateurs : « Il est remarquable qu'une nouvelle fois, ce soit ceux qu'on appelle les " gauchistes " qui — avec les armes du désespoir — fassent avancer les choses, fassent éclater l'un des principaux scandales de notre société. »

La chapelle Saint-Bernard devient, ce 8 février, le quartier général des insurgés victorieux et l'aire de lancement d'un mouvement futur. Vers midi, Mes Kiejman et Leclerc y convoquent la presse et se portent garants que leurs clients ont obtenu satisfaction sur l'essentiel. Mais l'ordre du jour ne s'interrompt pas là. Le porte-parole du Secours rouge, Pierre Halbwachs, transmet le micro à Michel Foucault pour une déclaration inaugurale.

Il s'agit d'un manifeste, cosigné par Jean-Marie Domenach (le directeur d'*Esprit*) et Pierre Vidal-Naquet (protagoniste du combat contre la torture durant la guerre d'Algérie), annonçant la création d'un « Groupe d'information sur les prisons » — ou GIP :

— Nul de nous n'est sûr d'échapper à la prison, aujourd'hui moins que jamais. Sur notre vie de tous les jours le quadrillage policier se resserre ; dans la rue et sur les routes ; autour des étrangers et des jeunes ; le délit d'opinion est réapparu ; les mesures antidrogue multiplient l'arbitraire : nous sommes sous le signe de la « garde à vue ». On nous dit que la justice est débordée, nous le voyons bien. Mais si c'était la police qui l'avait débordée ? On nous dit que les prisons sont surpeuplées. Mais si c'était la population qui était emprisonnée ?

« Crâne nu, lunettes fumées, arcades sourcilières fortes, mâchoire légèrement prognathe », énumérerait un avis de recherche. Foucault, pour l'instant, n'est pas ouvertement identifié comme un compagnon de route des maos ni comme le sectateur de quelque cause militante. Sa renommée est avant tout universitaire. Il a montré, dans son *Histoire de la folie à l'âge classique*, que la transition entre le féodalisme et le capitalisme, dès l'aube du XVIe siècle, induit l'« enclosure », avec les malandrins, des enfants vagabonds, des pauvres, des fous ; que la prison, peu à peu, devient peine afflictive et le délire maladie ; que l'ère des « grands renfermements » est celle de l'affirmation bourgeoise ; enfin, que la maison d'arrêt, à la fois usine et école, exprime la quintessence de ce que deviennent, sous ce règne, les structures du pouvoir.

Le savant témoigne et l'homme d'action se révèle :

— Peu d'informations se publient sur les prisons : c'est une des régions cachées de notre système social, une des cases noires de notre vie. Nous avons le droit de savoir, nous voulons savoir, nous nous proposons de faire savoir ce qu'est la prison... Ces renseignements, ce n'est pas dans les rapports officiels que nous les trouverons. Nous les demandons à ceux qui ont une expérience de la prison ou un rapport avec elle.

Le GIP, promettent Michel Foucault et ses compagnons, va distribuer un questionnaire d'enquête aux avocats, aux détenus, aux familles, s'immiscer dans les files d'attente à l'heure des visites, dresser l'exacte carte des centrales et de leurs méthodes, enquêter sur le travail offert aux condamnés — 1,50 franc de l'heure, semble-t-il, pour le compte de Citroën, Danone, Dior ou *Pif le Chien* —, explorer les hôpitaux, censurer la censure du courrier...

9 février 1971. Bien que Geismar et ses complices aient recommencé à s'alimenter, bien que le préfet de police ait averti que la consigne est de disperser le rassemblement à tout prix, on manifeste en fin de journée, comme prévu, place Clichy. L'objectif déclaré n'est plus l'octroi du statut politique aux gauchistes incarcérés, mais le maintien de la pression pour que le « régime spécial » leur soit intégralement appliqué. Puis étendu aux autres.

On a envie de crier victoire et on le crie.

Richard Deshayes, instituteur en herbe à l'école normale d'Auteuil, est un des piliers de VLR. Aux lisières de son organisation, il anime un « Front de libération des jeunes » naissant dont il est, par le poème plutôt que par la motion, la meilleure plume. Richard, ce soir, est de la partie. Evidemment.

A l'angle de la rue Damrémont et de la rue Ordener, il aperçoit une fille étendue, sonnée, sûrement blessée. Il pivote vers elle, commence à se courber pour lui porter assistance. Tout près, un homme en noir épaule son fusil lance-grenade, profite de cette cible quasi figée, tire droit au visage. La grenade n'est ni fumigène ni lacrymogène. Elle appartient à une catégorie méconnue. Ses éclats cisaillent l'œil droit du manifestant. Plusieurs hommes de la brigade spéciale s'approchent, ricanants, shootent à coups de botte dans le corps effondré.

Par sa vitrine, un pharmacien a vu la scène et téléphone à police secours. Vite, dit-il, c'est terrible, un jeune garçon risque de mourir.

Police secours ne se dérange pas. Le blessé attendra qu'une ambulance privée puisse parvenir jusque-là.

Le lendemain matin, quatre ou cinq types en civil se présentent à l'hôpital. Des amis de Richard, qui voudraient le réconforter. Ils grimpent vers les étages, bousculent gentiment l'infirmière, pénètrent dans la chambre. « Merde ! » articule de son mieux le blessé. Ces bons amis sont des flics. Et ce qu'ils recherchent, c'est le blouson de leur victime — criblé de ferraille en miettes dont l'analyse pourrait s'avérer compromettante. Mais la famille (le père est tourneur, la mère employée) a déjà fait le ménage...

Juste avant d'être défiguré par les gardiens de la paix, Richard Deshayes mettait la dernière main à un texte-programme du FLJ, et *Tout* s'empresse de diffuser l'ébauche interrompue. Le titre devient vite aussi célèbre que les meilleurs graffiti de Mai 68 : « Nous ne sommes pas contre les vieux. Nous sommes contre ce qui les fait vieillir. » Suit un cri qui, en d'autres termes, répercute et prolonge le « yé-yé » des « copains », huit années auparavant, lors de la nuit de la Nation : « Nous sommes nombreux, très nombreux, nous sommes jeunes et nous savons nous reconnaître. Il est temps que nous nous serrions les coudes pour prendre et produire tout ce dont nous avons besoin pour vivre, et pour nous défendre. »

Mais ce cri n'est pas une gueulante inarticulée, un air de connivence sur des phrases prétextes. Deshayes lui donne un contenu.

D'abord, le refus n'est pas suffisant, si nécessaire soit-il : « La destruction ne s'alimente pas d'elle-même mais d'un *projet de vie nouveau,* et c'est en tant que tel que le mouvement de libération de la jeunesse peut prétendre subvertir cette société où toutes les perspectives de subsister se font sur le renoncement à vivre et à développer toutes les facultés qui sont propres à chaque individu, facultés de libre jouissance de son corps et de son intelligence, faculté de coexister harmonieusement, de se respecter, de s'entraider et de se comprendre... »

Le « je » et le « nous » accordés.

Deuxième commandement : ne pas s'intégrer, ne pas « leur » ressembler. « La scission dans l'homme, poursuit Richard, s'accomplit *irrémédiablement* dès qu'il a renoncé à sa jeunesse, dès qu'il la fige en souvenirs, en regrets — le " bon temps ", le " temps des copains ". Le bon temps est celui qu'on prend *maintenant* et *ici* ! La jeunesse, c'est le refus de cette scission dans l'être, c'est la *rupture* dans le processus dévitalisant du renoncement. »

Tertio, et ce mot d'ordre n'est pas le moindre : feu sur le quartier général de la révolution triste, des groupuscules sentencieux, des petits soldats masochistes ! Agir et jouir ne sont dissociés que par l'obstination fouettarde des Lénine pisse-froid : « Faire l'amour est de loin une des choses les plus agréables que nous connaissions ; plus on baise, mieux on se porte, et mieux on baise, mieux on se supporte. *Personne n'a plus rien à nous interdire,* et sur ce plan encore moins que sur le reste si l'on considère le naufrage sexuel de nos parents. ON NOUS BRIME LE SEXE, mais ça ne va pas durer ! »

Sur les murs, les palissades, aux portes des écoles, s'étale l'épouvantable photographie d'un visage brouillé de sang sous l'or de cheveux superbes. Symbole mille fois placardé que la chasse est ouverte.

Gilles Guiot, gibier d'un soir, paie de malchance. Il a dix-huit ans, est réputé apolitique, et suit consciencieusement les cours de mathématiques supérieures au lycée Chaptal. Plutôt brillant, fort peu contestataire : un cadre potentiel de la nation. La fatalité veut qu'il s'aventure vers la place Clichy — proche de son lycée — à l'heure où Richard Deshayes s'écroule sur le trottoir. Guiot ignore tout de la manif et, s'il en devinait la violence, effectuerait probablement un détour.

Clameurs :

— C'est lui, je vous dis que c'est lui !

Après, l'univers chavire. Un fourgon brinquebalant, des corps pressés contre les vitres grillagées, quelques coups et injures, un commissariat jaunâtre, un procès-verbal illisible, l'odeur de fumée, de papier, de moisi, la nuit durant. Au matin du 10 février, Gilles Guiot, les yeux rouges et la mine ahurie, est traîné devant le tribunal des flagrants délits. Formellement identifié par deux policiers comme l'agresseur d'un de leurs collègues, il est, séance tenante, condamné à six mois de prison, dont trois fermes, par la vingt-troisième chambre correctionnelle. Exécution. Au suivant.

Une erreur, il s'agit forcément d'une erreur, protestent les parents, les professeurs, les condisciples de Guiot. Le proviseur du lycée Chaptal témoigne qu'en ces temps de peste on a justement fait main basse sur un élément sain. La fédération Cornec s'indigne qu'un mineur échoue si promptement derrière les barreaux. La cour d'appel est saisie d'urgence d'une demande de liberté provisoire. En attendant, le ministère de l'Intérieur et la chancellerie ne bronchent point : l'affaire s'est déroulée selon les règles.

Tel est d'ailleurs le sentiment de la cour. Le 13, elle décide que Gilles Guiot restera détenu malgré ses protestations d'innocence. Le jugement sur le fond sera rendu dans six jours, et six jours de prison, ça n'a jamais tué personne.

Un grondement monte, diffus, des préaux de la capitale. Nul, lorsque sonne la récréation, ne joue plus sous les platanes.

Ce même soir — on est samedi —, un nombre inhabituel de fidèles à poil long gravissent les marches du Sacré-Cœur de Montmartre. La messe de 18 h 30 va commencer d'ici une dizaine de minutes. Mgr Charles, dans la sacristie, s'apprête à enfiler aube, étole et chasuble quand un bedeau essoufflé lui tend d'une main frémissante ce qui semble bien être un tract. Un tract ! Aux portes d'un lieu saint !

C'est plus grave encore. Les joues enflammées, Mgr Charles parcourt le texte. Des gauchistes. Et ils veulent occuper la basilique jusqu'à ce que le bras séculier suspende son glaive. « Nous n'entendons en aucune manière blesser les convictions de nos amis catholiques et nous saurons le montrer, assurent-ils. Toutefois — le prélat sursaute —, si la police voulait nous déloger, nous nous considérerions en légitime défense... Car nous saurions nous souvenir qu'il ne s'agit pas d'une église comme les autres. Le Sacré-Cœur a été bâti sur les corps des communards, pour effacer le souvenir du drapeau rouge qui avait trop longtemps flotté sur Paris : c'est le symbole de la victoire des loups, des cochons et des chiens. »

Devant la sacristie, les manifestants patientent cependant que les travées s'emplissent, face à l'autel. C'est le détachement de VLR qui est le plus fourni. Roland Castro, Tiennot Grumbach et autres provocateurs ont eu l'idée de défier ici, du haut de cette bâtisse meringuée, les flics qui ont esquinté, trois escaliers plus bas, leur copain Richard.

Voici enfin Mgr Charles, indigné :

— Je proteste. J'appelle la police pour vous faire mettre dehors.

Et il ordonne à ses gens de boucler les portes.

Les « occupants », coincés dans la nef, n'ont d'autre ressource que d'ouïr la sainte messe. L'officiant prie l'assistance d'excuser son retard, et la rassure :

— Dieu soit loué, nous avons encore la loi dans ce pays.

Les trouble-fête flairent le piège. Trop tard. De l'extérieur, un porte-voix hurle :

— Sortez, toute issue est cernée, impossible de fuir.

Quarante secondes, et le même timbre, sans haut-parleur :

— Allez-y les gars ! Tapez dedans !

L'assaut est donné. Les brigades d'intervention, d'abord freinées à coups de prie-Dieu, nettoient le terrain, matraquent le long des confessionnaux, aux pieds des saints de plâtre.

— Je demande à l'orgue de jouer plus fort, réclame Mgr Charles.

A fond le buffet ! Une toccata claironnante couvre le vacarme de la ratonnade. Bastonnés, traînés, dotés chacun d'un « accompagnateur », les membres du commando pacifique sont dirigés sur Beaujon.

Ite, missa est. Treize condamnations pleuvent. L'archevêque de Paris lui-même déplore leur sévérité.

Le réflexe très « versaillais » du prélat montmartrois n'exprime guère le cours qui s'affirme au sein du peuple chrétien, et trahit sans doute l'exaspération croissante des fidèles conservateurs et de la hiérarchie face à une effervescence qui ne les épargne pas.

Plus que jamais, les chrétiens de gauche sont aux avant-postes. Mieux que les anciens communistes (régulièrement « purgés » et contraints de repartir à zéro après la déroute de leurs naïvetés originelles), ils possèdent l'expérience de la survie, voire de la conquête — la période conciliaire leur a permis d'édifier et de préserver maintes zones franches — au sein d'un système régi par le dogme. La JEC, à travers la crise d'où est issue l'épisodique JUC, a fourni des troupes d'élite aux maoïstes épris de révolution culturelle : l'immersion parmi les pauvres, le renoncement à la carrière, l'examen de conscience et la correction fraternelle — autant de motivations et pratiques qui ne dépaysaient guère le lecteur des *Actes des apôtres,* quand bien même il avait délaissé la foi de ses quinze ans.

Infiniment plus enraciné, le PSU, surtout en province, offre un carrefour à des réseaux militants touffus, proches du terrain, pittoresques, véhéments et tolérants. Les certitudes, ici, sont suspectes, sauf à la veille des congrès, lorsque prolifèrent les tendances où se brassent ex-staliniens, SFIO repentis, « cathos » laïcisés, « technocrates » soucieux de conjuguer gestion et générosité. La CFDT symbolise par son glissement progressif vers le socialisme, et hors de la tutelle ecclésiale, une mouvance dont elle est le premier fournisseur.

L'« esprit de Mai » souffle en Pentecôte ; la religion commune, plutôt que l'assiduité au confessionnal, est l'accueil de l'Autre. A la veille de Vatican II, les baptisés critiques se portaient vers l'incroyant et proclamaient le nécessaire respect de sa différence. Eux-mêmes ou leurs rejetons, en cette aube des années soixante-dix, s'affichent volontiers désinvoltes envers le rite mais conservent leur tropisme antérieur : bienvenue à l'OS immigré, au chevelu pourfendeur de tabous, à l'avortée clandestine, au détenu rebelle, à l'homosexuel notoire, au pédagogue contrevenant, à l'autonomiste breton ou basque, à l'utopiste communautaire, au marxiste bricoleur et au bricoleur revenu du marxisme. Jésus vomissait les tièdes, les pharisiens, les riches, les gens de bien et d'arme, les contempteurs de femme adultère.

Quand règne le désordre établi, c'est du désordre que surgit parfois la justice. S'il est dangereux de se pencher au-dehors, on risque, à ne courir aucun risque, de voyager aveugle et de se réveiller loin du monde connu. Les révérends frères prêcheurs du couvent dit de la Glacière — telle est son adresse, à Paris — lisent en rond le *Petit Livre rouge,* afin de s'informer, et expérimentent sur eux-mêmes une forme nouvelle de thérapie des conflits, la « dynamique de groupe »...

Les simples ouailles sont contaminées, les intellectuels réguliers fleurent le soufre. Mais il y a pis. Le clergé séculier, l'assise des chapelles campagnardes, l'arc-boutant des basiliques populaires, se révolte lui aussi.

Parmi les fondateurs du Secours rouge, en première ligne du « Comité d'initiative » censé orienter ce dernier quand la GP ne se montre pas trop envahissante, les chrétiens de marque abondent. Le pasteur Georges Casalis, le dominicain Jean Cardonnel, le directeur de *Témoignage chrétien,* Georges Montaron, se sont lancés dans l'aventure par passion démocratique, comme ils le firent voilà une décennie, sous la guerre d'Algérie.

Robert Davezies n'est pas le plus célèbre d'entre eux — son

nom n'a défrayé la chronique que lorsqu'il fut condamné à la prison pour avoir porté les valises du FLN. Pourtant, l'abbé Davezies, prêtre de base, ministre sans ministère, est la cheville ouvrière d'un mouvement qui ébranle les paroisses comme le mouvement du 22-Mars ébranla Nanterre. La mutinerie s'est donné une enseigne, « Echanges et dialogue ». Quelque huit cents curés et vicaires lisent son bulletin, fréquentent ses assemblées. A l'heure où les séminaires se vident — depuis 1968, un seul suffit pour trois ou quatre diocèses, alors qu'auparavant chaque évêché comptait le sien —, la sédition frappe l'institution de plein fouet.

C'est bien de sédition qu'il s'agit, non de sécession. Les prêtres concernés remettent en question leur cléricature, leur pouvoir social et leurs contraintes disciplinaires, pas leur conviction ni leur mandat. Mais en quels termes ces choses-là sont dites ! Le document fondateur, daté du 3 novembre 1968, et adressé aux lampistes comme aux dignitaires, a suscité chez ces derniers une inquiétude proportionnelle à l'écho qu'il rencontrait chez les autres.

Rappelant le souvenir des séminaristes réfractaires au STO, des prêtres-ouvriers durement crossés en 1954, des vicaires qui offrirent un ultime refuge aux Algériens torturés, le cahier de doléances est fourni : « Nous vous faisons part de la décision prise par certains d'entre nous de travailler normalement... Nous voulons rompre avec la condition de “ fonctionnaire du culte ”, payé par le culte ; nous exprimer librement par écrit ou par oral ; prendre selon les cas des options ou engagements politiques, syndicaux ou autres ; accueillir sérieusement, avec franchise et liberté, l'éventualité de prêtres mariés ; exercer collectivement le droit à la délibération et à la décision dans la vie de l'Eglise ; intervenir directement dans les nominations et les déplacements des prêtres et des évêques ; soutenir ceux qui remettent en cause le choix et la formation des futurs prêtres. »

Trois « assemblées nationales », en 1969 et 1970, achèvent d'alarmer les instances supérieures. « Notre état clérical nous domestique au nom d'un antique principe d'autorité, hérité du droit romain impérial, principe selon lequel l'autorité se suffit à elle-même, insistent Robert Davezies et ses compagnons. Rien n'est plus immoral que ce principe. »

NN. SS. Marty et Etchegarray (respectivement président de la Conférence des évêques et secrétaire général de l'épiscopat) sont officiellement invités à observer ces travaux, voire à intervenir, mais ils opposent une catégorique fin de non-recevoir. La presse retient surtout le piquant problème des prêtres mariés : certains d'entre eux, à Dijon, ont concélébré l'eucharistie avec leurs amis, et le chef du diocèse n'a pas manqué de les désavouer aussitôt.

De même, la présence de quelques abbés parmi les candidats aux élections excite les folliculaires. Le PSU, toujours à court de postulants, investit ainsi Jean-Baptiste Delpirou, prêtre séculier, lors d'une élection législative partielle dans le Cantal, et admet Philippe Brand, vicaire à Thonon, sur la liste municipale alignée par la gauche d'Annecy. Levée de crosse, en chaque occasion.

Mais le péril est autrement aigu. Si ces brebis égarées, saisies par les fureurs du siècle, n'étaient que des cas isolés, elles s'en tireraient avec une séance de chagrines admonestations. Ce qui secoue l'édifice, et que relève attentivement Nicolas Boulte dans *le Nouvel Observateur,* est infiniment plus grave qu'une série d'incartades, fussent-elles spectaculaires.

La hiérarchie prend peur parce que ses subordonnés rétifs s'organisent collectivement, et introduisent ainsi dans la machine féodale un usage démocratique qui dérègle ses rouages intimes. D'ailleurs, les prêtres révoltés parlent de « déclergification », humbles annonciateurs de la Bonne Nouvelle parmi les hommes, et se mettent eux-mêmes en garde contre l'éventuelle résurgence d'un « nouveau cléricalisme » si leurs affiliations politiques ou syndicales les amenaient à retrouver un statut de notable et de leader.

La rébellion, soit. Concertée, jamais ! Sur dix années, prophétisent les experts, la proportion des moins de quarante ans aura chuté de moitié au sein du clergé. Tant pis : plutôt mourir que mollir.

Or la contagion gagne par-delà les frontières. A Amsterdam, à Königshofen, à Louvain, au Pays basque espagnol, à Rome enfin, des prêtres se rencontrent et constatent l'analogie de leurs terrains d'entente. Mandaté par le bureau de l'assemblée européenne né de ces contacts, Robert Davezies s'envole pour San Diego, en Californie, et assiste à l'éclosion d'une « Fédération nationale des conseils de prêtres des Etats-Unis ».

En France, les « affaires » se succèdent, les frondeurs sentent le fagot. Le père Marc Oraison, médecin psychothérapeute à l'origine, n'est guère en odeur de sainteté depuis que son ouvrage, *le Mystère humain de la sexualité,* s'arrache chez les libraires ; pour comble, il a publiquement contredit l'encyclique *Humanae Vitae* par laquelle le pape Paul VI proscrivait la pilule en vertu de la « loi naturelle ». « Obsédé sexuel, salaud, à Moscou ! » lui ont jeté, outre divers projectiles, des contradicteurs d'extrême droite en pleine église de Passy. Le dominicain (et polytechnicien) Philippe Roqueplo, lui, est sous haute surveillance en raison des thèses scandaleuses qu'il propage concernant l'avortement (l'embryon, non socialisé, n'est pas encore une personne, a-t-on pu lire sous sa plume dans une série d'articles publiés par *la Lettre*).

Jean Cardonnel, qui siège auprès de Robert Davezies à la direction du Secours rouge, répand dans les colonnes de *Frères du monde,* revue franciscaine, et de *Témoignage chrétien,* sa thèse selon laquelle Jésus-Christ est prisonnier de Dieu, enfermé dans une gangue déiste, exilé sur un Olympe rebaptisé. Paul Blanquart, dont la cellule, au couvent de la Glacière, jouxte celle de son ami Roqueplo (ils signent l'un et l'autre à *Politique-Hebdo,* nouveau point de rencontre, chaque mercredi), est le théoricien d'un rapprochement argumenté entre christianisme et marxisme. Même le très pondéré abbé Laurentin, spécialiste de la théologie mariale et chroniqueur au *Figaro,* est violemment chahuté dans l'église Saint-Honoré-d'Eylau, où il se trouve en compagnie d'un bouillant vicaire, Jean-Claude Barreau.

La même mésaventure advient à Dom Bernard Besret qu'un « Mouvement contre l'autodestruction de l'Eglise » interdit de parole salle de la Mutualité lors d'un débat sous l'égide du Centre catholique des intellectuels français. Bernard Besret, jeune prieur de l'abbaye cistercienne de Boquen, dans les Côtes-du-Nord, a été destitué de sa charge pour avoir, le 20 août 1969, jour de la Saint-Bernard, prononcé un sermon iconoclaste : « J'ignore ce que les pasteurs décideront dans les années à venir, sous la pression des événements. Je préférerais les voir devancer la vie, en proposant une année sabbatique au cours de laquelle tous ceux qui se sont engagés au célibat pourraient à nouveau choisir de confirmer ou d'infirmer leur premier choix. » Mgr Gouyon, cardinal archevêque de Rennes, a répliqué en citant l'Ecriture : « Quiconque a mis la main à la charrue et regarde en arrière est impropre au royaume de Dieu. » Depuis, moines et laïcs de Boquen, squatters malgré eux, se sont illégalement érigés en « communauté critique »...

Le temps n'est guère éloigné où la fille aînée de l'Eglise comptait sur le petit personnel ecclésiastique pour maintenir dans le droit chemin les âmes zigzaguantes. Mais le petit personnel a du vague à l'âme.

Et les aumôneries se transforment en pétaudières.

RALBOL !

Le néologisme que Christian Jambet, Antoine de Gaudemar et autres pionniers avaient déployé deux années auparavant sur la façade de Louis-le-Grand orne maintenant celle de chaque lycée. La décision, arrêtée à l'échelon gouvernemental, de maintenir en détention Gilles Guiot contre l'évidence, est vécue par les jeunes scolarisés comme un geste de mépris global, la déclaration de guerre d'une génération à l'autre. Ce mépris, ils en perçoivent la quintessence dans la réponse que fournit aux journalistes René Tomasini, nouveau secrétaire général de l'UDR, le parti gaulliste : « Si des actes contraires aux lois ont été réprimés de façon regrettable, la faute en incombe non pas à ceux qui ont la charge de les réprimer, mais à la lâcheté des magistrats. » Les flics, eux, sont au-dessus de tout soupçon.

RALBOL !

Le mot court tant les rues que l'hebdomadaire de Jean Daniel explique doctement à ses abonnés : « De l'expression argotique " on en a ras le bol " qui signifie " nous en avons assez ". »

Ralbol à Buffon, Charlemagne, Condorcet, Jacques-Decour, Victor-Duruy, François-Villon, Henri-IV, Montaigne, Turgot ou Voltaire. Ralbol aussi en province. Ralbol à Guingamp et à Saint-Brieuc. A Dole (Jura), Oullins (Rhône) ou Péronne (Somme). Ralbol à Grenoble, à La Rochelle, à Limoges, à Poitiers. Ralbol parmi les prépas comme dans les CET. Ralbol chez les filles et les garçons. La déflagration est générale, simultanée, insolente, joyeuse.

Ceux-là ont vécu Mai 68 à distance — c'était l'histoire des aînés, des grands, ce n'était pas leur histoire. Voici qu'ils inventent, eux aussi, leur grève. Et qu'ils entendent ne laisser personne rêver à leur place. Ralbol de l'UNCAL manipulée par les communistes. Ralbol de l'UNEF trustée par les trotskistes « lambertistes ». Ralbol des groupuscules.

Ce n'est pas la révolution prolétarienne qu'ils veulent. C'est la pilule. C'est la vie communautaire, libre, loin de la famille. C'est le plaisir et la fantaisie, la musique, la fumée bleue s'ils le désirent. C'est le droit d'être différent, et de se différencier encore. C'est l'échappée belle, hors de l'ennui des cours.

Les profs « déviants » sont certes légion. Mais un fossé hostile, terrible, traumatisant pour tous, scinde en deux camps inégaux les maîtres d'école.

Il y a la forte minorité d'enseignants charismatiques — ceux qui refusent d'être notés par un inspecteur et qui ne pensent guère mieux des notes qu'ils décernent eux-mêmes ; ceux qui démontent sous le nez de leurs propres élèves les mécanismes de l'appareil à reproduire l'inégalité, les arrière-pensées idéologiques du programme, les aléas de l'orientation. Et il y a les autres, majoritaires, embarrassés quand leurs « collègues » subissent la sanction d'une rébellion tonitruante et symbolique, déchirés entre les valeurs « de gauche » propres au milieu et l'obligation soudaine qui leur est faite d'accepter la règle en bloc, ou de s'en départir à l'excès.

Ils dansent d'un pied sur l'autre, les profs. Et les lycéens, eux, dansent dans la rue.

Le 18 février 1971, l'Education nationale est paralysée. En tous lieux, les jeunes ont formé des comités de grève, refusant d'être « récupérés » par telle ou telle boutique. Le « Comité de coordination nationale des comités » — les gauchistes, et surtout les émules d'Alain Krivine, drapeau rentré, y pullulent — invite chaque établissement à élire le mode d'expression qui lui convient le mieux : sit-in, cortèges vers les mairies ou les palais de justice (à Paris, à Grenoble, les magistrats, ce jour, suspendent les audiences afin de protester contre l'accusation de « lâcheté » dont ils viennent d'être l'objet). Dans la capitale, dix mille protestataires occupent le pavé devant le lycée Buffon.

Le lendemain, ils sont près du double, et la province bouge à l'unisson. La cour d'appel doit, en fin de journée, rendre son verdict sur l'affaire Guiot. Le quartier Latin est vite envahi, l'île de la Cité assiégée. Aux marches du palais, le sit-in dure sept heures. Les fesses sur le bitume, on papote, on rit, on adresse d'amples signes dérisoirement affectueux à la masse compacte des forces de l'ordre bleues (brigades spéciales) et noires (gardes mobiles) :

— Papa, ton fils est là !

Entre les deux armées, dans le no man's land, les journalistes cueillent leur moisson de slogans :

— Guiot, viens jouer avec nous !

— Eux, ils s'emmerdent, nous, on s'amuse...

Le portrait de Richard Deshayes défiguré est omniprésent :

— Brigades spéciales, assassins assermentés !

L'ex-hypokhâgneux Christian Jambet, qui couvre l'événement pour la presse maoïste, apprécie l'allitération en connaisseur.

18 heures. Une onde de joie, à mesure que rebondit l'écho des porte-voix, monte depuis la Seine jusqu'au Luxembourg. La cour, en toute sérénité et sans lâcheté aucune, estime que « la preuve indiscutable de sa culpabilité n'ayant pas été apportée », le doute doit profiter au prévenu, qui est relaxé. Raymond Marcellin et René Pleven, une fois de plus, ont perdu la face. Gilles Guiot, non moins effaré que lors de son interpellation, sort, harcelé par les journalistes et les cameramen :

— Et maintenant ? questionne un reporter.

— Oh, je vais reprendre mes études.

Les vacances de février débutent ce soir même, vendredi. Les autorités misent sur la pause providentielle pour calmer le jeu. Mais *le Monde,* dans sa dernière édition, parle de « pouvoir lycéen ».

Jean-François Bizot, pourtant collectionneur averti d'insolite, en est franchement étourdi. Cela, l'Ecole normale supérieure ? Cette espèce de souk, de zone, de messe, de ballet, de décharge ? Un couple cerné de supporters s'étreint à la lueur tremblotante d'une dynamo vélocipédique. Des scouts prêts à tout ont allumé un feu de camp où brûlent par piles les Bourbaki — les manuels de mathématiques. Moult vins fins, extraits de la cave directoriale, apaisent le gosier d'étranges derviches, plus ou moins tourneurs, qui psalmodient : « Amour, Anarchie ! » Le long des galeries, les uns débattent et les autres brisent :

— Je donne du travail aux vitriers chômeurs, mon vieux.

Sur le monument aux morts, les plaques qui rappellent la mémoire de Brossolette, de Cavaillès, ont été souillées de bombages profanateurs : « Victimes des marchands de canon ! » En travers des murs, les graffiti surabondent et parodient Mai : « Fini de survivre, maintenant vivre », « Nous abolirons la tristesse », « Le mot est haïssable ». Et, à l'adresse de Robert Flacelière, théoriquement maître céans : « Alors, Flace, on agonise ? »

Les saxophones aux doigts ailés du Dharma Quintet réparent la sauvagerie malhabile de percussions battues.

A la « bibal », la bibliothèque — oratoire et coffre-fort de M. Petitmangin —, des cartes anciennes, des reliures polies commencent à fumer. Le gymnase, au sous-sol, est jonché de tessons. Eructations et chansons grêles s'y mélangent, dans les effluves de hasch. Jérôme Savary et son Magic Circus arrivent en même temps que les pompiers.

Bizot, le cœur léger, emmagasine ces paillettes de foutoir, ces éclats de bordel. Il s'agissait, en principe, de fêter, aujourd'hui 20 mars, l'anniversaire de la commune. « La liberté s'apprend, songe le fondateur d'*Actuel*. Ils veulent que tout soit gratuit avec un peu trop de violence... »

La préfecture de police a interdit les autres commémorations prévues dans Paris, et les frustrés du centenaire convergent vers la rue d'Ulm, renforcés par maints affluents « incontrôlés » qui se fichent royalement, ou plutôt républicainement, de Jules Vallès, d'Eugène Pottier et de M. Thiers. « Nous sommes tous des éléments extérieurs ! » devient le slogan vedette, tandis que la foule composite et délirante viole avec jubilation la clôture du monastère. Ce qui permet au « comité Damoclès », groupement des normaliens gauchistes chez lesquels a germé l'initiative de la soirée, d'inscrire le saccage au compte des visiteurs anonymes.

La confusion est telle, depuis quelques mois, que Robert Flacelière a décidé de sévir. Dans l'ordre intellectuel, il a retiré la salle Dussane à Jacques Lacan. Sans doute, le séminaire de ce dernier est-il un rendez-vous majeur ; mais, précisément, le geste prend valeur de repli timoré, de normalisation à Normale. Et dans l'ordre administratif, le directeur s'avise de diriger : convocation du conseil de discipline, radiation ou mise en congé des élèves qui, ouvertement, boudent examens, concours et « caïmans ».

Olivier Rolin a ainsi découvert dans sa boîte aux lettres une missive l'informant que son salaire ne serait plus versé. Bien qu'il soit titulaire d'une maîtrise (sur Spinoza : Dominique Lecourt a été chargé par Benny de rédiger l'essentiel du pensum), le chef militaire de la GP a totalement cessé de fréquenter Ulm, et naturellement renoncé à préparer l'agrégation. Edgar Faure avait envisagé de supprimer ou modifier l'épreuve reine des futurs enseignants, mais les caciques universitaires et les détenteurs du parchemin fétiche ont poussé des cris d'orfraie.

M. Flacelière exige donc que ses pensionnaires sacrifient au rituel, accomplissent les figures imposées dont l'agrégé (d'histoire) Romain Rolland disait déjà, voilà quatre-vingts années, qu'elles sollicitent « une imbécillité d'esprit, une résignation de volonté vraiment trop pénible et par trop méprisable ». Et il aggrave son cas en menaçant de représailles les auteurs d'actes propres à écorner le « bon renom » de l'établissement.

Résultat : trois semaines de grève, et la fête du 20 mars. Les trompettes de la renommée sonnent lugubrement. Et s'enrouent d'horreur lorsque, onze jours après, un incendie détériore les archives de la maison, épargnant à peine le dossier de l'« archicube » (ex-ulmard, en jargon folklorique) Georges Pompidou.

Le 4 avril, l'ENS est fermée, bouclée. Robert Flacelière s'enferme lui-même dans son appartement de fonction, dont les portes sont désormais garnies d'épaisses barres métalliques, demande audience — sans succès — au président de la République, n'est guère plus entendu par Olivier Guichard, et craque, épuisé. S'avouant incapable de régenter une « base rouge », il offre sa démission.

En un sens, Normale sup demeure le phare de l'océan scolaire. Dans la France entière, des conflits se développent qui obligent les autorités académiques à décréter le lock-out. Le phénomène atteint particulièrement l'enseignement technique : le lycée du bâtiment de Saint-Brieuc, le lycée Vaucanson à Grenoble, trois CET de la même ville, un autre à Avignon sont successivement vidés de leurs occupants. Et l'épidémie s'étend, gagne Calais, Lannion, Limoges, Troyes.

Le chef de l'Etat s'alarme. Le ministre concerné croit trouver la parade en obligeant les élèves à se réinscrire individuellement. Mais ce sont des enseignants, alors, qui dérèglent la machine. Jacques Bertin, maître auxiliaire au lycée Mallarmé de Paris, est sanctionné pour s'être rendu à une AG de potaches. Michel Field, potache à Claude-Bernard, est exclu pour avoir organisé une AG sur l'affaire Bertin...

Il faut, observent les meilleurs conseillers de Jacques Chaban-Delmas, qu'une société soit ouverte ou fermée.

Les serviteurs de l'Etat ne sont pas seuls à perdre leurs repères. Du côté des révolutionnaires « politiques » — et d'abord des maoïstes —, la perplexité est reine.

Certes, il est réjouissant que l'autorité soit bafouée. Mais Benny Lévy et ses compagnons voient le mouvement des jeunes s'enrouler sur lui-même, se satisfaire de son propre défi. Les bâtisseurs de la GP, après mai 1968, ont reconstitué quelque force à partir du milieu scolaire, et de sa révolte antiautoritaire. Reste qu'ils avaient conçu ce premier ancrage chez les lycéens comme une aire de décollage, une réserve de poudre, et le moyen de recruter une main-d'œuvre disponible pour trouver ou retrouver une implantation prolétarienne. Ils ont expédié vers les usines les « meilleures » recrues — les Gaudemar, les Jambet... Ils ont marqué des points à l'occasion du procès Geismar et des grèves de la faim. Mais quand s'est déclenchée la soudaine secousse qui a ravagé les écoles, ils « mordaient » mal — assurément plus mal que les trotskistes — sur ce flot de gamins fort peu taraudés par la lutte des classes.

Afin d'accorder un tant soit peu le réel et le souhaitable, l'accent a été porté sur l'enseignement technique, sur les CET. Il n'empêche : si le gouvernement est soumis à la question, le militantisme l'est également.

Divers signes sont d'interprétation malaisée. Les « nouveaux partisans » conçoivent volontiers qu'on tourne en dérision une institution bourgeoise — nul n'a utilisé l'ENS de manière plus désinvolte — mais n'apprécient guère qu'un pinceau salisse la stèle de résistants disparus. Ils nourrissent eux-mêmes des « casseurs » voués aux tribunaux et pourtant s'inquiètent devant la prolifération de « casseurs sauvages », sortes de concurrents déloyaux, anarchisants, qui substituent l'acte gratuit au message chargé de symbole. Ils apprécient la fougue des jeunes dressés contre Raymond Marcellin mais s'étonnent de leurs penchants ludiques, individualistes, de leur volonté d'instaurer en marge, par l'utopie, sans truchement, sans délai, sans que soit accomplie la grande promesse ni émancipée la classe messianique, une existence heureuse, non contrainte.

L'esprit de sacrifice fout le camp. Les contestataires du moment rêvent plus de faire l'amour que la guerre. « Jouir », « désir », « je » sont les maîtres mots. Benny Lévy redoute cette flambée libidinale et cherche des contre-feux.

A l'intérieur même de la GP, l'indicible, par crises aussitôt réprimées, pointe parfois, quoique les chefs affichent une âme lisse, convenue sinon conventionnelle. Et chacun remballe ses aveux.

Benny, pourvu d'une carte de résident étranger, oscille entre l'insécurité d'un statut précaire et l'abri de l'ordre conjugal. Semi-clandestin, il a déménagé vingt fois avant de se fixer à Boulogne-Billancourt. Sa femme, naguère enseignante, s'est établie aux Blanchisseries de Grenelle, puis, repérée, a trouvé un emploi d'OS — soudeuse dans une fabrique de téléphones. Un enfant leur est né en 1970, gardé par sa grand-mère paternelle dans la journée. Ils se voient le soir, entre le bouclage des tracts et l'inévitable réunion quotidienne.

Voilà des années que « Pierre Victor » n'a pas mis les pieds dans une sâlle de cinéma. Ni ouvert un ouvrage de philosophie, un dialogue de Platon. A l'occasion, quand il prend le train, il lit les réflexions de Buber-Neumann sur l'action armée, ou *Sans patrie ni frontière*. Il lit ce qui ressortit d'une manière de compromis entre le facile et l'utile.

Olivier Rolin, lui, ne possède plus un livre. Plus un seul. Le dernier ouvrage qu'il a parcouru mollement, c'était celui d'Edgar Snow sur la Chine. Il ignore que son ami Jambet conserve dans sa cantine, en toutes situations, *Ecce homo* de Nietzsche, Clausewitz, et plusieurs extraits de Hegel.

Péché véniel s'il s'agit de bibelots familiers. Péché mortel si ce sont des liens éternels. Quand un camarade accueille ses camarades pour quelque assemblée, les murs, les étagères, les meubles sont l'objet d'une vigilance scrutatrice. Les choses de sa vie trahissent la vérité de sa vie et un signet de la Pléiade, un tapis pastel, une copie d'Utrillo, un concerto de Vivaldi sont les irréfutables symptômes de l'enlisement douillet, c'est-à-dire du possible reniement.

De la probable trahison...

La fréquentation des intellectuels « démocrates » qui gravitent autour du Secours rouge est dépeinte comme un mal nécessaire mais pernicieux. Il est fort à craindre que leurs appartements charmeurs, leurs rayonnages opulents, leurs vacances, leurs voyages ne réveillent une sourde nostalgie chez les militants qui ont abandonné un statut analogue, ou un éclair de regret chez ceux dont les diplômes conduisaient à semblables félicités. Les propos méprisants qui épinglent en aparté les compagnons de route tout juste bons à recoller les pots cassés quand le couple provocation/répression a suscité les effets attendus n'expriment pas seulement la condescendance des « révolutionnaires » — qui jouent leur vie — envers les « modérés » — qui jouent à la révolution —, mais ils exorcisent le chant des sirènes.

Le cœur du non-dit, ce sont les histoires de cœur, les histoires de sexe, bref, les histoires de cul. Là-dessus, rideau. Chacun rumine, dans un coin très enfoui de sa cervelle seconde. Tony Lévy n'avouera jamais qu'il lui coûte, en vérité, d'avoir expédié son mariage entre deux « tâches » urgentes. Olivier Rolin s'en veut de n'avoir osé déclarer sa flamme à une fille qui le troublait, une militante de surcroît ; il s'en veut d'avoir préservé l'écorce d'un stupide copinage viril (celui des « frères de combat »), fût-ce avec une femme. Depuis l'an dernier, il partage la vie de la compagne d'un camarade : la situation est tolérée parce que « Antoine » court plus de dangers que quiconque, mais elle est grave, très grave.

Christian Jambet, pour sa part, hérite du lot commun : il aime en cachette et par intermittence — retrouvailles épisodiques, immédiatement interrompues quand tombe un ordre de mission. L'idée de « sécher » une réunion pour cause de sentiment serait inimaginable, sacrilège, cocasse et terrible.

Après avoir escorté Jean Schiavo dans ses œuvres ouvrières, Christian sait combien l'organisation est susceptible de nier, d'abolir la frontière de l'existence privée. Un soir, dans le Nord, tous deux devaient rencontrer des contacts aux environs d'Arras. La discussion s'est poursuivie fort tard, mais Schiavo a ensuite poussé jusqu'à Douai : quelque bricole urgente.

Il était plus de minuit lorsqu'ils ont débarqué chez deux copains établis. Un couple stable, vivant en union libre.

— Le problème n'est pas moral, a pédagogiquement expliqué Jean. Nous nous fichons complètement des conformismes bourgeois. Mais vous êtes ici en terre chrétienne et en milieu prolétarien. La famille, dans les corons, je ne vous apprendrai pas que c'est sacré. Pour être reconnu par le peuple, il faut vivre comme le peuple. Le travail politique est déjà difficile. N'y ajoutez pas des complications d'ordre psychologique.

A 4 heures du matin, le mariage était conclu.

Que penserait Jean Schiavo s'il soupçonnait qu'une fois par mois, deux de ses subordonnés s'en vont passer la nuit rue Saint-Denis avec des prostituées ? Ils ne « consomment » pas — ils leur offrent, au contraire, un repas de fête, avec champagne. Une fois par mois, ils s'offrent la douce et nécessaire compagnie des femmes...

Nicole Linhart commence à juger pesante la compagnie des hommes. Des maoïstes, du moins. Elle en a assez de cette culpabilité qui encombre les militants comme les mouches cernent Oreste. Surtout, elle n'a pas supporté l'opprobre dont elle s'est jugée couverte quand il est devenu manifeste qu'elle attendait un second enfant. Rien n'interdit d'être enceinte, aucun reproche ne bannit, en principe, ce désir individuel. Simplement, des voix s'élèvent pour observer que ce n'était peut-être pas le moment...

Judith Miller, dans la même situation, a dissimulé sa grossesse jusqu'à deux mois de l'accouchement et rempli sans broncher son devoir de petit soldat.

Au début des AG du MLF, Nicole et ses amies observaient le phénomène à distance, sur la réserve, un peu ricanantes. Marielle, une camarade de Vincennes, a parfait leur information. Et certaines scènes typiques de la GP ont pris un relief inattendu. Ainsi la démarche effectuée par Benny auprès de l'ex-femme d'Alain Geismar. Le couple était officiellement séparé, et l'ancienne compagne du leader emprisonné avait noué d'autres amours — avec un sympathisant, il s'entend. « Ton mari est en taule, a sévèrement rappelé Pierre Victor. Il est impossible que tu entretiennes pendant ce temps une liaison publique. Impossible aussi que tu ne rendes pas visite à Alain. » La sensibilité des masses et la propagande réclamaient une épouse éplorée. Elle leur fut livrée.

Un léger vent de fronde se lève toutefois sur les assemblées. Nicole a l'heureuse surprise d'entendre une copine ironiser, au lendemain de l'agression policière contre Richard Deshayes :

— Il a été blessé en se baissant pour aider une fille tombée par terre. Nous, à la GP, on nous aurait marché dessus, puis on nous aurait critiquées pour n'être pas restées debout ! Les gens de VLR se conduisent différemment.

Silence gêné. Nicole se dit que le militarisme ambiant a du plomb dans l'aile. Et que, pour marquer sa différence, elle boycottera les séances d'entraînement — karaté, close-combat — auxquelles il est recommandé de s'astreindre le dimanche matin.

Du reste, c'est une voix masculine qui l'encourage sur cette pente, celle d'Alain Geismar, toujours hospitalisé à Fresnes. Dans une lettre dont il demande publication, le dirigeant incarcéré invite ses pairs à ne point négliger le soulèvement des camarades inférieures : « Descendons des grands émois de la théorie, des confrontations frémissantes sur Marx et Freud, et allons-y voir... Laissons à Jeannette Vermeersch le soin d'attendre la dictature du prolétariat pour s'intéresser à la question. »

Pas de doute, l'époque est bizarre : il va falloir compter avec « les bonnes femmes ».

Du mou de veau !

Agressé en pleine conférence, le professeur Jérôme Lejeune frotte, écœuré, ses manchettes de chemise maculées. Devant lui, sur le bureau, un magma de bidoche sanguinolente recouvre les notes qu'il dévidait sereinement. Une harpie, une hystérique, une de plus, a balancé le paquet flasque, crachant :

— Tu vois, Lejeune, j'ai avorté.

Puis elle a pivoté sur elle-même et rejoint, au fond de la salle, le groupe d'excitées qui scandent des slogans obscènes.

Françoise Picq et Nadja Ringart jugent le procédé un brin répugnant. Mais ce type qui prétend gouverner leurs fonctions intimes les dégoûte plus encore. C'est son jour de gloire, au cher professeur, grand spécialiste de la détection du mongolisme chez le fœtus, et adversaire s'il en est de l'avortement libre ou toléré. Il trône, hôte de l'Institut catholique, solidement campé sur ses certitudes éthiques, et fort de son prestige médical. Un roc :

— On ne peut faire de différence entre une interruption de grossesse et l'infanticide.

Les manifestantes :

— Il y a donc en France huit cent cinquante mille meurtrières par an ?

— Mais non ! Ce qu'il faut, c'est apprendre aux femmes que la copulation n'est pas automatique dans notre espèce, que le cerveau joue un rôle, qu'il y a une possibilité d'éducation du désir. Exemples : le *coïtus interruptus,* la méthode des températures...

Et les filles du MLF entendent l'orateur comparer « la » femme — sifflets, au fond — à une voiture dans laquelle « on » introduit de l'essence — les glouglous succèdent aux sifflets — et qui se doit de mener son ou ses — piaulements d'effroi — passagers à bon port. Suit une citation de l'abbé André Richard, directeur du bimensuel intégriste *l'Homme nouveau* : « J'ai l'impression qu'un fleuve de sang coule dans cette salle ! Pour moi, chrétien, le petit enfant, même malformé, porte témoignage de Dieu. »

C'en est trop. Les avortées du fond entonnent leur complainte :

La pilule oubliée
L'stérilet qui s'est barré
Le diaphragme mal placé
Jules qui s'est pas r'tiré
La capote percée
Les jours mal calculés
Le bidet qu'a foiré

Ah mon Dieu qu'c'est embêtant
D'être toujours enceinte
Ah mon Dieu qu'c'est embêtant
Tous ces avortements

Les tuyaux qui sont faux
L'Angleterre qu'est trop chère
Roumanie c'est fini
Y a la sonde vagabonde
Et la tringle qui m'rend dingue
Le persil inutile
Le cheval qu'est brutal
La quinine j'ai bonne mine

Ah mon Dieu qu'c'est embêtant
D'être toujours enceinte
Ah mon Dieu qu'c'est embêtant
D'avoir tous ces enfants

L'Institut catholique n'a jamais résonné de cantiques aussi impies. Le professeur de choc, effaré, s'est tu. La causerie finit en débandade. Nadja et ses copines, toujours chantant, s'échappent, ravies.

Elles déchantent trois jours plus tard, le 13 février, quand l'Eglise de France remet à la presse un communiqué musclé : « Rendre légale, dans des limites plus larges, une pratique attentatoire à la vie humaine favorisera chez beaucoup une " bonne conscience " et accentuera des tendances regrettables. » Le propos, intransigeant et sec, vise un très timide projet de loi, déposé par le docteur Peyret, député UDR de la Vienne, qui envisage d'autoriser la destruction de l'embryon en cas de viol, d'inceste et de malformations certaines (mais les hôpitaux ne sauraient actuellement le garantir), ou si la vie de la mère est menacée. Une première mouture parlait de la « santé » et non de la « vie », admettait d'éventuelles « difficultés sociales » : le Conseil de l'ordre des médecins, malgré maints avis contraires de gynécologues, a opposé un veto catégorique.

Même rogné, même amoindri — les avortements thérapeutiques, calcule-t-on, passeraient de quatre cents à mille —, le texte suscite une croisade menée par la droite extrême, l'épiscopat et les catholiques intégristes. Le professeur Lejeune en figure la pointe avancée.

Aux Beaux-Arts, les femmes du MLF décrètent le branle-bas de combat. Sur ce terrain, du moins, elles sont certaines d'être légion. Dix millions de Françaises aujourd'hui vivantes ont eu recours à l'avortement dans des conditions de sécurité tragiquement inégales. Au milieu du brouhaha ordinaire circulent quelques statistiques. Les sociologues — Christine Delphy, Liane Mozère, Nadja, Françoise — sont nombreuses parmi les animatrices du Mouvement, et elles ne manquent guère d'arguments chiffrés. L'IFOP, selon des sources encore inédites, établit que 55 % des citoyens sont favorables à la légalisation de l'avortement (60 % chez les femmes de moins de trente-cinq ans), que 62 % l'interpréteraient comme la fin d'une hypocrisie, que 87 % estiment qu'il appartient aux intéressés, et à eux seuls, de décider en la matière.

Il n'empêche que la branche de saule, le fémur de poulet, la baleine de parapluie, la tisane d'armoise, la queue de persil, de lierre, la sonde maniée par un expert ou non demeurent les recours usuels et clandestins.

Il n'empêche que l'article 317 du Code pénal prévoit de six mois à deux ans de prison et de 360 à 7 200 francs d'amende pour celles qui s'y livrent. Et que, de 1961 à 1967, cent quarante et une ouvrières ont fait l'objet d'une condamnation, contre deux épouses d'industriels. Les privilégiées se rendent en Angleterre ou en Suisse dans des cliniques adéquates. Les autres se débrouillent, au péril d'un curetage à vif, ou pire.

Le docteur Pierre Simon, qui prépare un ouvrage sur le comportement sexuel des Français, estime que le décompte des avortements et celui des naissances s'équivalent. La revue des pères jésuites, *Etudes,* moins « jésuite » que la hiérarchie séculière, en convient.

Ultime donnée, et non la moindre : l'année précédente, 6 % des Françaises utilisaient le seul procédé contraceptif totalement efficace : la pilule. Essentiellement des cadres supérieurs et moyens. Chez les salariées du bas de l'échelle, les centres de planning chiffraient leur évaluation à 4 %. Deux générations, considèrent-ils, seront nécessaires pour que la précaution devienne banale.

Parmi les femmes réunies aux Beaux-Arts — des intellectuelles professionnellement indépendantes —, la plupart ont avorté. Même celles qui ont bénéficié de la complicité d'un ami médecin, même celles qui ont été escortées outre-Manche, outre-Léman, par leur compagnon gardent le souvenir d'une angoisse, d'une souffrance et d'une humiliation — l'humiliation, d'abord, de devoir se taire, traîner ce fardeau comme une honte secrète.

Liane Mozère, juste en ce moment, est enceinte, volontairement, avec bonheur. Mais à l'automne 1962, elle avortait en catastrophe. C'est lointain et proche. Le plaisir de son actuelle grossesse aurait pu lui être refusé. Elle sait que de 50 à 75 % des stérilités « secondaires » résultent de pratiques abortives qui ont mal tourné.

Tout le monde le sait, y compris Michel Debré lorsqu'il invite les Français à atteindre les cent millions. Tout le monde le sait : le dire est importun, voire criminel.

Le professeur Lejeune, remis de ses émotions (on ne parle plus, au MLF, que de la « conférence du mou de veau »), contre-attaque derechef. L'association « Laissez-les vivre », dont il est l'un des inspirateurs, convoque un meeting public à la Mutualité, le 5 mars, et y invite Marie-Madeleine Dienesch, secrétaire d'Etat chargé de la Santé. Les femmes du Mouvement projettent une nouvelle expédition ; mais Roland Castro, Tiennot Grumbach et autres virils protecteurs objectent que la « Mutu » n'est point l'Institut catholique, qu'il conviendrait, si autonome soit-on, de rameuter quelques gros bras et que les « mecs » servent encore à quelque chose.

Quand Nadja et ses complices pénètrent dans la salle familière, le choc qu'elles reçoivent d'emblée n'est nullement celui qu'elles imaginaient. Jérôme Lejeune est bien présent à la tribune, Marie-Madeleine Dienesch aussi, mais l'être qui s'exprime au micro bloque net, par le spectacle qu'il offre, les mots d'ordre qui allaient jaillir. C'est une handicapée, une femme-tronc, et elle dit, sous le regard mouillé des personnalités présentes, combien la vie lui est chère, combien elle se réjouit que ses parents ne l'aient pas déclarée indigne d'exister, aient accompli l'« acte de foi » qu'est et demeure la conception.

Une des perturbatrices se résout cependant à lire la déclaration préparée :

— Nous voulons des enfants, mais nous voulons les enfants que nous désirons et que nous pouvons élever. L'avortement, c'est le droit ultime qu'ont les femmes à disposer de leur corps et de leur vie quand il n'y a pas eu contraception. A « laissez-les vivre », nous répondons « laissez-nous vivre », laissez-nous décider par nous-mêmes.

Une once de gêne, malgré tout. La manipulation, la récupération de témoins anormaux atteignent leur cible : non pas prouver la justesse du discours, mais intimider, disqualifier le contradicteur. « Heureusement », le deuxième choc, conforme, celui-là, aux craintes, ne tarde guère à se produire. Un commando d'Ordre nouveau et du GUD, officines d'extrême droite qui préparent un rassemblement au Palais des sports dans cinq jours, a été préventivement mobilisé. La mêlée est saignante, tandis qu'approchent les sirènes de police. Nul n'ignore sur quels crânes les flics cogneront bientôt...

28 mars 1971. Voilà très exactement un siècle, les femmes de Paris défendaient la Commune les armes à la main. Pour saluer le printemps et s'inscrire dans cette lignée, leurs descendantes organisent une fête et ont eu l'idée de la tenir à quelques pas du fort d'Issy-les-Moulineaux, jadis bastion de la résistance aux Versaillais.

Une ombre entache le tableau : cent médecins, universitaires, généraux et amiraux, artistes, responsables d'associations charitables viennent de diffuser un manifeste contre la loi Peyret. Les termes en sont aussi violents que le texte législatif est pusillanime : « Nous protestons solennellement contre ce projet d'assassinat institutionnalisé, assassinat le plus lâche puisqu'il choisirait pour victimes les plus innocents, ceux qui ne peuvent ni se défendre ni supplier. »

Tant pis pour les belles âmes. Les « infanticides » ont annoncé que, cet après-midi, « elles seront heureuses et auront beaucoup d'enfants avec elles ». Et c'est vrai. On rit, on joue, et l'on chante :

> Au fort d'Issy un bal y est donné
> Toutes les filles se sont mises à danser

Au premier tour elles se sont rencontrées
Au deuxième tour elles se sont embrassées
Au troisième tour le fort est assiégé
Se sont battues contre toute une armée
Ont résisté des jours et des années
Les assaillants ont tous été tués
Et maintenant le fort peut s'écrouler
La longue marche ne fait que commencer.

Gentils refrains guerriers dans la poussière du printemps. Inoffensive volée de plombs, préludant à la bombe.

La bombe explose le 5 avril sous les espèces d'un scoop réussi par *le Nouvel Observateur.* En ouverture du journal, trois cent quarante-trois femmes, vite baptisées par *Charlie-Hebdo* « les trois cent quarante-trois salopes », cosignent un appel fort bref mais sans précédent :

> Un million de femmes se font avorter chaque année en France.
> Elles le font dans des conditions dangereuses en raison de la clandestinité à laquelle elles sont condamnées, alors que cette opération, pratiquée sous contrôle médical, est des plus simples.
> On fait silence sur ces millions de femmes.
> Je déclare que je suis l'une d'elles. Je déclare avoir avorté.
> De même que nous réclamons le libre accès aux moyens anticonceptionnels, nous réclamons l'avortement libre.

Les signataires mettent le gouvernement au défi de leur appliquer les sanctions prévues par le Code pénal. Complet retournement de situation : Matignon et l'Elysée, effrayés par les pressions intégristes, amendaient en baisse leurs pâles intentions réformatrices ; voici qu'une poussée inverse, plus spectaculaire encore, prend l'opinion à témoin. Car les délinquantes qui s'affichent, les criminelles qui avouent sont, du moins nombre d'entre elles, assez célèbres pour que chacun vérifie aisément si les avortées sont égales devant la loi.

Elles se nomment, côté rampe : Stéphane Audran, Catherine Deneuve, Françoise Fabian, Brigitte Fontaine, Danièle Lebrun, Ariane Mnouchkine, Jeanne Moreau, Bulle Ogier, Marie-France Pisier, Micheline Presle, Delphine Seyrig, Nadine Trintignant,

Marina Vlady, Anne Wiazemsky... Côté plume : Simone de Beauvoir, Dominique Desanti, Christiane Duparc, Marguerite Duras, Katia Kaupp, Violette Leduc, Michèle Manceaux, Marthe Robert, Christiane Rochefort, Françoise Sagan... Et aussi Antoinette Fouque, Gisèle Halimi ou Annie Leclerc.

Ces femmes-là, n'importe quel agent de la force publique, agissant sur commission rogatoire, les trouvera dans l'heure. Qu'on les inculpe, et l'émotion sera immense. Qu'on ne les inculpe pas, et l'hypocrisie sera levée.

Sous le titre « Notre ventre nous appartient », le MLF annonce la création d'un Mouvement pour la liberté de l'avortement. Il ne s'agit pas de mendier auprès du Prince quelque « liberté surveillée », l'autorisation de solliciter un avortement « thérapeutique », justifié par de « bonnes » raisons. Non, expliquent les rédactrices anonymes, « nous ne demandons pas la charité, nous voulons la justice ». Et le ton monte : « Aux fascistes de tout poil — qu'ils s'avouent comme tels et nous matraquent ou qu'ils s'appellent catholiques, intégristes, démographes, médecins, experts, juristes, " hommes responsables ", Debré, Peyret, Lejeune, Pompidou, le pape —, nous disons que nous les avons démasqués. Que nous les appelons les assassins du peuple. Que nous leur interdisons d'employer le terme " respect de la vie ", qui est une obscénité dans leur bouche. Que nous sommes vingt-sept millions. »

Aux Beaux-Arts, le délire bat son plein. L'assemblée permanente jubile, triomphe. Le mur des médias est franchi ! Trois centaines d'intellos parisiennes, de gauchistes incontrôlées, d'étudiantes mal élevées obligent les radios, les télés, les agences, les magazines à prononcer les mots tabous, les phrases inconvenantes qui désignent la blessure tue, la plainte étouffée de la moitié du ciel. Même *le Figaro,* même *le Monde* (qui répercute aussitôt l'appel et y voit une « date » dans l'histoire des mœurs), même les titres nobles font écho à cette clameur triviale. Le MLF est à la une. Il s'évade de la capitale, conquiert la province, est dénoncé en chaire et imité partout.

Mille nouvelles signataires s'ajoutent au premier contingent.

Une euphorique paranoïa submerge les pionnières. Il a bien fallu, pour forcer le barrage, recourir aux « vedettes », entourer de stars les filles du Mouvement — Cathy Bernheim, Christine Delphy, Mano de Lesseps, Liane Mozère ou Anne Zelensky, elles aussi sur la liste des 343. Attention, maintenant, à ne point reproduire le phénomène de leadership « naturel » dont les mâles

« politiques » sont tellement friands. Attention à ne pas s'extraire du lot commun. Défense de signer, défense de s'habituer aux micros, aux caméras, aux tribunes. Défense, comme disent les sportifs, de « jouer personnel ».

Nous sommes toutes « des femmes ». Nous sommes toutes des porte-parole... Une onde de suspicion sourcilleuse embrasse les premiers rôles potentiels, les meneuses, les célèbres, les éloquentes, les ambitieuses. La question du pouvoir ne sera pas posée. Quiconque profitera du Mouvement périra par le Mouvement.

La rédaction du *Nouvel Observateur* vient alimenter ces inquiétudes. Peu familières des mœurs journalistiques, les mandataires du MLF qui ont monté l'« opération 343 » ont difficilement admis ce qu'elles nomment « le chantage à l'exclusivité » (« Nous vous publierons si nous sommes les seuls », a exigé Jean Daniel). Or, la direction de l'hebdomadaire, consciente d'avoir tenté et gagné un « coup » mémorable, décide de prolonger la divulgation de l'appel par un débat public et contradictoire, le 26 avril, à la salle Pleyel.

Tempête chez les insurgées. Qui se détachera du rang ? Qui occupera l'avant-scène ? Sous l'uniforme démocratique, maintes démangeaisons inavouées aiguisent les regards inquisiteurs. Rançon du succès, le « nous » indifférencié devient plus fragile, plus friable. Les étoiles du ballet se marquent mutuellement. Il serait souhaitable de distinguer simultanément la plus modeste et la plus brillante. Il serait souhaitable, au vrai, que la plus brillante soit la plus modeste.

Un casse-tête, *stricto sensu.*

Lorsque *l'Obs* dévoile la distribution de sa soirée, un ambigu sentiment de fureur et de soulagement règne sur l'AG. Sont invités le professeur Milliez, Mme Dourlen-Rollier, secrétaire générale de l'Association pour l'étude de l'avortement, un gynécologue français, Jean Cohen, un autre spécialiste américain, le professeur Neuwirth et... Mme Sullerot, sociologue.

Ce dernier nom met le feu aux poudres. Evelyne Sullerot ? Elle qui a refusé de signer l'appel ! Qui, en vertu de sa science démographique, prêche un natalisme militant ! Jamais.

Les émissaires du journal objectent que deux ou trois déléguées du MLF, présentes à la tribune, auront toute latitude de réfuter les arguments qu'elles rejettent. Une avalanche de protestations engloutit l'offre :

— Vous faites de la pub sur notre dos, ou plutôt sur notre ventre, en vous abritant derrière le « débat d'idées ».

— Une fois de plus, ce sont les « spécialistes » qui sont sollicités, les religieux, les toubibs, les sociologues, les juristes ; les spécialistes « autorisés ».

— Tout ça, c'est de la parlote à la mode. On retire le micro aux nanas qui se débrouillent avec leurs aiguilles à tricoter.

— Et puis l'entrée sera payante...

Les pourparlers sont rompus. Et les filles du MLF éludent leur casse-tête.

Au soir dit, elles quadrillent l'assemblée. A peine Mme Dourlen-Rollier a-t-elle préconisé une extension de la loi Peyret qu'une voix acide devance le professeur Milliez, aligne vingt griefs. Et le charivari se déchaîne. La tribune, désertée par les trois signataires officiellement conviées (après lecture d'une longue déclaration collective), est bombardée de quolibets. Le *Chant des galériennes,* composé pour la circonstance, s'élève des travées :

Je m'souviens ma mère m'disait :
« Ne va pas voir les hommes »
J'y ai été j'ai avorté
Et c'est bien fait pour ma pomme

Il m'a dit : « Faut t'débrouiller
C'est des histoires de femmes
J'ai pas l'temps d'm'en occuper
Je veux pas d'illégalité »

Jean Daniel, t'as eu bien peur
Mais tu t'es fait du beurre
T'en fais pas c'est pas fini
T'en verras d'toutes les couleurs

Y a aussi Evelyne Sullerot
Qu'a refusé d'signer
Elle nous a toutes traitées
De lesbiennes excitées

Ils ont vraiment rien compris
A ces histoires de femmes
Nous on aime bien les bébés
Mais ceux qu'on a désirés

Le professeur Milliez quitte la séance. Son confrère, l'Américain Neuwirth, esquisse le bilan — positif — de la législation libéralisant l'avortement dans l'Etat de New York. Découragé par le tohu-bohu, il abandonne. La parole est aux femmes. Elles ne la partageront plus.

Nadja Ringart, naguère petit soldat discipliné, s'étonne et s'émerveille de vérifier que les femmes comprennent les femmes. Elle désigne cette complicité nouvelle d'un mot inventé : la « sœurise ».

Avec les grands frères, en revanche, fussent-ils très chers, le ton se durcit. Un matin, à Flins, la discussion est devenue si âpre entre Nadja et Tiennot Grumbach que, profitant d'un stop, elle est descendue soudain, a rageusement claqué la porte de la 203, et s'est éloignée. Double rupture. Avec l'homme, avec l'action qu'il incarne et conduit.

Nadja et Françoise ont définitivement répudié l'ouvriérisme originel. Terminée, la litanie des tracts incantatoires aux portes de Renault. Le militantisme du moment, pour Françoise, c'est une crèche « sauvage » à Mantes, la « réquisition » de logements vides, la séquestration d'une adjointe au maire rétive devant ces « conquêtes populaires » illégales. Le monde du travail, comme disent les syndicalistes, n'a pas disparu de leur horizon. Mais lorsque plusieurs Parisiennes du MLF s'en vont soutenir, à Troyes, des bonnetières qui mènent le combat de la dernière chance, broyées entre l'intransigeance patronale et le « réalisme » des délégués professionnels, ce n'est pas seulement pour leur parler lutte des classes : c'est pour les inciter à élever la voix, cette voix spécifique ordinairement couverte par les chefs d'atelier et — aussi — par les chefs de section. Par les hommes.

La contrition culpabilisée, l'automutilation rédemptrice, le dévouement sacrificiel, les filles de VLR n'en veulent plus. Elles les piétinent joyeusement.

Délier le mutisme d'autrui n'implique pas qu'on se taise, au contraire. Il faut s'exprimer soi-même afin de répandre la libre expression, et, sans doute, sauf à devenir manipulateur, voleur de langue, commencer par là.

Aux AG des Beaux-Arts s'ajoutent bientôt des rencontres restreintes, limitées à une douzaine, une vingtaine de participantes, et rythmées par thèmes. Il y a le « groupe jalousie », le « groupe avortement », le « groupe tâches ménagères », le « groupe sexualité », etc. Rien n'est clos, rien n'est tranché. Cela se passe souvent rue des Canettes — tout près de la place Saint-Sulpice —, dans un appartement dont la généreuse propriétaire offre jouissance à tout collectif démuni de siège social.

L'époque est riche en rencontres fortes. L'une d'entre elles, cependant, s'avère exceptionnellement marquante. Une petite femme boulotte et coquette, agile et souriante, occupe peu à peu le centre du cercle auquel s'agrègent Françoise et Nadja. Malgré un palmarès universitaire peu étoffé — elle enseignait les lettres par correspondance avant de s'intéresser à l'analyse —, son emprise intellectuelle se révèle indéniable. Au fil des réunions, elle s'affirme comme le révélateur et l'interprète des conflits qui traversent le groupe, voire des déchirures qui traversent chacune. Certaines des habituées la suivent pas à pas, notamment une rousse flamboyante qui porte le rude fardeau d'un immense héritage.

Son propos semble d'abord paradoxal, mais elle le distille avec finesse. Les filles du MLF, zèle avant-gardiste ou ignorance historique, n'ont que mépris envers leurs devancières. 1970 fut et reste « l'année zéro » des femmes. Pourquoi, quand le rituel des urnes n'éveille dans leurs rangs que sarcasmes, voueraient-elles un culte attendri aux suffragettes du siècle naissant ? Pourquoi, alors qu'elles entreprennent de révolutionner la révolution, accorderaient-elles quelque estime aux « assistantes sociales » réformistes qui luttent depuis des lustres pour l'amélioration de la « condition féminine » ?

Pourquoi, en deux mots, revendiquer une place dans des institutions qu'on rêve de détruire ?

Nous ne sommes pas des féministes, explique l'étonnante théoricienne, qui paraît à ses amies et quasi-disciples formuler sur le vif la nouveauté du Mouvement. Nous ne recherchons nullement à égaler les hommes, à concourir sur le terrain de ces derniers. Ce féminisme-là, celui d'une Simone de Beauvoir réclamant la parité professionnelle entre le « deuxième sexe » et le premier, celui des militantes trotskistes ou assimilées, n'est qu'un avatar ultime du patriarcat. Notre démarche, en tout point distincte, consiste à rompre avec la « féminité » de nos mères, puis, cette rupture enfin consommée, cette identification surmontée, à forger une identité féminine positive, encore inconnue, à trouver ou retrouver l'instance matricielle, non phallique, occultée, disqualifiée comme manque, comme absence, par le savoir et le pouvoir des hommes. Il faut, sur ce chemin, questionner la politique, le marxisme, et questionner la psychanalyse qui censure le corps de la femme, sacre le nom du père.

Politique et psychanalyse : Françoise et Nadja s'emparent d'une grille de lecture qui semble fort bien s'adapter aux crises de VLR. Lors des AG, elles ferraillent contre les « féministes », les accusent de « sociologisme », d'étroitesse revendicative, préconisent une « double rupture » avec l'image de la mère et avec le défi du mâle.

Vous n'y êtes pas, objectent les autres. L'« image de la mère » est fabriquée par les hommes. L'essentiel est de dévoiler la superposition de l'exploitation des femmes en tant que salariées et en tant que « serves », astreintes par nature à l'élevage des enfants et à l'oppression qui en résulte.

Les nuits ne seront jamais assez longues pour vider la querelle.

Liane Mozère se sent plus proche des « féministes », quoiqu'elle soit également assidue aux réunions restreintes de la rue des Canettes et ait croisé l'assez étrange animatrice du courant adverse. Précisément, ce qui la stimule, elle qui est forte d'une longue expérience partisane — de l'UNEF à l'UEC —, c'est la souplesse des clivages malgré le feu des débats. Ailleurs, songe-t-elle, des tendances haineuses, durcies, seraient déjà en lice. Le Mouvement, lui, conserve sa souplesse brouillonne, son innocence démocratique.

Autre chose la trouble. En pleine bataille de l'avortement, en plein surgissement de crèches illégales, Liane, dont le bébé naîtra bientôt, constate que l'enfant représente un refoulé collectif, fût-ce parmi les assez nombreuses femmes enceintes. A suivre la pente générale, on se débarrasserait des mioches, vingt-quatre heures sur vingt-quatre, dans des garderies-dépotoirs.

Volonté de rompre le fil à la patte, de conjurer la maternité-esclavage ? Probablement. Mais l'essentiel est plus profond. Les femmes du MLF sont d'abord absorbées par la fascination qu'elles exercent les unes sur les autres. Et cet attrait mutuel ne se cantonne pas dans une convivialité, une connivence inoffensives. Nombre d'homosexuelles sortent de l'interminable clandestinité où elles se croyaient enfouies. Ce n'est pas un groupe quelconque qui, au milieu d'autres, revendique sa différence. Les « homos », par leur dévoilement même, atteignent les « hétéros ». Dégagées de l'ombre, elles incarnent une connaissance, une mémoire souterraines de la lutte féminine. Aux yeux des plus radicales, elles sont l'avenir.

La tentation est vive de franchir le seuil, d'assumer la transgression, de goûter le plaisir sans le mâle, sans le pénis. Les griottes des Beaux-Arts, particulièrement inspirées, alignent leurs couplets :

Quand il me prend dans ses bras
Je me dis et voilà
C'est reparti pour la France
Il me dit des mots d'amour
Des mots de tous les jours
Mais ce n'est pas Byzance
Il est entré dans mon corps
Comme un salaud de butor
J'ai vraiment pas eu de chance
C'est lui pour lui moi pour lui
Dans la vie
Il me l'a dit l'a juré cette nuit

Le geste premier est d'évincer l'oppresseur. « Y en a ras l' bol, raille crûment une autre chanson, de se prosterner devant l'érection d'un phallus fatigué... » Toutefois, l'innovation sexuelle est plus, aux yeux de beaucoup, qu'un moyen de substitution, de remplacement. Plus, même, qu'une « expérience ».

— Imaginons, vivons une libido différente, dit à Françoise et Nadja leur mentor. Nions l'hétérosexualité, assumons l'antagonisme entre le fluide et l'érigé...

Plusieurs voix protestent : pareil discours, outre qu'il reconstruit une normativité explicite ou implicite, semble suicidaire pour le Mouvement, susceptible d'effrayer, d'éloigner les femmes du peuple, les « honnêtes » mères de famille dont il n'est question, AG après AG, que de gagner l'assentiment.

Nombre de présentes partagent cette crainte, redoutent que le MLF ne se transforme en ghetto, voire en épouvantail. Reconnaître, entendre, accorder leur espace légitime aux homosexuelles, sans doute. Mais en déduire une ligne *politique*, une ligne de démarcation, un emblème, un signe de ralliement, ce serait abusif. D'ailleurs, chez les « féministes », maintes lesbiennes récusent elles-mêmes toute théorisation prosélyte et ne voient nullement dans la renonciation à l'hétérosexualité un manifeste supérieur d'appartenance.

Reste que le trouble grandit. Nadja se lance, non par sujétion ni même par curiosité : elle vérifie, après d'heureuses ou malheureuses liaisons masculines, qu'il est doux d'aimer les femmes, et particulièrement l'une d'entre elles, que donner pour adresse celle de Mme X, ou accepter un dîner en compagnie de son amante sont de très exquises figures de l'émancipation. Elle moque ses compagnes qui paraissent se forcer, subir l'entraînement du groupe. Ce plaisir inédit est multiple, facile. Evident.

Liane Mozère — elle vit conjugalement avec le père de son enfant à naître — désirerait aussi accomplir ce voyage, explorer l'au-delà de la bissexualité ponctuelle. Elle voudrait séduire des femmes comme elle sait séduire des hommes. Liane s'y essaie. Non sans peine. Bien qu'elle adopte les accessoires du nouveau chic homosexuel, chapeaux, chemises masculines, le courant ne s'établit que malaisément, et cela ne provient pas seulement de son « état », du pacte trop déclaré avec l'« ennemi » que trahit la courbe de son ventre. C'est affaire de style, de carrure affective. Pas évident...

Mais voici que l'« ennemi » lui-même se divise. Le FHAR, le « Front homosexuel d'action révolutionnaire », créé et animé par des hommes, vient à la rencontre des « déviantes » du MLF. Les « gays » entrent en scène.

La fondation officielle est datée de mars 1971. Auparavant, un club privé et feutré, « Arcadie », organisait des conférences, des bals hebdomadaires prétextes à la drague entre jeunes gens plutôt bourgeois, anciens au portefeuille replet et employés timides.

Et puis les « pédés » en ont eu assez de la clandestinité. Ils ont passionnément observé les scandales qui éclataient à la file sur l'autre rive de l'Atlantique. En juin 1969, ce fut la « révolte de Stonewall » — enseigne d'un bistrot spécialisé à Greenwich Village où la police, lors d'une descente de routine, eut la surprise d'être accueillie à coups de brique. Depuis, les homosexuels new-yorkais ont décrété que la dernière semaine de juin serait leur fête nationale, la Gay Pride Week.

Le flot a monté, dévastateur. Jusqu'à envahir la couverture de *Time*. L'hebdomadaire relatait la très sulfureuse affaire du révérend Troy Perry qui célèbre des mariages entre hommes et, banni de sa paroisse en Floride, a édifié sa propre église, la Metropolitan Community Church, à Los Angeles. « Dieu aime aussi les homosexuels », prêche-t-il.

Est-ce un signe du Ciel ? Jack Baker, vingt-neuf ans, ouvertement gay, vient d'être élu président de l'association des étudiants à l'université du Minnesota. Et lors d'élections législatives partielles à Washington, pour la première fois, un candidat, Franklin Kemeny, a osé dévoiler son « anomalie ». Le « zap », combiné de la marche et du sit-in, fait fureur aux Etats-Unis ; les militants y recourent pour perturber les colloques et congrès de psychiatres, pour tourner en dérision l'expertise des thérapeutes.

Et maintenant, Paris. Le 10 mars, salle Pleyel, Ménie Grégoire consacre son émission publique à « l'homosexualité, ce douloureux problème ». L'estrade est envahie par un commando du FHAR qui met en fuite les orateurs aux cris de « A bas les hétéro-flics ! », « Les travelos avec nous ! »...

Liane Mozère se régale des happenings dont elle est témoin dans les locaux de Défense active, rue Buffon, ou du CERFI, boulevard Beaumarchais. Guy Hocquenghem, drôle, beau, provocant, y mêle pirouettes ludiques — un de ses amis déboule, lors de quelque réunion, déguisé en petite fille modèle — et offensive idéologique : un numéro de la revue *Recherche* doit être consacré aux pédés. Michel Foucault apporte sa collaboration, Félix Guattari son expérience de La Borde.

Les psychiatres sont dans le collimateur. Du moins ceux qui enferment cent vingt mille personnes, distribuent des étiquettes, bouclent leur patient à l'intérieur d'un mot. Foucault, publiant voilà dix années son *Histoire de la folie à l'âge classique,* soutenait que l'apparente libération des déments — désignés non plus comme maudits mais comme malades — est, en réalité, une aliénation supplémentaire, la raison établissant son règne par l'exclusion de ce qui n'est pas elle. L'asile, expliquait-il, obéit, sous couvert d'exigence médicale, à un effrayant jeu de rôles.

Et les homosexuels, proclamés malades, hurlent qu'ils ne sont pas fous mais niés. Pas plus fous que les fous, victimes de l'absolue négation.

A l'appui, diverses voix — pas seulement celle de Guattari — s'élèvent du sein même de l'institution « soignante ». Roger Gentis *(Les murs de l'asile)*, Franco Basaglia *(l'Institution en négation)*, la lacanienne Maud Mannoni *(le Psychiatre, son « fou » et la psychanalyse)*, sur des registres différents, accusent la famille de normaliser, d'appauvrir, de mutiler l'enfant, puis l'établissement spécialisé d'incarcérer ceux qui ont échappé ou résisté à cette normalisation. Bref, la famille est matrice et symbole de la société tout entière. Et la clinique est la continuation de la politique familiale par d'autres moyens.

Les déments, les hystériques, les déviants sont ceux qui ont craqué les premiers, dont il conviendrait de respecter le voyage, et qu'on s'acharne à réduire.

En ce sens, ils sont prophètes.

Analogue, dans son ordre, à l'impact de Summerhill sur le monde scolaire, un témoignage marque l'année. David Cooper, animateur d'un hôpital « différent » à la périphérie (prolétarienne) de Londres, Kingsley Hall, affirme que « la folie n'est pas " dans " une personne mais dans un système de relations auquel le futur malade participe ». Chez lui, nul rite institutionnel, pas de tranquillisants, pas de contraintes. L'ouvrage qu'il signe, *Psychiatrie et Antipsychiatrie*, est une arme de combat contre le corps médical ou plutôt contre la violence sociale dont ce corps se rend coupable, « la violence subtile et masquée que les autres, les " hommes normaux ", exercent sur ceux qu'on a baptisés fous ».

Les femmes sont folles puisqu'elles sont — étymologiquement — hystériques. Et les pédés, à leur manière, sont également les « folles » de l'ordre phallocratique. Folles sans guillemets et folles avec guillemets se donnent ainsi rendez-vous aux Beaux-Arts. Le FHAR héberge alors, dans une belle envolée œcuménique, homosexuels mâles et homosexuelles femelles.

La rencontre suscite des textes d'une violence rare : « Dans un monde fondé sur la répression sexuelle et sur cette immonde saloperie : le travail, toutes les improductives, celles qui font l'amour exclusivement par plaisir et non pour produire une armée industrielle de réserve n'ont d'autre alternative que de s'écraser ou de se révolter. Enculées sans jouissance, les homosexuelles, qui ne bénéficient d'aucun statut dans la famille pompidolienne, ont accepté pendant vingt siècles de fermer leur gueule. Et puis, voilà, tout d'un coup : finie la tragédie ! Nous éjaculons aux pédés bien pensants. Crèvent salopes ! Trop longtemps les homos n'ont pas osé (ah ! cette frousse qui empêche la haine de se manifester en gestes décisifs !) vomir à la tête des auto-patrons, chefaillons, flichiatres, ce que nous subissons... »

Les AG « mixtes » FAHR-MLF dépassent en pittoresque les limites de l'univers connu. L'amphi est brouillé de fumée. Au tableau, sous une dérisoire photo du général Massu — un homme, un vrai —, l'annonce, à la craie, que la Gay Pride Week sera prochainement célébrée sur les bords de la Tamise. Quelques types fringués jeune cadre côtoient des freaks.

Un travesti, drapé dans un sari, épaules nues et perruque verte, s'offre à chanter *l'Internationale* :

— Mais amenez-moi mon boâââââ.

La salle applaudit, crie des encouragements.

Le/la même :

— Hélââââs, je n'ai pas d'orchestre !

Tant pis. L'hymne retentit, légèrement altéré :

C'est l'orgasme final
Couchons-nous et demain
Les gouines et les pédales
Seront le genre humain...

La famille patriarcale, ce nœud de vipères, beaucoup s'en évadent, construisent à côté, rêvent de lui opposer une concurrence utopique. Prisca Bachelet, dès que s'interrompt, pour les vacances petites ou grandes, son service à l'école normale de Châlons, quitte le réseau parisien, les psychodrames du MLF ou de Défense active, les paillettes du FHAR, et « descend » vers les Cévennes.

Divers migrants ont déjà déserté les villes afin de vivre autrement. Une amie de Prisca, ancienne du 22-Mars devenue chercheuse au CNRS, a rompu son contrat et garde des chèvres angora sur les pentes d'un lointain massif.

La communauté cévenole où elle se réfugie régulièrement est fort peu inspirée par le mythe agraire. Hormis l'élevage de cinq ou six dindons, et la cueillette de ce qui pousse par soi-même, les choses de l'esprit y occupent l'essentiel des jours et des nuits.

Yves Janin, ex-première ligne du service d'ordre de l'UNEF à la Sorbonne et maître céans (il est de souche locale : son grand-père fut pasteur à Saint-Hippolyte-du-Fort), n'a point conçu ce retour au pays comme une fuite écologique. Dans sa maison de Galon, près de Sumène, achetée au milieu des années soixante avec un copain d'insoumission, il a projeté de constituer une sorte de centre d'animation, de base arrière, d'aire de repli, à la fois ferment culturel, abri contre la répression et zone libérée — de l'école, du fric, des appareils traîtres à Mai, bref, du système.

Ce sont les racines du cœur qui, pour Prisca, se trouvent ici ancrées. Janin : l'un des « anges noirs » de la Sorbonne qu'avec Butel et Goldman la camarade Bachelet s'efforçait de protéger d'autrui et d'eux-mêmes...

La communauté n'est guère fournie. Dix ou douze « permanents », autour d'Yves, dont plusieurs anciens « enragés » nanterrois. Et une noria de visiteurs familiers où prédominent les anciens du Champo et de *Clarté,* depuis July (qui désormais se fait rare) jusqu'à Crubelier, figure de la « grande » UEC. D'autres maisons, alentour, fonctionnent ensuite de manière analogue.

Lorsqu'elle débarque du monde urbain, du monde militant, du monde fonctionnaire, Prisca a l'impression de prendre le maquis. Et c'est bien de cela qu'il s'agit : d'une chefferie, d'une tribu primitive, d'un havre, loin du salariat. Une tentative de survie *in vitro,* la quête éperdue d'un antimodèle. Symbole entre tous : les filiations demeurent cachées, les enfants sont issus du groupe et « n'appartiennent » à personne.

1986. Prisca Bachelet, enseignante en philosophie :

— Un copain disait que nous, gauchistes, avions besoin d'une terre comme les juifs ont besoin d'Israël. Mais cette terre attirait beaucoup de gens fragiles, et, pour leur éviter l'hôpital psychiatrique, on reconstruisait une manière d'hôpital psychiatrique interne. Il fallait justifier pourquoi on n'aimait pas les petits pois. Nos amours étaient disséquées, passées à la moulinette du juste et de l'injuste. Chacun, en douce, avait sa petite planque — de fric, de chocolat, de cigarettes. La bouffe était rare ; pour rire, on organisait des « tournois de purée ». Mais les grosses cuillerées coûtaient des regards haineux. Les enfants subissaient toutes les maladies dont les pédiatres bourgeois avaient purgé l'espèce. Et, bien que le patriarcat fût l'ennemi, Yves jouait l'ancêtre, boitillant, s'appuyant sur un bâton.

L'ambition culturelle, la greffe de thèmes subversifs sur les luttes paysannes du cru ne sont vite plus que fumée. Janin traverse des crises, se rase la tête, s'isole. L'argent, le vil argent manque au point que quelques « visites » dans des résidences secondaires de la région conduisent les gendarmes de Sumène à prendre d'assaut la maison endormie, tel un bastion retranché, quand pointe le soleil.

Dérision des half-tracks et des mitraillettes face aux gauchistes ahuris (« On avait cru qu'il y avait des violents », explique le capitaine). Les suspects, embarqués, ne s'en tirent pas trop mal. Ils chargent un camarade mort récemment, plaident que les couvertures, les boîtes de conserve, objets du délit, ont été apportées par quelque visiteur. Et Prisca — c'est son lot — panse les plaies, appelant Monique Antoine à la rescousse.

La vie communautaire, Françoise Picq en a marre. Marre de remettre jusqu'au dernier sou l'argent qu'elle gagne comme assistante à la fac. Marre de se culpabiliser pour l'achat d'une paire de bas tandis que Tiennot, idéologue en titre et ex-gérant de la librairie tenue par VLR rue Gît-le-Cœur, acquiert tous les livres qu'il juge nécessaires. Marre de ne jouir d'aucun espace propre, même trois mètres carrés, pour travailler tranquille, de dormir dans un lit différent chaque nuit, de subir la constante pression financière exercée par l'autre communauté, celle de Gargenville.

Marre, surtout, d'être traitée de bourgeoise parce que dotée d'un salaire, d'un emploi universitaire, d'un père et d'une mère. Françoise reste à Mantes car ses attaches — politiques et personnelles, indissociables — l'y retiennent. Mais c'est dur.

Tiennot Grumbach, en revanche, s'accommode volontiers de cette existence où il occupe au premier chef (Roland Castro, lui, habite Paris) la place du père, du frère, de l'amant. Aux « masos » de la GP, l'équipe de VLR répond : il ne s'agit pas seulement de s'établir dans les usines mais de s'établir dans la vie ; il ne s'agit pas seulement de modifier les rapports de production mais de transformer les relations affectives.

Sur le carreau de Flins, Tiennot connaît l'ivresse du prêcheur charismatique. Parfois, ses homélies sont ponctuées de « Ouais ! » scandés par la foule comme sont scandés par l'auditoire d'un service religieux en Alabama les refrains des *negro spirituals*. Même si des camarades enclins au martyre se font licencier, victimes d'un élan lyrique quelque peu « irresponsable » (Grumbach en éprouve une secrète culpabilité), l'exaltation ne retombe pas.

Et puis, fût-ce chez un militant puritain (la fascination n'est que plus vive), les excursions hors du couple, de la famille, de la norme et de l'argent sont séduisantes, excitantes. Les filles du MLF elles-mêmes ne proclament-elles pas que la jalousie est un carcan humiliant ? Trêve, donc, de jalousie. Le désir flambe, souvent gai, souvent bref, interrompu d'orages, et renaissant ailleurs.

Au plafond d'une chambre, juste au-dessus du lit, ce sobre bombage : « Le couple, c'est l'Etat. »

Mais la marge attire la marge.

La communauté de Gargenville, outre les prolos, les immigrés, reçoit bientôt les visites assidues de délinquants, de loubards, de bandes pourvues d'un meneur, lequel traîne dans son sillage « sa » ou « ses nanas » et multiplie les provocations machistes pour heurter, défier les militantes, les intellectuelles à la fois sourcilleuses et « libérées » qui gagnent leur pain en conduisant des camions. L'un des zonards n'hésite guère à « corriger » sa compagne en public. Il arrive aussi qu'un gnon malheureux, échangé entre hommes lors d'une prise de bec, appelle vengeance — pour l'honneur ! — et que Tiennot soit contraint de désamorcer le règlement de comptes en menaçant les adversaires des foudres de l'armée maoïste.

Nadja demeure à distance. VLR est sa famille, mais elle n'est, dans les maisons communautaires, qu'invitée de passage, parmi cent autres qui passent aussi — les convives sont toujours deux à trois dizaines autour de la table à tréteaux. Tout est intense, tout est amour et conflit : on s'empoigne pour une assiette, une paire de chaussettes qui traîne, une salade à laver. Tout est différent. Sauf, observe Nadja, que les filles les plus intransigeantes, promptes à pourfendre l'arrogance du mâle et à couper la parole du leader, n'entreprennent pas moins de séduire ce dernier.

De préférence.

Si les histoires individuelles n'échappent guère à l'ambiguïté, l'histoire de l'organisation va de secousse en secousse. La montée en puissance du MLF sert d'analyseur collectif. Au début, les réactions des hommes sont empreintes de naïveté défensive et d'humour délibéré.

— Quel est votre porte-parole ? questionnent-ils obstinément (ils sont persuadés qu'il s'agit d'Annette Lévy-Willard).

Roland Castro tâte du poker menteur :

— Ce n'est pas parce que je suis un mec que je ne peux pas penser pour les femmes : Marx, que je sache, n'était pas un ouvrier !

On lui rit au nez.

Au fond, les dirigeants de VLR sont partagés entre l'inquiétude et la fierté. Ces filles, « leurs » filles, sont des empoisonneuses. Mais elles sont aussi les meilleures empoisonneuses, les plus corrosives, les plus drôles. Même et y compris lorsqu'elles reprennent :

Mon mec est un grand militant
Au peuple il donne tout son temps
Et moi j'lui donne le mien
T'en fais pas ma nana t'en fais pas
La révolution au centuple te l'rendra
Si j'suis encore là

Adieu mes amis mes amours
Je pars sans avoir vu le jour
De la révolution
Le gigot est dans le frigo
Et pour aujourd'hui
C'est vous qui f'rez l'fricot
Moi j'suis de repos

Reste qu'à chaque étape de l'actualité politique les femmes entendent se manifester de manière autonome. Le pli a été pris, une bonne fois, quand les gauchistes ont préparé le procès Geismar. Plutôt que de se fondre dans une démonstration unitaire, les filles de VLR appuyées par d'autres militantes du MLF ont préféré qu'une dizaine d'entre elles s'enchaînent symboliquement, la veille de l'audience, aux grilles de la Petite-Roquette, déclarant : « Nous sommes solidaires des prostituées, des voleuses, des avortées, des filles-mères, des révolutionnaires... »

C'est plus qu'une péripétie, plus qu'une anecdote : un carrefour, une bifurcation. Tout au long de l'hiver 1971, les investissements se croisent, se chevauchent, mais ne s'amalgament point. Tandis que Tiennot poursuit sa dénonciation du sort des immigrés, Nadja et Françoise enquêtent sur les avortements des ouvrières.

A l'occasion, certaines initiatives des conjurées de l'autre sexe laissent pantois les émules de Lénine. Ainsi, lors d'une « fête populaire contre la censure » qui rassemble des milliers de participants à la Mutualité le 24 février, quelques filles grimpent sur l'estrade, bannière MLF déployée :

— Nous, les femmes, on veut vous montrer qu'on a aussi notre beauté, et que cette beauté est indépendante du rôle et des signes dans lesquels les mâles nous enferment. La femme n'est ni une servante ni un mystère. Et on vous le prouve : on va vous faire un anti-strip-tease.

Les voici qui se déshabillent en dansant...

La culture bolchevique, le passé prochinois d'un Tiennot Grumbach résistent spontanément à ces facéties, se cabrent devant le déconcertant brassage du messianisme justicier et de l'apologie du plaisir. Militer ne serait donc plus « sérieux » ? Que si, rétorquent les provocatrices. L'appel des 343, c'est sérieux. La révolte des homosexuels, des prisonniers, des psychiatrisés, c'est sérieux. Le ralbol des lycéens, c'est sérieux. Aussi sérieux que l'exploitation des OS.

Roland Castro et l'équipe dirigeante de VLR acceptent l'interpellation, acceptent que l'image et le contenu de l'action politique soient radicalement redéfinis. Dans les colonnes de *Tout,* la subversion s'installe, grignote l'espace, transforme le journal.

Dès le n° 7, le lièvre a été levé : « Il va bien falloir se débarrasser du gauchisme, annonce un long papier. Le gauchisme crève d'être gauchiste, c'est-à-dire marginal, simpliste, anachronique malgré sa formidable vivacité, et en fin de compte non crédible et stérile... Depuis Mai, les gauchistes jouent le rôle ingrat de " découvreurs " de grandes questions sociales que d'autres exploitent à leur place. »

Dans la même livraison, Françoise Picq, Nadja Ringart et leurs « sœurs » donnent la mesure du coup de balai qu'elles entrevoient : « Pour comprendre qui nous sommes, qui nous pouvons être, nous devons commencer par faire un solide ménage dans notre tête et liquider toute notre éducation de femmes-femelles, notre culture d'une société d'hommes, nos théories politiques balbutiées et apprises de nos chefs, maris ou amants. » L'article est signé « V et C », ce qui intrigue le comité de rédaction — nul ne devine que les initiales indéchiffrables signifient « Vaginale et Clitoridienne ».

— C'est toujours contre les révolutionnaires, jamais contre les bourgeois, râle Roland.

Mais il publie.

La dérive s'accentue, s'accélère. « Je voudrais embrasser une fille sur le cul », lit-on, en pleine page, un mois plus tard. Le propos émane d'un gosse dont l'instituteur vient d'être suspendu pour n'avoir pas réprimé les jeux sexuels de ses élèves. « Psychiatres, je vous emmerde », clame peu après le rescapé d'une clinique spécialisée, qui relate par le menu sa « maladie » et les traitements qui lui ont été infligés.

Paraît le n° 12, celui d'avril 1971. Où, dans quelle trappe, dans quelle oubliette ont été relégués les couplets édifiants sur la juste lutte des prolétaires ? A la une, des corps (masculins) nus, des petites culottes. Et, pour mot d'ordre, « droit à l'homosexualité et à toutes les sexualités », « droit des mineurs à la liberté du désir et à son accomplissement ». Le FHAR, maître des colonnes, justifie la résolution arrêtée par les déviants de « ne plus raser les murs ». « Oui, nous nous sommes fait enculer par des Arabes, nous en sommes fiers et nous recommencerons », avoue le fac-similé d'un tract. « La parole est à l'inconscient », conclut un interminable manifeste qui prophétise « la fin de la famille et de l'inceste ». « Elles sont puissantes, les filles qui s'embrassent », triomphent les lesbiennes.

Tout, n° 12, est interdit à la vente en raison de son « caractère pornographique ». Le directeur de la publication, Jean-Paul Sartre, est inculpé pour « outrage aux bonnes mœurs ».

Tiennot Grumbach, même s'il accompagne le mouvement, n'ose vendre pareille littérature à la sortie de Renault. Pour les prolos, explique-t-il, un pédé n'est pas un camarade. Les prolos, en l'occurrence, ont bon dos. Depuis qu'il milite, autrement dit depuis toujours, Tiennot a appris qu'un homosexuel est un individu vulnérable, manipulable par la police, virtuellement dangereux, suspect. Il réprime mal le réflexe ancien.

Un sommet a été atteint, un col a été franchi. La préparation des éditions ultérieures se déroule dans une sorte de tourbillon échevelé. D'accord pour titrer : « La famille, c'est porno ! » Mais convient-il de reproduire ou non la lettre qu'adresse au journal un jeune Maghrébin, Mohamed, lequel se déclare victime, quand il drague, d'une discrimination sexuelle de la part des Européennes ? Plus d'une fille qui a difficilement récusé le chantage à la frustration des camarades immigrés grimace. Tant pis ! pas de censure, le texte sera seulement coiffé d'un chapeau.

Aucun problème, en revanche, pour répercuter le message d'un correspondant racontant l'extraordinaire convergence vers les pelouses de Washington des jeunes Yankees hostiles à la guerre du Vietnam : « Du samedi au lundi, on a fumé ensemble, on a fait l'amour ensemble et puis on s'est battu. Pour la première fois, il n'y avait pas de division entre les militants révolutionnaires et ceux qui étaient venus pour la musique pop. Tous ensemble. La nuit de samedi, ce fut une grande réunion de tribus venues de partout ; des milliers de feux de camp dans le parc, cinquante mille guerriers et guerrières fumant la pipe et se défonçant au rythme des tam-tams électriques de notre danse de guerre. C'est très important, cette union des " planeurs " et des " guerriers " »...

A Paris aussi, les guerriers planent.

Roland Castro est plus que perplexe :

— Lâchez-moi le coude, lâchez-moi le coude ! répète-t-il, comme obsédé.

Il est épuisé, débordé. Ce feu d'artifice incontrôlable l'émeut, l'enthousiasme et l'angoisse. Pour comble, les filles de la bande viennent de rédiger un texte désopilant et effroyable intitulé : « Vie et mœurs de la peuplade " Tuot " ou que vos os pourrissent sous la lune. » « Etna la blonde », « Gazelle dorée », « Ju au regard étonné » et « Lysa aux pieds nus » relatent en termes ironiquement (dé)voilés la boulimie érotique des « grands initiés qui se réunissent dans la hutte des chefs ». Les faiblesses de l'un ou l'autre transparaissent sous le conte voltairien. Et la conclusion, elle, n'est guère codée : votre libération sexuelle n'est pas la nôtre, ne comptez plus sur les « femmes libérées » pour renouveler votre harem.

— Lâchez-moi le coude ! supplie Roland.

VLR convoque un « congrès » (le mot semble dérisoire tant le rite partisan est ici hors de saison). Les quarante fondateurs sont là, entourés de recrues plus récentes. La salle, moderne et austère — béton brut et baies vitrées —, a été prêtée par un centre protestant. Les bancs de bois ont été disposés en cercle. Le printemps est gai, lumineux. Castro surprend l'auditoire :

— Le moment est venu de nous séparer.

Effarement général. C'est une blague ? Non : une intuition. Roland parle deux heures durant, sans toucher terre. Il sort d'un trip au LSD, ses mots volent :

— Si vous ne voulez pas vraiment, chaque matin, changer la vie, allez vous faire foutre dans les forces tranquilles. Nous avons répété, gueulé « Vive la révolution ! » Eh bien, maintenant, essayons de la faire en la vivant, essayons de la faire dans la vie de tous les jours, essayons de vivre autrement, de faire autrement la politique. Abandonnons la dictature du politique !

A ceux qui versent une larme, aux orphelins en puissance :

— Non, c'est joyeux, ce qui nous arrive. Nous n'allions pas tarder à penser que nous sommes le meilleur groupuscule. Et le pire, c'est que c'est vrai. Arrêtons-nous avant de sombrer dans le narcissisme. La critique, l'autocritique du discours gauchiste, c'est encore une façon d'être complaisant, c'est un discours délicieux.

Et Roland, seul au milieu du cercle, se met à jouer un sketch, une saynète de son cru : le dialogue entre un militant de 1958 et un militant de 1968. Le premier rame pour gagner quelques ouvriers. Le second claque dans ses doigts et les masses se soulèvent. Le premier imagine la révolution comme un espoir ténu, de l'autre côté de l'horizon. Le second est à la fête.

— Nous avons de la chance. Nous sommes la génération des chanceux. N'enterrons pas notre magot.

Ils se séparent en riant. Ils se séparent mais ne se quittent pas.

Le 1er Mai 1971, le MLF et le FHAR défilent en queue de la manifestation d'extrême gauche (trente mille personnes, peut-être), loin derrière Michel Rocard, Alain Krivine, Pierre Halbwachs, Jean-Paul Sartre. Là-bas, on chante *l'Internationale* et *la*

Jeune Garde. Françoise Picq et Nadja Ringart puisent dans un répertoire différent, parodiant la détresse puis l'épouvante des « mecs » débordés :

Ton mouvement tout d'abord j'en ai ri
Ton mouvement je n'y ai rien compris
Ton mouvement maintenant il me
TERRORIFIE

L'autre manière de penser la politique, c'est la parution, ce même mois, du *Torchon brûle,* journal des femmes, journal « menstruel ». Un journal non signé dont aucun comité de rédaction permanent ne sera propriétaire. Un journal qui variera comme varieront celles qui l'écrivent. Il est agrémenté d'un « supplément fête des mères ». « Gardez le pourboire ! » jettent les rédactrices aux bons papas, les bras chargés d'un accessoire Moulinex.

La révolution mijote à la cuisine.

10

Bavures

Les maos fascinent l'intelligentsia. La répression qu'ils subissent, les militants pourchassés, emprisonnés, les procès à répétition leur confèrent l'auréole des martyrs. Les troupes de Benny Lévy apparaissent comme les plus irréductibles adversaires de cette France pansue que le président Pompidou invite à s'enrichir. A ceux qui ne se satisfont pas aisément de l'ordre des choses, la Gauche prolétarienne dissoute offre l'aventure immédiate, la voie initiatique vers ce prolétariat dont Lénine a dit un jour de verve qu'il n'entrait pas dans les obligations des intellectuels de lui reluquer le derrière.

Des portes des entreprises aux bidonvilles de banlieue, des corons du Nord aux ouvrières de l'Est, les intellectuels quémandent une panacée contre le « complexe de classe ». « L'œil du paysan voit juste », a dit le Grand Timonier. Descendus de leur chaire, aveugles de naissance, les clercs acceptent ce « regard de lumière » : la vérité est dans les masses, et il leur tarde d'aller la quérir.

Marin Karmitz a été touché par la grâce le jour de la dissolution de la GP. Passant chez un de ses amis, il tombe sur une réunion de la direction déjà illégale. On lui demande de conduire trois clandestins en quelque lieu de repli. Il accepte avec reconnaissance. Bientôt, au volant de son coupé sport Lancia, il emmène Serge July, Gilbert Castro, Olivier Rolin, et abrite les deux derniers chez lui. Puis c'est July qui s'installe dans son appartement. Durant plusieurs mois, Karmitz lui sert d'agent de liaison, renouant ainsi avec son adolescence militante.

Par une apparente bizarrerie, ce juif roumain qui a fui, encore enfant, le régime imposé par l'Armée rouge à son pays natal, se retrouve vers sa quinzième année, la révolte contre la famille aidant, aux environs du parti communiste. Militant des Jeunesses, il s'éloigne, troublé par le *Rapport Khrouchtchev* et l'intervention soviétique en Hongrie. Karmitz entre à l'IDHEC, devient opérateur, puis est recruté comme assistant par Pierre Kast, Agnès Varda, Jean-Luc Godard. Il reste vaguement compagnon de route du PCF mais occupe surtout ses loisirs à étudier le Talmud au sein d'un groupe de réflexion dirigé par Henri Atlan.

En 1965, il crée sa maison de production, tourne lui-même deux courts métrages d'après Duras et Beckett, réalise enfin, avec Jacques Higelin en « vedette », son premier grand film, *Sept Jours ailleurs,* dont les « événements » de mai 1968 perturbent le montage. Karmitz participe aux états généraux de la profession, soutient le projet — avancé par Chabrol — de cinéma gratuit pour tous.

Désormais, il entend concilier son désir de changer le monde et sa passion de faire des films. En compagnie de deux ouvriers licenciés (qui travaillaient chez Citroën), il écrit un scénario d'après un récit de Pavese et tourne *Camarades.* Lorsqu'il rencontre Serge July, il est prêt à mettre humblement son savoir au service de la Cause, à recueillir dans les usines la parole ouvrière, la seule qui compte.

A ce moment-là, July est encore responsable du contact avec les intellectuels. Jovial, habile, il sait utiliser sans paraître embrigader. Chargé de préparer un hebdomadaire « large » où seraient associés intellectuels et journalistes compagnons de route, July rêve de concurrencer *le Nouvel Observateur,* voit les choses en grand et bâtit sur le papier un journal grandiose.

La réalisation se heurte naturellement aux problèmes d'argent. Karmitz entame la tournée des cinéastes, et Lelouch, Malle, sont mis à contribution. Tous deux, avec Godard, ont déjà donné la mesure de leur engagement en réalisant un petit film, sobrement intitulé *Alain Geismar nous montre le chemin de l'honneur,* dont Guy Lardreau a écrit le commentaire.

Coupable de trop se complaire dans ce milieu « corrupteur », July est expédié vers le Nord avant d'avoir progressé. L'idée du journal n'est pas abandonnée pour autant, et la direction de la GP confie à Robert Linhart le soin de la mener à bien.

Linhart rentre de l'armée. Etabli un an chez Citroën, il a été licencié à l'été 1969, et, presque aussitôt, il a choisi — il avait le choix — d'accomplir ses « obligations militaires ». Il en « bave » dans les commandos, mais, de même qu'il puisait une exaltation à pousser ses chariots dans la cour ventée de l'usine, il tire une vive satisfaction morale de cette contrainte physique. Quand il est de retour, à l'automne 1970, il va mieux.

André Glucksmann, qui a rallié la GP après maintes tergiversations et de longues négociations rue d'Ulm, trouve « naturellement » dans le projet d'hebdomadaire un terrain de militantisme à sa pointure. De *l'Idiot international,* que son fantasque directeur coule avec obstination, rappliquent Jean-Claude Milner et Christian Jambet, les deux piliers maos du journal, lesquels entraînent derrière eux Barou et Bueb.

Linhart et Glucksmann ont arraché le principe de l'indépendance du futur hebdo. Et c'est sur cette idée qu'ils ont regroupé autour d'eux des journalistes et des intellectuels proches de la GP et prêts à travailler avec elle, mais sans en subir sa vigilante tutelle. Katia Kaupp, Michèle Manceaux et Mariella Righini du *Nouvel Observateur,* les cinéastes Alexandre Astruc, Jean-Luc Godard, Agnès Varda et Marin Karmitz, le peintre Gérard Fromanger participent aux réunions préparatoires. Un ami de Godard, Jean-Pierre Bamberger, trouve des finances. Quelques commerçants juifs — des fourreurs — versent également une contribution. Michèle Manceaux et Glucksmann « ratissent » les intellos avec succès.

La journaliste de *l'Obs,* absolue profane en politique, découvre avec ingénuité et parfois effarement ses nouveaux camarades. A ses enfants, Glucksmann lance un jour :

— Les études ne servent à rien. Mieux vaut lire *Et l'acier fut trempé...*

Le premier numéro de *J'accuse* paraît en janvier 1971. Faute de moyens suffisants, l'hebdo s'est mué en mensuel. Un encadré, page deux, annonce la couleur : « *J'accuse* est un journal populaire. Populaire par son contenu : tourné vers une France que la grande presse méprise. Populaire par ses méthodes : refuser de croire ce que disent les responsables officiels, donner la parole à ceux qui se taisent ou sont réduits au silence... »

Dans la livraison inaugurale, Glucksmann interroge Sartre, qui s'explique minutieusement sur la justice « populaire » à partir de l'exemple du tribunal de Lens et du procès des Houillères. En un second article, le même Glucksmann démolit le livre de Jean-François Revel, *Ni Marx ni Jésus.* A la révolution culturelle américaine analysée par l'éditorialiste de *l'Express* — révolution des mœurs, des comportements sociaux, des normes —, le mao oppose la lutte violente des Noirs, la pourriture de cette « Babylone moderne » et son impérialisme arrogant.

Jean-Luc Godard, lui, signe un reportage sur l'usine Perrier de Vergèze, près de Nîmes, et, par ailleurs, règle son compte à Jean-Pierre Melville, dont le film *le Cercle rouge,* avec Delon, Montand et Bourvil, vient de sortir. L'article, qui rapporte une discussion entre ouvriers après la projection, est signé d'un pseudonyme : Michel Servet. Godard-Servet conclut : « On était furieux de s'être laissé baiser comme des lapins par Melville-Marcellin. Melville, il a beau s'appeler comme ça, et Delon, et Bourvil et Montand aussi, en fait, dans *le Cercle rouge,* ils s'appellent tous Marcellin. Et c'est pour ça que le film est pourri... Demain, à l'usine, le pauvre type qui aura vu *le Cercle rouge* sera démobilisé. »

Robert Linhart et André Glucksmann souhaiteraient rompre avec le style héroïque et pompier de *la Cause du peuple* qui transforme en épopée une distribution de tracts ; ils se méfient — relativement — de l'enflure, préfèrent coller à la réalité, même si elle n'est pas favorable.

Sartre les encourage dans cette voie. A *l'Idiot,* il a confié : « Je conçois une presse révolutionnaire comme à la fois rendant compte des actions positives mais aussi de ce qui ne l'est pas. Tant qu'on restera dans le discours triomphaliste, on reste sur le plan de *l'Huma*... Il y a plus grave : les journaux bourgeois disent plus de vérités que la presse révolutionnaire, même s'ils mentent. Ils mentent moins. Ils mentent plus habilement. »

Le numéro deux de *J'accuse* publie un reportage effectué par Simone de Beauvoir à Méru, dans l'Oise. Quatre ans plus tôt, une usine d'insecticides et de produits de beauté a explosé, provoquant la mort de trois personnes et en blessant une cinquantaine. L'écrivain enquête sur place, décèle les carences du système de sécurité, peint la détresse des ouvrières gravement brûlées et à jamais défigurées.

L'ancienne « jeune fille rangée » constate : « En France, aujourd'hui, on peut tuer impunément. »

Le samedi 29 mai 1971, en début d'après-midi, Alain Jaubert sort du restaurant le Pub Poster, place Clichy ; il y a déjeuné avec sa femme et des membres de sa famille. Le groupe se dirige à pied vers Barbès par le boulevard. Jaubert est chroniqueur scientifique au *Nouvel Observateur* et chargé de cours à la faculté de Vincennes. Comme beaucoup, il a milité entre 1963 et 1965 à l'Union des étudiants communistes et en est parti lors de la purge stalinienne. Depuis, il n'a manifesté aucune activité politique.

Parvenus au croisement avec la rue de Clignancourt, Jaubert et les siens tombent sur un attroupement. Un homme, la tête ensanglantée, apparemment choqué, délire à voix haute. Deux étudiants en médecine, un pompier brandissant une carte officielle et Jaubert conduisent l'homme jusqu'à une pharmacie toute proche où le blessé, qui présente une longue plaie au cuir chevelu, reçoit quelques soins sommaires.

Survient un car de police secours, appelé par des commerçants ; trois agents en descendent, pénètrent dans la pharmacie et se dirigent vers la victime. Jaubert est resté sur le pas de la porte et observe la scène.

Le long du trottoir stoppe une colonne de Jeeps des brigades spéciales, dont les occupants, en survêtements bleus, et porteurs de longues matraques, sont généralement chargés de la dislocation rapide des manifestations. Un peu plus tôt, vers Barbès, un défilé concernant les Antilles s'est dispersé. Le chef de la colonne saute hors de sa Jeep, pousse la porte de la pharmacie et avise les policiers :

— Vous n'allez pas assez vite. Il y a trop de monde ici. Embarquez-le. Traînez-le par terre.

Et il saisit le blessé, le tire en lui décochant des bourrades dans les fesses. L'homme est hissé à bord du car. Deux ou trois policiers montent derrière lui. Jaubert s'aperçoit que la victime est seule ; il s'approche d'un brigadier, montre sa carte de presse :

— Je suis journaliste. J'ai assisté à la scène. Voulez-vous que j'accompagne le blessé à l'hôpital ?

Le policier acquiesce. Jaubert grimpe à son tour et s'installe en face de l'homme — qui est prostré. Il saigne abondamment : le sang se répand sur la tenue du policier assis à côté de lui, qui s'écarte brusquement.

— Tu me salis, salope.

L'agent se lève et vient s'asseoir près de Jaubert.

Le blessé, n'étant plus soutenu, tombe, et la plaie de sa tête heurte la portière. La douleur le jette dans un état d'exaltation incontrôlée : il se met à hurler des injures et des menaces. Alain Jaubert le rejoint et s'efforce de le raisonner :

— Calme-toi. Ce sont des policiers qui t'emmènent à l'hôpital pour te soigner. Il ne faut pas les insulter ; tu risques d'avoir des ennuis.

A cet instant, un des hommes en uniforme se dresse et décoche une série de coups de poing à Jaubert, interloqué, qui ne comprend pas ce qui a motivé pareil geste.

— Qu'est-ce que tu fous ici, connard ?

— Mais, messieurs, je n'ai rien fait. Je suis là pour accompagner un blessé.

Jaubert s'est mis debout afin de mieux esquiver les coups.

Le brigadier assis à l'avant se retourne et crie à travers la lucarne qui sépare la cabine du fourgon :

— Videz-moi cette ordure ; ça suffit !

Alain Jaubert est adossé à la portière du fond. Un des flics, celui qui avait commencé à le frapper, se précipite sur lui tête baissée. Sous la violence de la charge, Jaubert est éjecté du car et retombe sur la chaussée. Le véhicule freine brusquement et s'immobilise.

Sonné, le journaliste reste à terre. Il sent autour de lui la présence de policiers nombreux, et l'un d'eux lui appuie sur la tête avec un brodequin, écrase ses lunettes. Il reçoit quelques coups, puis on le relève. Il a du sang dans les yeux et ne voit pas grand-chose mais discerne un groupe d'agents, les uns en uniforme, les autres en survêtement. Tous forment le rond autour de lui et le balancent violemment d'une rive à l'autre du cercle. Au passage, ils assènent des coups de matraque ou cognent à mains nues. Aveuglé, étourdi, Jaubert entend des voix, sans doute des passants qui crient :

— Arrêtez, vous allez le tuer !

Cette intervention calme les policiers qui le lâchent. Jaubert retombe sur le sol, sa tête rencontre le bord du trottoir. Il s'évanouit. Quand il se réveille, quelques instants plus tard, il est allongé dans un car, à même le plancher. La portière est ouverte, mais les flics empêchent les badauds de regarder. Un gradé appelle cinq ou six de ses hommes, qui grimpent dans le véhicule et s'assoient, très dignement. Mais dès que la porte se referme, ils posent d'un même mouvement leurs lourdes chaussures sur Jaubert et pèsent de toutes leurs forces en se cramponnant à pleines mains aux banquettes.

Après quelques minutes de ce traitement, Jaubert commence à suffoquer. Un des pieds lui comprime le cou, il étouffe, réussit à dégager son visage et murmure :

— Par pitié, laissez-moi respirer !

— Ta gueule, charogne.

C'est interminable. Le car s'arrête, repart, tourne en rond, s'immobilise enfin, le moteur au ralenti. L'attente se prolonge. Jaubert, toujours allongé, tente de parlementer :

— Qu'est-ce que vous avez contre moi ? Je suis monté dans le car de mon plein gré. Je suis journaliste.

— On en a marre de vos conneries. Les journalistes sont tous des salauds. Tu vas payer pour les autres. On va te faire la peau.

Les injures pleuvent. Jaubert proteste.

— Je suis enseignant.

— Raison de plus pour te faire la peau.

Ils crient, s'échauffent mutuellement, frappent. Pour pouvoir boxer de manière plus efficace, ils relèvent Jaubert et le maintiennent debout, tapant à tour de rôle, l'un avec une matraque, l'autre avec une manivelle. Dans la mêlée, un des policiers s'aperçoit qu'il a perdu sa plaque matricule. Il se retourne, fou de colère, hurle :

— Tu as deux minutes pour retrouver ma plaque, sinon tu es mort.

Et il saisit sa victime par le cou, entreprend de l'étrangler. Un autre tape avec sa matraque, à petits coups secs, toujours au même endroit. D'autres encore lui baissent le pantalon et lui tordent les testicules.

— On nous traite de SS, mais les SS, au moins, c'étaient des hommes. Ils avaient des couilles. Toi, tu n'en as pas.

— ...Voyez bien que j'en ai. Lâchez-les, si j'en ai pas.

Le tabassage reprend de plus belle. Jaubert reçoit la manivelle sur le nez, ce qui déclenche une hémorragie. Il a du sang partout, dans la gorge, sur le visage, et s'affole. Il croit qu'il va mourir.

Les cris, les heurts contre les parois métalliques finissent par attirer l'attention. La portière s'ouvre, un gradé apparaît et crie :

— Assez !

Les cogneurs continuent, feignant de ne pas avoir entendu. Le gradé doit hurler de plus en plus fort, et, comme il n'est toujours pas obéi, il agrippe violemment le bras d'un des hommes. Ils s'interrompent enfin. Jaubert a juste le temps de remonter son pantalon et l'officier le remet à deux infirmiers qui le conduisent en salle d'urgence. L'un d'eux téléphone à la femme du blessé, Marie-José, qui a le temps de le voir avant son transfert à la salle Cusco de l'Hôtel-Dieu. Il souffre de deux traumatismes, l'un crânien, l'autre nasal, et les médecins dénombrent une trentaine d'hématomes. Après quarante-huit heures de garde à vue, Alain Jaubert est amené devant un juge d'instruction.

Il est inculpé d'insultes, rébellion, coups et blessures à agents de la force publique.

L'affaire commence.

Durant le week-end, Marie-José Jaubert alerte les journalistes ; dans les rédactions, on ne doute pas un instant de la véracité des faits rapportés. Les brutalités policières, en cette saison, chacun en a été témoin. Quelques mois plus tôt, un film d'Yves Boisset, *le Condé,* a été censuré de quelques répliques : on y voyait un commissaire de police tabasser un prévenu attaché à un radiateur. Au quartier Latin, la projection, même expurgée, provoque des applaudissements nourris.

Mais, cette fois, c'est un confrère qui a été victime du passage à tabac. Et le communiqué de la Préfecture de police, qui précise : « Jaubert a ouvert la porte du véhicule et a sauté en marche, se blessant lui-même au cours de la chute », ne suscite que ricanements. La version officielle, en effet, s'accroche à cette fiction : le journaliste a agressé et rossé trois policiers, ce qui justifie son inculpation.

En quelques heures, la profession se mobilise. Dès le surlendemain, alors que Jaubert est toujours gardé à vue, un manifeste, « Nous portons plainte contre la police », reçoit des centaines de signatures : écrivains, cinéastes, enseignants, avocats, et bien sûr gens de presse soutiennent l'inculpé. A *J'accuse,* Robert Linhart comprend d'emblée l'importance de l'affaire ; un numéro « Spécial Flics » est mis en chantier, et des rédacteurs de *France-Soir,* du *Figaro,* de *l'Aurore,* du *Monde,* y collaborent.

Sitôt en liberté provisoire, Alain Jaubert, le visage encore marqué par l'épreuve, tient une conférence de presse. Le scandale éclate au grand jour.

Comme tous les mercredis, le 2 juin, Léo Hamon, porte-parole du gouvernement, rend compte du Conseil des ministres. A son arrivée, vers 13 heures, dans la salle des conférences de l'hôtel de Clermont, plusieurs centaines de journalistes l'attendent. Le secrétaire d'Etat, interrogé sur le cas Jaubert, répond que le dossier, confié à la Justice, n'a pas été évoqué. Questionné par Jean Daniel, il répond qu'« à titre personnel » il s'y est intéressé. Un correspondant de *J'accuse* l'apostrophe.

— Monsieur Hamon, vous affirmez que le Conseil des ministres n'a pas eu à prendre connaissance de l'affaire Jaubert. Or, Alain Jaubert n'a pas seulement été blessé par la police, il a encore été inculpé par un magistrat. Le juge d'instruction est sous la dépendance du parquet. Le parquet obéit aux ordres du ministre de la Justice. Le garde des Sceaux est membre du gouvernement. Il existe une solidarité ministérielle. Dans ces conditions, à qui espérez-vous faire croire que cette affaire n'engage pas la responsabilité du gouvernement ?

Des approbations ponctuent le discours. De plus en plus mal à l'aise, Léo Hamon rétorque que « *la Cause du peuple* a sans doute des choses intéressantes à dire » mais que « ce n'est pas le lieu ».

— Pourquoi, pourquoi ? crie-t-on de la salle.

Harcelé, le porte-parole perd sa sérénité.

— J'ai pris des mesures pour que vous puissiez venir ici, tranquillement, dans cet hôtel où je suis chez moi. Il m'aurait été très facile de faire en sorte qu'il en soit autrement.

Des quolibets et des murmures d'indignation accueillent la menace transparente.

— Je ne vois pas ce qui, dans mes propos, prête à l'hilarité.

Furieux, Léo Hamon quitte la salle, renonçant pour le moment à commenter les travaux de l'exécutif. Les représentants des associations de journalistes prennent alors sa place, et le principe d'une manifestation devant le ministère de l'Intérieur est retenu.

Le vendredi suivant, en début d'après-midi, plus de six cents journalistes se regroupent au pied de l'immeuble du *Figaro,* rond-point des Champs-Elysées. Ils se dirigent ensuite vers la place Beauvau et, parvenus devant le ministère de l'Intérieur, improvisent un sit-in. Plusieurs brandissent le numéro « Spécial Flics » sorti par *J'accuse*. Beaucoup crient : « A bas l'état policier ! Liberté pour la presse ! Marcellin-démission ! » et même, avec un certain entrain : « Flics, fascistes, assassins ! »

Dans l'équipe de *J'accuse,* c'est la jubilation. Semblable campagne contre les brutalités policières constitue un modèle du genre : à partir d'un fait incontestable, la mobilisation des « intellectuels démocrates » se développe, plonge le gouvernement dans l'embarras, secoue l'opinion publique. Les journaux, quelle que soit leur coloration politique, enfoncent le clou, dénoncent l'attitude de la police.

L'Aurore s'émeut : « Certaines précisions que donne Jaubert font monter le rouge au front : si elles sont vraies, alors il y a dans la police non seulement des brebis galeuses, mais des assassins en puissance. » Quant au *Monde,* il incrimine le pouvoir politique : « L'image d'un petit homme à lunettes se livrant à des violences et voies de fait sur trois solides gardiens de la paix est insoutenable. A vouloir accréditer cette version invraisemblable de l'affaire Jaubert, les autorités contribuent plus encore que leurs adversaires gauchistes à discréditer la police. »

Le Nouvel Observateur publie le récit intégral que Michèle Manceaux a recueilli auprès de Jaubert dès la fin de sa garde à vue. Jean Daniel, dans son éditorial, élargit le débat. Si ce fait divers est devenu un événement politique, c'est que le tabassage de Jaubert est le symptôme d'un mal plus profond : « A tous les échelons, dans tous les secteurs, et même dans toutes les classes, la crise de confiance est totale. Les institutions ne sont plus crédibles... La police de l'affaire Jaubert, c'est bien — et quelles que soient les intentions et les réalisations des réformateurs au pouvoir — celle de la nouvelle société. »

Jacques Chaban-Delmas aime répéter qu'il est à la tête du meilleur des gouvernements réformistes dans la pire des situations émeutières. Il s'efforce d'entendre les aspirations surgies en mai 1968, seule chance à ses yeux d'éviter le grand chambardement. Mais, dans le même temps, son ministre de l'Intérieur, Raymond Marcellin, déclare à *Paris-Match* : « Le mal vient de ce qu'en Mai 68 on n'a pas frappé assez fort, ni assez vite. Le mouvement de Mai aurait pu être liquidé en deux jours. » Il a beau démentir ultérieurement, chacun devine que ces propos reflètent son intime conviction.

Les maos de *J'accuse* ont saisi sans tarder tout le parti qu'ils pouvaient tirer de l'histoire. L'opinion est traumatisée par une succession impressionnante de « bavures » policières qui donnent l'impression d'une véritable mise au pas du pays, comme si la seule réponse aux soubresauts inquiets de la jeunesse était le bâton. Au mois de mai encore, deux adolescents de quinze ans ont été frappés brutalement, rue Mademoiselle, par des agents en civil et en tenue. Jaubert, qui a la chance d'être journaliste, donc de pouvoir témoigner, apparaît comme le symbole et le truchement de nombreuses victimes muettes ou bâillonnées.

Claude Angeli, Michel Foucault, Claude Mauriac, Pierre Vidal-Naquet créent une commission d'enquête afin d'établir toute la lumière sur les circonstances dans lesquelles Alain Jaubert a été frappé. Les conclusions qu'elle dépose quinze jours plus tard sont accablantes. Jaubert, quoi qu'en dise la version de la police, a bel et bien été passé à tabac pendant quarante-cinq minutes dans un car. Les agents « blessés » par le journaliste ont obtenu un arrêt de travail pour des contusions... au poignet droit.

Tous les trois.

Le samedi 5 juin, au quartier Latin, des magasins sont pillés sans que la police intervienne, la soirée durant. « Excédée par certaines attaques et plus encore par certains désaveux ou empêchements d'agir, commente *l'Aurore,* la police, samedi soir, aurait-elle voulu donner une leçon à tout le monde en pratiquant, place Saint-Michel, une sorte de grève sur le tas ? »

D'autres titres publient en effet des témoignages sur le comportement d'étranges « casseurs » d'âge mûr, qui ne prennent pas beaucoup de précautions pour se masquer le visage. Le week-end d'après, en revanche, le boulevard Saint-Michel est quadrillé par les forces de l'ordre. Casqués et matraques à la main, les policiers contrôlent systématiquement les identités. Sur les bancs, il ne reste plus une seule place libre ; ils sont tous occupés par des flics en civil.

Le déploiement dans les rues, la multiplication des affaires éveillent le sentiment d'une omniprésence de l'Etat policier, façonnent un peu plus l'image d'un pouvoir fort en gueule, enclin aux mouvements de menton.

Les maos vont plus loin. Dans un éditorial de *J'accuse,* André Glucksmann dénonce « le fascisme qui vient d'en haut » : « Le fascisme d'aujourd'hui ne signifie plus la prise du ministère de l'Intérieur par des groupes d'extrême droite, mais la prise de la France par le ministère de l'Intérieur. »

Pour l'état-major de la GP, les signes de cette évolution ne manquent point : contre la vague qui agite la société, face aux révoltes qui dressent diverses catégories sociales contre lui, le pouvoir affolé, encerclé, n'a d'autre ressource que de s'enfoncer dans un processus — préalablement engagé — de fascisation.

Marcellin est un Mussolini potentiel qui affûte dans la pénombre ses longs couteaux. Le « nouveau fascisme » rampe, entièrement concentré dans l'appareil d'Etat qu'il a gangrené.

L'imminence du complot marcellinesque suscite quelque affolement. Jacques-Alain Miller prépare une brochure avec Jean-Claude Milner, qu'ils intitulent *Z en France*. La référence au film de Costa-Gavras est limpide. Comme en Grèce, la dictature des colonels menace. La plaquette est tirée, puis pilonnée. La direction maoïste, finalement, la juge outrancière. La psychose subsiste néanmoins. Un soir, Le Dantec reçoit un coup de téléphone alarmiste de Miller. Il se précipite au local du journal. Jacques-Alain est là, fébrile :

— On planque tout. On passe à la clandestinité.

Le contrordre est donné le lendemain.

La GP ne détient pas le monopole du « catastrophisme ». Charles Hernu, à son tour, dénonce la « fascisation du régime »...

Du délire. La lecture de *J'accuse* ou de *la Cause du peuple* jette Alain Krivine dans une absolue perplexité : ces maos sont-ils vraiment fous ou font-ils semblant ? Lorsqu'il en parle avec Henri Weber, il éprouve quelque peine à imaginer que les garçons sains d'esprit croisés jadis à l'UEC adhèrent sincèrement à ce qu'ils racontent. La France occupée, le fascisme qui pointe, les syndicats « collabos », la CGT démantelée chez Renault, tant d'auto-intoxication le déconcerte. Lui qui a choisi de tracer son sillon avec la certitude que l'horizon finira par se rapprocher ne comprend pas que l'impatience soit érigée en stratégie. Quelle est donc cette folie qui incite à faire « comme si » ?

Comme si la révolution était à l'ordre du jour ; comme si les masses étaient prêtes à s'armer ; comme si les organisations réformistes étaient au bord de l'effondrement... Décidément, sa cervelle raisonneuse ne saurait partager ni même comprendre la déraison de ces maos qui gâchent leurs minces munitions sans considérer les réserves.

Krivine en est absolument convaincu : ces jeux ne sont pas sérieux, détournent l'attention du véritable travail politique — l'implantation lente, laborieuse, dans la classe ouvrière, le militantisme quotidien au sein des syndicats, la présence renouvelée partout où des luttes apparaissent. Mai 68 a ouvert une période d'instabilité profonde du système. Il faut en profiter, ramasser des forces, convaincre, se préparer, en un mot construire le parti révolutionnaire qui fait défaut. Le schéma a le mérite de la simplicité, la rectitude de la perspective Nevski. La référence, unique, est Octobre 1917. En attendant, aux ronéos...

En attendant, cela marche. Le trio de direction de la Ligue communiste, Krivine, Weber, Bensaïd, mesure le chemin parcouru : sur deux ans, l'organisation a multiplié ses adhérents par trois ou quatre. La Ligue est une organisation nationalement implantée ; ses militants sont présents dans tous les coups.

Ils ont joué un rôle moteur lors de la mobilisation lycéenne sur l'affaire Guiot, ils étaient au premier rang pour attaquer le meeting d'Occident au Palais des sports, en mars ; ils manifestent contre la guerre du Vietnam ou pour le soutien aux étudiants tchèques emprisonnés. Et, à l'occasion du centième anniversaire de la Commune de Paris, les trotskistes ont réussi de loin la plus spectaculaire démonstration, rassemblant vingt mille personnes au cimetière du Père-Lachaise.

De la belle ouvrage.

La presse ne s'y trompe guère, qui voit dans la Ligue communiste l'organisation la plus sérieuse, la plus forte de l'éventail gauchiste. Quand elle a réuni son congrès à Rouen, en mai, *le Monde* a dépêché un envoyé spécial qui a dressé la synthèse des travaux sur trois colonnes. Cette croissance, cette reconnaissance rendent certains amis de Krivine euphoriques : encore quelques années à ce rythme, et la Ligue sera un petit parti qui attirera vers lui les débris épars des concurrents. Déjà, ici ou là, des adhérents du PCF la rejoignent avec tambours et trompettes.

Mieux, une des multiples tendances du PSU décoche des œillades langoureuses. La Ligue et le PSU, dans la constellation gauchiste, se retrouvent souvent ensemble face à la surenchère de l'ultra-gauche. Plus d'une fois, Krivine et Rocard ont mené campagne de concert sur les tribunes ou dans la rue, au point que les photographes, immortalisant le couple, les surnomment Castor et Pollux.

Mais ce coude à coude tactique n'empêche pas l'émulation, qui est vive, ni les chausse-trappes. Rocard se méfie du dogmatisme des trotskistes et de leur goût prononcé pour la manœuvre. Il soupçonne — non sans raison — Krivine de vouloir « plumer la volaille PSU ». Et, soumis à mille pressions contraires, il est fort en peine de justifier le sigle de son parti.

L'aube rosit les baies de l'immense hall du Parc des expositions, à Lille, où sont assemblés les délégués du VIIe Congrès des socialistes unifiés. Il est 4 h 22 du matin, et une majorité d'entre eux, ce 28 juin 1971, vient de réitérer solennellement son attachement à la dictature du prolétariat. Blanc de fatigue, Michel Rocard tire sur sa gauloise : encore une bataille perdue, encore un amendement gauchiste adopté.

Depuis trois jours, il guerroie, presque sans interruption, contre les tendances coalisées, contre ses anciens amis enfiévrés. « Le PSU se demande comment faire la révolution et avec qui », titre *le Monde* sur toute la largeur d'une page. Et, en plus petit, juste au-dessous : « M. Rocard mis en minorité au bureau national. »

Pour le leader le plus connu du PSU, la question est bien : comment diriger ce parti, et avec qui ? A Lille, Rocard, qui essaie depuis mai 1968 de concilier l'imagination créatrice du gauchisme et le sérieux d'un parti institutionnel, est acculé à trancher ; le double discours n'est plus tolérable. Lors de tous les votes, pour l'heure, il a essuyé échec sur échec.

Ce dimanche, tandis que les congressistes soûls de mots, ivres de surenchère, votent des deux mains la dictature du prolétariat, Rocard ne possède plus qu'une carte en poche : s'il entend garder la majorité et la direction, il doit faire appel au parti profond, jouer de son charisme auprès des « grosses régions » (l'Ouest, notamment) où l'on s'inquiète de voir la logorrhée léniniste effrayer les couches plus anciennes, ruiner l'implantation traditionnelle, négliger les conquêtes antérieures, les mairies. Bref, transformer le parti en groupuscule, à grand renfort de motions du style : « La montée des luttes débouchera d'une façon inéluctable sur l'affrontement armé avec la classe dirigeante... ».

16 h 48, Rocard a gagné : 10 % des délégués ont basculé. A quarante ans, il est réélu pour la troisième fois secrétaire national du PSU, et il constitue — difficilement — une direction homogène dont sont écartés les maoïstes, trotskistes, populistes et autres irréductibles.

Amère victoire. Tardive victoire. Maints compagnons chers (un Bernard Lambert, un Henri Leclerc) manquent à l'appel.

Rocard souhaiterait transformer le PSU en un mouvement puissant apte à engranger les forces de Mai. Quinze jours plus tôt, à Epinay, d'autres socialistes qui n'étaient jusque-là pas unifiés se sont retrouvés. Au terme d'une OPA subtile et menée de main de maître, François Mitterrand a investi la « vieille maison » rebaptisée « parti socialiste ». Bel exploit pour qui n'était pas même adhérent à l'ouverture des débats.

Le premier secrétaire du PS a expédié un message fort bien tourné aux délégués de Lille. Nul ne l'a commenté, hormis Gilles Martinet, dans l'indifférence générale. Qui, parmi les vigilants théoriciens de la pureté révolutionnaire, parierait un kopeck sur le énième ravalement de la social-démocratie ? Pourtant, François Mitterrand n'a pas hésité à prononcer, devant les siens, quelques formules propres à séduire les ouailles de Rocard :

— Violente ou pacifique, la révolution c'est d'abord une rupture. Celui qui accepte la rupture avec l'ordre établi, avec le capitalisme, peut être adhérent du parti socialiste...

L'époque est lyrique.

Il pleut sur le mont Valérien. Une petite pluie fine de Toussaint, déplacée un 18 juin. Déplacée aussi, la demi-douzaine d'individus qui, une heure avant la cérémonie rituelle, gravit les marches du Mémorial.

— J'ai une idée fumante.

Quand, quelques jours auparavant, Maurice Clavel lui a téléphoné, Le Dantec en est resté pantois : déposer une gerbe devant ce temple commémorant la Résistance... Le goût de la provocation, plus encore que l'énormité du symbole, a finalement emporté son adhésion. Mais lorsqu'il se retrouve au pied du monument, il n'a plus envie de sourire ; les réminiscences de sa petite enfance, marquée par la lutte de ses parents contre l'occupant, les titres de ses « complices » l'impressionnent.

Avec Jacques Debu-Bridel, gaulliste de gauche et membre fondateur du Conseil national de la Résistance, il porte une énorme gerbe rouge barrée de l'inscription « Aux victimes du fascisme, ancien et nouveau », qu'ils déposent à l'entrée du sanctuaire. Le Dantec se retourne. Il aperçoit la haute silhouette de Clavel, le libérateur de Chartres, et, à côté, petit, frêle, le professeur Jankélévitch, dont la célèbre mèche trempée de pluie est plaquée sur le front. Et encore Jean Cassou, hier torturé par la milice, compagnon de la Libération, le béret vissé sur le crâne — tous figés dans un gauche garde-à-vous.

Un instant, le mao oublie le canular.

Le « nouveau partisan » communie avec les anciens.

Ce même 18 juin naît l'APL, l'Agence de presse Libération, dont le directeur est Maurice Clavel. L'idée en revient à un responsable gépiste, Jean-Claude Vernier, ex-camarade de Le Dantec à l'Ecole centrale — ils ont naguère partagé de mémorables beuveries. Ingénieur, il s'est établi comme ouvrier chauffagiste aux Chantiers navals marseillais, puis, après mai 1968, à Billancourt, dans une entreprise de sous-traitance qui travaille pour Renault. Mais Vernier éprouve une passion dévorante pour la presse et il n'attend que l'occasion de l'assouvir.

Lorsque *Hara-Kiri* a été interdit, il a participé avec des journalistes de *l'Aurore,* syndiqués CFDT, Claude-Marie Vadrot et Evelyne Le Garrec, à la création d'un « Comité de défense de la presse ». En janvier 1971, Vernier est un des grévistes de la faim de la chapelle Saint-Bernard. Des journalistes passent, des contacts se nouent. Un jour, dans la chapelle, Jean-Luc Godard lance l'idée d'une agence de presse révolutionnaire. Et l'idée mûrit.

L'affaire Jaubert provoque le déclic. Vernier, Vadrot, Evelyne Le Garrec se jettent dans l'aventure. Contacté, Clavel accepte immédiatement de prêter son concours. Sartre également. Une déclaration d'intention est publiée : « Contre les faux, contre les fausses cartes de presse, les faux témoignages, les fausses informations, on se bat... Un collectif de journalistes engage une bataille sur le front de l'information. Nous voulons, tous ensemble, créer un nouvel instrument pour la défense de la vérité... L'APL veut être une nouvelle tribune qui donnera la parole aux journalistes qui veulent tout dire, aux gens qui veulent tout savoir... »

Les fondateurs se cotisent pour acheter une ronéo que Vernier installe dans la chambre de sa fille. Son appartement de la rue Guénégaud devient le siège de l'APL. Le premier bulletin, deux méchantes feuilles de papier grossier agrafées à la main, sort le 30 juin.

L'autonomie du comité de rédaction de *J'accuse* n'a guère duré plus d'un printemps. Au début, les maos du journal se réunissaient entre eux, si bien que les collaborateurs amis ou compagnons de route trouvaient souvent, en arrivant aux réunions, les prochains sommaires déjà élaborés. Jusqu'au jour où Sartre, alerté, obtient la dissolution de la cellule GP de *J'accuse*. Mais Benny Lévy s'inquiète du pouvoir grandissant qu'acquiert Robert Linhart.

Principal animateur du mensuel, Linhart est particulièrement apprécié des intellectuels de la rédaction. Le souci de vérité, le désir d'ouverture qu'il manifeste les séduit.

Parallèlement, la « vieille » *Cause du peuple* agonise. *J'accuse* pompe les idées, l'argent, les lecteurs. La comparaison entre les publications tourne au désavantage de la première. Benny suggère de fusionner les titres. Il espère ainsi reprendre en main l'ensemble. Mais l'équipe de *J'accuse* renâcle. Linhart et Glucksmann exigent des garanties ; ils n'ont nulle envie de voir l'organisation rogner leur maigre indépendance. Benny promet.

Dès le mois de mai 1971, les deux journaux ne font plus qu'un : les comités se regroupent, à l'exception de Guy Lardreau qui ne supporte pas la disparition de *la Cause du peuple* et s'éloigne définitivement.

Benny Lévy impose ensuite que les articles envoyés par les militants des régions fournissent l'essentiel de la matière du journal. Les règles de fonctionnement basées sur l'enquête s'évanouissent. Et les professionnels qu'attirait la perspective d'alimenter un organe militant sont en proie aux désillusions. Quelques-uns, fascinés par l'univers rude des gépistes, acceptent la mortification commune. Michèle Manceaux, à qui la direction du *Nouvel Observateur* reprochait une excessive complaisance vis-à-vis des maos, a été licenciée de l'hebdomadaire. Elle reporte toute son activité sur *J'accuse* mais n'est pas toujours récompensée de tant d'enthousiasme intact. Entendue par les policiers parce que le numéro de sa voiture — prêtée — avait été relevé à l'usine Renault de Flins après une bagarre, elle sort du commissariat au bout de quelques heures, se précipite vers le siège de *J'accuse* afin de narrer sa mésaventure. Glucksmann l'écoute et conclut plaisamment :

— Dommage qu'ils ne t'aient pas tabassée. On aurait pu exploiter l'affaire.

D'autres compagnons de route, moins sensibles à cet humour involontaire, claquent la porte, excédés. Karmitz, que déçoit la fusion du titre avec *la Cause du peuple,* préfère collaborer, comme photographe, à l'APL.

Mariella Righini, après qu'un de ses reportages eut fondu jusqu'à devenir entrefilet, disparaît. Agnès Varda retrouve un lot de photos inédites particulièrement cher jonchant le plancher. Jean-Luc Godard, qui pourtant pousse le zèle prolétarien jusqu'à balayer consciencieusement le local, est à l'occasion copieusement insulté par Christian Jambet. Linhart lui-même engueule Astruc, coupable d'un éditorial mal tourné. Bref, entre les maos et leurs amis souffre-douleur, le climat se détériore. Le mensuel perd son originalité première. La crise s'installe, et Benny Lévy décide de vider l'abcès.

Un stage du comité de rédaction est organisé en juillet. D'emblée, Benny pourfend la « mainmise » sur le journal de trois « grands personnages », Linhart, Glucksmann et Le Dantec, et réclame des autocritiques circonstanciées.

— Commence, Jean-Pierre, ordonne-t-il à Le Dantec.

Stupéfait, le Breton refuse, appuyé par les deux autres. Dès lors, le psychodrame interne ronge *J'accuse,* encore imperceptible à l'extérieur. Pour Pierre Victor, il s'agit de rétablir une autorité sans partage, de ne pas laisser s'installer à la tête du journal — qui par la force des choses influence les militants — un pouvoir parallèle, voire concurrent. Benny croit même déceler de sérieuses divergences politiques : Linhart et Glucksman se montrent, à son goût, trop attentifs aux mouvements « de société » typiquement petits-bourgeois. Seul prévaut le combat de *la* classe.

Il redoute, surtout, un retour en force de Robert Linhart.

Le 23 juillet, vers 18 h 30, un groupe de manifestants attaquent l'ambassade de Jordanie, boulevard Maurice-Barrès, à Neuilly. S'aidant d'un madrier, ils défoncent le portail et propulsent quelques engins incendiaires en direction du bâtiment. Des flammes lèchent la façade, et le commando, avant de se replier, réussit à orner la grille d'un drapeau palestinien.

Depuis une quinzaine de jours, les troupes du roi Hussein ont lancé à Amman une puissante offensive contre les trois mille derniers combattants d'El Fath. Commandés par Abou Ayad, ils sont parvenus, depuis les massacres de septembre, à se regrouper non loin de la capitale. Encerclés, les Palestiniens résistent furieusement avant de succomber. Plusieurs préfèrent franchir le Jourdain et se livrer aux Israéliens : ils connaissent le sort qu'ont réservé les Bédouins à leurs frères...

C'est pour protester contre l'anéantissement des soldats d'Arafat qu'un groupe lié à la GP a attaqué la représentation diplomatique jordanienne en France. Les assaillants s'égaillent rapidement dans les rues avoisinantes.

Quelques instants plus tard, Christian Riss, ancien élève de l'Ecole normale supérieure, un des fondateurs, en 1966, de l'UJC(ml), se dirige vers la station de métro Porte Maillot. Il vient de participer à l'opération contre l'ambassade, non loin de là, mais marche d'un pas tranquille, longeant les palissades qui clôturent le chantier du boulevard périphérique. Surgit un noyau de manifestants poursuivis par des policiers. Un cocktail Molotov est lancé dans la direction de ces derniers et embrase une palissade.

Christian Riss regarde la scène comme un quelconque badaud, puis reprend sa route vers le métro. Deux agents de police se précipitent alors sur lui et le ceinturent. Le premier l'attrape par les épaules, le second lui agrippe le bras droit avec sa main gauche, braque son arme de service sur la poitrine de Riss et tire à bout portant.

— Mais... ça va pas la tête, murmure le mao avant de s'évanouir.

— T'es con ! crie le premier flic à son collègue.

Christian Riss reste une demi-heure allongé sur le sol avant d'être évacué par police secours. Il est transporté à l'Hôtel-Dieu, salle Cusco. La balle a perforé le poumon, passant entre le sternum et le cœur. Riss est inculpé en vertu de la loi anticasseurs et accusé de rébellion contre agent de la force publique.

Le 29 juillet, Maurice Clavel, Jean-Marie Domenach et Michel Foucault annoncent la création d'un comité de défense de Christian Riss. Ils protestent, en particulier, contre le transfert du prévenu, tout juste convalescent, à la prison de la Santé, puis à Fresnes et, enfin, à Fleury-Mérogis, bien que son état exige des soins qualifiés.

Le maintien de Christian en détention, alors que les médecins de l'Hôtel-Dieu avaient demandé son hospitalisation à Fresnes, suscite l'indignation. Si vive que la liberté provisoire lui est finalement accordée.

Le gardien de la paix qui a tiré n'est pas inquiété.

La liste s'allonge : Gilles Guiot, Richard Deshayes, Alain Jaubert, Christian Riss, victimes à des degrés divers de l'action zélée des forces de l'ordre. Chaque semaine apporte son lot d'arrestations arbitraires, d'interventions musclées, de matraquages sauvages. Le centre de Paris est, à tout propos, quadrillé ; le moindre attroupement dispersé sans ménagement. Le ministre de l'Intérieur, Raymond Marcellin, traque partout la « subversion » des agitateurs professionnels en s'inspirant de la maxime d'un de ses prédécesseurs illustres, Fouché : « Tous ces hommes n'ont pas été pris le poignard à la main, mais tous sont connus pour être capables de l'aiguiser et de le prendre. »

Les promeneurs qui, le soir du 13 juillet, n'avaient que des pétards à la main pour célébrer comme il se doit la fête nationale, ont fait les frais de cette philosophie. Rue du Jour, dans le quartier des Halles, tout commence sous les lampions du bal des sapeurs pompiers, un des plus prisés de la capitale. Quelques groupes de jeunes gens essaient de rameuter les danseurs afin de vilipender la destruction des pavillons de Baltard. Le transfert des Halles à Rungis a été décidé, et un gigantesque projet immobilier est en gestation. Une centaine de personnes défilent autour des pavillons, criant : « Paris n'est pas à vendre ! » « Sauvez Baltard ! »

La fête s'interrompt ; des forces de police considérables cernent le secteur, et les CRS chargent la foule au hasard, n'épargnant ni les femmes ni les adolescents. Un jeune homme d'une vingtaine d'années, vêtu d'un pantalon bariolé, portant des cheveux longs, est interpellé sur le trottoir. On lui demande de « circuler ». Il refuse. Il est aussitôt matraqué par une dizaine de CRS de la 51e compagnie, qui le frappent par terre à coups de pied. Les airs d'accordéon se taisent, couverts par le bruit des grenades. Un raid policier, dans l'allée du pavillon 7, surprend un employé des PTT qui sort d'un restaurant. Il reçoit une grenade lacrymogène au visage.

Le lendemain soir, 14 juillet, le bal prévu sur la place de l'Hôtel-de-Ville débute étrangement. Un cordon de CRS casqués et munis de boucliers entoure l'estrade où se produit l'orchestre. Sheila, vedette de la soirée, est accueillie par des pétards. Des jeunes gens s'emparent du micro et dénoncent la spéculation dans l'opération des Halles, appellent à sauvegarder les pavillons de Baltard. Un assaut punitif des forces de l'ordre interrompt leur discours. Les incidents durent toute la soirée.

Les flics de base, harassés, voués à une incessante noria entre les foyers renaissants de la contestation, se sentent, se savent les mal-aimés de la société française. Ils portent difficilement le képi d'une conception du maintien de l'ordre que beaucoup, fût-ce dans leurs rangs, souhaiteraient modifier.

Lors du congrès, début septembre, du syndicat des policiers en tenue, deux dirigeants adressent une mise en garde au gouvernement et menacent de recourir à la grève s'ils ne sont pas entendus. A la tribune, un orateur ajoute même qu'en pareil cas les policiers occuperont le ministère des Finances, voire l'hôtel Matignon. Robert Pandraud, directeur de la Sécurité publique, récuse le « véritable ultimatum » des syndicats, et promet des sanctions.

Le Figaro commente : « Il faut bien l'admettre, la contestation a changé de camp. »

Le ministre révoque le secrétaire du syndicat, Roger Daurelle, et quatre autres fonctionnaires sont mis d'office à la retraite. La crise de la police éclate. En première page du *Monde,* Jean Planchais analyse « la faille » ouverte au sein du pouvoir : « Les bavures et les manifestations d'indiscipline n'ont pas manqué depuis longtemps dans la police lancée à tout propos, trop souvent hors de propos, dans d'innombrables opérations de " maintien de l'ordre "... A Nanterre, des policiers ayant perdu le contrôle d'eux-mêmes se comportent comme les plus enragés de leurs adversaires, à tel point que la gendarmerie mobile intervient pour protéger les étudiants. Des passants sont insultés, matraqués ; des jeunes, pour la seule raison qu'ils sont jeunes. A toutes les précisions, à tous les témoignages, le ministère de l'Intérieur répond par des démentis ou par le silence... Et lorsque, las du rôle qu'on leur faisait jouer, de l'impopularité croissante qui pesait sur eux, des policiers ont commencé à refuser l'obéissance, le manteau de Noë a été jeté sur les manifestations d'indiscipline. »

La fête de *l'Huma,* comme chaque année, attire la foule des militants et sympathisants. Le secrétaire général, Georges Marchais, accomplit le traditionnel tour des stands. A la « cité du livre », Philippe Sollers, le pape de *Tel Quel,* débarque avec une valise de bouquins qu'il veut à tout prix mettre en vente. Les responsables du stand s'y opposent. Le service d'ordre communiste intervient, expulse le perturbateur et son précieux chargement. Les familiers de la fête de *l'Huma* ne pourront donc s'y procurer l'ouvrage importun, *De la Chine,* écrit par la communiste italienne Maria-Antonietta Macciocchi. Sollers juge l'affaire suffisamment grave pour rompre avec le PC dont il était, depuis 1968, compagnon de route.

Invitée par les autorités chinoises durant l'automne 1970, « la » Macciocchi a ramené de son voyage un long et dense reportage sur la Chine de Mao, que les Editions du Seuil publient à l'été 1971. *De la Chine* se présente comme une plongée au cœur de la Révolution culturelle. D'emblée, l'auteur, qui fut stalinienne et admiratrice de la Russie soviétique, avertit le lecteur qu'il ne tient nullement entre les mains une hagiographie substitutive : « Il ne faut pas s'abandonner à l'expérience chinoise avec le même aveuglement qui fut celui des années cinquante à l'égard de l'URSS, et transférer sur la Chine les espérances qu'on avait placées dans l'Union soviétique. A une erreur historique ne peut en succéder une autre pour racheter la première. »

Après cette précaution, l'exploratrice de l'Empire du Milieu réussit, pendant près de six cents pages, à maintenir brûlant un enthousiasme permanent et communicatif. Des campagnes les plus reculées aux usines pékinoises, des écoles aux hôpitaux, grâce à la pensée de Mao Tsé-toung, huit cents millions de Chinois maîtrisent leur destin, construisent leur avenir. La Révolution culturelle, vigilance perpétuelle des masses à l'égard du Parti, permet de surmonter toutes les contradictions : résolues, les questions du pouvoir et de l'autorité ; dépassée, la division du travail entre intellectuels et manuels (puisque les premiers sont régulièrement envoyés en recyclage) ; oubliée, l'emprise de la bureaucratie. Ouvriers et paysans, éduqués selon la pensée du Grand Timonier, savent infailliblement discerner le cap juste, entre la ligne révolutionnaire et la voie révisionniste. Les grands médecins, après rééducation, sont capables de soigner même les maladies incurables...

Sachant qu'elle s'adresse à un public occidental par nature sceptique, la camarade Macciocchi devance les objections. Le *Petit Livre rouge* brandi comme relique, ânonné en chœur ? Il faut dépasser les impressions premières, l'étonnement initial : « Au fur et à mesure que votre subtilité augmente, vous arrivez à comprendre que les mots qu'ils prononcent, la lecture qu'ils font du *Petit Livre rouge* n'est pas une plate récitation, un catéchisme écrit par un Mao démiurge et récité mécaniquement. Il s'agit, tout au contraire, du point de départ d'un processus dialectique. » Les Chinois s'emparent du discours de Mao, et sa lecture « les amène à l'inventivité dans le travail ».

L'auteur s'interroge avec pertinence : n'existerait-il pas en Chine un culte de Mao ? Quoiqu'elle juge le Grand Timonier « immortel », Maria-Antonietta répond négativement à cette iconoclaste hésitation : « Mao est essentiellement antidogmatique et antiautoritaire. Il donne à l'initiative des masses la primauté sur les appareils, il insiste sur les principes d'égalité, il répète que le Parti ne peut se substituer aux masses et que les masses doivent se libérer elles-mêmes. » Que valent, contre un démenti aussi carré, les innombrables portraits de Mao, avec ou sans verrue, affichés partout ? Ce que le stratège de la Longue Marche apporte aux Chinois, n'est-ce pas simplement « la liberté » ?

Comment Philippe Sollers ne se serait-il pas enflammé ? Etait-il concevable que les communistes français ignorassent semblable leçon des choses ? Son esclandre ajoute encore au retentissement de l'ouvrage. *De la Chine* est accueilli dévotement dans une ample fraction de l'intelligentsia, prompte à chercher du côté de Pékin une patrie de rechange et un modèle de remplacement.

Car la Révolution culturelle, telle que la décrit la communiste italienne, semble dissoudre les spectres rencontrés par tous les pouvoirs socialistes, c'est-à-dire la fossilisation, la bureaucratie, et finalement la répression. Cette fois, rien de tel, mais un processus permanent, une révolution dans la révolution qui redistribue le pouvoir. Ce qui est en œuvre là-bas, certifie Maria-Antonietta, c'est le dépérissement de l'Etat, l'accomplissement d'une authentique révolution prolétarienne. La seule. Il ne lui a fallu que six semaines pour aboutir à cette conclusion définitive. Bien peu se hasardent à la critiquer.

Presque en même temps que *De la Chine* paraît aux éditions Champ libre, dans une collection dirigée par l'ancien situationniste René Viennet, un ouvrage, *les Habits neufs du président Mao,* reçu par les prochinois français comme une odieuse et ridicule charge. L'auteur, Simon Leys, un sinologue, a épluché pendant des années les textes officiels chinois, la presse des gardes rouges, et livre une chronique de la Révolution culturelle dont la première phrase donne le ton : « La “ Révolution culturelle ” qui n'eut de révolutionnaire que le nom et de culturel que le prétexte tactique initial, fut une lutte pour le pouvoir menée au sommet entre une poignée d'individus, derrière le rideau de fumée d'un fictif mouvement de masses (dans la suite de l'événement, à la faveur du désordre engendré par cette lutte, un courant de masse authentiquement révolutionnaire se développa spontanément à la base, se traduisant par des mutineries militaires et par de vastes grèves ouvrières ; celles-ci, qui n'avaient pas été prévues au programme, furent impitoyablement écrasées). »

Entre le tableau pastel peint par Macciocchi et la narration détaillée, incisive, de cette bagarre sanglante, le cœur des maos français ne balance pas une seconde. Impossible d'admettre, à l'automne 1971, que l'armée soit capable, en Chine, de massacrer les gardes rouges. La vraie, l'unique « Révo-cu », c'est celle qu'a rencontrée, lors de sa visite guidée, l'ambassadrice italienne.

Christian Jambet, invité deux années auparavant aux cérémonies qui marquaient le vingtième anniversaire de la Révolution chinoise, en était rentré lesté d'une absolue conviction : l'autocorrection du système « casse l'histoire en deux », réinvente le communisme pur, restaure l'inspiration originelle. Le représentant de la Gauche prolétarienne aux festivités pékinoises avait même eu le privilège de voir Chou Enlai.

Lors d'une réception, le « mandarin rouge » évoluait parmi des milliers d'invités regroupés par petites tables. Chou s'est soudain arrêté devant l'étudiant français, a fait remarquer qu'il paraissait bien jeune. Puis, après diverses généralités, il lui a demandé comment on lance un pavé. L'échange politique s'est interrompu là, couronné d'un rire.

Christian a observé, dans les rues, la répétition de défilés monstres, cinquante mille personnes gueulant à l'unisson. Pendant un mois, sur tous les modes, on lui a enseigné la signification du « mouvement de rectification » : lutte-critique-réforme, triptyque familier qui conduit l'individu à identifier et dissiper ses errements.

Il est inconcevable que Jambet, revenu fervent sectateur de Lin Piao, accorde le moindre crédit au scénario « tendancieux » de Simon Leys.

Avec un sourire désarmant, le vieux Chou Enlai lui avait

cependant glissé une curieuse maxime, avant de s'éloigner vers d'autres hôtes :

— Dans une situation donnée, il faut toujours envisager le pire.

Durant la nuit du 25 au 26 octobre 1971, l'Assemblée générale de l'ONU décide d'admettre la Chine au sein des Nations unies. La délégation américaine n'a pu empêcher l'expulsion du régime de Formose. En fait, le rapprochement entre Pékin et Washington progresse à petits pas. Après la tournée symbolique d'une équipe US de tennis de table au printemps, le séjour secret, en juillet, de Henry Kissinger, conseiller spécial de Richard Nixon, coïncide avec l'annonce de la visite prochaine du président américain chez Mao. Le pays des gardes rouges pénètre dans le clan des grandes nations.

Christian Jambet commence à s'impatienter : les règles de sécurité qu'on lui a imposées semblent tout de même exagérées. Depuis des heures, on le balade d'une voiture à l'autre, de rendez-vous en rendez-vous, et il n'est toujours pas au bout de ses peines. Il se console en pensant au magnifique scoop qu'il est sur le point de réaliser pour *la Cause du peuple-J'accuse.* Maints confrères de la presse « bourgeoise », malgré les désagréments de cet interminable périple, souhaiteraient être à sa place. Jambet va interviewer le chef de la NRP clandestine.

Enfin, il arrive au lieu de rendez-vous.

Il est heureux de revoir son ancien condisciple de Louis-le-Grand. Olivier Rolin, qui s'est arrangé une dégaine de jeune cadre supérieur en mal d'avancement — blazer croisé, mocassins élégants, lunettes à fines montures —, répond sans précautions oratoires :

— Ce que nous nous proposons de faire, c'est d'aider les milices d'autodéfense que se donnent aujourd'hui les masses à trouver les armes et les formes d'organisation qu'il faut pour combattre le fascisme. Nous ferons plus. Ce seront les premières exécutions de tortionnaires, de policiers fascistes. Mais nous ne frapperons que la poignée de tortionnaires les plus haïs, ceux qui ne peuvent s'amender. Nous frapperons de manière chirurgicale.

— Depuis quand existez-vous ?

— Nous existons depuis un an. En novembre 1970, nous

avons « arrêté » puis corrigé le député de Grailly. En janvier, nous avons soutenu la grève de la faim des prisonniers politiques en lançant des « roquettes » sur la Santé ; dans la nuit du 13 au 14 mai, nous avons fait sauter les locaux du journal fasciste *Minute.*

— Pourquoi avez-vous arrêté de Grailly ?

— Cette « personnalité » au pouvoir est un individu aux activités crapuleuses. Lui-même a avoué qu'il avait trempé dans la dilapidation des 300 milliards de la Villette, 300 milliards qui, au fond, appartiennent au peuple.

— Pourquoi avoir fait cette action à main armée ?

— Pour arrêter un bonhomme, un revolver, c'est ce qu'il y a de plus utile. Mais ça n'est pas l'essentiel. L'apparition du revolver en pleine capitale accoutume le peuple à l'idée de prendre les armes.

L'entretien se prolonge. Olivier insiste encore sur le lien nécessaire entre la NRP et les milices ouvrières, se déclare prêt à exécuter les sentences prononcées par les tribunaux populaires. Naturellement, il cèle à son camarade l'essentiel.

Les actions que la NRP prépare.

Pendant des semaines, le groupe clandestin a surveillé une superbe villa dans un ensemble résidentiel du boulevard de Montmorency, près de la porte de Passy. Son propriétaire, le général en retraite Buchalais, est le P-DG de Framatome, filiale de Creusot-Loire. Rolin et les siens ont mission de l'enlever pour appuyer spectaculairement une grève à l'entreprise Babcock-Atlantique, également dépendante de Creusot-Loire.

Olivier Rolin a monté l'opération avec une minutie extrême. La bande, après mille discussions, a échafaudé la manœuvre idéale d'interception.

Une voiture aux aguets devant le domicile du P-DG doit suivre la DS Citroën de ce dernier qui emprunte tous les matins le même itinéraire pour se rendre à son bureau. Lorsque la « cible » croise l'avenue de Versailles et s'engage dans la rue Wilhem, une camionnette Fiat en embuscade provoque un incident et bloque la circulation. De la voiture suiveuse surgissent Rolin et son premier adjoint, qui neutralisent le chauffeur, l'éjectent de la DS — un complice tient en respect, avec une carabine, le pompiste d'une station-service voisine, à titre dissuasif. Un membre du commando s'installe alors au volant de la DS et s'engouffre dans un parc de stationnement souterrain. Rolin a repéré une sortie deux cents mètres plus loin, au 119 de l'avenue de Versailles. La rampe est condamnée, mais il n'est pas difficile de la rouvrir...

L'opération s'avérant aussi compliquée à régler qu'une cascade de cinéma, toute l'équipe se transporte en Normandie afin de répéter dans le détail chaque étape, chaque enchaînement. Le chauffeur du général a l'allure d'un garde du corps professionnel ; Rolin et son adjoint recommencent indéfiniment le geste de karaté censé annihiler sa résistance.

Enfin, tout est au point. Chaque matin, les conjurés prennent la garde avenue de Montmorency. La voiture du général ne se montre pas. Est-il en voyage ? A-t-il remarqué quelque chose de suspect ? De guerre lasse, Olivier annule tout ; à Babcock, les ouvriers ont repris le travail, la NRP risque d'arriver comme les carabiniers. Après des mois de préparatifs, d'inquiétude et de tension, pareil renoncement suscite une frustration aiguë.

L'action, c'est tout ce qui reste, dans leur austère existence. Les clandestins vivent repliés sur eux-mêmes, sans contact avec l'extérieur. Ils s'interdisent, par sécurité, de sortir après 10 heures du soir, et, à défaut de livres, dévorent la presse. L'idée du danger les obsède et confère à chaque seconde une densité particulière ; convaincus d'être voués au sacrifice pour les besoins de la Cause, ils goûtent l'instant comme précieux, rare, avant l'irrémédiable. Leur place, ils ne l'échangeraient contre aucune autre, remerciant le destin d'avoir fait d'eux des héros en puissance. Les vicissitudes de l'illégalité sont la petite monnaie d'une telle distinction.

A l'automne 1971, la NRP renforce sa logistique. Un nouvel appartement est loué au 30, rue Félicien-David, dans le XVIe arrondissement. Le studio d'écoute des communications policières y est transféré. Comme il est situé à deux pas de l'immeuble camembert de l'ORTF, les conspirateurs le baptisent entre eux la « maison de la radio ».

Afin de se procurer des vêtements dignes des beaux quartiers, plusieurs boutiques sont dévalisées avec la complicité des vendeuses. Il n'est que temps. La direction de la GP assigne à la NRP un nouvel objectif : enlever Henri de Wendel, héritier de la dynastie des maîtres de forges. Le groupe De Wendel-Sidelor vient d'annoncer le licenciement de douze mille personnes.

L'industriel habite place de Colombie, à l'orée du bois de Boulogne, dans un très luxueux immeuble où loge aussi Marcel Dassault. Son beau-fils, Charles-Henri de Choiseul-Praslin, est un militant actif de la GP, établi chez Renault. Rolin, là encore, repère attentivement le terrain et résout de procéder à l'enlèvement dans le garage même de l'immeuble. Le plan est répété, minuté.

Un guetteur, juché sur une Mobylette, surveille le moment où la Jaguar d'Henri de Wendel quitte le siège social des aciéries. Il fonce alors prévenir le commando qui attend en haut de l'avenue Foch. Les estimations prévoient un battement de trois à quatre minutes. Rolin et ses complices reparcourent des dizaines de fois le trajet : ils se sont procuré une grosse Mercedes, gagnent la place de Colombie, se rangent dans le garage souterrain. L'idée est de précéder la victime et de l'embarquer dans le coffre, *manu militari,* lorsqu'elle survient. A cinq cents mètres de là, une camionnette relais doit l'emmener jusqu'à un appartement proche de la porte de Saint-Cloud, spécialement loué.

Au jour fixé, tout se déroule d'abord selon le plan. La sentinelle motorisée annonce l'arrivée de la Jaguar. La Mercedes descend dans le garage. Rolin guette l'entrée : rien, l'attente s'éternise. Le chef de la NRP sort du véhicule et inspecte les lieux. Il tient à la main un énorme emballage de gâteaux signé Lenôtre.

A la « maison de la radio », rue Félicien-David, Emma et une autre militante captent les ondes de la police. Sur la fréquence Radio Caroline, elles entendent :

— Ils arrivent. C'est eux.

Puis, après un silence :

— Ils sont dans le garage.

Les deux filles ne comprennent pas immédiatement que les messages concernent *leur* opération. Mais soudain :

— C'est bizarre. Il y en a un qui porte un paquet de gâteaux.

Les gâteaux ! Olivier voulait absolument trimballer quelque objet qui rende moins incongrue sa présence dans cet immeuble cossu. Emma a compris : les flics sont dans le garage ; ils ont tendu une souricière.

Rolin aperçoit dans la pénombre un type en imperméable, remarque qu'une 4L Renault change de place à plusieurs reprises.

Quatre phares signalent l'arrivée de la Jaguar, qui va se garer à bonne distance de l'endroit habituel. De Wendel sort et, de loin, regarde dans la direction des intrus. Rolin, qui avait eu l'occasion de l'observer attentivement lors d'un repérage, a soudain l'intuition que son homme sait. L'hésitation dure quelques secondes.

— Allez, on se tire !

La Mercedes démarre, rugit. A la lueur des phares, Rolin entrevoit des silhouettes qui s'agitent dans les boxes. La voiture grimpe la rampe à toute allure, franchit le porche au moment où deux R16 s'apprêtent à le barrer. Un complice avait garé, juste devant, son véhicule pour empêcher que la voie ne fût bouchée par un automobiliste. Il libère le passage quand la Mercedes jaillit. Les voitures de police n'ont pas le temps de se mettre en travers. Rolin reconnaît fugitivement le visage du commissaire Broussard.

Une heure après, le commando parvient rue Félicien-David, à la « maison de la radio ». Emma et l'autre femme n'arrivent pas à croire qu'ils aient réussi à s'en sortir. Elles viennent d'entendre l'ordre donné à tous les véhicules de police d'intercepter la Mercedes.

A peine remis de leurs émotions, Olivier Rolin et son équipe examinent la situation : les flics étaient dans le garage ; les maos n'ont pu s'échapper que par miracle. Pourquoi les hommes du commissaire Broussard ne sont-ils pas intervenus dès leur entrée dans le sous-sol ? Ils tenaient un magnifique flagrant délit. Pourquoi ne les ont-ils pas poursuivis dans leur fuite précipitée ? A toutes ces données troublantes s'en ajoute une plus grave, dont l'énoncé fort simple suffit à susciter l'angoisse générale : pourquoi les flics étaient-ils là ?

Le noyau que forment les « opérationnels » de la NRP se réduit à une demi-douzaine de membres, personnellement recrutés par Rolin ; ceux-là, il en répond. Et pour préparer les coups, chronométrer les parcours, s'assurer des itinéraires d'évacuation, il emploie en outre une douzaine de jeunes gens qui, normalement, ignorent les buts de leur démarche.

Par ailleurs, un responsable gépiste placé sous les ordres de Rolin a été arrêté récemment. Il portait sur lui un carnet d'adresses où figurait le numéro de la Jaguar d'Henri de Wendel. Le prisonnier avait signalé la chose par l'intermédiaire de son avocate, Marianne Merleau-Ponty. Olivier Rolin avait cependant maintenu l'opération. Il estimait les risques faibles : les flics n'allaient pas, sur une indication aussi mineure, surveiller l'industriel jour et nuit...

Il s'est trompé. Et il se trompe.

La police est au parfum du projet d'enlèvement. Philippe Massoni, qui coordonne à l'état-major des Renseignements généraux l'activité antigauchiste, a lui-même averti Henri de Wendel ; il lui a demandé de jouer le rôle de la « chèvre » afin d'arrêter le commando en flagrant délit.

Massoni a effectué une carrière foudroyante. Entré dans la police en 1962, ce « flic républicain » se retrouve commissaire adjoint aux RG. Avant mai 1968, cinq hommes en tout et pour tout suivent l'extrême gauche à la troisième section, et son chef ne cesse de répéter : « Les gauchistes, ça ne compte pas ! » Quand déferlent les « événements », les policiers sont démunis, manquent d'informations précises, ignorent qui sont les véritables leaders. La panique dure deux semaines. Le 29 mai, Pierre Somveille, chargé de mission au cabinet de Georges Pompidou, convoque tous les chefs de service à l'hôtel Matignon. Philippe Massoni, chargé d'un groupe de direction, reçoit tous pouvoirs dans la recherche du renseignement.

La chasse aux gauchistes commence ce jour-là. Massoni se met au travail, récupère les fichiers existants (qui tiennent dans deux armoires) et entreprend de trier tracts et journaux par affinités politiques ; jusqu'alors, maoïstes, trotskistes et anars étaient noyés dans une égale confusion.

Aux premiers jours de juin 1968, une information parvient à l'état-major des RG : des armes seraient stockées à la Sorbonne. Massoni attache suffisamment d'importance à cette nouvelle pour décider d'aller vérifier lui-même ce qu'il en est. Il retrouve l'indicateur dans un café du quartier Latin. Le type, de style ancien para, commande du champagne, « du Moët », précise-t-il. Ils boivent une coupe. Le policier s'impatiente.

— On n'est pas là pour trinquer. Et ces armes ?

— Je les ai vues. Ce sont des pistolets-mitrailleurs. Elles sont cachées dans une pièce.

— Alors, emmène-moi jusqu'à la planque.

Franchi les murs de la Sorbonne, l'informateur n'est plus sûr de rien. Il cherche son chemin, se trompe, revient sur ses pas. Massoni le suit, de plus en plus inquiet : si un commissaire des RG se fait pincer par les étudiants, il peut dire adieu à sa carrière.

Sans parler des risques physiques. A force d'errer dans les couloirs, les deux hommes sont interceptés par quelqu'un qui se présente comme le chef du service d'ordre et leur demande ce qu'ils cherchent. Massoni, désignant son « indic » :

— J'accompagne un ami.

— On vous a vus tourner depuis un certain temps. Qu'est-ce que vous fabriquez ?

— Pourquoi poses-tu ces questions ? Tu es de la police ? ironise le commissaire, de plus en plus mal à l'aise.

Il recule de deux pas et, mû par une inspiration salvatrice, fait signe à l'étudiant que son acolyte est fou. Le responsable du SO regarde le type, lui trouve effectivement un aspect bizarre, acquiesce.

— Dégagez. Allez, du vent...

Dehors, Massoni respire. Il téléphone en personne au préfet de police, Maurice Grimaud, afin de lui confirmer qu'il n'y a pas, apparemment, d'armes à la Sorbonne.

Dans les mois qui suivent la secousse de Mai, les Renseignements généraux s'organisent : les groupes politiques sont répertoriés, leurs thèses analysées, les dirigeants fichés. Massoni s'occupe plus particulièrement des opérations spéciales, des infiltrations. Un inspecteur introduit dans le PCMLF maoïste part pour un stage en Albanie ; il joue si bien le jeu qu'il est à deux doigts d'être converti.

Un membre du Comité central de la Ligue communiste vient offrir spontanément ses services, pour une « histoire de fille » ; il veut se venger et espère que les flics, en échange de ses informations, le débarrasseront de son rival. Il fournit régulièrement des synthèses politiques sur les orientations de la Ligue. Les policiers savent qu'ils n'ont pas à redouter, de ce côté-là, d'attentats contre les personnes.

Les « pros » de la GP sont beaucoup plus difficiles à filer parce que l'organisation est centralisée au sommet, éclatée à la base. Cependant, Massoni recueille les « confidences » d'un militant haut placé, directement rattaché à la direction des RG.

Des infiltrés, à un moindre niveau, fournissent également quelque matière, mais le noyau de la NRP, très cloisonné, échappe à cette surveillance. Averti du projet d'enlèvement d'Henri de Wendel, Massoni mobilise la BRI du commissaire Broussard. Ce dernier, toutefois, juge le tuyau « crevé », se rend avec ses hommes sur les lieux mais n'observe pas la discrétion nécessaire.

C'est ainsi qu'alerté par des mouvements bizarres dans le garage Rolin décide *in extremis* de décrocher.

Le chef de la NRP se console de cet échec en gageant que l'infrastructure déployée resservira bientôt.

« Ami, entends-tu le vol noir des corbeaux... »

A l'écran, un de Gaulle rajeuni d'un quart de siècle serre dans ses bras Maurice Clavel sur le parvis de la cathédrale de Chartres. En voix off, Clavel :

— Août 1944. Chartres. Sortie de la cathédrale libérée par mes camarades... Le général de Gaulle me charge de leur dire : « C'est le meilleur travail depuis la Bretagne. »

« Montez de la mine... »

Le Chant des partisans accompagne encore la photographie. Des contestataires, au sein desquels se reconnaît la silhouette du même Clavel, envahissent le siège du CNPF. L'hymne des résistants sert toujours de fond sonore alors qu'apparaît un petit groupe qui dépose une gerbe au pied de la croix de Lorraine du mont Valérien. Clavel commente :

— A l'heure où le président de la République confie à un très grand journal américain l'agacement que lui inspire la Résistance française, il est bon que le peuple y pense et en tressaille...

Dans le studio de la Maison de la radio, Le Dantec se laisse emporter par le lyrisme du texte.

— ... Nous ne nous aimons pas. Qui se regarde, qui se sourit, qui se soucie seulement de l'autre ?

Les séquences se succèdent. Clavel, imprécateur, accuse la machine, la loi du profit, du rendement, pleure la solitude et le désespoir, dénonce la société répressive, justifie la colère.

— Alors, si la révolte, c'était pour exister, pour s'aimer soi-même et les uns et les autres ?

La voix enfle, le ton change, c'est l'appel final :

— Je m'adresse surtout à toute la jeunesse et je l'appelle à dépasser les dépressions et provocations pour prendre et refaire Je m'adresse aux vieillards qui vont bientôt mourir en se disant qu'ils n'ont rien laissé... Mais ce n'est pas vrai ! Tout recommence, si vous avez le courage ! Si le champ, le quartier, l'atelier l'usine, la ville, la région, le peuple enfin prennent la parole, et la gardent ! A vous de vivre demain !

La lumière revient dans le studio 101. Aux extrémités d'une longue table ovale, Maurice Clavel et Jean Royer se font face. Entre eux deux, André Campana et Alain Duhamel, les producteurs de l'émission « A armes égales », arbitrent le débat. Ce soir, lundi 13 décembre 1971, le philosophe gaullo-gauchiste, chroniqueur au *Nouvel Observateur,* affronte le député-maire de Tours sur le thème : « Les mœurs : la société française est-elle coupable ? »

Comme il est d'usage dans l'émission, Clavel est invité à commenter son film. D'une voix sèche, saccadée mais solennelle, il lance à l'adresse des téléspectateurs :

— Le film que vous venez de voir a été censuré par la télévision française. Peu importe qu'il ait été censuré d'un mot, d'une phrase, d'une séquence, d'un tiers, des trois quarts, d'un centième. C'est le principe même de la censure qui est épouvantable. Je viens de prendre la décision suivante : je ne saurais prendre part à un débat qui commence sous le régime de la censure, quelle qu'en soit la victime...

Il ramasse fébrilement les papiers étalés devant lui et, balançant un bras tendu, vengeur, jette :

— Messieurs les censeurs, bonsoir !

Dans le studio 101, une partie des spectateurs se dresse et applaudit à tout rompre. Le Dantec se précipite afin de féliciter Clavel qui s'éloigne de la table. Devant la chaise soudain vide, les animateurs et le maire de Tours semblent pétrifiés, interdits.

La coupe concerne un mot que les téléspectateurs n'ont pas entendu : le mot « aversion ». Une semaine auparavant, quand les producteurs ont visionné pour la première fois le film, ils ont buté sur une phrase : « A l'heure où le président de la République confie à un grand journal américain l'aversion et l'agacement que lui inspire la Résistance française... »

Georges Pompidou a effectivement accordé une interview à un écrivain américain pour le *New York Times.* Le chef de l'Etat y affirmait détester ceux qui exploitent le mythe de la Résistance, qui agitent leurs médailles et leurs décorations. Les producteurs de « A armes égales » font valoir auprès de Clavel que son interprétation des propos présidentiels est polémique. Alain Duhamel lui demande de changer la formule ou de la remplacer par une citation exacte. Le journaliste-philosophe refuse avec quelque hauteur, ne voulant pas briser le mouvement de la phrase par des guillemets.

Le jour même du débat, après une ultime projection, les animateurs décident de supprimer le terme litigieux et en avisent par téléphone Clavel, qui demeure intransigeant. Il expédie même un télégramme pour réitérer son opposition à toute censure. En arrivant au studio, il apprend que la coupe a été effectuée. Clavel qui, jusque-là, était persuadé qu'on ne toucherait pas à son film sans son accord, ne sait quelle attitude adopter. S'en aller tout de suite ? C'est sacrifier un mois de travail avec Foucault, avec Josette Alia, qui l'ont aidé à préparer ses dossiers. C'est se priver d'une tribune exceptionnelle. Et c'est l'occasion d'un bel esclandre. A toutes fins utiles, Jean-Claude Vernier rédige un communiqué pour l'APL.

Jean Daniel accompagne Clavel. Ce dernier avertit, blanc de fureur rentrée :

— Venez, ça va saigner !

C'est en voyant les images du mont Valérien sur son texte amputé qu'il se décide. Fébrilement, il griffonne quelques mots tandis que son film s'achève.

— Messieurs les censeurs, bonsoir !

Alain Duhamel garde son sang-froid et s'efforce de faire bonne figure. On entend Jean Royer attaquer :

— Face à un révolutionnaire qui n'a pas cru bon, pour une simple question de censure...

Le lendemain, la « sortie » de Clavel est à la une de tous les quotidiens. En première page du *Monde,* Pierre Viansson-Ponté, sous le titre « La liberté ne se divise pas », prend le parti du philosophe irascible : « Ainsi, il y aura eu dans l'histoire de la télévision française au moins un invité d'une émission de grand prestige et de grande écoute pour refuser de se laisser poliment manipuler et, si peu que ce soit, censurer, puis, pour s'en aller en claquant la porte. » Le quotidien de la rue des Italiens a recours au *Petit Robert* afin de trancher : détester, c'est bien avoir de « l'aversion pour ce qu'on réprouve, ce qu'on n'aime pas ». Bientôt, les motifs exacts de la coupe forcée disparaissent ; l'opinion ne retient que la violation d'un principe intangible : la censure est inacceptable.

Le coup d'éclat de Clavel place, une fois de plus, la télévision d'Etat sur la sellette. Le Premier ministre, Jacques Chaban-Del mas, avait fait de la libéralisation de l'ORTF un des symboles de sa « nouvelle société » ; l'affaire Clavel, après tant d'autres, érode son crédit.

Matignon est pris en tenaille. Contre sa majorité parlementaire, Chaban a imposé Pierre Desgraupes à la tête d'« Information première ». Le producteur de « Cinq colonnes à la une », de « Lectures pour tous », s'entoure d'une équipe jeune qui se soucie peu du bon plaisir gouvernemental. « On » prévient Desgraupes qu'un de ses adjoints, Philippe Gildas, a été membre du parti communiste. Manque de chance : il s'agit d'un homonyme (la fiche des Renseignements généraux n'a pas tenu compte que le journaliste travaille sous pseudonyme). Hervé Chabalier est dénoncé comme militant de la Ligue communiste. Or, adhérent de la JCR en 1968, il a cessé de militer depuis...

Surtout, les « durs » de l'UDR, Pasqua, Labbé, reprochent à « Information première » de montrer trop de bidonvilles, de grèves, d'agitation. En février 1971, René Tomasini, secrétaire général de l'UDR, non content de fustiger « la lâcheté des magistrats », accuse l'ORTF de chercher « à mettre toujours en valeur les aspects négatifs de la société française », clame qu'« Information première » est domestiquée par les « adversaires de la liberté ».

Qui ne chôment pas.

Le 20 avril, Michel Polac reçoit en direct dans son émission « Post-scriptum » Louis Malle, le romancier italien Alberto Moravia et un zoologue distingué, le professeur Grassé. Le dernier film de Malle, *le Souffle au cœur,* représente la France dans la sélection officielle pour le Festival de Cannes. Les dialogues sortent au même moment en volume chez Gallimard. Prétexte saisi par Polac pour évoquer un sujet tabou, l'inceste. Des téléspectateurs protestent. Quinze jours plus tard, « Post-scriptum » est « suspendu » par le directeur général de l'ORTF, malgré l'avis du ministre de la Culture, Jacques Duhamel.

A Cannes, le film de Louis Malle reçoit un accueil enthousiaste.

Michel Polac est un récidiviste ; son émission précédente, « Bibliothèque de poche », a été supprimée parce qu'il voulait interroger Jacques Duclos et François Mitterrand sur leurs goûts littéraires, lesquels n'étaient sans doute pas du goût de tout le monde.

Dans *le Nouvel Observateur,* Polac s'insurge :

— Je suis obligé de faire des émissions violentes. Plus violentes que je ne le souhaite, car je ne suis pas un dynamiteur, tout juste un peu anarchiste. Par tempérament, je ne suis pas un garde rouge, comme le prétend François Nourissier. Je suis un réformiste qui, évidemment, est de plus en plus sceptique sur la possibilité des réformes.

— Veut-on vraiment faire régner l'ordre moral à l'ORTF ?

— Oui, et à tous les niveaux. Mais les responsables auraient pu le faire habilement. M. de Bresson est très proche de la conception de l'ordre moral qui règne en Espagne. Une inculture totale règne à un certain niveau. Si l'on n'a pas sourcillé en lisant mon programme, c'est peut-être parce que personne, là-haut, ne savai qui était Georges Bataille.

Olivier Todd, journaliste au *Nouvel Observateur,* correspon dant de la BBC, a été chargé par Desgraupes de diriger un maga zine hebdomadaire d'actualité, « Panorama ». Homme de gau che, Todd prend grand soin d'assurer le pluralisme de son émis sion tant pour les sujets traités que pour les collaborateurs Durant sept mois, il n'est l'objet d'aucune censure, d'aucune pression. Desgraupes, qui assure le lien régulier avec le pouvoi politique, bougonne parfois en lisant le menu annoncé :

— Voilà qui va faire chier la crémière de Périgueux...

Mais il laisse faire.

En juin, le film de Pontecorvo *la Bataille d'Alger* sort sur le écrans après des années de purgatoire. Des associations d'ancien combattants s'indignent. Les directeurs de salles qui program ment l'œuvre reçoivent des menaces. Todd juge l'occasion excel lente de préparer un sujet choc : un extrait de *la Bataille d'Alge* accompagné d'un face-à-face entre les adversaires d'hier, le colo nel Trinquier et Yacef Saadi, chef du FLN algérois. Saadi ne pos sédant pas de visa d'entrée sur le territoire français, Todd pa pour la Suisse filmer la confrontation, le jour même où « Panc rama » est programmé.

Lorsqu'il revient rue Cognac-Jay, dans la soirée, il trouv « Information première » en ébullition. Le cabinet du Premie ministre s'est « inquiété » de la diffusion de cette séquence alo qu'un débat sur les rapatriés est prévu à l'Assemblée national Le conseil d'administration demande que le débat Trinquie Saadi lui soit projeté. Finalement, comme l'heure de l'émissio sonne, Desgraupes décide de supprimer l'extrait de film. Tod proteste, donne aussitôt sa démission.

— Tu es un con, tu ne comprends rien, râle Desgraupes.

— Vous y passerez tous, rétorque Todd à ceux qui essaient de le retenir.

Quelques jours après, Olivier Todd prend poliment congé du directeur de l'Office. Il lui dit ses regrets qu'on ne puisse, dans ce pays, traiter les téléspectateurs comme des adultes.

Jean-Jacques de Bresson opine :

— Les Français ne sont pas mûrs pour une information à l'anglo-saxonne.

Todd relève que la France est le seul pays d'Europe occidentale qui n'a pas diffusé *le Chagrin et la Pitié.*

— J'ai été nommé par un gouvernement incarnant l'héritage du gaullisme, qui exige une vision mythique : celle d'un pays uni pendant la guerre derrière le Général. L'ORTF ne doit pas déchirer la conscience nationale.

Le film de Marcel Ophüls, produit par Harris et Sédouy, remporte dans les salles un immense succès. Cette chronique d'une ville française à l'heure allemande, provocante et controversée, bouscule en effet l'image pieuse d'une France résistante, tout entière dressée contre l'occupant. On y sent plutôt les hésitations d'un pays attentiste. La presse se divise, polémique. Sartre, dans *la Cause du peuple,* note sévèrement : « C'est un film pour la télévision, par conséquent les gens qui l'ont fait savaient ce que la télé peut accepter. »

Le petit écran n'accepte rien. Trente ans après la guerre, il est encore prématuré de prononcer le mot de collaboration sur les ondes de la télévision d'Etat.

Etrange pudeur, qui explique aussi pourquoi l'ancien FFI Maurice Clavel a choisi de monter en épingle les déclarations pompidoliennes concernant la Résistance. Son film, *le Soulèvement de la vie,* que l'ORTF ne veut pas lui restituer, est projeté dans toute la France suivant des circuits parallèles. Après Sartre, Foucault, les maos adjoignent à leur « couverture démocratique » un troisième porte-voix. Une grande gueule.

L'église gothique de Toul mérite le détour. Les habitants de cette petite ville sur la Moselle sont fiers d'avoir, pendant la guerre, sauvé les vitraux des bombardements en les cachant dans leurs caves. L'autre curiosité locale est la prison, une ancienne caserne rebaptisée « maison centrale Ney », construite à l'écart sur la route d'Ecrouves-la-Justice.

Il ne s'y passe rien : plus de cinq cents détenus, dont une moitié de jeunes, purgent là des peines supérieures à un an. Ils fabriquent des tabourets sept heures par jour, quelques-uns gratouillent la terre pour des corvées de jardinage. Chaque année, les trois instituteurs affectés au « centre de jeunes condamnés » inscrivent à leur palmarès une trentaine de CAP et une demi-douzaine de BEPC.

La routine carcérale.

En fin d'après-midi, le premier dimanche de décembre, les prisonniers adultes refusent, après la promenade, de regagner leurs cellules et s'assoient par terre dans la cour. Le directeur, un homme à poigne, ordonne de fermer les portes et appelle les forces de l'ordre, qui encerclent la prison. Les détenus réclament la présence de l'aumônier, l'abbé Velten. Ce dernier accourt, s'adresse aux prisonniers et obtient qu'ils réintègrent leurs cellules. Mais il est convenu que les revendications seront examinées. Et les autorités se sont engagées à ce qu'aucune sanction ne soit prononcée.

Quelques jours auparavant, une circulaire du garde des Sceaux, René Pleven, a signalé à tous les détenus de France que le traditionnel colis de Noël serait, cette année, supprimé. Le ministre de la Justice légitime sa décision par le meurtre, à Lyon, d'un surveillant qui a été tué avec un revolver dissimulé dans un paquet de linge. Les gardiens, ne se sentant plus en sécurité, ont exigé des mesures sévères.

En septembre, à la centrale de Clairvaux, un brigadier et une infirmière, pris en otages par deux détenus, Buffet et Bontemps, ont été égorgés dans des conditions atroces. Ce double meurtre a relancé le débat sur la peine de mort ; contre les partisans de son maintien, les abolitionnistes, tel Robert Badinter dans un article du *Monde,* affirment que la crainte du châtiment suprême n'a en rien dissuadé Buffet et Bontemps. Et l'avocat interroge : la guillotine n'est-elle pas une forme moderne de la « loi du talion » ?

Dans les prisons, depuis l'affaire de Clairvaux, s'est instauré entre gardiens et détenus un climat de méfiance, de suspicion, de peur. A Fleury-Mérogis, de jeunes prévenus sont tabassés par les surveillants. Les taulards de Toul ressentent la suppression du colis comme une brimade supplémentaire, injuste car appliquée à tous sans distinction. C'est le détonateur de la révolte.

Le mardi, les détenus adultes interrompent le travail dans les ateliers ; le lendemain le mouvement gagne le quartier des jeunes. L'abbé Velten, une fois encore, parvient à ramener le calme. Pas pour longtemps.

Jeudi 9 décembre : la mutinerie éclate. Les aînés se barricadent dans l'atelier de menuiserie et entreprennent de le saccager. Les plus jeunes mettent le feu à la bibliothèque. Tous brisent les barreaux des cellules et précipitent par les fenêtres mobilier, literie, vaisselle. Les robinets des lavabos sont arrachés. Les mutins sont entièrement maîtres d'un des trois bâtiments et chassent les membres du personnel qui ne s'étaient pas encore échappés. A aucun moment ils ne cherchent à retenir des otages. Les rebelles s'arrêtent devant la chapelle ; l'un d'eux, dix-huit ans peut-être, inscrit sur la porte : « Nous respectons ceux qui nous traitent avec humanité. »

Juchés sur les toits, des rebelles enlèvent les tuiles et les réunissent en tas. Certains se sont noué un foulard rouge autour du front et crient : « A bas la dictature ! » ou : « Révolution ! » Ils chantent également *Nini-peau-d' chien* et *la Marseillaise.* Par un petit chemin qui longe le mur d'enceinte, un journaliste réussit à s'approcher. Il interpelle un groupe.

— Attendez, notre délégué arrive, lui est-il répondu.

Un gars grimpe sur le mur. Il est à dix mètres :

— Notre seule revendication, c'est le départ du directeur.

Durant l'après-midi, des négociations s'engagent par l'intermédiaire de l'abbé Velten et du pasteur qui transmettent les demandes des rebelles : amélioration des conditions de vie, des soins dentaires, douches chaudes. Contre la promesse écrite qu'elles seront examinées, les mutins acceptent, après maints pourparlers, de cesser leur mouvement. La nuit venue, des cars aux vitres opaques commencent à transférer les détenus les plus jeunes vers d'autres prisons. L'abbé Velten déclare devant les journalistes :

— Il est incroyable de laisser à un prêtre le soin de régler cette affaire.

Le directeur est maintenu en fonctions.

Dès qu'il apprend par la radio qu'une mutinerie a éclaté, Robert Linhart part pour Toul. Sur place, il enquête, prend des contacts et revient à Paris avec l'idée de consacrer un numéro spécial du journal à la révolte. Le comité de rédaction de *la Cause du peuple-J'accuse* est soumis depuis des mois à de vifs déchirements internes. L'offensive lancée au début de l'été par Benny Lévy contre Linhart et Glucksmann afin de reprendre en main le contrôle politique du mensuel a enclenché un processus destructeur. Anathèmes, engueulades, psychodrame. Des clans se créent, s'affrontent sans que personne ne saisisse réellement les enjeux de la bataille.

Tout au plus apparaît-il que d'aucuns, avec Le Dantec et Jambet, tiennent ferme sur une ligne « prolétarienne », alors que Glucksmann et Linhart souhaitent porter attention aux mouvements de contestation périphériques. Glucksmann impose un numéro sur la révolte des détenus noirs d'Attica, aux Etats-Unis, qui s'est achevée dans le sang. Le Dantec rappelle qu'il reste beaucoup à découvrir sur la condition ouvrière.

Clivages artificiels entretenus par la méfiance, l'aigreur et la rancœur que génère l'enfermement groupusculaire.

Les frères ennemis s'épient avec une ténacité quasi policière, traquent les travers de l'autre, voire comptabilisent les boissons avalées au bistrot afin de dénoncer, citation du PLR à l'appui, le « relâchement petit-bourgeois » des mœurs.

Au centre du psychodrame, Linhart, fragile, dépassé mais obstiné, tente, vaille que vaille, de sauver une formule à laquelle il croit. Sa proposition de consacrer un numéro spécial aux mutins de Toul provoque, dans le contexte passionnel du moment, une nouvelle empoignade. Les ouvriéristes objectent que toutes les révoltes ne sont pas justes et que les travailleurs de Renault ne comprendraient pas le soutien apporté à celle-là. Benny, au nom de l'orthodoxie, appuie ce point de vue. Il ajoute que la GP n'a pas de forces suffisantes pour accompagner toutes ces luttes à la fois.

Linhart, excédé, tendu, s'emporte :

— Si les ouvriers pensent des âneries, est-on obligé de se placer à leur remorque ?

Le conflit politique se mue en affrontement entre les deux hommes. Linhart est prêt à aller jusqu'au bout, jusqu'à la rupture. Il le dit : avec ou sans l'accord de la direction, il fera ce numéro. Les journalistes « démocrates » et les intellectuels compagnons de route l'approuvent. Foucault, fondateur du « Groupe d'information sur les prisons », le soutient. Benny flaire-t-il le danger ? Il s'incline.

Accompagné de Michèle Manceaux, Robert repart pour Toul. Ils arrivent juste comme éclate une seconde rébellion. Plusieurs dizaines de taulards, mécontents que les revendications n'aient pas abouti, sortent des cellules après avoir brisé les serrures. Les forces de l'ordre stationnées à l'extérieur interviennent immédiatement. Violemment. On dénombre une vingtaine de blessés.

Un comité Vérité-Justice se crée dans la ville, et, au nom du GIP, Michel Foucault et Gilles Deleuze tiennent une conférence de presse. Foucault y donne lecture d'une lettre ouverte adressée au président de la République par le médecin psychiatre de la centrale, où ce dernier relate et critique les conditions de détention. Il affirme sous la foi du serment que l'usage de « ceintures de contention », communément appelées camisoles de force, est fréquent ; les victimes ne sont pas même détachées pour se nourrir.

Le témoignage du psychiatre suscite une prise de conscience. Les Eglises défendent les deux aumôniers de la prison qui ont joué le rôle de médiateurs, et exigent que toute la vérité soit établie. Le garde des Sceaux accorde l'ouverture d'une enquête administrative. Epuisé, affecté par ce dont il a été spectateur, Robert craque. Nicole le rejoint, le ramène en ambulance à Paris. Il entre en clinique.

Le numéro de *J'accuse* sur la révolte de Toul, bourré d'informations inédites, rencontre un écho exceptionnel. L'ensemble de la presse consacre de nombreux articles au malaise des prisons, à l'inadaptation du système carcéral. *L'Express* publie un dossier spécial. L'opinion est troublée : faut-il ajouter à la privation de liberté, sanction « normale » que la société inflige aux délinquants, les brimades et les mauvais traitements, la promiscuité et l'humiliation ?

A l'hôpital de Fresnes, Geismar voit arriver ceux des mutins de Toul qui ont été blessés. Il réussit à communiquer avec eux et apprend ce qui s'est passé. Peu après, le 23 décembre, il est libéré ; il a purgé l'intégralité de sa peine. Pour éviter une manifestation devant la prison, l'administration pénitentiaire le relâche avec douze heures d'avance.

Afin de fêter dignement sa sortie, la direction de la GP organise un réveillon de Noël dans un appartement près de la porte d'Ivry.

Tous les dirigeants sont là, sauf Robert Linhart, en cure de sommeil. Nicole s'y rend seule. Elle ne supporte plus cette apparence de convivialité alors qu'elle connaît les haines et les rivalités. Excessive, cruelle, elle prend Benny pour cible, l'injurie devant tous, mélangeant critiques politiques et reproches personnels, et s'enfuit en hurlant que jamais elle ne festoiera auprès d'ordures pareilles. Benny hausse les épaules. Une crise d'hystérie...

Dans les salles de cinéma, on donne *Mourir d'aimer*.

11

Pierrot est mort

Assis à l'arrière de la camionnette, les coudes appuyés sur les genoux, Jean-Paul Sartre ne dit rien. Comme les autres passagers qui ont pris place à ses côtés, des journalistes pour la plupart, il respecte les consignes de silence. Le véhicule, une Estafette bleue, s'apprête à pénétrer par la porte Emile-Zola dans l'enceinte des usines Renault.

Blotti contre la paroi, juste en face du philosophe, Jean-Pierre Barou se ronge les ongles d'anxiété. Le reporter de *J'accuse,* chargé de « couvrir » Renault, craint que les gardiens ne se montrent trop curieux : toute l'opération serait par terre. La présence de Sartre, calme et serein comme s'il partait en pique-nique, le rassure à demi.

Trois heures plus tôt, Barou et Benny Lévy ont retrouvé l'écrivain en bas de chez lui, au Café des Arts qui occupe le coin des boulevards Raspail et Edgar-Quinet. Au milieu du brouhaha des potaches du lycée voisin, Benny a exposé la situation : des copains viennent d'être licenciés à la Régie, ils ont entamé une grève de la faim qui n'émeut guère l'opinion. Le chef de la GP propose à Sartre de risquer « un coup » : entrer illégalement dans l'usine, y tenir une conférence de presse.

— C'est d'accord.

L'homme qui, vingt minutes auparavant, était encore penché sur le manuscrit de « son » Flaubert, n'a pas hésité, ni réclamé des explications supplémentaires. On a besoin de lui, il vient. Le temps de donner une interview à une journaliste allemande pour le *Spiegel,* d'avaler le repas traditionnel à la Coupole, et, à 14 heures tapantes, Sartre descend d'un taxi devant la chapelle où les grévistes de la faim ont élu domicile. Un mot d'encouragement et il grimpe, suivi des représentants de la presse, dans l'Estafette.

Les craintes de Barou étaient vaines ; les vigiles laissent passer sans méfiance le véhicule, qui emprunte le pont vers l'île Seguin et stoppe dans le vaste atelier où grondent les chaînes de montage. Les membres de la « délégation » descendent. Ils sont saisis par l'immensité du hall, la chaleur, le bruit.

Sartre empoigne un paquet de tracts et se dirige vers les ouvriers. Des mains acceptent les papiers, les plient précautionneusement et les glissent dans les poches des bleus. Le groupe avance. Des fragments de conversations s'engagent, rapides. Sartre explique les raisons de sa présence. On l'écoute sans suspendre les gestes amorcés — la chaîne...

Au bout d'une allée, des vigiles coiffés de casquettes apparaissent, se déploient. Des membres de l'encadrement en blouses blanches s'approchent à la hâte :

— Monsieur Sartre, ce n'est pas votre place ici.

Il continue sa distribution comme s'il n'avait rien entendu.

— S'il vous plaît, veuillez sortir.

Le philosophe tend un tract à l'agent de maîtrise qui l'interpelle :

— Tenez, lisez.

Les gardiens encerclent maintenant les trublions, les isolent des chaînes de montage, du contact avec les ouvriers, et les refoulent lentement vers un vaste couloir désert. Sartre s'immobilise, veut s'adresser aux journalistes. Il n'en a pas le temps. Le maigre cortège est repoussé fermement, bousculé. Barou, comme les autres, dégringole un escalier de fer sur les fesses. Il reçoit quelques coups au passage. Un ordre claque :

— Ne touchez pas au pépé !

Une porte, et, derrière, la rue. La visite est terminée.

Depuis longtemps, Renault est l'objectif majeur des maos. La « forteresse ouvrière » les obsède, et ils ne rêvent que de partir à sa conquête. Benny Lévy, rétif devant les explosions libertaires et « libidinales » qui agitent la jeunesse, reste plus que jamais persuadé que la bataille essentielle se mène au sein du prolétariat. Tout le reste, le mouvement des femmes, la révolte des prisonniers, la crise de l'école, semble secondaire, accessoire en regard de l'impératif premier : grignoter le fleuron de la classe ouvrière, disputer à la CGT son hégémonie dans l'usine « phare » de la lutte des classes.

S'implanter à la Régie, pour les maos, signifie relever un double défi : contre la direction de l'entreprise qui « exploite » les travailleurs, et contre le « syndicat complice » qui les modère. La CGT est amplement majoritaire à Billancourt où elle obtient plus de 60 % des voix lors des élections professionnelles. Elle dirige le comité d'entreprise, et ses nombreux délégués et permanents assurent une présence, un encadrement particulièrement sensibles chez les ouvriers qualifiés. La GP dénonce l'organisation de Georges Séguy comme un syndicat « collabo », dont la « police » marche main dans la main avec la maîtrise.

Les maos, eux, ne disposent que d'une demi-douzaine d'établis qui travaillent dans l'île Seguin. L'« île du Diable », comme ils la nomment, est le cœur de Renault-Billancourt. Dans un bâtiment colossal, haut de cinq étages, sont regroupés quatorze mille ouvriers répartis sur les chaînes de mécanique, de sellerie, de ponçage et de peinture.

L'immense majorité sont des OS, le plus souvent immigrés. Les syndicats y sont moins implantés que chez les ouvriers professionnels. Sur cette population « sensible », les maos établis portent tous leurs efforts. Au fil des mois, ils ont réussi à regrouper un noyau de sympathisants. Une infime minorité qui, à l'occasion, peut entraîner derrière elle quelques dizaines de prolos. Pas question d'accumuler des forces, à la manière trotskiste, d'agir dans une semi-clandestinité. Les gardes rouges de Billancourt ne perdent pas une occasion de se manifester au grand jour, de répandre tracts et journaux. Leur unique mot d'ordre est l'action immédiate.

L'un d'eux, le fils du professeur Aboulker — qui a naguère opéré le général de Gaulle —, s'en prend à la gestion cégétiste du comité d'entreprise. Avec une audace qui frôle la témérité, il distribue à la cantine des tracts critiquant les tarifs jugés excessifs : « Y en a marre d'engraisser les pontes du comité d'entreprise, de fournir la nourriture de la fête de *l'Huma* avec le fric de nos repas... Si c'est trop cher, on ira bouffer à la gamelle dans leurs cantines. Et leurs prix, on va les réajuster nous-mêmes. » A plusieurs reprises, le kamikaze est sévèrement bastonné par les gros bras du syndicat. Entre la CGT et les maos, la haine croît, ponctuée d'attaques réciproques, d'injures, de calomnies.

Lorsque éclate le mouvement d'occupation du printemps 1971, les émules de la GP y prennent une part active et réussissent, convoquant des assemblées générales quotidiennes, à rassembler en un « comité de lutte » les jeunes ouvriers les plus combatifs, lesquels s'opposent directement à la CGT.

Nicolas Boulte est un des rares membres du comité de lutte qui ne soit pas mao. Ancien président de l'association des étudiants de l'Institut catholique, jadis animateur de la JEC, Boulte, en 1965, a rompu avec la hiérarchie de l'Eglise pour fonder la Jeunesse universitaire chrétienne sur des positions révolutionnaires où prévaut la solidarité avec les luttes du tiers monde. En compagnie de Sartre et de Laurent Schwartz, il participe à la direction du Comité Vietnam national.

Après Mai, il assure un temps la chronique religieuse dans le *Nouvel Observateur*. Puis il décide de s'embaucher chez Renault comme ouvrier spécialisé. Avec les maos, il partage l'idée qu'il faut substituer la contestation à la revendication, l'action directe à l'inertie bureaucratique.

Dans certains ateliers s'expriment diverses remises en cause de l'organisation « taylorienne » du travail ; au cinquième étage, à la peinture, les « pistoletteurs » préfèrent « tourner sur les postes » ; cette rotation rend caduque la division des tâches, rompt la monotonie du geste répétitif et autorise l'égalisation des salaires, puisque chacun accomplit le même labeur.

Le comité de lutte joue à la sortie des saynettes pédagogiques afin de populariser l'idée.

Sur une chaîne de mécanique, une vingtaine d'ouvriers chronomètrent la cadence et contrôlent eux-mêmes le rythme de travail. L'expérience ne dure guère, mais, là encore, le comité en révèle par tracts le surgissement.

A la rentrée de 1971, Benny Lévy, qui habite sur place, à Boulogne, prend personnellement en charge le secteur Renault. La période est délicate.

Les militants maos, repérés durant la grève du printemps, sont dans la ligne de mire. Jacques Theureau, un des piliers de la cellule, est licencié. Ancien élève de l'Ecole centrale, calme, pondéré, il jouit d'un prestige certain.

Peu de temps après, c'est au tour de Christian Riss d'être écarté. Le normalien s'est fait embaucher en cachant son cursus universitaire. Lorsqu'il reçoit, porte Maillot, une balle dans le poumon, la direction de l'entreprise apprend qui est vraiment cet OS infiltré. Sitôt sorti de l'hôpital, Riss reçoit notification de son renvoi. Motif invoqué : « Fausse déclaration. »

Le comité de lutte mène immédiatement campagne contre une

exclusion « politique ». L'écho est fort maigre. Les gépistes organisent alors le retour clandestin de Riss dans l'île Seguin, malgré une considérable mobilisation policière. L'objectif est atteint, mais sans lendemain : Christian n'est pas réintégré.

A partir de ce moment, la pression de la direction sur le comité de lutte se fait de plus en plus lourde ; ses membres sont étroitement surveillés, contrôlés. Les maos répondent en menaçant les agents de maîtrise.

Depuis 1968, la dénonciation des « petits chefs » est une pratique constante. En janvier 1971, un chef d'équipe est attaqué le matin, à 6 h 30, devant la porte de l'usine ; il est frappé à coups de chaîne de vélo, tandis qu'un tract signé par « le groupe ouvrier antiflic du 5e étage » est diffusé : « Robert la grosse gueule a payé ! »

Robert est hospitalisé pendant plusieurs semaines.

A l'automne, les incidents de cet ordre se multiplient. Un membre du comité de lutte n'apporte pas de certificat médical après une absence de plusieurs jours : il est licencié. Il part, non sans donner un coup de poing au chef du département 74. Le comité sort un tract : « Vacher, tu en as reçu dans la gueule, la prochaine fois, on fera plus ! »

Les dénonciations se succèdent, sur un ton de plus en plus violent. « On vous surveille, on frappera quand on voudra et où on voudra. » « La maffia du 74 a raison d'avoir peur, tous ses actes fascistes, elle les paiera. » « La maffia fasciste est sous surveillance. Son sang coulera. » Et encore : « Les chefs-flics ont raison de s'affoler. Ces petits bouts de papier annoncent le temps des boulons sur leurs sales gueules de flics. » Une affichette caricature la tête d'un cadre frappé d'un coup de poing : « Je suis bête, je fous sans arrêt des sanctions. Je ne connais rien au boulot. Je suis chef et je m'appelle : *[un blanc]*. Bientôt, je vais me faire casser la gueule. »

Ne reste aux « masses » qu'à remplir le blanc.

Nommément désignés, les agents de maîtrise craignent pour leur sécurité, n'osent plus sortir seuls. Plusieurs retrouvent leur voiture démolie. D'autres sont suivis ostensiblement dans la rue. Un chef d'atelier tombe un soir, rentrant chez lui, sur un groupe menaçant. La prochaine fois...

Un cadre est pris à partie sur un tract calligraphié : « T'as beau dire que ça ne t'empêche pas de dormir, tu sors pas tout seul de l'usine en ce moment, et tu regardes bien si on ne te suit pas... » Deux de ses collègues sont cités dans un document : « Vous payerez les deux premiers. Vous pouvez vous protéger, on vous aura quand même, même si vous venez à l'usine entre deux rangées de CRS. La pègre en blouse blanche, ça se mate ! »

Une réelle psychose de l'agression s'empare de l'encadrement. La police assure la protection de tel ou tel. Dans les ateliers, le climat se dégrade encore. Un chef de contrôle reçoit un pot de peinture de cinq kilos sur la tête. « Le chef-flic spécialiste des avertissements et des licenciements s'est fait ravaler la façade à la peinture bleue. A qui le tour ? » menace un communiqué distribué après l'attaque.

La direction de la Régie s'alarme — Renault, c'est le modèle et le baromètre des rapports sociaux. La CGT dénonce les provocateurs gauchistes. Une brochure du comité de lutte réplique : « Les maos de Renault ont toujours eu l'insulte à la bouche face aux pontes syndicaux, à la grande joie des masses qui n'aiment pas les discussions politiques académiques. Ils se sont battus plusieurs fois contre la police syndicale. »

Aux échauffourées s'ajoutent des sabotages de la production. A maintes reprises, des carrosseries sont rayées au moyen d'un poinçon.

En janvier 1972, à la fin d'une journée de travail, un commando saccage le bureau d'un agent de maîtrise dont la mauvaise réputation est solidement établie. La direction, déterminée à en finir avec les perturbateurs, saisit l'occasion et licencie deux militants maos particulièrement actifs, deux immigrés : José Duarte et Sadock Ben Mabrouk. Dans les ateliers, les appels au débrayage restent vains. Le comité de lutte s'avère incapable de déclencher un courant de solidarité avec les licenciés. Benny redoute l'isolement des gépistes, choisit de se retourner vers l'opinion publique. Renault est une entreprise nationale. Pourquoi ne pas lancer le mot d'ordre : « Contrôler la Régie » ?

Afin d'attirer l'attention de la presse, Christian Riss, Sadock Ben Mabrouk et José Duarte entament le 29 janvier une grève de la faim qu'ils doivent en principe poursuivre dans une caravane garée sur la place Emile-Zola. Jean-Pierre Le Dantec est chargé de louer la caravane, mais celle-ci, à peine installée, est emmenée à la fourrière. Les protestataires sont contraints de se replier vers une salle annexe de la paroisse locale, rue du Dôme, à quelques centaines de mètres.

Eloignés de l'usine, ils ne bénéficient plus du passage régulier des ouvriers qui entrent ou sortent. Bientôt, la grève de la faim s'enlise dans l'indifférence.

Intimidé, Le Dantec sonne à la porte de Simone Signoret et d'Yves Montand, place Dauphine. Recommandé par Maurice Clavel, il vient solliciter l'intervention des stars. Comme tous les maos, l'ancien directeur de *la Cause du peuple* est persuadé que le sort de l'humanité se joue à Billancourt. Renault, symbole mythologique de la classe ouvrière, est une pièce maîtresse de son imaginaire militant. Il croit sincèrement que la GP y jouit d'une audience importante.

Un soir, avant son arrestation, Le Dantec avait invité à dîner son ancien « coturne » de l'Ecole centrale, devenu cadre important de la Régie. A la fin du repas, un peu éméché, Jean-Pierre avait averti son ex-condisciple que la GP allait intervenir en priorité à Billancourt. L'autre était parti fort mécontent, protestant que les gauchistes choisissaient pour cible l'entreprise automobile socialement la plus avancée.

L'année suivante, Clavel avait organisé un déjeuner entre Le Dantec — tout juste libéré de prison — et Michel Rocard. Le mao, follement arrogant, persuadé que ses troupes contrôlaient l'île Seguin, s'était gaussé de la faiblesse du PSU au sein de la citadelle ouvrière...

C'est donc bardé de certitudes que Jean-Pierre Le Dantec sollicite des « célébrités » afin de rompre la solitude des grévistes de la faim. Montand est absent, et il entreprend d'expliquer à Simone Signoret ce qu'il attend d'elle : que la presse parle enfin de l'épisode Renault. La comédienne, d'abord réticente — elle n'a guère de goût pour les rôles de dame de charité —, se laisse convaincre. Il s'agit de soutenir le moral des trois grévistes, de leur montrer qu'on s'intéresse à leur sort.

Elle vient les voir dans la chapelle et, presque chaque jour, durant deux semaines, y retourne. Elle mobilise ses amis, Costa-Gavras, Régis Debray, Michel Drach, Chris Marker qui, eux aussi, prennent le chemin de Boulogne.

Régis, de passage à Paris entre deux séjours au Chili, découvre les gauchistes français. Hanté par l'Amérique latine, il ne les prend guère au sérieux. Pourtant, une nuit, accompagné de Jane Fonda, il assiste à une réunion dans une salle de l'Ecole normale.

Après, dans un bistrot voisin de la rue d'Ulm, il écoute longuement Boulte.

L'établi, sans forfanterie ni grandiloquence, décrit la chaîne, l'abrutissement, l'horizon noyé, les difficultés du militantisme en usine.

Christian Riss, Sadock Ben Mabrouk et José Duarte, sur leurs lits de camp, dépérissent de jour en jour. Les « vedettes » leur apportent un réconfort moral : Sartre les visite régulièrement, Joris Ivens leur projette des films. Le temps s'écoule. La direction reste inflexible : il n'est pas question de réintégrer les licenciés. C'est alors que Benny Lévy a l'idée d'organiser l'incursion illégale derrière les murs de l'entreprise.

Le 14 février, Sartre est donc promptement et brutalement expulsé de l'« île du Diable ». Même l'intervention des intellectuels « démocrates » ne suffit pas à débloquer une situation qui devient tragique.

Trois semaines de privation de nourriture, sans perspective aucune. Les maos sont saisis à la gorge, acculés.

A sa sortie de prison, Alain Geismar ne reconnaît pas l'organisation dont il est une des figures de proue. Les lycéens et étudiants en rupture de famille, en révolte contre toute forme d'autorité, qui ont fourni à la Gauche prolétarienne ses premières troupes, ont déserté les facs et les bahuts. Beaucoup se sont établis, naviguant d'un emploi à l'autre, entre licenciement et embauche. Là où ils ont réussi à mordre, la propagande maoïste en direction des OS leur a permis de recruter de petits noyaux formés de travailleurs arabes. Les jeunes immigrés maghrébins, sensibles, notamment, à l'appui sans faille qu'apportent les maos à l'OLP, forment la véritable « base ouvrière » de la GP.

La volonté effrénée de prolétarisation a développé dans la mouvance mao un fort courant d'« anti-intellectualisme ». Les militants se moquent volontiers des intellos taillables et corvéables à merci. Le seul modèle présentable est celui de l'intellectuel établi. Les autres ne suscitent que mépris. Le Secours rouge, dont la GP a réussi à éliminer toutes les composantes non maoïstes, est surnommé le « Secours nave ».

Au comité de rédaction de *la Cause du peuple,* Linhart et Glucksmann s'effraient chaque jour davantage de l'étroitesse de vue, de la polarisation exclusive sur les entreprises. Le journal se transforme en organe du comité de lutte Renault et publie des textes indigents, des tracts incantatoires dont le simplisme les heurte.

Billancourt les désespère.

Geismar lui-même, qui est envoyé par Benny mettre au pas les fortes têtes du journal et s'acquitte de sa mission sans état d'âme, mesure l'écart entre théorie et pratique. Un jour qu'il rend visite aux grévistes de la faim, il aperçoit à quelques pas de la chapelle un type en train de taper violemment sur une femme. Choqué, il s'avance pour s'interposer. On l'en empêche :

— Laisse, c'est une affaire privée.

Lorsqu'il apprend que le tabasseur est un militant mao actif de Renault, et que la tabassée est sa compagne, Geismar s'indigne. Il est prêt à accepter que les intellectuels se nient en tant que tels, pas qu'on ternisse devant lui l'image « morale » qu'il s'est forgée de la classe ouvrière. Force lui est, pourtant, de se rendre à l'évidence : la GP a recruté dans les marges et utilise pour ses actions d'éclat des loubards proches de la délinquance. Ne sont-ils pas, eux aussi, des victimes de la société, dont on doit canaliser la violence instinctive, l'orienter vers le combat de classe ?

Il faut « faire avec ».

Ces recrues enclines à la castagne renforcent le « détachement de porte » qui assure les distributions de tracts à la sortie, protège les militants repérés ou intimide les contremaîtres. L'échec de la campagne « démocratique » autour des grévistes de la faim, l'état alarmant de ces derniers incitent la direction mao à chercher une issue dans l'escalade. La guérilla reprend.

Le 17 février, une voiture Ford Capri stationne devant la porte Emile-Zola à l'heure où les ouvriers quittent le travail. Sur de grands panneaux accrochés au véhicule figurent les portraits des « petits chefs » promis aux représailles. Un tract annonce : « Avis à tous les fascistes de la direction du département 74 : vous paierez vos crimes. Ce sera dans un jour, une semaine, un mois, un an ou dix ans, nous sommes patients, le sang des fascistes coulera. »

Afin de déclencher l'incident, les maos ont mis au point une tactique : susciter un attroupement, attirer du monde, s'en prendre vertement au cadre ou au délégué syndical, et profiter de la discussion pour bousculer la cible du jour, la ridiculiser, la frapper au besoin. Entre eux, les experts appellent ce stratagème l'« embrouille ».

Quelques jours après le « vidage » de la délégation emmenée par Sartre, une « embrouille » est donc organisée, dont l'objectif avoué est de cogner sur les vigiles qui ne s'étaient pas montrés tendres en raccompagnant le philosophe et ses amis. Les gépistes mobilisent leurs troupes mais ne parviennent pas à provoquer une vraie bagarre. Quelques casquettes de gardiens volent, sous les applaudissements des ouvriers qui passent par là. Péripétie insuffisante pour faire événement, pour sortir la GP de l'impasse.

Benny fixe la prochaine « embrouille » au 25 février. La date n'est pas innocente. Une manifestation est prévue en début de soirée. Officiellement, l'« embrouille » sera le fruit d'une distribution de tracts appelant au rassemblement.

L'affiche représente la main d'un noyé surnageant au fil de l'eau. Pour le dixième anniversaire de la manifestation tragique de Charonne, la direction maoïste a décidé d'organiser un défilé, vers ce même métro Charonne. Il s'agit, en principe, de riposter à des crimes racistes survenus ces derniers temps. La rumeur rapporte qu'on a repêché plusieurs cadavres de Nord-Africains dans la Seine. Cette fois, la GP est résolue à tenir le pavé, à combattre la police au moyen de cocktails Molotov préparés en quantité exceptionnelle.

Au sanctuaire de la rue d'Ulm, les militants sont convoqués, quelques jours auparavant, pour une réunion préparatoire. Geismar, l'« ancien combattant » de la guerre d'Algérie, chauffe méthodiquement l'assistance. Il évoque les huit morts de Charonne, rappelle le souvenir des dizaines, voire des centaines d'Algériens massacrés le 17 octobre 1961. Alain sort ses tripes, joue de l'émotion : il faut se battre, montrer au peuple français que les immigrés ne sont pas seuls.

Benny Lévy, avec fougue, se comporte lui aussi en général galvanisant les troupes avant l'assaut. Il use à plein de ce pouvoir qu'il se connaît depuis l'adolescence, cette faculté d'éveiller la fascination par la parole sur une assemblée captive, subjuguée.

Ce n'est pas la raison qu'il sollicite, l'intelligence qu'il aiguise. Il assène le discours du chef. Avec conscience de sa science, Benny libère les forces « démoniaques » qu'il perçoit ou sème dans l'auditoire. Il ressort le mythe fondateur qui a cimenté la Gauche prolétarienne : l'exaltation de la violence rédemptrice, de la Résistance sublimée.

Les militants sortent prêts à mourir.

Pour le numéro un de la GP, la tâche n'est pas achevée ; le 24 février au soir, il rassemble les membres du « détachement » qui, le lendemain, lors du changement d'équipe, assurera la distribution des tracts. Le leader mao, là encore, hausse le ton. Son propos est explicite : contrairement à ce qui s'est passé la fois précédente, les poings ne resteront pas dans les poches. Benny apostrophe ses fantassins, leur reproche d'être timorés. Maintenant, il faut y aller, casser la gueule aux vigiles, et, si ces derniers ne sortent pas de l'usine, franchir les grilles, aller les chercher sur leur terrain.

Nicolas Boulte proteste. Benny rétorque que la violence est nécessaire pour préparer les masses à la manifestation antiraciste du soir. Et il conclut :

— Faut que ça saigne.

Pierre Overney n'est pas un fils de famille en rupture de ban, un jeune bourgeois désireux de se mêler au peuple. Avant-dernier des cinq enfants d'un ouvrier agricole, il a traîné une jeunesse rebelle entre Châteauroux et Château-Thierry. Brimé par un de ses instituteurs parce que ses cheveux « sentaient la vache », ennuyé par la police dès qu'un larcin était commis dans le voisinage, il apprend tôt l'injustice et son corollaire naturel, la révolte.

Vers dix-huit ans, il « monte à Paris », se fait embaucher chez Citroën. L'année suivante, c'est mai 1968 ; il est à l'armée, où il accomplit deux mois supplémentaires pour indiscipline. En 1969, Pierre Overney entre chez Renault, comme essayeur. Rigolard, gentil, aimant les gags, il est vite perçu comme un sympathique original par ses camarades de travail. On le voit pêcher à la ligne dans la Seine pendant les pauses. Un jour, il arrive à l'île Seguin en pédalo.

L'insoumis, toujours prêt à montrer son dédain envers l'autorité, est repéré par les maos de l'usine. Il lui plaît de franchir avec eux le portillon du métro sans payer, de gueuler contre les petits chefs tatillons. Bientôt il diffuse *la Cause du peuple* autour de lui. Le résultat ne tarde guère : il est licencié.

Une agence de publicité l'engage comme coursier à 1 200 francs par mois. Entre deux déplacements, il ne dissimule point ses opinions. Au directeur de l'agence qui demande quel traitement les maoïstes lui réserveraient s'ils arrivaient au pouvoir, Overney répond :

— Vous en faites pas, vous travaillerez en usine. Mais ce sera moins dur qu'aujourd'hui.

Puis il entre, en qualité de chauffeur-livreur, aux Blanchisseries de Grenelle. Il a choisi ce job parce qu'il est libre tôt en début d'après-midi. Il peut ainsi revenir trimballer sa longue silhouette, surmontée d'une abondante chevelure coiffée à l'afro, dans les bistrots de la place Emile-Zola où chacun l'appelle « Pierrot ». Il revoit ses anciens copains, participe aux distributions de porte. Les castagnes, il adore, et ne manquerait pour rien au monde l'occasion de coller son poing sur la figure d'un contremaître.

Le 25 février, vers 14 heures, il passe à la chapelle où les grévistes de la faim sont hébergés. Benny Lévy est là, entouré de militants auxquels il répète les ultimes consignes avant l'action. Overney apprend l'imminence de la distribution « musclée » et, aussitôt, se propose. Comme il est grand, courageux, qu'il aime la bagarre et qu'elle est prévisible, son renfort est le bienvenu.

« Voie privée. Entrée interdite à toute personne étrangère au service. » Le panneau fixé sur le battant de la lourde grille prévient qu'au-delà de cette limite commence l'usine de Billancourt. Au-delà, c'est une rue bordée de bâtiments hauts, grisâtres, qui conduit à d'autres rues, d'autres immeubles. L'usine, c'est une ville, immense.

Quand le détachement mao arrive devant la porte Emile-Zola, vers 14 h 30, les grilles sont ouvertes pour laisser passer, à pied ou à vélomoteur, le flot des ouvriers de l'équipe du matin qui ont achevé leur travail. A quelques mètres derrière le portail, des vigiles en uniforme montent la garde près d'une cabine téléphonique vitrée. Un peu plus loin, des cars stationnent dans l'attente de leurs passagers.

Le groupe commence la distribution devant les grilles. Tony Lévy porte un paquet de tracts, Benny se tient en retrait, à une dizaine de mètres. Overney bat le rappel pour la manifestation du soir, tandis que deux militants entreprennent de peindre sur la chaussée, à la peinture blanche : « Tous au métro Charonne. » Des drapeaux rouges sont brandis, accrochés à de solides barres de bois.

Dans un mégaphone, un orateur s'adresse en arabe aux immigrés. De l'autre côté, les vigiles, dont l'uniforme rappelle celui des gardiens de prison, se concertent. Pour l'instant, l'agitation relève de la routine quotidienne. Ils entendent, répercutées par le haut-parleur, les invectives habituelles : « Sales flics ! », « Salauds, vous laissez crever Sadock ! », « Matraqueurs ! »

Christophe Schimmel, photographe de l'APL, fixe la scène.

Soudain, les maos, suivant la plan préétabli, foncent, franchissent la grille et bousculent les vigiles qui résistent. Des coups de poing sont échangés et les hampes des drapeaux servent de matraques. Plusieurs gardiens sont touchés, leurs casquettes volent en l'air.

A cet instant, un homme en civil, trapu, vêtu d'une gabardine courte, s'avance, sort un revolver et le pointe en direction des membres du commando ; ils refluent.

Seul Overney, qui s'est le plus avancé sur le trottoir, ne recule pas. Il tient dans sa main droite un long gourdin dressé. L'homme à la gabardine, après avoir menacé le photographe, dirige son arme sur lui. Il est immobile, à plus de trois mètres du militant maoïste, hors de portée du bâton. Il semble maître de lui. Il crie :

— Recule, ou je tire !

— Vas-y, tire !

L'homme tire en plein thorax. Overney esquisse un pas de côté, balance un peu sur place et s'écroule face contre le sol. Le photographe de l'APL, Christophe, ne cesse de mitrailler. A quelques mètres derrière, Tony Lévy voit « Pierrot » tomber. Il a entendu la détonation mais il ne réalise pas que c'est le bruit d'une balle. Une voix, pourtant, hurle :

— Il est mort !

Tony s'approche. A ses côtés, un camarade, un Portugais, se penche sur Overney et dit d'une voix calme :

— Oui, il est mort.

Vingt mètres plus loin, Benny n'a rien aperçu. Il n'a pas non plus identifié le bruit comme une détonation. Un ouvrier court dans sa direction en répétant mécaniquement :

— Il est mort, il est mort, il est mort.

Benny sent comme une onde qui le ploie en deux. Les larmes jaillissent, il s'effondre en proie à une totale émotion dont il devine, quasiment dans l'instant, que la douleur n'est pas l'unique cause. Des bras l'entourent, le soutiennent, l'attirent à l'écart. Une sensation fulgurante le traverse, comme si son imaginaire se déchirait sous le coup d'aile ivre d'un réel qu'il voulait impossible. Impensable.

1987. Benny Lévy :

— Sur le moment, j'ai eu le sentiment presque immédiat que la comédie était finie. Assez joué ! Nous avions besoin d'une frontière entre la révolution idéologique et la révolution armée, et cette frontière protectrice était franchie, transgressée par la mort. A certains égards, nous recherchions le passage de l'une à l'autre puisque nous avions pris le risque d'aller plus loin. On a beau dire et faire, dans la vision politique du monde se pose inévitablement la question : est-ce que c'est sérieux ? Je n'ai éprouvé aucun sentiment de culpabilité. Pour un chef, l'idée de faute était absolument insupportable.

Tenant toujours son revolver à la main, l'homme en civil s'approche du corps d'Overney et, sans se baisser pour s'inquiéter de son état, donne un coup de pied dans le bâton qui a glissé à terre. Puis il avance vers les grilles, qu'il referme avec l'aide de gardiens.

Après un instant de stupeur, les maos se ruent de nouveau à l'intérieur par la porte latérale, réservée aux piétons, qui est demeurée ouverte. Le tireur, toujours l'arme au poing, gagne l'entrée du bâtiment le plus proche. Une fille crie, en larmes :

— Tu t'en fous ! Tu t'en vas et lui, il est mort !

Le vigile disparaît sans répondre. Les maos, fous de rage, se précipitent alors vers les gardiens qu'ils frappent au passage, et continuent leur course dans l'usine. Aux ouvriers qui sortent, ils lancent :

— Ils ont tué Pierrot !

Des membres du comité de lutte qui ont achevé leur service les rejoignent. La bande poursuit jusqu'à la rampe d'accès à l'île Seguin, s'attaquant aux vigiles rencontrés en chemin. L'un d'eux essaie de se défendre, brandit un extincteur, mais il renonce et s'enfuit.

A 14 h 50, Nicolas Boulte arrive à vélomoteur devant la porte Emile-Zola. Il n'est au courant de rien. OS au département 74, il vient de terminer sa journée. Le temps de se changer, d'aller chercher sa Mobylette, et il déboule en pleine agitation, au milieu de groupes qui se sont formés un peu partout devant les grilles fermées. Un travailleur martiniquais qui a assisté à toute la scène lui relate les événements. La tension est extrême, plusieurs ouvriers sont prêts à en venir aux mains. Certains veulent tout casser, les autres veulent les en empêcher. Boulte s'interpose, tente de calmer les plus excités.

Voici l'ambulance. Il s'est écoulé un quart d'heure depuis le drame. Pierre Overney, vingt-trois ans, meurt avant son arrivée à l'hôpital Ambroise-Paré. La balle de calibre 7,65 l'a touché au cœur.

Dans la chapelle où ses amis l'ont emmené, Benny retrouve rapidement ses esprits. Le chef doit être un chef. Christian Riss, Sadock Ben Mabrouk et José Duarte décident d'arrêter leur grève de la faim, mangent une banane. Tony rapplique, et tous se concertent dans un café. Cette mort qui les accable change complètement leurs plans.

Benny, sur-le-champ, décide qu'il ne faut pas répondre au meurtre par la vengeance. Il téléphone à Geismar, qui attend dans un appartement l'échéance de la manifestation prévue pour 18 heures. Les deux hommes s'accordent immédiatement : la démonstration de force escomptée, l'affrontement violent avec la police, n'aura pas lieu. Alain reçoit mission de désamorcer la bombe qu'il avait remontée avec tant d'énergie.

Quand il parvient au rendez-vous prévu, Geismar comprend que sa tâche modératrice ne va pas être aisée ; les militants, simultanément exaltés et anxieux à la perspective d'une bagarre de rue, ignorent ce qui s'est déroulé à Billancourt. L'annonce du meurtre avive encore leur détermination ; l'assassinat d'un copain appelle le sang. Justement non, rétorque Geismar : ce n'est pas à nous de venger Pierrot. Une riposte large, démocratique, s'impose. Pour l'instant, il faut occuper la rue dans le calme.

Malgré son autorité de leader « historique », son prestige de « martyr », Alain est conspué. Depuis des jours, les chefs maos, et lui en particulier, ont expliqué qu'il était vital de tenir le pavé coûte que coûte, face à la police. L'après-midi même, dans un amphithéâtre de l'université de Jussieu, Frédéric Joignot, dirigeant du mouvement de la jeunesse, a une nouvelle fois exhorté les troupes lycéennes et étudiantes. Annuler l'objectif initial paraît inconcevable, même s'il y a eu mort d'homme. Surtout s'il y a eu mort d'homme.

Geismar s'emporte, renonce à convaincre par la parole, montre l'exemple, commence à jeter les cocktails Molotov dans les bouches d'égout. Bientôt, furieux et frustrés, les militants l'imitent, se débarrassent des bouteilles incendiaires, des barres de fer et des gourdins. C'est un défilé désarmé, précédé de couronnes d'œillets rouges, qui remonte la rue. La charge de la police, immédiate et brutale, fractionne le cortège. Coincé sous un amas de camarades que les flics cognent avec conviction, Alain se dégage peu à peu, s'échappe par les petites rues du quartier, qu'il connaît parfaitement.

Tony Lévy et Christian Jambet s'enfuient à travers les cours intérieures. Ils retrouvent d'autres manifestants boulevard de Charonne. Tony grimpe sur un réverbère pour haranguer les siens. Les CRS chargent à nouveau. Tony aperçoit le crâne lisse de Michel Foucault sur lequel s'acharnent les matraques. Robert Linhart est sérieusement blessé à la tête.

Tard dans la soirée, Alain Geismar arrive à la chapelle qui abritait les grévistes de la faim. Les journalistes de toute provenance sont là. Le visage masqué par un contre-jour, Benny donne une interview à la télévision. Une conférence de presse s'improvise, et Alain lance un appel « à tous les antifascistes et antiracistes » afin qu'ils se rassemblent pour enterrer Pierre Overney. Geismar présente une série de clichés photographiques. Sur une épreuve un peu floue, on devine un homme qui tient à la main un objet pointé vers un manifestant.

L'objet ressemble fort à un revolver.

Aussitôt après la mort d'Overney, Christophe Schimmel, le photographe de l'APL, a foncé au siège de l'agence, rue Dussoubs.

Après des débuts artisanaux et laborieux sanctionnés par la diffusion de nouvelles invérifiées et fantaisistes, l'APL jouit d'un certain crédit professionnel. A l'automne 1971, Antoine de Gaudemar a été engagé comme coursier. C'est lui qui, sur sa Mobylette, livre chaque jour aux abonnés les feuillets ronéotypés. L'annonce de la mort d'Overney le bouleverse. Pendant des mois, alors qu'il militait aux portes de Renault, il a côtoyé Pierrot, participé maintes fois avec lui à des diffusions de tracts ou à des cognes contre l'encadrement et la CGT.

Il aimait son caractère joyeux, son côté bon vivant. Le doute le saisit : la Cause vaut-elle pareil sacrifice ? Le tirage des photos lève cet affreux sentiment de culpabilité : noir sur blanc, la vérité est là.

Depuis la mort d'Overney, les dépêches d'agences et les flashes des radios reprennent la version officielle fournie par la direction de la Régie : au cours d'une bagarre violente où les gardiens ont été délibérément attaqués, l'un de ces derniers, Jean-Antoine Tramoni, a été contraint, pour se dégager, de faire usage de son arme, non sans avoir préalablement tiré un coup de feu en l'air.

Or, l'enchaînement des clichés ne laisse aucun doute. La thèse de la légitime défense ne tient pas. Il apparaît que Tramoni n'était pas directement menacé lorsqu'il a ouvert le feu. A l'APL, Vernier et Gaudemar comprennent qu'ils ont entre les mains non seulement une arme politique irréfutable, mais un formidable scoop.

La télévision acceptera-t-elle de reproduire les clichés ?

Vernier connaît un peu Hervé Chabalier, journaliste à « Information première », qui cultive soigneusement ses contacts dans la mouvance gauchiste, hérités de son propre passé militant. Il lui apporte le jeu d'épreuves. Chabalier accepte immédiatement de les montrer au rédacteur en chef de permanence, Philippe Gildas, qui réagit en professionnel : une telle exclusivité ne se refuse pas.

A 20 heures, durant le journal télévisé, les Français découvrent, scène après scène, le film de l'assassinat de Pierre Overney. Car l'image en apporte la preuve absolue : il s'agit bien d'un meurtre ; l'emploi du terme n'est nullement une manipulation partisane.

Le lundi matin, Pierre Desgraupes, responsable d'« Information première », de retour à Paris, convoque Chabalier dans son bureau.

— C'est quoi, cette histoire de photos ? « Ils » m'ont emmerdé tout le week-end avec ça.

Le journaliste va chercher les clichés et les soumet à son patron. Desgraupes les scrute et bougonne :

— Elles sont très bien, ces photos. Il n'y a rien à dire.

Façon de parler.

« Par-delà l'homme au revolver que l'on a pu voir brandir son arme dans les documents présentés non sans courage à la télévision, qui a tué Pierre Overney ? » interroge Pierre Viansson-Ponté à la une du *Monde* qui paraît le lundi après-midi. Et l'éditorialiste examine les thèses en présence : celle des gauchistes qui accusent la direction de la Régie, celle du quotidien gaulliste *la Nation* qui incrimine Sartre et Clavel, celle enfin du parti communiste qui amalgame dans une même réprobation le meurtrier et sa victime, agents d'« une vaste entreprise de provocation politique au service du pouvoir ».

Georges Marchais, secrétaire général-adjoint du PCF, tient meeting à Strasbourg lorsque, le vendredi soir, est connue la mort de l'ouvrier maoïste. Devant quinze cents personnes, il dénonce le « crime monstrueux » des groupes gauchistes et interroge : « Est-ce qu'on va recommencer comme en 68 ? », avant de répondre fermement par la négative. Durant le week-end, les ténors du « parti de la classe ouvrière » développent l'idée d'un complot fomenté par le pouvoir avec l'aide des gauchistes.

La CGT emboîte le pas. La section de Renault-Le Mans invite à la répression : « La vraie question est de savoir pourquoi des gens qui appellent ouvertement et publiquement au meurtre et au sabotage sont encore en liberté. » La CGT de la Régie évoque la « provocation montée par le pouvoir et ses complices, les groupes gauchistes ». L'union locale s'en prend aux prêtres de l'Immaculée-Conception, à Boulogne : « Nous protestons contre le fait que, dans un lieu sacré où vous prônez la liberté d'autrui, vous permettiez à des agitateurs de professer la violence, ce qui est contraire aux lois mêmes de votre Eglise. »

La dominante est celle-là. Incapable de surmonter une haine

nourrie d'affrontements physiques et verbaux, le PCF ignore la mort d'un jeune ouvrier de vingt-trois ans, l'émotion que ce meurtre soulève dans l'opinion. Et la CGT, forte de son implantation ancienne à Billancourt, entrave le moindre geste de solidarité.

Le lundi matin, la CFDT appelle seule à un meeting de protestation dans l'usine. Les militants cégétistes parcourent les chaînes afin de décourager ceux qui auraient l'intention de s'y rendre. Devant une médiocre assistance, les orateurs, tout en rappelant leurs désaccords avec les méthodes et les positions du comité de lutte, proclament qu'il n'est pas de « bons morts ou de mauvais morts ».

En début d'après-midi, Maurice Clavel et Jean-Paul Sartre se présentent à la porte Emile-Zola dans l'intention d'interroger les témoins sur les événements du vendredi. Mais les ouvriers qui sortent, intimidés par l'impressionnant déploiement policier aux alentours, ne s'attardent pas. La « commission d'enquête » envisagée est un échec. La direction de Renault annonce le licenciement de sept ouvriers, accusés d'avoir participé à la bagarre qui a suivi la mort d'Overney. Ce sont tous des militants actifs du comité de lutte.

La soirée venue, trente mille manifestants se regroupent au métro Charonne, à l'appel de toutes les organisations gauchistes. En tête, Michel Rocard, secrétaire national du PSU, côtoie Krivine et Weber, de la Ligue communiste. Jean-Edern Hallier est là, ainsi que Geismar portant avec Sadock Ben Mabrouk une couronne de fleurs rouges. Tout près, les deux autres grévistes de la faim, Riss et Duarte, brandissent une effigie de Pierre Overney. Les manifestants, nerveux, défilent en criant : « Flics patrons, fascistes, assassins ! », et, presque autant : « Marchais, menteur, complice des tueurs ! », ou : « Pompidou, t'en fais pas, Marchais-Séguy sont là ! » Le lendemain, *l'Humanité* stigmatise le « caractère anticommuniste » de la démonstration. Jamais depuis 1968 le fossé n'a été aussi profond entre le PCF et l'extrême gauche, qui s'accusent mutuellement de collusion avec le pouvoir.

La commission exécutive de la CFDT, dans un communiqué, « refuse de suspecter *a priori* la sincérité des convictions de tous ceux qui luttent contre l'exploitation du système capitaliste, et de se laisser entraîner dans des analyses sommaires qui la situeraient en fait du côté du patronat et du pouvoir ».

A Billancourt, le comité de lutte, décapité par les licenciements, cherche une riposte. L'échec du meeting de la CFDT a souligné l'isolement des maos. La pression de la CGT qui s'exerce sur les OS immigrés, le chantage au renvoi sont efficaces.

Pour réagir quand même, le comité de lutte organise un rassemblement à l'intérieur de l'entreprise. Plusieurs centaines de travailleurs y assistent ; mais ensuite, les maos doivent être protégés par le service d'ordre cédétiste qui les raccompagne jusqu'à la porte, évitant ainsi que ne sévissent les gros bras de la CGT.

A l'issue du Conseil des ministres, Léo Hamon, porte-parole du gouvernement, déclare que la situation à l'usine Renault n'a pas été évoquée...

Nicolas Boulte figure parmi les ouvriers licenciés. Avec ses camarades, le jeudi 2 mars, il tente une dernière fois de pénétrer dans l'île Seguin pour y distribuer un tract. Le groupe est intercepté par les gardiens, qui l'expulsent rudement. A la porte, la police arrête sept militants qui sont inculpés. La direction de la Régie annonce une nouvelle vague de licenciements. Dans les ateliers, nul ne bouge plus.

Boulte est amer, déçu. Un ouvrier a été tué par un vigile armé, une douzaine d'autres sont mis à pied. Et les protestations, au sein de la « forteresse ouvrière », sont voisines du néant.

Le soir même, Henri Krasucki, secrétaire confédéral de la CGT, est l'invité de l'émission « L'actualité en question » sur la première chaîne de télévision.

— Cela ne vous choque pas, demande Etienne Mougeotte, que la CGT renvoie dos à dos la direction de la Régie et les gauchistes ?

— Provocation, et de grande envergure, réplique, du ton solennel qu'il affectionne, le camarade Krasucki.

Dans *l'Unité,* François Mitterrand écrit : « On peut parler de provocation, d'irresponsabilité. Cela m'arrivera aussi d'employer ces mots. Pour l'instant, je sais qu'un ouvrier a eu le cœur traversé par une balle... René-Pierre Overney voulait à sa manière changer la vie. Pour lui, c'est fait. »

Quand la tête du cortège parvient, vers 16 h 30, place de la République, les derniers rangs stationnent toujours place Clichy. La foule énorme est rouge — rouge des drapeaux, des calicots, des œillets. Devant, le cercueil, recouvert d'un drap rouge à franges d'or, est porté sur les épaules par une dizaine de personnes. La plus grande couronne est barrée d'une inscription : « A Pierrot, mort pour la cause du peuple. »

Au premier rang, Geismar et Le Dantec marchent comme des somnambules ; ballottés par la houle qui pousse, derrière, ils sont aspirés dans un tourbillon lorsque le cercueil change d'épaules. La progression est lente, chaotique ; cette cérémonie des adieux se veut également démonstration de masse, ultime hommage de la jeunesse à un jeune, mort assassiné.

Chaque groupe — hormis la GP — a organisé son propre cortège dans le cortège. On reconnaît Krivine en première ligne de celui de la Ligue communiste. Les postiers socialistes font claquer d'immenses oriflammes rouges et ouvrent la voie à la délégation du PS emmenée par Jean-Pierre Chevènement et Claude Estier. Plus loin, avec le PSU, Rocard. Puis le fleuve des sans-grade, jeunes et vieux, d'où émergent, ici ou là, noyées, des têtes connues : Sartre, Simone Signoret, Jane Fonda.

Contre la CGT et le PCF qui ont donné consigne de ne point se rendre à cette démonstration « indécente », fusent des slogans hostiles scandés avec rage : « Marchais, menteur ! CGT, complice ! »...

A l'approche du Père-Lachaise, la foule grossit encore de milliers de personnes qui attendaient sur les trottoirs. Juché au faîte de l'enceinte du cimetière, Geismar lance des mots qui se perdent dans le fracas des slogans.

Deux cent mille personnes se dispersent. René-Pierre Overney gît en terre.

Dans le métro, des jeunes gens continuent de crier : « Nous vengerons Pierre Overney ! » A un journaliste de la radio qui s'interroge sur le sens d'un tel mot d'ordre, Le Dantec rétorque qu'il ne faut pas prendre ce cri du cœur à la lettre, mais y entendre l'expression d'une espérance en un monde meilleur.

Au siège de *l'Express,* Jean-François Revel achève son éditorial : « Si les jeunes ne croient à rien, c'est qu'on ne leur offre rien à quoi ils puissent croire. Quand on n'est pas digne d'avoir des opposants, on a des révoltés : ce sont les enfants du mensonge. »

Sur le bord du trottoir, Olivier Rolin regarde, pensif, la marée qui reflue avec lenteur. Benny et lui s'isolent pour un bref aparté. Olivier s'éloigne aussitôt, soucieux.

La rue de Sèvres, à Boulogne, s'étire, longue et rectiligne, entre des immeubles neufs et des entrepôts. Ce mercredi 8 mars 1972, elle est encore déserte. Dans l'Estafette blanche garée côté pair, Rolin scrute les rares silhouettes qui émergent de la pénombre. Ils sont quatre, dans la camionnette, qui guettent depuis 6 h30 du matin. Ils ont revêtu la combinaison bleue des livreurs et, à l'arrière, est disposée une caisse de grande dimension sur laquelle on peut lire « Frigidaire/Attention, fragile », et les habituelles inscriptions « Haut » et « Bas ». Elle est ouverte, et vide.

— Merde, il est sur l'autre trottoir !

Rolin a reconnu l'homme qui avance vers eux. L'Estafette démarre, effectue un demi-tour et revient en sens inverse. Elle roule maintenant derrière lui, le rattrape. La porte latérale s'ouvre, le véhicule freine. Rolin bondit dehors, une mitraillette Sten à la main, suivi par un complice également armé. Ils poussent leur victime à l'intérieur de la camionnette qui redémarre. Deséquilibré, Olivier tombe sur l'homme. Son arme roule sur le plancher, et le chargeur, propulsé par le ressort, se défait. Il ne contient pas de balles. Comme d'habitude.

Sans perdre un instant, Rolin s'empare du portefeuille, saisit la carte d'identité, et se détend. L'inconnu répond bien au nom de Robert Nogrette. Il n'y a pas eu erreur sur la personne.

Une nouvelle fois, l'Estafette vire de bord, repart dans la direction de la place Rhin-et-Danube. A l'intérieur, les ravisseurs s'affairent. Nogrette est bâillonné, ficelé avec un large ruban adhésif et allongé dans la caisse qui a été insonorisée. Un petite trappe découpée à hauteur de la tête facilite la respiration et permet, en cas de besoin, de faire taire l'occupant.

Le véhicule suit la rue de Sèvres pendant trois cents mètres et tourne dans la rue Gallieni, prend sur sa gauche la rue de Silly et stoppe devant le square des frères Farman. Une 4L camionnette attend. Le transfert du colis dure quelques secondes. L'Estafette est abandonnée.

Moins de dix minutes plus tard, la 4L aborde la rampe du garage d'un immeuble cossu, au 17, rue Parent-de-Rosan, tout près de la porte de Saint-Cloud. La voiture s'arrête au sous-sol.

Les « livreurs », sans rencontrer personne, portent la caisse jusqu'à l'ascenseur qui dessert directement les étages. Au quatrième, la « prison du peuple » a été aménagée pour son hôte.

Olivier et ses compagnons remettent leur cagoule et sortent Nogrette de sa caisse. Il tremble de peur. Rolin lui explique qu'il a été enlevé par le « Groupe Pierre-Overney », qu'en tant que chef-adjoint des relations sociales chez Renault, il assume la responsabilité des licenciements intervenus. Son « arrestation » et sa séquestration constituent une riposte, une manière de marquer le coup. Mais le chef de la NRP rassure son interlocuteur livide :

— Vous n'avez rien à craindre, il n'est pas question de vous tuer.

Nogrette regarde les armes braquées sur lui et ne semble pas complètement rasséréné. Il répond qu'il n'est pour rien dans ce qui est arrivé, qu'il n'est qu'un rouage subalterne.

La décision d'enlever un cadre de la Régie a été prise par Benny Lévy et Olivier Rolin, le lendemain de l'assassinat d'Overney. Le chef politique et le chef militaire sont convenus qu'il était indispensable de montrer que les maos ne laissaient pas un crime impuni, qu'ils conservaient leur capacité d'initiative. Benny et Rolin sentent aussi qu'ils ont besoin de canaliser le désir de vengeance des militants frustrés, voire incontrôlés, susceptibles de monter quelque coup périlleux.

Cette dernière motivation pèse peut-être plus que l'autre ; Benny a une confiance totale dans la capacité propre à Rolin de ne jamais excéder les limites fixées au départ.

Le principe arrêté, reste à trouver la « cible ». Et vite ; la réaction n'a de sens que si elle intervient rapidement. Plusieurs cas de figure sont étudiés. Finalement, un militant immigré du comité de lutte donne le nom de Nogrette.

De par ses fonctions, c'est lui qui avait signifié leur licenciement à Sadock Ben Mabrouk et à José Duarte. A soixante-trois ans, Nogrette est un « produit » Renault, où il a accompli toute sa carrière ; entré en 1935 comme ajusteur, il lui a fallu des années et des années pour se hisser jusqu'à l'encadrement. Il doit partir en retraite dans quelques semaines.

La décision prise, Olivier Rolin et son équipe repèrent les lieux. L'un d'eux monte même jusqu'au palier de l'immeuble afin de vérifier l'identité sur la porte. Par ailleurs, l'infrastructure mise en place pour l'enlèvement de Charles-Henri de Wendel reste disponible. Le studio d'accueil, loué depuis plusieurs mois sous pseudonyme par le spécialiste des faux papiers, n'a pas servi. En huit jours, la NRP est prête. Au soir de l'enterrement d'Overney, Benny donne le feu vert définitif.

Jean-Claude Vernier, à l'Agence de presse Libération, vit sur des charbons ardents. Benny l'a prévenu, dès le déclenchement de l'opération, que l'APL bénéficierait d'une stricte exclusivité sur cette affaire. En particulier, il a communiqué la liste de lieux où les journalistes de l'agence trouveront les messages des ravisseurs. A chaque « planque » correspondra une phrase banale et codée, transmise par téléphone.

En milieu de matinée, Vernier reçoit le signal. A Antoine de Gaudemar revient l'honneur d'aller chercher le pli. Afin de déjouer les probables filatures policières, Antoine, qui a été coursier et connaît parfaitement les sièges des rédactions, entre dans celui de *France-Soir,* situé rue Réaumur, juste en face de la rue Dussoubs où est installée l'APL, et ressort de l'autre côté, rue du Caire. Le pli est « scotché » sous le téléphone d'une cabine publique. A 10 heures du matin, les principaux journaux reçoivent le communiqué du « Groupe Pierre-Overney de la Nouvelle Résistance populaire » :

> Celui qui se vantait d'être la justice de la Régie, M. Nogrette, responsable de l'embauche à Billancourt des tueurs de la volante, et principal organisateur des licenciements sur toute l'usine, a été arrêté ce matin.
> Nous représentons la volonté du peuple face à la loi des assassins.
> Nous représentons la justice du peuple face à ceux qui veulent faire régner la terreur dans la plus grande usine de France. Nous exigeons :
> 1° la libération immédiate de tous nos camarades arrêtés après le meurtre de Billancourt ;
> 2° la réintégration de tous les ouvriers licenciés, ou mis à pied après le meurtre de Billancourt ;
> 3° que la direction de la Régie retire la plainte qu'elle a déposée contre les cinq ouvriers emprisonnés.

Dans le studio de la rue Parent-de-Rosan, les ravisseurs et leur prisonnier patientent. L'unique pièce est meublée de deux lits de camp, d'une table, d'un fauteuil et de quelques chaises. Un rideau orange la sépare d'une kitchenette. Une porte ouvre sur la salle de bains. Un store à lamelles de bois masque la fenêtre, qui donne sur un jardin intérieur planté d'arbres et de massifs fleuris. Les six geôliers ont décidé de se relayer par équipes de deux, toutes les six heures. Ceux qui ne sont pas « de service » vont se reposer dans la planque de repli, la « maison de la radio », non loin de là, rue Félicien-David. Avant de sortir, ils prennent soin de mettre une perruque et de se grimer, sauf Rolin, qui supporte trop mal les altérations de sa physionomie. Dans l'appartement, devant Nogrette, ils gardent en permanence des cagoules et portent des gants de soie afin de ne pas laisser d'empreintes.

Après un début de cohabitation tendu, l'atmosphère s'est allégée. Le cadre de Renault s'est persuadé que ses ravisseurs ne ruminent pas de projet funeste le concernant, malgré les armes pointées en permanence sur lui. Il ignore naturellement que les chargeurs sont vides.

Vers midi, Nogrette est détaché. Désormais, il garde les mains libres et s'alimente sans aide. Les cuisiniers suivent à la lettre les prescriptions médicales qui déconseillent l'usage du sel. Quant aux nourritures plus spirituelles, le prisonnier parcourt docilement *De la Chine,* que ses compagnons lui ont proposé.

A l'issue du Conseil des ministres, Léo Hamon précise que le gouvernement « ne peut que juger sévèrement des actes d'atteinte à la liberté individuelle ».

L'enquête est confiée au commissaire Poiblanc, chef de la brigade criminelle. En début d'après-midi, vers 15 heures, une volée de policiers, l'arme au poing, encercle une Estafette blanche, immatriculée 6867 WB 75 et abandonnée rue de Silly, à Boulogne. Par prudence, ils appellent le service de déminage, qui détache deux cocktails Molotov reliés à une portière par un fil électrique. A l'intérieur, les spécialistes de l'identité judiciaire trouvent un blouson de peau portant la griffe de Jacques Estérel et deux flacons d'éther. Le véhicule a été loué dans une petite localité de l'Eure plusieurs mois auparavant, sous un nom d'emprunt.

A l'APL, Vernier, en milieu d'après-midi, reçoit la phrase code qui annonce le second message. Depuis le matin, les voitures-radio stationnent rue Dussoubs dans la cour de l'agence. Antoine de Gaudemar, une fois encore, utilise des ruses de Sioux pour déjouer la surveillance et récupère la missive sous un tapis d'escalier. Surprise : c'est une petite cassette de magnétophone.

18 h 30 : RTL diffuse l'enregistrement d'une lettre « parlée » envoyée par Robert Nogrette à sa femme :

> Mon petit, je suis très tranquille avec des jeunes gens masqués. On parle de choses et d'autres à bâtons rompus. Ils ont beaucoup d'attentions pour moi. Ne t'inquiète pas. Tout se passe bien et tout se terminera bien. Je pense que c'est pour faire sortir les jeunes emprisonnés, après les incidents Renault, que j'ai été enlevé. Je pense que ce sera *fifty-fifty*. Ne te fais pas de mousse. Je suis très bien traité.

Un peu plus tard, toujours par la voie de l'APL, un autre communiqué de la NRP est transmis aux rédactions :

> Les cadres de la Régie, qui n'ont pas versé de larmes, pas même une larme de crocodile, sur l'assassinat de Pierre Overney, déclarent aujourd'hui être contre la violence et pour la défense des libertés individuelles. Eh bien nous, nous sommes contre la violence fasciste : nous demandons aux cadres qu'ils s'élèvent publiquement contre l'assassinat de Pierre Overney.
> Nous, nous sommes pour les libertés, les libertés de l'ouvrier nous demandons aux cadres qu'une assemblée ouvrière puisse se tenir jeudi dans l'île Seguin, sans CRS autour de l'usine, ni un seul agent de maîtrise. Si l'assemblée peut se tenir dans ces conditions nous déclarons solennellement que nous en accepterons toutes les décisions.
>
> *P.-S.* : M. Nogrette est détenu dans de bonnes conditions, comme en témoigne la déclaration qu'il a faite pour sa femme. Lorsqu'il a été arrêté, il devait subir une visite médicale. Le bocal d'urine qu'il portait sera analysé. D'autre part, il reçoit de la nourriture sans sel comme l'exige son état de santé.

Dans la soirée, le ministre de l'Intérieur, Raymond Marcellin fait savoir que « tous les moyens nécessaires ont été mis en œuvre pour arrêter les coupables » — qui risquent la prison à perpétuité.

Le jeudi matin, à l'aube, les inspecteurs entreprennent des perquisitions au domicile de militants fichés par les Renseignements généraux. Sans résultat. Dès 8 heures, un millier de policiers quadrillent entièrement le XVIe arrondissement. Autour de Billancourt même, un dispositif imposant a été déployé.

La police contrôle les accès à l'usine. Les stations de métro Exelmans et Pont-de-Sèvres sont fermées. Les militants qui veulent distribuer des tracts sont contraints de passer entre des haies de CRS. Christian Riss, interpellé, est emmené au commissariat de Boulogne où il découvre, fort étonné, que des plans de l'entreprise sont distribués aux chefs de compagnie.

Jean-Pierre Barou n'en mène pas large. Le comité de rédaction de *la Cause du peuple* l'a chargé d'effectuer un reportage sur les réactions à l'intérieur de Renault, et il ne voit pas comment il pourra s'approcher des grilles. Par chance, il rencontre un journaliste de Radio Monte-Carlo qui l'emmène avec lui. Il peut ainsi franchir les barrages et interroger les ouvriers.

De l'indifférence — rare — à la colère, voire à l'indignation, chacun réagit selon sa pente ; les immigrés sympathisants du comité de lutte trahissent une jubilation certaine. Barou revient et rédige un papier qui donne le sentiment que Billancourt applaudit sans réserve le rapt.

— Tu te fous de nous avec ton triomphalisme, s'insurgent Glucksmann et Jambet...

A Renault, la situation est calme. Un millier de cadres et de techniciens débraient pendant une demi-heure à l'appel de la CGC. Les syndicats de Billancourt refusent d'accéder à la demande des ravisseurs d'organiser une assemblée dans l'île Seguin.

S'agissant des milieux politiques, de la gauche à la droite, la réprobation est unanime. Le parti communiste voit dans l'enlèvement une preuve supplémentaire du complot contre les « forces démocratiques ». Georges Marchais se félicite d'avoir, le premier, donné un coup d'arrêt à la provocation. Dans *l'Humanité,* Laurent Salini est encore plus net : « C'est peu dire que les groupes gauchistes font le jeu du pouvoir. Ils entrent dans ses plans, dans ses calculs, dans sa stratégie. Ils sont pour lui une force supplétive. »

Le parti socialiste et le PSU ont recours au même terme d'acte « irresponsable » pour qualifier l'enlèvement, qu'ils condamnent avec sévérité. Edmond Maire juge « inadmissibles de tels procédés ».

L'extrême gauche réprouve également l'action désespérée, inefficace, et coupée de tout soutien populaire. Krivine fulmine contre ces excités de maos : alors que l'enterrement d'Overney avait révélé un réel courant de sympathie dans la jeunesse, que le PCF s'était retrouvé isolé, cette « connerie » vient en ruiner tout le bénéfice politique. Pire, elle donne aux communistes des arguments pour taper indistinctement sur « les aventuriers gauchistes manipulés par le pouvoir ». Tout est à refaire.

Olivier Rolin se soucie comme d'une guigne de susciter la réprobation générale. Il constate avec plaisir, mais sans surprise, que son camarade Geismar, qui n'était au courant de rien, juge le rapt de Nogrette « logique et normal ». Il apprécie également à sa juste mesure la déclaration commune de Sartre et Clavel, qui affirment : « Nous considérons qu'après la mort de Pierre Overney, étant donné que l'usine Renault-Billancourt est quasiment en état de siège, entièrement fermée par les CRS, et qu'on a licencié onze ouvriers dont cinq ont été arrêtés et inculpés, des événements tels que l'enlèvement de Robert Nogrette étaient prévisibles à brève échéance, et que ceux qui l'ont accompli ont certainement conçu leur acte comme une riposte normale à la répression qui sévit chez Renault. »

Le problème de Rolin est de consulter Benny Lévy sur la suite des opérations. C'est Tony, le frère de Benny, qui préserve le lien. Rolin a rendez-vous avec lui dans la rue. Il le suit à distance, assez longtemps pour évaluer si la voie est libre, et l'aborde. Les deux hommes échangent quelques mots rapides, conviennent d'une nouvelle rencontre dans l'après-midi.

Un coup d'œil là-haut, à la fenêtre du quatrième. Olivier se rassure : le store est baissé, signe que tout va bien. A chaque fois qu'il revient rue Parent-de-Rozan, le chef de la NRP éprouve une incoercible crispation. La radio ne cesse de parler de « mobilisation policière sans précédent », de « progrès de l'enquête ». Les contrôles de police ont une fâcheuse tendance à se concentrer sur le XVIe arrondissement. Les immeubles sont systématiquement visités, les concierges interrogées.

Pour l'heure, les parages semblent calmes. Dans le studio, la routine s'est installée, comme si ses occupants avaient pris leurs habitudes. Les repas, à heure régulière, la télévision...

A 13 heures, geôliers et prisonnier regardent ensemble le journal télévisé. Le président Pompidou apparaît sur le petit écran. Il sort du Salon de l'agriculture où il a flatté quelques encolures. Questionné sur l'affaire, il ne mâche pas ses mots devant

« un acte absolument inqualifiable et digne d'un pays de sauvages ».

Devant le poste, Robert Nogrette est manifestement honoré que le chef de l'Etat s'intéresse à lui. Rolin n'est pas loin de partager sa fierté. Après tout, la France entière n'est-elle pas suspendue à ses faits et gestes ?

En revanche, quand Pierre Dreyfus, le P-DG de la Régie, envahit à son tour l'écran, son subordonné proteste :

— C'est bien la première fois qu'il se préoccupe de moi...

Au fil des heures, une forme de complicité s'établit entre le détenu et ses ravisseurs. Nogrette est maintenant rassuré : il sait qu'il ne risque pas sa peau. Quant à Rolin, il n'éprouve aucune haine envers lui. Il trouve même plutôt sympathique son aspect ancien prolo — jamais il n'attentera à la vie de ce type. Quelles que soient les circonstances.

En fin d'après-midi, Olivier retrouve Tony Lévy dans un appartement spécialement loué pour servir de lieu de rencontre. Tony a discuté avec son frère. Le chef de la GP estime que le but recherché a été atteint : les maos ont montré qu'ils ne passaient pas l'éponge ; la presse consacre à l'affaire des pages entières ; radios et télévisions multiplient les reportages. A Renault même, si la grande majorité des ouvriers professionnels se déclarent hostiles, la mouvance influencée par le comité de lutte est impressionnée par les aptitudes « militaires » de la NRP. Bref, le bilan est positif, d'autant qu'ici ou là, des voix élèvent le débat.

Dans *le Monde* sorti le jour même, Raymond Barrillon n'explique-t-il pas les excès des minoritaires par les insuffisances de la démocratie ? « Le meurtre du 25 février et le rapt du 8 mars, écrit-il, ne sont que deux illustrations parmi des centaines de la fameuse crise de civilisation dont la réalité nous a explosé au visage il y a bientôt quatre ans, et qui a suscité depuis lors bien des discours et des gémissements, mais n'a provoqué aucune prise de conscience globale ni, surtout, aucune initiative fondamentale dans les milieux dirigeants, qu'il s'agisse du pouvoir en place, du patronat, du PCF ou de la CGT. »

Benny, confie Tony à Olivier, est partisan de s'en tenir là. Prolonger l'opération serait inutilement dangereux, puisqu'ils n'attendent rien en échange de la libération de Nogrette. Le chef de la NRP hésite ; il juge le délai un peu court, l'action un peu trop symbolique. Ce n'est pas parce que le dispositif policier se resserre qu'il faut paniquer. La fouille méthodique des immeubles durera des jours. Il est convenu que Benny Lévy et Olivier Rolin communiqueront par téléphone dans la soirée afin de trancher définitivement.

Dans la cour de l'APL, rue Dussoubs, les voitures des radios stationnent en permanence. Suprême victoire, un « concurrent » de la prestigieuse AFP est également présent — ainsi qu'un véhicule de police. Tout le monde sait, désormais, que les nouvelles des ravisseurs circulent par ce canal. Le soir, la première chaîne de télévision diffuse trois photos de Nogrette, prises dans son lieu de détention, que l'APL a transmises.

Plus tard, Rolin appelle Benny — lequel est avec Tony dans un café proche de la porte de Clignancourt. Ils échangent des propos allusifs et métaphoriques, incompréhensibles pour une oreille indiscrète, mais tombent d'accord : « Le malade doit sortir. »

Pour la deuxième nuit, Emma est de garde. Lorsqu'elle est entrée dans le studio, Nogrette, jovial, a laissé échapper :

— Enfin, une présence féminine !

Rolin a rectifié.

— Ce n'est pas une femme. C'est une camarade.

Et quand Emma a saisi la mitraillette, le prisonnier s'est alarmé :

— Elle sait s'en servir, au moins ?

— Ne t'en fais pas. Elle ne te raterait pas.

Les heures filent. Dans l'obscurité de l'appartement, Emma sursaute à chaque fois qu'une sirène de police retentit. Et cette nuit, c'est un vrai concert, comme si elles se rabattaient toutes sur le quartier.

A l'aube, Rolin surgit. Il a dormi quelques heures, très mal. Débarquant rue Parent-de-Rozan, il était presque sûr que la police était là, déjà, l'attendant.

— On s'en va.

En quelques minutes, tout est paré.

Olivier vérifie la mise en scène. Il a soigneusement déposé au bord des lavabos quelques cheveux récoltés dans des toilettes publiques, empli les cendriers de mégots ramassés sur les trottoirs. Il s'est amusé à multiplier les faux indices. Dans la caisse « Frigidaire » qui a servi pour le rapt, il a même caché, au milieu du rembourrage de laine de verre, un petit mot à l'intention du chef du labo de la police scientifique : « Bon travail, Ceccaldi ! »

Robert Nogrette a l'apparence d'un aveugle. Lunettes de soudeur masquant les yeux, casquette enfoncée sur la tête, il tient à la main une canne blanche. Rolin l'a prévenu :

— On va te relâcher. Si tu collabores, tout se passera bien. Si tu hurles, on te descend.

Et il lui enfonce un pétard dans les côtes, chargé à blanc (jusqu'alors, il était orné d'un faux silencieux en bois peint à l'encre de Chine).

Personne dans le couloir, personne dans l'ascenseur. Personne qui pourrait trouver bizarre ces trois jeunes gens accompagnant un aveugle. Le garage, au sous-sol, est également désert. Une 4L attend. Nogrette s'installe à l'arrière. Le véhicule sort sans encombre du souterrain, débouche dans la rue. Une voiture de police stationne justement là. Ses occupants regardent passer le commando sans réagir.

La Renault s'infiltre dans la circulation encore fluide du matin. A un feu rouge, avant le pont de Garigliano, une autre voiture de police vient se ranger tout près. Rolin, Emma, Nogrette restent impassibles. Jamais feu vert ne se fit autant désirer.

La voiture franchit la Seine, se dirige vers le XVe arrondissement. Arrivée au coin de la rue de Vaugirard et de la rue Desnouettes, elle s'arrête. Rolin prend le bras de Nogrette et l'aide à sortir. Il le conduit jusqu'au bord du trottoir.

— Maintenant, débrouille-toi ; mais attends quelques minutes avant de te manifester.

Puis il bondit dans la 4L qui démarre. Une concierge, sur le pas de la porte, se scandalise qu'un infirme soit ainsi abandonné.

Quelques minutes plus tard, Olivier fait stopper la voiture près d'un café. Il appelle Benny au téléphone.

— « La petite fille est rentrée à l'école. »

Nogrette demeure un temps immobile, puis arrache ses lunettes et pénètre dans une teinturerie pour téléphoner. Un car de police secours arrive presque aussitôt. Le cadre de Renault, conduit quai des Orfèvres, est abondamment interrogé par les inspecteurs.

Dans la journée de ce vendredi, l'Agence de presse Libération diffuse un ultime message de la NRP qui lui a été communiqué par les mêmes voies convenues :

> M. Nogrette a été arrêté en plein cœur de Boulogne occupé par la police. Il a été conduit dans une prison du peuple... Nous voulions par cette arrestation informer la France de cette incroyable injustice : après avoir assassiné un ouvrier, la direction de la Régie a licencié une vingtaine de meneurs parmi la masse des ouvriers qui avaient manifesté leur douleur et leur colère contre ce meurtre. C'est chose faite...
> Si la classe patronale n'avait pas été aveuglée par la peur, elle aurait compris dès le début que nous n'avions jamais menacé la personne du prisonnier. Ce n'est pas à nous de décider le moment où il faudra commencer à exterminer l'ennemi de classe, mais au peuple, au peuple seul. Notre rôle est simple : montrer au peuple qu'il n'est pas de terreur qui ne puisse être combattue.

Aux policiers qui le questionnent sans relâche, Nogrette raconte minutieusement sa détention. De ses ravisseurs, il ne saurait rien dire. Il n'a vu que des cagoules, et les centaines de photos de « suspects » qui lui sont présentées ne l'inspirent guère. En revanche, il précise que la rue où il a été séquestré est calme, peut-être à sens unique, et qu'on entend les bruits des marteaux-piqueurs d'un chantier voisin. Il a également aperçu, par l'interstice de la fenêtre de la salle de bains, un morceau de panneau sur lequel était inscrit « ranc », et une enseigne lumineuse intermittente.

Nogrette détaille encore l'intérieur de l'appartement. Bon observateur, il a noté que le robinet du lavabo, de la marque Queroy, se termine en col de cygne. La police s'adresse à la firme Queroy puis aux entrepreneurs du bâtiment. Les recherches aboutissent vite. Samedi matin, vingt-quatre heures après que la NRP a évacué les lieux, les enquêteurs se présentent devant l'immeuble du 17, rue Parent-de-Rozan. C'est bien là : en face est sise la société Franck, dont le prisonnier apercevait un fragment d'enseigne.

Dans le studio, les inspecteurs retrouvent la caisse d'emballage, et, bizarrement, la mitraillette Sten, un peu rouillée. Abandonnée, oubliée dans la précipitation du départ ? Le logement a été loué au nom d'un homme qui s'est fait voler ses papiers, plusieurs mois auparavant, dans les vestiaires du Racing Club de France, et qui est aussitôt mis hors de cause. Les voisins fournissent une description floue du locataire : il se montrait fort peu.

Trois jours après la libération de Nogrette, Olivier Rolin a rendez-vous dans un café, Au chant de l'alouette. Il attend un contact qui doit l'héberger pendant quelque temps. Machinalement, il jette un œil sur le journal que son voisin est en train de lire. En première page de *France-Soir,* un titre l'agresse : « Voici le portrait-robot du ravisseur-geôlier de M. Nogrette. » Les jambes flageolantes, le chef de la NRP se réfugie aux toilettes, où il s'efforce de retrouver son calme. En remontant, il examine de plus près le portrait-robot. Cela ne lui ressemble pas du tout. Et pour cause : il ne s'agit point de lui, mais du complice qui a loué le studio.

« Cet enlèvement a suscité une réprobation générale dans les forces organisées, partis politiques de l'opposition comme de la majorité et syndicats. Comme on eût aimé que cette belle unanimité se manifestât aussi quelques jours plus tôt derrière le cercueil d'un garçon de vingt-trois ans ! Comme on eût préféré que la dénonciation fût aussi nette et unanime pour le meurtre que pour le rapt ! L'enlèvement d'un cadre serait-il plus tragique que la mort d'un ouvrier ? »

En rédigeant ces lignes juste après la libération du captif, Pierre Viansson-Ponté, certes plus que sévère à l'égard des ravisseurs, entend cependant ne pas omettre le véritable débat : d'où naît, d'où sourd la violence ?

L'éditorialiste du *Monde* analyse : « Le dilemme d'une partie des contestataires et gauchistes réside en ceci qu'ils croient impossible de changer la vie sans recourir à la violence et qu'en même temps le recours à la violence a pour effet immédiat d'ameuter les forces organisées, et, finalement, de retourner l'opinion contre eux. »

Le Figaro, ce même jour, publie les résultats d'un sondage de la SOFRES selon lequel 53 % des jeunes éprouvent de la sympathie pour ceux qui ont « choisi de contester la société actuelle » ; 58 % des sondés de quinze à vingt ans ne pensent pas qu'on « améliorera la situation des Français par de simples réformes » ; 69 % estiment qu'on va « vers des crises profondes ». Les gauchistes, malgré leurs divisions, leurs excès, leurs surenchères, leurs gesticulations, sont loin d'être rejetés, marginalisés. En pointant l'index sur les failles d'une société injuste, ils font figure d'inquisiteurs dérangeants et horripilants.

Toujours dans les colonnes du *Figaro,* Raymond Aron essaie, lui aussi, de dominer l'événement pour en dévoiler la signification profonde : « Le gauchisme ou les groupes divers que l'on englobe sous ce nom se nourrit d'idéologies hétérogènes. Certains groupes, de tendance trotskiste, rêvent de recommencer 1917 sans aboutir à Staline ou même à Brejnev. A l'autre extrémité, des évangélistes, des chrétiens, des maoïstes rêvent d'une sorte de révolution culturelle qui permettrait d'échapper à la malédiction du travail en série, des chaînes de montage, de la pollution et de toutes les calamités que l'industrie moderne traîne après soi. Que l'aspiration révolutionnaire cherche une expression ailleurs que dans le parti communiste, rien de plus normal. Le gauchisme devait naître dès lors que le parti communiste donne l'impression fausse qu'il a changé en profondeur et qu'il n'incarne plus l'espérance messianique. La critique gauchiste, si radicale ou excessive soit-elle, a au moins le mérite d'ébranler la bonne conscience des privilégiés. »

Curieusement, la condamnation unanime de l'action de la NRP s'accompagne d'un effort de compréhension quant aux mobiles qui l'ont provoquée. A l'exception du parti communiste, la plupart des observateurs admettent, comme Aron, que les contestataires servent du moins à culpabiliser la société en dévoilant ses tares les plus criantes. Les remèdes, c'est une autre histoire...

Benny Lévy et Olivier Rolin prévoyaient la déferlante de critiques contre le radicalisme d'un acte inédit dans le mouvement révolutionnaire français. Ce réquisitoire ne les atteint guère, ne suscite chez eux aucun trouble. L'enlèvement de Nogrette n'est rien d'autre qu'une contrainte logique. Suivant leur analyse, le coup de feu de Tramoni est la première manifestation du « nouveau fascisme », le signal annonciateur d'affrontements armés auxquels ils se doivent de répondre autrement que par le verbe stérile.

Il importe seulement que leur pensée se traduise en gestes. Elle les oblige à consumer leurs forces, sans souci de survie organisationnelle, à sauter avant de mesurer le vide qui se creuse sous les pieds. L'unique réserve est qu'ils ne veulent pas franchir la limite, le point de non-retour où l'on donne la mort et, accessoirement, où l'on peut la recevoir. Le respect absolu de cet interdit leur permet de rester dans l'ordre du symbolique. Les armes ne sont pas chargées afin que l'affolement ou l'accident ne le transgressent.

Peu après, Olivier Rolin accorde une interview à *la Cause du peuple* :

— Quels étaient vos buts ?

— Il n'était pas pour nous question d'exécuter notre prisonnier. Ce n'est pas, en effet, à une organisation de décider de franchir ce pas. Ce pas ne sera franchi que lorsque l'opinion populaire le décidera massivement : cela veut dire lorsque la majorité du peuple décidera que le moment est venu de répondre « coup pour coup », de répondre aux balles par des balles. « Pour un œil, les deux yeux », c'est un sentiment de classe profondément juste, mais on ne peut pas en faire tel quel une politique ; et, en tout cas, notre politique, quoi qu'en pensent certains, n'est pas aussi simple...

— Pourquoi le régime sans sel ?

— Pour l'instant, et pour longtemps encore, nous ne faisons pas la guerre pour détruire physiquement l'ennemi, mais pour saper ses forces politiques, pour renforcer le camp du peuple ; cela veut dire en règle générale qu'il ne peut pas y avoir d'égalité entre les coups que nous porte l'ennemi et ceux que nous lui portons. C'est pour nous une certitude, pas une croyance, une certitude rationnelle : les idées justes, la justice se trouvent dans les masses...

Le « chef militaire » de la GP se justifie encore, insiste :

— Nous n'étions pas un mouvement de masse. Nous étions quelques militants d'une organisation qui essaie d'agir, conformément à la volonté des masses, c'est vrai, mais qui n'est tout de même qu'une organisation. Alors là, nous n'avons pas du tout les mêmes droits, nous ne pouvons pas dire nécessairement que nous voyons juste. Nous n'avons pas à improviser des sévices, des brimades ; au contraire, nous devons donner l'image de ce que fera le peuple plus tard, lorsqu'il sera au pouvoir ; et ce qu'il fera, c'est qu'il punira les coupables, mais il essaiera d'en rééduquer le plus grand nombre, tous ceux qui ne sont pas totalement irrécupérables, parce que la cruauté est du côté des patrons ;

l'humanité, elle, est du côté du peuple. La politique ce n'est pas se venger — point à la ligne.

La vengeance, pourtant, rôde dans les têtes des militants. Lors des assemblées générales qui se tiennent rue d'Ulm après l'assassinat de Pierre Overney, Benny doit recourir à tout son art de la persuasion pour détourner les plus excités d'actes immédiats et irréfléchis. Certains parlent d'entrer dans la clandestinité, de se transformer en groupe paramilitaire. Le rapt « contrôlé » de Nogrette représente une sorte de garde-fou pour les adolescents tentés de traduire *stricto sensu* les appels au meurtre gépistes, les promesses de sang, de violence rédemptrice.

L'annonce de la libération du cadre enlevé, quarante-huit heures après son « arrestation », soulève un ample tollé. La « base » est déçue, frustrée. Elle ne comprend pas que, sans aucune contrepartie, la NRP ait relâché son otage. Au gré d'assemblées houleuses, des orateurs critiquent cette décision « précipitée », fruit apparent de la pression policière. A leurs yeux, l'opération se solde par une défaite. L'organisation n'est pas à la hauteur de l'ambition affichée, n'assume pas la logique de ses slogans. Sartre lui-même marmonne que ce n'était pas la peine d'enlever Nogrette pour le libérer aussi sec.

« Il faut choisir. Une fois que vous l'aviez, vous auriez pu le garder un peu plus longtemps », glisse-t-il à Benny.

Les immigrés sont les plus intransigeants ; ils voulaient que Nogrette fût sacrifié. Plus d'un a le geste prompt pour sortir le couteau. Peu auparavant, un ouvrier communiste espagnol s'est fait poignarder en collant des portraits de la Pasionaria. Son agresseur avait confondu le visage de cette dernière avec celui de Golda Meir...

Même l'interview « autorisée » que publie *la Cause du peuple* ne calme pas les esprits. Et il faut, une nouvelle fois, bien du talent « démoniaque » à Benny pour expliciter cette règle qui interdit de prendre, à la place du peuple, la responsabilité de franchir la frontière.

Quelques-uns, en revanche, reçoivent les événements qui se sont succédé en deux semaines autour des usines Renault comme un choc pédagogique et existentiel. La tache de sang sur le bitume de la porte Emile-Zola rend fort blafarde la poudre du maquillage étalée par le mime. L'effet de réalité d'une mort annoncée, celui-là même qui a brièvement bouleversé Benny après le coup de feu, creuse une fêlure dans plusieurs cervelles endurcies. Les mots jetés par bravade n'ont plus la gratuité, l'innocence des formules incantatoires.

Un homme est mort.

Au comité de rédaction, Jambet, Glucksmann, Le Dantec, Linhart ressentent un malaise analogue. Ils perçoivent avec effroi qu'ils sont parvenus au bord du gouffre. La Gauche prolétarienne s'était fondée sur l'idée que la guerre était latente, inévitable, qu'il fallait armer les masses du désir de la mener, que dans l'attente de l'embrasement la révolution restait idéologique, symbolique. Une balle de 7,65 a perforé l'écran d'illusion. Là s'arrête le théâtre.

Ce malaise s'accroît avec le rapt de Nogrette. Un enlèvement, même si les armes ne sont pas chargées, échappe aux catégories du signe, à l'innocuité du fantasme. Il ne trouve sens qu'au bout, au terme du geste.

Au bout, c'est le chantage à la vie, l'ultimatum.

Au bout, c'est le terrorisme.

1987. Olivier Rolin, écrivain :

— L'enlèvement de Nogrette était — Benny et moi en étions conscients — une demi-mesure. Nous avons frôlé la frontière pour ne pas la violer.

Tony Lévy conduit la voiture sur les petites routes de Normandie. Rolin, qu'il a récupéré à Fécamp, occupe le siège du passager. Tous deux se rendent à une réunion de la direction mao, convoquée dans une maison de campagne afin de faire le point après les quinze jours qui ont ébranlé l'organisation et accessoirement agité la France. Tony a multiplié les précautions exceptionnelles pour ce colloque au sommet. Les voitures utilisées n'ont jamais servi, l'endroit est fort isolé.

Quand il approche du village, Tony aperçoit dans un chemin creux deux types en imperméable qui ne présentent guère l'allure de campagnards typiques. Il fait aussitôt demi-tour, réussit à prévenir les autres participants qui arrivent par petits groupes et repartent à travers champs. A Jean Schiavo il donne rendez-vous dans une bourgade voisine. Il l'attend vainement. Jean n'apparaît pas. Tony Lévy envisage le pire, s'étonne que les policiers n'aient pas déjà bouclé tout le monde.

Plus tard, lorsque, furieux, il demandera à son camarade pourquoi il manquait à l'appel, Schiavo répondra simplement :

— Je suis allé regarder la mer.

Licencié avec une douzaine de membres du comité de lutte Renault, dans les journées qui ont suivi la mort d'Overney, Nicolas Boulte est désespéré. Il en veut aux maos d'avoir alimenté une stratégie de la tension qu'ils n'ont pas été capables d'assumer ; il leur en veut de n'avoir su répondre aux licenciements, d'abandonner les victimes de leur action dans le caniveau. Il leur en veut de tant d'incohérence gesticulatoire, emphatique. Il leur en veut, et il le dit.

Au cours d'une réunion du comité, il met nommément en cause les responsables qui ont conduit les militants ouvriers à l'impuissance et à l'échec. Plusieurs de ces derniers sont inculpés, écroués, et Boulte éprouve le sentiment qu'on les laisse tomber. Ses critiques acérées dérangent. On le somme de s'expliquer, d'énumérer ses désaccords. Il ne se dérobe pas et consigne par écrit ses divergences.

D'une plume féroce et allègre, Boulte propose un implacable inventaire sous la forme de vingt-cinq aphorismes :

> * Dire que la révolution n'est pas un métier revient à dire que les révolutionnaires professionnels sont le stade suprême de l'exploitation du prolétariat. Ras-le-bol de faire vivre quelques-uns de la mort lente du plus grand nombre...
> * Le comité de lutte Renault prétend être pour l'abolition de la propriété privée. Pourtant, il tend de plus en plus à devenir la propriété privée de quelques-uns ; là aussi, il y a des petits chefs et des OS qui n'ont qu'un seul droit : celui de se taire. A force de lire Marx, Mao et tous les autres, on se fait de ces idées ! Pauvres cons qu'on est, on y a cru !

Quatre pages de cette eau... Boulte accuse les maos d'avoir accumulé erreurs et errances. En prime, il promet la rédaction d'un texte de bilan complet sur tout ce qui s'est déroulé à Renault durant les derniers mois. C'est trop d'audace.

Il est convoqué devant une sorte de tribunal où, une nuit entière, on cherche à lui extorquer une autocritique. Il n'a pas le droit de prendre des notes pour répondre à ses accusateurs. Insultes et injures pleuvent. Il résiste. On le menace, s'il rend public son bilan, de le « barraminer », c'est-à-dire de le ramener dans le bon chemin *manu militari.*

Boulte passe outre ; il rédige un long document, intitulé *Tentative de bilan du comité de lutte Renault,* qu'il signe « Baruch Zorobabel ». Il y décortique la politique menée, l'absence de travail en profondeur, le recours systématique à des actions violentes, la surenchère dans l'affrontement physique — dont résulte, à terme, l'assassinat d'Overney. Boulte s'avance très loin, réclame des comptes, accuse Benny d'avoir entraîné ses troupes dans une bagarre sanglante, sans préparation, sans consigne. Il n'hésite pas à écrire que « le coup de feu de Tramoni, c'est la réponse de la Régie à l'affrontement recherché ».

Puis il critique l'enlèvement de Nogrette, qui trahit l'absence totale de projet politique : « Faute d'un tel projet, les opérations de commando n'ont pour but que de détourner l'attention des travailleurs, en leur offrant au besoin un spectacle auquel ils restent complètement extérieurs. » Le chrétien-mao termine sa diatribe en relevant que « les méthodes staliniennes les plus ignobles tendent à devenir monnaie courante : exclusions accompagnées d'injures, exactions physiques », et rappelle que lui-même a été menacé, s'il ne se taisait pas, d'être « barraminé ».

Auteur d'un tel parchemin, Boulte est clairement conscient qu'il s'attaque au tabou de l'infaillibilité du chef, Benny en l'occurrence. Mais il sape également à la base ce que la GP revendique haut et fort : sa légitimité prolétarienne. Si son action dans l'entreprise apparaît erronée, que reste-t-il du fabuleux mythe fondateur, de la fusion charnelle et quasi mystique avec la classe émancipatrice ? L'impuissance, l'acte gratuit, répond Nicolas Boulte.

L'imprécateur doit être corrigé. Les loubards qui s'activent aux franges de la GP le cherchent afin d'exécuter la sentence promise. Boulte se réfugie chez Kouchner, puis, las de tout, rentre chez lui. Il essaie de s'injecter une bulle d'air pour provoquer une embolie, avale quantité de médicaments. Nicole Linhart, inquiète de ne plus le voir, sonne à sa porte, l'enfonce. Nicolas gît sur son lit, inconscient.

Il est transporté à l'hôpital, où les médecins réussissent à le ranimer.

Au Festival de Cannes, le jury, présidé par Joseph Losey, remet la palme d'or au film d'Elio Petri, *La classe ouvrière va au paradis*.

12

Cran d'arrêt

Jean Le Faucheur, rond et trapu, le cheveu gris-blanc égaillé en touffes bouclées, avoue par l'habit — le polo beige — et l'accessoire — le porte-documents de Skaï sombre — sa charge syndicale. Il avoue aussi par la diction, le « r » roulé du pays gallo, des origines plébéiennes. Voilà peu, ouvrier boulanger, il passait ses nuits au fournil (les copains du PSU se ravitaillaient auprès de lui en empois pour coller leurs affiches). Maintenant secrétaire départemental de la CFDT, il a sur les bras un conflit qui bouleverse la Bretagne et trouble la France entière : la grève du Joint français.

Ce mercredi 5 avril 1972, les « Parisiens » ont enfin daigné se déplacer jusqu'à Saint-Brieuc. La grève est générale depuis le 10 mars, l'occupation a été votée le 13, et les gendarmes mobiles, quatre jours plus tard, ont délogé les mutins et gardent l'usine comme une forteresse. Alors, les OS récemment arrachés à la terre, sans mémoire aucune de la légende prolétarienne, ont réinventé les mots de leurs prédécesseurs : « On ne travaille pas le fusil dans le dos ! »

Ils sont mille, moitié hommes, moitié femmes, très jeunes. Ils savent que leurs salaires, 900 francs environ, sont les plus faibles de la ville. Ils savent aussi que le groupe CGE dont ils dépendent paie un tiers plus cher dans l'autre usine du Joint, à Bezons, près de Paris. Et ils réclament 70 centimes d'augmentation horaire. « Non, 16, pas plus », ont répliqué les porte-parole patronaux, pariant sur le pourrissement.

Trois semaines sans interlocuteur véritable — le directeur local n'est lui-même qu'un exécutant. Le coup du mépris, les Bretons le connaissent par cœur, eux qui ont supplié, versé l'impôt afin que des industriels « bienfaiteurs » daignent décentraliser l'emploi. Les sociologues ont imaginé une métaphore désignant ce « mal-être » du bout du monde : le « complexe de Bécassine ».

Elle voit rouge, Bécassine, bonne à tout faire, bonne à baiser, qu'on expédiait vers les rives de la Seine pour cirer les pompes et desservir la table des bourgeois. Les temps ont un peu changé. Bécassine travaille à la chaîne, chez elle. Les bourgeois, au terminus de la voie ferrée Paris-Brest, n'ont, eux, pas changé.

Voilà ce qui se dit sur le pavé briochin, place du Champ-de-Mars ou de la Grille, durant les trois semaines de mutisme patronal et d'encerclement policier. Un extraordinaire courant de solidarité circule. La mairie (PSU-PC-PS) appuie politiquement et financièrement les grévistes. Les paysans des environs, et bientôt de plus loin, amènent choux-fleurs, mottes de beurre et quartiers de porc. Paysans-ouvriers : cette alliance-là est neuve, presque anormale ; le défoulement contre la ville fut de toute éternité l'acte premier des jacqueries. Mais les producteurs de lait bretons sont en pleine « guerre », coincés entre la coopérative et le Crédit agricole. Et les ouvriers bretons, hier encore, vivaient à la ferme.

Question d'argent, question d'honneur. Les meetings, les galas de soutien rassemblent cinq ou six mille personnes. A l'immense halle de Robien noire de public, Milig ar Skanv, ex-marchand d'aspirateurs puis chanteur dans les caboulots et les greniers, désormais célèbre sous le nom de Glenmor (*glen,* c'est la terre, *mor,* la mer), injurie Botrel, *la Paimpolaise,* les « biniouseries » pour touristes et le pouvoir jacobin :

> Sodome c'est Paris et Paris c'est la France
> L'on y crève à genoux, l'on y vit tout pareil

Jean Le Faucheur, lorsque s'ouvrent les négociations (l'Inspection du travail a déroulé son tapis vert), sait qu'il est le pivot de la partie. Chrétien de gauche formé sur le tas, il n'est intimidé ni par la droite ni par le PC. La droite le considère comme l'homme à abattre dans le département. Et le PC supporte fort mal d'être distancé par un concurrent efficace. Daniel, le permanent cégétiste, stalinien pur teint, n'a cessé de dénoncer la présence, dans les comités de soutien, de la Ligue communiste, des Amis de *Politique-Hebdo,* et autres « éléments incontrôlés ».

Derrière, la formidable poussée des OS du Joint, inexpérimentés, pressés d'en découdre, méfiants aussi envers un appareil syndical qu'ils rencontrent à vif : dix d'entre eux ont exigé d'assister aux pourparlers, tandis que leurs camarades patientent sous les fenêtres. A côté, la CGT qui freine des quatre fers. En face, MM. Fourt (directeur général), Richet (directeur du personnel), Donnat (directeur local).

La marge de manœuvre est étroite, très étroite.

Au bout de deux heures, elle n'existe plus. Les émissaires de la CGE ont fait le voyage pour offrir... 19 centimes. Trois de plus qu'au commencement du conflit !

Dehors, c'est l'effarement, la grogne, l'émeute. Le hall, l'escalier de l'Inspection sont envahis, les portes forcées.

— Etes-vous prêts à répéter devant tout le monde, et demain devant l'usine, l'aumône que vous nous proposez ?

— Et toi [l'apostrophe vise le directeur général], combien qu'tu gagnes par mois ? Pourquoi t'es venu avec les pleins pouvoirs pour nous sortir des conneries comme ça ?

M. Fourt, pâle, objecte que le dernier exercice est déficitaire. Jean Le Faucheur s'interpose, suggère que les manifestants se retirent pour une ultime tentative. La nuit s'approche. Le leader de la CFDT reparaît, avoue n'avoir pas avancé d'un pouce et interpelle son vis-à-vis en public :

— On doit répondre aux revendications quand on respecte les mains des travailleurs, qui sont des mains propres, pas des mains blanches.

Deux essais encore. Vains. Les grévistes s'installent, les uns anxieux, les autres hargneux.

— M. Fourt, nous vous avons demandé 70 centimes, et pas le Pérou.

— Je ne peux rien donner de plus.

— Eh bien, vous resterez là !

Christian Jambet et Jean-Pierre Le Dantec n'en croient pas leur veine. Ils avaient pris quelques jours de vacances, l'espace du week-end de Pâques, à Guingamp (fief de la famille Le Dantec), et les voici rattrapés par l'actualité, propulsés aux premières loges. Ils vivent la séquestration parmi les ouvriers — surtout les plus jeunes —, attisent le feu quand leur avis est sollicité, notent minute après minute les péripéties dont ils sont témoins. Cette fois, nul ne pourra reprocher aux journalistes de *la Cause du peuple* l'imprécision des sources, la grandiloquence du récit obtenu de troisième main.

L'ouvrière qui détache une épingle de nourrice afin de piquer les fesses du patron endormi, ce n'est pas un conte de fées...

Les incidents du lendemain matin ne le sont pas non plus. Peu avant midi, les gardes mobiles s'adossent au bâtiment, le fusil en bandoulière. Un car stoppe devant l'entrée. Les délégués syndicaux escortent les trois otages, « pour continuer les discussions à la préfecture ». Des voix s'élèvent, parlent de trahison. Une vingtaine de jeunes OS barrent la sortie, crèvent les pneus du car. Le leader de la CFDT lui-même est bousculé, cependant qu'il contient les plus excités : l'insomnie a aiguisé les frustrations, l'ambiance vire au lynchage.

Des CRS surgissent en renfort. Un commissaire sanglé de tricolore lance deux sommations. Jean Le Faucheur calcule, très vite, que la seule façon d'éviter le drame est d'accompagner lui-même ses adversaires de classe dans le nouveau véhicule qui leur est destiné. Une longue barre d'aluminium est jetée du premier étage, les matraques se lèvent. La voiture démarre brutalement, martelée par des poings rageurs.

La veste déchirée du syndicaliste gît dans la poussière. C'est le cadet de ses soucis. Trente minutes plus tard, il est revenu, et il prend la tête d'un cortège qui entame la tournée des usines briochines, bloque les carrefours, ameute la ville.

Christian et Jean-Pierre n'en perdent pas une miette.

Pendant deux semaines, nuit et jour, ils « couvrent » la suite des événements, bombardent Paris de feuillets enflammés. Certes, ils minimisent l'influence des trotskistes (qui « collent » à la CFDT et obtiennent l'estime des travailleurs par le sérieux de leur aide logistique). Ils atténuent sans aucun doute le rôle déterminant d'Yves Le Foll, maire PSU de la cité. Ils reconnaissent avec une once d'effort que Jean Le Faucheur est l'absolu contraire d'un bureaucrate. Ils approuvent sans précaution les pulsions violentes d'une frange de grévistes tentés d'affronter les flics et de reconquérir l'entreprise.

Mais autre chose déferle, qui échappe aux tropismes groupusculaires. La CGE, dont le numéro un, Ambroise Roux, est vice-président du CNPF, commet la faute imprescriptible de risquer un chantage à la fermeture : les « bienfaiteurs » déçus secouent la poussière de leurs sandales... Cédez, ou nous nous retirons !

Des milliers de manifestants convergent aussitôt sur Saint-Brieuc. Les télégrammes, les dons affluent de partout. Il ne s'agit plus d'une revendication ponctuelle. Il s'agit du droit d'une région à la vie, à la survie. Le soutien paysan s'intensifie. La presse nationale débarque. La télévision ouvre une édition de 20 heures sur l'affaire. Cinquante-cinq prêtres du diocèse déclarent collégialement : « Les impératifs économiques si souvent mis en avant ne sauraient justifier ni le mépris de la dignité des personnes et des familles, ni le refus du dialogue, ni la méconnaissance des organisations syndicales et professionnelles, ni l'intervention des forces de police, ni l'exploitation économique des régions défavorisées. »

Les baladins rappliquent. Au théâtre, au foyer Paul-Bert, les récitals bénévoles se succèdent. Après Glenmor, ce sont Gweltaz, Katel, Serge Kerguiduff et son groupe la Jeune Garde, Ergen Kirjuhel, bref, la nouvelle vague des chantres de la « décolonisation », qui brûlent les planches pour la Cause. Alan Stivell (il vient, le 28 février, de remplir l'Olympia aux accents de sa harpe celtique) n'est pas en reste. L'Occitan Marti, le Catalan Paco Ibañez renvoient l'écho d'une colère analogue.

Le Nantais Gilles Servat, barbe fleurie et verbe haut, compose une œuvre de circonstance. Immense, jambes écartées, campé sur l'avant-scène, la bouteille à portée, il tonne face au public de lycéens et d'ouvriers brassés :

Voici la leucémie bretonne
Le père mourant seul au Far-West
Le fils bougnoulisé banlieue nord-est
Prolo décalqué au carbone
Et voici la colère bretonne
La colère et l'espoir mêlés
Les charlatans qu'on déboulonne
Voici le jour des poings levés

Jean-Pierre Le Dantec, qu'émeuvent tant les ciels déchirés, les paysages mobiles, selon le flot ou le jusant, des rivages du Trégor, en est intimement remué. Cette protestation a une âme, et elle est sienne.

Le 11 avril, chaque membre du personnel reçoit une lettre assortie de promesses chiffrées. Les revendications syndicales, écrit la direction du Joint français, sont exorbitantes. Mais si vous reprenez le travail immédiatement, une augmentation de 20 centimes sera consentie, et doublée à l'automne. Sinon...

Sinon, le bruit court que les machines seront démontées, expédiées en Belgique ou en Allemagne.

Aucune tactique ne pouvait rendre meilleur service à Jean Le Faucheur. La tentative de contournement des organisations représentatives a pour effet majeur de souder, autour des syndicalistes combatifs (la CGT est hors de course), les boutefeux rebelles aux cartes — Christian et Jean-Pierre, si désireux soient-ils d'aiguiller vers l'autonomie leurs copains grévistes, sont contraints d'observer le phénomène. Et de subir l'épreuve des faits.

18 avril. Le Joint français n'avait jamais connu de débrayage. Or, les chaînes sont arrêtées depuis presque six semaines. Sur l'esplanade de Robien, plus de dix mille personnes sont assemblées. Un délégué lit au micro, interminable litanie, les messages expédiés de toute la France, de chaque atelier contestataire. Et d'Europe : les syndicats italiens, anglais, allemands, belges, néerlandais, les clandestins espagnols et grecs expriment leur solidarité. Et la foule s'acclame elle-même, tassée, cernée par les toits d'ardoise, étonnée, ravie d'être capable d'une chose pareille. La caisse du comité de soutien a engrangé un demi-million de francs. Est-il concevable de vaincre quand on est pauvre, quand on est loin ?

Les bombes artisanales du FLB, qui ont endommagé l'an passé la préfecture puis l'inspection académique à Saint-Brieuc ou la sous-préfecture de Dinan, ne sont que dérisoires chuchotements auprès de cette clameur-là.

Jambet et Le Dantec bouclent leur dossier pour *la CDP*. L'article doit sortir à la veille du 1er mai. Il fera la une, sous le titre, « La majorité, c'est nous. »

Dès que le n° 23 est en kiosque, les deux gardes rouges-reporters achètent leur propre production, cédant à la hâte qu'éprouve tout journaliste de vérifier si nulle coquille, interversion de légende ou modification de dernière heure n'a écorné sa prose. Mais non, l'ensemble a bonne allure.

Ils feuillettent les dernières pages. Et ce qu'ils découvrent fait basculer leur existence.

Une accroche, en couverture, avait déjà tiré l'œil de Jean-Pierre : « Bruay : et maintenant, ils massacrent nos enfants ! » Pas très explicite...

Comme tout le monde, Jambet et Le Dantec ont entendu à la

radio que, le jour même où les mutinés du Joint français séquestraient leurs patrons, le corps d'une adolescente de seize ans, dénudé et mutilé par un sadique, était abandonné dans un terrain vague non loin du coron de Bruay-en-Artois. Brigitte Dewevre, la victime, était fille de mineur et habitait rue de la Comté, au pied du crassier. Un crime sinistre sur une terre sinistrée : Bruay comptait dix-neuf mille gueules noires à la Libération ; il en reste, aujourd'hui, trois mille cinq cents.

Moins de quinze jours après le crime, Henri Pascal, juge auprès du tribunal de Béthune, décidait d'inculper un notable, Pierre Leroy, notaire à Bruay, membre du Rotary Club, et chargé de multiples et « juteuses » transactions immobilières engagées par la compagnie des Houillères.

L'opinion a salué l'indépendance, le culot du magistrat. Mais le prévenu nie. Oui, les enquêteurs n'ont pu combler un trou de quinze minutes dans l'emploi du temps de Leroy. Oui, le cadavre a été découvert aux alentours de la villa de Monique Mayeur, fiancée du notaire. Oui, la voiture blanche de ce dernier a été aperçue sur les lieux (or, Brigitte, peu avant sa mort, conversait avec un homme en pull à col roulé : le suspect portait, ce soir-là, un pull à col roulé). Oui, la mère de Pierre Leroy a nettoyé ses vêtements le lendemain du meurtre, au lieu de les confier au pressing. Il n'empêche : aucune de ces données ne franchit le seuil de la présomption.

Quand il atteint les pages 14 et 15 de *la Cause du peuple,* Jean-Pierre Le Dantec en est là du feuilleton. Et les lignes grasses lui sautent au visage : « Le crime de Bruay : il n'y a qu'un bourgeois pour avoir fait ça. »

Suit un tableau social digne de Fougeron, le peintre cher à Jeannette Vermeersch. Ici, les mineurs silicosés dont les poumons, passé quarante ans, sont rongés, fichus. Là, les gros, les profiteurs : l'ingénieur, le docteur, l'huissier. La bande à Leroy, la bande du Rotary, et d'abord Monique Mayeur, fille du principal marchand de meubles, dont la demeure opulente, entourée d'un parc, défie, à cinquante mètres, la brique noirâtre du coron. « La Mayeur », paraît-il, est surnommée « la châtelaine ».

Brigitte Dewevre n'est pas morte dans le terrain vague où son corps gisait. On l'y a traînée. Qui l'y a traînée, sinon « la châtelaine » et Leroy, au terme d'une partouze assassine ?

Telle est la rumeur. L'organe des maos ne s'aventure pas à démonter, examiner, recouper le scénario. Le peuple accuse, donc le peuple a raison. La violence subie par Brigitte n'est que la continuation « logique » de l'exploitation ordinaire. Et la perversité de l'acte n'est que le prolongement singulier d'une perversité structurelle. Les possédants sont dépravés, les exploiteurs nagent dans le vice. Incrédule, Le Dantec montre à Jambet le paragraphe que surmonte la photographie de Pierre Leroy : « La vie cochonne des bourgeois étalée au grand jour, ce n'est pas le problème principal. Les mineurs la devinent, ils la sentent. Ils puent trop, d'ailleurs, ces ballets infects, ces mœurs bourgeoises, ces orgies. Les mineurs n'aiment pas en causer, c'est déjà une honte que ça existe. »

Christian, interloqué, reste sans voix. Il indique seulement, du doigt, que le pire s'étale un peu plus bas : « Qui, à Bruay-en-Artois, achète de la langouste ? Surtout, qu'il ne manque aucune antenne ! Le prix, cela ne se discute pas, il faut la qualité, 300 ou 400 francs par semaine. C'est Monique Mayeur. Trois clients comme ça dans une journée, cela peut remplacer tout un coron acheteur de poisson. Enfin, qui a mangé, à lui seul, 800 grammes de viande le soir du crime ? C'est Leroy. Une fille d'ouvrier qui venait paisiblement voir sa grand-mère a été mise en charpie : c'est un acte de cannibalisme. »

Des preuves ? La « justice populaire » est vigilante. Ses yeux omniprésents notent le moindre geste de l'ennemi. Elle a remarqué, par exemple, que la haie du « château » de la Mayeur a été fraîchement taillée. L'explication en est limpide : les deux coupables, pour atteindre le terrain vague avec leur fardeau, ont dû franchir l'obstacle. Craignant que des lambeaux de vêtement, de peau, ne soient demeurés accrochés aux branchages (du reste, diverses égratignures ont été relevées sur le corps de l'adolescente), ils ont coupé et brûlé cet éventuel nid d'indices.

Avec délectation, *la CDP* publie une photo de la maison Mayeur. Des mains prolétariennes ont peint : « Arrêtez la complice ! », « Bourgeois, cochons ! » sur le muret derrière lequel saillent, tel un aveu, les arbustes émondés.

Avec plus de délectation encore sont relevés les fantasmes de châtiment proférés par la foule qui a envahi le jardin de l'ennemie publique :

— Il faut le faire souffrir petit à petit !

— Qu'ils nous le donnent, nous le découperons morceau par morceau au rasoir !

— Je le lierai derrière ma voiture et je roulerai à 100 à l'heure dans Bruay !

— Il faut lui couper les couilles !

« Barbares, ces phrases ? » questionnent les justiciers du Nord. Rudes, sans doute. Mais légitimes : « Cette haine, c'est un nouveau pouvoir qu'a reconquis la ville ouvrière. » Et c'est signé : Bruay-en-colère.

A Saint-Brieuc, la liesse règne enfin. Le 3 mai, une nouvelle manifestation a connu le succès des rassemblements antérieurs. Et il en a été de même dans chaque ville bretonne. Les négociations reprennent, le marché est conclu : 65 centimes de mieux. La gloire, à défaut de la fortune.

Les « journalistes » de la GP devraient pavoiser, saluer gaiement une victoire dont les artisans leur sont chers. Ils trinquent, chantent, discutent. Mais il est un point qu'ils éludent avant de repartir vers Paris : l'article sur Bruay.

Ils ont honte.

Invité à dîner chez Pierre Dumayet (son fils est un camarade et ami), Christian Jambet sent que, pour une fois, le cofondateur de « Cinq colonnes à la une » n'éprouve aucune indulgence envers les colonnes et la une de la presse maoïste. Libéral, attentif, curieux des trouvailles et délires de la jeunesse, l'homme de télévision s'est toujours montré accueillant, amical. Et là, au milieu du repas, il coupe l'appétit de son hôte :

— Le steak est bon ? Assez saignant ?

Christian, désarmé, bredouille :

— On ne peut rien, vraiment rien, contre la bêtise...

Jean-Pierre Le Dantec est décidé à vider l'abcès. Avant la prochaine réunion du comité de rédaction, il s'enquiert des responsabilités respectives : qui a inspiré, écrit, approuvé ce tissu de conneries ? Il ne tarde guère à obtenir l'information. Les inspirateurs se nomment Joseph Tournel (l'« ouvrier-modèle » des maos dans le Nord) et François Ewald (prof de philo lillois, qui fonctionne en tandem avec le précédent). La rédactrice, Danielle, apprentie-journaliste, est une convertie récente et manie la plume à la façon des convertis. Serge July, chef régional, a nécessairement couvert l'opération. Et, à Paris, c'est Jacques Theureau qui avait la charge du numéro.

En route pour le comité, Jean-Pierre songe qu'il ne s'agit guère d'une « gaffe », d'une « bavure ». Des cadres importants sont impliqués dans l'affaire. Ce qui est en cause, ce n'est pas l'imprudence de tel ou tel, mais le discours, le fonctionnement, la ligne même de la GP.

Dès l'abord, l'atmosphère est crispée. Voilà maintes séances que les « intellectuels » du journal, considérés avec un dédain que Le Dantec juge obscène, courbent l'échine sous le knout de la direction.

1985. Robert Linhart, chercheur :

— J'estimais les intellectuels qui nous aidaient. Mais bien des camarades agissaient à l'encontre, les maltraitaient avec désinvolture, les considéraient comme nos « porteurs de valises » (au sens où l'expression était péjorativement utilisée sous la guerre d'Algérie). Et cela était accentué par notre puritanisme, notre enserrement, nos réflexes de citadelle assiégée. Lorsque ont paru les articles sur le notaire de Bruay, j'ai été scandalisé. Seul le passé me retenait encore à l'organisation.

Jean-Pierre ignore qui est sur ses positions, qui osera élever le ton. Il observe, laisse la décantation s'opérer. C'est André Glucksmann qui ouvre la mêlée, protestant de toute son âme, criant au déshonneur. Robert Linhart enchaîne sur le même mode, Gérard Miller et Jambet également. Le Dantec, alors, entre en lice. Il cogne droit devant, attaque le dogme matriciel : l'immaculée conception de la classe ouvrière :

— Tout l'article repose sur le mythe de la pureté prolétarienne, illustré par des contrastes élémentaires : propreté des corons/cochonnerie des bourgeois, virginité sans tache des enfants de mineurs/perversité sexuelle des adhérents du Rotary. J'ai lu *Germinal,* figurez-vous. Et je viens de passer trois semaines parmi des ouvriers grévistes : vous feriez rigoler mes copains du Joint français si vous leur racontiez que les prolos sont des anges.

La discussion s'envenime. Quand Le Dantec a vidé son sac, c'est Jacques Theureau qui lui répond. Theureau, ancien de « piston » comme Jean-Pierre, compagnon de dix années, complice de bagarres et de canulars, fixe son vieux copain et, sans signe d'émotion apparent, lui crache :

— Cet article n'est peut-être pas parfait, mais il possède à mes yeux un mérite essentiel, celui de faire sortir de leur réserve les vipères qui empoisonnent le comité de rédaction.

A l'instant exact où ces paroles sont prononcées, Jean-Pierre Le Dantec sait qu'il n'est plus membre de la famille. Il s'enfuit jusqu'à son appartement, s'effondre, pleure comme un gosse, à gros sanglots.

La semaine suivante, nouveau comité de rédaction — pour préparer la prochaine livraison, non pour retourner en arrière. Force est, cependant, de reprendre le dossier, car Jean-Paul Sartre, sensible aux critiques échangées, désire intervenir. Il a même rédigé un texte exprimant ses propres réserves, et souhaite que le débat contradictoire se poursuive en public, noir sur blanc.

« Lynchage ou justice populaire ? » interroge le philosophe. En fait, il commence par donner au journal qu'il « dirige » acte de ses bonnes intentions : « Le texte que la ville ouvrière de Bruay a publié dans le dernier numéro de *la Cause du peuple* est une contribution importante à la prise de conscience populaire : la haine de classe, qui est le sentiment fondamental que l'exploitation suscite chez tout exploité mais qui est souvent réprimée, déviée par les forces atomisantes du système capitaliste, a soudain découvert une brèche dans ce système. »

Etonnement sur les bancs contestataires : Sartre avalise la signature collective. Où sont ses remontrances ? La lecture continue : « Il s'agit d'un important progrès dans ce qu'on appelait naguère la révolution idéologique : en Leroy, parce qu'elle l'accuse et le défend à la fois, la classe dirigeante se résume et se peint devant le prolétariat. »

Etonnement croissant : c'est un quasi blanc-seing.

Mais voici l'objection : « Il aurait fallu montrer que la haine légitime du peuple s'adresse au notaire, pour ses activités *sociales* [Sartre insiste sur l'adjectif], comme ennemi de classe caractérisé, et non à Leroy, assassin de la petite Brigitte, pour la raison qu'on n'a pas encore prouvé qu'il l'a tuée... Il y aurait là comme un *amalgame* qui risquerait de pousser au lynchage, comme certaines phrases de l'article le laisseraient entendre, si l'on y voyait des principes de la justice populaire et non une réaction légitime et passionnée de haine. »

L'auteur de *la Nausée* précise enfin qu'il « croit » personnellement le prévenu coupable, qu'il est nécessaire de peser en sorte « que la justice bourgeoise ne réserve pas à ce bourgeois un traitement de faveur », mais qu'on ne saurait confondre le combat « classe contre classe » avec une offensive « classe contre individu ».

Benny Lévy a prévu la parade et couché sur le papier une « Réponse à Jean-Paul Sartre ». Il la transmet au comité de rédaction plus qu'il ne la lui soumet. D'ailleurs, le document est signé *la Cause du peuple*. En bloc.

Le Dantec sursaute mais se tait, et se reproche de se taire.

« C'est la première fois depuis 1968, réplique Pierre Victor, que le peuple ouvrier se met complètement à contrôler la justice. » Certes, il n'utilise pas le langage des intellectuels ou des étudiants : il rêve de « pendre le patron par les couilles ». Faut-il s'en indigner, fustiger l'excès ? Non. « Cette imagination est très sérieuse, elle revient à imaginer de renverser le monde : de faire subir au patron ce que l'ouvrier a souffert et, en fin de compte, de le faire travailler à la place de l'ouvrier — " Dreyfus à la chaîne ", à Bruay : " Leroy à la fosse ". »

Lynchage ? Certainement pas. Les mineurs protestataires manifestent « une parfaite maturité » : « La population, jusqu'à maintenant, n'a fait que s'exprimer et entourer d'un cercle de haine et de justice la bande à Leroy, la bourgeoisie de Bruay. Elle a mis en liberté cette bande : elle n'a pas attenté à la personne de la Mayeur. »

Glucksmann, Jambet, Le Dantec guettent la péroraison. Elle ne « déçoit » guère leur attente. Sartre, observe Benny, redoute une confusion entre classe et individu. Mais les « enquêteurs » de la GP ont établi que, sur les lieux du crime, « bourgeoisie = bande à Leroy ». « Un principe de justice " populaire " qui empêcherait les mouvements naturels de justice de la part de la population, dès le début, au nom des règles, serait un principe d'oppression. »

Et le dialecticien, à la fin de l'envoi, touche : « A notre tour de poser la question : si Leroy (ou son frère) est confondu, la population aurait-elle le droit de s'emparer de sa personne ? Nous répondons oui ! Pour renverser l'autorité de la classe bourgeoise, la population humiliée aura raison d'installer une *brève période de terreur* [Benny hausse le ton] et d'attenter à la personne d'une poignée d'individus méprisables, haïs. »

La rédaction décide que les deux contributions seront publiées côte à côte. Mais le sens de la pente n'est nullement redressé. Au contraire. Un nouveau dossier « Bruay-la-colère » a été préparé, intitulé « La justice des corons ». L'ensemble est encore plus brutal, plus mordant que le dernier, non par le texte, qui est de la même veine, mais par l'emploi d'un photo-montage illustrant une semaine de siège prolétarien :

— Lundi : une plaque commémorative est posée là où le corps a été découvert. Elle dit : « A cet endroit, Brigitte Dewevre, fille de mineur, a été assassinée par la bourgeoisie de Bruay. »

— Mardi : attroupement devant la maison Mayeur. Une vieille femme, cailloux à la main, est fixée par l'objectif.

— Mercredi : un cahier de doléances, sur un pupitre, est installé auprès de la plaque.

— Jeudi : un comité « Vérité-Justice » est formé.

— Vendredi : perquisition au domicile des Dewevre. Des femmes hurlantes cernent la voiture des officiers de police : « Chez la Mayeur ! Chez la Mayeur !... »

— Samedi : le juge Pascal reçoit une délégation du comité et recommande le calme.

— Dimanche : préventivement, trois cars de gendarmes mobiles interdisent l'accès au jardin de Monique Mayeur.

Le Dantec regarde, une à une, ces photos, ces poings brandis, ces bouches vociférantes. Flash-back : il revoit l'image de Spencer Tracy dans *Fury*, de Fritz Lang, cerné par la foule débondée. Et il parcourt avec dégoût le texte qui légende les visages féminins hostiles : « Oui, elles sont enragées : la terreur sur la Mayeur qui les narguait autrefois, c'est le monde à l'envers. C'est un début de justice populaire, celle qui, au contraire de la justice bourgeoise, ne sépare pas l'enquête du jugement et de l'exécution. » Les mots mêmes de Benny face à Sartre.

La nature et l'exercice de cette « justice populaire » ne sont pas, pour la GP, un débat neuf. Le fait divers de Bruay jette une lumière crue sur des thèmes et des choix longuement agités.

L'organisation a d'ailleurs eu l'occasion de rendre la justice en son propre sein. C'était à l'automne précédent. Un militant — d'origine africaine — monté en grade, Moussa Fofana, avait été convaincu de « trahison ». Drôle de type, séduisant, hâbleur, que n'embarrassaient guère les pudibondes normes du groupe : jouant sur le registre sensible de l'immigré frustré, il draguait systématiquement (et avec un relatif succès) les militantes qui l'hébergeaient.

Le soupçon, toutefois, est né d'autres constats. Interpellé à deux reprises, inculpé et jugé, condamné lors du second procès et objet d'un arrêté d'expulsion, Fofana a été remis en liberté par la police. Bizarre. Ses explications sont confuses. En outre, les propositions d'action qu'il avance semblent fantaisistes, à tout le moins. Il préconise l'incendie d'un foyer SONACOTRA (plusieurs pensionnaires y auraient, estime Olivier Rolin, laissé la vie), veut soumettre à la question une jeune Américaine qu'il dépeint comme agent de la CIA. Au début, pareil discours a des accents de fanfaronnade. Trop souvent répété, il fleure la provocation.

L'homme paraît dangereux, jouit de quelque prestige sur la région parisienne. Comment le démasquer ? Benny confie l'affaire à la branche militaire de la GP.

Rolin fouille les papiers de Fofana, n'y découvre rien de compromettant (si ce n'est une correspondance, d'allure banale, avec une diplomate de l'ambassade des Etats-Unis). Il tend alors un piège à son cobaye. Ce dernier est planqué en Belgique. On lui adresse un faux rapport annonçant le déclenchement de la lutte armée et critiquant les tiédeurs de la direction parisienne. L'autre, par retour, approuve, déclare qu'il se tient prêt.

Le CE considère que le doute n'est plus permis. Moussa Fofana, manipulé par les flics qui l'ont retourné, est condamné sans appel.

Le rôle du bourreau échoit — sans plaisir aucun — à Olivier/Antoine. Lequel, accompagné de trois hommes, rejoint son gibier près de la frontière belge et le ramène en France pour une réunion secrète, une « première opération ». L'autre ne se méfie pas, n'est point surpris que ses quatre camarades soient armés, puisque la lutte finale est commandée.

Les voici, aux alentours de Blériot-Plage, qui s'enfoncent dans une galerie calcaire souterraine. L'endroit est terrifiant, l'obscurité totale, hormis la lueur d'une faible lampe de poche. Fofana suit — il songe probablement qu'un dépôt de munitions est l'objectif de la promenade. Rolin se retourne brusquement vers lui, ordonne aux siens de braquer sur le traître les revolvers :

— Tu es en état d'arrestation.

Et il énumère les griefs retenus par le tribunal clandestin. Tombe enfin la sentence :

— La justice populaire t'a condamné à mort.

Fofana se débat, reçoit quelques coups, est contraint d'avancer plus loin, plus profond. Le peloton l'entoure, muet.

Olivier fait halte, rompt le silence :

— Ta condamnation à mort est assortie du sursis. Autrement dit, nous ne voulons plus te revoir.

Ils le plantent là, lui ordonnent d'attendre avant de les suivre. Plus tard, au moment précis où leur voiture démarre, les justiciers aperçoivent Moussa Fofana qui émerge, hagard, de la grotte et disparaît.

Les armes n'étaient pas chargées.

La Cause du peuple a rendu compte à ses lecteurs de la péripétie, légitimant simultanément la peine et le sursis (il fut même question de publier à la une la photographie du « traître » enchaîné). Seule, expliquait l'article, une authentique justice populaire aurait été en droit de prononcer et d'exécuter un tel châtiment. Mais la chose est présentement inconcevable. D'abord, parce que les exigences de la clandestinité sont incompatibles avec la publicité requise pour que s'exerce le contrôle des masses (à destination des intellectuels alarmés, la GP précise que désormais, en pareil cas, un tribunal spécial sera formé, comprenant des militants et des « personnalités démocratiques »). Et surtout, parce que la « vraie » justice, la justice de l'avenir, est à cette heure une forme vide, un désir, un espoir.

Michel Foucault, l'inspirateur du Groupe d'information sur les prisons, a saisi la balle au bond. Passionné par le sujet, il en a parlé et reparlé avec Pierre Victor, au point que Sartre a suggéré d'enregistrer un face-à-face destiné aux *Temps modernes*.

Le texte, livré le 5 février 1972 — juste deux mois avant le crime de Bruay —, éclaire à la fois la ligne de la GP et le rôle idéologique de ses compagnons de route.

« Il faut, professait Benny Lévy, des juridictions pour que les différents actes possibles de vengeance soient conformes au droit, à un droit des peuples qui n'a plus rien à voir avec les vieilles juridictions féodales. »

André Glucksmann, Christian Jambet, Gérard Miller, Jean-Pierre Le Dantec, tandis qu'ils s'indignent de la prose à l'emporte-pièce élaborée par leurs camarades du Nord, conservent en mémoire le discours de Foucault reprenant Benny. Ce dernier appelait de ses vœux « l'établissement d'une norme qui vise à résoudre les contradictions au sein du peuple, à distinguer ce qui est authentiquement juste de ce qui est règlements de comptes. »

Pas d'accord, a riposté Foucault, pas d'accord pour conserver cette forme spatiale — le prétoire —, ni cet appareil d'Etat remanié : « Par le tribunal, on reconstitue une espèce de division du travail... Cela renforce l'idée que, pour qu'une justice soit juste, il faut qu'elle soit rendue par quelqu'un qui est hors du coup, par un intellectuel, un spécialiste de l'idéalité. » L'ambition suprême, à l'inverse, serait « d'éduquer les masses et la volonté des masses, de manière que ce soient les masses elles-mêmes qui viennent dire : " En effet, nous ne pouvons pas tuer cet homme ", ou : " En effet, nous devons le tuer ". »

Relisant ces lignes en regard des n°s 23 et 24 de *la Cause du peuple,* les esprits frondeurs membres du comité de rédaction sont tentés d'ironiser sur le « rôle modérateur » généreusement alloué par la rumeur publique aux intellectuels proches de la GP. Sans doute ces derniers évitent-ils aux révolutionnaires professionnels de se replier définitivement sur eux-mêmes, d'évoluer en vase clos, d'obstruer tous les canaux d'irrigation, de rompre les derniers ponts. Mais, une fois le Secours rouge vidé des « humanistes » qui le portèrent sur les fonts baptismaux puis se retirèrent un à un, le carré des fidèles ne « tempère » point, ou peu, l'orientation des maoïstes. Sartre lui-même, malgré ses réserves, se rend, comme Foucault, à Bruay. Tous deux écoutent les réquisitoires du comité Vérité-Justice...

Les gardes rouges périront par les gardes rouges. Afin de sanctionner l'écart des « journalistes » sujets aux états d'âme, Benny convoque une « assemblée générale de militants » où sera soupesée la conduite indocile des perturbateurs. Jean-Pierre Le Dantec connaît d'avance le scénario : la « base » laisse libre cours à son indignation « spontanée » ; les accusés proclament le jury incompétent et se drapent dans un digne silence ; l'assistance décèle alors sous cette attitude hautaine l'aveu d'une morgue de caste — la caste des intellectuels. Et sonne l'hallali.

Ils sont cinquante, dans un appartement du boulevard Saint-

Michel. Sur la sellette : Glucksmann, Jambet, Le Dantec, Miller (Robert Linhart, fragile et détenteur d'un statut propre, est épargné). La séance se déroule conformément aux prévisions. A l'ouverture du troisième acte, l'un des participants, pour qui Jean-Pierre éprouvait de la sympathie — et réciproquement —, questionne :

— Et maintenant, que va-t-on faire d'eux ?

Rien, on n'en fera plus rien. La boucle est bouclée. La pompe stalinienne qui, spasmodiquement, aspire son contingent de néophytes et refoule sa charretée d'irrécupérables, a hoqueté une fois de plus. Voilà cinq ans, Le Dantec traversait Pékin comme le jardin des délices. Il sait que commence à présent un tout autre voyage, en sens contraire : le retour aux sources de la désespérance.

— C'est fini, dit Christian.

1986. Benny Lévy, enseignant en philosophie :

— *Qu'est-ce qu'il y avait de plus nul, de plus minable, dans ces articles concernant Bruay, que dans les autres papiers sur la classe ouvrière publiés par* la Cause du peuple *? Ce qu'on nous reprochait à ce moment-là, c'était de jouer sur la corde moraliste. Mais les propos que nous reproduisions étaient ceux qu'on entendait dans le coron. Foucault était très intrigué. Nous avions le juge d'instruction avec nous... Il faudrait comprendre pourquoi tout le monde nous est tombé dessus. Je me demande si ce n'était pas l'occasion rêvée, pour le pôle libidinal, de prendre sa revanche sur nous. Car c'est cela qui s'est joué, entre 1968 et 1973 : est-ce qu'un discours corrosif qui reste, quant au fond, prolétarien — quelque part enraciné dans le biblique —, peut fonctionner encore ? Il y avait nous. Et il y avait les autres, ceux qui avaient choisi la voie du marxisme libidinal, du joyeux immoralisme. Ce pôle-là, nous l'avons vraiment emmerdé. Et il a trouvé sa brèche avec les fumeuses et fameuses histoires d'avortement. Bruay était le terrain sur lequel on pouvait enfin nous traiter de ringards.*

« A-bas la-famille, à-bas la-famille, à-bas... » S'il faut un plus petit commun dénominateur aux « Journées de dénonciation des crimes contre les femmes », le voilà.

Le MLF et le MLA (l'annexe spécialisée dans les problèmes de l'avortement), ces 13 et 14 mai 1972, ont réquisitionné le palais de la Mutualité pour une sorte de foire-colloque-manif-bal-festival. Les « crimes » invoqués sont les crimes éternels commis par les hommes : crime contre la liberté des femmes, crime contre le ventre des femmes, crime contre le plaisir des femmes, crime contre les sentiments des femmes, crime contre le travail des femmes, crime contre le nom des femmes, crime contre l'intelligence des femmes...

Et ils expient, les mecs, ils expient de plus ou moins bon cœur. Car les portes leur sont ouvertes. Ils ont le droit de tenir la crèche, de torcher, langer, ravitailler, bercer, balader la centaine de gosses qui leur sont confiés. Ils ont le droit d'assister aux projections, de lire affiches et tracts, d'écouter les débats. Ils ont tous les droits, les mecs. Sauf celui d'ouvrir la bouche. Le malheureux qui s'y est hasardé — il voulait expliquer que « ses » problèmes recoupent « leurs » problèmes, il était sincère, le mec — a été *illico* dépossédé du micro. « C'est tragique... », a-t-il bafouillé dans la cohue tandis que s'éloignait le symbole phallique.

Nadja Ringart s'amuse. Elle aime la foule (on dénombre quelque quatre mille entrées) quand cette foule n'est pas uniforme, disciplinée, braillant le même slogan — fût-il de gauche — au même moment. Elle aime la foule imprévisible, différenciée, assemblée mais concertante.

Nul danger que cette foule-là marche au pas. Ni qu'elle s'aligne en sages rangées empilées devant l'orateur : afin de casser le rite, Nadja et ses copines ont eu l'idée de déboulonner les fauteuils de la grande salle. Ainsi, les cercles se font et se défont à l'intérieur du cercle, on s'assoit par terre, la tribune est « déconstruite », l'espace libéré, la hiérarchie géographique abolie.

Sur la scène, on discute de l'accouchement, de la maternité, de la féminité. Nadja repère, en pleine harangue, une des figures lyriques dont l'emphase et le génie du néologisme ravissent les AG des Beaux-Arts :

— Qu'on nous rende notre corps. Pour le masturber, l'avorter, le contracepter, le pendre par les pieds, le frotter à d'autres peaux quel que soit leur sexe, lui donner des enfants si nous voulons, quand nous voulons, satisfaire des envies que nous ne pouvons même pas imaginer...

L'intervenante qui suit déclare s'exprimer au nom d'un groupe récemment constitué : les « Gouines rouges ». Les lesbiennes, explique-t-elle, n'ont plus le souci de survivre à l'exclusion, au rejet du mâle, et de la maternité. Leur quête d'identité atteint un stade quasi expérimental, riche d'enseignements pour quiconque :

— La jouissance homosexuelle n'est ni une masturbation à deux, ni une régression vers les rapports mère-enfant, ni une caricature des relations homme-femme. Nous construisons notre autonomie de femmes.

— D'accord, d'accord, enchaîne une troisième qui s'impatiente.

Elle aussi appartient à un groupe, le plus informel qui soit, mais non le moins représentatif :

— Il existe dans le MLF, qui l'eût cru, des femmes mariées, y compris à l'église, pas encore divorcées. Et même des femmes pour qui le divorce n'est pas la seule solution envisageable *a priori*. Il s'agit en fait d'une situation bien banale, puisque c'est celle de la majorité des femmes, et, somme toute, il est heureux pour le Mouvement qu'elles y soient présentes. Sinon, il risquerait de devenir un groupe d'élite, refusant les compromissions de la masse et finissant par se couper complètement d'elle. Et d'ailleurs, en quoi les femmes mariées seraient-elles moins libérées que d'autres ? Existerait-il des degrés de libération ?

Murmures sceptiques, voire hostiles. Semblable propos est lourd d'ambiguïtés. Mais la porte-parole du « groupe des femmes mariées » se défend des procès d'intention :

— Nous refusons de nous considérer comme réformistes ou irrémédiablement aliénées parce que nous sommes dans une situation de compromission — une situation réelle. On prend conscience de son oppression de femme à un moment donné de son histoire individuelle, et souvent de manière progressive. Ce peut être après le mariage, surtout si l'on a aujourd'hui trente ou quarante ans ! A ce moment-là, si le mari n'est pas le tyran impitoyable qui nous viole tous les soirs et finit par nous plaquer, faisant de nous l'opprimée type accueillie à bras ouverts au MLF, on peut se trouver dans une situation complexe sur le plan économique et affectif, devant en outre tenir compte du droit de ces autres personnes que sont les enfants.

Applaudissements nourris chez les visiteurs. Regards un brin condescendants chez les militantes. Les mecs, eux, n'osent trahir leur intime conviction...

Au mur, des collages, des chansons, des graffiti : « Vive l'hystérie, vive la défonce ! Sodome et Gomorrhe, le combat continue ! Les usines n'appartiennent pas aux ouvriers, les matrices n'appartiennent pas encore aux femmes ! L'homosexualité n'a pas besoin de psychiatre ! Notre amour n'est pas narcissique ! »

Des chiffres qui ne font pas le détail : savez-vous, honnêtes gens, que le total des heures de travail rémunérées — hommes et femmes confondus — est chaque année de 43 milliards ? Savez-vous que le nombre d'heures de travail non rémunérées accomplies chaque année par les femmes qui « ne travaillent pas » est, lui, de 45 milliards ?

Sociologue, Nadja émet in petto de sérieuses réserves sur la validité d'une telle évaluation.

Elle croise Françoise Picq, qui considère le déroulement des opérations d'un œil jovial (elle craignait pourtant, lors de la préparation, que cette énumération de « crimes » ne parût misérabiliste).

— Viens, je t'invite au cinéma.

Nadja se passionne pour les techniques audiovisuelles et s'est liée avec Agnès Varda. En compagnie de Carole Roussopoulos, elle a filmé des témoignages forts, voire insoutenables : ainsi cette ouvrière de Flins qui avait avorté treize fois...

Episode typique des relations entre la GP et les intellectuelles du Mouvement des femmes : Nadja se trouve chez Agnès Varda. Surgit Judith Miller, qui effectue la tournée des artistes sympathisants, ou supposés tels, pour les taper à la caisse. La réalisatrice, sèchement, rembarre la petite sœur des pauvres :

— Je suis cinéaste, j'ai certaines compétences. Si vous voulez faire appel à ces compétences, demandez-le-moi. Mais si vous ne voulez que de l'argent, faites un casse dans mon appartement — vous connaissez l'adresse.

Nadja entraîne Françoise vers le hall de la Mutualité. Une batterie de postes diffusent en permanence trois programmes vidéo. Le premier parodie un journal télévisé, publicité incluse — Brigitte Fontaine lit un spot de Guigoz. Le deuxième relate la grève des bonnetières de Troyes, un an auparavant (et a été projeté par des filles du MLF à travers la France entière). Le troisième crée l'événement de ces journées.

Intitulé *Y a qu'à pas baiser,* il démarre sur un gag. Tandis que défilent des manifestantes clamant « Nous aurons les enfants que nous voulons ! », diverses passantes sont questionnées sur le trottoir. Les « contre » ne manquent pas de pittoresque : « Z'ont qu'à se laver après, et hop !... » Puis le sourire disparaît : une mère de famille raconte son parcours de la combattante, les manipulations douloureuses, les bricolages humiliants. Et voici le scoop : Carole Roussopoulos a filmé à New York le premier avortement par aspiration, pratiqué dans un centre tenu par des militantes, selon une méthode nouvelle dite « méthode Karman ».

L'intervention dure huit minutes. La patiente, lucide, parle. L'acte est dédramatisé. Si une innovation mérite le label « révolutionnaire », c'est bien celle-là. Un collectif issu du MLA révèle qu'il prépare l'ouverture d'un centre analogue à celui des Américaines.

Le Mouvement a remporté une bataille, en attendant de gagner la guerre. Dix-huit mois plus tôt, la protestation des femmes ne s'élevait que de clubs restreints, d'AG confidentielles. Maintenant, le MLF démontre, à la Mutualité, qu'il est capable d'attirer des milliers de personnes, d'autant que le phénomène parisien initial se démultiplie à travers la province.

Cette irrésistible expansion — dont les 13 et 14 mai apparaissent comme le couronnement — est la résultante d'une série de temps forts judicieusement rythmés. Le 20 novembre dernier, elles étaient déjà trois mille dans la rue, épaulées par quelques centaines de mâles. L'affiche appelant à la « Marche internationale des femmes pour une maternité libre » représentait une statue de la Liberté au ventre opulent et au poing levé. Le trajet République-Nation (imposé par la préfecture de police), fut sans doute l'unique poncif de cette démonstration « différente ».

Pas de banderole partisane, pas la moindre. Le MLF, le MLA, le FHAR, la nouvelle organisation « Choisir » (fondée en octobre pour défendre les avortées), mais encore le PSU, le Planning familial, les syndicalistes ont accepté de rouler leurs calicots. Des foulards à fleurs remplacent les sempiternels étendards, des ballons couverts de slogans s'envolent gaiement : « Enfants désirés :

enfants aimés », « Double travail, demi-salaire », « La pilule pour les hommes »... En tête, une succession de figurines incarnent les institutions répressives : un médecin (« Au nom de la vie ? » précise le message associé), un prêtre (« Au nom de Dieu ? »), un patron (« Au nom du fric ? »), un juge (« Au nom de la loi ? ») ; et, derrière, une femme (« Ils ne décideront plus pour nous »). Les pancartes rompent délibérément avec le style Billancourt : « Travail-Famille-Patrie, y en a marre ! », « Nous ne sommes pas des poupées ! », « Roulées par le patron, baisées à la maison ! ». Le FHAR, lui, affiche : « A bas la virilité fasciste ! »

Boulevard Voltaire, devant l'église Saint-Ambroise, le cortège débouche juste à l'instant où carillonnent les cloches pour un mariage religieux. Garçons d'honneur, robes de tulle, fleurs d'oranger, petites filles à bouquet. « Libérez la mariée ! » lance une voix joviale. Deux militantes entreprennent de distribuer des tracts à la noce. On les accueille avec des sourires amusés. Mais un groupe de manifestants s'engouffrent dans la nef à la suite des futurs époux, progressent vers l'autel, aveuglés par la pénombre soudaine, entre les dossiers des prie-Dieu garnis de velours rouge. Le célébrant descend à leur rencontre et ils refluent de bon gré. Sur le parvis, l'épaisse porte se referme, bloquant à l'extérieur le curé, un brin désemparé face au commando :

— Qui êtes-vous ? interroge le prêtre.

— Le MLF.

— Qu'est-ce que c'est ?

— Les femmes.

— Quelle tendance politique ?

— Les femmes !

— Ah bon, les femmes ? Vous avez raison.

— On est pour l'avortement libre et la contraception !

— Oui, oui, vous avez raison.

— Vous n'avez rien à dire, vous, l'Eglise. Vous avez toujours rejeté et méprisé les femmes.

— C'est vrai, mais ça va changer.

— C'est trop tard !

— Il n'est jamais trop tard.

— Alors, on pourra être pape ?

— Voyons, ça, non, ce n'est pas possible !

— Tant pis. Adieu !

La bande rieuse et profanatrice s'éloigne, afin de rattraper le gros de la troupe, poursuivie par quelques relents d'orgue... *Le*

Monde relève cette « faute de goût », mais le défilé est un franc succès.

D'autres rendez-vous ont ensuite émaillé l'automne et l'hiver 1971-1972. Des grèves de la faim ont éclaté dans plusieurs « maisons maternelles », au Plessis-Robinson, à Orléans. Destinés aux femmes enceintes célibataires, et notamment mineures (4 300 collégiennes de treize à seize ans accouchent annuellement dans la solitude, le désarroi et le « déshonneur »), ces établissements, tantôt laïques tantôt religieux, passent pour des cliniques-prisons où la « pensionnaire » est totalement infantilisée alors même qu'elle donne la vie. Repérant au hasard d'un entrefilet le soulèvement des « filles-mères », les militantes du MLF se sont portées vers leurs sœurs proscrites. Et l'affaire a gagné du terrain dans les pages des gazettes.

La classique rubrique sociale — celle des conflits salariaux — n'a pas été abandonnée. A l'UGECO de Nantes, aux Nouvelles Galeries de Thionville, des femmes, ouvrières et employées, ont osé déployer une combativité que seuls manifestaient jusqu'alors les syndicalistes endurcis — or, l'univers syndical a été conçu par les hommes, pour les hommes : c'est une absolue nouveauté que de voir les « travailleuses », ordinairement maintenues dans le cadre de réserve, monter ainsi en ligne. Les relais locaux ont suscité des comités de soutien. Et les « Parisiennes » du Mouvement n'ont guère tardé à débarquer, bardées de savoir et d'ignorance, d'aplomb et de naïveté. Un peu exotiques dans le paysage. Mais ce n'était pas rien, non plus, pour les insurgées, que de toucher des renforts venus de si loin et se proclamant si près.

Nadja Ringart n'a manqué aucun de ces carrefours. Quand elle dresse son bilan, après les journées de la Mutualité, il lui semble que les mois écoulés ont compté double ou triple. Entre les permanences d'aide à l'avortement, les visites dans les hôpitaux, les parachutages en zone des combats, le cinéma, la rédaction du *Torchon brûle,* les AG des Beaux-Arts, les colloques plus confidentiels et les enquêtes sociologiques alimentaires, c'est une vie folle et dense, riche et morcelée.

L'appartenance au MLF — « appartenance », en l'occurrence, est un terme impropre : c'est le MLF qui appartient aux femmes — dévore son existence, l'égaie mais l'encadre. Il lui arrive d'être saturée d'avortement, elle dont ce n'est pas le problème; lasse, aussi, d'entendre certaines filles parler du fœtus comme d'un cancer qui vous habite (des lettres adressées au *Nouvel Observateur* inclinent en ce sens, et la mobilisation des homosexuelles ne semble pas, sur le sujet, toujours angélique).

L'exaltation de l'amour entre femmes, au reste, n'est pas non plus dépourvue d'ambiguïtés. Nadja vit dans l'enthousiasme la passion qui la lie à l'une de ses « sœurs ». Elle comprend que les lesbiennes émergeant d'une longue clandestinité la perçoivent comme une « nouvelle riche ». Mais elle n'a nullement renoncé à l'hétérosexualité, ne s'associe point au concert de mépris envers les « femmes-femmes » et tombe des nues quand, durant un meeting, une fille se déclare homosexuelle « par choix politique ». N'éprouvant pas le sentiment d'avoir franchi une frontière, elle rejette les fantasmes — observables, notamment, chez les Gouines rouges — de seins coupés ou d'androgynie, et saisit mal pourquoi quelques extrémistes prennent la pilule sans interruption afin de supprimer leurs règles.

Le Mouvement a éveillé l'intérêt de dizaines de milliers de femmes. Mais les problèmes de l'avortement, des crèches, du travail ménager sont à la fois un support et un masque. La faille est profonde, peut-être d'autant plus que le succès vient, entre les avant-gardes emportées par l'expérimentation et le gros d'une troupe dont le « réformisme » attire condescendance, voire sarcasmes. Maintes pionnières du MLF, soupçonneuses envers les associations modérées (Choisir, l'organisation fondée par Gisèle Halimi, les centres de Planning familial, etc.), qualifient dédaigneusement d'« assistantes sociales », sinon de révisionnistes, les militantes absorbées par les « tâches pratiques ».

Nadja s'efforce d'éviter l'anathème et ne refuse jamais un coup de main. Il ne lui déplaît pas que le Mouvement se diversifie en grandissant. Toutes sortes de « groupes » éclosent : groupe « femmes mariées », groupe « prostitution », groupe « mères célibataires », groupe « femmes dans l'entreprise », groupes « de quartier », groupes « de conscience » (limités à six ou huit personnes). Signes de fertilité, de vie multiforme, aliments pour les AG, qui gagnent encore en effervescence...

Reste que les lignes de partage s'accusent. Deux courants majeurs traversent, non le MLF dans son ensemble, mais le cercle des initiées. Les « féministes révolutionnaires » (auxquelles s'est adjointe Liane Mozère, qui travaille beaucoup sur les crèches) polémiquent, au fil des éditions du *Torchon brûle,* avec leurs concurrentes de « Psychanalyse-et-politique » (la « famille » de Nadja et Françoise). Souvent, tard dans la nuit, sortant d'une énième réunion, abritée par le CERFI, boulevard Beaumarchais, Liane tombe nez à nez avec la bande de Psych-et-po, dont les assemblées restreintes se tiennent dans l'appartement d'une copine, sur le même boulevard — les séances publiques se déroulent à la fac de Jussieu ou au café Dupont, place de la Bastille.

Chaque aile a son langage, son timbre. Celui de Psych-et-po est sans doute le moins classique. Dans le n° 3 du *Torchon* (les « féministes » répondront deux livraisons plus tard), la tendance définit ses lignes de démarcation. Oui, disent les rédactrices, nous scrutons Marx, Lénine, Mao, Freud, Lacan. Cet effort critique vise « à ne pas rester prisonnières d'une idéologie bourgeoise masculine, ou de son inversion contre-idéologique (le féminisme comme envers de l'humanisme dans une même clôture) ».

Sortir de la culture dominante, s'émanciper, c'est subvertir la politique, l'Université, la psychanalyse, la société. Subvertir, même, la contestation traditionnelle des femmes qui utilisaient les mots, les institutions, les références de l'oppresseur — fût-ce pour les retourner contre ce dernier.

Il s'agit, à présent, de s'évader, de créer, de formuler l'inédit, l'impensé, l'inavouable : « Pas plus que la dictature de la masse prolétarienne n'est une dictature fasciste, le pouvoir collectif des femmes ne sera le pouvoir mâle. Le pouvoir des femmes n'est pas un pouvoir légal, patriarcal, sadique, pédérastique, de représentation, de chef, de nom, de viol, de régression, de haine, d'avarice, d'avoir, de savoir, d'ordre, d'individualisme, d'idées abstraites. C'est un (im)pouvoir matriciel d'engendrements, de dépenses, de chaos, de différences, de libertés collectives, d'ouverture, de corps (pluriel), de re-connaissance, de levées de censures, de jouissances, d'en dehors de la loi, un pouvoir-agir-penser-faire par/pour toutes, tous. »

Quête de la puissance ? Rivalités de clans ? Guerre de partis ? Aucun risque : ces perversions-là sont l'apanage des mecs.

Alain Krivine tend à Henri Weber *le Monde* du jour, frais imprimé :

— Lis-moi ça. Le camarade Fauvet est lyrique.

Il est vrai que le directeur du grand quotidien n'a guère retenu sa plume : « En politique intérieure, les dates historiques sont rares et les superlatifs trompeurs. Mais on ne risque rien à affirmer que celle du 27 juin 1972 est la plus importante pour la gauche depuis la scission au congrès socialiste de Tours, le 30 décembre 1920. »

La nuit dernière a été très longue, dans le luxueux bunker — tout neuf, griffé Niemeyer — où a emménagé le PCF, place du Colonel-Fabien. Les délégations socialiste et communiste ont épluché, point par point, leurs pommes de discorde : l'ampleur des nationalisations souhaitables, l'Europe, l'Alliance atlantique, la force de frappe. Chacun a lâché du lest, et, à l'aube, les journalistes, mentons bleus et regards bouffis, se sont rués sur les cabines téléphoniques. Le Programme commun de gouvernement était signé (les radicaux réservant quelques jours leur réponse).

Krivine et Weber jugent que Georges Marchais, dont nul n'ignore qu'il remplacera Waldeck Rochet au secrétariat général lors du prochain congrès, en décembre, a placé la barre très bas. Le contrat accepte les règles de la démocratie libérale, n'envisage qu'un « gel » de la force de frappe, reconduit les axes majeurs de la politique extérieure gaulliste (hormis sur l'Europe), bref, n'annonce aucune transformation décisive sauf en matière économique et sociale. Le catalogue des nationalisations prévues est strictement établi : le secteur bancaire et financier, les industries vivant des commandes de l'Etat et neuf groupes « monopolistiques ».

Le système, calculent les responsables de la Ligue, n'en sera pas entamé. Certes, des ministres populaires seront aux commandes — aux commandes d'instruments forgés par la bourgeoisie. Comment éviteront-ils le sabotage de l'économie, la fuite des capitaux, la résistance bureaucratique, l'hostilité de l'armée ?

Le PC a recueilli 24 % des voix aux élections (municipales) de 1971. 10 % de plus que le PS. S'il accepte le compromis avec les sociaux-démocrates, s'il a contourné le piège de Georges Pompidou, qui a cru casser la gauche par un référendum concernant l'Europe en avril, c'est qu'il mise tout sur la stratégie électorale et qu'il a besoin de compères « rassurants ». Et s'il mise tout sur la stratégie électorale, c'est qu'il reculera, comme il a toujours reculé, devant les ruptures déterminantes.

Ou bien le gouvernement de gauche laissera l'Etat en l'état, essaiera de gérer sagement pour le compte des adversaires de classe, et l'expérience n'aura servi à rien. Ou bien la mobilisation des masses l'amènera aux lisières de la légalité bourgeoise, et il faudra intensifier la pression pour qu'il ne recule pas. En 1936, en 1945, en 1968, les staliniens se sont appliqués à faire rentrer le torrent dans son lit.

Aux révolutionnaires d'agir en sorte qu'il déborde.

CQFD.

Devant le bureau politique réuni pour la circonstance, Weber développe l'analyse sans rencontrer de réelle objection. Le texte du fameux Programme est assez pâle, et indigent. Mais la dynamique unitaire jouera probablement chez les travailleurs (l'unique suggestion virtuellement « révolutionnaire » du pacte scellé est de proposer au Parlement la nationalisation d'une entreprise si la majorité des salariés le réclame) ; les socialistes, prisonniers d'une alliance inégale, seront tôt ou tard entraînés à se radicaliser ou à se diviser. L'extrême gauche, elle, aborde les rapides.

Voilà une année, la Ligue décidait en congrès de rompre avec un gauchisme désordonné qui n'est que « la conséquence de l'opportunisme des organisations ouvrières à direction prolétarienne ». Autrement dit, d'opérer la mue d'un mouvement de jeunesse en « véritable » organisation politique. Il n'est que temps. Et l'espace est compté entre les électoralistes associés et les spontanéistes délirants.

Une seule chose est acquise : Marchais ne sera jamais Lénine. Mais Mitterrand sera peut-être Kerenski.

Le 5 juillet, Jacques Chaban-Delmas, ouvertement contesté par l'entourage du président de la République, remballe avec les archives de Matignon son projet de « nouvelle société ». Il est remplacé par l'ex-légionnaire Pierre Messmer. Tant mieux, c'est plus clair : le pouvoir s'est donné un visage qui lui ressemble.

Elles sont vingt ou trente copines, assises à même le sol, tassées, les jambes repliées sous elles. Beaucoup portent des jupes longues, des vestes masculines colorées. Pas ou peu de maquillage, pas de bas fins, une touche de henné sur les cheveux. Elles sont « nature », le visage nu, le corps délié dans ces vêtements amples. Elles s'agglutinent par affinités, évitant de parler haut, de parler homme, d'agresser du regard. Un brouillard de mots prononcés à voix douce les enveloppe — « instance matricielle », « baiser », « ce n'est pas mon lieu », « môme », « nom du père », « ton problème »...

Elles attendent leur « guide bien-aimée ».

Un texte circule. C'est la réponse de « quelques-unes » au docteur Jean Carpentier, médecin à Corbeil, inculpé d'outrage aux bonnes mœurs pour avoir produit un écrit pédagogique dont le titre, *Apprenons à faire l'amour,* a suscité le scandale dans divers lycées. Une sorte d'ordonnance morale : « [...] Ces deux organes (le clitoris et la verge) sont de taille variable selon les individus, mais cela n'a aucune importance, l'important est de savoir s'en servir. »

Quelques-unes, donc, ont lu les recommandations du praticien libertaire et, par écrit, hurlent avec les louves : « Faire du clitoris l'équivalent du pénis, c'est nier le sexe des femmes. Comptabiliser les zones érogènes, c'est réduire le corps des femmes. Apprendre à faire l'amour, c'est apprendre aux femmes à se faire violer en douceur là où leur corps est absent. Vouloir libérer la sexualité avec des recettes techniques, c'est reproduire la sexualité bourgeoise et capitaliste. Pour nous, femmes, libérer notre sexualité, c'est écouter notre corps, travailler sur nos inhibitions et nos désirs. Nous sommes toutes frigides et ce n'est pas un problème de technique ! »

La guide bien-aimée n'arrivant pas, elles attendent toujours.

Nadja cache son exaspération, ses mauvaises pensées (« Ne pourrait-Elle pas, comme quiconque, arriver à l'heure ? » « Ne pourrait-on pas, pour une fois, commencer avant minuit, commencer sans Elle ? »). Nadja bout mais dissimule cette ébullition. La première qui rompt le charme, la première qui élève le ton encourt la pire des sanctions : l'exclusion, le rejet, le bannissement, l'orphelinat.

Psych-et-po, foyer de révolte, réprime en son sein les insoumises. Voilà ce que songe et tarde à exprimer Nadja, convaincue au fond d'elle-même que le dénouement est inévitable, aussi certain que la mort d'Antigone, le départ de Bérénice.

Entre elle et la guide bien-aimée, l'idylle n'a pas pris. Or la guide bien-aimée ne tolère point, avec ses vassales, d'autres relations qu'idylliques. L'amour ou la proscription.

Comme la plupart des filles de la tendance, Nadja, au commencement, a été séduite par le talent d'invention, la richesse dialectique de cette femme énergique, âgée d'une quarantaine d'années, sans parchemins universitaires, sans *leadership* de droit. Une théoricienne sauvage, une petite prof montée en graine — analysée, dit la rumeur, par Jacques Lacan et Luce Irigaray.

Puis les signes de l'orage s'accumulent. D'abord infimes. La hantise du vedettariat, mélange de désir et de crainte, obsède le groupe. Il faut qu'aucune tête ne dépasse. Sauf celle qui en est la tête. Quand Ménie Grégoire, la sociologue des ondes, consacre une émission au Mouvement, lors de la marche du 20 novembre 1971, seule la guide bien-aimée répond aux questions. Nadja est choquée. Et plus choquée encore qu'elle parle de son mari, de sa fille, à l'intention des larges masses. Tactique et stratégie. Psych-et-po n'est pas, officiellement, un repaire d'homosexuelles. Intelligemment, la guide bien-aimée veille à ne point offrir l'image d'un ghetto. Mais à l'intérieur, mille pressions affectueuses indiquent la voie royale (« Tu n'es donc pas libre, ce soir ? Ton mec. Bien sûr, tu dois rentrer tôt »...).

Agnès Varda appelle Nadja :

— Jane Fonda est à Paris. J'organise un déjeuner avec Delphine Seyrig, Christine Delphy, Anne Zelenski. Veux-tu en être ?

Et comment ! Rencontrer Barbarella, la fille la plus belle du plus beau des hommes ! Le déjeuner est très gai. Et la soirée très sombre. Nadja, traduite en procès par ses « sœurs » — procureurs autrement blessants que ceux de la Cour de sûreté —, est invitée à confesser ses penchants pervers pour le brio mondain, l'exploitation individuelle, sans autorisation aucune, de la renommée du Mouvement. L'accusée refuse le rôle, refuse de capituler. Le ton sent la curée. Une des présentes est si angoissée qu'elle se cogne convulsivement la tête contre le mur. Nadja découvre que la guide bien-aimée, dans sa sourcilleuse vigilance, trahit une fascination quasi ingénue pour les intellectuelles en renom (Hélène Cixous, Julia Kristeva), les stars, aspire à leur ressembler, à entrer dans le cercle, et désamorce méticuleusement tous les embryons de concurrence éventuelle.

Ainsi s'explique l'absolu tabou de la signature. Nulle ne doit apposer son patronyme — l'étymologie et Lacan l'expliquent aisément — ni même — c'est moins clair — son prénom ou son pseudonyme au bas de quelque écrit, fût-ce un témoignage intime. *A priori,* l'écriture collective est rassurante : on s'en réclame à plein si l'on est satisfait, et l'on se donne comme simple participante dans le cas contraire. Nadja, qu'intimide l'idée de publier, goûte d'abord le masque partagé, admet l'éviction de la vanité d'auteur. Elle est également d'accord avec l'idée de procéder à rebours de la GP, de ne point s'abriter derrière un rempart de « potiches » manipulées et maltraitées. Mais, s'enhardissant, un doute la saisit, qu'elle a l'imprudence de communiquer à ses sœurs assemblées :

— Si c'était une facilité ? Si c'était la trouille qui nous retenait d'assumer l'originalité et la responsabilité d'un papier ?

Un long silence. Et se déchaînent les foudres célestes contre ce nouvel accès de vedettariat. Le propos de la déviante serait, pour un peu, digne d'une « féministe », d'une de ces combattantes que la guide bien-aimée dépeint « casquées et bottées ».

Psych-et-po est une association, un laboratoire, un club, un atelier thérapeutique. L'entrecroisement des deux axes de recherche, subtil et stimulant, permet aussi à l'égérie du groupe de modifier le terrain selon son gré, de déstabiliser l'interlocutrice. Si cette dernière parle psychanalyse, on lui répond politique. Si elle parle politique, on lui répond psychanalyse. La conversation passe de l'« objectivement » à l'« inconsciemment » — avec le sous-entendu que l'inconscient « tire à droite », que nulle n'est garante, malgré un discours construit (voire en raison de ce discours), de ses pulsions dernières.

Au retour d'un « pont » du 1er Mai vécu parmi ses copines, Nadja éprouve une grosse fièvre, pénible et inexpliquée. Les médecins se montrent évasifs. La guide bien-aimée, elle, formule un diagnostic souverain :

— C'est normal. Tu commences à te sentir agressive à mon égard. Et comme tu ne voulais pas être agressive, tu as retourné cette agressivité contre toi.

Nadja est de moins en moins sûre qu'elle « ne veut pas » être agressive. Des détails l'intriguent, des réactions mimétiques. La guide bien-aimée a-t-elle des bourrelets ? L'apologie des bourrelets s'impose lors des longues séances de bains turcs, massages, nettoyage de la peau au hammam de la mosquée de Paris. Dans le geste, le vêtement, l'intonation (la voix cassée, chutant en fin de période), l'imitation se généralise. Et vient le déclic suprême. Nadja rentre d'Orléans, accompagnée de son amie riche héritière (elle porte sur les épaules quelques milliards d'une des dix premières fortunes françaises), trésorière et pilier de Psych-et-po. Toutes deux ont rendu visite à des « filles-mères » en révolte dans une maison spécialisée. Au fil de la discussion, l'interlocutrice de Nadja lui révèle, éblouie, que la guide bien-aimée a consenti à la prendre en analyse.

Cette fois, l'agressivité obscure se mue en franche révolte :

— Mais tu ne peux pas dépendre à ce point d'elle, c'est contraire à la psychanalyse même ! Tu répètes déjà tout ce qu'elle dit...

— Nadja, je t'assure, Elle sait mieux que moi ce que je pense.

1981. Françoise Picq, enseignante en sciences politiques :

— Nous avons cru que le pouvoir, attribut de la virilité, ne nous concernait pas, que nous étions sœurs, égales et différentes. Mais c'est une autre forme de pouvoir que nous avons laissé s'instaurer : celui de la séduction ou des grandes gueules, celui de la fascination de la parole d'une seule, jusqu'à constitution du syndrome du perroquet. Dans la rivalité dépassée, dans la collectivisation des idées, nous avons masqué les « individues », écrit ensemble des textes non signés sur lesquels d'autres peuvent sans difficulté apposer leur marque de fabrique.

Fin juin-début juillet, Psych-et-po tient séminaire à La Tranche-sur-mer, dans les locaux d'une colonie de vacances où l'on est nourri et logé pour 15 francs par jour. Les Parisiennes figurent au grand complet, rejointes par des provinciales un peu perdues, que déconcerte l'apprentissage du code. Plus des étrangères : Anglaises et Belges, Suédoises et Allemandes, Italiennes ou Hollandaises... La guide bien-aimée, qui entend contrebalancer par cette ouverture européenne le style *made in USA* dont les « féministes » se sont fait une spécialité, est le truchement, l'arbitre, le médium, la pythie de cette semaine :

— Tu comprends, Elle est hystérique. Donc la vérité passe par Son corps, chuchotent les initiées.

Françoise Picq avait souhaité organiser de petits groupes d'auto-analyse. Mais la guide bien-aimée s'y est opposée, avalanche d'arguments à l'appui. La tête des autres est son domaine réservé.

Nadja conserve de la tendresse pour la plupart des « sœurs » qui l'entourent. Elle approuve Psych-et-po de critiquer les « femmes phalliques », décalques, parodies des mecs. Mais son sort est scellé. C'est plus fort qu'elle : un démon la pousse à transgresser les consignes du groupe. Françoise, solidaire, l'escorte vers la sortie. Elles relisent, à cette occasion, l'*Autocritique* d'Edgar Morin. Surtout les pages où l'exclu, chassé de sa cellule, s'enfuit dans la nuit et pleure, abominablement seul.

Il existe des hommes qui pleurent. Et des femmes qui désirent le pouvoir.

26 septembre 1979. La tendance « Psychanalyse-et-politique », propriétaire de la maison d'édition Des femmes, fondée à l'automne 1973, se constitue en association sous le nom, publié au Journal officiel, *de « Mouvement de libération des femmes — Psychanalyse-et-politique ». Le 18 octobre suivant, le titre est raccourci — nouvelle publication au* JO *— et devient « Mouvement de libération des femmes » tout court.*

Le sigle MLF, désormais, n'est plus la propriété légale que de « quelques-unes ».

« *The Games must go on.* » Avery Brundage, président du Comité international olympique, articule ces mots face à l'alignement des drapeaux en berne, dans le silence de la foule allemande. Il en a vu d'autres. Les meurtrières émeutes, à Mexico, avant l'ouverture des Jeux de 1968. L'éviction de la Rhodésie... Il en a vu d'autres, mais peut-être pas de pires.

L'après-midi, soixante-dix mille spectateurs, sous le toit transparent de l'Olympic Stadium, applaudissent la victoire inattendue des footballeurs polonais sur les Soviétiques.

Le sang n'a pourtant pas eu le temps de sécher.

C'était juste après l'aube, vers 4 heures, le 5 septembre 1972. Huit Palestiniens armés de mitraillettes forcent la porte des appartements réservés aux athlètes israéliens, en plein cœur du village olympique de Munich. Moshe Weissenberg, entraîneur de lutte, et Joseph Romano, haltérophile, tentent de se défendre. Ils sont abattus. Et le siège commence à l'insu des voisins. Un feuillet dactylographié, lancé par la fenêtre, explique l'objectif du commando : la libération de deux cents prisonniers palestiniens détenus en Israël. L'ultimatum expire à midi. Ensuite, deux otages seront exécutés toutes les heures.

Le chancelier fédéral, Willy Brandt, réunit ses ministres pendant que l'ambassadeur de Tunisie rencontre le chef des agresseurs, s'efforce de lui arracher quelque répit. De Tel-Aviv, Mme Golda Meir signifie qu'elle ne cédera pas et s'en remet aux Allemands. Les tireurs d'élite du Bundesgrenzschutz — les derniers militaires qui portent le casque ancien de la Wehrmacht — rampent vers les cheminées du pavillon israélien. Avec d'infinies précautions. Seule erreur : les caméras de télévision les filment en plongée et les « terroristes » suivent eux-mêmes l'émission sur le poste du lieu.

Une issue leur est offerte. Un avion les attend, ainsi que les athlètes captifs, sur l'aéroport de Fürstenfeldbruck (Munich est à 40 kilomètres, et Dachau à 13).

22 h 30. Deux hélicoptères se posent à côté d'un Boeing illuminé de la Lufthansa. Quatre Palestiniens inspectent l'appareil, aperçoivent l'équipage, reviennent vers les hélicoptères, rassurés. La police bavaroise, qui a pris le relais des tireurs d'élite fédéraux, ouvre le feu. Deux Palestiniens tombent, morts. Les autres réussissent à atteindre l'hélicoptère dont ils étaient descendus. L'un exécute d'une rafale, à travers la porte, ses quatre otages pieds et poings liés. Son voisin arrose la tour de contrôle, tue un policier. Tout le monde tire au jugé à travers la nuit noire. L'un des fedayin jette une grenade dans le second hélicoptère qui s'embrase, noie de feu les cinq hommes ligotés, impuissants, qu'il contenait.

La fusillade dure trois heures. Total : dix-sept morts (onze Israéliens, cinq Palestiniens, un Allemand).

Un sondage réalisé à chaud, alors que l'opinion est sous le choc, révèle qu'une ample majorité de la population partage le sentiment de M. Brundage : *« The Games must go on. »*

Marie-Claire C., dix-sept ans, comparaît le 11 octobre 1972 devant le tribunal pour enfants de Bobigny. Une enfant est jugée parce qu'elle n'a pas conservé l'enfant qu'elle portait — dans sa seizième année. Gisèle Halimi, entre autres avocates, assure la défense de Marie-Claire et de sa mère, employée à la RATP, coupable d'avoir obtenu, par l'intermédiaire de deux collègues, l'adresse d'une avorteuse.

Marie-Claire, collégienne, a — une fois — fait l'amour avec un camarade, Jean-Pierre, assez brutal et maladroit. C'est lui, paraît-il, qui aurait dévoilé l'histoire lors d'une enquête de police concernant quelque petit vol.

Le gynécologue consulté réclamait 4 500 francs.

A cinq reprises, Marie-Claire a subi la pose d'une sonde artisanale. Un début d'hémorragie l'a conduite trois jours en clinique.

L'association Choisir, d'accord avec les prévenues, a décidé que les débats ne seront pas étouffés sous la pudique chape du huis-clos. Que l'histoire sera contée sans fard et diffusée sans retenue. Que le procès de Bobigny sera le procès de la loi. La presse, la grande, est là.

L'exposé des griefs et des faits, dans leur absolue banalité, ne dévore point l'horaire. « Nous avons tous été des fœtus et nous sommes en général tous heureux de vivre ! » philosophe le procureur devant Simone de Beauvoir (présidente de Choisir). Et le juge, apparemment peu instruit de ces choses, demande à l'avorteuse si elle a introduit le spéculum « par la bouche »...

On serait tenté de sourire, de se laisser emporter par les dérisions du genre, n'était la sèche intensité des récits et, bientôt, la charge des témoins de la défense. Le professeur Paul Milliez, doyen de la faculté de médecine à Broussais, raconte comment il a été amené, quoique militant catholique et respectueux des règles, à pratiquer un avortement et à en favoriser d'autres, « non seulement thérapeutiques mais sociaux », en particulier sur des femmes victimes de viols.

— C'est à la femme de choisir. Ce n'est pas à nous d'imposer nos conceptions d'hommes et d'hommes riches.

Paul Milliez avoue que cette déposition lui coûte. Mais il se rappelle le patron chirurgien qui interdisait à ses subordonnés d'accomplir un curetage sous anesthésie, et il promet tout net :

— Si l'une de mes filles avait demain une rubéole ou une toxoplasmose pendant les six premières semaines de sa grossesse, je vous jure que je la ferais avorter.

Le docteur Palmer, gynécologue, parle de trois mille six cents morts chaque année par suite d'avortements clandestins, reproche au conseil de l'ordre d'avoir naguère, sur l'injonction de Vichy, ajouté cet interdit au serment d'Hippocrate (l'original ne le mentionne nullement).

Deux prix Nobel assurent le relais. Jacques Monod constate que maints confrères pratiquent l'avortement dans des services hospitaliers publics « parce que leur conscience de médecin et de citoyen le leur impose ». Il regrette de n'avoir pu, personnellement, aider les accusées. Invité par le président à se prononcer sur le fond, il réfute « l'erreur à la fois anthropologique et biologique qui consiste à considérer qu'un fœtus de quelques semaines est une personne humaine » — faute de conscience liée à un système nerveux central. Et François Jacob, par écrit, confirme cette analyse.

Jean Rostand s'exprime sur le même mode : « Respecter la vie, c'est d'abord respecter ceux qui donnent la vie. » Au banc des politiques, Michel Rocard, député PSU des Yvelines et « socialiste révolutionnaire », prend parti de manière analogue : en dernière instance, dit-il, le législateur doit s'en remettre au choix de la femme enceinte.

Simone de Beauvoir, Simone Iff (vice-présidente du Planning familial), Claude Servan-Schreiber alourdissent le dossier de la défense. Françoise Fabian et Delphine Seyrig, elles, défient la cour : « J'ai avorté en juillet 1971 », révèle la première ; « Et moi, j'ai avorté deux fois, dont la dernière en décembre 1970 », ajoute la seconde.

Me Halimi :

— J'espère qu'une information sera ouverte...

Non, elle ne le sera pas. L'arrêt rendu par le tribunal de Bobigny est l'aveu qu'entre la demande sociale et le droit pénal la balance n'est plus, ne sera jamais plus égale. Achevant son minutieux et chaleureux compte rendu des débats, Françoise Giroud, dans *l'Express,* s'amuse à noter que les journalistes qui s'en font l'écho sont théoriquement complices, et se déclare à la disposition du procureur. Lequel serait vite débordé : aucun journal, quelles que soient ses options, n'est professionnellement en état de taire l'événement.

Marie-Claire est relaxée. Sa mère, peu après, est condamnée à 500 francs d'amende avec sursis — pour le principe. Elle interjette appel. Question de principe.

Benny Lévy s'est concerté avec Olivier Rolin, avant la réunion du Comité exécutif. Ils savent tous deux que les phrases qui seront prononcées signifient beaucoup plus qu'un commentaire d'actualité, voire une option stratégique. C'est de leur propre essence, de leur propre destin qu'il s'agit.

Sitôt la séance ouverte, Benny annonce la couleur : il faut condamner la prise d'otages de Munich.

Il n'est pas difficile, à froid, à distance, de reparcourir l'itinéraire politique et psychologique des Palestiniens désespérés. La diplomatie du moment gomme les violences effectives. Willy Brandt est reçu à Moscou, Richard Nixon à Pékin, le Biafra est oublié, la guerre indo-pakistanaise n'a duré que quelques jours, Suez est paisible, et des rumeurs de compromis circulent à propos du Vietnam. Oui, on comprend aisément que les fedayin, qui se méfient de Sadate et voient en Hussein leur assassin et fossoyeur, soient persuadés qu'ils n'ont plus rien à perdre, qu'ils sont irrémédiablement abandonnés de tous.

Comment analyser, sinon, les détournements d'avions répétés en 1970 ? Comment analyser l'effrayant massacre de vingt-sept personnes déchiquetées par des grenades, le 30 mai dernier, sur l'aéroport de Lod ? Les trois Japonais auteurs de l'attentat agissaient, semble-t-il, pour le compte du FPLP.

Tout cela, Benny le rappelle. Il rappelle que la GP, à temps et à contretemps, s'est voulue solidaire des Palestiniens. Qu'il n'était point question de rêver la Palestine comme un modèle symbolique (analogue à Cuba, à la Chine aux yeux de divers militants des années soixante), de s'agenouiller devant un suzerain, mais de devenir fedayin.

La revendication du peuple palestinien est et demeure légitime. Mais cette forme d'action-là, le leader de la GP lui dénie sa légitimité.

Pourquoi ? Parce que l'antinazisme est, dans les mythes fondateurs, pierre angulaire ; et qu'on ne saurait ainsi tolérer que des juifs soient à bon droit liquidés sur le sol allemand. Munich 1972 devait effacer Berlin 1936. Précisément, c'est le contraire qui sourd de l'épisode.

Parce que la notion de responsabilité collective, maniée de la sorte, est intolérable. De quel crime est coupable un jeune athlète israélien ? De porter l'uniforme ? Tous les jeunes Israéliens sont contraints de l'endosser. Est-il alors coupable d'être juif ? L'incriminera-t-on en raison de son appartenance, et non d'actes caractérisés ? La mort de civils, d'enfants, est-elle acceptable si ces civils, ces enfants, sont membres d'un groupe collectivement et intrinsèquement mauvais ? Et ce raisonnement, pour comble, est-il applicable à ceux que la bête immonde entreprit de dévorer ?

Le CE, unanime, estime que le coup de Munich est indéfendable, qu'il rompt la chaîne du discours. Plus : les dirigeants maos résolvent de publier un communiqué signé de la NRP. C'est la « branche militaire » de l'organisation qui exprimera sa réprobation devant « l'opération militaire » déclenchée aux jeux Olympiques.

Nul, dans la discussion, ne mentionne que la majorité des présents sont juifs.

A la sortie, cependant, Pierre Victor et Antoine pressentent que le jugement prononcé porte loin. Ils viennent de rejeter non seulement « une forme de » terrorisme, mais, excluant la notion de culpabilité collective, « le » terrorisme même. Ils viennent aussi de se placer en porte-à-faux vis-à-vis des secteurs chauds, actifs, de leur base : les immigrés arabes dont beaucoup, sur Munich, considèrent que le bain de sang final résulte de la dureté israélienne et de la déloyauté allemande ; et les marginaux de banlieue qu'ils ont recrutés en prêchant la « cogne ».

Très vite, d'ailleurs, les AG de base deviennent houleuses quand la question palestinienne est soulevée. Benny, au risque d'être conspué, ne bouge plus d'un pouce.

A travers leur décision, c'est la cohésion, donc la survie du mouvement, que les leaders maoïstes entament. Et, s'ils acceptent unanimement un tel risque, n'est-ce pas l'aveu que la GP — virtuellement — a vécu ?

Au sens strict, ils ont trouvé leur premier cran d'arrêt.

13

Flambant neuf

Ils sont cinq, derrière la table recouverte d'une drôle de nappe à fleurs, cinq pour annoncer aux journalistes, le 4 janvier 1973, la naissance d'un nouveau confrère, encore à l'état de projet. Philippe Gavi, dont les cheveux noirs épais masquent le visage, est assis à côté de Sartre en polo prolétarien, les bras sagement croisés. A l'autre bout, Jean-René Huleu, foulard autour du cou, jette un œil distrait vers les notes posées devant son voisin, Serge July, l'air appliqué d'un étudiant en droit, avec son col de chemise rabattu sur un pull noir. Au centre, Jean-Claude Vernier préside. Ces cinq hommes, à des titres divers, portent les destinées du futur quotidien qui possède déjà un nom : *Libération.*

La gestation, lente, laborieuse, dure depuis plusieurs mois ; l'initiative en revient à Vernier, le fondateur de l'Agence de presse Libération. Après deux ans d'existence, l'APL a conquis une réelle audience. Elle alimente l'ensemble de la presse en informations souvent inédites sur les conflits, les luttes, la répression. Depuis les scoops de l'assassinat d'Overney et de l'enlèvement de Nogrette, elle est professionnellement reconnue, mais cette activité « normale » ne satisfait pas complètement Vernier, qui affectionne l'intervention directe sur le terrain. Le journalisme, pour lui, est la continuation du militantisme par d'autres moyens. Or l'actualité lui en a fourni l'occasion.

L'épisode remonte à janvier 1972. Simone Del Duca, propriétaire de *Paris-Jour* — fondé par son mari Cino —, ferme boutique. Elle sanctionne ainsi la grève illimitée votée par son personnel en réaction à un plan de licenciements. Les employés « lockoutés » occupent les locaux, soutenus par l'ensemble de la profession. C'est alors que surgit Vernier, qui met l'APL à la disposition du comité de grève. Un bulletin sort, collectivement élaboré par des journalistes de la presse parisienne.

Vernier rencontre Huleu, ancien rédacteur en chef de *Turf-*

Hebdo, qui conçoit l'idée d'une publication itinérante, fabriquée à chaud, sur l'événement, avec les acteurs concernés. Une petite équipe — l'ex-groupe GP du lycée de Melun —, Claude Maggiori, Gilles Millet et Béatrice Valleys, gravite autour du projet. Vernier et Gaudemar la rejoignent.

Toute la bande s'installe à Bruay-en-Artois, au printemps, quand l'« affaire » bat son plein. Dans un camion jaune loué pour la circonstance, elle tire sur place un bulletin ronéotypé, *Pirate,* dont le premier éditorial annonce : « Ce que *Pirate* se propose d'accomplir, son titre l'indique. Il veut faire du détournement d'information. Il veut empêcher que l'actualité soit accaparée et défigurée par une presse au service des P-DG et du gouvernement. *Pirate,* ici, à Bruay : la voix des corons. »

Quelque temps après, le camion jaune part pour Thionville, où les vendeuses grévistes des Nouvelles Galeries dénoncent en chantant les « nouvelles galères ». Un deuxième numéro de *Pirate* est édité, qui ne satisfait pas davantage ses promoteurs que le premier. Trop artisanal, trop militant.

De ces deux expériences non abouties germe une intuition dans la tête de Huleu, lequel convainc sans mal Vernier : pourquoi ne pas utiliser les dépêches de l'APL afin de lancer le quotidien dont ils rêvent ? Les compères ne détiennent ni argent ni moyens techniques, mais ils ont l'indispensable « grain de folie » grâce auquel un pari d'après-boire devient réalité concrète. Ils y croient, à « leur » canard populaire...

L'objectif prioritaire que s'assigne Vernier est de persuader la direction mao ; la première fois qu'il en parle à Benny, pourtant accoutumé aux extravagances du temps, le grand chef part d'un éclat de rire tonitruant. Et puis, Vernier persévère, argumente, prend le pouls de la base. En novembre, il a gagné la partie. Benny Lévy, lui aussi, cherche comment sortir de l'impasse politique où piétine l'ex-GP.

La direction de la Gauche prolétarienne décide solennellement la fondation d'un quotidien qui ne sera pas strictement mao, mais ouvert à d'autres sensibilités. Sartre a beaucoup pesé en ce sens. L'échec de *J'accuse,* les frictions avec les gépistes lors des péripéties de Bruay l'ont convaincu que l'autonomie rédactionnelle était indispensable. Il est prêt à y veiller.

Et le 4 janvier 1973, au cours de la conférence de presse, le philosophe insiste sur cet aspect :

— Il ne faut pas nier que les maos ont beaucoup contribué à

créer ce journal. Il ne faut pas nier non plus les sympathies qui m'unissent à eux, mais je ne voudrais pas que le quotidien *Libération* soit un journal destiné uniquement à servir la politique mao.

Sartre poursuit :

— En particulier, si je suis dedans, je n'entends pas l'être comme un prête-nom, comme j'ai été un moment directeur de *la Cause du peuple* simplement pour le cas de carreaux cassés. Je prétends y participer vraiment.

Avec lui, Clavel, enthousiaste et lyrique, selon son habitude, Foucault, Claude Mauriac, Astruc, bref, les compagnons de route familiers apportent à l'entreprise leur caution « démocratique ». Dans le même souci de contrebalancer l'influence gépiste, Philippe Gavi, gauchiste libertaire, réfractaire à l'embrigadement, s'intègre au noyau de direction.

L'ouverture, toutefois, connaît des limites. Benny Lévy entend bien que les maos gardent le contrôle de l'embarcation. Il importe surtout que l'un d'entre eux tienne la barre. Jugeant Vernier trop fragile pour ce rôle où il faut un fonceur, il choisit de rappeler Serge July, toujours en exil dans le Nord. Le chef de la GP des corons a su résister aux états d'âme. Lors de l'affaire de Bruay, à une militante qui émettait quelques doutes sur la culpabilité du notaire, il a répliqué :

— C'est parce que tu as peur, toi, fille de bourgeois, de voir la tête de ton père au bout d'une pique...

Autoritaire, dogmatique sur le fond, July est aussi un pragmatique capable au besoin de manœuvrer en souplesse. Il a la certitude que les maos doivent travailler avec les non-maos : c'est d'ailleurs ce qu'il avait essayé d'encourager aux origines de *J'accuse*. Benny, bien qu'il doute du talent littéraire de l'ancien rédacteur de *Clarté* — il estime sa prose « pâteuse » —, considère que le mélange d'autoritarisme et d'ouverture propre à July en fait l'homme de la situation. L'homme des maos dans le journal.

Serge a soigneusement préparé son intervention devant la presse, où il expose sa conception du futur quotidien :

— C'est très sérieusement que *Libération* sera un journal objectif. Il est de coutume de se prononcer pour l'objectivité. L'objectivité serait, dans un conflit du travail ou dans un conflit judiciaire, de donner la parole aux deux parties, les deux parties ayant la même valeur, le patron et les grévistes, le justiciable et la machine judiciaire qui le broie. Cette objectivité-là relève du maintien de l'ordre. Appeler cela objectivité de la presse est un abus de langage. Cette objectivité donne la parole aux autorités, aux représentants contestés, et non à ceux qui sont les détenteurs du pouvoir réel, qui sont la source des idées.

July conclut, détachant ses mots :

— L'objectivité pour laquelle nous combattons, c'est une information qui sera sous le contrôle public et direct de la population.

Serge July pour définir la ligne juste, Sartre et Gavi comme garanties d'ouverture, Vernier et Huleu chargés de l'infrastructure : les rôles sont répartis. Restent, afin que l'idée se change en « force matérielle », quelques détails cruciaux.

Emprunté à l'APL, le titre s'est imposé avec une sorte d'évidence. La veuve d'Emmanuel d'Astier de La Vigerie ne voit nul obstacle à sa reprise — de toute façon, il n'a jamais été enregistré. Les maos apprécient de ressusciter ainsi un nom né de la Résistance.

L'argent ? Personne n'en a. Le Grand Timonier a certes suggéré de compter sur ses propres forces. En l'espèce, elles sont maigres. Sartre donne l'à-valoir de 30 000 francs versé par Gallimard pour un livre d'entretiens avec Benny et Gavi. Foucault cotise également. Et Vernier entreprend la rituelle tournée des artistes, écrivains, intellectuels, auxquels il récite son couplet. Le succès est mitigé. Les « personnalités », depuis Mai 68, ont été tant de fois « tapées » en vue de mirifiques projets qu'elles sont aujourd'hui sur la défensive.

Montand qui, au même moment, offre un million de centimes à Krivine — « Tiens, petit, j'ai une brique en liquide, prends-la ! » — se récuse. La collecte n'atteint pas, loin s'en faut, les 1 400 000 francs nécessaires. Deux héritiers très proches de la GP écornent leur patrimoine. Ces dons financent les premiers investissements. Parallèlement, une souscription « populaire » est lancée.

Huleu veille à la technique. Il a prêché que *Libération* ne verrait le jour qu'à la condition de rompre avec les méthodes traditionnelles de fabrication : composition par linotype, montage au marbre, impression sur rotative classique. Il suggère d'assumer d'emblée la révolution technologique en cours : composition électronique, montage sur papier, impression offset. Un seul journal utilise présentement ces procédés, c'est *le Quotidien du médecin*. Avant d'innover sur le fond, *Libération* commence par changer la forme.

Grâce aux dons des héritiers, Huleu peut acheter quelques machines. Vernier, optimiste, résume la philosophie de ce bricolage, mi-improvisation mi-technique de pointe : « Nous accomplissons l'alliance des B 52 américains et des vélos vietnamiens... » A l'heure où Américains et Vietnamiens signent, après des mois de négociations, les accords de Paris qui mettent fin au conflit indochinois, l'allégorie produit son effet.

Rédigé par Benny Lévy, amendé par Gavi, largement revu par Sartre, discuté par Foucault, un manifeste destiné à faire connaître l'entreprise est largement diffusé. Tout, ou presque, tient dans le sous-titre, *L'information vient du peuple et retourne au peuple* :

> Il est temps que paraisse un quotidien démocratique. Il est temps que les grèves ouvrières, les souffrances, les choses de la vie des gens ne soient pas bafouées et manipulées par ces hommes de pouvoir, d'autant plus puissants qu'ils sont plus cachés : les magnats de la presse quotidienne.
>
> Il est temps de défendre l'opinion populaire pied à pied, jour après jour, contre l'opinion publique fabriquée dans les couloirs des ministères, dans les dîners en ville, quand ce n'est pas tout simplement dans les locaux de la police... Il est temps de s'attaquer au secret et d'aider le peuple à prendre la parole...
>
> Pour la parution du quotidien *Libération*, nous appelons à l'unité tous ceux qui combattent les secrets de cet Etat monstrueux, et de la classe dirigeante, tous ceux qui veulent la vérité et la justice...
>
> La doctrine du quotidien est : Peuple, prends la parole et garde-la !
>
> Pour les travailleurs du quotidien *Libération*, la source de l'information et des pensées se trouve dans le peuple...
>
> La majorité des rédacteurs de la presse quotidienne reçoit servilement les directives fabriquées dans les grands restaurants où se rencontrent les faiseurs de la politique officielle. Le journaliste de *Libération* s'informe dans les cités ouvrières, les quartiers populaires, les villages...
>
> Nous appelons tout le monde à soutenir *Libération*, qui sera comme une embuscade dans la jungle de l'information.

Un local est déniché rue de Bretagne, dans le Marais. Il s'avère rapidement trop exigu. Chaque jour, des dizaines de personnes passent, s'entassent, s'engueulent. La moindre réunion de rubrique regroupe cent individus dont les cent avis divergent. Les hypothèses d'articles sont discutées à l'infini, les papiers décortiqués, récrits, recommencés, jetés. Les responsables sont contestés sitôt nommés. Les cris, les empoignades, les mises en demeure, les mises en cause engendrent une ambiance sonore incompatible avec le travail.

Un numéro zéro sort le 5 février 1973. De couleur verte, sur quatre pages, il est catastrophique et donne l'irrésistible envie de répondre par la négative à l'invite de la une : « Si vous le voulez, un quotidien libre tous les matins. »

Comme il l'a promis, Sartre est assidu ; il participe aux réunions préparatoires, fatigué mais heureux dans cette atmosphère survoltée, passionnée. Son obsession est l'écriture ; il aimerait que *Libération* devienne une sorte d'écrivain public collectif, et soit réalisé non seulement *pour* le peuple mais *par* le peuple. Il rêve que s'invente une langue « écrite-parlée », une traduction rédigée du parler populaire, un style dont le modèle soit le langage de tous les jours, celui de la rue.

Mais l'auteur des *Mots* tombe malade et est contraint de s'éloigner. Le journal déménage rue de Lorraine, à deux pas du canal de l'Ourcq, dans une petite maison de deux étages qui servait d'entrepôt à un grossiste en viandes.

Le trait d'union entre le quotidien et le peuple, ce sont les « comités *Libération* » censés assurer la liaison suivant un perpétuel leitmotiv : « *Libération* n'est pas un journal fait par des journalistes pour des gens, mais un journal fait par des gens avec l'aide des journalistes. » Dans cette optique, les groupes locaux drainent la matière première, fournissent la substantifique moelle du journal. Les comités locaux se réunissent, adressent contributions et récriminations ; Antoine de Gaudemar, chargé de coordonner les correspondants, est bientôt submergé par un flot de critiques, de sommations. Il est l'inévitable maillon faible entre l'équipe en fusion et la base, qui prend le manifeste au pied de la lettre.

Le débat rebondit à l'intérieur même de la rédaction. Contre les utopistes qui revendiquent l'amateurisme, prônent la rotation des tâches, le droit pour chacun d'écrire sans contrainte ni censure, et conçoivent le quotidien comme une sorte de haut-parleur à plusieurs voix anonymes, July développe dès le départ une vision professionnelle de l'expérience.

Il croit à la spécificité de la rédaction, à la spécialisation, à la division du travail, à la nomination de responsables, à la délégation de pouvoir, à l'utilité d'une hiérarchie. Pour l'heure, dans le happening incessant où baigne la préparation du n° 1 — constamment repoussé —, il n'a ni les moyens humains ni les moyens matériels d'imposer ses vues. Il investit son énergie dans une activité où il excelle : gérer la crise permanente.

Avec le dur désir de durer.

Olivier Rolin a d'autres préoccupations que la sortie de *Libération* ; non qu'il s'en désintéresse, ou désapprouve la chose : il était présent quand la direction a donné le feu vert et s'y est déclaré favorable. Ce qui le tracasse est d'un autre ordre — l'ordre des soucis habituels du chef de la NRP. Depuis des mois, avec son équipe, il répète une opération et, pour la première fois, s'interroge sur le bien-fondé politique de l'initiative.

Il s'agit d'enlever le député de Belfort, un nommé Tisserand, candidat à sa propre succession pour les prochaines élections législatives de mars.

Son challenger socialiste est un « jeune loup » de la gauche du parti, le CERES. Jean-Pierre Chevènement, encore peu connu du grand public, fut, deux années plus tôt, l'un des rédacteurs du projet socialiste. C'est un farouche partisan de l'alliance avec le PC.

Depuis la signature du Programme commun, l'impact de l'union de la gauche ne cesse de croître. En décembre 1972, devant plus de cent mille personnes réunies à la porte de Versailles, les leaders des trois partis signataires ont tenu leur premier meeting unitaire. La présence à la même tribune — où Aragon affichait sa crinière blanche — de François Mitterrand, Georges Marchais et Robert Fabre évoquait quelque *remake* du Front populaire. La gauche sortira-t-elle victorieuse du scrutin de 1973 ? Cette perspective, impensable voilà peu, devient plausible si l'on en juge par les sondages d'opinion : elle recueille 47 % des intentions de vote.

Porté par l'élan général, Chevènement a une bonne chance de battre Tisserand. Mais cette chance n'enthousiasme guère Olivier

Rolin. Car Tisserand est un ancien milicien, et Rolin souhaiterait ne pas le louper comme il a manqué Touvier.

Ce dernier, jadis chef de la milice dans la région lyonnaise, a été gracié par le président Pompidou. Les associations d'anciens résistants ont protesté contre cette surprenante mansuétude, gardée longtemps secrète. La rumeur publique s'est émue de l'élyséenne clémence envers un homme coupable de crimes inoubliables. Les maos s'emparent du cas Touvier et l'érigent en symbole de la dérive « vichyssoise » du régime. Ils jugent la réprobation unanime et prononcent eux-mêmes la sentence : « La guillotine pour Touvier ! » clame *la Cause du peuple* en décembre 1972.

L'appel au meurtre choque maints pionniers de la GP, tels Jambet ou Le Dantec, effrayés que leur organisation réclame la peine de mort.

La NRP est chargée de l'exécution.

Rolin loue un appartement à Chambéry, juste en face du domicile de Touvier, et, durant des semaines, les « justiciers » montent la garde, prêts — unique exception — à abattre leur proie. Mais l'ex-milicien a disparu, se terre. Les autres abandonnent.

Selon l'ordinaire, Olivier étudie minutieusement le rapt de Tisserand. L'opération en elle-même ne présente guère de difficultés. L'homme ne se doute de rien et sa vie est réglée comme un métronome. Il est prévu de l'emmener à Dijon, où une maison a été louée et aménagée. Au-dedans, une espèce de cabane insonorisée a été construite afin d'isoler le prisonnier des bruits extérieurs. En revanche, Rolin a enregistré sur un magnétophone des sons destinés à tromper le détenu.

L'idée consiste en ce que Tisserand s'imagine séquestré sur le sol helvétique. Rolin expédie même un de ses acolytes à Genève, où il achète des produits locaux, du chocolat, du beurre, des babioles qui créeront l'illusion.

Afin d'égarer la police, le plan stipule également que la camionnette utilisée pour l'enlèvement sera cachée dans un box à la sortie de Belfort, et qu'un véhicule identique partira dans une direction opposée à celle de Dijon. Pendant ce temps, les ravisseurs, eux, gagneront Dijon dans une troisième voiture par des petites routes peu fréquentées. Leur intention est de séquestrer

Tisserand le temps nécessaire pour l'interroger longuement jusqu'à ce qu'il avoue ses fautes.

Techniquement, tout est réglé. Rolin n'attend plus que le signal. Lui-même doute, cependant. L'enlèvement risque d'être mal compris, ou mal interprété, de déclencher une mobilisation policière fatale. Il ne se l'avoue pas crûment, mais il n'est plus assuré que tout cela ait encore un sens. Quelques jours avant le 4 mars, premier tour des législatives, Olivier renonce.

L'équipe renâcle.

Le 11, Chevènement est élu député de Belfort. Dans tout le pays, le parti socialiste connaît une forte poussée, quoique le PCF conserve de justesse le meilleur pourcentage. Le pari de François Mitterrand de rééquilibrer la gauche à son profit est en passe d'être vérifié. Krivine n'est pas mécontent non plus : les candidats présentés par la Ligue recueillent en moyenne 1,9 % des suffrages.

L'An 01, un film de Jacques Doillon, Alain Resnais et Jean Rouch, sort sur les écrans. « L'utopie ou la mort ! » scandent les rêveurs éveillés...

Mèches rigides et plaquées le long de son visage de plus en plus blafard, Bizot tire sur un gros cigare et regarde pensivement le nuage de fumée qui s'épaissit. A ses côtés, Michel-Antoine Burnier porte les cheveux longs sur la nuque, raides comme des salsifis, très pâle lui aussi, l'œil fatigué derrière les gros carreaux de ses lunettes. Afin de parfaire sa silhouette de journaliste standard, il s'est affublé d'un gilet vaguement marron emprunté à quelque costume des années cinquante. *Actuel* a un peu plus de deux ans, et Bizot a convié son équipe dans son appartement pour une séance d'introspection collective.

Deux années de course éperdue, de bouclages contre la montre, de reportages fauchés, vingt-neuf numéros accumulés, des nuits de veille, une immense fatigue : le succès. Soixante mille exemplaires vendus chaque mois et une audience croissante. *Actuel*, organe officiel de tous les marginaux réels ou imaginaires, à force de capter l'air du temps et de le traduire sur des pages bariolées, s'est installé.

Au n° 17, la rédaction lance un appel pour trouver des correspondants en province. Plus de mille réponses reviennent, de quoi constituer un nouveau groupuscule. PMF : « Le parti marginal de France », rigole Bizot, les yeux au ciel, soudain affolé par cet afflux.

Organiser toutes ces énergies disponibles ? Il n'en était pas question. *Actuel* se contente de publier des petites annonces gratuites, par dizaines, puis par centaines, trait d'union entre les « marjos » en quête de contacts, les provinciaux fuyant l'isolement.

Comment ne pas devenir une institution ? Jusqu'où assumer la rupture ? Le rejet du système n'est-il pas une ruse du système ? Ils s'en posent, Bizot et Burnier, d'insondables questions auxquelles ils n'ont jamais le temps de répondre. Aujourd'hui, devant quelques bouteilles de scotch, roulant des « pétards », ils ont convoqué le « noyau dur » : Patrick Rambaud, le surréaliste qui se cache derrière ses cheveux, « Léon Mercadet », un ancien de la Ligue embauché par Bizot à condition qu'il accepte pour pseudonyme Léon, comme Trotski, et Mercadet, presque comme l'assassin de Trotski, Ramón Mercader.

Et encore Jean-Paul Ribes, l'ex-mao en rupture de maoïsme, qui, après expéditions lointaines et séjours communautaires, a déserté l'univers militant. Ou Jean-Pierre Lentin, lui aussi « trotskard » repenti, toqué de musique. Au dernier recruté, Jean-François Fogel, rebaptisé « Reuterre », échoit l'ingrate tâche de consigner le procès-verbal des empoignades.

Fogel :

— Je viens de relire la collection d'*Actuel* depuis deux ans et demi : il y a une dérive totale des premiers numéros à aujourd'hui. Au départ, vous donniez l'impression de ne pas très bien savoir où vous iriez. Le journal est maintenant plus sophistiqué, plus travaillé. On n'y trouve plus les facilités des premiers numéros, barbouillages et spontanéités incontrôlables : *Actuel* est devenu un canard de journalistes qui choisit ses sujets et les bosse. Je suis effrayé par le temps consacré à chaque article, tous repassant sur le papier de chacun.

Bizot :

— Nous avons toujours autant travaillé les articles, et l'apparente spontanéité d'autrefois n'était souvent qu'un laborieux dérapage ou un gémissement de fin de nuit blanche.

Burnier :

— Au début, quand les premiers exemplaires sortaient de la

machine, c'était souvent la grande surprise et quelquefois la consternation. Le vert tournait au marron et l'article était mangé par une trame malicieuse.

Bizot :

— Nous recevons toujours autant de proclamations et d'invectives : « Ô murs de béton, j'en ai assez, ras-le-bol, ragnagna... » On ne peut pas le répéter éternellement dans les mêmes phrases. Le moment de la prise de conscience passé, il faut être logique et proposer quelque chose.

Burnier :

— Au point où nous en sommes, nous tombons dans une contradiction : nous ne pouvons pas aller jusqu'au bout de l'action dont nous parlons, à moins d'arrêter le journal pour militer, fonder des communautés ou planter des bégonias. C'est ce qu'a fait *Tout,* qui a éclaté en quelques communautés égrenées dans la banlieue parisienne. Pour le moment, nous avons encore choisi de faire un journal, cet étrange objet qui charrie tout ensemble la créativité intellectuelle et solitaire du rédacteur, le débat collectif, le graphisme, les technologies, l'esprit militant et le commerce.

Faire un journal. Il parle savamment, Burnier, lui qui depuis dix ans, du *Clarté* des étudiants communistes à *Action,* en passant par *l'Evénement* de d'Astier, en a tant fréquentés. *Actuel,* par définition, c'était différent. L'équipe parlait de collectif, de convivialité, règles valables pour la société entière et immédiatement applicables dans le mensuel qui la préfigurait. Il a fallu déchanter, en rabattre sur l'utopie.

Bizot souhaitait collectiviser les tâches : la comptabilité, la diffusion, le courrier, le ménage. Vœux pieux ! Même à dix, la spécialisation est inévitable. Le partage s'est effectué au gré des dévouements, non sans énervements, colères et frictions. Certains travaillaient quinze heures par jour, d'autres déposaient leur papier et repartaient le nez au vent. Le « tour de balai » a fonctionné soixante-douze heures. Autogestion le jour, gestion la nuit. Les canons initiaux en ont pris un coup. Comme lorsqu'il fallut appeler les flics pour chasser une bande de loubards qui voulaient mettre le local à sac...

Bizot repose son cigare.

— J'ai assumé la merde. Il y a beaucoup de types qui ont bossé pour *Actuel,* qui ont pris un pied relatif à rédiger des papiers médiocrement payés pendant que moi, je me faisais chier pour que ces papiers puissent paraître. Et si, cette nuit, il faut aller à 5 heures à l'imprimerie, j'y vais.

Burnier :

— La passivité s'appuie sur la paresse et l'acceptation d'une division du travail : si un rédacteur se désintéresse des abonnements et du courrier, il n'ira pas loin, et s'il dort le soir où l'on illustre son papier, les présents décident pour lui.

Ribes :

— Qu'est-ce que tu as contre la paresse ?

Bizot :

— Ne te sens surtout pas visé.

Ribes :

— Je ne me sens pas visé. Il y a une nette contradiction entre l'idéologie du journal — la proclamation du droit à la paresse — et les conditions de sa production. Si l'on veut participer à l'ensemble des activités, on ne peut plus vivre. J'ai envie d'avoir un môme, et ce journal dévorant me fout la trouille. Jean-François, regarde comment tu vis ! Tu dois penser au prochain sommaire même quand tu baises !

Bizot :

— Non, non, c'est fini, mais il y a eu une période... Enfin, si tout le monde assumait également les tâches besogneuses, celles-ci se répartiraient assez facilement. Mais Lentin, par exemple, qui est un fervent défenseur de l'individualisme, le pratique jusqu'à ses ultimes conséquences. Charger la chaudière, c'est incompatible avec son style de vie.

Ribes :

— Je n'aime pas les réactions de Michel-Antoine et de Jean-François qui voudraient nous transformer à leur image : des ouvriers consciencieux heureux de faire des heures supplémentaires. C'est vrai que Michel-Antoine aime ça. Il est tatillon. Il n'arrête pas. Il me fait chier. Je souhaiterais qu'il se tire quinze jours avec une fille. Mais s'il le faisait, ce serait le bordel, et là, il y a une contradiction. Vivement l'an 01.

Bizot :

— En revanche, toi, cela ne te gêne pas de te barrer quinze jours sans prévenir.

Ribes :

— Tilt, ça y est. La répression commence.

Bizot :

— Tu ne manques pas d'air ! Je ne t'ai pas réprimé, merde

alors ! C'est mon temps, mec, qui y passe. Quand tu ne fais pas un papier, c'est moi qui reste devant la table.

Ribes :

— Faudrait trouver un moyen pour ne plus brimer ce pauvre Jean-François, et libérer Michel-Antoine de lui-même. Dur !

Bizot rêve de faire d'*Actuel* le laboratoire où se prépare l'homme nouveau ; il voudrait installer tout le monde dans un grand phalanstère où chacun habiterait, travaillerait. Pour l'instant, il n'a pu éviter que s'aiguisent les susceptibilités, s'affrontent les personnalités. Antipathie, animosité, rancœur, jalousie n'épargnent pas le groupe. Loin de la convivialité caressée. La réussite est là, pourtant. A coups de dossiers sur la libération des femmes, l'écologie, le sexe, la drogue, la route, le journal a inspecté toutes les révoltes, deux, trois, quatre fois. Recommencer à explorer défonces et dérives ? Baliser de nouveau les chemins de l'underground français ?

Les temps changent, les ruptures s'annoncent. Il faudrait changer *Actuel.*

Est-ce actuel ?

Bizot soupire, la pupille vague :

— Ma pire panique, c'est de finir par écrire un livre sur l'underground, du genre *J'y étais.* Et si ça se trouve, je ne l'éviterai pas.

Libération, toujours à la recherche d'argent, diffère sa sortie. En attendant, un nouveau numéro 0 paraît. Page 4, une enquête explique pourquoi le CES Pailleron a brûlé aussi vite : le 6 février, vingt-deux enfants ont péri dans les flammes. *Libé* incrimine architectes et constructeurs dans un article précis, documenté.

Un nouveau style ?

Le chef du rayon quincaillerie, au BHV, n'y comprend rien. Voilà des jours que ça dure. Un défilé de jeunes gens, des gamins parfois, qui s'arrêtent d'un air gourmand devant une pile d'entonnoirs en plastique, élisent l'un de ces derniers, soupèsent l'objet, confrontent les couleurs, puis, avec une pointe de coquetterie, se le posent sur la tête afin de vérifier que les mensurations sont conformes et l'effet satisfaisant.

Le soir du 21 mars 1973, on ne trouve plus un seul entonnoir dans le commerce. Ni à Paris ni en province. Même les antiques modèles en fer-blanc s'échangent au marché noir.

S'il déconcerte et ravit l'honnête marchand de gaufriers, le phénomène obéit pourtant à une logique rigoureuse dont Michel Debré et *Charlie-Hebdo* sont les fondements solidaires. Michel Debré, parce qu'il a obtenu du Parlement le vote d'une loi contraignant les étudiants à être dégagés de leurs obligations militaires avant l'âge de la majorité légale, soit vingt et un ans. Et l'hebdomadaire mal pensant parce que ses caricatures coiffent le ministre des Armées de l'emblématique accessoire des mégalomanes délirants.

Le jeudi 22 mars — « Coucou, nous revoilà ! » —, ils sont quatre-vingt mille sur le pavé parisien, abrités par leurs entonnoirs des foudres d'un soleil superbe, entre Denfert-Rochereau et la place d'Italie, malgré l'interdiction de la préfecture. Et vingt-cinq mille à Toulouse, six mille à Bordeaux, cinq mille à Pau, trois mille au Havre, deux mille à Angoulême... Essentiellement des lycéens.

Leur porte-parole se nomme Michel Field. Il est élève d'hypokhâgne au lycée Condorcet, et sa coiffure « à l'afro » — nuance blond-roux — évoque les hippies marxistes du *Village Voice*.

Field, formé dans le giron de la Ligue communiste, sait haranguer une foule et chevaucher les revendications multiples qui en émanent. Contre quoi proteste-t-on exactement, ce jour ? Contre l'injuste sort réservé aux « prépas » fauchés par la loi en pleine course d'obstacles ? Contre le service-couperet qui hache les études supérieures au terme de la deuxième année, et transforme ainsi le DEUG en terminus ? Contre l'armée elle-même ? Il ne fait pas le détail et hurle à plein porte-voix :

— Nous exigeons le rétablissement et l'extension du régime des sursis, le libre choix de la date d'incorporation pour toute la jeunesse. Nous avons, bien sûr, des divergences : certains sont partisans de l'objection de conscience, d'autres veulent la suppression pure et simple du service militaire, d'autres enfin disent : « On te donne un fusil, apprends à t'en servir. » Mais nous sommes tous d'accord sur l'objectif que nous nous sommes fixé ensemble : faire abroger la loi Debré, refuser d'apprendre de force la hiérarchie, la soumission, la « virilité », toutes les belles vertus qu'ils sont si malheureux de ne plus trouver dans les lycées.

Alain Krivine et Henri Weber pavoisent. Sans doute, les 3,3 % recueillis par l'extrême gauche (PSU compris) lors des dernières élections législatives ne pèsent-ils guère lourd, comparés à la poussée du PS. Mais le flot des lycéens rappelle opportunément aux formations légalistes que les urnes sont un mode d'expression parmi d'autres, et pas nécessairement le plus « parlant ». Il rappelle aussi l'engagement solennel pris par les signataires du Programme commun de ramener à six mois la durée du service militaire.

Les dirigeants de la Ligue pavoisent parce que leurs militants fournissent la colonne vertébrale du mouvement. La pyramide de comités qui s'est édifiée en une semaine permet à une constellation d'« agitateurs » épars de jouer un rôle sans commune mesure avec leur nombre réel.

Le 6 mars, c'est le lycée Faidherbe, à Lille, qui donnait le coup d'envoi. Le 7, Caen suivait. Le 8, Morlaix et Saint-Etienne. Le 9, les potaches de Martigues élisaient un comité de quatorze membres mandatés pour nouer des liens avec les autres établissements. Le 12, Aurillac débrayait. Le 13, à Toulouse, quatre mille sursitaires en sursis cernaient la préfecture, et les gauchistes de Clermont-Ferrand obtenaient le vote de la grève générale ; cinq forteresses parisiennes subissaient les mêmes assauts. Le 14, enfin, grâce au réseau de la Ligue communiste et de son aile dissidente, le groupe Révolution, une « coordination nationale » émergeait soudain et appelait à une journée d'action, le 22 mars.

Du travail de pro. Succès sur toute la ligne.

Hier, mercredi 21, les organisations de jeunesse liées au PC ont hâtivement et péniblement rameuté sept mille fidèles scandant « Moi y en a vouloir des sous ! » sur l'éternel trajet République-Nation. Aujourd'hui, ils sourient jaune, noyés dans l'immense foule, tandis que la CFDT, la FEN, le PSU et même la CGT accompagnent le courant. « La suppression des sursis, déclarent les chrétiens de la JEC, favorise l'embrigadement, en avançant l'âge d'incorporation, dans une armée où la liberté d'expression est étouffée, d'où l'esprit critique est rigoureusement banni. »

Les manifestants diffusent, à l'appui, un article du général Vanuxem publié par *Carrefour* : « L'instruction civique pourrait y [au sein de l'armée] être donnée en temps voulu et s'imprégner plus facilement dans des cires un peu molles et qui n'ont pas été à jamais éraillées par le byzantinisme et les sophistications de compagnonnages douteux. »

Les « cires un peu molles » durcissent précocement.

Krivine et Weber, les « grands anciens » de Mai 68, jaugent d'un œil connaisseur le volume et l'allégresse du cortège. Le fond de cette protestation est libertaire. Collégiens et lycéens ont en mémoire la récente « affaire Mercier », professeur de philosophie au lycée de filles de Belfort, inculpé d'outrage aux bonnes mœurs pour avoir accepté de commenter en classe quelque tract revendiquant une « sexualité libérée ». Et surtout, la destruction par le feu du CES Pailleron. D'incident en incendie, le système éducatif est ravagé. Maintenant, si les lycéens refusent le service militaire — car tel est leur refus, en fin de compte —, c'est que plus personne ne veut servir l'Etat, cet Etat.

Paradoxe de la Ligue communiste : congrès après congrès, elle résout de se « prolétariser », de se muer en petit PC « non dégénéré » ; mais le stigmate des origines réapparaît obstinément. Son vivier « naturel » n'est point Billancourt — c'est la sortie des écoles.

19 h 30. Négligeant l'ordre de dispersion, mille irréductibles ont édifié une barricade boulevard Kellermann. Face aux flics qui s'avancent, soudés en « tortue » derrière leurs boucliers de Plexiglas, une rangée d'entonnoirs dépassent du parapet improvisé.

Les garçons ne sont pas seuls à défier Michel Debré. Longeant la manifestation, Françoise Picq et Nadja Ringart observent que la multitude des filles égale celle des futurs conscrits. « Nous ne serons pas des briseuses de grève, explique une déléguée d'Hélène-Boucher. Et puis, la sélection et l'embrigadement, cela nous concerne autant qu'eux. »

— Rendez-nous nos hommes ! s'esclaffent des minettes de quinze printemps...

Françoise et Nadja distribuent autour d'elles un long tract intitulé « La caserne des femmes ». Le raisonnement se déploie en forme d'imparable syllogisme : les hommes sont conditionnés à vie par l'armée, or les femmes sont conditionnées à dépendre des hommes, donc les femmes se retrouvent à l'armée pour la vie.

« Le corps des hommes, explique le texte, est brimé dans la

caserne (entraînement, sport, répression sexuelle). On y met celui des femmes en représentation (de la photo de pin-up aux lettres de la fiancée, en passant par le récit des performances sexuelles). Inversement, après la " quille " (quel symbole, et en quoi ça s'oppose à la *bitraillette* ?), les hommes et nos rapports avec eux restent prisonniers de ce conditionnement... L'armée nous opprime. Nous ne sommes pas dans les casernes, mais c'est nous qui devons vivre avec d'éternels soldats. »

Conformément aux règles, la signature est anonyme — « Des femmes du Mouvement de libération des femmes ». Il n'empêche que Françoise et Nadja, depuis la rupture avec Psych-et-po, vivent assez malaisément leur singularité. Elles ont ensemble fondé le « Groupe du jeudi », pôle dissident dont l'enseigne non programmatique entend stigmatiser l'esprit de clan, le chauvinisme de boutique. Libres à présent d'inventer sans contrôle, elles cherchent une troisième voie entre le « féminisme » (qui adhère, selon elles, aux valeurs masculines en réclamant les mêmes droits que les mâles) et l'enfermement « féminitaire » qui les étouffait.

Difficile quête conjointe de la tolérance et de l'identité. Difficile et bientôt marginale. S'agissant des femmes, en effet, c'est sur le terrain « réformiste » — au regard des pionnières du MLF — que l'essentiel se produit. La bataille de l'avortement éclipse toutes les escarmouches.

Après le procès de Bobigny où la Justice a capitulé devant la pression sociale, les militantes se sont retournées vers le pouvoir médical et ont même occupé le siège du très conservateur Ordre des médecins.

Le 4 février 1973, elles sont entendues — sinon par l'ordre, du moins par des médecins. Trois cent trente et un de ces derniers, depuis le professeur agrégé jusqu'au généraliste, reconnaissent dans les colonnes du *Nouvel Observateur* qu'ils pratiquent l'avortement ou aident à le pratiquer sans en tirer un profit pécuniaire. Ils préconisent la méthode par aspiration qu'a inventée Harvey Karman et notent qu'aux Etats-Unis la Cour suprême vient de décréter l'avortement libre entre la conception et le sixième mois (sous réserve qu'il soit effectué en milieu hospitalier à partir du troisième). Enfin, les signataires relèvent les insuffisances du projet déposé par le député UDR Peyret, lequel n'autorise l'interruption de grossesse que dans des situations extrêmes (malformations graves, tares génétiques, viol, inceste — circonstances qui couvrent, tout au plus, le dixième des interventions clandestines).

En principe, les « 331 » risquent de un à dix ans de prison, et de 1800 à 72 000 francs d'amende. Plus la radiation automatique prononcée par l'ordre. En fait, aucune sanction ne leur est infligée.

Georges Pompidou, lors d'une conférence de presse, concède que la loi est inadéquate à l'évolution des mœurs. Pierre Messmer lui-même, quand sonnent les échéances électorales — les avortées votent, et sont de tous les partis —, envisage un assouplissement prochain. Le terrain se dégage. Reste à l'investir.

Le 9 avril naît officiellement le MLAC (Mouvement pour la liberté de l'avortement et de la contraception), qui fédère les composantes antérieures sur un programme simple : autodétermination de la femme enceinte, remboursement de l'acte par la Sécurité sociale. Très vite, les centres se multiplient, utilisent la méthode Karman avec le renfort de médecins acquis à la cause, organisent même des déplacements collectifs vers l'Angleterre ou la Hollande, pays dont les législations sont de longue date « libérales ».

L'affiche-fétiche du MLAC — inspirée d'un dessin paru dans *Le torchon brûle* — est rapidement célèbre. Un bébé jovial s'y écrie dans un ample sourire : « C'est tout de même plus chouette de vivre quand on est désiré ! »

Ce n'est pas une coïncidence si, au même moment, le débat force la porte des studios. Armand Jammot y consacre un « dossier de l'écran » mémorable, avec notamment la participation de Joëlle Brunerie, gynécologue, signataire du « Manifeste des 343 », Gisèle Halimi et Simone Iff. Après la projection du *Journal d'une femme en blanc*, la discussion s'envenime, s'achève dans le brouhaha tandis que saute le standard, submergé d'appels.

Les magazines féminins mesurent, par le courrier qu'ils avouent recevoir, combien court la question. La boîte aux lettres de Ménie Grégoire (*Marie-Claire*) ou celle de Marie-France Leclerc (*Elle*) débordent de témoignages. Les deux tiers des correspondantes environ sont favorables aux positions du MLAC.

La vente des stérilets n'a été autorisée qu'au mois de novembre précédent...

Tout semble désormais s'accélérer. Les foyers de résistance nourrissent involontairement les rangs qu'ils voudraient réduire.

Début mai, un médecin — une femme — est jugé à Grenoble pour avoir avorté une adolescente de dix-sept ans. La manifestation, aux alentours du palais, est la plus fournie qu'on ait jamais observée en province. Il ne s'agit plus, comme à Bobigny, d'arracher un verdict clément qui fasse jurisprudence : l'affaire est quasiment sûre. Il s'agit d'interpeller le pouvoir politique, de lui demander si son obstination contraindra indéfiniment les magistrats à se déjuger eux-mêmes.

Le chef du gouvernement, dans une allocution télévisée, assure qu'un nouveau projet de loi sera mis en chantier. Gagné ? Non. Dix mille trente et un médecins ripostent en chœur, exigent que perdure le statu quo. L'historien Pierre Chaunu, l'un des mandarins de la Sorbonne, crée l'« Association des professeurs de lettres et sciences humaines pour le respect de la vie », parle de « suicide démographique » européen. Et l'Eglise, par le truchement du Conseil de l'épiscopat, réitère son hostilité catégorique à la moindre libéralisation. « Non au permis légal de tuer », titre *Carrefour*.

La longue marche continue.

Nadja, Françoise et leurs proches se retrouvent prises entre l'arbre et l'écorce. Elles sont solidaires du combat mené par le MLAC — combat qu'appuient, à quelques nuances près, les « féministes révolutionnaires ». Mais elles formulent également des remarques critiques, notamment dans un article collectif que reproduit le n° 5 du *Torchon brûle* : « La contraception que nous voulons, ce n'est pas une égalité de la femme avec l'homme face au danger de fécondité. Ce serait pour nous se vouloir identiques aux hommes ; ce serait refuser la seule chose qui, pour l'instant, nous permet de nous repérer, de nous identifier en tant que femme. » Bref, la « production du vivant » n'est pas seulement un handicap virtuel, c'est une chance — la chance des femmes, qu'elles doivent calculer au plus juste, et non point laisser échapper.

La pilule, c'est épatant. C'est encore la tentation de se soumettre sans danger aux désirs masculins. A quoi les « féministes » objectent : si la pilule, si l'avortement nous sont refusés, la prise de conscience de l'oppression que nous subissons sera différée d'autant, et donc l'accès à notre désir propre.

Les thèses fort subtiles ici avancées séduisent maintes figures de l'intelligentsia parisienne. Reste que la foule se presse ailleurs. Par exemple à la « Foire des femmes » qu'organisent les « féministes révolutionnaires » sur le territoire de la Cartoucherie, à Vincennes, concédé par Ariane Mnouchkine.

Elles y créent un spectacle théâtral dont la trame est limpide : après une guerre menée par les mâles pour réduire la grève générale du « sexe faible » — et gagnée, « naturellement », par les spécialistes du glaive —, les femmes qui refusent de confesser leurs torts sont expédiées dans l'espace ; mais, au lieu de s'écraser contre quelque astéroïde, elles débarquent sur un astre inconnu et inventent une existence nouvelle...

Professionnellement attentives aux glissements sociaux, Françoise et Nadja sentent que le MLF initial a produit un formidable courant populaire, qu'il est sorti de sa matrice « Ve arrondissement ». Mais elles devinent, simultanément, que le contenu s'appauvrit à mesure qu'il se diffuse. L'âge expérimental touche au terme. Les collectifs plus ou moins informels issus de Défense active, du CERFI, qu'animaient entre autres Prisca Bachelet et Liane Mozère, cèdent la place à des fronts plus larges, plus structurés, plus pesants. Les luxuriantes AG des Beaux-Arts sont remplacées par des réunions autrement classiques. Et les délires des origines explosent et retombent en polémiques groupusculaires cependant que grandit, à côté, un courant puissant, efficace et « sage ».

Au bas de chez elle, rue du Dragon, Nadja entend un commerçant pester : « Ah ! ces bonnes femmes, depuis qu'il y a le MLF, on ne peut plus les tenir... » Elle songe que, si le mot est descendu dans la rue, la partie est peut-être gagnée. Peut-être aussi sur le point de s'achever — sous ces espèces. Car les belles aventures, comme les belles histoires, finissent par finir.

Alain Geismar et Benny Lévy roulent vers Besançon, cravachant de leur mieux la 4L poussive. Objectif Lip. Ils ont rendez-vous, à l'orée de Palente, avec quelques camarades locaux. Quand ces derniers aperçoivent Alain, ils lèvent les bras au ciel :

— Tu te prends pour un touriste ? Balade-toi dans l'usine, et tout le monde sera persuadé que les maos jettent le grappin sur la grève...

Une fois de plus, Geismar paie l'amer tribut de la notoriété. Embarqué à l'arrière d'une voiture, et sommé de s'y tapir par précaution, il n'est relâché que sur le quai de la gare de Dijon, puis enfourné dans le premier train pour Paris.

Benny, lui, n'est qu'un modeste visiteur comme Lip en attire tant. Qui connaît le visage, qui connaît même le nom de « Pierre Victor » ? Il se présente avec deux ouvriers de Renault et — absolue surprise — franchit le plus naturellement qui soit les grilles de l'établissement. Mieux, un « responsable de l'accueil » veille à ce que les nouveaux venus circulent sans encombre, et pas uniquement dans les ateliers : les AG, même, leur sont ouvertes, pourvu qu'ils respectent la parole d'autrui et concèdent aux acteurs du mouvement l'exclusivité du droit de vote.

Le bon hôte se nomme Jean Raguenès — OS, ici, depuis trois ans. Mais Benny a pris ses renseignements : il n'ignore point que ce ferment dans la pâte est un père dominicain détaché de son couvent ; qu'il fut, durant les « événements » de Mai 68, l'aumônier des étudiants en droit parisiens ; et qu'il défendit les Katangais de la Sorbonne.

Cette liberté d'accès, les protagonistes de Lip en ont fait leur cheval de bataille. Charles Piaget, leader de la CFDT et chef d'atelier au secteur mécanique, a menacé de souder, si nécessaire, les portes d'entrée afin que nul ne soit tenté de relever le pont-levis. Lorsqu'on arrive de Billancourt, ces menus « détails » sont presque exotiques, et très lourds de sens.

Benny a bien choisi son moment. Nous sommes le 12 juin 1973, et, enfin, le comité d'entreprise doit se réunir pour entendre le verdict des cadres récemment sommés de partir aux nouvelles. Une assemblée générale est convoquée, reliée par téléphone avec les membres du CE. Dès qu'une proposition sera émise, une information communiquée, elles seront relayées.

Voilà deux mois que l'incertitude règne. Depuis le 17 avril, exactement, date à laquelle le P-DG, M. Saintesprit, a démissionné sans que le groupe suisse Ebauches S.A., dont dépend Lip, l'ait remplacé.

La crise s'est déclenchée par glissements successifs. La griffe Lip, le carillon Lip semblaient appartenir au patrimoine français comme la 2 CV Citroën ou l'ambroisie du chanoine Kir. Sur les ondes de Radio-Luxembourg, chaque heure nouvelle sonnait Lip. Jusqu'au jour où elle a sonné Timex, *made in USA,* tandis qu'Europe n° 1 tictaquait Seiko, *made in Japan.*

Fred Lip, un patron « social » (le CNPF ne lui a guère pardonné d'accorder l'échelle mobile en 1968) et fantasque, a dédaigné la « quincaillerie » signée Kelton, vendue dans les bureaux de tabac. Rien de commun avec les merveilleuses petites machines d'acier et de rubis que les techniciens de Palente vérifient au microscope et garantissent contre l'âge. Rien de commun, vraiment : en 1972, Kelton progressait de 500 %, et l'industrie classique de 50 %.

Fred Lip a cédé un tiers de son capital. Un dixième de plus, et les Helvétiques se sont retrouvés actionnaires majoritaires, désireux de bâtir un consortium européen capable de rivaliser avec les Américains et les Nippons. Mais, sur cette lancée, ils n'avaient nul besoin des branches armement, machine-outil et mécanique de l'établissement bisontin. Face à un personnel qualifié, syndiqué (pour moitié), retors dans la négociation, ils ont joué la carte du grand plongeon.

Tel a été, du moins, le sentiment des intéressés quand ils ont constaté que le P-DG démissionnaire laissait son bureau à deux administrateurs provisoires — généralement absents. Les sections CGT et CFDT (de force équivalente chez les ouvriers, avec un avantage à la CFDT parmi les catégories supérieures) ont flairé le piège : non, il serait absurde de s'embarquer à l'aveuglette dans une grève générale dont les objectifs, faute de renseignements, seront flous, et l'issue plus brumeuse encore.

Jean Raguenès suscite un « comité de défense », bientôt rebaptisé « comité d'action », qui, d'atelier en atelier, adopte la technique « du serpentin » ; ils sont quatre au départ, et s'en vont répétant : « Lorsque le navire sombre, il y a mieux à faire que de briquer les cuivres. » Ils sont quatre au départ ; à l'arrivée, le « serpent » a monstrueusement grandi.

Cependant que les sections syndicales frappent à toutes les portes — parlementaires, mairie socialiste de la ville, usines environnantes, consulat suisse —, les ouvriers coulent les cadences. Fin mai, elles sont réduites des quatre cinquièmes. La presse régionale s'émeut, les élus bronchent, une première manifestation réunit cinq mille personnes. Le préfet avertit qu'une « courageuse restructuration » est dans l'air. Un bureau d'études suggère trois cent cinquante licenciements. L'archevêque Marc Lallier, dans une lettre pastorale lue en chaire, s'indigne : « Ce n'est pas possible, ce n'est pas humain de maintenir les travailleurs dans une telle ignorance du lendemain ! »

Malgré la chute vertigineuse de la fabrication, les salaires ont été versés. L'un des administrateurs provisoires s'en était porté garant, fixant le dénouement — lequel ? — au 10 juin. A l'approche de l'échéance, Piaget, Raguenès et leurs compagnons mettent en demeure trois des cinq directeurs qui restent présents dans l'usine d'aller s'informer à Paris, de tirer la sonnette du ministère de l'Industrie.

Et c'est le résultat de leurs investigations que brûlent d'entendre les délégués au comité d'entreprise, enfermés avec la direction, les administrateurs et le président du tribunal de commerce.

Benny attend lui aussi, mêlé aux mille deux cents salariés anxieux.

Cela ne dure guère. La nouvelle tombe, précise cette fois, et sèche : les salaires cessent d'être versés à compter de ce jour, les congés payés ne le seront pas.

Une ultime imprécision subsiste. Elle est de taille : le dépôt de bilan est possible, sinon probable.

Possible ou probable ? M. Laverny, l'un des administrateurs, proclame son ignorance et joue les Ponce Pilate. On lui arrache sa serviette. L'imprudent ! Les Rouletabille de Palente découvrent des notes manuscrites dont le déchiffrement est fort instructif. Lors d'un conclave daté du 7 mai, M. Laverny a soigneusement consigné les lignes de force arrêtées : « Intérêt uniquement horlogerie », « Larguer armement industrie mécanique », « Larguer les secteurs annexes surtout équipements », « Allègement du personnel horlogerie ». Et, au bas d'une addition, ce chiffre souligné : « 480 à dégager. »

A dégager.

Emotion est un mot trop faible. C'est commotion qu'il convient d'employer. Le personnel, qui a quitté l'assemblée générale, gagne la salle du CE et décide de séquestrer, le temps d'une perquisition, les hauts personnages qui détiennent de tels secrets. On les traite avec égards — boissons et repas leur sont servis. Mais la fouille des bureaux s'avère fructueuse. D'autres menaces sont mises au jour : blocage des salaires, suppression de l'échelle mobile. Et encore les fiches signalétiques de meneurs notoires (« rouspéteuse », « mauvais caractère », « type prolétarien anticapitaliste », « difficile à vivre »), ou les 200 000 francs d'indemnités perçues par le gendre de Fred Lip (les revenus mensuels, ici, oscillent entre 1 130 et 2 830 francs).

Ce n'est pas seulement l'argent. C'est affaire de mépris.

Durant la nuit, les « otages » sont libérés, CRS à l'appui. Et dès 8 heures du matin, le restaurant est comble. A une immense majorité, l'occupation est décrétée. Benny Lévy a l'impression de vivre le scénario pur d'une escalade méthodique, linéaire, dépourvue d'à-coups.

Il n'est pas, en revanche, dans la confidence de l'opération très feutrée, conduite par un commando spécial sitôt l'obscurité revenue. Le détachement pénètre dans ce que les horlogers nomment « la chambre froide » — coffre spacieux où est entreposé le stock disponible. Vingt-cinq mille montres prêtes pour la vente quittent ainsi le territoire patronal et sont acheminées « en lieu sûr ». Le « casse » social du siècle...

— Si les CRS nous mettaient dehors, nous n'aurions plus rien de palpable, plus de monnaie d'échange, expliquent les auteurs du forfait. Nous avons remplacé l'otage naturel par un otage matériel.

Le procureur de la République demande aux administrateurs provisoires de se porter partie civile. Quant au préfet du Doubs, il se rend à Paris, tente d'alerter le ministre de l'Industrie, Jean Charbonnel, sur la gravité des événements.

Benny est partagé entre le malaise et la jubilation. L'« illégalité » de masse tant prônée par la GP, la voici pratiquée à nu, à cru, et ratifiée fort au-delà d'un cercle combattant. Le 15 juin 1973, Besançon affiche sa pleine solidarité avec les « voleurs ». Les cloches tintent, les rideaux des magasins sont baissés, le maire est aux premières loges et Mgr Lallier confesse : « On comprend que la colère monte. » Toute la presse, nationale et régionale, est mobilisée. Les gendarmes aussi, qui brisent la caméra d'un reporter, chargent sans sommation, saccagent les locaux du journal local, à la recherche d'une pellicule accusatrice.

« Les Lip » — ainsi sont-ils maintenant désignés —, encouragés par un tel entourage, haussent les enchères. Ils déménagent un contingent de pièces détachées permettant de monter trente-deux mille montres. L'ensemble du magot atteint le milliard de centimes.

Oui, Benny jubile. Et pourtant, ces personnages le déconcertent.

Les maos n'ont eu que railleries envers les structures syndicales, ontologiquement bureaucratiques. Ils n'ont jamais dissimulé leur condescendance à l'égard des « révisionnistes modérés » du PSU et autres « cathos dévoués ». Or Charles Piaget, le berger du troupeau, le rassembleur, l'organisateur, le négociateur, est un fidèle de l'Evangile et a recueilli trois mille voix comme candidat PSU aux récentes élections législatives. Et Jean Raguenès, l'âme du comité d'action, l'éveilleur, réunit ses proches dans l'église en béton, aux vitraux froids, de l'abbé Manche qu'il bouscule un peu, de même qu'il dérange les vicaires liés à l'ACO (l'Action catholique ouvrière), dont la fibre est plutôt cégétiste que cédétiste.

Qui sont-ils, ces réformistes révolutionnaires qui réussissent à dégager une majorité dans l'audace, et savent à la fois durcir un mouvement et lui éviter de verser dans les marges ? Quelle figure de la grève sont-ils en train d'inventer ?

Un mois et demi s'est écoulé depuis que divers débrayages, au sein des ateliers d'OS, ont pris fin à Renault-Billancourt. La guérilla, où les sympathisants gépistes ont tenu un rôle moteur, a ricoché le long des chaînes par le jeu des mises en chômage technique et des réactions de solidarité. Reste que le processus n'a point échappé à la mécanique gauchiste ordinaire : lancement par le noyau minoritaire d'un défi significatif — écho partiel, assez fragile et assez effectif pour justifier et souffrir d'une riposte répressive — dénonciation de cette dernière, les pionniers de l'accrochage assurant les frais de la demi-victoire ou du demi-échec.

Est-il concevable d'éviter pareil piétinement, pareil enlisement « exemplaire », voire « héroïque » ? Est-il concevable, se demande Benny, de conjurer la dichotomie broyeuse bureaucratie/groupe en fusion ?

Observant les Lip, Benny Lévy n'exclut pas, ou plus, l'hypothèse. Et quelque chose de neuf l'étreint : une action, un spectacle, un lieu politiques lui procurent du plaisir.

« La lutte est l'affaire de tous, syndiqués et non syndiqués. » Cette phrase-là est le premier commandement de Palenté, l'article 1 des tables de la loi. L'instance suprême est l'assemblée générale quotidienne, qui dure selon les séances entre une heure et une heure trente.

Charles Piaget, le plus souvent, l'inaugure par un « point

d'information », synthèse de l'actualité et des commentaires ou suggestions formulés par les sections syndicales et le comité d'action. Cette synthèse a elle-même été préalablement — et parfois âprement — discutée entre les parties concernées. Mais l'AG est seule maîtresse de l'ordre du jour et ne se prive pas de réactiver quelque conflit qui semblait surmonté.

L'ex-glossateur de Platon qu'est Benny goûte en expert semblable technique de l'agora. Le risque d'envolée démagogique est tempéré par l'existence de sections syndicales actives. Et celles-ci, de leur côté, subissent les interpellations du comité d'action, lequel sert d'aiguillon, de laboratoire, mais encore de truchement, décryptant la langue des « encartés » auprès de ceux qui lui sont réfractaires et renvoyant aux « institutions représentatives » l'écho des travailleurs qui n'y sont point représentés. Le syndicat, répète volontiers Charles Piaget, « se borne à capitaliser l'expérience des luttes ».

L'architecture d'un tel édifice obéit à une dialectique si subtile qu'elle paraît sans précédent. Les AG-psychodrames, finalement vouées à suivre le plus hâbleur, le meilleur sophiste, sont une des plaies de l'après-Mai ; les officines syndicales encroûtées, jalouses d'une parole codée, exclusive et distante, sont l'envers symétrique de ces dernières ; quant aux comités manipulateurs-manipulés, surgissant on ne sait d'où, enfants bâtards de la fausse démocratie et de la vraie magouille, ils ont fréquemment affaibli la vie associative en n'instaurant qu'une parodie d'expression directe.

Lip, même si les AG tanguent, même si l'unité CGT-CFDT flageole, même si d'étranges prophètes (« J'ai une idée géniale toute simple... ») se croient élus par la circonstance, éclaire différemment les vieilles et les jeunes lunes. Cependant que tricotent paisiblement les mères de famille en grève, interrompant leur geste machinal à l'instant des votes, une révolution se profile, moderne et déroutante.

La « configuration » — c'est le terme qui lui vient — Piaget-Raguenès éblouit le fondateur de la GP. On ne saurait dire que la CGT représente la « droite », le comité d'action, la « gauche », et la CFDT, le « centre » de l'assemblée. Ce serait figer, sur l'atlas, des continents en permanente dérive. Piaget préserve le centre de gravité des Lip ; Raguenès introduit assez de déséquilibre pour que la marche continue. Mais, entre eux, la division des tâches n'épouse pas la frontière commode de la prudence et de l'impru-

Gérard-Aimé

Novembre 1971.
Manifestation
à la Goutte-d'Or.
Jean-Paul Sartre,
André Glucksmann,
Gilbert Castro.

Occupation d'une annexe
du ministère
de la Justice.
Gilles Deleuze,
Michel Foucault,
André Glucksmann.

Elie Kagan

25 février 1972.
Jean-Antoine Tramoni
abat Pierre Overney.

Christophe Schimmel / Agence de presse Libération

Après l'assassinat
d'Overney,
conférence de presse
à Boulogne.
Alain Geismar,
Christian Riss,
Sadock Ben Mabrouk.

Elie Kagan

Elie Kagan

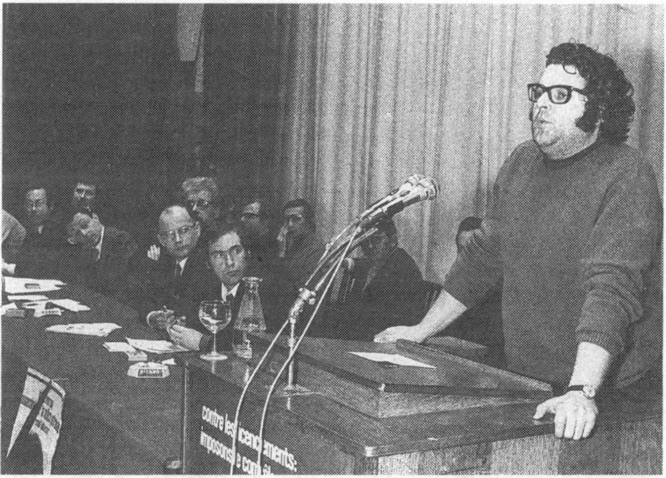

Jacques Haillot

Après l'assassinat d'Overney, meeting du PSU à la Mutualité. Sous l'œil de Michel Rocard, Nicolas Boulte au micro.

1er Mai 1969. Manifestation à Belleville. Serge July et Alain Geismar.

Gérard-Aimé

Gamma/Marie-Laure de Decker

4 janvier 1973. Conférence de presse pour annoncer *Libération*.
De gauche à droite : Philippe Gavi, Jean-Paul Sartre, Jean-Claude Vernier, Serge July, Jean-René Huleu.

Juillet 1973. L'équipe de *Libération*.

Serge July, 1973.

Gérard-Aimé

Sygma

4 décembre 1974.
Jean-Paul Sartre,
accompagné
de Benny Lévy
et de Jean-Marcel
Bouguereau,
part rendre visite
à Andreas Baader.

Décembre 1974.
Premier procès
de Pierre Goldman.
Au moment
du verdict
(réclusion
à perpétuité),
la foule envahit
le prétoire.
A gauche, Serge July ;
de dos, Marc Kravetz ;
en robe d'avocat,
Tiennot Grumbach.

Gamma/Tartrat

Gérard-Aimé

Elie Kagan

Décembre 1974. Conférence de presse du comité Goldman. Yves Janin. Dans la salle, Simone Signoret, Frédéric Pottecher, Jacques Derogy.

Septembre 1979. Enterrement de Pierre Goldman. Régis Debray, Marianne Merleau-Ponty (à droite) et les deux demi-frères de Goldman, Jean-Jacques et Robert.

F. Portes

1969. Bernard Kouchner au Biafra.
Avec N'Gosy, une jeune fille
qu'il a amputée d'un bras
et qu'il ramènera à Paris.

1979. Kouchner sur
l'*Ile de Lumière.*

1979. Arrivée de *boat people*
à Poulo Bidong.

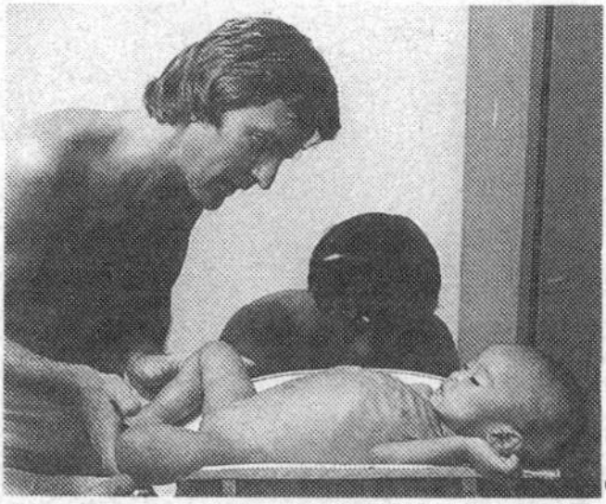

Sygma

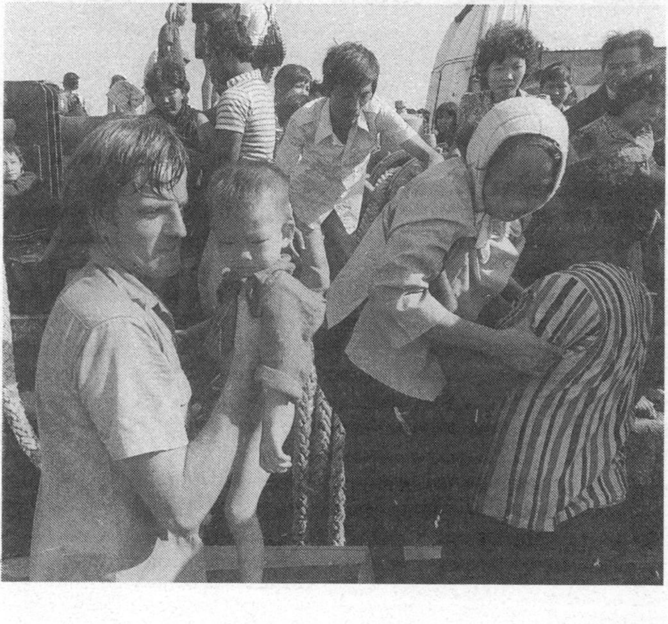

Sygma

Suzanne Holcman

Elie Kagan

20 juin 1979. Conférence de presse du comité « Un bateau pour le Vietnam ». La poignée de main « historique », Sartre, Glucksmann, Aron, Bettati.

Mars 1987. Sortie de *Génération, les Années de rêve*. Roland Castro, Henri Weber, Bernard Kouchner, Jean-Paul Dollé et Tiennot Grumbach entonnent *la Jeune Garde*...

dence. Ils sont tous deux révolutionnaires, chacun dans son ordre, chacun rappelant l'autre à l'ordre qui est sien.

Benny, par inclination, penche vers Jean Raguenès et ne tarde guère à se lier avec lui. La force d'affirmation qui sourd de cet homme, de cet homme séparé, l'impressionne et le surprend. C'est un moine, de culture traditionnelle s'il en est — latine et augustinienne. D'où provient, alors, son si vif désir de subversion ?

16 juin. Les lendemains de manifestation réussie engendrent, comme les lendemains de fête, une pointe d'angoisse, un pincement de vertige. La vie va donc continuer normalement. La grève va donc s'étirer en heures creuses et farouches... Le comité d'action ne veut pas s'installer dans l'attente défensive. Un responsable national du PSU lui souffle l'idée choc : redémarrer la production, fût-ce symboliquement. La section CFDT donne son accord.

Mais Piaget et Raguenès veillent à ce que leur intuition, si les actes la confirment, ne porte pas l'étiquette d'un clan, la marque d'une origine distincte. Habilement, lors de la prochaine rencontre intersyndicale, le cédétiste saisit au vol la suggestion presque voisine d'un délégué CGT. Et le 18 juin, devant l'assemblée générale, c'est mandaté par toutes les composantes qu'il allume la bombe :

— Au mieux, les montres saisies financeraient quatre mois d'un salaire de base. Autant ne pas entamer cette ultime garantie. L'usine est entièrement entre nos mains. Plutôt que de rester les bras croisés, de palabrer, nous pourrions utiliser les fournitures disponibles et nous assurer un salaire de survie. Nous pourrions produire pour le compte des ouvriers, pas pour le compte des patrons.

L'AG décide de remettre en route, quelques heures par jour, une chaîne d'« habillage » — autrement dit, de sertir les mécanismes et boîtiers extraits de la « chambre froide » à l'occasion de la seconde visite du commando clandestin. Les montres seront vendues au tarif habituel « sortie d'usine » (soit 40 % moins cher que chez un détaillant).

— Attention ! précise Raguenès. Ce que nous entreprenons n'est pas une expérience d'autogestion, impossible à l'intérieur du système capitaliste, ni une manière de résoudre la crise par la création d'une coopérative ouvrière. C'est une mesure d'autodéfense, et le signe que nous entendons renouer avec le principe de « la grève active » avancé pendant Mai 68.

Cette « activité » sera, du reste, multiforme. Tandis que se relaieront les équipes d'horlogers, les autres travailleurs seront répartis entre diverses commissions. La plus importante, la commission « popularisation », rédigera un bulletin d'information hebdomadaire, *Lip-Unité*, réalisera et diffusera un film ainsi qu'un journal parlé sur minicassette, enverra des délégations dans toute la France et les pays limitrophes, affichera une revue de presse quotidienne, recevra les journalistes, établira des liaisons avec les fournisseurs et sous-traitants.

Ce n'est là qu'un premier échelon de l'organigramme. Suivent les commissions « gestion », « accueil », « courrier », « garde et entretien », « restaurant » (le personnel, qui dépendait de la société Jacques Borel, est réembauché par les Lip), « animation », « vente ».

Une usine prétend se passer de P-DG. Et même de directeurs. La nouvelle est incroyable, énorme, à la mesure des manchettes que débitent les rotatives : « C'est Piaget qui mène la danse » *(Paris-Match),* « Plus jamais comme avant » *(le Nouvel Observateur),* « Jusqu'à la victoire » *(Politique-Hebdo),* « On est avec eux » *(Tribune socialiste),* « Un rêve devenu réalité » *(Libération),* « Pas de solution sans négociation » *(l'Humanité),* « Lip : comment s'en débarrasser ? » *(l'Express),* « De Gaulle le pressentait » *(le Point),* « Un prototype périlleux » *(le Figaro),* « La forteresse ébréchée » *(Valeurs actuelles),* « Maintenant, c'est du cirque » *(Minute).*

Les reporters affluent, traités en hôtes d'honneur. Dans le hall, à côté des cartes postales, des autocollants, des brochures, un panneau où *Rouge* côtoie *l'Aurore* exhibe les coupures fraîches. Les Lip ont compris que l'information est, après les montres, leur capital le plus précieux. Certains envoyés spéciaux (Pierre Audibert et Daniel Brignon, de *Libération,* Anouar Khaled, de *Politique-Hebdo*) mangent, vivent, pensent avec les grévistes. Guy Sitbon, dépêché par *le Nouvel Observateur,* se régale du théorème qui décore la cantine — « L'oignon fait la soupe, l'union fait la force » — et promet d'acheter deux tocantes, lui qui n'en a jamais porté. Carole Roussopoulos est mandatée par le MLF pour filmer l'évolution propre des femmes de Palente.

Le photographe de l'agence *Viva,* rompu à violer l'hostilité de ses proies, est sidéré de voir les jolies horlogères qui bronzent sur les pelouses lui sourire comme des starlettes.

L'avant-dernier jour du printemps est un mardi. Le tournevis électrique à la main, cinquante ouvriers et ouvrières revêtus de blouses blanches accomplissent les gestes familiers : poser les aiguilles, les régler sur 8 h 45 afin de vérifier qu'elles ne frottent pas l'une contre l'autre, insérer les mécanismes dans les boîtiers, immerger l'ensemble, le soumettre à pression puis à dépression, contrôler électroniquement la précision, ajuster les bracelets.

Hélène Carpentier, doyenne des Lip, remet solennellement la première montre à Constant Bonnefoy, maire-adjoint de Besançon.

Trente-deux mille mouvements attendent d'être ainsi « habillés ». Il a été convenu, pour ne pas épuiser les réserves, que le débit quotidien n'excédera pas huit cents pièces (au lieu de deux mille cinq cents en temps normal). Le chef de chaîne, ordinairement chargé d'imposer les cadences, assure la liaison entre les différents postes. La réputation de la marque n'aura pas à souffrir : un échantillon est adressé au très impitoyable office de contrôle de la qualité.

Le lendemain, 20 juin, une banderole est déployée devant l'établissement : « C'EST POSSIBLE : ON FABRIQUE, ON VEND. »

Effectivement, on vend. Derrière les ateliers, près des cuisines, la « boutique » est ouverte. Quatre cent cinquante-quatre « montres sans patron » trouvent acquéreur ce jour-là.

La deuxième chaîne de télévision couvre l'événement. Les réactions politiques commencent à courir sur le fil de l'AFP. François Mitterrand : « Ce serait une assimilation un peu hâtive de dire qu'il s'agit d'autogestion. Ce sont des travailleurs qui veulent que leur entreprise dure et qui constatent la formidable carence de leurs dirigeants. » Edgar Faure : « Je comprends le réflexe des ouvriers et leur initiative. A supposer qu'une autogestion soit possible, je pense cependant qu'il ne faudrait pas tenter une expérience avec une affaire qui ne marche pas. »

Le soir, après mûre délibération, les délégués syndicaux font sauter la porte du coffre ignifugé qui recèle les mystères cardinaux de la maison Lip.

Ils s'approprient les épures et les ébauches de la montre à quartz secrètement conçue. Ou plutôt, ils les récupèrent : ces mystères, ces données exclusives sont fruits de leur travail, de leur savoir, sont, plus que les murs, les meubles ou les machines, leur propriété collective.

Ils empochent également la bande magnétique dont se nourrit l'ordinateur pour effectuer la paie — outil nécessaire non seulement à l'accomplissement technique de l'opération, mais à sa transparence sociale.

Enfin, le fichier des clients est déménagé.

Les Lip ont atteint le stade supérieur de l'illégalité.

Face aux parlementaires du Doubs, Pierre Messmer, Premier ministre, annonce « qu'il prend personnellement l'affaire en main ».

Benny Lévy rejoint Alain Geismar dans la capitale. Ils doivent animer ensemble une réunion élargie des cadres parisiens de la GP ; les participants seront une cinquantaine. Longuement, très en détail, Benny raconte Lip, complète la multitude de récits livrés à Geismar par la noria des copains qui n'ont cessé de circuler entre Besançon et le reste de la France. Ce qui ébranle le chef de la GP, c'est que cela se soit déclenché à côté d'eux, sans eux. Et, quant au fond, l'épisode est plus déterminant encore :

— Tu comprends, là-bas, des ouvriers sont « normalement » devenus voleurs. La majorité, oui, la majorité silencieuse a partagé la rage des éléments révolutionnaires. Plusieurs fois, pourtant, le comité d'action a failli se marginaliser, céder à la tentation des gauchistes traditionnels. Mais, au bout du compte, la communauté des Lip exerce une activité intellectuelle politique qui n'est plus le propre d'une petite minorité d'hommes.

Une pause. Il insiste :

— Je vois dans l'événement Lip l'agonie de notre discours révolutionnaire.

Alain ne pense pas différemment, invite Benny à développer cette réflexion — aussi loin que tolérable — devant les maos. Et, l'heure venue, Pierre Victor se lance :

— Mai 68 a été à la fois une révolution moderne et une révolution ancienne, une grève générale classique et quelque chose d'autre. La pente était forte qui conduisait à ne retenir que l'allure ancienne de la grève générale. A perpétuer le vieux langage : accumulation des forces par des luttes revendicatives — crise nationale — la question du pouvoir est posée — et donc celle de l'insurrection. Je suis sûr, maintenant, que, si ce langage persiste, le mouvement révolutionnaire perdra complètement toute vitalité.

Benny dévisage, sonde ceux qu'il a entraînés :

— Ce que Lip met en cause, c'est notre raison d'être.

14

Dissolution

« Le Parti n'est pas transformé en démiurge de l'histoire. Sans l'essor du mouvement des masses, il n'est rien et ne peut rien. C'est le mouvement des masses ouvrières qui constitue le réel sujet révolutionnaire... »

Henri Weber s'arrête d'écrire ; il tend l'oreille pour mieux percevoir la lointaine rumeur qui l'a brièvement dérangé. Cloîtré dans son appartement du quartier des Gobelins, en ce premier jour de l'été 1973, il noircit consciencieusement du papier. Voilà quelques semaines, il a obtenu du bureau politique de la Ligue communiste un congé spécial afin de rédiger sa thèse de troisième cycle. Pour continuer à enseigner au centre universitaire de Vincennes, il lui faut impérativement soutenir son doctorat avant la fin de l'année.

Le complice de Krivine aime s'évader de la militance quotidienne, interrompre l'abrutissant défilé des réunions et plonger dans l'étude, les livres, la réflexion personnelle. En outre, cette salutaire gymnastique intellectuelle va lui permettre de devenir maître-assistant.

« Le rôle du Parti, selon Lénine, est de se mettre au service du mouvement de masse afin de favoriser à chaque étape de son développement la réalisation de ses potentialités... »

Cette fois, la rumeur est devenue clameur. Weber se lève de sa table et se penche à la fenêtre. Six étages plus bas, une cohorte serrée, inquiétante, avance d'un pas nerveux. La manif ! Tout à son pensum sur « Marxisme et conscience de classe », le dirigeant de la Ligue a oublié le rendez-vous d'aujourd'hui, 21 juin.

En toute hâte, il abandonne ses charentaises, saute dans ses mocassins et dévale les escaliers. A l'entrée de la rue Monge, il rattrape la tête du cortège. De près, le groupe, compact comme une légion romaine, semble encore plus effrayant. Tous les manifestants sont casqués, ont le bas du visage dissimulé derrière un foulard, et portent des barres de fer. Pas une seule banderole.

« Le fascisme ne passera pas ! » N'était le slogan lancé de temps à autre, les passants, sur les trottoirs, seraient fort en peine de prêter sens à cette équipée sauvage.

« Les gens doivent avoir une trouille bleue », se lamente Henri, consterné. Il avise Récanati, lui aussi membre du BP de la Ligue, et qui porte la responsabilité des opérations. En quelques rafales de mots, « Réca » dresse le tableau de la situation :

— Les Estafettes indiquent que la Mutu est complètement cernée par les flics. Nous ne pourrons pas approcher. Mais ils ne savent pas où et à quel moment nous allons débouler.

— Et les fafs ?

— Ils sont dans la Mutu, armés jusqu'aux dents. Depuis ce matin, on surveille les environs. Ils ont entré des tonnes de matériel sous la protection de la police.

Weber regarde, derrière lui, la meute parée pour l'assaut. Cet instant lui est familier, où la peur le dispute à l'exaltation.

— C'est incroyable, les mecs sont bourrés de cocktails, ajoute Récanati. On ne sait pas d'où ils sortent.

Henri s'éloigne, mal à l'aise. Il n'est pas outillé pour rester là et n'en a pas reçu l'autorisation. Aux régiments patibulaires, il préfère les démonstrations joyeuses et nombreuses. Cette manif, il le sent, est une ânerie. Mais maintenant, il est trop tard.

20 heures. Au pas de charge, le cortège dévale la rue Monge en direction de la place Maubert. Les premiers rangs brandissent des bouteilles incendiaires. Au coin de la rue Lacépède, la 51e compagnie de CRS attend. C'est elle qui subit le choc et, tout de suite elle est submergée. En bouquets, les cocktails arrosent les forces de l'ordre, qui refluent piteusement. Les gauchistes chargent, barres de fer dressées. L'affrontement est furieux, des combats au corps à corps s'engagent, violents, saignants. Des agents s'enfuient et dérapent sur la chaussée rendue glissante par l'huile contenue dans les bouteilles explosives. Beaucoup tombent et sont frappés à terre par les manifestants.

Dans un appartement réservé à cet office, deux militants trotskistes enregistrent les ordres échangés sur ondes courtes par la police. Ils captent, avec un plaisir teinté de surprise, les appels des chefs de compagnies engagées sur le terrain qui manquent de munitions, de grenades, et réclament des renforts. Penchés sur leurs récepteurs, les deux « espions » happent, perplexes, des bribes de dialogue parfois déconcertantes :

— Il y a sur les toits des manifestants munis de cocktails Molotov.

— Ne vous en préoccupez pas, nous les connaissons.

Le flottement, chez les hommes en uniforme, se prolonge durant quelques longues minutes. Dans le feu de l'action, Réca s'étonne de la facilité avec laquelle les flics ont été enfoncés. D'habitude, le dispositif est autrement ferme, résistant. De toute façon, il n'est pas question de prolonger la bagarre de rue. Les consignes du BP sont claires : marquer le coup, assumer un affrontement limité, puis décrocher. Réca donne l'ordre de repli, et les gauchistes remontent vers les Gobelins.

En dehors du quartier Latin, les flics sont invisibles ; sans rencontrer un seul képi, le cortège franchit la Seine par le pont d'Austerlitz, atteint la place de la Bastille. Au même instant, un car de police secours débouche, sirène hurlante. Il reçoit un cocktail Molotov qui traverse le pare-brise. Le véhicule s'embrase immédiatement. Par la porte à glissière latérale, un policier se dégage : une poignée d'excités le rouent de coups. Le conducteur, dont les vêtements sont en feu, s'extirpe à son tour. Il est mieux traité que son collègue. Trois jeunes gens se précipitent sur lui, le roulent sur le sol pour étouffer les flammes.

Professionnel méthodique, Réca déteste les débordements intempestifs, les agressions gratuites, les exactions inutiles. L'incendie de ce car qui transportait un blessé est une bavure imbécile, politiquement injustifiable. Il craint, s'il disperse la manifestation immédiatement, que des éléments incontrôlés s'abandonnent à des pulsions analogues. Il faut d'urgence trouver un dérivatif. Soudain l'idée jaillit. Et le mot d'ordre circule :

— Rue des Lombards !

Un quart d'heure plus tard, deux à trois cents jeunes gens atteignent le siège d'Ordre nouveau, rue des Lombards. La porte blindée ne résiste pas longtemps aux madriers. Le local est saccagé.

A l'intérieur de la Mutualité, toujours bouclée par les forces de police, le meeting — quelques centaines de personnes — a commencé avec un peu de retard. Derrière la tribune, un grand panneau illustré d'une main tendue reproduit le slogan du jour :

« Halte à l'immigration sauvage ! » Alain Robert, secrétaire général d'Ordre nouveau, exige que l'immigration soit soumise à un contrôle sanitaire et judiciaire, et François Brigneau, rédacteur en chef de *Minute,* s'écrie : « Le peuple juif a gardé son intégrité parce qu'il ne s'est pas mélangé. Mais nous n'avons pas de leçons à recevoir de la part de ceux qui ont enfermé les Palestiniens dans des camps. »

Vers 23 heures, les participants commencent à quitter la salle. Casqués, portant de longs bambous taillés en pointe, les membres du service d'ordre regagnent leur local et occupent le milieu de la chaussée en formation carrée. Des véhicules de police les encadrent et les protègent. Des trottoirs fusent maints cris hostiles. Dans divers secteurs du quartier Latin, complètement quadrillé par les CRS, des échauffourées éclatent.

Au carrefour stratégique des boulevards Saint-Michel et Saint-Germain, étudiants et policiers des brigades d'intervention sont face à face. Mais un lieutenant et quatre de ses hommes perdent patience, tirent une série de grenades et foncent matraque levée. Surgit, rouge de colère, un commissaire divisionnaire :

— Qui a donné l'ordre de bouger ? hurle-t-il.

Le lieutenant :

— C'est moi.

— Je vous casserai. Je vous casserai.

— Je n'en ai rien à foutre.

— C'est ce que nous verrons. Dites-moi votre numéro.

— Non.

— Qui commande ici ? C'est vous ou moi ?

— Mais, Monsieur le divisionnaire, ils nous lançaient des pavés !

— C'est faux. Vous mentez. Je vous casserai.

L'aube perce. Il sera bientôt 6 heures. Rue Saint-Antoine, les camions-bennes des éboueurs progressent lentement, difficilement. Une file de véhicules gris ou noirs s'étire le long des trottoirs. Des grappes de policiers en uniforme ou complet veston patientent, silencieux, figés contre les façades, au coin de l'impasse Guéménée. Un commissaire regarde sa montre. Tout à coup, sur un ordre bref, les cars se vident et les hommes, aussitôt ramassés en colonne, investissent l'impasse comme à l'exercice

Au fond du passage, au nº 10, un immeuble gris, banal. Le siège de la Ligue communiste.

Un violent coup de crosse contre la porte blindée secoue le petit groupe de militants qui monte la garde. Ils sont une vingtaine à l'intérieur, l'œil battu par une nuit de veille. Une nuit sans histoires où ils ont suivi sur un transistor les affrontements auprès de la Mutu.

Le choc met tout le monde en branle. Dans les étages, quelqu'un ouvre précautionneusement une fenêtre et jette un regard vers la rue. Cela suffit pour qu'en bas les uniformes se plaquent au mur, par peur, sans doute, de recevoir des projectiles. A travers le judas, Pierre Rousset, membre du bureau politique, s'informe.

— Police ! Ouvrez !

— Vous avez un mandat de perquisition ?

— On n'en a pas et on s'en fout.

— Si vous n'avez pas de mandat, c'est illégal.

— Ouvrez, ou on enfonce la porte !

Dix minutes plus tard, elle cède, et les policiers s'engouffrent en force. Les militants sont poussés dans une salle. Rousset, lui, est isolé et, par mesure de précaution, dépouillé de son pantalon. Très vite, les étages sont gravis, les bureaux ravagés, les machines à écrire détériorées, les livres jetés à terre. Après quoi les envahisseurs alignent leur butin : des barres de fer, des bouteilles incendiaires, plus deux fusils de guerre un brin rouillés, dénichés au fond d'un placard.

Dans la matinée, Alain Krivine débarque à Orly. Il arrive de Nice où, la veille au soir, à l'heure même des bagarres de la rue Monge, il tenait un meeting contre le racisme. Quelques jours auparavant, dans les rues de Grasse, des Maghrébins s'étaient fait matraquer lors d'une expédition punitive qui ressemblait fort à une ratonnade.

Après la réunion, Krivine a joint Paris par téléphone et appris la gravité des incidents de la soirée. A Orly, une petite escorte le prend en charge et le convoie jusqu'à un appartement sûr où s'assemble la direction de la Ligue.

L'atmosphère est morose. Les cadres du mouvement partagent le sentiment d'avoir été trop loin ; l'objectif fixé a été dépassé et les trotskistes ont l'amère impression d'être entraînés dans un engrenage qu'ils n'ont pas su maîtriser.

Récanati, le général en chef, présente un récit complet des événements tels qu'il les a vécus. Deux faits l'ont frappé. L'affrontement a été bien plus violent que prévu et les responsables de la manifestation ont été surpris par le nombre invraisemblable d'engins incendiaires amassés. Les lanceurs ne se comportaient pas, selon l'ordinaire, en militants disciplinés. D'où l'attaque du car de police secours, place de la Bastille.

En second lieu, les flics qui se sont retrouvés « au contact » paraissaient surpris et désorganisés, malgré l'importance du dispositif policier.

Vite, la discussion s'envenime. La majorité de la direction, sans remettre en cause la nécessité d'une riposte au meeting raciste, critique la forme qu'elle a revêtue, l'insuffisante préparation, l'absence de couverture démocratique. Certains, tels Henri Weber ou Jeannette Pienkny, dénoncent ce type d'« action exemplaire », ces moulinets de gros bras qui se substituent au véritable travail d'explication, cette agitation qui masque mal l'impuissance politique.

Sur la sellette, Récanati se défend ; il objecte que, lorsque l'initiative a été votée, une seule voix s'est prononcée contre. Toutes les organisations de gauche ont été contactées, et ce n'est pas sa faute si elles ont refusé leur concours. Fallait-il, dans ces conditions, ne rien faire, laisser s'organiser à Paris, sans broncher, un meeting contre l'« immigration sauvage » ?

Certes, des erreurs ont été commises sur le terrain. Il s'en produit toujours. Et Réca rappelle que le projet initial était d'occuper la Mutualité très tôt, de se barricader à l'intérieur et de convoquer la presse. C'est parce que le SO d'Ordre nouveau a devancé la Ligue et s'est installé sous la protection de la police qu'il a fallu se rabattre sur le cortège de rue. A partir de ce moment, la castagne était inéluctable.

Jeannette Pienkny développe la critique la plus véhémente. L'ancienne dirigeante de l'UEC au tout début des années soixante, la « Cubaine » qui a longtemps séjourné à La Havane, dirige le « secteur ouvrier » de la Ligue. Quelques semaines auparavant, plusieurs centaines de militants d'entreprises se sont retrouvés pour une conférence nationale. Jeannette prône la « prolétarisation », l'implantation obstinée dans les usines, et se méfie de l'activisme étudiant. Les autres l'accusent d'« ouvriérisme primaire ». Elle rétorque en les taxant de « gauchisme juvénile ».

Le débat sur la manifestation du 21 juin est d'autant plus vif qu'il cristallise des oppositions latentes depuis des mois. En bon chef, Krivine louvoie entre les deux orientations, reconnaît les mérites de l'une sans désavouer l'autre, s'efforce de maintenir la balance. Il essaie de transformer un groupuscule estudiantin en un petit parti dont *le Monde* salue le sérieux, sans décourager les adhérents les plus jeunes, fascinés par les actions de rue, la guéguerre du service d'ordre.

Au centre de l'engueulade, la CTS.

La « commission très spéciale » est une structure restreinte, formée d'une demi-douzaine de militants triés sur le volet, qui a été créée en 1970. La CTS a pour mission de préparer les coups tordus, ceux qui sortent de la légalité. Elle règle l'organisation des manifestations dures, planifie les actions risquées — attaque de l'ambassade américaine à coups de cocktails Molotov, de celle d'Argentine pour protester contre la torture, ou encore d'une banque espagnole au moment du procès de Burgos. Elle assure également la sécurité des dirigeants quand il leur arrive d'être menacés.

Mais l'essentiel des préoccupations de la CTS concerne la lutte « contre les fachos ». Cela va de la protection des distributions ou des collages à l'agression contre l'adversaire. Ainsi, deux cents costauds ont été acheminés secrètement jusqu'aux portes des usines Citroën de Rennes, afin d'y affronter le syndicat CFT maison dont les méthodes musclées sont légendaires. Bénéficiant de l'effet de surprise, le commando de la Ligue s'est retiré sans dommage après avoir infligé une rude correction à la maîtrise.

La CTS ne recule pas devant les effractions ; une de ses équipes s'est introduite dans le local d'une organisation d'extrême droite pour dérober le fichier des militants. A peu près tous les activistes ennemis sont répertoriés, photographiés, « logés ». Certains reçoivent à domicile des visites d'intimidation ou des lettres de menace. Cette méthode dissuasive vise à prévenir les agressions individuelles contre les responsables de la Ligue. Les représailles seraient immédiates.

Michel Récanati est le patron de la CTS. L'ancien leader des CAL en 1968 monte « des coups » avec son vieux complice Romain Goupil. Ainsi ont-ils réussi, un jour, à s'approcher par les toits de l'hôtel où résidait le général sud-vietnamien Ky, et à inonder ce dernier de peinture rouge. Ils auraient aussi bien pu jeter une grenade, mais les trotskistes répugnent aux attentats et préfèrent les gestes symboliques. En revanche, les revolvers pointés par les gardes du corps « fantoches » n'avaient, eux, rien de factice : Goupil et Réca n'ont dû leur salut qu'à une galopade sur les ardoises, couronnée par un plongeon dans une chambre de bonne à travers un vasistas.

Chaque dimanche matin, la CTS invente des guets-apens pour « casser du facho ». Réca, Goupil entraînent leurs troupes dans un incessant jeu de piste. Cette escalade militariste élit l'extrême droite comme adversaire privilégié et obsessionnel. Une orientation que récusent la plupart des animateurs de la Ligue, inquiets de voir la CTS échapper à leur tutelle politique.

La Ligue possède un autre « service » clandestin, dont la finalité est entièrement dirigée vers l'étranger. Il s'agit d'apporter de l'aide aux révolutionnaires latino-américains qui combattent des dictatures en leur fournissant des faux papiers ou des filières d'hébergement.

Une seconde branche s'intéresse aux pays de l'Est. Les trotskistes introduisent en Tchécoslovaquie de la littérature interdite, des brochures, des machines à écrire. Un bulletin rédigé en polonais est régulièrement acheminé vers les ports de la Baltique ainsi qu'à Varsovie. Cachée dans les recoins d'une voiture trafiquée, une ronéo démontée a été livrée là-bas. D'autres expéditions du même style concernent la Grèce des colonels ou l'Espagne franquiste. A la Ligue, presque personne n'est au courant de ces entreprises « particulières ».

L'assemblée s'échauffe. Responsable de la CTS, organisateur de la manifestation, Récanati « porte le chapeau ». Pacificateur, comme à son habitude, Krivine calme les esprits emportés. Ce n'est guère le moment de dresser des bilans, de régler des comptes. Cette affaire sent mauvais. Il suffit de jeter un œil aux journaux qui titrent sur les incidents de la veille.

Alain cite *l'Aurore* : « L'incroyable, c'est la facilité avec laquelle se déplacent en plein Paris et se rassemblent quand il leur convient des bandes armées. » Et les comités de défense de la République réclament « une plus large application de la loi anti-casseurs contre les meneurs ».

— Nous allons en recevoir plein la gueule, commente Krivine. Il faut prendre des mesures immédiates de protection ; les dirigeants ne dorment plus chez eux. Et puis, surtout, il importe d'ouvrir le parapluie démocratique, de contacter les syndicats et les partis de gauche. Notre ligne reste : il était juste d'empêcher un meeting raciste, donc illégal.

L'après-midi même, au siège du PSU, Krivine, accompagné d'Alain Geismar qui marque ainsi sa solidarité, enfonce le clou :

— Le plus grave, le plus important, c'est qu'un meeting nazi, fasciste, raciste et antisémite ait pu se tenir au cœur de Paris.

La lecture du *Monde* permet de le conforter : « Malgré des précautions oratoires qui ne trompaient même pas l'assistance, le meeting d'Ordre nouveau sur l'“ immigration sauvage ” était une réunion de caractère raciste », note Jean Planchais.

Le soir, Alain est hébergé chez la comédienne Lucienne Hamon, fille de l'ancien porte-parole du gouvernement et épouse du cinéaste Robert Enrico. Mais la femme de ménage se montre un peu trop curieuse, et le leader trotskiste devient l'hôte de Michel Piccoli, rue de Verneuil, qui lui a immédiatement offert l'hospitalité. Weber le remplace au domicile de Lucienne Hamon. Un troisième camarade s'installe chez Jean Seberg.

Le local de l'impasse Guéménée est toujours sous surveillance, mais la direction de la Ligue continue de se réunir. Grâce à l'écoute permanente des ondes de la police, elle sait qui est suivi et peut ainsi facilement déjouer les filatures.

Le jeudi 28 juin, juste une semaine après la manifestation, le BP est convoqué dans l'appartement du comédien Jacques Charby. Quelqu'un exhibe le numéro de *Minute* fraîchement paru. Brigneau, le rédacteur en chef, se déchaîne contre « les organisateurs de l'émeute qui a secoué Paris, à savoir Sartre le ténia, Krivine le serpent à lunettes crépu, et Geismar, ce Dodin-Bouffant de la Sociale... »

— Eh, le crépu, tu as vu ce qu'on écrit de toi ?

Krivine lit : « Petits rats de merde, même avec vos boulons — les seuls que vous toucherez sans doute de votre vie —, vous ne savez que tuer, “ défoncer ” comme vous dites, ou avilir. Je souhaite pour mon pays qu'on ne vous laisse pas faire et qu'on vous claque un peu sérieusement la gueule. Mais dans le cas contraire, s'il était avéré que M. Krivine fait la loi et l'impose, alors je me sentirais, et quelques millions de Français se sentiraient comme moi, en état de légitime défense. Et, dans la légitime défense, on tire à vue. »

Semblable prose n'amuse Alain que modérément ; il se souvient de l'attentat contre son ami Rudi Dutschke avant mai 68. A force de manier les plumes par la gâchette, il arrive que le lecteur exalté d'un éditorial exalté passe à l'acte. D'ailleurs, dans la nuit du 23 au 24 juin, plusieurs cafés fréquentés par des immigrés ont été attaqués à coups d'engin incendiaire, à Ivry, Vitry, et dans le XVe arrondissement.

13 heures. Un des participants allume la télévision, et tout le bureau politique se presse devant le petit écran pour regarder le journal. En titre, le présentateur annonce la dissolution, décidée le matin même au Conseil des ministres, d'Ordre nouveau et de la Ligue communiste.

— Nous y sommes ! observe, laconique, une voix.

Cette décision, Krivine et Weber la pressentaient. Trois jours plus tôt, Alain a téléphoné à Jacques Fauvet pour lui demander de publier une tribune libre dans son journal. Le directeur du *Monde* l'a averti que Marcellin demanderait la dissolution au président de la République.

En effet, le ministre de l'Intérieur, hanté par le péril, qu'il croit déceler, d'un complot international, est allé voir Georges Pompidou avant le Conseil des ministres avec en poche une liste de noms : ceux de professeurs de grandes écoles, de Polytechnique ou de Normale sup, qui, selon ses renseignements, mitonnent des cocktails Molotov avec leurs élèves...

Devant ses collègues du gouvernement, il réclame l'interdiction des deux mouvements suspects, fait valoir que l'attaque des gauchistes a été soigneusement préparée et que les gardiens de la paix ont été agressés dans des conditions abominables. S'il n'y a pas de sanction, la prochaine fois, les policiers tireront dans le tas, conclut-il.

A la surprise générale, le garde des Sceaux, Jean Taittinger, exprime son désaccord : la Ligue communiste est un parti politique qui participe aux élections. On ne saurait dissoudre une organisation que si elle menace la sécurité de l'Etat. Or, cette sécurité n'est pas menacée. Olivier Guichard, ministre de l'Equipement, approuve l'objection, ainsi que Bernard Stasi qui a en charge les DOM-TOM. Ce dernier relève qu'à l'heure des incidents, Krivine se trouvait dans le Midi et qu'il est juridiquement quelque peu tortueux de les inscrire à son détriment.

Stasi ne manque pas de mérite. Six mois plus tôt, au cours de l'émission « A armes égales », il a affronté Alain Krivine qui ne l'a pas ménagé. Malgré sa tonalité centriste et libérale, il a été traité par le trotskiste en pur représentant de la droite. Face aux caméras, Krivine a brandi un livre classé confidentiel provenant des services de police, lequel contenait la liste de milliers de suspects fichés. Stasi en était resté sans voix ; il ne pouvait imaginer que le titulaire de l'Intérieur fît surveiller des syndicalistes, des enseignants, des militants des partis de gauche, des journalistes coupables du seul délit d'opinion.

Marcellin, lui, n'a pas apprécié que des documents secrets soient ainsi livrés aux foules. Malgré tous ses efforts, il ne sait point qui informe la Ligue. Il ignore qu'un fonctionnaire de son ministère, employé au service du courrier, dépose régulièrement dans une boîte aux lettres « propre » des notes confidentielles. C'est par ce canal que la feuille d'impôts de Chaban-Delmas est parvenue à la Ligue qui, ne voyant quel usage lui réserver, l'a repassée au *Canard enchaîné*.

En réalité, Raymond Marcellin est convaincu que la Ligue communiste représente un vrai danger. Ses capacités d'organisation le tourmentent, le savoir-faire de Krivine l'intrigue. Il s'agit de ne pas manquer l'occasion. Quant à Ordre nouveau, son interdiction ne s'explique que par un louable souci de symétrie qui ne trompe personne. Ses militants, membres actifs du Front national de Jean-Marie Le Pen, ne seront guère gênés par la mesure gouvernementale.

Sitôt informé, l'état-major de la Ligue envisage la meilleure attitude souhaitable. Des mandats d'amener ont été lancés contre Krivine et Récanati. Faut-il plonger dans la clandestinité, mettre tout en veilleuse, planquer Krivine ?

L'intéressé y est hostile. Après une discussion serrée et un vote, la stratégie est arrêtée : Récanati se réfugiera en Belgique, où il attendra des jours meilleurs. Krivine se laissera interpeller, mais avec le maximum de remous. Eviter à tout prix un embastillement discret, dérisoire, qui concéderait à Raymond Marcellin l'ivresse d'une victoire facile. Organiser, en revanche, une mise en scène soignée, « mouiller » la gauche et transformer le cas Krivine en un scandale propice au déclenchement d'une « campagne de masse ». L'épure est nette : Alain convoquera la presse, accompagné des leaders de la gauche démocratique, puis rentrera ostensiblement chez lui pour attendre la police.

A Weber échoit le rôle du régisseur. Il joint les partis et syndicats qui donnent leur accord. Le vendredi matin, tôt, il téléphone chez François Mitterrand. Une voix lui répond :

— Le premier secrétaire dort, rappelez en fin de matinée.

Un peu plus tard, Weber obtient donc le leader socialiste, qui commence par s'étonner : Krivine arrêté ? Comment est-ce possible ? Henri explique la manœuvre : Alain Krivine a décidé de se livrer, mais auparavant il veut parler à la presse, et, pour ce, il a besoin du PS. François Mitterrand écoute, puis accepte de prêter main-forte. Bien au-delà des espérances trotskistes.

15 heures. Juché à l'arrière d'une moto de grosse cylindrée qui est venue le chercher au domicile de Piccoli, Alain Krivine arrive rue de Rivoli dans un local prêté par le parti socialiste et où le reçoit Charles Hernu. Toute la presse est là. De la préfecture voisine sont également sortis moult inspecteurs en civil qui truffent les environs.

En présence de Daniel Mayer, président de la Ligue des droits de l'homme, de mandataires de la FEN, de la CFDT, Krivine s'adresse aux journalistes entassés. Il affirme qu'il n'est pas question pour lui d'entrer dans la clandestinité, qu'il souhaite poursuivre son activité politique au grand jour, exige que soit levée l'interdiction qui frappe son organisation. Ensuite, Charles Hernu le prend par le bras :

— Venez, Krivine, je vous emmène cité Malesherbes.

Hernu s'installe au volant de sa propre voiture, Krivine à ses côtés, et démarre sur les chapeaux de roue. Derrière, c'est la cavalcade. Les motos de presse et les véhicules de police suivent la cadence. Hernu conduit à toute allure, ravi comme un gamin qui joue une bonne farce. Les voici bientôt au siège du parti socialiste. François Mitterrand et Edmond Maire accueillent le responsable gauchiste. Il était convenu qu'en cas d'interpellation rue de Rivoli les deux hommes rappliqueraient aussitôt. Cela n'a pas été nécessaire.

Très aimable, le premier secrétaire du PS questionne Krivine sur ses intentions. Il lui propose de rester au siège du parti aussi longtemps qu'il le voudra. Alain remercie mais décline l'invitation : il préfère se laisser interpeller. On met donc au point un scénario de sortie ; Mitterrand veille à ce que tous les détails soient examinés : teneur des déclarations, durée de la poignée de main qu'ils échangeront devant la presse, trajet qu'ils accompliront ensemble.

Quand tout est prêt, ils descendent dans la cour de la cité Malesherbes. Les photographes aux aguets aperçoivent Krivine encadré par Mitterrand et Maire. Le premier secrétaire parle à son « protégé » avec d'amples gestes du bras qui semblent ponctuer, de loin, une conversation animée et profonde. En réalité, il décrit l'état d'avancement des travaux de ravalement sur la façade. Alain, poli, feint de s'intéresser, hoche la tête. Parvenu à la grille, le trio s'immobilise. Mitterrand et Maire serrent chaleureusement la main du boutefeu recherché par la police, sous les flashes des photographes.

Puis, flanqué de Charles Hernu et de Claude Estier, le révolutionnaire professionnel, comme prévu, rentre à pied chez lui, rue Saint-Georges. Une grappe de journalistes s'accroche au groupe. Des voitures de police, roulant au pas, provoquent un embouteillage. En bas de son immeuble, Krivine prend congé, salue la presse et grimpe dans son appartement.

Deux minutes après, coup de sonnette. Il va ouvrir la porte aux inspecteurs en se frottant les mains. Il n'osait rêver meilleur cas de figure : se faire pincer à la sortie de chez Mitterrand...

Quai des Orfèvres, le leader trotskiste est reçu avec curiosité et même, pour un homme que le ministre de l'Intérieur rend responsable des blessures infligées à soixante-dix policiers, avec bienveillance. Les inspecteurs forment le cercle autour de lui, et une véritable conférence-débat s'improvise. Pendant deux heures, sur le ton de la conversation courtoise, le dirigeant de la Ligue répond aux questions posées ; il a assez de métier pour arrondir les angles, assez de bagout pour justifier la violence, assez de conviction pour forcer la sympathie. Le temps passe. La soirée avance.

— Il est trop tard pour que vous dîniez au dépôt, s'avise un flic. Vous allez manger avec nous.

Initialement prévu à l'occasion d'une promotion, un pot est offert. Des sandwiches, des boissons apparaissent. Krivine trinque avec ses interlocuteurs. La conversation glisse sur Israël.

Alain développe ses thèses, insiste sur les contradictions sociales au sein de l'Etat hébreu. Un des policiers l'interrompt :

— La différence essentielle réside entre séfarades et ashkénazes.

Les autres, impressionnés par tant de science, le félicitent.

Krivine :

— Vous êtes juif, pour savoir ces choses-là.

Les inspecteurs, étonnés, se tournent vers leur collègue :

— Tu es juif, toi ?

L'intéressé, rougissant :

— A moitié.

Le moment est venu de conduire le prisonnier au dépôt. On l'enferme dans une cellule pour la nuit. Krivine s'apprête à s'allonger sur le lit lorsque entre un policier en uniforme. Il défait sa ceinture, baisse son pantalon et sort un journal soigneusement plié.

— Tiens, camarade, je ne suis pas d'accord avec toi, mais c'est mieux que *le Parisien.*

Krivine saisit le journal et l'ouvre. C'est *l'Humanité* du jour. En page 4, le quotidien communiste reproduit une déclaration du bureau politique que le trotskiste savoure avec jubilation : « Le parti communiste français proteste contre la dissolution dont est l'objet la Ligue communiste. »

Son allégresse serait plus grande encore s'il avait eu le loisir de lire *le Monde* paru cet après-midi. Le quotidien de la rue des Italiens, dans un article circonstancié, dénonce les carences et les incohérences de l'état-major de la police lors de la soirée du 21.

Le jour même de l'arrestation d'Alain Krivine, Gérard Monate, secrétaire général du principal syndicat des policiers, critique lui aussi, dans une déclaration à la presse, la manière dont le maintien de l'ordre a été assuré en la circonstance. Il dénonce « l'utilisation très particulière des forces de l'ordre » et demande « si la cause en est l'incompétence ou la complicité ». Il paraît en effet incroyable, ajoute Monate, « que deux mille manifestants aient pu faire quatre-vingts blessés parmi les policiers avec les moyens techniques dont ils disposaient ».

Un rapport très précis, élaboré par les syndicalistes, énumère lacunes et carences : le commandement, averti des préparatifs ultimes de la manifestation, n'a pas prévenu les unités qui quadrillaient le quartier. En particulier, le chef de la station du métro Monge a téléphoné trois fois à la préfecture pour signaler qu'une distribution d'engins incendiaires s'effectuait sur les quais.

Le document syndical note encore que les indications fournies par les inspecteurs des Renseignements généraux sur le nombre des manifestants ont été systématiquement sous-estimées par l'état-major. Il souligne enfin que, sur le terrain, les munitions manquaient : « Il a fallu demander à plusieurs reprises des grenades, témoigne un policier, et lorsqu'elles sont arrivées, c'étaient des grenades à main au lieu de celles à fusil que nous avions réclamées. Ensuite, quand les grenades à fusil nous ont été apportées, il n'y avait pas de cartouches pour les lancer. »

La presse répercute amplement les propos de Gérard Monate, et une polémique s'engage : plusieurs journaux évoquent l'hypothèse d'une machination du ministre de l'Intérieur, qui aurait volontairement laissé les gauchistes « casser du flic » dans le but de renforcer les courants « durs » de la police et de contrer l'influence de la Fédération autonome, trop liée aux socialistes selon son goût. *Le Monde* rapporte même que le ministre, rendant visite aux policiers blessés dans le car de la place de la Bastille, aurait été accueilli par ces mots : « Vous avez devant vous une des victimes de votre politique. »

La place Beauvau dément formellement. Il n'empêche. En couverture, *le Nouvel Observateur* qualifie Marcellin de « suspect numéro un ».

Y a-t-il eu provocation organisée au plus haut niveau, le soir du 21 juin ? Krivine et ses amis se sont-ils précipités tête baissée dans le piège tendu ? La controverse se poursuit plusieurs jours et la préfecture de police publie une longue mise au point où elle réfute, les uns après les autres, les arguments avancés par les syndicalistes. Le doute demeure néanmoins : il semble avéré, en tout cas, que les hommes qui ont subi le choc de la rue Monge n'étaient, contrairement à l'habitude, ni équipés ni même informés de son imminence.

Par ailleurs, la protection accordée après le meeting au service d'ordre d'extrême droite soulève une nouvelle polémique. Un fonctionnaire de la 2e compagnie chargée de cette opération raconte : « Nous avons escorté tout le monde. Ceux d'Ordre nouveau marchaient en carré de section, casqués, tous pareils et porteurs de bambous bien pointus. »

Raymond Marcellin répond lui-même à ses détracteurs sur la première chaîne de télévision ; il dément avoir fomenté une provocation, et contre-attaque, critiquant « ceux qui en Mai 68 ont pris le train gauchiste en marche : M. Mitterrand, qui a reçu M. Krivine malgré ce que celui-ci vient de faire ; M. Marchais qui parlait il y a peu encore de gauchistes-Marcellin et qui aujourd'hui gémit parce que la Ligue communiste est dissoute ».

Avec son plafond baroque d'où tombe un trapèze volant, sa loge à baldaquin tendue de velours carmin, le cirque d'Hiver offre un surprenant décor au « Collectif pour la défense des libertés » qui, le 4 juillet, y convoque un meeting de protestation contre l'emprisonnement d'Alain Krivine. Il en a fallu, des tractations, des conciliabules, pour aligner côte à côte, sur la même tribune, toute la gauche — communistes inclus.

Car l'événement est bien la participation de Jacques Duclos, le vieux dirigeant du PC, à la défense d'un trotskiste. Historiquement, c'est du jamais vu ! Dans *l'Humanité*, l'éditorialiste attitré, Laurent Salini a donné le ton : « La dissolution de la Ligue communiste, l'arrestation de ses principaux dirigeants, c'est d'abord une atteinte aux libertés de tous. »

Depuis 1968, Georges Marchais et les siens n'ont manqué aucune occasion de dénoncer « les provocations gauchistes ». Lors de l'assassinat d'Overney, ils parlaient des « gauchistes-Marcellin ». La volte-face est donc spectaculaire. Sans doute, après la signature du Programme commun avec les socialistes, le PCF dépense-t-il beaucoup d'énergie pour distinguer son « socialisme aux couleurs de la France » des étouffantes et grises sociétés de l'Est. L'affaire Krivine fournit un excellent prétexte pour redorer le blason démocratique du Parti.

Et puis, l'ampleur de la levée de boucliers contre l'interdiction de la Ligue — qui a déconcerté le gouvernement — ne saurait laisser le PCF inerte à l'heure où il prône une stratégie unitaire. Le Collectif antidissolution a engrangé les ralliements de Rocard pour le PSU, Estier et Poperen pour le PS, Detraz pour la CFDT, sans compter une kyrielle d'artistes comme Juliette Gréco, Michel Piccoli, Simone Signoret, les cinéastes Yves Boisset, Costa-Gavras et Robert Enrico, les intellectuels Michel Foucault et Michel Leiris, Laurent Schwartz et Alain Touraine, le professeur Minkowski, plus Sartre et Simone de Beauvoir. Des milliers de signatures se sont ajoutées à ces illustres paraphes.

Le PCF a posé une seule condition préalable à sa présence au meeting de protestation contre l'interdiction de la Ligue : que cette dernière ne puisse s'exprimer à la tribune... En dépit d'ultimes négociations dans l'après-midi, et du forcing des socialistes qui soulignaient l'absurde contradiction de censurer ceux qu'on défend, les communistes ont maintenu le veto : aucun orateur trotskiste ne s'exprimera.

Dans la salle où s'agglutinent deux mille personnes, un bon tiers, regroupé sur la piste, affiche sa sympathie pour les amis de Krivine.

Daniel Mayer préside :

— Nous savons tous pourquoi nous sommes ici ce soir.

Cris :

— Libérez Krivine !

Le président de la Ligue des droits de l'homme :

— Si vous le voulez bien, nous arriverons à ce résultat...

Les interventions se succèdent. L'arrivée à la tribune du représentant de la CGT déclenche un beau chahut et une guerre de slogans. A l'« union populaire ! » des communistes répond « La parole à la Ligue ! ». La guérilla vocale se poursuit durant tout son discours. Quand Jean Le Garrec, un des lieutenants de Rocard, s'empare du micro, les vociférations redoublent : « Pourquoi la Ligue n'a-t-elle pas la parole ? » hurlent les sympathisants. Profitant d'une pause, Le Garrec lâche :

— Ils ont osé...

L'assistance retient son souffle. Le mandataire du PSU enchaîne :

— Ils ont osé dissoudre la Ligue. Pourquoi ne dissoudrait-on pas le PSU ?

Un immense éclat de rire secoue les travées. Une voix railleuse :

— C'est déjà fait.

Debout sur une chaise, le bras dressé en une vaine supplique, Filoche, membre de la direction trotskiste, demande à Le Garrec de lui céder un temps de parole. L'assistance se divise en deux camps. Les huées, les injures — « saboteur ! » — couvrent les encouragements — « au micro ! ». Décontenancé, Daniel Mayer, pour rétablir le calme, recourt à la potion magique. Il entonne *l'Internationale.* Dans la seconde, le public apaisé se dresse et fait chorus, unanime.

Un jeune homme barbu et timide, représentant les radicaux de gauche, affronte à son tour la tempête. Il commence :

— Ce n'est pas monsieur Krivine...

La salle :

— Camarade !

— Ce n'est pas le camarade Krivine...

Le reste se perd sous les rires.

Avec Jacques Duclos, l'atmosphère change. En vieux routier, le dirigeant communiste sait amadouer une assistance hostile. D'emblée, il prononce une phrase savamment balancée qui satisfait tout le monde :

— Parlant au nom du parti communiste, le grand parti révolutionnaire de notre temps, j'élève une protestation vigoureuse contre l'arrestation d'Alain Krivine et contre la dissolution de la Ligue communiste, dont chacun sait que nous n'approuvons ni la politique ni les formes d'action.

Massées devant le cirque d'Hiver, cinq mille personnes suivent le meeting grâce à la sonorisation extérieure. Là aussi, beaucoup de militants trotskistes, avec drapeaux rouges et banderoles. Juché sur des épaules, criant dans un porte-voix, Henri Weber s'adresse à ses troupes. On distingue vaguement des phrases, hachées, noyées par le tumulte.

— Si tous ceux qui sont ici ce soir étaient venus le 21...

Plongé dans l'eau bleue, Weber n'est pas loin de penser que cette dissolution a du bon. D'abord, sur le plan politique, la Ligue a réussi un spectaculaire rétablissement en suscitant pour sa défense un mouvement d'opinion considérable. Elle a obtenu sa reconnaissance par la gauche officielle, rêve éternel des trotskistes, même si le PCF manie les pincettes. Ensuite, l'organisation ne souffre guère de l'interdiction : pour les liaisons et les réunions, il convient de prendre quelques précautions, mais chacun est rodé depuis longtemps à ce genre d'exercice.

Chaque militant connaît le rendez-vous « secondaire » de sa cellule dans un endroit public, hors du Ve arrondissement de préférence. Il possède un numéro de téléphone « propre » où une voix lui précisera, codés, le jour et l'heure. Cela fonctionne sans anicroche, comme circule le courrier avec la province.

Henri accomplit trois brasses et sort de la piscine. Oui, la clandestinité offre de réels avantages. S'il n'était pas traqué par la police, jamais des « amis » ne l'auraient invité à passer le week-end du 14 juillet dans cette immense et superbe maison de campagne. Elle appartient à un banquier — absent —, lequel ignore qu'une bande de squatters gauchistes ont envahi son domaine et pillent la cave où subsiste, cinq ans après, un formidable lot de conserves prudemment acquis en mai 68. « Juste retour des choses », apprécie Weber. Allongé au soleil, il n'en a pas moins, de temps à autre, une pensée pour son petit camarade bouclé à l'ombre.

Hôte de la Santé, Alain Krivine ne s'ennuie guère. Après quelques jours d'isolement, il a obtenu le statut politique ; la cellule est ouverte dans la journée et il peut parler, comme c'était déjà le cas durant sa première incarcération, à l'été 1968, avec Pierre Rousset. Honorant la commande d'un éditeur, il rédige un livre qu'il n'aurait jamais eu le temps d'écrire en d'autres circonstances. Il reçoit des centaines de lettres de soutien, d'innombrables témoignages de sympathie — jusqu'à Jacques Martin qui, lors de son émission radiophonique sur Europe n° 1, lui lance un joyeux : « Salut Krivine ! ».

L'animal politique est satisfait : jamais il n'aurait imaginé que son arrestation provoquerait un tel élan de solidarité. En outre, il sait que son séjour derrière les hauts murs sera bref. Le 5 juillet, sous escorte impressionnante, il a été conduit au palais de justice et introduit dans le cabinet du juge Bernard. C'était le premier interrogatoire sur le fond. Le leader gauchiste a accepté de répondre à toutes les questions, refusant cependant de donner le moindre nom.

De cette « conversation » courtoise, le magistrat a retiré une triple conviction : l'inculpé était hostile aux formes qu'a revêtues la manifestation, même s'il en a revendiqué devant lui la paternité « morale ». Il n'a pas assisté aux réunions préparatoires où les modalités concrètes ont été discutées. Enfin, il n'était pas à Paris lors des incidents. Le 10 juillet, estimant que la détention n'est plus nécessaire, le juge signe l'ordonnance de mise en liberté. Deux heures après, le parquet fait appel : Krivine demeurera incarcéré le temps que la chambre de mise en accusation ait statué sur son sort.

Place Vendôme, devant la porte du ministère de la Justice, Simone Signoret, Michel Piccoli et Serge Reggiani regardent leurs montres avec inquiétude. Elles indiquent 16 h 15, et la délégation de personnalités à laquelle tous trois devaient s'adjoindre n'est toujours pas là. Le rendez-vous avec le garde des Sceaux était fixé à 16 heures. Un brillant aréopage des arts et des lettres devait réclamer avec la solennité requise l'élargissement immédiat d'Alain Krivine.

Les minutes filent. Des têtes apparaissent aux fenêtres, se penchent pour mieux discerner, sur l'esplanade à peu près déserte, le trio de célébrités. Piccoli s'approche d'un planton et lui demande si une délégation est attendue. Le planton part s'informer et revient bientôt : à l'intérieur, on ne sait rien d'une telle rencontre. Puis, avec une extrême politesse, il sollicite des autographes pour sa fille. Simone Signoret, Piccoli et Reggiani s'avisent que, peut-être, ils se sont trompés de jour, voire d'heure, et décident d'attendre dans un bistrot voisin.

Le bar le plus proche n'est pas un bistrot, mais celui de l'hôtel Ritz — que leur indique un chasseur vêtu de la jaquette et du pantalon rayé, accouru lui aussi pour obtenir des autographes, et que Piccoli charge de surveiller la place. Les acteurs ont à peine le temps de tremper les lèvres dans leur Fernet-Branca que le garçon surgit, tout essoufflé.

— Monsieur le directeur vous attend.

— Nous n'avons pas demandé à rencontrer le directeur du Ritz, objecte Piccoli.

Le jeune homme s'explique. Il s'agit du directeur de cabinet du ministre. Le trio se regarde. Il avait mission de faire de la figuration intelligente dans un groupe, non de constituer la délégation même. Après une courte réflexion, les comédiens se lèvent.

— Quel plateau, murmure le directeur de cabinet en les voyant arriver, et il les entraîne vers le « coin salon » de son vaste bureau.

— De quoi s'agit-il ?

Piccoli se lance, justifie leur entrée inopinée, l'inscrivant au compte de la fantaisie des acteurs, annonce l'arrivée probable d'une délégation dans les prochains jours. Puis les premiers rôles improvisent un petit discours : ils n'aiment pas qu'on mette Krivine en prison parce qu'il a manifesté contre un meeting « raciste ». N'est-ce pas ainsi que le Premier ministre lui-même, Pierre Messmer, a qualifié la réunion d'Ordre nouveau ?

Le directeur assure qu'il transmettra le message et, après quelques amabilités, raccompagne ses illustres visiteurs. Ce n'est pas tous les jours que le cinéma envahit la chancellerie.

« Marcellin a reçu une gifle retentissante. » Devant le portail de la prison de la Santé qui vient de se refermer, Krivine exulte face aux journalistes. Désavouant le parquet, la chambre de mise en accusation a décidé de le remettre en liberté. Celui que le ministre de l'Intérieur tenait pour responsable des violents incidents du 21 juin ne sera donc resté que quatre semaines derrière les barreaux.

Pour Alain, des orientations importantes doivent être arrêtées. Réunie pendant l'été à Bruxelles, la direction de la Ligue dresse le bilan des événements. Jeannette Pienkny exige qu'on en finisse avec « la mythologie de la rue ». Plus que jamais, il faut privilégier le travail syndical, l'implantation dans les entreprises.

Récanati, qui incarne l'orientation « militariste » et « aventuriste », est durement mis à l'épreuve. Il ne supporte pas que soit entamée la cuirasse de bolchevik pur et dur sous laquelle il s'abrite. L'image qu'il s'est forgée du dirigeant ne souffre pas l'échec, sa soif de rigueur bannit l'erreur. Il s'est toujours efforcé d'être le meilleur, le plus fort, le plus courageux, comme si cette quête de la perfection palliait des désordres invisibles.

Pressé de toutes parts, Réca s'effondre en larmes. Le Comité central décide que, puisqu'il reste sous le coup d'un mandat d'amener, il se présentera devant le juge d'instruction. Il accepte. Mais dans son système de pensée, le doute s'est introduit, qui commence son travail intime.

La vie qu'il s'est choisie, celle de révolutionnaire professionnel, a-t-elle encore un sens ?

1987. Alain Krivine :

— La dissolution de la Ligue, en 1973, clôt une époque. Celle de l'action directe, dans la rue. Nous n'en avions pas clairement conscience, mais le mouvement étudiant et lycéen s'épuisait. La montée de l'union de la gauche, la renaissance du parti socialiste, l'apparition d'une solution électorale transformaient les conditions de notre intervention politique. A partir de ce moment-là, nous commençons à rompre avec le gauchisme débridé, l'agitation permanente. Juin 1973 est un tournant dans notre histoire.

L'assemblée générale du 2 août 1973, chez Lip, devait être une assemblée générale ordinaire. Elle débute, d'ailleurs, comme à l'ordinaire : lecture des messages de solidarité, formation de l'équipe chargée du gardiennage la nuit prochaine. Puis Raymond Bourgy, délégué CFDT, s'approche du micro, l'air mi-solennel mi-gourmand d'Eisenhower levant le secret du jour J :

— Nous avions prévu d'organiser la distribution de nos salaires demain vendredi dans l'après-midi. Eh bien, pour éviter à M. le préfet de déranger la police pendant cette délicate opération, la distribution est avancée. Tout le monde se rend au bâtiment de la direction. Six bureaux ont été ouverts : il y en a pour une heure au plus.

La première paie « sauvage » de l'histoire du mouvement ouvrier !

De l'OS au technicien, les Lip se bousculent joyeusement. C'est la fête, assortie d'un frisson sacrilège.

— Et les cadres, ils ne viennent pas toucher ?

— Tu penses ! Il n'y a que M. Cuche.

M. Cuche, le père de la montre à quartz, est l'unique membre de la haute hiérarchie qui demeure, sans réserve, solidaire des grévistes. Et, comme chacun, avant de percevoir son dû (normalement amputé des prélèvements sociaux), il signe un reçu qui l'engage aux yeux de ses camarades et le compromet au regard de la loi : « Cette paie que je perçois est faite avec la vente de nos montres... »

Tous dans le même bain.

A la sortie des bureaux, une urne attend l'obole destinée aux travailleurs en lutte d'autres entreprises, notamment Péchiney.

Lorsque les ultimes formalités sont achevées, elle contient 24 000 francs.

Benny Lévy note que la banderole déployée devant l'usine a été amendée, augmentée d'un troisième élément, triomphal : « C'EST POSSIBLE : ON FABRIQUE, ON VEND, ON SE PAIE ! » Il a suffisamment étudié la genèse du syndicalisme pour savoir que la grève, initialement, n'est pas seulement l'outil d'un marchandage mais, avant tout, célébration de la dignité reconquise, du rétablissement des travailleurs dans la plénitude de leurs fonctions humaines et sociales — celles que briment l'obéissance, la soumission, l'exploitation : la libre parole, l'enrichissement des tâches, l'orgueil d'une qualification maîtrisée. En ce sens, les horlogers bisontins sont prophètes : annonciateurs du futur et interprètes des origines.

Le leader de la GP — qui ne quitte plus Besançon, et, à Besançon, Jean Raguenès — décèle intuitivement, obscurément, quelque relation entre l'enracinement métaphysique de ce dernier et les formes de revendication qu'il préconise.

Suivant pas à pas le dominicain de Palente, Benny découvre le dessous des cartes. Ainsi l'euphorie de cette journée, l'état de grâce où évolue la communauté des maquisards masquent-ils d'assez profondes déchirures. Raguenès et le comité d'action s'étaient battus pour que le premier versement des salaires soit l'occasion de refermer l'éventail des revenus. Qu'on accorde 1 500 francs à chacun, et la confusion sera dissoute entre division technique et division sociale du travail. A l'inverse, la section CGT, craignant une fuite en avant dans l'illégalité, prônait une allocation de 1 000 francs qui fût une aide exceptionnelle, et non point un salaire.

La section CFDT a pris le pouls des troupes, puis proposé que soient reconduits les chiffres antérieurs :

— Il ne devrait pas exister de différence de rémunération, dans un combat comme le nôtre, a expliqué Charles Piaget. Mais regardons les choses en face : tout le monde, ici, n'est pas acquis à la suppression de la hiérarchie. Et surtout, il faut compter avec les budgets familiaux compressés par les traites de fin de mois. Pourquoi courir le risque, pour un beau geste, de forcer des camarades à se trouver du boulot au noir et à délaisser notre mouvement ?

La zone des tempêtes approche. Jean Raguenès parle de « pas en arrière ». Le préfet, lui, juge au contraire qu'« un pas très grave a été franchi ». Le syndic porte plainte. Et le vice-président des patrons du secteur métallurgique déclare à la radio : « Du romantisme, on est passé au roman... »

Juridiquement, Lip est un cadavre, Lip n'est plus. Les administrateurs provisoires ont déposé le bilan fin juin. Le tribunal de commerce a ordonné, un mois plus tard, la liquidation des biens et le licenciement du personnel. Jean Charbonnel, ministre de l'Industrie, a esquissé un « plan de sauvetage » qui semblait plutôt enfoncer le noyé — démantèlement en trois sociétés distinctes, perte de quatre à cinq cents emplois. Oyant le tollé déclenché par son « réalisme », il a nommé un médiateur, Henry Giraud, directeur d'une société lyonnaise et connu pour avoir rétabli un « canard boiteux » d'Arc-et-Senans, près de Besançon.

Non sans panache, le « sauveur » (ainsi le surnomment ironiquement les hors-la-loi de Palente) accepte, le 7 août, d'affronter l'AG au grand complet. Il tombe mal : hier sont arrivées les premières lettres de licenciement, aussitôt déclarées « nulles et non avenues », et brûlées en place publique. Il tombe mal, et de haut :

— Je suis là pour m'occuper des hommes, de vous. Je donne donc rendez-vous, dès cet après-midi à la direction du travail, à vos représentants : à 16 heures pour la CGC, à 16 h 30 pour la CGT, et à 17 heures pour...

Une lame de rires et de cris l'interrompt. Du fond de la salle monte la voix de Charles Piaget :

— Nous ne marchons pas, M. Giraud. Vous êtes ici chez *nous*. C'est nous qui décidons. Vous nous recevrez tous ensemble, CGT, CFDT et comité d'action, pour connaître un peu nos positions. Et, en attendant, puisque nous voyons que vous possédez bien mal votre dossier, nous vous invitons à visiter l'usine avec nous.

Voilà ce qui comble de joie et de trouble Benny Lévy, malgré les tiraillements, les calculs et les erreurs. Cette formidable pertinence de l'interpellation, ce mélange de pensée singulière et de poussée collective. Il s'aperçoit que, ni à la direction ni à la base des maos, il n'a vécu, rencontré pareille légitimité, pareille reconnaissance de l'intellectuel. Lip est son université d'été, et il convoque à Besançon, afin d'y apprendre et vérifier ce qu'il pressent lui-même, tous ceux qui lui sont chers dans les rangs de la GP.

Benny Lévy, peu à peu, s'évade de Pierre Victor.

Le 8 août, à la requête du syndic, la cour d'appel ordonne la mise sous scellés de l'établissement et son évacuation. Mais l'« esprit de Lip » brave les arrêts officiels et continue de courir. Au sens propre : précédant la caravane du Tour de France, deux voitures de la maison ont cheminé d'étape en étape, justifiant la grève, ses motifs, ses formes. Les ouvrières lorientaises d'une entreprise de confection chancelante décident de faire tourner elles-mêmes les ateliers et, pour commencer, s'offrent à échanger deux pantalons contre une montre. Le congrès du parti socialiste, à Grenoble, achète pour 200 000 francs de produits « sauvages ». Et les jeunes gaullistes, percevant dans les événements de Palente un surgissement de la « participation » chère au Général, dotent Alexandre Sanguinetti, leader de l'UDR, d'un chronomètre illégal...

La plus belle péripétie de la période est assurément l'escapade bisontine d'un commerçant venu du Koweït, Mohamed Saatchi. Il débarque impromptu à la cantine et propose de payer cash trente mille montres — l'argent est là, dans une mallette.

Après délibération, les Lip refusent. Leurs montres, ils désirent les vendre une à une, directement, car c'est seulement ainsi que se diffusent les objectifs qu'elles symbolisent...

Mardi 14 août 1973, 5 h 20 du matin. Il fait déjà chaud. Henri Laval, ouvrier horloger, dort tranquillement sur le canapé du bureau quand il entend des chocs contre la vitre. Il se lève, se retrouve nez à nez avec un gendarme fusil pointé. Henri Laval, au vrai, n'est pas réellement surpris. Cela devait arriver. D'où la sérénité de sa réaction :

— Pour acheter des montres, c'est trop tôt. Revenez dans un moment.

— Te fous pas de ma gueule ! Tu vas déguerpir, et *fissa* !

La consigne est de refuser la violence. Henri Laval déguerpit.

Trois mille hommes spécialement expédiés de Paris chassent l'équipe de garde : cinquante grévistes ensommeillés.

Dès 15 heures, dix mille personnes manifestent dans les rues de Besançon. Divers détachements des « forces de l'ordre » cherchent l'accrochage. L'abbé Manche, curé de la paroisse Saint-Pie-X, celle de Palente, offre aux expulsés le sous-sol de son église. Jean Minjoz, le maire socialiste, met à la disposition des ouvriers le gymnase Jean-Zay — mais exige qu'aucune montre n'y soit produite. La CFDT et la CGT préparent deux meetings pour le surlendemain, l'un à Besançon, l'autre à Paris.

Classique : le gouvernement a choisi le pont du 15 Août, apogée du bronzage national, pour faire le ménage. Il en va des opérations policières comme des hausses du gaz ou du métro — au soleil, c'est moins douloureux. Avant de partir en vacances, Georges Pompidou déclarait à son entourage : « Lip, ça n'intéresse que les intellectuels de gauche. » Bref, les Français sont des veaux, et, au-dessus de 20 °C, des veaux couchés.

Maldonne : Edmond Maire et Georges Séguy sont acclamés au Palais des sports de Besançon par une foule exceptionnellement unitaire. Les salariés de Kelton, voisins et « concurrents », ont débrayé en signe de solidarité. « Si les patrons ne peuvent se passer des ouvriers, les ouvriers, eux, peuvent se passer des patrons », lance le leader cégétiste sur un registre qu'on ne lui connaissait guère. « En transgressant la légalité d'aujourd'hui, vous avez annoncé la légalité de demain », enchaîne le secrétaire général de la CFDT. Et le soir même, dans une capitale à demi déserte, tous deux réussissent l'exploit de remplir à craquer la Bourse du travail. Une fois encore, Séguy étonne l'auditoire :

— Si je comprends bien, il y a ici des partisans du Programme commun et des partisans de la révolution ; comme ce n'est pas incompatible, au contraire, nous devons nous entendre, et, dans le combat présent, nous serons plus forts.

Le Premier ministre est assiégé par les journalistes qui cernent sa résidence du Morbihan — il était parti « s'y reposer ». Ni Jean Charbonnel ni même Raymond Marcellin n'assument la responsabilité de l'intervention. Alors, qui ?

— Moi, et moi seul, concède, vaillant chef militaire, Pierre-Auguste Messmer.

— Comment vous y êtes-vous pris pour inspirer à M. Séguy les phrases les plus gauchistes qu'il ait jamais prononcées ? interroge une voix railleuse.

Cette question-là n'obtient point réponse.

Mais il ne s'agit pas que de convoquer les masses pour des protestations épisodiques. Il faut vivre au jour le jour, se loger, durer. Sur les grilles du gymnase qu'a prêté la municipalité est accrochée une banderole nouvelle : « Jean-Zay, usine Lip. » Panneau par panneau, le hall de Palente est reconstitué, l'accueil assuré. Les commissions se reforment. Si la production est stoppée par le légalisme du maire, une commission supplémentaire devient vite indispensable. Des CRS — en uniforme et en civil — suscitent maintes échauffourées, traînent leur gibier devant le tribunal des flagrants délits où les délinquants sont automatiquement sanctionnés : l'espace d'une semaine, quelque trente condamnations sont prononcées, le plus souvent à l'encontre d'ouvriers de la ville. Me Tony Dreyfus, avocat de la CFDT et membre de la direction du PSU, est tôt submergé, d'autant que les perquisitions se multiplient, notamment dans les presbytères (on chuchote que l'évêché aurait fourni la cachette du « trésor »).

La machine capitaliste, la machine politique, la machine policière, la machine judiciaire ont voué au néant l'entreprise. Depuis leur ghetto, les rebelles inventent la parade : « L'usine est là où sont les travailleurs. »

Tandis que s'enlisent les pourparlers avec Henry Giraud — lequel n'a manifestement reçu nul moyen de débloquer la situation —, les Lip continuent de recevoir les visiteurs, d'exporter leurs demandes et leur exemple. L'AG quotidienne s'est déplacée dans une salle de spectacle. Et le 27 août, un atelier clandestin reprend la production. Parallèlement, la CFDT révèle qu'elle a commandé à un bureau d'études spécialisé dans le conseil aux comités d'entreprise, un plan de relance « qui ne s'appuiera pas sur une attitude sentimentale mais sur des raisons industrielles, technologiques et économiques ».

A Cerizay, en Vendée, quatre-vingt-seize ouvrières entament la « fabrication parallèle » de chemisiers, hors de la manufacture où elles se jugent exploitées. Elles ont l'intention de commercialiser leur œuvre sans intermédiaire.

Pour la seconde fois, le personnel de Lip procède à une paie « sauvage ». Deux millions de francs sont ainsi distribués. Le cinéma Lux, où se déroule la cérémonie, donne *Prends l'oseille et tire-toi*...

— ... Et jamais plus les paysans ne seront des Versaillais ! Jamais plus ils ne s'opposeront à ceux qui veulent changer la société !

Bernard Lambert, le sang aux joues, reçoit l'ovation des cinquante mille fervents massés dans l'amphithéâtre naturel du

Rajal del Guorp dont les rocs, magnifiés sous les projecteurs, saillent, barbares et grandioses, du pacage marqueté de duvets bleus et de canadiennes jaunes. Il lève le poing, désigne l'immense calicot — « Paysans, ouvriers, tous unis, nous garderons le Larzac » — et descend du podium cerné de bottes de paille.

Au pied de la tribune, rendu à la pénombre, il est contraint de s'allonger, la poitrine agrippée par un malaise. On ne croirait pas, à le voir, Lambert, avec son souffle éloquent, son rire énorme, sa rage d'emballer les poulets quand la coopérative d'Ancenis en attend livraison, son plaisir de partager le petit rosé acide, on ne croirait pas que, fréquemment, l'air lui manque, le cœur le trahit. On ne devinerait pas non plus, avant l'extinction des feux de la rampe, combien la bête de scène dissimule et rassure le chercheur inquiet.

Des prises de parole, des meetings, il en a quelques myriades derrière lui. Mais la veillée de ce soir, samedi 25 août 1973, est le show de sa vie. « Nous sommes aujourd'hui, sur le Larzac, des dizaines de milliers de travailleurs ouvriers et paysans, de travailleurs intellectuels, et nous sommes venus dire un certain nombre de choses à ceux qui nous gouvernent... »

Il est vrai que ce rassemblement-là, dans la nuit indigo, à mi-chemin de Millau et de La Cavalerie (les voitures ont mis trois heures pour parcourir la douzaine de kilomètres qui séparent la ville du causse), est la messe de minuit des enfants de l'après-Mai. Au grand complet. Les rédacteurs de programmes et les fumeurs de kif, les lycéens antimilitaristes et les profs en rupture d'inspection, les avorteuses du MLAC et les pétrisseurs de céréales macrobiotiques, les ex de la GP et les ex de la Ligue, les orthodoxes du PSU et les dissidents du PSU, les routards nomades et les communautaires ancrés, les zélateurs d'Edmond Maire et les pourfendeurs de secrétaires généraux — « la foule du Parc des Princes un jour de France-Galles », note Michel Castaing, l'envoyé spécial du *Monde*.

Et, ballottés dans la cohue, guidés par Simone Evesque, de la ferme des Combets, qui signale avec sa torche la menaçante entrée des avens, les hôtes d'honneur, les ambassadeurs du rêve : les délégations de Lip (deux cents grévistes, au bas mot), de Romans, de Pechiney-Noguères.

M. Henri Tournier, délégué interministériel chargé par les autorités d'établir un rapport sur l'éventuelle extension à quatorze mille hectares de l'actuel camp militaire (qui en couvre trois mille), envisageait, comme « hypothèse haute », la transformation du plateau en « vitrine de l'armée ». Les cent trois exploitants agricoles menacés ont détourné la formule : dans la nuit du 17 au 18 avril dernier, eux-mêmes ou leurs mandataires ont dérobé le document à la sous-préfecture de Millau, et l'ont photocopié.

Il n'est pas établi que la prédiction de M. Tournier se réalisera. Mais il est acquis que le Larzac est devenu « la vitrine de la contestation ».

La rencontre entre Bernard Lambert et les caussenards date du mois de janvier. Les expulsés potentiels avaient épuisé le répertoire habituel des suppliques dolentes et démonstrations symboliques : fondation d'un comité de sauvegarde, jeûne solidaire des évêques de Rodez et de Montpellier (Michel Debré avait stigmatisé « le dévergondage des idées de certains prélats »), opération fermes ouvertes, meeting à la Mutualité, brebis paissant sous la tour Eiffel. Ils s'étaient même adressés à François Mitterrand : « Le pouvoir politique et administratif ignore le respect des personnes... Nous défendons notre terre, dont nous ne sommes souvent que locataires. Nous défendons notre droit au travail, notre droit au bonheur ; nous défendons une certaine qualité de vie. »

Rien n'en était sorti. Une maigre colonne de producteurs de roquefort n'allait pas, sur un désert de rocailles, entraver l'avancée des AMX nationaux.

Les Larzaciens ont alors résolu de défier Paris. Vingt-six tracteurs, ornés de fourches pacifiques — évoquant les fenaisons — et de drapeaux occitans sont « montés », par étapes, vers la capitale. Une escouade de gardes mobiles les a bloqués près d'Orléans. Et c'est là que Lambert et les « paysans-travailleurs » ont offert leur renfort. Il a fallu, ensuite, un véritable conclave à L'Hospitalet pour que Bernard explique, justifie l'assez étrange appellation de son mouvement :

— La FNSEA se présente comme un regroupement de chefs d'entreprise, où dominent ceux qui bénéficient du soutien des marchés, ceux qui ont pu investir selon les normes de l'économie de profit, ceux qui survivent à l'endettement, ceux qui tournent les lois anticumul. Nous disons que les paysans sont des travailleurs victimes — selon des modalités spécifiques — de l'exploitation capitaliste. Nous disons que leur élimination progressive est une forme de licenciement. Nous disons qu'il existe plus qu'une analogie entre la crise ouverte à Besançon et ce que vous risquez de subir ici.

Cela se déroulait à la mi-avril, juste au moment où Charles Piaget et ses compagnons sentaient croître le danger. Franchement, les cent trois interlocuteurs de Bernard Lambert n'avaient ni l'esprit partisan ni l'âme militante. Mais son discours a sonné juste. Et puis Léon Maillé, de la ferme de Potensac, qui était passé par le Doubs afin de populariser sa cause, se rappelait l'excellent accueil reçu à Palente...

Les liens se sont resserrés. L'idée d'une « marche nationale » a grandi. Et lorsque la FNSEA a désavoué le projet, critiquant « des buts qui dépassent le cadre strictement professionnel et servent de caisse de résonance à l'idéologie d'un groupe minoritaire », l'anathème n'a pas été suffisant pour décourager l'initiative.

Remis de son indisposition, Lambert contemple le spectacle et s'épanouit. Certes, il est en délicatesse avec Michel Rocard. Sans doute, les « paysans-travailleurs » ne pèsent pas très lourd auprès de l'énorme machine conduite par Michel Debatisse. Reste que le « groupe minoritaire », au Rajal del Guorp, a une sacrée gueule. Dommage que l'ami Serge Mallet, l'intime complice de Bernard, Occitan passionné devant l'Eternel, et récemment tué en voiture, ait raté ça.

Le droit à la différence est le commun dénominateur des pèlerins de la nuit. Une autre manière de penser la politique — un cégétiste est conspué quand il évoque le Programme commun ; une cédétiste, en revanche, appelant de ses vœux la « démocratie autogestionnaire », déclenche les vivats.

Une autre manière de préserver la paix : même Jacques Pâris de Bollardière, général déclassé de son cadre de réserve pour s'être opposé aux essais nucléaires dans le Pacifique, reçoit une volée de sifflets provenant des lycéens. La phrase qu'il énonce — « Aucun pays n'a de réelle défense nationale s'il n'obtient l'adhésion de l'ensemble de la population et surtout de sa jeunesse ! » — est pourtant au-dessus de tout soupçon. Mais le vocable « défense nationale » suffit à déclencher un réflexe de rejet.

On est venu dire non à Paris, à la France, à l'Occident, au système. Non à l'impérialisme des pouvoirs délégués, des truchements indirects, des décisions lointaines.

Non aux frontières. Divers Chiliens, Grecs, Italiens se sont déplacés. Deux représentants de l'Armée révolutionnaire irlandaise proclament leur solidarité, « quels que soient les moyens choisis », avec les combattants locaux.

Non aux Etats qui normalisent autrui en vertu de la raison d'Etat. Un porte-parole réunionnais fustige la politique française dans les départements et territoires d'outre-mer. Le thème du « colonialisme intérieur » s'impose, orateur après orateur. Gérard Deruy, responsable de la section socialiste voisine, à Millau, témoigne :

— Les militants occitans ont fait découvrir aux paysans qu'ils étaient occitans, qu'ils avaient une richesse culturelle dont ils ne se rendaient pas compte... Les Larzaciens se redécouvrent une personnalité. Et nous qui sommes de la ville, nous redécouvrons avec eux le phénomène occitan.

Le discours est interrompu par la voix du chanteur Marti. Il célèbre sa terre *que vol viure.*

Lui succède, au nom du mouvement « Lutte occitane », un viticulteur de l'Hérault. Le texte est scandé, va au refrain, mais les mots ne dansent plus, ils frappent :

— J'accuse l'Etat français d'occuper notre pays en implantant partout des camps militaires, de livrer la côte et l'arrière-pays aux spéculateurs du tourisme.

« J'accuse l'Etat français d'utiliser le modernisme, la technique, la course à la rentabilité, afin d'anéantir ou d'asservir les travailleurs de la terre.

« J'accuse la FNSEA, le CNJA, les SAFER, le Crédit agricole et autres parasites des agriculteurs de traîtrise envers les travailleurs de la terre.

« J'accuse l'Etat français de liquider la classe ouvrière occitane. Il ferme les usines existantes, il expédie nos matières premières vers le Nord sans traitement sur place.

« J'accuse l'Etat français de vouloir embrigader la jeunesse par son armée et par ses écoles, de vouloir lui imposer son idéologie dépassée.

« J'accuse l'Etat français de diviser les travailleurs en diffusant par la presse et la télé des mensonges sur ceux qui luttent.

« J'accuse l'Etat français de génocide culturel envers le peuple occitan, en appelant la langue un patois, en lui cachant son histoire.

« J'accuse l'Etat français de despotisme quand il emprisonne arbitrairement, quand il laisse faire des ratonnades contre les travailleurs immigrés, bretons, basques, catalans, corses, antillais, polynésiens... »

S'il reste un jacobin parmi les présents, il se tait, il se cache.

Les péroraisons s'étirent. Mais, jusqu'au petit jour, la musique assure le relais. Kirjuhel erre de lande en lande, Graeme Allwright attaque *Il est trop tard Johnny* (et réclame ironiquement une pensée pour le très puissant Richard Nixon, en plein cauchemar du Watergate), Colette Magny habille de blues les cages à tigres vietnamiennes. Dix tonnes de volaille vendéenne, des hectolitres de rouge d'Oc, douze mille pains ne suffisent pas à ravitailler les campeurs...

Le lendemain dimanche, une interminable procession s'achemine vers le hameau de La Blaquière. C'est infiniment petit, La Blaquière. Elie et Jeanne Jonquet, Auguste Guiraud, natifs du lieu, peuvent, d'habitude, compter les passants qu'ils aperçoivent au fil des semaines. Mais c'est là, dans ce repli calcaire, au centre de la cible dessinée par l'armée, qu'a été posée, le 10 juin, la première pierre d'une bergerie nouvelle — geste de bravade, signe d'espoir.

Auguste Guiraud, appuyé sur son bâton, s'avance à la rencontre des manifestants. Lentement, le fleuve s'écoule. Chaque délégation est porteuse d'une roche de sa région qui sera incluse dans le mur de la bergerie. Les Lip offrent à Mme Guiraud une brebis de bois, grandeur nature, ornée d'une pendule « sauvage ».

Allez, la messe-kermesse est dite.

L'Humanité juge que l'événement mérite dix-huit lignes. *Le Figaro,* moins chiche de ses colonnes, y consacre un éditorial signé Michel Bassi : « Il serait dangereux de laisser se développer une sorte d'" anti-pays ", de pays en marge, de dimensions limitées, incontestablement, mais où se retrouverait une partie non négligeable de la jeunesse, tournée plus que jamais vers ce qui bouge, vers ce qui vit, vers ce qui proteste... »

Michel-Antoine Burnier, avant le prochain comité de rédaction d'*Actuel,* achève consciencieusement sa revue de presse. Ces vêpres solennelles, cette liturgie conviviale, cet œcuménisme planant lui semblent plus malaisés à comprendre, et même à décrire, qu'il n'y paraît. Comment expliquer qu'une assez banale affaire d'expropriation éveille d'aussi vifs tropismes ? Comment analyser pareille volonté collective de faire retraite au désert ?

L'ancien élève de Sciences-Po n'est guère en peine de décrypter le message proprement politique du rassemblement. Le Programme commun, malgré la légèreté des échafaudages et la lourdeur de ses moulures bétonnées, relance une dynamique unitaire dont profitent déjà électoralement les partis de la gauche classique. L'autre gauche, depuis les francs-tireurs de la contreculture jusqu'aux autogestionnaires du PSU et de la CFDT, est condamnée à s'inventer des espaces vierges, des itinéraires bis.

Mais l'ancien élève de Sciences-Po est devenu l'un des inspirateurs du premier journal underground français. Et il devine que l'affaire du Larzac est plus qu'un prétexte, plus que l'excellente occasion de déployer un populisme suave face aux sécheresses administratives et au militarisme obtus. Il y a un contenu là-dedans, il faut gratter cette terre promise.

Fouillant le dossier, Michel-Antoine relève mille détails qui fleurent d'abord l'anecdote pittoresque. Ainsi Petite-Plume et quatre autres Indiens d'Amérique du Nord ont-ils franchi l'océan pour séjourner, courant mai, sur le causse... Il n'empêche que ces péripéties folkloriques gagnent en gravité si l'on relit quelques phrases clés des acteurs principaux. « Nous défendons une certaine qualité de vie », écrivaient les Larzaciens à François Mitterrand. « J'accuse l'Etat français d'utiliser le modernisme, la technique, afin d'anéantir les travailleurs de la terre ! » clamait l'envoyé de Lutte occitane.

Simple avatar de la mode « rétro » qui régente les boutiques de fringues, relance les vieilles voitures (d'ailleurs, la vitesse vient d'être limitée sur les routes et autoroutes), ressuscite les microsillons d'antan ? Fantasme régressif des cinq ou six cent mille marginaux officieusement recensés qui brocardent la mystique de l'entreprise, l'expansion à tout prix, le gaspillage, le stress, la pub, vantent le matriarcat contre l'école dévoratrice, s'enterrent dans une grange de Corrèze ou mettent le cap sur le Ladakh, *Guide du routard* (encore une nouveauté rétro !) sous le bras ? Identité ravaudée des Celtes et assimilés découvrant un peu tard le chouchen, le biniou-coz et la félonie de Duguesclin ?

Burnier a longtemps considéré comme suspecte l'exaltation de l'innocence édénique alliée à la prophétie de lendemains asphyxiés. Il se rappelle le débat ouvert deux ans plus tôt dans et par l'équipe d'*Actuel*. L'idée d'un « spécial écologie » était acquise. Mais quel mot ! Inconnu, pédant, décourageant, clamait la rédaction. Finalement, le titre de couverture s'est réduit à un « BEUARK ! » dégoulinant.

Henri Gougaud et Colette Saint-Cyr ont attaqué sur huit pages : « Le Sahara avance de dix kilomètres chaque année. A ce jour, l'homme a détruit deux milliards d'hectares de terres, soit 24 % de la totalité cultivable. La mer Baltique est une mer morte. C'est l'homme qui l'a tuée. Le lac de Zurich est mort, le lac Léman moribond... » Huit pages de catastrophes garanties (l'édition dominicale du *New York Times* engloutit soixante-dix-sept hectares de forêt ; dès 1980, le Japonais moyen devra porter en permanence un masque à gaz ; le taux des maladies mentales s'élève inexorablement avec l'urbanisation). Et, là-dessus, Robin Clarke démontrait que la naissance d'un bébé américain est un désastre écologique virtuel, puisque l'inoffensif bambin consommera, brûlera ou jettera durant son existence :

* 100 millions de litres d'eau
* 28 tonnes de fer et d'acier
* 25 tonnes de papier
* 50 tonnes de nourriture
* 10 000 bouteilles, 17 000 boîtes de conserve
* 2,3 automobiles, 35 pneus
* 1 200 barils de pétrole
* 126 tonnes d'ordures
* 10 tonnes de particules polluantes

... soit vingt-cinq fois plus qu'un fils de l'Inde.

Stop ! Assez ! Pitié ! Doucement les débiles, a vociféré Michel-Antoine à l'issue du dossier. D'accord, il convient d'écouter les recommandations du Club de Rome ; d'accord, le « ministère de l'Environnement et de la Protection de la nature » créé par Jacques Chaban-Delmas se contente d'édicter des normes antipollution. Mais « le monde de demain ne sera pas celui de maintenant multiplié par dix : la vie urbaine tient plus des privilèges, des profits et des incuries que d'une offense faite à un ordre " naturel " qui n'existe plus depuis des siècles »...

Le numéro « BEUARK ! » n'en a pas moins marqué une date. Cette même année, Pierre Fournier, transfuge de *Charlie-Hebdo,* fondait *la Gueule ouverte* (« le mensuel qui annonce la fin du monde »), et une poignée de militants pas comme les autres s'assemblaient à l'enseigne des « Amis de la Terre ».

Aujourd'hui, Burnier observe le phénomène d'un œil différent.

D'abord, il a pris de l'ampleur. *Le Sauvage,* supplément périodique au *Nouvel Observateur,* est un rendez-vous important. Encore ce titre-phare traîne-t-il dans son sillage une flottille de bulletins agrafés, imprimés sur des ronéos à bras — *l'Or vert* (Salon-de-Provence), *Ionix* (Strasbourg), *Labo contestation* (Lyon), *Nature et Vie* (Lorient), *Pollution non* (Montargis), *le Courrier de la baleine* (Paris), *le Courpatier* (Vaucluse)... Les pionniers qui, l'an 1970, donnèrent naissance au « Comité de sauvegarde de Fessenheim et de la plaine du Rhin » se sont trouvé une abondante descendance, éclatée, indisciplinée, polymorphe, et cependant prompte à réclamer d'une même voix un moratoire de cinq ans concernant le développement du nucléaire civil.

Ensuite, le catastrophisme de naguère, le décompte effaré des bactéries importunes et des fumées assassines, ont induit une réflexion sur le pouvoir, sur le lieu et les modalités de décisions lourdes, irréversibles parfois. L'écologie devient politique. Non pas au sens habituel de l'adjectif : « politique », ici, est employé selon une acception parfaitement contraire à la façon dont le Programme commun de la gauche est « politique » — programme niaisement productiviste, périmé avant que l'encre soit sèche, et discuté en chambre par des professionnels jaloux de leur exclusivité partisane.

Considérée sous cet angle, la manifestation du Larzac revêt une dimension autrement subversive qu'un pied de nez supplémentaire adressé à Michel Debré, ou le gentillet feu de camp d'amateurs de roquefort authentique. Les ouvriers de Lip et les paysans-travailleurs, les compagnons d'Edmond Maire ou ceux de Michel Rocard, ne se sont pas rencontrés pour régler un problème catégoriel mais pour ébaucher une nouvelle culture politique. Loin des ministres technocrates et des présidents monarques. Hors du tout-politique, du tout-à-l'Etat.

L'équipe d'*Actuel* est particulièrement attentive à la saga des *kabouters* (littéralement : les gnômes, les farfadets) hollandais, fort différents des hippies américains : au lieu d'être les parasites de la société existante, ils veulent jeter les bases d'une contre-société, d'un contrepouvoir.

Virulents dans la dénonciation — 20 % de la superficie du pays, relèvent-ils, sont recouverts par le béton des autoroutes —, ils s'efforcent de modifier concrètement les choses. Tels leurs prédécesseurs, les *provos,* qui mirent en circulation dans Amsterdam deux mille bicyclettes blanches, ils agissent, forment des réseaux d'aide aux vieux maltraités par l'urbanisation, ouvrent des crèches, des restaurants coopératifs, animent des conseils de quartier, préconisent les technologies douces, protègent farouchement les espaces verts. Leur porte-parole, Roel Van Duyn, goûte l'ironie cinglante (« Expliquez-moi, dit-il, la différence de structure entre le parti communiste et le parti de droite qui nous opprime ! ») et la fable fouriériste (« Nous ferons pousser des légumes sur le toit des voitures... »).

Les *kabouters* ont obtenu le dixième des suffrages lors des élections municipales. Ils étaient perçus, au départ, comme des maniaques de la frugalité et du niveau de vie rabaissé. Ils apparaissent à présent comme les défenseurs de la ville en tant que communauté sociale.

Démarche « alternative » que René Dumont résume d'une formule : « l'utopie ou la mort ».

Terminant son inventaire, Burnier compulse les abondants papiers de Michel Bosquet — pseudonyme d'André Gorz — régulièrement publiés dans l'hebdomadaire de Jean Daniel. S'il est un théoricien du glissement qui s'opère, le voilà, très certainement. Le surdéveloppement des capacités de production, répète-t-il à longueur d'articles, génère des raretés insurmontables, sécrète un « technofascisme » qui ravage la société civile. Le lien entre « plus » et « mieux » est rompu. Il est concevable de vivre mieux en consommant moins et en travaillant moins, à condition de produire et de répartir différemment les biens, de partager le travail, de rompre l'uniformité des modèles.

La question n'est pas, désormais, de contempler le gâchis des économies d'abondance, et de crier « BEUARK ! ». Une piste neuve se dégage : pour changer la vie, ne serait-il pas nécessaire de changer de vie ?

Pour entrevoir la révolution, ne serait-il pas temps de changer de révolution ?

Dissolution.

Pierre Victor a le mot sur la langue, au bord des lèvres, et n'ose encore le prononcer. La fine fleur des maos est réunie, en cette fin de « vacances », dans une maison normande — Tony s'est occupé, selon l'habitude, de l'intendance.

Alain Geismar et Benny progressent sur le chemin déjà tracé à l'occasion de la dernière AG parisienne. Pour eux, quoique la méthode ne soit pas encore claire, ni l'échéance, ni même l'intitulé de l'acte, une détermination s'affirme, s'impose, épouse l'évidence de la nécessité : la Gauche prolétarienne appartient à un temps qui s'en va, et elle sera contrainte de s'en aller avec lui. Ce n'est pas simplement affaire de lassitude, même si la lassitude pèse. C'est à la fois urgent et inévitable. Leur angoisse est de ne point maîtriser la pédagogie correspondante, de provoquer une scission, une cassure amère et dangereuse, d'abandonner à eux-mêmes des camarades désarçonnés, perdus et violents.

Lip absorbe en quasi-totalité l'ordre du jour. La secousse de Palente les a tous ébranlés. Ils se sont rendus à Besançon dans les deux sens du terme — un instant effleurés par la tentation de répéter leur numéro manipulateur, et vite renvoyés à l'école des masses.

— Il faut observer dans Lip, dit Benny, les progrès de la nouvelle gauche depuis 1968. La révolution idéologique dans le monde ouvrier est avancée : l'imagination n'est plus seulement à la Sorbonne. Il fallait qu'il y ait ce déplacement, cette prolétarisation de la contestation. C'est fait. Maintenant, il faut s'appuyer sur le positif, Lip, afin de critiquer le négatif : à savoir, les phénomènes de décomposition dans la nouvelle gauche, dans le mouvement maoïste en particulier.

« Décomposition » — il s'est aventuré fort près. Mais Serge July franchit un seuil supplémentaire :

— Nous sentons quelque chose qui est emprisonné par l'organisation. Nous avons adopté, en fondant la GP, une pratique politique dont le moteur était la révolte. Reste que, dès que la bataille était finie, nous retournions au discours dominant, au discours de l'organisation d'avant-garde, celui d'Octobre, celui qui sacralise une élite révolutionnaire, censée détenir l'intelligence de la situation. Eh bien, à Lip, nous sommes tombés sur une communauté de gens dont l'itinéraire est complètement différent du nôtre, des catholiques, des chrétiens de la CFDT. Autant l'avouer bêtement, ces gens-là sont plus intelligents que nous. Ils sont meilleurs que nous. Et ils n'ont pas besoin de nous pour dominer la situation.

Le plus troublant, chez ceux que Maurice Clavel nomme les « paroissiens de Palente », c'est qu'ils empruntent des voies étrangères à l'aile cégétiste du monde ouvrier (la référence unique de la GP), et cependant plus audacieuses : ils choisissent l'illégalité sans affronter l'Etat, ils encouragent la spontanéité sans casser l'appareil syndical.

Débordés. Les valeureux gardes rouges ont été débordés par une bande de cathos.

1986. Benny Lévy :

— Lip a été notre loi sur les repentis. Le grand problème est de savoir se dégager, de savoir dire à-Dieu, de ne pas s'accrocher aux fétiches. Pour nous qui avions vécu l'ardeur et qui étions fatigués, nous les pionniers du « troisième étapisme », Lip, ce n'était pas du flan. On pouvait partir en beauté.

Les adieux sont fixés à l'automne.

15

L'heure de la sortie

En rase-mottes, trois chasseurs bombardiers Hawker-Hunter survolent la Moneda ; le bâtiment de pierre grise, style colonial espagnol, vibre. Les avions effectuent cinq ou six passages, puis lâchent leurs roquettes sur le palais présidentiel. D'une aile de ce dernier s'élève une opaque fumée noire. Des tanks, place de la Constitution, tirent au canon, et des rafales d'armes automatiques ripostent. La fusillade s'intensifie. La radio militaire diffuse régulièrement le même communiqué :

> Compte tenu de la très grave crise économique, sociale et morale qui détruit le pays, de l'incapacité du gouvernement à prendre des mesures pour mettre fin au développement du chaos, de l'accroissement constant de groupes paramilitaires organisés et entraînés par l'Unité populaire qui conduit le Chili à une guerre civile inévitable, les forces armées déclarent que :
> — le président de la République doit immédiatement remettre sa haute charge aux forces armées chiliennes ;
> — les forces armées chiliennes et les carabiniers sont unis pour assumer la mission historique du combat pour la libération de la patrie du joug marxiste et le rétablissement de l'ordre et de la loi constitutionnelle ;
> — les travailleurs du Chili peuvent être certains que les avantages économiques et sociaux obtenus jusqu'à présent ne souffriront pas de changements fondamentaux ;
> — la presse, les émetteurs de radio et les chaînes de télévision de l'Unité populaire doivent suspendre dès maintenant leurs activités dans le domaine de l'information. Sinon, ils seront pris d'assaut par les forces terrestres et aériennes ;
> — la population de Santiago doit demeurer chez elle pour éviter le massacre d'innocentes victimes.

La radio ajoute que cet appel est signé des commandants des

quatre armes et que le président Allende a repoussé l'ultimatum qui expire à midi.

C'est à l'aube que Salvador Allende a appris qu'une mutinerie avait éclaté au sein de l'infanterie de marine basée à Valparaiso.

Aussitôt, protégé par son escorte personnelle, il part pour la Moneda. En début de matinée, Allende comprend que, cette fois, la situation est grave. Le coup d'Etat, le *golpe* que tout le Chili attend depuis plusieurs jours, est déclenché. Sur les ondes, il prêche la résistance, invite chacun à gagner son lieu de travail et à l'occuper. Il prône la lutte, mais sans jouer l'escalade, sans chercher la mort.

Déjà, il sait qu'il est lui-même perdu.

Les rues du centre, autour de la place de la Constitution, commencent à se vider, tandis que des tanks Sherman, des automitrailleuses et des soldats doigt sur la détente prennent position aux principaux carrefours. A 9 h 30 l'attaque du palais commence. Casqué, en pull-over, Salvador Allende organise sa défense.

Dès le début du combat, les carabiniers de la garde « officielle » quittent les lieux, ainsi que les aides de camp du président. Ne restent que la garde personnelle formée de militants du parti socialiste, les amis et les collaborateurs du cabinet. Ils sont une quarantaine, qui s'installent aux fenêtres protégées par des grilles de fer forgé. Les assiégés ne disposent que de deux bazookas, et de mitrailleuses de calibre 30. Après une heure de tirs ininterrompus, les putschistes fixent par téléphone un nouvel ultimatum : Allende a vingt minutes pour abandonner le palais. Sinon, l'aviation interviendra.

Le président chilien réunit ses proches dans le salon Toesca et les informe de sa décision : la junte militaire lui a offert un avion pour quitter le pays, et il a refusé. Puis il demande aux femmes et à certains de ses collaborateurs de partir. Aux autres, qui demeurent avec lui, il annonce sobrement qu'il faudra se battre jusqu'au bout.

La dernière image qu'emporte Isabel Allende de son père est celle d'un combattant tassé dans l'embrasure d'une fenêtre et tirant à la mitraillette. Aux factieux, il a répondu : « Vous autres, généraux félons, ignorez ce qu'est l'honneur. »

Tandis que les chasseurs-bombardiers se déchaînent, Salvador Allende lance sur les ondes un dernier appel. C'est un message d'adieu : « Compatriotes, je vous dis au revoir. Que l'on sache qu'il y a des hommes qui savent remplir les charges qu'ils ont reçues. Je ne renoncerai pas. Dans ce moment historique, je payerai de ma vie ma loyauté envers le peuple. »

En début d'après-midi, les chars enfoncent la porte principale de la Moneda et pénètrent dans la grande cour intérieure, suivis par une centaine de fantassins. Le président conseille aux membres de sa garde de se rendre. Tous refusent, et la plupart trouvent la mort dans l'ultime accrochage. Les quelques rescapés sont fusillés sur place. Vers 17 heures, un véhicule militaire emmène un groupe de journalistes chiliens jusqu'au palais. Ils découvrent le corps de Salvador Allende, qui, selon les officiers, se serait suicidé. A ses côtés gît le cadavre de son conseiller et ami Augusto Olivares.

Le 11 septembre 1973 s'achève brutalement l'« expérience » de l'Unité populaire chilienne.

Ecoutant les nouvelles de Santiago, Régis Debray est ému à en chialer, mais pas franchement surpris. Vingt jours plus tôt, il a passé quelques heures en compagnie d'Allende, qui l'avait invité dans sa maison de campagne.

Ce jour-là, 19 août, l'hiver est piquant et un feu vif brûle dans la cheminée. La famille, les amis discutent, épluchent la presse qui prédit un énième complot. Salvador Allende est jovial, d'excellente humeur. Il aime bien Régis, qui le lui rend volontiers.

Le Français n'oublie pas qu'à peine sorti de sa cellule de Camiri il a été accueilli par Allende ; il sait que, sous ses allures de notable bedonnant IIIe République, sa faconde de franc-maçon humaniste, le chef de l'Etat chilien cèle des réserves d'énergie, de loyauté, de courage. A plusieurs reprises, il a couru des risques personnels : président du Sénat avant d'entrer à la Moneda, il a aidé matériellement des clandestins en difficulté dans son pays. Il est allé récupérer à la frontière les survivants de la guérilla du Che qui avaient traversé les Andes à pied, et les a conduits jusqu'à l'île de Pâques.

Pour Debray, qui a appris à le jauger, à l'apprécier, Allende est digne de figurer dans la galerie des grands hommes qui façonnent l'histoire latino-américaine, avec Castro et Guevara. D'ailleurs, peu de temps après son arrivée à Santiago, le numéro un chilien avait montré à Régis un exemplaire de *la Guerre de guérilla*. Il comportait une dédicace : « A Salvador Allende, qui essaie d'obtenir la même chose par d'autres moyens. Amicalement. Che. »

Le Chili de l'Unité populaire devient aux yeux de Régis Debray une sorte de deuxième Cuba ; il y séjourne de longs mois, accompagne avec espoir, passion, cette tentative de révolution dans la légalité, cette démarche sinueuse, peut-être prudente et peut-être imprudente. L'ancien guérillero, le théoricien de la lutte armée se serait-il rallié aux vertus des voies pacifiques ? Pas si simple : comme souvent chez lui, l'affectif l'emporte. Il se sent bien à Santiago, peut compter sur des amitiés solides. Ne projette-t-il pas, avec Serge Klarsfeld, d'y entraîner Klaus Barbie après l'avoir enlevé ?

Ce 19 août, lorsque Debray retrouve le président-*compañero,* la situation est d'une gravité extrême. Chacun perçoit que le processus engagé trois ans plus tôt entre dans sa phase finale, que le dénouement est proche. La victoire relative des partisans d'Allende aux élections législatives du mois de mars 1973 a éloigné l'hypothèse d'un renversement « légal ». L'opposition est loin d'obtenir la majorité des deux tiers qui permettrait une destitution du chef de l'Etat. Les adversaires déterminés du leader socialiste n'ont plus d'autre issue que le coup de force.

Le 29 juin, le colonel Souter, à la tête d'un régiment de chars, a entrepris une folle équipée vers le palais de la Moneda. Le reste de l'armée n'a pas bronché, et c'est son commandant en chef, le général Prats, un officier loyaliste, qui a négocié la reddition des mutins — sans effusion de sang. Simple escarmouche ? Salvador Allende raconte à Régis que, le lendemain de ce *tancazo,* lorsqu'il a réuni dans son bureau l'état-major de l'armée, il s'est aperçu que quatre généraux sur dix-huit étaient vraiment fidèles. Depuis, au bord du vide, il ruse avec le destin.

Il lui faut gagner du temps, louvoyer. Puisqu'il refuse de déclencher la guerre civile en armant le peuple — provoquer la mort des autres l'horrifie —, il tente de composer avec l'armée. Le 9 août, il introduit des militaires au gouvernement, et notamment le général Ruiz, commandant en chef de l'aviation, classé à l'extrême droite, auquel il confie le ministère des Transports. Une charge cruciale : les camionneurs en grève paralysent, étranglent le Chili. Dans un pays qui s'étire sur quatre mille cinq cents kilomètres, sans fleuves, sans infrastructure ferroviaire efficace, les deux tiers du trafic sont assurés par la route. Le ravitaillement de Santiago en dépend.

L'inflation galope à près de 300 % l'an ; la pénurie, le rationnement, les queues devant les magasins pour la viande, pour l'huile, aiguisent encore la tension sociale. Le marché noir est florissant. Ruiz ne manifeste point un zèle exemplaire pour réquisitionner les camions. Mieux : il refuse de se désolidariser des meneurs, qui exigent la démission du président. Dix jours après avoir été nommé, il offre la sienne. Allende l'accepte mais exige que le frondeur abandonne du même coup le commandement des forces aériennes. Appuyé par l'immense majorité des gradés de l'armée de l'air qui refusent le limogeage de leur supérieur, Ruiz tergiverse mais finit par s'incliner. La crise est évitée de justesse.

C'est le lendemain que Régis est l'hôte d'Allende. Le président, assez fier de sa manœuvre, rapporte aux amis présents, autour d'un verre de vin rouge, comment il a déjoué les plans du général.

L'après-midi, après la sieste, Salvador Allende et Régis Debray entament une partie de billard. En début de soirée, le président descend à Santiago où l'attend un difficile Conseil des ministres. Il se retire. Le lendemain, Debray s'envole pour La Havane, convaincu qu'Allende, malgré sa finesse, son optimisme, quittera bientôt la Moneda. Il espère seulement que le coup d'Etat sera « propre ». Mais il conserve au creux de l'oreille l'avertissement de son ami : « Moi, on ne me fera pas prendre l'avion en pyjama et je ne demanderai pas l'asile dans une ambassade. »

L'inexorable se dessine. En acculant Ruiz à la démission, Allende a sans le savoir amorcé le compte à rebours. Les ultras font sauter les uns après les autres les officiers loyalistes qui risqueraient d'entraver leurs desseins. Quatre jours après le fraternel dimanche à la campagne, les militaires imposent le retrait du général Prats, symbole et garant du légalisme des forces armées. C'est le début de la fin.

La chambre des députés accuse le président de la République de violer la Constitution et les lois. Le général Augusto Pinochet remplace Prats à la tête de l'armée de terre. On le considère comme un sympathisant de la démocratie chrétienne.

Pour prévenir le putsch qu'il devine en gestation, Allende confie à Pinochet le soin de conforter l'alliance entre les soldats loyalistes et la confédération unique des travailleurs, seule capable de mobiliser les ouvriers. Tandis que le général discute avec les conseillers présidentiels de la meilleure riposte envisageable, une radio émet un message codé : « Nous sommes plus nombreux que nous le pensions ; le petit chaperon rouge est avec nous. » Drôle de surnom pour un commandant en chef...

Le 4 septembre, troisième anniversaire de l'élection du président, sept cent mille Chiliens défilent durant des heures dans les rues de Santiago pour réclamer l'établissement d'un pouvoir populaire et soutenir Allende. Ce dernier, afin de desserrer l'étau, se résout à proposer un référendum constitutionnel — selon le vœu de l'opposition — et avertit le général Pinochet qu'il rendra cette intention publique dans un message à la nation, le 11 septembre.

Plutôt qu'à la nation, c'est à l'histoire que s'adresse Salvador Allende avant de mourir : « Ils peuvent nous assassiner ; tôt ou tard se rouvriront les larges avenues par où passe l'homme libre. »

Le Chili, en quelques heures, bascule dans la dictature militaire. L'armée contrôle Santiago. Dès la fin de matinée, le 11 septembre, les radios et les journaux de l'Unité populaire subissent un assaut minutieusement préparé. Au besoin, on bombarde les immeubles où la résistance s'avère trop vive. De même, les centraux téléphoniques sont rapidement bouclés. Sans possibilité de communiquer entre elles, les formations de gauche sont incapables de coordonner leur action.

Au début du putsch, les combats se concentrent autour de la Moneda ; l'aile principale est éventrée, et d'énormes débris de murs et de toitures s'amoncellent devant le porche. Là où, le 4 septembre, avaient défilé par centaines de milliers les partisans d'Allende, criant : « Le peuple uni ne sera jamais vaincu ! », des soldats casqués pointent leurs fusils sur les rares passants. Des suspects, étendus face contre le sol, attendent d'être embarqués. Devant l'hôtel Carrera, des taches de sang trahissent la sévérité des affrontements.

Les militants de gauche, les cadres de l'administration qui ont rejoint leur lieu de travail se sont battus sur place. Les façades de la banque centrale, de la poste, du ministère de l'Agriculture et de celui des Affaires étrangères portent les traces du feu qu'elles ont essuyé. A l'université technique, où des centaines d'étudiants se sont retranchés, la fusillade se prolonge. En fin de journée, l'armée est à peu près maîtresse du cœur de la capitale. Elle se tourne alors vers les quartiers périphériques. En banlieue, la population est mobilisée de longue date, organisée dans des « cordons industriels » ; les militants sont sur le qui-vive, gardant les usines jour et nuit.

L'attaque des putschistes est terrible. Les hélicoptères, les tanks, l'aviation même pilonnent les *poblaciones*. Près des usines, les corps à corps sont acharnés. Les ouvriers de la Sumar abattent un hélicoptère, mais chaque îlot se défend seul, sans liaison. Les assaillants ne font pas le détail, tirent sur tout ce qui bouge. Trois jours leur sont nécessaires pour écraser la résistance. Le quotidien *el Mercurio,* autorisé à reparaître, indique le chiffre d'un millier de morts. Les observateurs multiplient ce nombre par cinq.

Santiago est entièrement sous la botte. Le couvre-feu est proclamé et, chaque nuit, la troupe ratisse méthodiquement les bidonvilles. Au matin, des camions ramassent les cadavres et les déversent hâtivement dans des fosses communes.

Les milliers de suspects arrêtés sont acheminés vers le stade national, et le stade Chile. Les conditions de détention y sont épouvantables : tortures, matraquages, sévices, exécutions sommaires. Des listes de militants sont affichées, désignant les « extrémistes », qui endurent les pires traitements. Du haut des gradins, une quarantaine de soldats, nerveux, surveillent, mitraillette à la main, la foule laissée sans soins, sans ravitaillement.

La junte annonce que cinq mille personnes passeront en cour martiale. L'armée recherche particulièrement les étrangers ; plusieurs milliers d'exilés politiques latino-américains se sont abrités ici. Dès les premières heures du coup d'Etat, un avis a été diffusé : « Pas de pitié pour les extrémistes étrangers qui sont venus tuer les Chiliens. Citoyens, courez les dénoncer au poste de police le plus proche ! »

Brésiliens, Uruguayens, Argentins, Boliviens se terrent ou se réfugient dans les ambassades européennes, notamment celles de France et de Suède.

La délation bat son plein, encouragée par les militaires. *El Mercurio* publie des listes de personnes à signaler aux autorités. Les militants des partis de gauche, ceux du « Mouvement de la gauche révolutionnaire » (MIR), qui ont échappé au coup de filet, sont entrés dans la clandestinité. La nuit, des rafales d'armes automatiques trouent le silence. Les stades débordent.

Une semaine après le *golpe,* la résistance armée a cessé. Le travail reprend. Dans les beaux quartiers, les rues s'animent comme si de rien n'était. Sur l'avenue Providencia, les bourgeoises qui, voilà peu, manifestaient leur hostilité à l'Unité populaire en tapant sur des casseroles lèchent les vitrines des boutiques de luxe. Chez Coppola, des jeunes gens bien mis sucent paisiblement leurs glaces. Au Country Club et au Rendez-vous des gourmets, le homard grillé n'a pas disparu de la carte. Dans les secteurs résidentiels, les habitants répondent à l'appel des nouveaux maîtres et pavoisent leurs maisons. Sur le pas de la porte, ils bavardent joyeusement.

Au pied du *cerro* San Cristóbal, dans le repli d'une petite impasse, se dresse la demeure de Pablo Neruda, à flanc d'un jardin en pente.

Le cercueil du poète repose sur des tréteaux, au milieu d'une rotonde vitrée dont les carreaux ont été brisés. Les pièces voisines sont vides, jonchées de débris ; la bibliothèque a été pillée. Une horde, le jour même de sa mort, s'est livrée au saccage. Dans un communiqué, l'armée rejette toute responsabilité quant à la destruction de la maison du prix Nobel. Mais, pour l'opinion internationale, la disparition de Neruda est symptôme d'un temps barbare, symbole de désespérance. La voix de tous ceux que la soldatesque persécute, enferme, torture, massacre, cette voix-là est défunte.

Alain Krivine balance entre le chagrin et la colère. Les rares nouvelles qui parviennent du Chili bouleversent l'homme et confortent le militant. Il revoit tous ces visages rencontrés lors d'un séjour récent, aujourd'hui traqués, défigurés, sans vie. Et dans le même temps, il ne peut s'empêcher de penser qu'une fois de plus l'histoire lui a donné raison : la révolution est impossible sans violence, sans se donner les moyens de la contre-attaque.

Il en veut à Allende de n'avoir pas armé les travailleurs contre les chars. L'échec de l'Unité populaire, c'est l'échec de la transition pacifique au socialisme. Et ce qui est vérifié à Santiago le sera à Paris. Fort de son amer constat, Krivine saisit une feuille de papier et rédige une déclaration : « La bourgeoisie, au Chili, aidée par l'impérialisme, a montré comment elle respectait ses propres lois quand son pouvoir est menacé. Depuis trois ans, l'Unité populaire dirigée par Allende laissait croire qu'il était possible de construire le socialisme dans le cadre des vieilles institutions bourgeoises. Par respect du légalisme, les partis de gauche ont laissé la droite se renforcer et s'armer en refusant l'armement du prolétariat. Une fois de plus le réformisme s'effondre sous les coups d'une armée pourtant réputée apolitique. Réaction ou révolution : tel est le choix qui s'impose. Il n'y a pas de demi-mesure. »

Krivine critique Allende et vise Mitterrand. L'expérience chilienne, depuis deux ans, a été perçue comme le laboratoire d'un processus éventuellement applicable à la France. Union de la gauche ici, Unité populaire là-bas. Les principaux responsables du parti socialiste et du parti communiste avaient visité le Chili, s'étaient dits intéressés par l'analogie virtuelle des situations respectives — malgré d'évidentes différences géopolitiques.

La France, c'était un peu le Chili, la preuve par l'exemple qu'il était concevable pour la gauche unie de l'emporter grâce aux urnes et d'entreprendre des réformes profondes. Le poster en moins, la figure de Salvador Allende était aux yeux des sympathisants du PC ou du PS ce qu'incarnait Guevara, dix années plus tôt, chez les jeunes révoltés du quartier Latin. Sans romantisme, le bon docteur aux allures de Léon Blum paterne excitait l'imagination et ressuscitait sur les bords de la Seine le mythe du Front populaire.

Sa mort tragique, en même temps qu'elle le mue en martyr, impose aux dirigeants de la gauche parisienne un complet retournement. Hier, ils magnifiaient la ressemblance. Désormais, ils portent l'accent sur les écarts : non, le Chili n'est pas la France.

François Mitterrand, au cours d'un entretien avec la presse, insiste : « Il n'y a aucune comparaison possible entre le socialisme de la pénurie et le socialisme de l'abondance. Alors, la tentative chilienne prouve-t-elle qu'une expérience socialiste n'est pas viable ? Non. Elle prouve que la droite et le capitalisme n'accepteront jamais la volonté populaire. Nous savons que nous avons à faire face à des mouvements hostiles, à la réaction des grands monopoles, dont la seule loi est celle de la jungle... Les maîtres du profit sont partout les mêmes. Ils sont capables de tous les crimes. Ils seront capables de recourir aux mêmes procédés. Mais, chez nous, ils ne pourront pas le faire de la même façon. »

Le lendemain même du coup d'Etat, la gauche, toutes tendances confondues, exprime son soutien « au peuple chilien ». Cependant que les militants socialistes et communistes crient : « Le fascisme ne passera pas ! », les troupes de Krivine scandent : « Armement du prolétariat ! » Une délégation emmenée par François Mitterrand, Michel Rocard, Georges Marchais, Edmond Maire et Georges Séguy est reçue à l'ambassade chilienne.

« Il y a quelque indécence dans le débat qui s'est instauré en France à propos du coup de force chilien. Pendant que la répression s'abat et que l'oppression s'installe, on pense moins au sort d'un peuple dans le malheur qu'à la meilleure façon d'utiliser ce malheur pour le jeu politique français dans un pays calme et prospère que les comparaisons chiliennes pourraient faire un peu frissonner. » Dans *le Monde*, le professeur Alfred Grosser chapitre les protagonistes d'une polémique qui, une fois le choc encaissé, enfle à loisir.

Le *golpe* de Pinochet ne relance pas seulement un débat théorique entre la gauche et les gauchistes. Les événements du Chili deviennent un enjeu de la politique intérieure française. « Santiago-sur-Seine », titre encore *le Monde*.

Plusieurs personnalités de la majorité au pouvoir, tel Bernard Stasi, ministre des DOM-TOM, trouvent les mots justes pour afficher leur peine. Mais dans les rangs de leurs amis politiques, tous n'observent pas la même délicatesse : l'occasion est trop belle de souligner que le docteur Allende porte la responsabilité de son échec. De sa propre mort.

C'était un « apprenti-sorcier », estime Alain Peyrefitte : il a voulu « concilier la dictature du prolétariat avec la liberté, la révolution avec la légalité républicaine », bref, « marier l'eau et le feu ». Il a engendré un labyrinthe inextricable qui rendait le coup d'arrêt presque fatal. « Il serait profondément injuste, affirme l'éditorial du *Figaro* le 12 septembre, de considérer l'armée chilienne comme une armée putschiste. Elle ne l'a jamais été en esprit. Si elle l'est devenue dans les faits, la responsabilité en incombe essentiellement au régime. »

Et, deux jours plus tard, dans le même journal, Raymond Aron souligne que l'armée « n'intervient pas pour arrêter les progrès du socialisme, mais pour prévenir une guerre civile ».

Allende, victime de ses illusions, est fauteur de la désorganisation économique, de l'inflation démesurée, de la surenchère gauchiste, de l'alliance avec les communistes. Les mêmes causes produisant les mêmes effets, une expérience socialiste en France ne connaîtrait-elle pas une issue aussi lamentable ?

Jean Daniel se démarque de la gauche officielle et s'inquiète dans *le Nouvel Observateur* : « De la mort de Salvador Allende, il serait terrible qu'on retire la leçon de renoncer au respect des libertés. Mais il serait tout aussi criminel d'oublier que le passage vers le socialisme, surtout pacifique, doit être préparé avec une implacable rigueur. Quand on se souvient qu'en 1938 de nombreux généraux français préféraient la perspective d'une victoire allemande à la consolidation d'un gouvernement de gauche, on peut se dire que le Chili c'est un peu aussi la France. »

Au-delà des empoignades abstraites, des combines stratégiques et des arrière-pensées perverses, ce qui meurt à Santiago avec Allende et des milliers de victimes, c'est surtout une part d'espérance, de croyance. Une fois de plus, la révolution, qu'elle résulte des urnes ou des armes, modèle Allende ou modèle Guevara, se dérobe, s'évanouit. Plus d'un soixante-huitard lassé des incantations ou imprécations en est intimement troublé.

Tant de sang, tant d'horreur, n'est-ce pas trop cher payer le vieux rêve ?

29 septembre 1973. Sans doute la pluie qui noie Santiago n'a-t-elle rien de commun avec le déluge glacial où barbote le cortège en route pour Besançon — la France a du bon, même sous Marcellin. Mais les presque cent mille pèlerins, crachouillant leurs slogans entre deux gorgées de flotte (« Lip Lip Lip vaincra ou on reviendra ! »), sont plus persuadés encore, Pinochet aidant, des nécessités et vertus de la lutte sociale, sur le terrain, quand bien même défaillent les idéologies. Ce qu'arrachent les rebelles de Palente, aucun représentant, aucun gouvernant ne saurait à lui seul le concéder, l'imaginer.

La ville natale de Charles Fourier et de Pierre-Joseph Proudhon n'avait jamais connu semblable invasion.

Michel Rocard, coudes au corps dans la bourrasque, maillon clé de la chaîne indocile, joue gros. Les commerçants, affolés, ont baissé leurs rideaux de fer. Et des affiches, signées « La majorité silencieuse », prophétisent sur les murs le déferlement « des hordes gauchistes sans foi ni loi ». Oui, le PSU a pris un sacré pari. Il a bousculé les très vives réticences du maire socialiste, Jean Minjoz, qui redoutait l'afflux des « groupes extérieurs », et craignait surtout que ces derniers ne soient tentés de « libérer » l'usine interdite. Devant le conseil municipal, devant la CGT et le PC, Rocard s'est porté garant du bon déroulement des opérations.

Une partie de poker, à la limite du poker menteur.

Derrière, ça pousse, ça chante. Un énorme bataillon de la Ligue dissoute, appuyé par les dissidents de Révolution ; la GP, tous clandestins dehors ; les femmes, sans distinction de chapelle ; les paysans-travailleurs de Bernard Lambert ; les comités lycéens ; les intellectuels aux champs...

Pour la première fois depuis l'affaire Guiot, les gauchistes côtoient Georges Séguy. Et l'addition des groupuscules recensés fournit un total de quelque trente mille piétons — un ample tiers de la manif, sans compter les inorganisés. En ces temps de vague à l'âme, en ces mois d'exode, Lip est le pays de Canaan.

Non loin de Michel Rocard, Jacques Chérèque, le leader des métallos cédétistes, se ronge aussi les sangs. Le succès semble acquis, formidable. Pour l'instant, les inévitables incidents sont demeurés mineurs. Dans la nuit, la bande à Krivine avait enrichi d'un stand pirate l'aire de Châteaufarine, point de rassemblement sur la route de Dôle. Illico, la CGT a démonté le sien. Simples broutilles... Mais ce qui le tracasse, Chérèque, lui qui dissimule si bien son tempérament inquiet sous des bacchantes joviales, c'est, au-delà du maintien de l'ordre (la CFDT elle-même a pronostiqué d'éventuels débordements trotskistes), l'état du dossier.

Le comité d'action, animé par Jean Raguenès, triomphe. L'objectif qu'il avançait, « élargir l'espace Lip », est atteint. Reste que la négociation s'enfonce dans l'impasse. Un accord a été frôlé avec Henry Giraud, début septembre. Le médiateur s'engageait à ne pas démanteler l'entreprise — les départements non horlogers étant sous-loués à deux autres sociétés — pourvu que trois cent trente-quatre licenciements fussent acceptés, assortis de préretraites, de réembauches périphériques. Les éléments les plus déterminés ont obtenu de l'assemblée générale un rejet majoritaire.

L'œil de l'opinion, toutefois, s'est modifié. La population bisontine a jugé qu'il était raisonnable d'en finir, « Droite qui rit, gauche qui pleure », a titré *le Monde,* et François Ceyrac, le patron des patrons, a commenté avec une pointe de condescendance désinvolte : « Quand je vois les Français s'exciter tout un été sur l'affaire Lip comme s'il n'y avait que cela d'important, je me demande si nous ne sommes pas trop fragiles. »

Les dirigeants nationaux de la CFDT ne pouvaient que saluer l'obstination de leurs mandants. Et Jacques Chérèque ne peut qu'applaudir l'extraordinaire courant de solidarité qui rassemble autour de Piaget et des siens l'essentiel de ce qui bouge dans ce pays.

Il n'empêche. La foule, maintenant, s'étire calmement sous la chenille des parapluies enchevêtrés.

Benny Lévy ou Glucksmann, Jambet ou Geismar sont à la fête — malgré les éclats récents. Bensaïd et Weber déploient tout leur art de la manœuvre. Roland Castro et Tiennot Grumbach se retrouvent côte à côte, poing levé. Nadja Ringart et ses copines repassent le répertoire du MLF.

Chérèque et Rocard, eux, ont un trésor sur les bras.

Le lendemain, dimanche 30 septembre, Roland Vittot, candidat du PSU aux élections cantonales et ajusteur chez Lip où il est à la pointe du mouvement, recueille royalement trois cent quatre-vingt-deux suffrages. Son rival gaulliste enlève le siège. Et le PS, pourtant peu présent dans le conflit, accomplit une remarquable percée. La France militante et la France des urnes coïncident moins que jamais.

Une semaine s'écoule, jusqu'au dénouement prévisible : les pourparlers sont définitivement rompus entre les Lip et M. Giraud. Est-il concevable de réunir cent mille hommes et femmes, et de n'avoir plus aucun interlocuteur ?

Pierre Messmer, chef du gouvernement, prononce une oraison funèbre : « Lip, c'est fini, en ce qui me concerne. Les ouvriers de Lip ne méritaient pas le malheur dans lequel des dirigeants aveugles, emportés par la passion, les ont plongés. »

Les fidèles qui se rendent à la synagogue afin de célébrer Yom Kippour s'étonnent du nombre impressionnant de véhicules roulant vers le sud avec, collé sur le pare-brise, un papillon *Betafkide* (service commandé). Rituellement, ce samedi plus encore que les autres, la circulation automobile devrait être maigre. L'interrogation ne dure guère. En début d'après-midi, les sirènes hurlent à Jérusalem, Haïfa, Nazareth.

Le 6 octobre, à 13 h 50, l'artillerie égyptienne commence à pilonner sur le canal de Suez les positions israéliennes, vite gravement touchées. Parallèlement, le génie militaire couvre le canal de ponts flottants formés de caissons assemblés — entreposés jusque-là dans des souterrains. Bientôt, huit cents chars atteignent la rive orientale. Le front mesure cent soixante kilomètres de large.

Exactement au même moment, des centaines de blindés syriens abordent le plateau du Golan. Le jour et l'heure de l'attaque ont été rigoureusement tenus secrets. La surprise est complète en Israël. « Ils nous ont pris le caleçon sur les chevilles », se lamente-t-on dans les kibboutzim. Contrairement à ce qui s'était passé en 1967, l'aviation israélienne n'a pas le temps de réagir efficacement avant la tombée du jour.

Au sud, sur le front du canal, les Egyptiens cernent El Kantara, Ismaïlia et Suez. Afin de contraindre l'adversaire à disséminer sa logistique, ils lancent dans tout le Sinaï des opérations héliportées. Surtout, l'offensive des blindés est accompagnée d'une pluie de missiles. Les Sam 2 et Sam 3, et même les Sam 6, empêchent l'aviation ennemie de stopper les chars.

Au nord, les Syriens visent le Jourdain. Le Golan, plateau hérissé de pitons qui surplombe la Galilée, devient le champ d'une gigantesque bataille mécanisée. Sur cet espace restreint, un carré de quinze kilomètres de côté que les avions traversent, même à vitesse réduite, en trois minutes, canons blindés, chars, rampes de lancement se chevauchent. Les lignes s'entremêlent. Les Syriens parviennent jusqu'au fortin du mont Hermon et prennent la ville de Kuneitra.

Bernard Kouchner est à Damas. Logé à l'hôtel Orient Palace, en face de la gare, il attend des autorités syriennes, avec une petite équipe de médecins, l'autorisation de soigner les blessés dans les hôpitaux. Dès l'annonce du déclenchement des hostilités, Kouchner s'est adressé aux trois pays belligérants afin d'offrir ses services aux populations civiles. Israël a décliné l'offre, les Egyptiens ont proposé de le faire monter en première ligne, et la Syrie l'a invité à venir sur place. Kouchner part aussitôt avec Max Récamier et Jacques Béres, mandatés par une organisation qu'ils ont fondée, « Médecins sans frontières » (MSF).

C'est en décembre 1971, après une mission au Bangladesh, que Kouchner et ses amis ont décidé de créer une structure autonome, souple, qui leur permette de pratiquer la vraie médecine d'urgence, de réagir immédiatement selon les besoins. Au début, l'association, financée par le journal *Tonus*, s'était donné pour fonction de former des médecins qui, ensuite, étaient mis à la disposition des organismes internationaux. Mais rapidement, sous l'impulsion de Kouchner, son secrétaire général, Médecins sans frontières intervient directement.

La première expédition autonome est montée lorsqu'un tremblement de terre dévaste le Nicaragua. Le jour de Noël 1972, Bernard Kouchner, René Frydman — son copain de l'UEC dix ans plus tôt —, et cinq chirurgiens ou anesthésistes s'embarquent dans un Transall de l'armée. Le voyage dure quarante heures, avec une escale en Guyane.

Quand ils arrivent à Managua, c'est un amas de pierres qu'ils survolent. La ville est complètement détruite ; sous les carcasses de buildings effondrés, dans les ruines, cinq mille personnes sont enfouies, mortes. Des milliers de blessés réclament encore des secours. L'équipe de MSF est dirigée sur l'hôpital de Bautista, juste au centre-ville, où les moyens manquent. Kouchner, Frydman et les autres récupèrent le matériel utilisable et installent en plein air une antenne d'urgence. La population du quartier défile. Pendant des jours, ils opèrent, pansent, réparent ce qui est réparable.

Avant de repartir, sa tâche achevée, Kouchner reçoit une poignée de main du dictateur Somoza — lequel s'apprête à reconstruire la ville sur le même site, car les terrains lui appartiennent personnellement. Les médecins sans frontières rentrent du Nicaragua le cœur au bord des lèvres.

A Damas, les délégués de MSF s'impatientent, revendiquent d'entreprendre ce pour quoi ils se sont déplacés : soigner. Les Syriens ne semblent pas pressés et le ministre de la Santé refuse que les médecins gagnent le Golan.

Sur le plateau, Israël a déclenché une contre-offensive capitale. En camion, en voiture particulière, les réservistes affluent ; quatre jours après le début du conflit, l'armée de l'Etat hébreu a reconquis le terrain perdu et pousse quelques pointes en direction de Damas. Les Syriens refluent, abandonnant un incroyable cimetière de chars : dans le désert de pierraille, lunaire, entre les murets de caillasse où errent des moutons, s'amoncellent les

T 54 ou les T 55 soviétiques, éventrés, carbonisés, la tourelle pendante, dérisoire.

Damas est à portée de tir : un quartier résidentiel reçoit même des bombes. Golda Meir annonce à la télévision que la situation est rétablie sur le Golan.

Dans le Sinaï, le premier choc passé, les Israéliens réussissent à contenir l'offensive égyptienne dont l'objectif semble limité : montrer que les Arabes peuvent et savent se battre, effacer l'affront de 1967. La division de réservistes d'Ariel Sharon tente un coup audacieux, s'enfonce entre la IIe et la IIIe armée égyptienne, accomplit la percée, atteint le canal que des éclaireurs franchissent ; une tête de pont est établie sur la rive occidentale. Les forces de Sadate sont coupées en deux. La IIIe armée, qui s'est le plus avancée dans le Sinaï, se trouve menacée d'encerclement.

C'est le tournant de la guerre. Les belligérants, après pareille débauche d'armes et de munitions, n'ont plus la ressource de continuer. Sous la pression des grandes puissances, les négociations s'engagent en vue d'un cessez-le-feu.

A Damas, Kouchner et ses amis comprennent, un peu tard, qu'ils ont été manipulés. Le gouvernement syrien n'a jamais eu l'intention d'utiliser leurs compétences médicales mais de les utiliser politiquement.

L'équipe de MSF repart comme elle était venue, via le Liban, où la surabondante présence palestinienne frappe les Français. En quelques kilomètres, leur voiture est contrôlée quatre fois par des patrouilles d'El Fath. A Kouchner qui s'en étonne, des amis chrétiens, pourtant farouchement proarabes durant la dernière bataille, avouent que la situation au Liban leur paraît intenable. Une autre guerre, disent-ils, mûrit, contre les Palestiniens.

En France, parce que, pour la première fois, l'existence de l'Etat d'Israël a semblé menacée, parce que son armée n'est plus invincible, les passions se déchaînent. Une déclaration imprudente du ministre des Affaires étrangères, Michel Jobert, est perçue comme approuvant l'attaque conjuguée des pays arabes et déchire la majorité. A gauche, cependant que le parti communiste et le PSU appuient l'Egypte, les socialistes s'affrontent entre eux.

Les gauchistes, fidèles à leur orientation propalestinienne, applaudissent les agresseurs qui se sont bien battus. Trop bien. Plus d'un militant d'origine juive respire lorsque Israël renverse la situation.

Dans un éditorial de *Libération,* Serge July recense ces ambiguïtés : « La guerre israélo-arabe divise profondément les progressistes en France. Les réactions sont presque toutes passionnelles. Le parti socialiste multiplie les meetings pour soutenir Israël et se retrouve à la même tribune que Lecanuet. Tandis que le PCF et l'ensemble de l'extrême gauche soutiennent le caractère progressiste des armées arabes. A la rédaction de *Libé,* les choses ne sont pas non plus très simples. Certains d'entre nous sont d'origine juive. Certains soutiennent les armées arabes, d'autres ont peur que la victoire arabe ne signifie un nouveau malheur pour le peuple juif. Rationnellement, ils seraient d'accord avec la dialectique de l'histoire qui a fait de l'humilié de Varsovie un oppresseur des Palestiniens au Moyen-Orient, mais émotionnellement, ce n'est pas aussi facile. »

Alors que la guerre n'est pas encore finie, les ministres de six pays du golfe Persique décident, le 16 octobre, de relever de 17 % le prix du baril de pétrole. Le lendemain, à Koweït, les représentants des pays arabes exportateurs de pétrole annoncent qu'ils réduiront chaque mois leur production de brut de 5 %, jusqu'au jour où Israël aura évacué les territoires occupés.

L'or noir est érigé en arme de guerre.

La perspective de la restriction, voire de la pénurie, sème la panique sur les capitales occidentales. Dans la nuit du 4 au 5 novembre, les pays arabes font savoir qu'ils diminuent immédiatement la production de 25 %. Bientôt, le prix du baril quadruple. La guerre du Kippour amorce un processus de crise dont personne ne saurait mesurer la gravité.

Jacques Broyelle ouvre *le Monde.* Rares sont les habitants de la capitale chinoise qui ont accès à d'aussi contestables sources. La section française de *Pékin-Information* ne saurait cependant éluder ce péril. Et Broyelle, donc, ouvre *le Monde.*

Soigneusement découpé, soigneusement collé, un pavé blanc déséquilibre la page. Un blanc... opaque. Il faut approcher la feuille de la fenêtre pour deviner, par transparence, une caricature de Konk où le président Mao épouse l'irrévérencieuse forme d'un champignon atomique. La directrice du service, vigilante selon l'habitude, est passée par là.

Jacques et Claudie, sa femme, sont depuis quelques mois installés à Pékin et vont y fêter la Noël 1973. Ils travaillent l'un et l'autre comme correcteurs de la presse en langues étrangères et ont signé un contrat de deux années.

Ce voyage-ci, pour Broyelle, ne ressemble guère à l'euphorique escapade de l'été 1967 lorsque, mandaté par l'UJC(ml), il découvrit en compagnie de Robert Linhart la terre de la grande promesse et les féeries de la Révolution culturelle. Il s'agit, cette fois, d'un voyage au bout du voyage.

Après l'éclatement de l'UJ, séparé de ses frères, de ses amis intimes, Robert, Benny, Christian Riss, Jacques a désespérément cherché un refuge militant, un ordre où se fondre. Peur, angoisse de s'arrêter, d'être rendu à soi, à la vie civile, à la vie, à la pensée. Vertige de ne subsister que par ses propres forces, sans la prothèse d'une autorité collective, d'une approbation, d'une règle. Traînant l'opprobre du « liquido », il a poussé la première porte qui s'offrait, celle du PCMLF, et est ressorti sans délai, au bord de l'asphyxie. Ses compagnons de déviance, Roland Castro, Tiennot Grumbach, jetaient les fondations de VLR. Mais ce style n'était pas sien. Appuyé sur un infime groupe, il a frayé son chemin en marge.

Muni d'un faux certificat de travail, il s'est présenté à Billancourt et a été recruté comme « OS vérif » sur la chaîne des 4L — l'exercice consiste à s'assurer qu'une dizaine d'opérations ont été convenablement accomplies et à cocher les cases correspondantes sur un carton coincé dans le pare-choc. Le travail lui a paru dur, mais moins que ce qu'en écrivaient ses ex-compagnons dans *la Cause du peuple*. La monotonie pesait plus que la fatigue, et l'absence d'avenir plus que le présent. Broyelle a découvert que ses camarades prolétaires s'inventaient une existence parallèle où la politique ne tenait guère de place. Il a également découvert un épouvantable racisme entre Noirs et Arabes, et s'est demandé pourquoi les publications gauchistes taisaient cette évidence.

Surtout, il a été saisi par un constat troublant : ce stage, malgré les heures vides, semblait moins pénible que la routine militante ; l'épuisement des soirées évoquait parfois une phase de décompression, dissolvant l'usure partisane.

Un après-midi, il sortait de l'atelier, en bleu. Un groupe de la GP, au-delà des grilles, distribuait des tracts. Jacques a reconnu le visage de Christian Riss, s'est avancé, main tendue. L'autre — son vieux camarade d'Ecole, son voisin de turne, son codisciple attentif aux leçons d'Althusser — a esquissé un geste de retrait, questionné :

— Tu travailles à Renault ?

— Oui.

— Comme cadre ?

Un « liquido » ne saurait être mû que par quelque ambition renégate. Il y avait tant de mépris et de certitude dans l'interrogation que Broyelle a tourné les talons, s'est enfui.

Il n'a jamais revu Christian Riss.

Après l'établissement, Jacques s'est remis aux études, a soutenu une thèse de troisième cycle sous la direction de Charles Bettelheim. L'action politique directe, les réunions empilées, le stress des rituels d'assemblée — toute cette trame des cinq dernières années s'est effilochée. Mais il n'en avait pas terminé avec la Chine, avec ce qu'il avait cru, ce qu'il avait dit de la Chine. Il ne se sentait pas quitte de ce discours, de l'impérieuse « vérité » répandue par l'UJ. Et l'« OS vérif » a décidé d'aller vérifier la Chine.

Claudie et lui habitent la « cité pour étrangers », naguère Hôtel de l'Amitié destiné aux hôtes soviétiques quand ces derniers étaient les bienvenus. Une grille sépare le parc — avec piscine, balançoires — où jouent les enfants étrangers de la rue où jouent les enfants chinois. D'inaccessibles tickets séparent les restaurants pour étrangers des restaurants du menu peuple. D'inaccessibles couloirs séparent les chambres d'hôpital réservées aux étrangers des salles communes dévolues aux Chinois.

Le couple Broyelle n'est témoin d'aucune horreur, d'aucune exaction. Il circule parmi des autochtones qui manient la langue française, et concèdent des bribes de confidences où les gardes rouges font figure de petits SS, défenestrant leurs victimes, les battant à mort...

C'est la banalité quotidienne qui parle. Le logement alloué par l'unité de travail, le contrôle des déplacements, la vie privée sous absolue surveillance, l'interdiction de faire l'amour hors du mariage, l'interdiction de faire des enfants hors quantum, l'interdiction de choisir son lieu de résidence, l'absence de secret médical, le suivi méticuleux de chaque geste social, l'infantilisation flicarde, la torrentielle vacuité des journaux.

C'est l'arasement intellectuel, la dictature suprême du stéréotype. « Nous aimons les articles courts et vigoureux et pleins de vie », annonce en manchette le *Renmin Ribao,* qui cite à l'appui telle lettre spontanée d'un métallo du Hunan : « Les escrocs du genre Liou Shao-chi pratiquent le formalisme bourgeois. Les articles rédigés dans cet esprit sont des bavardages interminables et sans aucune substance ; ils engourdissent notre esprit. Il faut en finir avec ce style nuisible qui sabote la révolution... » Voilà ce que les deux pionniers du maoïsme français épluchent, adaptent à longueur de journée.

Un pays socialiste ordinaire, triste et verrouillé.

La Révolution culturelle s'achève par l'éradication incantatoire de celui qui en fut le porte-étendard. Lin Piao, le conquérant de la Mandchourie, le théoricien de l'encerclement des villes par les campagnes, le propagateur du *Petit Livre rouge* — via l'armée —, le « plus proche compagnon de Mao Tsé-toung », a « disparu » aux confins de la Mongolie : il s'enfuyait en avion, paraît-il, comme s'enfuient honteusement les traîtres. Et le *Pi-Lin Pi-Kong*, la dénonciation conjointe du maréchal félon et de Confucius, est l'obligatoire scansion de toute déclaration publique.

Rendant visite à Evelyne Tschirhart qui les a accompagnés dans l'aventure et enseigne le français aux étudiants de l'« Institut nº 2 des langues étrangères », les Broyelle s'aperçoivent que la pédagogie locale ne pèche guère par excès de sophistication. Elle consiste à réciter en chœur des textes édifiants — ainsi ce « poème » rectifiant « l'essence d'extrême droite de la ligne de Lin Piao » :

Le soleil est rouge
Le soleil est brillant
Le soleil c'est le président Mao
Le soleil c'est le Parti communiste chinois
Vive le président Mao !
Notre pays est un grand pays
Nous aimons notre grand pays
Notre peuple est un grand peuple
Nous aimons notre grand peuple
Notre armée est une grande armée
Nous aimons notre grande armée
Notre parti est un grand parti
Nous aimons notre grand parti !

Flash-back. Jacques se revoit en train d'ânonner pieusement trois citations du PLR, aux côtés de Linhart, Le Dantec, Riss. Ils étaient debout, raides, en rond, soumis et disciplinés, béats, dans le salon de leur hôtel, sous la houlette d'un amical guide-interprète. C'était l'été 1967. C'était l'époque de la flagellation péremptoire.

A Noël 1973, Jacques et Claudie ont perdu leur étoile.

1986. Jacques Broyelle, journaliste à Valeurs actuelles *:*

— Nous nous sommes trompés, au sens fort, nous nous sommes trompés nous-mêmes. Nous savions tout sur l'URSS dès le départ ; nous nous sommes fabriqué des défenses, et nous avons réinvesti constamment. A Pékin, nous nous sommes définitivement débarrassés de l'idée du parti unique. Il suffit d'assister à un procès populaire pour mesurer l'importance des libertés formelles, d'un avocat, de l'Etat de droit, de la séparation des pouvoirs. Puis nous avons remis en cause, de visu, *notre critique du capitalisme : la concurrence, le marché, ça fonctionne et ça procure de la liberté. Nous étions partis pour jouer à quitte ou double. Surtout après l'affaire Lin Piao, nous ne voulions plus être baratinés. Ce fut quitte.*

Emma, l'une des femmes de confiance de la NRP, a rendez-vous avec Olivier Rolin. Les réflexes jouent encore : « Antoine » est ponctuel, comme un chef se doit de l'être. Mais, aujourd'hui, le langage d'Olivier, à la terrasse embrumée d'automne de ce bistrot fade, n'est plus celui du chef, et signifie que c'est irréversible :

— Je viens d'entrer dans une librairie. Incroyable ! Je me suis rendu compte de tous les livres que je n'ai pas lus. Je n'en peux plus. J'arrête.

Voilà des semaines qu'Emma guette le dénouement. Voilà des nuits entières que les clandestins de la NRP discutent du « cas » chilien. Après la mort d'Overney, après le choc de Munich, après la condamnation par la GP du terrorisme palestinien, l'assassinat d'Allende a porté l'estocade.

Il ne suffit pas d'incriminer le légalisme du président martyr. Il faut encore réfléchir au rôle des petits groupes armés, à l'aventurisme de l'extrême gauche, du MIR. Ni le politique respectueux ni les mouvements semi-clandestins n'ont pu, n'ont su préparer l'autodéfense de la classe ouvrière.

Le Chili, concluent Olivier et la plupart de ses subordonnés, c'est la preuve que les masses ne vaincront pas militairement.

La preuve que la lutte armée est une utopie meurtrière.

La preuve que la NRP n'a pas, ou plus, de justification politique.

L'échéance a-t-elle donc sonné de retrouver un nom, un appartement, un boulot ? Et des amis ? Les amis perdus ?

Tony Lévy enseigne à mi-temps dans une « boîte » privée de Versailles. Il est maître auxiliaire — le degré zéro de la carrière universitaire. Cela faisait des années qu'il n'avait pas ouvert un livre de mathématiques. Lorsque Benny lui demande de dénicher un local pour une ou deux assemblées plénières, il s'adresse, fort de ses accointances professionnelles, au « réseau catho ». Une fois de plus. Et la dernière. Car l'ordre du jour, explicite, est la dissolution de la GP.

Novembre 1973. A deux reprises, ils se retrouvent, tous. Les grands leaders et les lampistes. Les officieux et les notoires. La salle versaillaise n'est ornée que d'un crucifix. Pas de tribune, pas de drapeau. Au-dessus du cercle flottent — la chose est sans précédent — quelques effluves bleuâtres de haschisch. Benny et Geismar ont laissé leurs gants au vestiaire. Ni l'un ni l'autre ne dissimulent, à présent, leur intention de fermer boutique. Un délicat partage des rôles, pourtant, s'opère. Il revient au fondateur, « Pierre Victor », de démonter l'édifice dont il fut l'architecte. Alain, lui, scrute les retombées, s'efforce de pressentir l'ébauche d'un dérapage, le péril d'une scission.

Benny, depuis un an, enregistre régulièrement des entretiens avec Jean-Paul Sartre et Philippe Gavi. L'ensemble sera publié sous le titre *On a raison de se révolter,* dans la collection « La France sauvage » que dirige le philosophe à l'enseigne de Gallimard, avec Le Dantec et Le Bris.

Peu avant le rendez-vous de Versailles, une nouvelle séance les a réunis chez Sartre, qui vient d'emménager boulevard Quinet — un trois pièces sur jardin pelé, dominé par la tour Montparnasse ; atteint de quasi-cécité, l'occupant des lieux n'en perçoit guère la décourageante banalité. Le magnétophone était coincé entre un plateau de jambon de Parme et deux bouteilles de fort bon vin. Et le timonier de la Gauche prolétarienne, poussé par ses interlocuteurs à commenter l'apport de Lip et la leçon du Chili, a confessé le fruit de ses explorations récentes :

— Quand les gauchistes scandent : « Armement du prolétariat ! », qu'ils expliquent : « On va vers des affrontements inévitables ! », ils ont raison, c'est cohérent ; mais ils sont dominés par la théorie classe contre classe, une théorie anti-majorité, une théorie qui se refuse à identifier révolution prolétarienne et démocratie. Or, si tu n'as pas une union des victimes des pouvoirs qui forme une majorité, tu pars perdant.

C'est ce même message — reçu à Besançon de Piaget et Raguenès — que Benny Lévy délivre lors des deux assemblées finales (il les baptise, *in petto,* « AG des chrysanthèmes »). A chaque séance, la salle est houleuse.

Si le Comité exécutif ne compte qu'un adversaire de la dissolution, la base est autrement rétive, se croit trahie, ou orpheline. Le combat continue selon d'autres formes, plaident les ténors ; nous n'avons plus besoin d'organisation centrale : un bulletin, *le lien,* sera suffisant pour assurer l'échange des expériences. L'unique choix qu'il nous reste, ajoutent-ils, consiste à transformer la vie là où la vie nous jette, ou bien à bétonner la GP, à la clore de fortifications marxistes. Et cela, c'est précisément ce que nous avons appris à fuir.

Se dissoudre, pour la circonstance, n'est point un acte juridique. Juridiquement, la GP n'existe pas. Il s'agit de dissoudre le politique dans le social.

Alain Geismar, Tony Lévy sentent violemment combien une telle option est inacceptable par beaucoup, vécue comme un lâchage, angoissante en ce qu'elle renvoie à eux-mêmes, sans transition, sans béquille, des militants dont on attendait jusqu'alors la négation de soi. Deux semaines plus tôt, l'existence individuelle ne s'avouait qu'entre parenthèses, le soldat de l'armée populaire subordonnait à la Cause les exigences ordinaires de l'enracinement et de la jouissance.

Déposer les armes, retourner vers la vie civile, n'est pas seulement dépouiller l'uniforme mais ressusciter les préoccupations enfouies : le travail, le loisir, la culture, le sexe, l'argent. La solitude.

Alain, l'ancien du PSU, et Tony, l'ancien de l'UEC, n'en doutent guère : si la GP était une organisation « normale », avec un Comité central, des tendances, des sections, des mandats, ils seraient battus à plate couture, une minorité rebelle renverserait la pente, relancerait la machine. Car les organisations « normales » ne supportent pas de mourir.

On se sépare dans une ambiance d'effilochage crispé, frustré. On feint d'admettre qu'une « coordination souple », d'ici un an, dressera le bilan des initiatives éparses. On sait qu'il n'en sera rien.

Il va falloir supporter de vivre.

La dispersion est plus qu'inévitable : nécessaire. Même quand nul contentieux n'alourdit le souvenir, et c'est fatalement l'exception, la poudre du temps écoulé a tonné si fort que chacun en garde l'ouïe rétive, douloureuse. Amitié ou inimitié, une phase de silence est requise. La trace se ramifie, s'estompe.

Hormis la lecture de *Libération,* pôle de ralliement sous d'autres formes, la diaspora gépiste abandonne ses rites, évite même les carrefours trop fréquentés. Alain Geismar et Benny Lévy n'en suivent pas moins attentivement les trajectoires des uns et des autres. Libre à Le Dantec de se replier sur sa chère Bretagne, à Glucksmann de relire Clausewitz, à Tony, Jambet ou Lardreau de préparer les concours de l'Education nationale. Eux deux, les ex-premiers rôles, conservent une responsabilité particulière. Celle de désamorcer la mécanique qu'ils avaient remontée, et qui devenait infernale.

Geismar noue des contacts pour reprendre pied dans l'université — son casier judiciaire n'est peut-être pas un obstacle définitif. Et il souffle à l'entourage de Sartre une idée géniale et nourricière : reconvertir Pierre Victor en secrétaire du compagnon de route des maos. Benny devient ainsi le protégé de son protecteur, ou l'inverse : mal remis de l'attaque qui lui a coûté la vue, l'auteur de *l'Etre et le Néant,* à soixante-huit ans, n'est plus autonome. Il se déplace toutefois jusqu'à Eaubonne, dans le Val-d'Oise, où Benny Lévy et sa femme (qui a repris l'enseignement) habitent en « commune » avec des amis, et formule lui-même une offre d'emploi.

Ainsi, chaque matin, Pierre Victor se rend au 29, boulevard Edgar-Quinet, franchit l'entrée A2, gagne le dixième étage, et s'agace que le bruit de la sonnette, concurrencé par un poste de radio que Simone de Beauvoir a laissé branché sur France-Musique, ne soit parfois pas entendu de son « patron » assoupi.

Reste que les lambeaux de la GP dissoute entravent encore les gestes de ses fondateurs. Le jour, Geismar potasse la physique fondamentale et Benny transcrit les notes de Sartre sur Flaubert. Mais, la nuit, pompiers de la dernière heure, ils courent étouffer les brasiers mal éteints du maoïsme déliquescent.

Ces derniers mois, surtout, le recrutement s'est effectué sans filtrage aucun, dans les marges. L'exaltation de la castagne immédiate, le style « couilles-au-cul » ont attiré des novices impulsifs et dangereux que n'a guère convertis la révolution pacifique des paroissiens de Palente. D'autres, même, qui ne vouent pas nécessairement au cocktail Molotov un culte excessif, ne parviennent point à comprendre le revirement spectaculaire de leurs chefs naguère incontestés ; plus d'un est tenté d'inscrire le coup d'arrêt de Versailles au compte d'une lassitude capitularde, voire d'un abandon pusillanime.

Ils courent, Alain et Benny. Parce qu'ils ont peur. Peur qu'un noyau d'éléments excités ou nostalgiques ne paraphe quelque action téméraire du sigle de l'organisation défunte. Peur d'avoir engendré ce qu'ils voient poindre en Allemagne, en Italie : une postérité d'idéologues assassins.

Peur d'avoir été pris aux mots.

Quelquefois, la haine croît à telle cadence qu'ils se jugent en danger. Et ils alignent les arguments, ils s'efforcent de convaincre avec la sensation que, s'ils échouent, le bout de la nuit deviendra périlleux. En face d'eux, il y a les immigrés arabes qui s'estiment floués depuis Munich ; les « militants de porte » indignés que la mort d'Overney n'ait pas été réellement vengée ; les loubards frustrés de cogne ; les jeunes gens de bonne famille qui ont quitté leur famille naturelle pour une famille d'adoption, et qui ne supportent pas l'orphelinat ; les lycéens en rupture de lycée, découvrant soudain qu'ils n'auront jamais le bac ; les établis partis se diluer dans la classe messianique, et désormais prisonniers d'elle, victimes d'un brutal accès de claustrophobie sociale.

Méthodiquement, patiemment, les visiteurs du soir limitent les dégâts, obsédés par la crainte que l'irréparable n'appelle l'irréparable.

Si les leaders « politiques » sont en porte-à-faux, que dire du responsable « militaire », Olivier Rolin ! Liquider la GP n'est pas de tout repos. Disperser la NRP concerne moins de gens, mais qui basculent de gré ou de force dans une sorte d'au-delà.

Ses principaux lieutenants acceptent la loi collective. Sauf un, qui entend poursuivre de son côté, refuse longtemps de rendre — au sens propre — les armes, prétend conserver l'usage du sigle. Il s'est entouré d'une poignée de « zonards », recrues abandonnées à la périphérie du mouvement par l'ultime vague de « prolétarisation ». Le conflit s'avive et les rencontres parodient le style dénouement de western — Rolin ne s'y présente qu'accompagné. Il l'emporte. Amère victoire, et dérisoire aussi.

Après, c'est le trou. Une vie déchirée, délabrée. Tant de précision savante aujourd'hui dépourvue d'objet, tant de technique accumulée, de maîtrise, rigoureusement inutiles... « Antoine » n'existe plus, et Olivier n'a rien à faire, ne sait rien faire sur la planète où il débarque, hagard. Il boit beaucoup, est souvent ivre, essaie d'amuser les gens au bistrot, se donne le rôle du pitre entre sarcasme et dégoût, adolescent hors d'âge.

Il évite les autres, écarte comme un faux, une mauvaise copie, les rencontres qui évoquent le passé immédiat. Il paraît que Tony Lévy a recommandé Christian Riss auprès du directeur de sa boîte à bac. Il paraît que Jacques Theureau, muni cette fois du sésame de Centrale, est retourné chez Renault, a été intégré au département d'engineering, puis viré lorsque les responsables de l'encadrement ont découvert, ahuris, que cet expert de haut niveau semait, dix mois auparavant, la pagaille parmi les OS — l'indésirable a l'intention de partir aux Etats-Unis et de se spécialiser dans l'ergonomie. Il paraît enfin que Jean Schiavo, rentré de Lorraine après une vaine guérilla contre l'empire De Wendel, s'est installé à Sisteron où il s'occupe d'aménagement du territoire.

Olivier, lui, ne sait comment s'occuper. Il est épisodiquement chauffeur-livreur, traducteur de latin ou de grec pour une fondation américaine, et généralement chômeur, dépendant d'une compagne qui s'éloigne bientôt. Son meilleur ami meurt d'une overdose d'héroïne. Le dernier copain qu'il accepte de fréquenter est un ex-camarade « cloutard » avec lequel il complotait, en mai 1968, d'arroser d'essence les convois de CRS progressant sur l'autoroute de l'Ouest.

Les retrouvailles se déroulent dans un café, place de la gare Pont-Cardinet. Rolin éclate en sanglots, répète :

— Qu'est-ce qu'on fait ? Qu'est-ce qu'on va faire ?

Ses parents, de plus en plus inquiets devant l'état d'anorexie intellectuelle dont il ne parvient pas à émerger, l'emmènent en vacances dans le Midi. Des vacances ! Il ne manquait plus que cela. Une espèce d'immobilité torpide l'ankylose. Il ne bouge plus, ne se rase plus, habité constamment par des fantasmes de suicide, effleuré par la chimère d'un banditisme intelligent.

Un jour comme les autres jours, il descend acheter *Voyage au bout de la nuit* plutôt que de se tuer. Il n'a rien lu depuis des années, sinon des tracts, des journaux partisans, des rapports.

Passé le premier chapitre, il sent qu'il ne sera jamais plus un militant.

Antoine de Gaudemar est également chômeur : l'ancien coursier de l'APL s'est éloigné de *Libération*. Maurice Clavel, avec lequel il entretient une relation quasi filiale, l'héberge à Vézelay, le console. Antoine escorte son mentor à la messe, sans adhésion, mais sensible à cette foi dépourvue de prosélytisme, de ruse manipulatrice. Et Clavel, en retour, parle au jeune homme du « côté chrétiens primitifs » des maos, décèle en Geismar « un athée ami de Dieu ». Propos sibyllins à l'oreille des intéressés, mais combien chaleureux.

Au chômage social succède le chômage politique. La chaleur, c'est ce qu'Antoine cherche et ne trouve plus après la dispersion de la GP. Paris lui semble morne, hostile. Il s'installe, avec une poignée d'ex-militants perdus, dans une maison de Villemomble, au fond de la banlieue est, la banlieue paumée, loin de Louis-le-Grand, loin d'Ulm, loin de Benny, de July et de Vernier, des autres, du passé.

Huit baraques louées en commun abritent chacune cinq ou six réfugiés. Les deux occupations essentielles y sont la musique et la défonce. L'argent de ceux qui travaillent est redistribué à tous. On survit presque en autarcie — le ravitaillement provient directement de Rungis : une 2 CV camionnette dessert l'ensemble des « familles ». Antoine touche ses allocations, ne quémande nul emploi, tient la guitare au sein de l'orchestre du lieu, vit la nuit, dort le jour. Ses compagnons ont entre dix-huit et vingt-six ans. Certains, étrangers à la GP, sont passés par *les Cahiers de Mai*, ont entretenu la contestation dans l'enseignement technique.

D'une provenance ou d'une autre, tous sont harassés. Il règne là une fraternité réelle dans l'atmosphère la plus irréelle, la plus décalée qui soit.

Antoine se remet à lire, à écrire. Emporté par les hallucinogènes — depuis l'herbe jusqu'à l'acide —, il rédige des textes où domine l'influence de la post-*beat generation*. Il se repaît de Miller, de Ginsberg, de Kerouac, du roman d'Europe de l'Est, s'immerge aussi dans Castañeda et Garcia Marquez.

Ses parents craignent qu'il ne se détruise. Lui qui a tant récité *le Bateau ivre* éprouve au contraire l'impression d'inaugurer une longue séance de carénage, de calfatage — l'unique manière de revenir à flot. Car il n'a plus rien, Gaudemar, quand s'est retirée la vague militante, pour le porter. Les « anciens », les vétérans de l'UEC, les fondateurs de la GP, les transfuges de l'ex-UJC(ml), les ancêtres de l'avant-Mai, si désinvoltes qu'ils aient été envers le milieu intellectuel et l'institution universitaire, ont conservé dans un fond de tiroir, qui le parchemin d'une maîtrise, qui l'amorce d'une licence. Mieux : ils ont conservé le squelette d'un réseau d'école, de promotion — dissidents d'Ulm, de Centrale, de HEC, il leur reste néanmoins dix numéros de téléphone qui sont autant de bureaux de placement potentiels.

Philippe Barret s'est recasé à la DATAR. Jean-Claude Milner est retourné au Savoir majuscule. Jacques-Alain Miller a trouvé abri sous l'aile de Jacques Lacan...

Les voyageurs sans bagage, comme Antoine, les lycéens vieillis qui ont précocement coupé tous les ponts avec l'univers scolaire ont pour seul horizon culturel l'animation du comité d'entreprise de leur secteur d'emploi. Ou le recyclage autodidacte. S'ils désiraient reparcourir, à vingt-trois ou vingt-quatre ans, le chemin qu'ils ont rageusement délaissé à dix-huit, les verrous administratifs joueraient aussitôt : il n'était pas prévu, après la révolution, de cours de rattrapage.

Aux yeux de Nicole Linhart, la dissolution ne modifie pas grand-chose. Quand bien même les ténors de la GP s'obstineraient à l'infini, elle laisserait son engagement militant s'écrouler en poussière. Malgré la véhémence de ses choix originels, Nicole s'évade du mouvement maoïste avec la fureur brouillonne d'un nageur au bord de l'asphyxie.

Souvent accompagnée de Marianne Merleau-Ponty, elle participe aux réunions du CERFI et y retrouve Liane Mozère. Son projet immédiat est d'animer une recherche sur la « culpabilité militante », d'engranger les témoignages à fin de publication.

Sa propre déposition est si fournie qu'un livre n'y suffirait point. Devant Liane, devant Guattari, elle dévide le fil des contentieux accumulés avec la GP et ses géniaux stratèges. La photo du « traître » Fofana, menottes aux poignets ; l'ouvrier de service détenteur exclusif de la « conscience prolétarienne », ontologiquement habilité à juger de tous et de tout ; le tabou de l'homosexualité soigneusement entretenu dans les rangs de l'organisation ; tel copain, propriétaire d'une minuscule entreprise — trois salariés —, dont la générosité financière a été constamment sollicitée et qu'on écarte soudain parce qu'il est un patron, qu'il doit « choisir son camp » ; les revendications des femmes niées, raillées...

Et puis Bruay. Et « la guillotine pour Touvier » réclamée par *la Cause du peuple* !

Nicole revoit souvent son ami Boulte, qu'elle avait empêché de mourir lors de la crise du comité Renault. Embauché comme routier international, il parcourt l'Europe, au hasard du fret ; les œuvres complètes d'Antonin Artaud ne quittent jamais la cabine du monstre où il travaille et dort.

Elle croise aussi Olivier Rolin, errant, zombie, souhaiterait l'aider, lui assurer un job, se cogne à l'épaisseur du désespoir qui l'enveloppe, craint que ce ne soit incurable. Combien sont-ils, les camarades qui se cament, qui craquent ?

Les « camarades » ? Bizarre façon de parler.

Au MLF, où elle pointe le nez, Nicole bat en retraite, horrifiée. Que subsiste-t-il de la fraîcheur initiale dont elle percevait à distance, et avec envie, les audaces ? Elle aimerait parler de la vie ordinaire, de la sexualité, du couple. Et voici qu'elle tombe sur le western ordinaire de groupes rivaux enfermés dans leurs codes respectifs, qui luttent pour le pouvoir en se rejetant mutuellement, et hypocritement, l'opprobre de le désirer. Contre ce virus-là, elle est vaccinée.

Robert va mal. Malgré les soins de Félix Guattari, l'ancien chef des prochinois, rudement secoué par les conflits qui ont déchiré la rédaction de *J'accuse,* traverse des phases d'angoisse aiguës et répétées. Après un séjour à La Borde, les vacances dans les Cévennes l'ont un peu détendu (il s'est amusé à concevoir une bande dessinée où le plus petit des frères Dalton était remplacé par Benny Lévy). Il était prêt à quitter la GP sans attendre qu'elle se dissolve.

Mais tout se dissout à la fois. La GP, et le couple Linhart. Nicole, en trois mois, défait l'architecture d'une décennie — ou plutôt découvre, dans la souffrance et l'incertitude, à quel point les soubassements de son existence glissaient, s'enfonçaient, basculaient.

Elle veut respirer sans rendre compte à quiconque des bouffées d'air qu'elle s'octroie.

Elle veut s'amuser, voyager avec l'homme — un patron, un vrai, et riche — qu'elle vient de rencontrer.

Elle veut prolonger ses études de pharmacie par une spécialisation dans la recherche médicale.

Elle veut le droit de vouloir. Enfin.

Il lui semble raisonnable d'entamer une psychanalyse.

Vite, un psy! Roland Castro se sent devenir fou, idéologiquement clochard, bouffé par la défonce, flottant de communauté en communauté, entre Arcueil et Saint-Maur. De VLR il ne retient plus que les relents aigres, les nœuds d'amertume. Cette nuit, à Toulouse, où il avait pris de l'acide avec Richard Deshayes et deux copains, « pour savoir la vérité ». Elle était sortie du trou, la « vérité », elle n'était pas appétissante : c'est toi qui m'as expédié au front, répétait Deshayes. Roland conserve le souvenir aigu, obsessionnel, du procès instruit par ses interlocuteurs où Richard figurait l'ange blessé, et lui, tout émule du 22-Mars qu'il s'affichât, un chef quelconque, c'est-à-dire pervers et dangereux.

Cela remonte, à chaque heure des journées creuses, lorsque les boulots alimentaires pour une agence de banlieue — l'ex-perturbateur des Beaux-Arts se rappelle qu'il est architecte — ne lui rincent pas suffisamment la cervelle. Il avait rêvé de produire une avant-garde qui n'en fût pas une. Et il a reproduit la hiérarchie de toujours.

Le travail vient, petit à petit. Une commande, une autre. Roland s'y raccroche, se fiche pas mal d'être payé comme nègre, de trouver d'autres signatures au bas de ses projets. Il n'ouvre plus un journal, gratte. La drogue fait le reste.

Et quand les brumes s'évaporent, les sédiments sont intacts, inébranlablement superposés, accusateurs.

Castro aimerait partager avec quelqu'un les vertiges coupables qui l'étreignent. Tiennot Grumbach, l'autre pilier de VLR ? Difficile. Il s'est réinventé une fonction, Tiennot. Son intention était d'achever des études de droit privé et d'enseigner les relations du travail. Passant par la fac, il est tombé sur l'avis d'échéance des épreuves d'aptitude à la profession d'avocat. Le délai n'était pas forclos. Hasard, intuition, il a immédiatement décidé de se présenter. Maintenant, il est inscrit au barreau de Versailles et souhaite abandonner le pénal pour sa passion profonde, le droit du travail.

Tiennot ne touchera jamais à l'acide et ne reniera jamais le militantisme. Roland reste seul. Vite, un psy !

De la cavalcade des réminiscences, un nom jaillit : Pierre Kahn. Il surgit de loin, celui-là, de fort loin : 1963-1965, l'époque « italienne » où les étudiants communistes défiaient Roland Leroy. Les animateurs de la fronde s'appelaient Kahn, Sénik, Forner. Castro, lors des congrès fleuves, mêlait ses éructations au ressac des contestataires naïfs.

Roland a entendu dire qu'après maints démêlés qui l'ont écarté de l'Education nationale, Kahn a bifurqué vers la psychanalyse, s'est lié à l'Ecole freudienne de Paris et y a revécu, d'une certaine manière, les tours, détours, embrouilles et affrontements qu'il avait connus lorsqu'il figurait parmi les dirigeants de l'UEC. Une ultime incompatibilité d'analyse, et d'humeur, avec Jacques-Alain Miller l'a conduit à s'éloigner du groupe, à exercer en solo.

Castro déboule chez lui en catastrophe, plaide l'urgence. Pierre bouscule ses rendez-vous, mais lui explique qu'une relation thérapeutique, entre eux, serait malaisée, sinon impossible. Ils se sont trop côtoyés, trop de fils les relient, et ils possèdent même l'image du corps de l'autre — ne fréquentaient-ils pas ensemble, jadis, le même sauna ?

— Mais je souffre, objecte le visiteur. Je divague. Je ne sais plus qui je suis !

Kahn, lui aussi, est lesté d'un pesant bagage. S'il s'est plié au rite du divan les années passées, ce n'est pas seulement parce que son actuelle profession requérait un parcours initiatique. La quête de l'identité, il sait ce dont il s'agit, pour s'être beaucoup aventuré, flanqué d'André Sénik, dans les chemins de traverse. Tandis que Roland fondait VLR et s'efforçait d'inventer une version festive de la révolution, les très sages et « responsables » ex-protagonistes de l'UEC « italienne » jetaient leur gourme au bord de la trentaine, s'abandonnaient à l'impression de découvrir la vie — tard, irrémédiablement tard, mais avec une rage d'autant plus revancharde, un retour furieux d'adolescence manquée.

Profs (de philo, l'un et l'autre), ils ont fraternellement offert un tuteur aux variétés vénéneuses de contestataires en herbe. Jusqu'à ce que l'institution les convoque devant ce conseil de discipline qu'ils approuvaient leurs élèves de braver : Sénik, jugé irrécupérable sur une estrade, a été orienté *manu militari* vers l'enseignement par correspondance.

Leur vie privée a suivi un cours analogue. Hasch, acide... La jouissance mère et fille de la transgression.

A Castro quelque peu éberlué — il avait gardé l'image d'un garçon appliqué, respectueux des règles fût-ce dans la critique, bref, d'un loyal producteur de laborieux rapports en trois parties —, Pierre conte sa dérive. Elle recèle un ample lot de cocasseries, d'imprévus fantasques, d'incertitudes pâteuses. Et de tragédie.

Alain Forner, l'ancien porte-parole des « Italiens » face à l'état-major du Parti, Alain Forner s'est récemment suicidé. Tels ses copains Kahn et Sénik, il avait refusé, après Mai 68, de rentrer dans le rang, de se plier à l'ordre rétabli — de vivre une seconde fois le morne arasement dont ils avaient été acteurs, témoins et victimes, naguère, au sein du PC. Dédaignant le poste d'assistant que lui avait attribué l'université de Jussieu, Forner s'est enfui en Amérique latine avec sa femme et sa petite fille. L'administration, machinale, continuait de lui verser son traitement — il s'est presque battu pour qu'enfin les liens institutionnels soient rompus. Et, à son retour d'outre-Atlantique, il a parachevé le voyage en rompant les liens intimes, familiaux. Il répétait qu'il voulait vivre violemment et mourir à trente-cinq ans. Kahn, fort de sa propre expérience, lui a suggéré d'essayer une analyse. Forner a répliqué que ce serait plier le genou.

Au bout du compte, il s'est tué.

Philippe Robrieux, le pionnier, l'« ancêtre » des mal pensants de l'UEC, a rédigé une notice nécrologique publiée par *Unir*, revue de communistes dissidents. Il y incriminait, pour « expliquer » le geste de Forner, la bourgeoisie, le stalinisme et les aléas de la camaraderie. André Sénik, sitôt lu l'article, a expédié à son auteur une feuille de papier hygiénique dûment maculée, avec ce laconique commentaire : « Philippe, le jour où je mourrai, ne prononce aucun discours... »

Pierre Kahn livre tout cela, en vrac, à son compagnon retrouvé. Il lui conseille de persévérer, mais avec un autre analyste.

Castro, dont c'est volontiers la pente instinctive, décide alors de voir grand. Jacques Lacan, déclaré *persona non grata* rue d'Ulm, a transféré son séminaire dans une salle de l'hôpital Sainte-Anne. Roland forcera la porte s'il le faut. Il se présente, est admis, découvre le maître en pleine causerie sur l'amour. Le voilà séduit, conquis, assidu, qui regarde défiler le siècle sous une lumière insoupçonnée. Il se procure le numéro personnel de Lacan, lance un SOS et perçoit en retour :

— Venez immédiatement !

La première séance est ponctuée de citations grecques et latines. Au sortir de l'entretien, l'analyste avertit :

— On n'y arrivera pas d'un seul coup.

1986. Roland Castro, architecte :

— Cela a duré sept ans. Vers la fin, je le rencontrais de trois à cinq fois par semaine. Sa réflexion sur l'institution me permettait de comprendre ce qui m'était arrivé. Lors des séminaires, j'avais l'impression qu'il s'adressait à moi. Un jour, il m'a téléphoné : « Tu es pacifié, je ne te parle plus... »

« Et si nos mouvements n'étaient que la mise en commun et la rationalisation de nos névroses ? » Cette fois encore, Nadja Ringart est aux prises avec *la* « mauvaise pensée », la question née de son tréfonds rebelle, assez inavouable, et qu'elle devine, pourtant, lestée d'une bonne dose de pertinence. Mue par sa boulimie d'événements, sa manie collectionneuse, elle s'est, « comme les autres », présentée à Sainte-Anne — « Tu ne peux pas rater ça ! », lui a dit Roland —, afin d'entendre la leçon du Maître. Elle entend, et se demande pourquoi, en pareille occasion, il lui est impossible de réagir « comme les autres ».

Ce n'est pas le génie de Lacan qu'elle met en doute, ni la brillance de son message — elle n'est pas assez immodeste pour emballer ainsi, d'une pièce, tant de savoir subtil. Non, c'est le spectacle qui lui donne envie de fuir. Ces disciples énamourés, blottis autour de l'estrade, l'œil inquiet prévenant toute défaillance du magnétophone, prosternés, dévots, gavés de soumission liturgique. Des fans, ironise Nadja, orphelins de chapelle, avides d'assimiler un code de substitution. Ils se ruinent en séances, guettent, dans la salle, leur analyste, angoissés quand ils l'aperçoivent, angoissés quand ils ne l'aperçoivent pas. Et, parmi eux, Roland, escorté d'un détachement fourni d'anciens de VLR...

Nadja ne remettra point les pieds au séminaire. Par révolte brute, par hantise de reparcourir l'abominable et consolant chemin de croix sectaire. Plus jamais Lénine. Plus jamais la guide bien-aimée. Et Lacan, jamais !

Elle n'accepte pas le rituel. Mais elle accepte l'interrogation dont elle observe, de cervelle en cervelle, la progression contagieuse. Elle l'accueille, telle une étape nécessaire.

« Et si nos mouvements n'étaient que la mise en commun et la rationalisation de nos névroses ? »

Nadja l'insoumise devance ses ex-camarades d'une ample longueur. Depuis une année, elle se confesse régulièrement sur le divan d'une analyste — lacanienne, par surcroît. A ceux qui s'en étonnaient, traquant les symptômes d'une dépression soudaine, elle a fourni un elliptique exposé des motifs :

— Je suis contre le mariage. Mais si je me mettais à rêver de robe blanche, de fleurs d'oranger et de prince charmant, j'aimerais savoir pourquoi.

En réalité, sa démarche vise — notamment — à combattre les séquelles de la rupture-exclusion qui l'a éloignée du groupe matriciel, Psych-et-po. Perdre d'un coup VLR et nombre d'amies, perdre deux « familles », c'était lourd. D'autant que la guide bien-aimée la désignait à la vindicte générale en un jargon efficace et mystérieux. Nadja, coupable d'accointances externes, coupable de « sororité » déviante, refusait, selon le procureur, de laisser jouer la « dynamique des contradictions », ou de mesurer combien ces contradictions avaient revêtu un « caractère antagonique ». Elle pactisait avec l'ennemi, autrement dit les « féministes révolutionnaires », sous l'emprise d'une sentimentalité incongrue, et plus encore sous l'effet de pulsions obscures : le refus d'éradiquer la « part de masculinité » qui œuvrait en elle.

Selon le discours de la guide bien-aimée, il semblait que

l'inconscient tirât à droite, dans le sens de la faute, de l'écart, de l'alignement sur la culture de l'oppresseur. Nadja a donc décidé de risquer l'inventaire. Et ce que déclenche — ou trahit — l'expérience s'avère fort peu réductible aux concepts qui lui étaient opposés.

Est-ce l'effet de la psychanalyse ? Ou l'acte est-il fruit du temps ? L'année 1973 touche à son terme, et Nadja ne reconnaît guère le paysage environnant. L'homogénéité partisane devient denrée rare — sauf à verser complètement dans l'ornière des coteries. Ou bien les militants essaiment vers des « fronts » larges, flous (la dénonciation de Pinochet est le plus grand commun dénominateur des soixante-huitards sans bannière), ou bien ils se replient sur eux-mêmes, forment la tortue, se claquemurent à l'intérieur d'une orthodoxie. Il faut qu'une porte idéologique soit ouverte ou fermée.

Ainsi en va-t-il du MLF. Tandis que Psych-et-po, délaissant l'aspiration unitaire des origines, investit dans la création de sa propre maison d'édition, dite « Des femmes », l'argent de l'héritière liée au groupe, les « féministes révolutionnaires » enchaînent les meetings tous terrains : après la « Foire des femmes » qui fut un succès à la veille de l'été, une « Nuit des femmes » attire la foule, fin octobre, au palais de Chaillot.

Mais l'événement de la saison est la sortie, le 15 novembre, du film *Histoires d'A* où est présenté en temps réel un avortement pratiqué selon la méthode Karman. Sur l'affiche, une phrase de Reich — « On ne mendie pas un juste droit, on se bat pour lui » — avoue la connotation revendicatrice de l'entreprise. Le gouvernement Messmer, d'ailleurs, ne s'y trompe nullement : Maurice Druon, ministre des Affaires culturelles, interdit sa diffusion. Lors de la première projection publique, la copie est saisie. Ensuite, c'est semi-clandestinement, et sous l'égide du MLAC, que sont diffusées, entre deux visites des gendarmes, les images délictueuses.

Contre Druon (qui accusait au printemps les théâtreux de « tendre la sébile » d'une main et de lancer le cocktail Molotov de l'autre), les enfants de Mai sont unanimes.

Pour préparer la révolution, en revanche, les troupes maigrissent, s'éparpillent. Dès qu'on s'enfonce plus avant, dès qu'on s'évade des causes « évidentes », mille clivages apparaissent qui n'ont jamais figuré au catalogue. Le Groupe du jeudi, rassemblement informel qu'animent Nadja et son amie Françoise Picq, frôle l'implosion lors de la guerre du Kippour. Problème inédit, innommé dans les rangs d'extrême gauche : qu'est-ce qu'être juif ? Nadja, déconcertée, médite sur la différence, se demande un instant s'il n'est pas plus déterminant d'être juive que d'être femme, conclut provisoirement que son extraction juive est une initiation à la différence...

Tout bouge, tout ondoie.

Il en est même qui prétendent révolutionner la militance, remplacer par « faire » le sempiternel *Que faire ?* L'équipe du CERFI — dont Nadja suit la réflexion *via* Liane Mozère — consacre un numéro de sa revue, *Recherches,* aux maoïstes austères, distributeurs de blâmes, et autres semeurs de mauvaise conscience, volontiers intransigeants lorsque la morale révolutionnaire est convoquée, mais parfaitement hostiles à l'innovation, sinon réactionnaires, dans leur pratique professionnelle, familiale, sexuelle.

Les compagnons de Félix Guattari ne se contentent pas de vulgariser les pages iconoclastes où ce dernier a célébré, avec Gilles Deleuze, la « production désirante ». Cohérents, ils passent à l'acte. Le CERFI développe son « bureau d'études », offre ses services aux villes nouvelles, conçoit un programme de télévision scolaire en langues indigènes à l'usage des jeunes Ivoiriens, investit les réseaux de la formation permanente, recycle quelques vendeurs de la FNAC...

Cris d'orfraie chez les cathares. Quel est donc cet absurde mélange de réformisme, de compromission, et de vénalité ?

Sociologue — elle a déposé un projet de thèse, avec Françoise, sur le mouvement des femmes —, Nadja reste attentive à ces glissements. Les uns supplient Lacan de changer leur vie. Les autres (éventuellement les mêmes) songent à changer la vie sans attendre de conquérir le pouvoir politique, le pouvoir d'Etat.

La subversion n'est plus ce qu'elle était. Les gauchistes quittent la une des journaux. C'est dans les bureaux neufs du *Canard enchaîné* que Raymond Marcellin tente, en décembre, d'installer ses micros espions.

16

Verdict

Entre 1905 et 1917, Anatole Illitch Fastenko avait personnellement côtoyé Lénine et Lounatcharski, séjourné dans la prison centrale de Sébastopol, travaillé comme ouvrier au Canada. Il avait soixante-trois ans lorsque le hasard pénitentiaire voulut qu'il partageât, derrière les murs de la Loubianka, la même cellule qu'Alexandre Soljénitsyne. Prenant ce dernier par les épaules, il lui disait, jouant sur les mots, parodiant le refrain des chansons simples :

> C'est une chose que de *tenir* pour la vérité !
> Toi, pour elle, tu te fais *détenir* !

Anatole Illitch devinait qu'il ne lirait jamais plus un livre de son choix, ni ne retrouverait l'univers civil. « On n'habitue pas un vieux chien à la chaîne », répétait, afin d'expliquer sinon de justifier sa vie, l'ex-révolutionnaire.

Depuis le 20 décembre 1973, l'édition russe de *l'Archipel du Goulag* (tome I) est disponible à Paris. *L'Express* en a reproduit des passages dans son numéro du 7 janvier suivant. La traduction complète sera bientôt en librairie. Sans attendre la sortie officielle, André Glucksmann prend, par extraits, connaissance de l'ouvrage. Une « vieille connaissance ». Nulle « révélation », à proprement parler. Rien que l'honnête homme, l'honnête familier de Souvarine, l'honnête abonné de *Socialisme ou Barbarie,* ou même l'honnête glossateur du *Rapport* (« attribué au camarade ») *Khrouchtchev* n'eût flairé, soupçonné, découvert.

Rien d'autre que l'épouvantable évidence, la chair qui se remet à protester autour d'un squelette dissous.

Il SAVAIT tout cela, Glucksmann. Il savait les passagers clandestins de la Kolyma, l'imbécillité terrifiante des arrestations-surprises. Il savait ce qu'induisait le mot de Porphyre Petrovitch lancé à Raskolnikov dans *Crime et Châtiment* : « Avec vous, les intellectuels, je n'ai pas besoin d'échafauder ma propre version, vous allez la bâtir vous-mêmes et me l'apporter toute prête. » Il savait, donc il se jugeait en droit de tourner la page.

Les pages d'Alexandre Soljénitsyne le lui retirent, ce droit prétendu. Il faut bien, ici, ravaler la tentation du biais, subir l'écorchure des détails, livrer les barrages bétonnés au torrent de la narration. « Dans une maison que je connais, où vivent d'anciens *z/k,* on observe le rite suivant : le 5 mars, jour de la mort de l'Assassin en chef, on dispose sur les tables les photos des victimes, fusillées ou mortes dans les camps, quelques dizaines, celles qu'on a réussi à rassembler. Durant toute la journée, dans la maison règne une atmosphère solennelle, comme dans une église ou dans un musée. Au son d'une musique funèbre, les amis viennent regarder les photos en silence ; ils écoutent, ils se parlent à voix basse puis s'en vont sans formalités... »

A la page 317 de *l'Archipel du Goulag* sont reproduits les portraits d'Elisabeth Ievguenievna Anitchkova, fusillée dans un camp sur l'Ienisseï en 1942 (l'objectif l'a saisie de trois quarts, elle sourit) ; Vassili Ivanovitch Anitchkov, fusillé à la Loubianka en 1927 ; Victor Petrovitch Pokrovski, fusillé à Moscou en 1918 ; Michel Alexandrovitch Reformatski, agronome, fusillé en 1938, à Orel ; Alexandre Strohbinder, étudiant, fusillé à Petrograd en 1918 ; Alexandre Andreïevitch Svetchine, professeur à l'école d'état-major, fusillé en 1935.

Ceux-là ne seront pas englobés, noyés, niés dans les parcelles d'un nombre, travestis en épines d'un concept. L'homme qui restitue ces traces n'est plus le frondeur protégé de M. K. (lequel autorisa la publication d'*Une journée d'Ivan Denissovitch*) ni le proscrit de l'Union des écrivains soviétiques (après *le Pavillon des cancéreux*). Il n'est même plus le lauréat du prix Nobel qui ne put se rendre à Stockholm, en 1970, par crainte que la frontière ne se refermât sur lui. Collectionnant, à partir de 1963, les grains de sable, les fossiles de l'Archipel, il s'est fait passeur d'ombres, il a convoqué l'immensurable dans la précision des bribes, le survivant dans l'inventaire des disparus.

Glucksmann lit, se cogne à la toute-puissance du témoin nu. Ce qu'il lit, c'est l'anti-GP, l'anti-*Cause du peuple,* l'anti-Révolution culturelle, l'antidote. Non que le maoïsme, dont il sort, fût en principe marqué à ce coin-là. En principe, justement, la « question de Staline » avait été réglée par les masses chinoises, par les gardes rouges, par le Grand Timonier. Il n'empêche. Ce qui est effrayant, à l'approche de Soljénitsyne, songe l'ancien élève de Raymond Aron, c'est que le retournement du marxisme contre le peuple n'est pas une « aventure de la dialectique », un « crime de Staline », une déviance de l'Etat post-tsariste, un « destin spécifiquement russe ».

L'Archipel du Goulag est inquiétant parce qu'il pose aux rescapés du gauchisme une multitude d'interrogations terribles et urgentes.

N'y a-t-il pas de l'URSS en nous ?

N'y a-t-il pas un Comité central qui fonctionne dans nos têtes ?

Avec la même fureur qu'il déploya naguère pour verrouiller ses certitudes, André Glucksmann soumet sa foi — déjà fort entamée — à la question.

Le 12 février 1974, Alexandre Soljénitsyne est arrêté. Les autorités de Moscou révèlent que, par décret spécial du Soviet suprême, il sera ultérieurement « autorisé » à quitter le territoire national. Pareille procédure n'a servi qu'une fois dans l'histoire de l'URSS : c'est ainsi que fut proscrit Lev Davidovitch Bronstein, dit Trotski, en 1929.

Il tombe mal, le messager du Goulag. Son livre s'annonçait encombrant. Sa personne est officieusement importune. Silence dans les allées de l'Elysée : Andrei Gromyko, le ministre soviétique des Affaires étrangères, est attendu à Paris. Commentaires amortis chez les signataires du Programme commun : la « dynamique unitaire » vaut bien quelques litotes. D'autant que Soljénitsyne prend grand soin, comme à plaisir, de déconcerter la gauche humaniste occidentale, de la déclarer niaise, tiède, compromise, nourrie d'illusions dangereuses et d'accommodements lâches — molle enfin. C'est un hôte difficile, voire irrécupérable, que ce prophète réactionnaire...

Rue d'Aboukir, au siège du *Nouvel Observateur,* Jean Daniel arpente son bureau, sous l'emprise des tourments solitaires qu'il redoute et cultive à l'heure de monter en chaire. Voilà un mois que son journal, passablement isolé, subit le feu roulant des éditorialistes de *l'Humanité.* Roland Leroy, entre autres, l'a aimablement situé « à la pointe de l'entreprise antisoviétique et anticommuniste ». Mieux, un communiqué du bureau politique, réitérant la formule, a dépeint l'hebdomadaire, coupable de « diviser la gauche », comme le quartier général d'une « campagne acharnée [qui] porte atteinte à la dignité de la France ».

Pourquoi ce flot d'injures, ce tir à bout touchant ? Pourquoi la jubilation de la droite, l'embarras réprobateur des ailes « amies » du PS, et la relative prudence des organes « voisins » — notamment *le Monde* ? Parce que *l'Obs* et son réseau clament que *l'Archipel du Goulag* est plus que la reviviscence d'histoires anciennes communément assimilées. Parce que Gilles Martinet, interrogé devant les caméras de la télévision, a estimé « insuffisante » une déclaration de Georges Marchais où le secrétaire général du PC, bon prince, et débonnaire, concédait que, dans la France socialiste future, un Soljénitsyne serait éventuellement publié « ... s'il trouve un éditeur ». Parce que François Mitterrand, moins prudent que nombre de ses féaux, a accordé au *Nouvel Observateur* une interview et un hommage appuyé, et critiqué le « ton comminatoire » adopté par ses partenaires du PC pour fustiger le légitime « franc-parler » d'une feuille indépendante.

Quelques-uns, heureusement non des moindres, résistent à l'intimidation.

Mais beaucoup, à gauche, et pas seulement place du Colonel-Fabien, considèrent que la promotion de *l'Archipel* ne mérite point qu'on y risque l'acquis d'un fragile et tactique accord électoral, et s'effraient de la menace explicite que brandissent sur commande les compagnons de route, tel Max-Pol Fouchet dans *France nouvelle* : « [...] Ainsi se découvre la vérité sur l'affaire Soljénitsyne. Elle sert de machine de guerre contre l'URSS d'abord, contre le socialisme ensuite, et enfin contre l'union de la gauche. »

La direction du parti communiste qualifie d'anticommuniste le témoignage des *z/k* refoulés. L'aveu est énorme, à proportion du drame.

Jean Daniel s'est trop avancé. Il ne lui suffit pas d'avoir arraché à K.S. Karol — dont le Goulag a jalonné l'itinéraire — un fragment d'autobiographie en tous points convergent avec le récit de l'indésirable. Il va jusqu'au bout. Il écrit :

> Chacun se sent obligé de se justifier, de recourir à des cautions, de rappeler son passé. Avant de saluer Soljénitsyne, il faut, si l'on ose dire, montrer patte rouge, parce que l'important, n'est-ce pas, c'est

de ne pas être traité d'antisoviétique, d'anticommuniste et de diviseur de l'union de la gauche...

Comme si sur un fait à ce point évident, épais, contraignant, il y avait lieu de s'interroger, de balancer, d'hésiter, de faire de belles phrases. Mais non, il faut le dire avec simplicité et avec foi : ceux qui approuvent la mesure dont Soljénitsyne a été victime, ceux qui s'y résignent, ceux qui trouvent réconfortant qu'on en arrive à ne plus publier les opposants, ceux qui estiment que le salut des opprimés et des exploités passe par la réalisation d'une société où l'on peut bannir un Soljénitsyne, tous ces hommes, décidément, ne sont pas des nôtres. Ils n'ont aucune qualité pour incarner les aspirations populaires, ils ne veulent pas ce que nous voulons et, finalement, s'ils nous traitent en ennemis, ils ont raison.

Gros succès de presse et médiocre audience institutionnelle. Quelques jours plus tard, constatant avec allégresse que l'émotion d'un éditorialiste ne suffit guère à bouleverser la classe politique, *l'Humanité* ricane, et brocarde « La tristesse de Jean Daniel » : « *Le Nouvel Observateur* n'a pas été suivi. Il croyait montrer la route, réunir autour de lui une partie de la gauche... Rien de tout cela ne s'est produit. Chacun à gauche a vu en Soljénitsyne non seulement l'écrivain, mais encore le pamphlétaire, l'adversaire du socialisme... »

On s'attristerait à moins.

Depuis Besançon, André Glucksmann suit chaque péripétie de la joute. C'est à Palente, au milieu des Lip, qu'il a appris la mesure frappant le prix Nobel déchu.

— Ils ont arrêté Soljénitsyne. S'il était en France, la CGT serait là pour le défendre ! a ironisé Marcel, un cédétiste adepte de l'humour noir.

L'ambiance, dans l'usine, était pourtant à l'optimisme. Par l'entremise de Michel Rocard, et grâce aux bons offices de Jacques Chérèque, un plan de relance s'est dessiné qui a reçu, fin janvier, l'aval de l'assemblée générale et entraîné la restitution du « trésor de guerre », du stock de montres illégalement détourné. José Bidegain, l'enfant terrible du CNPF, lié à Rocard de très longue date (sa femme fut une dirigeante de la MNEF, et lui-même, l'un des piliers du Club Jean-Moulin), a convaincu Claude Neuschwander (naguère vice-président de l'UNEF et présentement numéro deux de Publicis) d'obtenir le renfort d'Antoine Riboud (P-DG de BSN), lequel s'en est allé chercher Renaud Gillet, son homologue chez Rhône-Poulenc. Rocard, sitôt le montage financier amorcé, s'est opportunément souvenu que Jean-René Bernard, au cabinet de Georges Pompidou, fut son camarade de promotion à l'ENA et lui a demandé un tacite feu orange gouvernemental. Chérèque, parallèlement, a arrondi les angles syndicaux : l'opération la plus délicate, sans aucun doute.

Et les efforts conjugués des « technocrates » modernistes — considérés avec une suspicion déclarée et un soulagement réel —, du PSU et des métallos de la CFDT ont ouvert la perspective d'un redémarrage sans démantèlement ni « charrette », prévu courant mars. Les délégués ont abandonné sur le tapis vert l'échelle mobile des salaires. L'art du moindre mal...

Un coup de pouce « patronal » a sorti de l'ornière la plus inventive des aventures « prolétariennes ». Mais nul ne l'avoue aussi crûment.

C'est donc dans ce climat mi-frustré, mi-détendu que Glucksmann reçoit en pleine tête le choc de l'affaire Soljénitsyne. Il apprécie le ton, le langage du *Nouvel Observateur,* cherche autour de lui des approbations vigoureuses, et ne rencontre qu'ironie légèrement condescendante et propos retenus. Certes, les militants du PSU ou les émules de Krivine sont d'accord pour dénoncer la répression au-delà du rideau de fer (ajoutant qu'un tel souci n'est pas chez eux une nouveauté) ; d'accord, également, pour commémorer noir sur blanc le martyre des déportés. Reste qu'ils n'entendent guère, du même élan, balancer *le Capital* aux orties. Le retournement soudain du camarade Glucksmann, hier fort péremptoire dans les colonnes de *J'accuse,* éveille ici et là quelques sourires avertis.

Les procureurs éloquents dissimulent-ils un avocat qui sommeille ?

Tant pis. Glucksmann accepte le rôle ingrat du repenti farouche, du défroqué sentencieux. On lui reprochera probablement l'effet de symétrie entre la voie extrême qu'il a récemment abandonnée et celle qu'il épouse désormais. On lui reprochera de jeter l'enfant avec l'eau du bain. Tant pis. Il faut qu'il parle.

Du moins n'est-il pas complètement seul à raisonner ainsi, dans la diaspora de l'ex-GP. Le bruit a couru que Christian Jambet, le premier, a publiquement déclaré : « Je ne suis plus marxiste. » Et qu'il ajoute, en privé, au fil de lettres désespérées :

« Je ne crois pas que je pourrai un jour me définir comme démocrate. »

Maurice Clavel, Michel Bosquet, tous deux figures majeures du *Nouvel Obs,* reçoivent les confidences d'André Glucksmann, et sa colère en quête de truchement. Pourquoi, suggèrent-ils à Jean Daniel, ne point accueillir ce jeune philosophe maoïste qui revient de loin, mais à marches forcées, et tient un discours proche du vôtre ? Pourquoi pas, en effet, admet l'interpellé, surmontant la méfiance que lui inspire l'assez bizarre mélange de la brillance universitaire et de l'ouvriérisme passionnel.

Ses préventions tombent quand lui parvient la copie réclamée — qui est publiée le 4 mars 1974. Ce n'est pas une tribune, c'est un manifeste, un tournant, un coup de hache subtil et brutal, un acte de contrition crié, une supplique violente. Le titre agresse, vise droit : « Le marxisme rend sourd. » Il ne s'agit nullement d'une interrogation, mais d'une affirmation, et l'auteur certifie posséder ce dont il traite.

A chaque question du tribunal, il répond coupable. Oui, il y a de l'URSS en nous. Oui, un Comité central fonctionne dans nos têtes. Oui, les précautions dont s'entoure la « gauche démocratique » concernant le dérangeant rescapé de la Kolyma trahissent une peur argumentée de regarder les choses en face. Propos qui ne désigne pas seulement les ripostes « sinistres » de *l'Humanité,* mais les réserves socialistes (« Quelque jugement que l'on puisse porter sur son œuvre... », hésite le PS).

« En France, tranche Glucksmann, on en est encore à éplucher le marxisme pour trouver l'erreur, la virgule de travers chez Marx, Engels, Lénine ou Staline, qui expliquerait la catastrophe soviétique. Ce réconfort, l'erreur théorique dont il suffit de purger la doctrine pour repartir comme en 14, Soljénitsyne nous le refuse. »

Le système qui prévaut à l'Est est parfait dans la mesure où « le bourreau et la victime, l'occupant et l'occupé, le tortionnaire et le torturé parlent au départ la même langue marxiste ». Il n'est que Mao Tsé-toung pour avoir énoncé, fût-ce vainement ou cyniquement, le problème de l'inversion du marxisme transmué en arme contre le peuple ; mais la pensée du Grand Timonier ou les cendres de Lin Piao ne remettront pas le mécanisme à l'endroit, pas avant dix mille ans.

« Soljénitsyne, constate Glucksmann, écrit pour ces dix mille ans-là. »

Et il avoue, il revendique sa « conversion » : « Où le marxisme perfectionne l'appareil d'oppression, ça résiste. Ce qui résiste, ce refoulé du marxisme officiel, le chrétien Soljénitsyne le nomme quelquefois " une petite flamme ". Le marxisme a beaucoup emprunté au christianisme, ou, plus exactement, à l'Eglise : le dogme, l'infaillibilité pontificale, l'Inquisition... L'Eglise a interposé entre l'homme et la femme un prêtre, produisant son diabolique : le serpent, la fornication. Entre le peuple et le peuple, le marxisme a établi son quadrillage de permanents, produisant ce retour du refoulé qu'ils dénoncent comme " spontanéisme ", " idéalisme ", " démagogie ". Il est temps d'apprendre auprès de l'autre christianisme, celui qui a creusé ses galeries sous l'Empire romain, précipitant l'effondrement des premiers Césars. »

La paysanne Matriona maintenait secrètement sa révolte intacte. Devant elle, « l'Etat le plus autoritaire trouve sa limite ». « Aujourd'hui, conclut Glucksmann, si ton cœur échappe à l'Etat, tu comprendras Soljénitsyne. »

Henri Weber, *l'Obs* sous les yeux, plaisante avec Daniel Bensaïd :

— Camarade, toi qui es à la tête du Comité central, es-tu certain de ne pas avoir un Comité central dans la tête ?

Henri, né au goulag de parents juifs polonais, est évidemment affecté par l'évocation des millions de déportés qui s'en allèrent peupler les îles tues et muettes de l'Archipel. Mais, précisément, comme rejeton de cette histoire familiale et comme descendant des trotskistes martyrisés, il s'estime fondé à railler l'imprécation solennelle d'un gépiste tardivement vacciné.

D'autant que Glucksmann signe et persiste. Sur une page entière de *Libération,* le voici qui épingle Michel Tatu, du *Monde,* pour avoir épicé d'une pointe d'ironie le commentaire de la lettre-testament adressée par Soljénitsyne, six mois avant son arrestation, aux chefs du Kremlin. « L'écrivain appelle les dirigeants soviétiques à renoncer au marxisme », titrait, non sans scepticisme il est vrai, le quotidien du soir.

Ces maos se voulaient l'avant-garde des adorateurs du *Petit Livre rouge.* Ils se veulent maintenant l'avant-garde des exorcistes anti-Lénine. Sempiternels mouvements des pendules oscillants !

Le combat continue, Mai 68 fut une répétition générale, les larges masses se soulèveront et se fédéreront en conseils, l'URSS est un Etat ouvrier dégénéré...

Etc.

« Oui, Piaget ! » Dans la bousculade des candidatures et le feu des campagnes, la une de *Politique-Hebdo* revêtait une allure quelque peu exotique, agacée, discordante. L'organe œcuménique des gauches extrêmes ou différentes a vainement essayé de renverser le courant qui s'affirme — d'empêcher ou de ralentir la sénescence de l'idée révolutionnaire.

Raté ! Tandis qu'à droite, VGE — la presse adore cette manière *new look* de nommer un homme politique —, épaulé par le bouillant Chirac et quarante-trois « traîtres » au parti gaulliste, déborde Jacques Chaban-Delmas, à gauche, François Mitterrand gagne de la hauteur, néglige tranquillement la lettre du contrat signé avec ses partenaires, et s'amuse de voir le PC, qui aboyait rageusement trois semaines plus tôt, docilement couché à ses pieds.

Même si les rumeurs parisiennes et des bouffissures de plus en plus indéniables annonçaient l'événement, la mort de Georges Pompidou, le 2 avril 1974, a surpris tout le monde. D'où l'impression d'empoignade indigne, brouillonne, sitôt l'*Ite, missa est* prononcé, derrière la grille du cimetière — Chaban bille en tête, Christian Fouchet prêt à se dévouer, Messmer hésitant, Edgar Faure ne disant pas non, Jean Royer, le maire de Tours, enfourchant Rossinante. Et Valéry Giscard d'Estaing, habile et digne, se déclarant à la France depuis Chamalières, loin de la foire.

Sur l'autre rive, les soixante-huitards ont mesuré combien deux épisodes qui n'avaient éveillé chez eux que sarcasmes — le congrès socialiste d'Epinay, la signature du Programme commun — ont complètement remodelé la vie politique française. Luxueusement installé à la tour Montparnasse, le premier secrétaire du PS a sereinement accueilli les ralliements escomptés, voire ceux qu'il n'escomptait plus.

Michel Rocard a tout tenté pour ne point avouer la contrition du fils prodigue. A maintes reprises, il a répété que le Programme commun de gouvernement est « un document très médiocre sur le plan économique », qu'il faut se montrer à la fois « plus révolutionnaire et plus conséquent ». Il a soutenu et maintient que le manifeste autogestionnaire du PSU, *Contrôler aujourd'hui pour décider demain,* recèle une autre volonté d'audace et un autre désir de rigueur. Mais les faits, la persévérance têtue des anciennes lignes de faille, se sont avérés imperméables au contournement : lors des élections législatives de 1968, le PSU attirait 870 000 voix ; cinq ans après, 480 000. Et le député des Yvelines perdait son siège.

Michel Rocard, plantant là ses amis du PSU, abandonnant l'intérim du commandement à Robert Chapuis, a filé vers le QG de la campagne du PS, là où la politique se jouait en vraie grandeur. Pierre Mauroy, homme des confluences, naguère son voisin de palier, cité Malesherbes, à l'époque des Jeunesses socialistes, lui a ouvert les bras. Et Jacques Attali, l'accès des comités d'experts.

François Mitterrand a laissé venir à Canossa cet exaspérant symbole des années d'exil.

Pour les gauchistes, organisés ou non, le repli de l'unique « professionnel » qui fût porteur de l'« esprit de Mai » a fleuré la trahison — c'est du moins ce qui s'est dit, ou écrit — mais surtout — silencieusement — a balisé la fin d'un temps, d'une métaphore : la vague enflant à nouveau, porteuse de débordements inimaginables. Rocard est devenu « sérieux ».

Le fond de l'air est rose.

Comment remonter la pente ? Comment restaurer la subversion enfuie ? Comment injecter dans la grande manœuvre des bataillons ordinaires un peu d'imprévu, un peu de revendication transversale, non cataloguée ? Un peu de parole des femmes, de Larzac occupé, de lycéens indociles, d'écologie naissante ?

La suggestion a jailli d'opposer Charles Piaget, le leader des Lip, membre du PSU, cédétiste, au secrétaire général de son propre parti. Puisque Michel Rocard retourne dans le camp des pros, suscitons la candidature d'un « amateur » qui saura dire ce que fatalement ignore Mitterrand.

Piaget, « candidat des luttes » ! Candidat des bâtisseurs d'impossible, des paysans-travailleurs, des cousettes de Cerizay, des Bretons du Joint français, des profs suspendus, des curés crossés, des journalistes virés, des soldats mécontents...

Alain Krivine s'est déclaré prêt à s'effacer si l'hypothèse était retenue par le PSU. Et l'équipe de *Politique-Hebdo*, pétitions, témoignages, éditoriaux à l'appui, a relayé l'idée. Mais la direction politique nationale du PSU a de justesse récusé l'aventure. Mais l'état-major de la CFDT s'est prononcé dans le même sens. Mais divers soixante-huitards eux-mêmes ont plaidé que, cette fois, la droite risquait la chute et qu'il convenait d'éviter le moindre geste qui fût susceptible de desservir le candidat de la gauche.

Raté ! Trop tard...

Le 25 avril, cent mille personnes acclament à Paris, lors d'un meeting monstre, François Mitterrand.

Le 5 mai, au soir du premier tour, Chaban est défait (15 % des incrits), Mitterrand domine (43 %), Giscard (33 %) a réussi sa percée dans les rangs de la droite.

Alain Krivine (0,3 %, contre 1 % en 1969) n'obtient pas le quart des voix de René Dumont. Seule, à l'extrême gauche, Arlette Laguiller, mandatée par Lutte ouvrière, crée la surprise : 600 000 électeurs (2,3 %) lui ont accordé leurs suffrages. Les politologues notent, cependant, que le phénomène est plus « populiste » que « prolétarien » — ils situent le « noyau dur » de cette mouvance atypique chez les paysannes auvergnates d'âge avancé.

Le 10 mai, au cours d'un face-à-face télévisé, VGE, sans quitter des yeux la caméra, cloue son rival sur place : « Monsieur Mitterrand, vous êtes un homme du passé ! »

Le 19 mai, il l'emporte d'un souffle.

On attendait Pinay, dont le précoce ex-ministre des Finances fut l'adepte et le filleul. On attendait le style *Jours de France* (une particule raccrochée en 1922, trois sœurs comtesses, un mariage à l'avenant : Madame est fille de la princesse Aymonde de Faucigny-Lucinge). On attendait un conservatisme de supernotable et une modernité de supertechnocrate.

On attendait que ça dure, voire que ça durcisse — à quelques pirouettes de personnel près.

Certes, Giscard, premier des ténors politiques, avait tombé la veste dans un studio de télévision — prémonition que le métier requiert des astuces inédites. Certes, il avait critiqué en 1967 l'« exercice solitaire du pouvoir » dont le Général ne voulait se départir : propos tactique, estimaient les experts, d'un postulant au même exercice.

Reste qu'on attendait de ce fils du château parvenu au palais (ainsi titre *le Monde*) un économisme étroit et une étroite perception du champ social.

Le gaullisme, du moins, tout bonapartiste qu'il fût, jouissait d'une assise vraiment populaire et s'inscrivait dans une tradition où l'antinazisme, la distance hautaine envers les Etats-Unis distinguaient quelques témoins estimables parmi le ballet des barons enrichis. VGE, au soir du 19 mai, fleure, lui, un mélange suspect de Poher franchouillard, de Lecanuet atlantiste, et de fertiles conseillers en marketing — le candidat a pris le métro, « comme tout le monde », après avoir convoqué les cameramen, s'est laissé filmer torse nu sous la douche, sortant d'un match de football dans son fief auvergnat, a poussé la chansonnette s'accompagnant à l'accordéon... De la frime, pour faire peuple !

Or, fin mai, sitôt constitué le gouvernement que dirige Jacques Chirac, Giscard étonne.

De l'esbroufe, encore, et des chichis de technocrate complexé : l'homme de cabinet, sportif et talentueux, se pique de badinages littéraires, révise le tempo de *la Marseillaise*, affiche un non-conformisme étudié.

Mais du neuf, aussi, qui relève d'un autre ordre. L'élu de la droite se lance à la conquête des abonnés du *Nouvel Observateur*, des sympathisants PSU, et même des gauchistes flottants. Il suggère qu'un « statut de l'opposition » consacre la légitimité, la nécessité de cette dernière ; certifie que le droit d'asile sera scrupuleusement respecté ; s'engage à supprimer les écoutes téléphoniques ; promet, dès la prochaine session parlementaire, d'abaisser l'âge de la majorité à dix-huit ans, de libéraliser la vente des contraceptifs — et les textes sont signés avant le 28 juin, date du départ en vacances des députés.

Mieux, ou pire. Un « secrétariat d'Etat à la Condition féminine », dont Françoise Giroud accepte la charge, est formé le 16 juillet. Encore mieux, ou encore pire : alors qu'une mutinerie, déclenchée dans la centrale de Clairvaux avant de s'étendre à divers établissements pénitentiaires, a provoqué deux morts et quinze blessés, le chef de l'Etat n'hésite pas, le 10 août, à visiter deux prisons de Lyon. Il y serre publiquement la main de plusieurs détenus.

La clientèle du *Figaro* se sent trahie, et le proclame. Quel est donc cet homme qui pratique la politique de l'adversaire ? En réalité, les plus gênés ne sont pas les protagonistes du « parti de la peur » que « la coalition socialo-communiste » a instinctivement massés derrière le tandem Giscard-Chirac. Les plus gênés, ce sont les opposants soudain pris à revers, auxquels VGE refuse le « monopole du cœur ».

C'est une victoire, pour les contestataires de l'après-Mai, que d'avoir ainsi contraint le pouvoir à « récupérer » des demandes émanant d'en face, et — partiellement — à les satisfaire, quitte à compromettre la cohésion de son électorat. Une victoire, mais qui sème le malaise. On aimerait que Giscard ne soit pas sincère, qu'il bluffe, qu'il jette de la poudre aux yeux. On aimerait que ces mois d'euphorie postélectorale ne résistent point à la tenace logique des blocs, qu'ils s'achèvent comme s'est délitée la « nouvelle société » rêvée par Jacques Chaban-Delmas.

Les militants tremblent. Si l'ennemi les trahit, la guerre est finie, ou finissante.

Le chômage, en somme.

Dans l'œil espiègle de Bernard Pivot, le signal de l'excitation jubilante est soudain allumé, aussi perceptible que le voyant rouge de la caméra 3. Il n'est guère facile d'innover à la télévision, en cette période troublée où le gouvernement prépare l'éclatement de l'ORTF — l'Office unique cédera la place à sept sociétés autonomes. Et c'est un rude pari que de rivaliser avec « Au théâtre ce soir », l'émission de Pierre Sabbagh, véritable institution, locomotive de la première chaîne.

Pivot sait pertinemment que son rendez-vous littéraire, « Ouvrez les guillemets », part perdant contre une comédie de boulevard. Il est condamné à frapper fort, à servir sur son plateau une dramaturgie intense : le contraire du cérémonial « culturel » ronronnant, codé, nourri de copinage paroissial et d'« entrelèche » sucrée.

Ce premier vendredi de l'été, dans le studio des Buttes-Chaumont, aucun doute : le mélange « prend », l'ambiance chauffe — et ce n'est pas le seul effet des feux de la rampe.

— Quand on dira plus tard qui était Brejnev, on répondra : un contemporain de Soljénitsyne !

Jean Daniel défie Francis Cohen, jadis correspondant de *l'Humanité* à Moscou, inscrit l'« affaire » de *l'Archipel du Goulag* au compte des chefs du Kremlin qui, récusant le témoignage et bannissant le témoin, ont manqué l'occasion de renvoyer le débat à l'histoire, l'ont par leur veto même réintroduit dans l'ordre du jour.

Cohen rappelle qu'il est issu d'une famille de déportés. Camp pour camp, camp contre camp : au sens strict, l'argumentation tend vers l'équilibre de la terreur. Le messager officiel du PC ne hausse pas le ton. Il délègue cette fonction seconde aux deux compagnons de route qui l'escortent, Alain Bosquet et Max-Pol Fouchet, gabelous en roubles, en dollars ou en nature des traductions Est-Ouest — poètes plus sensibles au soleil de Crimée qu'aux crimes de Staline.

Soljénitsyne est un imposteur de troisième zone, atteste, navré, Max-Pol Fouchet.

Sa prose atrabilaire ne me heurte point : elle m'ennuie, confesse, bon enfant, Alain Bosquet.

Glucksmann explose. Assis près de Jean Daniel, il est vêtu, comme à l'accoutumée, d'un pull-over et d'un jean, chaussé de tennis ; il brise la raideur de l'échange, insulte ses vis-à-vis, gueule sa colère et son dégoût.

L'œil malicieux de Pivot compte les points. C'est une bonne émission.

Giscard a gagné. François Mitterrand a presque gagné. Dans les mois qui suivent l'élection présidentielle, le parti socialiste croule sous le flux des adhésions. Deux années auparavant, quand fut signé le Programme commun, la plupart des éditorialistes pariaient que le fourre-tout né du congrès d'Epinay servirait d'appoint au PC, que la « dynamique unitaire » profiterait à Georges Marchais. Il n'en est rien, et l'agacement puis l'irritation deviennent manifestes place du colonel Fabien.

Electoralement, le PS a comblé son retard. Politiquement, il dicte sa loi. Reste à consolider ses forces militantes. Dès le 25 mai, le premier secrétaire lance un appel « à toutes celles et à tous ceux qui mettent leurs espérances dans le socialisme ». L'écho répond sans délai. Le 11 juin « des membres » de la CFDT et de multiples associations (Groupes d'action municipale, Amis de *Témoignage chrétien,* Vie nouvelle, etc.) accueillent favorablement la main qui leur est tendue. Imprudemment, Michel Rocard déclare le 25 juin à *Libération* que « les trois lettres du PSU ne sont pas un problème ».

Maire-Mauroy-Rocard. Le « complot chrétien » sème la discorde dans les rangs des mouvements d'origine, et dans ceux du parti destinataire. Les cédétistes d'extrême gauche, mais aussi les tenants de l'anarcho-syndicalisme dénoncent une « magouille » secrètement conçue par les états-majors. Les fantassins du PSU s'estiment également manipulés, traités en pions sur l'échiquier de stratèges désinvoltes. Le réflexe du patriotisme d'organisation joue à plein, et, les 5 et 6 octobre, Michel Rocard se retrouve en minorité devant le conseil national de son parti, réuni à Orléans dans une salle sinistre et poussiéreuse.

Il manque sa sortie. Il n'est nullement assuré de réussir son entrée. Ni Jean-Pierre Chevènement, ni Pierre Joxe, ni Jean Poperen ne considèrent d'un œil attendri l'arrivée fracassante, et un brin fracassée, de ce rival potentiel qui a humé les parfums violents et goûté les saveurs interdites de la politique expérimentale. Le 12 octobre 1974, un noir essaim d'arrière-pensées flotte sur la tribune des « Assises du socialisme », convoquées dans les salons de l'hôtel PLM pour célébrer la confluence des « courants » enfin brassés.

Hôte d'honneur, parmi les parrains de l'opération : Régis Debray.

« Mai 68, affirme la motion de synthèse soumise aux participants, c'était l'éclatement spontané de tout un possible longtemps réprimé. Mai 74, la démonstration que l'union des forces populaires est là, prête à assumer la responsabilité qui lui incombe. »

Les vétérans de l'UEC, les ex-maos, les encore trotskistes, les PSU maintenus, les écologistes en voie d'apparition, les féministes, les animateurs de mille « fronts » dits « secondaires » observent le phénomène mais ne rejoignent guère la file des postulants. Une chose les réjouit : le PC a perdu son hégémonie, sa condescendance pachydermique — le voici qui s'inquiète, polémique, donne rageusement de la corne. Les plus vieux des soixante-huitards, ceux dont la mémoire n'a pas commencé d'être irriguée la nuit des barricades, soutiennent même que c'est eux, autant et plus que les champions du Monopoly électoral, qui ont déstabilisé le mammouth stalinien.

Lors d'une AG du 22-Mars, Dany Cohn-Bendit prophétisait : « De toute façon, nous roulons pour Mitterrand... » L'assistance avait ri de bon cœur.

Une parution chaotique, entrecoupée d'arrêts-maladie pour cause d'asphyxie financière, une crise permanente, des affrontements perpétuels, des rivalités avouées, des haines tenaces. Au printemps 1974, après une année d'existence, *Libération* agonise. Le fric manque et le journal, sans cesse au bord de la cessation de paiement, tend la sébile à ses lecteurs. Une souscription chasse l'autre en une sorte de perfusion haletante qui finit par lasser.

« Soyons francs avec ces audacieux et courageux confrères, sermonne Pierre Viansson-Ponté dans *le Monde* en décembre 1973. Leur appel angoissé est émouvant. Mais leurs questions sont mal posées. Les vraies interrogations brutales, les voici : le pari était-il jouable ? Les faits répondent et la réponse est non. *Libé* meurt-il faute d'argent ou faute de lecteurs ? Hélas ! publier un quotidien sans aucun moyen, sans aucune publicité, sans souci d'équilibre financier, c'est déjà une gageure ; mais sans lecteurs... c'est tenter l'impossible. »

La sentence, sévère, reflète assez l'état d'esprit général devant cette singulière aventure. *Libération* ne se survit que grâce au dévouement de quelques milliers de fidèles qui envoient à chaque échéance des petites coupures. Les millions ainsi récoltés sont jetés dans le gouffre du déficit chronique. Encore le manque de ressources constitue-t-il un mal facilement identifiable.

Plus grave est le délabrement interne d'une équipe déchirée, en proie à tant de pressions et tensions qu'elle menace d'imploser.

Une première empoignade s'est amorcée, après quelques semaines d'existence, à propos du pouvoir des maos. Ceux qui s'enrôlaient à *Libération* avec d'autres expériences, d'autres sensibilités, ont vite dénoncé la mainmise des militants de l'ex-GP, tels July ou Vernier. En juillet 1973, July accepte de dissoudre la « cellule mao » du journal, et Benny Lévy approuve la décision.

A ce moment précis, Benny entame la réflexion qui va induire l'autodissolution de la GP. L'enseignement des Lip aidant, les chefs maos comprennent que *Libération* requiert la coexistence de plusieurs discours, de plusieurs approches, et cela d'autant mieux qu'ils révisent leur propre vision globale, totalisante.

En témoigne un document interne que l'état-major adresse aux militants : « Le rôle dirigeant de la révolte des plus exploités — les OS — est trop souvent assimilé par le gauchisme comme l'écrasement d'autres révoltes, qui sont elles aussi porteuses de valeurs nouvelles. Ranger de force les intellectuels sur les positions du prolétariat a bien souvent été la stérilisation d'une révolte effective. Toute la conception classe contre classe est une conception à bannir de nos mentalités, elle aboutit en fait à produire des sectes qui vivent dans l'ombre du PC. »

Voilà, en quelques phrases, détruit le socle idéologique sur lequel s'était édifiée la GP.

La fragmentation de l'orthodoxie gépiste facilite la prise de distance de *Libération*. Il n'y a plus de « ligne juste », et, sur chaque événement, les conceptions, les analyses oscillent. L'éventuelle candidature Piaget relance une fois de plus la polémique interne. Le journal doit-il se transformer en porte-parole des Lip, intervenir dans la campagne électorale, agir en organe militant ? Les uns le souhaitent, les autres entendent préserver un semblant d'autonomie : le fossé s'élargit. Quarante-huit heures avant le premier tour de l'élection présidentielle, la discussion rebondit, ranime les arguments mille fois exposés, réfutés. Les échanges sont vifs, parfois impitoyables.

Jean-Claude Vernier :

— L'incompétence politique de l'équipe alimente l'incompétence technique. La candidature Piaget a été l'une des seules fois où les gens ont tenté de se situer politiquement. Tant qu'il y aura contradiction entre les besoins du mouvement et l'équipe, rien ne sera résolu.

Philippe Gavi :

— *Libération* est un journal. Le pouvoir doit rester à l'équipe. L'intellectuel a un rôle dans le journal : il doit exprimer sa pensée et synthétiser la pensée des autres. Le journaliste doit jouer son rôle et établir un état d'insurrection permanente par rapport à la réalité immédiate.

Jean-Claude Vernier :

— C'est bizarre, je serais d'accord avec Philippe sur le rôle de l'intellectuel révolutionnaire. Mais, à *Libé*, ça n'existe pas. S'il a existé, il est simplement devenu un homme de pouvoir coupé de la base. Philippe et Serge en sont deux bons exemples.

Serge July :

— Ton intervention me gêne. Ton projet pour *Libé* aussi. Toutes les composantes révolutionnaires ont un point commun : celui de ne pas avoir de projet. Il n'y a plus de cadre organisé, plus de dirigeants reconnus.

Le rédacteur de la rubrique « armée » :

— J'en ai les glandes, de vos salades. July, tu sais ce que tu es ?

Une crapule, mais une crapule sympathique. Vous avez tous la trouille de perdre votre pouvoir merdeux.

Marc Kravetz :

— Cette discussion marque l'état de délabrement de nos relations et du travail dans le journal. Il n'est plus possible de rien faire. A l'heure actuelle, ce journal est condamné. Il ne sert à rien. L'état lamentable des locaux reflète ce qui se passe dans la tête des gens. Il ne reste qu'une solution : le texte de Serge, une démission collective de l'équipe.

C'est en rentrant, à l'automne 1973, d'un long périple dans le monde arabe accompli avec Jean-Louis Péninou que Kravetz a trouvé un message de July l'invitant à le rejoindre au journal. Depuis mai 1968, l'ancien responsable de l'UNEF s'est soigneusement tenu à l'écart des organisations et des mouvements gauchistes. Le discours et le comportement des maoïstes lui semblent relever d'un traitement psychiatrique, et il ne saisit sincèrement pas ce qui a pu inciter des gens apparemment sensés à proférer tant d'inepties. Pour vivre, Marc Kravetz enseigne les sciences de l'éducation à l'université de Vincennes.

Il croise July, ne lui cache pas qu'il juge *Libération* épouvantable, illisible, pesamment populiste. Serge en convient : il faut changer, il faut ouvrir. Il compte sur son ancien complice pour l'aider dans ce travail d'Hercule. Depuis le début, il est persuadé que l'entreprise n'a une chance de survivre, voire de se développer, qu'à la condition de laver son péché originel : l'amateurisme.

Novice lui même en matière de presse comme les neuf dixièmes de la rédaction, July estime vital de constituer une équipe qui se formera sur le tas, renforcée au besoin de professionnels confirmés. Kravetz, depuis son adolescence, rêve de devenir journaliste ; il se laisse tenter. Quoique prévenu, il est effrayé, quand il met les pieds rue de Lorraine, par le happening incessant, la violence des controverses, la démesure collective. La folie.

Contre July, qui peine pour asseoir son autorité, beaucoup de collaborateurs de *Libé*, ex-maos ou non, brandissent le manifeste fondateur : « L'information vient du peuple et retourne au peuple. » Ils souhaitent offrir un forum permanent aux multiples mouvances du gauchisme. Vernier, porte-parole de cette sensibilité, défend l'idée que les lecteurs, à travers les « comités *Libération* », devraient prendre la rédaction en charge, déposséder l'équipe centrale de son monopole de décision. Journal des lecteurs ou journal d'une équipe, amateurisme militant ou professionnalisme revendiqué (à défaut d'être effectif) : entre Vernier et July, la faille est totale.

Au printemps 1974, Serge July sollicite le renfort d'autres complices issus du syndicalisme étudiant des années soixante : Jean-Marcel Bouguereau et Jean-Louis Péninou. Comme Kravetz, ces derniers sont d'abord très réticents, et, comme Kravetz, le pari de transformer ce « torchon » en quotidien les séduit. Se détachant de la bande des *Cahiers de Mai* qui est en train de se dissoudre, ils débarquent à *Libération* dans un climat d'hostilité générale. Bouguereau a passé plusieurs mois chez Lip. L'un et l'autre apportent une expérience concrète, le goût des enquêtes approfondies, la méfiance envers le pathos idéologique et — Péninou surtout — un exceptionnel art de la manœuvre.

Quelques jours après son intégration à *Libé,* Bouguereau part dans le Limousin avec sa petite amie chez le père de celle-ci, un ancien résistant communiste, maire d'Eymoutiers. Il a entendu parler de *Libération* mais ne l'a jamais vu — la diffusion dans la région laisse à désirer — et demande donc à Jean-Marcel de lui procurer un numéro. Après de patientes recherches dans les bourgades environnantes, Bouguereau finit par dénicher un exemplaire. Catastrophe ! La manchette, en première page, est atterrante : « Shah-rogne », titre le quotidien du jour. Bouguereau hésite, n'ose exhiber un si mauvais jeu de mots. Enfin, il se décide, achète le canard, déchire la une, et le rapporte en prétendant qu'il ne restait qu'un exemplaire défraîchi.

De retour à Paris, furieux, il demande au rédacteur en chef quel est le responsable de cette bavure lamentable.

— C'est moi, répond Serge.

Malgré ces anicroches, July peut compter sur le trio Bouguereau-Kravetz-Péninou pour l'épauler dans la bataille de la « professionnalisation ». En juillet, cependant que le journal suspend sa parution, un stage réunit la rédaction à Poissy. Vernier plaide une nouvelle fois pour un projet « transparent », appuyé sur les « comités *Libération* », sur la rotation des postes, les groupes de lecteurs, la diffusion militante hors des circuits habituels. Une communauté utopique autant et plus qu'une entreprise. Isolé, il abandonne la partie. Ainsi s'éloigne le « père » de *Libération.*

Malade, Sartre renonce à son poste de directeur. Lorsque *Libé* ressort en novembre 1974, après une longue interruption, le nom de Serge July est accolé au titre de directeur. Il a coupé le cordon avec les maos, écarté les rêveurs, écrasé quelques rivaux. Il s'est montré le plus résistant, le plus volontaire. Le voici maître à bord.

Après dix-huit mois de tâtonnements, de drames, de crises, de gâchis — cent soixante-dix personnes ont rompu —, d'amitiés endolories, il ne lui reste plus qu'à mettre en pratique sa conception d'un journal « pro » basé sur l'enquête et le reportage.

1978, Serge July :

— La raison pour laquelle Libération *s'est développé, à mon avis, et a fonctionné quels que soient les succès et les échecs, c'est que nous nous sommes tenus à une grande règle : ne pas céder à la hiérarchie des salaires. Ce fut un principe de départ et, au fil du temps, c'est ce qui a permis de garantir un esprit. Si l'on cassait cela en introduisant deux niveaux de salaire, par exemple, je crois que le journal serait très menacé. Cette profession de foi démocratique, antihiérarchique est une garantie idéologique du journal, et tout le monde y est très attaché.*

La mue commence.

Jeudi 28 novembre 1974. La nuit est tombée. Dehors, face aux grilles du Palais-Bourbon, une dizaine de femmes, sous la houlette d'un prêtre catholique, récitent leur chapelet ; des envoyés du groupement Laissez-les vivre glissent derrière l'essuie-glace des voitures la photographie d'un fœtus âgé d'un mois et demi, que torture l'« écartèlement violent » d'un avortement par aspiration.

Dedans, l'hémicycle est quasi comble. A cause du sujet. Et puis, la télévision filme sans discontinuer — l'ORTF, en grève, diffuse un programme minimum, et le débat parlementaire est ce soir l'unique « spectacle » retransmis. Au banc du gouvernement, le ministre de la Santé, Simone Veil, quarante-sept ans, habillée de gris, le cheveu tiré et le visage lisse, aborde l'étape ultime de son long chemin. Il va lui falloir répondre aux soixante-quatorze interventions qu'a suscitées le projet de loi autorisant l'avortement.

La tension est extrême depuis que la discussion s'est ouverte — l'avant-veille. Voire au-delà. Si le président de la République a déclaré qu'en la matière aucune consigne de vote ne saurait être prescrite et qu'il appartiendrait à chaque représentant du peuple de se prononcer « en toute conscience », d'autres ont manifesté moins de retenue. Le Vatican a rappelé — coïncidence — sa position doctrinale : « Sitôt que l'ovule est fécondé se trouve inaugurée une vie. » Le professeur Lortat-Jacob, président du conseil de l'ordre des médecins, s'est adressé par lettre personnelle à chaque parlementaire afin d'exercer sur ce dernier une pression dissuasive.

Maints journaux, en outre, se sont efforcés d'aviver les passions. *Minute* : « Le pape contre Giscard ! » *Aspects de la France* : « Giscard sonne le ralliement des avorteurs ! » *Carrefour* : « Halte au génocide ! »

Le projet stipule que les femmes seront libres d'interrompre leur grossesse dans les dix semaines suivant la conception. L'opération, précédée d'entretiens, sera confiée à des établissements d'hospitalisation publics ou privés agréés. Une tarification impérative sera fixée, mais elle ne donnera pas accès à un remboursement. Les médecins qui refuseront de pratiquer l'acte en auront le droit, pourvu qu'ils informent, dès consultation, l'intéressée.

Dans les tribunes, beaucoup de militantes du MLF. Simone de Beauvoir, aussi, que la Ligue du droit des femmes, fondée en mars dernier, a nommée à sa tête.

Le flot des pour et des contre s'est enfin tari. Le maître de cérémonie, Edgar Faure, du haut de son perchoir, appelle Mme le ministre.

— Après vingt-cinq heures de débat, tout n'a-t-il pas été dit ? questionne Simone Veil.

Elle se tourne vers M. Feit, député giscardien du Jura, l'un de ses plus fervents contradicteurs, et, sans le quitter des yeux, entame sa plaidoirie :

— Comme vous tous, j'ai une conscience. Je parle selon ma

conscience, sinon je ne serais pas ici, devant vous. Depuis longtemps, je pensais que la situation était intolérable. Ce texte est le reflet de mes convictions personnelles.

Dans le public, chez les téléspectateurs, l'émotion, d'un coup, surgit. Ce n'est pas un ministre qui s'exprime. Ce n'est pas un technicien non plus — quoique Simone Veil ait été secrétaire général du conseil supérieur de la magistrature. C'est une femme qui dit « je ». Qui s'évade du rite politique ordinaire.

Trois anciens chefs de gouvernement gaullistes, Maurice Couve de Murville, Michel Debré, Pierre Messmer, sont hostiles à la loi (Jacques Chaban-Delmas fait exception). La plupart des « archontes », tel Olivier Guichard, se sont prononcés de même. Robert Boulin, qui précéda l'oratrice au portefeuille qu'elle détient, également (« Je serais plus à l'aise si l'avortement n'était autorisé qu'à partir de quatre enfants ! »). Jean Foyer, jadis garde des Sceaux, mène une farouche bataille d'amendements pour vider le texte de sa substance.

Simone Veil s'engage dans la querelle des chiffres, conteste que l'avortement légal aggrave la récession démographique, puisque lui serait fatalement substitué ce qui sévit déjà : l'avortement clandestin, et meurtrier. Au professeur Lortat-Jacob, l'ancienne déportée rappelle alors quelques données désagréables :

— Le conseil de l'ordre, créé en 1940 — selon les perspectives de l'époque — à la suite de la dissolution des syndicats locaux, et conservé à la Libération, est élu par des conseils départementaux, eux-mêmes désignés par moins de 30 % du corps médical.

Au reste, il est « tenu d'appliquer les lois de la République ».

Et les flèches touchent :

— Observons que parmi ceux qui, aujourd'hui, se réfugient derrière la contraception, figurent certains de ses adversaires naguère les plus résolus. Je regrette, après avoir entendu M. Boulin, qui fut ministre de la Santé pendant trois ans, qu'il n'ait pu faire davantage en ce domaine, car il avait toute latitude pour prendre les décrets d'application de la loi sur la contraception, et il ne l'a pas fait.

A l'adresse de Pierre Bas (UDR), qui a manié les termes d'« euthanasie », d'« eugénisme » (une conjuration, une « organisation néo-nazie ravage l'intelligence française », compromet l'éclosion de nouveaux « Socrate, Scarron, Beethoven, Toulouse-Lautrec ») :

— C'est une attitude de terrorisme intellectuel qui n'a pas sa place dans un tel débat. Ceux qui ont inondé le Parlement de libelles de ce genre déshonorent une cause respectable quand elle est défendue avec mesure et conviction.

Le député du Jura, auquel fut dédié l'exorde, est encore la cible de la péroraison :

— Dire non, M. Feit, n'est pas toujours la solution du courage. Le courage, parfois, consiste à ouvrir les yeux... Au-delà des principes abstraits, c'est la situation dramatique des trois cent mille femmes confrontées chaque année à l'avortement qu'il faut considérer. Il n'y a pas d'échappatoire. Le gouvernement a pris ses responsabilités, le Parlement doit prendre les siennes.

Jean Lecanuet, ministre de la Justice et pilier de la démocratie chrétienne, cueille à contre-pied ceux qui attendaient de lui un tacite désaveu, ou un retrait sur l'Aventin : « La loi de 1920 n'est plus applicable : voilà la dure vérité. Dans les périodes les plus actives de l'action répressive, les sanctions ont frappé quelque cinq cents personnes, alors que trois cent mille avortements clandestins se pratiquent chaque année. Le législateur remplit-il son rôle en maintenant une loi qui n'est plus respectée ? »

Constat ou aveu : courant 1974, aucune délinquante n'a été condamnée.

Les amendements-torpilles sont repoussés. A 3 h 40 du matin, vendredi 29 novembre, le texte est adopté par 284 voix contre 189.

Il n'est pas indifférent, toutefois, d'analyser le détail du scrutin. Sur les 284 parlementaires qui ont ainsi favorisé l'aggiornamento français, 178 appartiennent à l'opposition (105 socialistes et radicaux de gauche, 73 communistes) et 99 à la majorité (55 UDR, 27 réformateurs, 17 républicains indépendants). Valéry Giscard d'Estaing et Simone Veil l'ont emporté malgré leurs amis et grâce à l'adversaire.

Le clivage droite/gauche, lors des joutes électorales, est plus marqué que jamais. Le climat se détériore dans le secteur public — les cheminots et surtout les postiers ont déclenché un mouvement de grève impressionnant. Mais, sur les principales « questions de société », la mécanique partisane se dérègle, la cohésion des armées s'évanouit. A l'image habituelle de la vie politique — celle d'un combat, d'une guerre policée par les conventions républicaines — se superpose un autre comportement : la divergence assumée dans un espace démocratique collectivement admis.

C'est d'ailleurs la presse de droite qui insulte le président de la République et son ministre de la Santé. Alors que *la Croix*, tout en répétant la thèse vaticane, salue en Simone Veil « une femme de tête et de cœur », alors qu'Olivier Chevrillon, dans son éditorial du *Point*, se réjouit que recule « la coalition puissante des mâles qui ne veulent pas comprendre et des chrétiens qui ne veulent pas bouger », *le Parisien libéré* vitupère « la maffia de la désagrégation », et *Carrefour* hurle : « Les rois de la pompe à vélo triomphent ! »

« Nous n'avons que des voix à y perdre », confiait aux journalistes Albin Chalandon, après avoir voté en faveur du projet...

Sans doute. Reste que les « révolutionnaires », eux aussi, y perdent de la voix. Lecteurs appliqués de Marx-Engels-Lénine, ils ont puisé dans l'ardente obligation d'une chirurgie sociale le mépris des « libertés formelles », de l'« Etat de droit ». Lisant Soljénitsyne, décelant jusque chez l'ennemi l'écho de leur propre cri, ils se découvrent demi-soldes, guettés par la retraite.

Pour les féministes, l'adoption de la loi Veil est une immense victoire, encore qu'il faille, maintenant, vérifier l'application concrète des mesures arrêtées.

Une victoire-butoir, cependant. Les femmes ne sont point à court d'insurrections urgentes : dénonciation (l'inégalité dans le travail, l'impunité du viol) ou énonciation (parole, création, sexualité spécifiques) — les terrains disponibles sont multiples. Mais le MLF originel n'est plus. L'appellation « des femmes » est contrôlée par les éditions du même nom, qui ont ouvert, fin mai, la (la seule ?) librairie « Des femmes ». Les tendances foisonnent : la Ligue communiste, Révolution, Lutte ouvrière grignotent, fractionnent le territoire informel où elles débarquent masquées, et sur le tard.

Le millésime 1975 sera, paraît-il, « l'année internationale de *la* femme ». Les pionnières grimacent, entre rire et larmes : le courant les emporte.

« C'est Alphaville, ici ! » Presque aveugle, accroché au bras de Benny Lévy, Sartre avance d'un pas hésitant sur les interminables trottoirs roulants du nouvel aérogare de Roissy, inauguré quelques mois plus tôt. Avec Benny et Jean-Marcel Bouguereau, en reportage pour *Libération*, le philosophe s'envole dans la pénombre de ce petit matin du 3 décembre vers Stuttgart. Il va rendre visite à Andreas Baader, le fondateur de la « Fraction armée rouge », la RAF, incarcéré à la prison de Stammheim.

Andreas Baader, Ulrike Meinhof, Gudrun Ensslin et les autres membres de la RAF emprisonnés font la grève de la faim depuis presque deux mois. C'est la troisième action de ce type qu'ils mènent afin d'obtenir l'abolition du régime d'isolement et l'intégration dans le système pénitentiaire.

Le 9 novembre, après cinquante-cinq jours de privation volontaire, un des prisonniers de la RAF, Holger Meins, est mort. Il ne pesait plus que 42 kilos pour 1,85 mètre. Un squelette dont la photo terrible évoquait d'autres corps décharnés... Dans sa dernière lettre, Meins écrivait :

> Ou bien homme ou bien porc
> Ou bien survivre à n'importe quel prix
> Ou bien la lutte à mort
> Entre les deux il n'y a rien

Holger Meins avait été arrêté en même temps que Baader le 1er juin 1972, après un échange de coups de feu. Deux cent cinquante policiers en tenue de combat, appuyés par des blindés, avaient entouré une maison de la banlieue de Francfort où ils étaient planqués.

Andreas Baader commence sa « carrière » en incendiant, dans la nuit du 2 avril 1968, deux grands magasins de Francfort en compagnie de Gudrun Ensslin et d'autres complices. Interrogés, ils déclarent avoir provoqué cet incendie « pour protester contre l'indifférence de la société à l'égard du génocide au Vietnam ». C'est le moment où, en Allemagne, la génération d'après la guerre redécouvre l'idée révolutionnaire à travers le conflit du Sud-Est asiatique. Mais ce traumatisme indochinois — l'Occident est capable, lui aussi, de barbarie, alors qu'il prétend défendre les valeurs de la démocratie — vient se greffer sur un autre traumatisme, plus ancien, complètement tabou.

Tout jeune Allemand se demande ce que ses parents faisaient, disaient, croyaient vingt ans plus tôt. La révolte contre la société d'outre-Rhin, vitrine et fleuron du capitalisme occidental, se double d'une révolte inquiète, plus fondamentale peut-être, contre les pères qui ont escorté, complices ou passifs, la folie hitlérienne. La reconstruction de la République fédérale est un produit américain. Pointe avancée du « monde libre », la RFA est aux yeux des jeunes contestataires l'alliée de l'armée US dans la guerre du Vietnam. Collusion d'autant plus éclatante que les GI en partance pour l'Indochine transitent par les bases américaines installées sur le sol allemand.

Baader, Ensslin et leurs camarades sont condamnés en 1968 à trois années de prison. Mis en liberté provisoire au bout de quelques mois, les deux premiers choisissent la clandestinité, se réfugient à Paris et sonnent, sur la recommandation de Cohn-Bendit, à la porte de Jean-Marcel Bouguereau. Le Français s'étonne de les voir déjà happés par l'engrenage d'une confrontation directe avec l'Etat, hantés par les problèmes de l'illégalité — faux papiers, filières d'hébergement. Il juge leurs analyses politiques pauvres.

Entre eux s'étend le gouffre qui distingue les situations allemande et française. De ce côté-ci du Rhin, le pays semble secoué par les vagues de l'après-Mai, la contestation n'épargne aucun secteur. En RFA, le mouvement étudiant est retombé sans pénétrer vraiment les autres couches sociales ; les jeunes gens qui refusent les valeurs dominantes du « modèle » allemand n'ont d'autre choix que de se réfugier dans la marge, dans une contre-société, alternative.

Baader et ses amis récusent cette voie parallèle dont ils se gaussent. C'est l'Etat allemand qu'ils veulent attaquer, c'est la société réelle qu'ils entendent modifier. Pour eux, le devoir de tout révolutionnaire, selon la maxime simple de Guevara, est de faire la révolution. Leurs modèles, ce sont les Tupamaros d'Uruguay, les guérilleros urbains.

Bouguereau est effaré par l'indigence du contenu, effrayé par cette logique d'enfermement dans un face-à-face dérisoire. En outre, il n'éprouve guère de sympathie pour le couple. Lui qui est fauché, il emprunte un peu d'argent afin de dépanner ses hôtes, mais Baader le dépense sans compter. Sa manie d'acheter des ananas frais, denrée onéreuse, irrite particulièrement Bouguereau, qui se démène pourtant, cherche un appartement. Quelqu'un lui confie les clefs de celui de Régis Debray, lequel, au fond de sa cellule de Camiri, l'ignore évidemment.

Baader souhaite un contact avec la Gauche prolétarienne, la seule organisation qui l'intéresse en France. Bouguereau ménage un rendez-vous avec Serge July. Rencontre sans lendemain. La GP parle de révolution idéologique et mime la lutte armée ; Baader, lui, désire se lancer dans la guérilla urbaine. Donner l'exemple, payer de sa personne, risquer sa vie. La lutte armée, c'est l'acceptation de la mort pour les autres — intégrer l'idée de tuer comme une évidence —, mais aussi pour soi. Même s'il lui faut à cette fin déménager les tropiques jusqu'au bord du Rhin, Baader prétend écrire l'histoire au prix d'une aventure dont l'issue ne saurait être que foudroyante. Tout ou rien.

Rentré en Allemagne, Baader est arrêté par hasard, pour excès de vitesse, sur une autoroute berlinoise, et incarcéré de nouveau. Trois mois plus tard, il s'évade en hélicoptère grâce à la complicité de Gudrun Ensslin et d'Ulrike Meinhof, une journaliste d'extrême gauche passée elle aussi à l'action directe. Durant l'année 1970, tous trois fondent, après un séjour dans un camp d'entraînement en Jordanie, la Fraction armée rouge, la RAF.

Dès lors, la « bande à Baader », désignée comme l'ennemi public n° 1, recherchée par toutes les polices, multiplie les opérations spectaculaires : attaques de banques, effractions dans les mairies pour se procurer des papiers et des tampons officiels, attentats contre des objectifs américains. En mai 1972, l'explosion de deux bombes au quartier général US de Heidelberg provoque la mort de trois soldats. Une semaine après, la cavale prend fin avec l'arrestation de Baader, bientôt suivie de celle d'Ulrike Meinhof. Le noyau initial de la RAF est décapité. D'autres, plus jeunes, assurent la relève.

A l'aéroport de Stuttgart, Dany Cohn-Bendit accueille Sartre, Benny et Bouguereau. Un jeune homme est là, aussi, qui les soustrait à la foule des photographes et des journalistes, et les conduit en Mercedes vers la prison de Stammheim. Employé par un collectif d'avocats, Hans Joachim Klein appartient à la mouvance « extra-parlementaire ». Des manifestations contre la guerre du Vietnam à l'occupation de maisons à Francfort pour s'opposer à la rénovation décidée par la municipalité, il ne loupe aucune action. C'est un sympathisant de la RAF, prêt à rendre service quand on le lui demande. La fin tragique et pitoyable de Holger Meins le fait basculer. Il décide de rompre « avec l'impuissance du légalisme ». Comme lui, plusieurs dizaines de jeunes gens sautent le pas, convaincus que la fureur des armes secouera une société prisonnière de ses égoïsmes, travaillée par un repentir inavoué, blindée dans l'autodéfense.

Confronté au terrorisme, l'Etat allemand a riposté en accentuant la répression. L'appareil policier se perfectionne, augmente les contrôles, les quadrillages. La délation est officiellement encouragée. Les milieux marginaux suspects de complaisance envers la RAF sont « criminalisés ». L'arsenal judiciaire s'adapte. Restaurant une tradition bismarckienne, le gouvernement de Bonn promulgue des *Berufsverbote,* des interdictions professionnelles. Dissuasives, ces dernières mesures visent à épurer l'administration et l'enseignement des jeunes contestataires qui abordent la vie active.

Le principal effet de la stratégie de lutte armée est de rendre la société allemande plus dure, plus autoritaire, plus fermée, plus policière. Pratiquant le bras de fer, les terroristes pensent marquer des points chaque fois que l'espace dévolu aux révoltes « légales » se rétrécit. Edifiant de hauts murs qui cernent les libertés individuelles, traitant les citoyens « différents » en criminels, les autorités allemandes illustrent involontairement la démonstration de la RAF : il n'est d'autre voie que la violence armée. Plus la répression s'intensifie, plus la RAF engrange des sympathisants.

A la sortie de la prison où le guette une meute de photographes, Sartre s'enfourne dans la voiture et rapporte la conversation avec le prisonnier à Benny et à Bouguereau — qui enregistre. Andreas Baader l'a salué froidement :

— J'attendais un ami et je vois plutôt un juge.

— Je n'ai pas d'opinion pour ou contre.

La rencontre, estime Sartre, s'est mal passée. « Il parle d'une voix monotone, assez vite, mais il n'a pas de spontanéité. Il parle en regardant ses papiers, sans répondre exactement à l'ordre de mes questions. Il n'aboutit jamais. Il n'arrive pas au moment où l'on pourrait vraiment discuter. »

Sartre répète ensuite les explications que le chef de la RAF lui a fournies sur le sens de sa lutte. « Son mouvement et les actions qu'il fait disparaîtront lorsque le prolétariat se sera lui-même donné une organisation et mènera des actions qui ressemblent beaucoup à la guerre civile. Ce sera lent. Je lui ai dit : en Allemagne, on n'a pas tellement l'impression que vous ayez réussi. Alors il a ri et m'a dit qu'il n'était pas de cet avis. Il considère le prolétariat comme dormant, pas comme un truc en marche dont on pourrait précipiter la prise de conscience. Il s'agit pour lui de faire comprendre le côté fasciste de l'Etat grâce à des actions qui entraînent le pouvoir à démasquer son sens profond. »

Tandis que Sartre raconte son entrevue, la Mercedes, toujours conduite par Klein, atteint l'hôtel Zeppelin où doit se tenir une conférence de presse. Cohn-Bendit fait office de traducteur. Les journalistes allemands n'apprécient guère la visite du philosophe français. *Die Welt,* le grand quotidien du groupe Springer, accuse l'intrus de récidive : « C'est sûr, la proximité intellectuelle de Sartre et du terrorisme parcourt son œuvre comme un fil rouge. Déjà en 1943, sous l'occupation allemande, dans son ouvrage *l'Etre et le Néant,* Sartre exaltait la terreur comme force positive. »

Prenant la parole aux côtés de Klaus Croissant, l'avocat de Baader, Sartre demande ce que l'auteur de l'article écrivait, lui, en 1943. Mais le philosophe s'attache surtout à expliquer pourquoi il s'est déplacé, et sur quel terrain il se propose de témoigner :

— Baader est extrêmement maigre. Il a perdu une quinzaine ou une vingtaine de kilos. En même temps, son visage est très ridé. Il semble épuisé. Il fait la grève de la faim contre les conditions intolérables de détention qu'on leur fait subir. Les prisonniers vivent dans une cellule complètement blanche à travers laquelle aucun son n'est perceptible, sauf, trois fois par jour, le bruit des pas des gardiens qui apportent la nourriture. Il ne s'agit pas de torture à la manière des nazis. Il s'agit de quelque chose de plus subtil, de provoquer des troubles psychiques par un moyen simple : supprimer tout ce qui peut donner au prisonnier l'impression d'une vie autour de lui. Ce régime est un viol systématique des droits de l'homme.

Les journalistes restent insensibles devant cette description. La presse du lendemain ne retient que l'image d'un vieil homme manipulé, venu défendre l'indéfendable Baader. *Die Welt* encore se montre particulièrement féroce : « Sartre fuit en avant dans des comportements qui trahissent une sénilité précoce : il ne collabore avec de jeunes extrémistes que pour revivre une deuxième jeunesse. »

Lucide, Jean-Paul Sartre avoue, au retour, que son voyage se solde par un échec complet ; Benny, qui craignait depuis le début que l'acte humanitaire fût interprété comme un geste de soutien politique, partage son opinion.

— Mais, ajoute Sartre, si c'était à refaire, je le referais.

Pierre Goldman tient en horreur le débraillé, l'avachi. Il préfère les extravagances fortes aux inoffensives hardiesses de l'apparence. Ses cheveux sont plus courts que ceux de ses compagnons, quelle que soit la mode. Il aime afficher ainsi, par l'élégance, la ligne stricte, que son déportement est tout intérieur. Ne point survivre à une jeunesse dont il ne peut guérir, telle est sa question. Le reste, l'habillage, l'habillement, ne vaut pas un écart. Pierre entend se différencier des gauchistes soixante-huitards, des rôles de composition.

Il s'est douché, a bu une bière, enfilé un classique costume bleu, noué une cravate. Le sous-directeur lui serre la main. Les flics qui l'escortent vers le palais sont plus nombreux qu'à l'ordinaire.

On ne l'enferme pas dans la « souricière », la salle d'attente où sont bouclés les prévenus avant de comparaître à l'instruction. Aujourd'hui, lundi 9 décembre 1974, c'est différent, c'est le grand jour. Il se retrouve en coulisses, accueilli par ses avocats, Mes Pollak et Libman, Marianne Merleau-Ponty, Tiennot Grumbach. Marianne l'embrasse.

— Faites entrer, dit un gendarme.

On lui retire les menottes. Il pénètre dans le box. Il a vingt-neuf ans.

Les policiers l'ont arrêté le 8 avril 1970. Voilà presque cinq années que le monde extérieur lui est inconnu.

Le choc est d'une violence absolue. Non tant l'apparat, les protagonistes — le président Braunschweig, l'avocat général Langlois —, que la foule, avide, compacte. Ceux du parterre, qui sont là sur invitation. Ceux du poulailler, entassés, certains debout. Ceux de la presse, juste en face.

Le regard solitaire ne saurait répondre, résister à cette foudre multiple, trier les rayons qui le frappent. La famille. Les amis de la famille. Les amis. Le petit cercle des frères et sœurs de cœur qui ont secouru, assisté l'élément suspect, défendu le camarade « politiquement indéfendable », contagieux peut-être. Michel Butel, Yves Janin, que Prisca Bachelet englobait avec Pierre, du temps de la Sorbonne, dans ce qu'elle nommait « le trio des anges noirs ». La voici, Prisca, près de Liane Mozère, de Catherine Lévy — qui planifiait les tours de visite. Voici Jacques Rémy, compère de mille expéditions antifascistes. Et Alain Krivine, fraternel, si autre que soit devenu l'autre. Et Geismar, qui s'est réconcilié avec Goldman depuis qu'un premier billet les a reliés, de division à division, entre les murs de Fresnes.

Parmi les « invités », Simone Signoret. Pierre l'a aimée dans *Casque d'or*, a été bouleversé par *le Jour et l'Heure*.

Noués, la plupart des copains détournent les yeux lorsque l'accusé fouille dans leur direction.

Pas Kravetz, au premier rang des journalistes.

Marc, chez qui Goldman se rendait quand trois hommes l'ont plaqué à terre et lui ont retourné les bras dans le dos, il y a très longtemps.

1975. Pierre Goldman écrit : « Il m'adressa un regard douloureux, soutenu. Je sais qu'il avait la même sensation que moi : c'était l'ultime AG de l'ancienne UEC, de l'ancienne UNEF. Et, au fond, nul ne doutait plus parmi mes intimes, mes camarades, que notre époque militante d'avant Mai devait se conclure dans cette enceinte et que j'y fusse au banc des accusés, accusé de deux meurtres et tentatives, de trois hold-up. Nul ne doutait que de tout temps, obscurément, ils avaient su ou pressenti que cela arriverait et m'arriverait. Nul ne doutait que j'étais innocent des crimes sanglants qu'on m'imputait et qu'il était comme naturel que j'aie commis trois hold-up. »

Après son retour du Venezuela, Marc est l'un des très rares avec lesquels Goldman renoue. Le lien n'en est que plus étroit. Une nuit sur deux, Pierre sonne à l'appartement ami, rue de l'Odéon (c'est dans un bistrot voisin, au coin de la rue des Quatre-Vents, que le guérillero chômeur donne ses plus mystérieux rendez-vous). Marc écoute jusqu'au matin, patient, tendre, souvent épuisé. Fidèle.

Goldman est dépressif, n'évoque son passé récent que par bribes. L'abus de Corydrane exaspère une cyclothymie spontanée. Il étale sa folie des armes, exhibe un Herstal noir, et un Walther P 38. Kravetz, qui déteste la violence épandue, qui hait la gesticulation paramilitaire des gauchistes en général et des maos en particulier, bifurque vers d'autres registres, s'effraie de tant d'obstination à tutoyer la mort.

A quoi servent ces flingues ? Kravetz n'en est ni témoin ni confident. Il remarque seulement que Pierre, par éclipses brèves, cesse de lui réclamer de l'argent.

Le jour où la presse populaire diffuse la photo en pied de l'« assassin du boulevard Richard-Lenoir », Marc doit rencontrer — pour un démêlé mineur — son avocate, Françoise Rozelaar-Vigier. Le réflexe qui l'étreint est de prévenir un geste suicidaire, de fournir au prisonnier des défenseurs, des interlocuteurs. Le noyau des copains se mobilise. Un infime noyau.

Pas une seule fois, au parloir de Fresnes, Kravetz ne questionne Goldman sur sa culpabilité. Pas une seule fois il n'exige, les yeux dans les yeux, un serment dénégateur. Pierre, dans ses lettres, insulte selon la phase qu'il traverse maints correspondants — Jacques Rémy en sait quelque chose. Kravetz est épargné.

Juste avant le procès, Pierre adresse à Me Pollak un texte où il le prie de n'amener à la barre aucun témoin de la défense, aucun témoin de moralité, et d'en donner lecture à la cour, aux jurés, au public : « Je suis innocent parce que je suis innocent. Et non parce que diverses personnes viendraient souligner tel trait de mon caractère, de mon comportement, etc. Il est d'ailleurs notoire que nombre d'assassins étaient des hommes par ailleurs très gentils, apparemment d'excellente moralité et de nature paisible. En bref, je tiens à ce que l'affaire soit jugée sur le fond et j'entends contribuer dans la mesure de mes possibilités à dépouiller ce procès de tout artifice qui en voilerait l'essentiel. »

Apprenant la décision de son ami, Marc est partagé entre l'adhésion et le désespoir. Le choix est rigoureux, digne : Goldman n'est pas seulement une tête trop pleine, dévorée de fantasmagories brouillonnes ; s'il était incapable de régurgiter la scolastique sorbonnarde, il pouvait, il peut toujours déployer un art brillantissime du raisonnement incisif, efficace — les diplômes d'espagnol et de philosophie qu'il a décrochés durant son incarcération l'attestent. Mais ce même choix trahit, simultanément, l'inclination de l'accusé vers la logique du tout-ou-rien, le vertige qui lui est consusbtantiel.

Kravetz mesure combien Pierre dissuade autant qu'il séduit, se complait dans cette ambiguïté orgueilleuse et mortifère. « Je ne suis pas votre symbole, je ne suis pas votre miroir ! » lance-t-il aux gauchistes tentés de le suivre. « Je suis le contraire d'un enfant de 68 ! » Le contraire d'un manieur de pavés ludiques, d'un simulateur de révolution différée. Et cependant, derrière tant de herses associées, tant de précautions brandies, subsiste le désir pathétique d'être admis, reconnu, aimé, non pas malgré mais à travers la différence originelle.

La différence du juif. Du bâtard.

Marc prend sur lui de répondre à ce désir. En page 12 de *Libération*, au matin de l'ouverture du procès, il publie un article sans égal, où le journaliste se fait aussi nu que l'homme assis dans le box.

« Pierre Goldman, notre ami. » Serge July a laissé imprimer ce « notre » qui sidère, toutes rédactions confondues, les chroniqueurs judiciaires. Le maquisard — et fils de maquisards — Goldman y est non point innocenté, approuvé, mais situé, accompagné : « Il fallait rompre les amarres, rejoindre un combat où se combinaient l'intransigeance révolutionnaire et un sens de la fraternité humaine dont les " révolutionnaires " auto-brevetés d'ici n'étaient que la dérision. Erreur, déviation " petite-bourgeoise " : laissons aux juges et aux justes de l'extrême gauche le soin d'en juger. Pierre, en tout cas, ne vivait que de cette obsession. Et il ne se contentait pas d'en rêver... Il est un peu dérisoire de dire, d'où nous sommes et là où il est, que son combat est le nôtre et que nous nous reconnaissons dans ses errances. Mais il faut dire quand même, pour lui, pour nous et pour ceux qui le jugent, que l'homme qui comparaît aujourd'hui aux assises de Paris est un ami et un frère. »

Et la machine s'ébranle. Posément, n'exprimant nulle hostilité, le président Braunschweig commente le *curriculum vitae* du prévenu. Goldman, tassé, aux aguets, redoute cet instant plus qu'aucun autre. Il ne veut pas qu'on lise dans ses viscères. Il ne veut pas que le jury, honnêtes gens de la classe moyenne, s'apitoie sur son enfance, sur ses déchirures. Quand est versé au dossier le rapport du directeur de Fresnes où sont consignés sa bonne conduite, les cours qu'il délivrait à ses codétenus, le rôle modérateur qu'il a joué dans une mutinerie, il précise que cette attitude modératrice répondait à la crainte d'une provocation funeste, suivie d'une répression sauvage.

Au banc de la défense, Tiennot Grumbach serre les dents, regarde se noyer le copain auprès duquel il s'est si souvent bagarré, douze ans plus tôt, devant le local de *Clarté* assiégé par les fascistes. Il s'enfonce, Pierre, il se précipite vers la faille, de lui-même. Son scrupule passe pour du cynisme, sa raideur pour de la morgue. Le gibier d'assises doit ordinairement s'effondrer, clamer ses fragilités, se couvrir d'insignifiance. Et Pierre, droit, fasciné par l'adversaire, agit en intellectuel distant, comme s'il s'adressait à une juridiction anglo-saxonne et la sommait de démontrer sa culpabilité.

Nous sommes en France, Pierre. Et tu es ce que les jurés populaires supportent le moins. Et tu goûtes l'opprobre avec une sorte de gourmandise sombre. Tu as raison et tu as tort.

L'acte de renvoi établit que le 4 décembre 1969, Pierre Goldman, sous la menace d'une arme — son Herstal —, a extorqué 2 500 francs à un couple de pharmaciens ; que le 20 décembre 1969, pourvu cette fois d'un P 38 et escorté de deux comparses noirs, il a pénétré dans les bureaux du magasin de haute couture Vog, rue Tronchet, près de la Madeleine, puis contraint le directeur et la comptable à lui remettre la recette du jour, 23 000 francs ; que, le 16 janvier 1970, avec un complice, il a agressé, passage Ramey, le payeur d'une caisse d'allocations familiales ; que l'homme s'est débattu, a dégagé son arme, a tiré ; que Goldman, lui, n'a pas répondu.

Pierre plaide coupable.

L'acte de renvoi établit que le 19 décembre 1969, à 20 h 10, dans une officine sise 6, boulevard Richard-Lenoir, un malfaiteur a tué la pharmacienne et sa préparatrice, blessé un client et gravement touché un policier qui tentait, dehors, d'empêcher sa fuite.

Pierre soutient qu'il n'est pas ce malfaiteur-là ; qu'il se trouvait, à l'heure du crime, chez un ami guadeloupéen.

Quand s'ouvre la deuxième audience, il déclare avoir été dénoncé auprès de la 4e brigade territoriale par un homme qu'il connaît, dont il exige la convocation à la barre mais dont il ne trahira pas l'identité. Il précise que le commissaire Jobard — chef de la brigade criminelle —, persuadé de tenir le coupable, n'a pas fait respecter les procédures d'identification normales (Pierre fut aligné, sans cravate, pas rasé, au milieu d'inspecteurs impeccables) ni vérifié les innombrables détails qui s'inscrivaient à sa décharge — par exemple qu'il portait un pardessus gris alors que les témoins avaient aperçu un individu en imperméable...

Le troisième jour, le commissaire Jobard confirme qu'un renseignement confidentiel visant un certain « Goldi » a été recueilli, mais assure que cela n'a nullement édulcoré l'enquête. L'accusé proteste. Et cependant, il entre avec l'accusateur dans une manière de connivence captive, d'attirance perverse.

Les témoins à charge défilent — cela occupe deux séances.

Dans l'affaire du boulevard Richard-Lenoir, quatre prévalent. Un cinquième, le client, est voilà peu accidentellement décédé. Dommage. Il avait vu, lui, l'assassin coiffé d'une casquette (qu'est-elle devenue ?), brandissant son pistolet de la main gauche (Goldman est droitier).

Au reste, il est établi que les deux armes possédées par le prévenu sont du même calibre que celle du meurtrier, mais n'ont pas servi le 19 décembre 1969.

Nuance qui ne pèse pas lourd auprès des dépositions suivantes.

Le docteur Pluvinage, voisin des pharmaciennes, reconnaît formellement Goldman. Il a aperçu, de dos, l'agresseur qui s'enfuyait dans la nuit et disparaissait, à quarante-cinq mètres, derrière des baraques foraines.

Mlle Lecoq, une passante, reconnaît formellement Goldman. Elle a vu un homme de type basané, tenant un porte-documents, courir vers le métro, rue de la Roquette. L'assassin a emprunté la rue Saint-Antoine. Mais Pierre a le teint mat.

Mlle Ioualitène, autre passante, reconnaît formellement Goldman. Il l'a violemment heurtée, portait des souliers à bout carré « style yé-yé » ; elle se rappelle les « yeux globuleux » du fugitif. Dans le box, les yeux de l'accusé, enfoncés et intenses, la suivent, ironiques.

Le brigadier Quinet — il n'était qu'agent débutant, à l'époque — reconnaît formellement Goldman :

— Je l'ai vu en pleine lumière dans la pharmacie, monsieur le président. Je l'ai vu visage contre visage. Je ne l'oublierai jamais, et c'est cet homme qui est ici. Un homme qui vous tire dessus, on ne l'oublie pas.

Pourtant, le futur brigadier Quinet n'est pas entré dans l'officine. Il était hors service, en civil (quoique Mlle Ioualitène ait identifié « un agent »), et consommait au café du coin avec sa cousine. Entendant des cris, il a couru, aperçu un homme en fuite sur le terre-plein du boulevard, a courageusement tenté de le ceinturer et a reçu une balle dans le ventre. Quasi mourant, il a balbutié près de sa cousine :

— C'est un mulâtre qui m'a eu.

Un mulâtre ? Il s'explique :

— J'étais mourant, on ne sait pas très bien ce que l'on dit dans ces moments-là.

— Oui, insiste l'avocat du témoin, quand on parle de mulâtre, on veut dire métèque.

Soit. Pierre Goldman, juif au teint mat, est un possible métèque.

Un lapsus. Un de plus. Le brigadier Quinet a déjà révélé, concernant l'identification du suspect : « J'ai désigné Pierre Goldman d'après le numéro qu'on m'avait indiqué... »

Le président Braunschweig semble s'accommoder des imprécisions de l'accusation. Il ne tolère pas les imprécisions de la défense. Un alibi ? Quel alibi ? Le Guadeloupéen chez lequel le prévenu s'est rendu a hésité quant à la date, puis quant aux minutes — il ne portait pas de montre. Un trou d'un quart d'heure environ subsiste : c'est beaucoup.

Au soir du jeudi 12 décembre — quatrième journée du procès —, la presse spécialisée vacille, bascule parfois. Marc Kravetz n'est plus seul. Frédéric Pottecher, dont les chroniques initiales n'étaient guère favorables à l'accusé, souligne le décousu des présomptions. Philippe Boucher, méticuleux et passionné, livre ses doutes aux lecteurs du *Monde*. Le dossier, explique-t-il, ressemble à « une équation dans laquelle on ne trouverait que des variables ».

Lorsque commence l'acte V, le vendredi 13, la partie semble avoir changé de nature. L'inventaire des données réunies ne condamne pas Goldman ni ne l'innocente non plus. L'affaire judiciaire complexe, « tordue », s'est transmuée en drame irréductible, impossible à dénouer. Où ranger, dans quel classeur de l'armoire administrative, l'échange entre le père et le fils ?

— A l'époque où tu es né, ce n'était pas le moment d'avoir des enfants, a dit le premier, un sanglot dans la voix.

— Arrête, pars ! a répondu le second, en yiddish.

Peut-on juger Pierre Goldman ?

La Justice juge que oui, et continue.

L'avocat général Langlois, membre du syndicat de la magistrature, accomplit sa tâche sans éclat de voix, sans acrimonie — sans antipathie. Pierre, blême, inerte, l'écoute avec une attention extrême, totalement accordée. Le témoignage humain est versatile, concède le magistrat. Il n'est pas de certitude qui soit suspendue à de simples mots. Il n'est pas de preuve absolue que l'accusé ait tué. Mais il a tué. Pourquoi ? Parce qu'il n'a pas supporté l'idée, l'image, la réalité de son propre geste. Parce qu'il est Pierre Goldman.

— Dans la pharmacie, vous avez cru être menacé par le client survenu après vous, vous avez eu un réflexe de combattant et vous l'avez tué. Puis, parce que vous êtes aussi un théoricien, vous avez été épouvanté et vous avez tué les deux témoins, la pharmacienne et sa préparatrice.

L'avocat général Langlois ne requiert « pas moins que la détention à vie ».

Pierre sourit étrangement.

Il se prétend « innocent parce qu'il est innocent ». Le procureur l'estime coupable parce qu'il est coupable.

Goldman aurait souhaité que Tiennot plaide, mais ses deux confrères plus expérimentés se sont réservé l'épreuve. Grumbach aurait évoqué la question juive, invoqué la morale, l'éthique, essayé de transmettre, à tout le moins, la conviction du doute. Me Pollak n'agit pas autrement. Charles Libman, lui, joue la corde sensible, brandit une lettre rédigée par la belle-mère de Goldman — l'épouse de son père, sa mère légale. Dans le box, l'intéressé est blanc de fureur :

— Je n'ai rien à ajouter pour ma défense.

Dès que la cour s'est « retirée pour délibérer », selon la formule, Marianne Merleau-Ponty le rejoint dans l'antichambre. Vingt gardes l'entourent. Il est recroquevillé sur un banc, ratatiné, la tête entre les bras. Il pleure, il hurle contre son avocat, crie que la lecture de cette lettre est un viol. Marianne le calme, lui montre les flics, dit doucement qu'il ne faut pas pleurer devant eux.

0 h 10, samedi 14 décembre 1974.

— Faites entrer l'accusé.

La délibération a duré deux heures et trente-cinq minutes. Le palais est échoué dans la nuit comme une nef perdue où l'existence s'est disjointe des autres existences.

— Les jurés ont répondu oui aux quarante-deux premières questions concernant la culpabilité ; oui à la question concernant les circonstances atténuantes. En conséquence...

Le brouillard du jargon nécessaire.

— ... La cour condamne Pierre Goldman à la réclusion criminelle à perpétuité.

1976. Interview inédite de Pierre Goldman :

— Je ne voulais pas être l'instrument des gauchistes. Je ne voulais pas être le godemichet de l'extrême gauche. Je n'ai jamais cessé d'être un militant, y compris lors de mon passage dans la criminalité. C'était une façon de résoudre mes problèmes de militant désespéré, ou plutôt sans espoir.

Pierre regarde Langlois. Puis Marianne, Marc, Prisca, Philippe Boucher qui s'est levé, pâle.

Il est immobile, absent.

Un sanglot, un autre, et un murmure, une rumeur, la marée montante des spectateurs tenus au silence, un faisceau de cris progressivement ordonnés :

— Jurés assassins !

Michel Butel se dresse, traverse le prétoire comme si c'était la chose la plus naturelle du monde, escalade le banc de la défense, embrasse Pierre. Janin le suit, avec Evelyne, sa compagne, sœur du condamné. Tiennot est debout ; Krivine gueule. Jacques Rémy enjambe les rangs. Le prétoire est complètement envahi. Le père de Goldman embrasse son fils sans rien dire, l'œil sec, se jette vers les jurés, les insulte. D'autres le rejoignent, crachent en direction des mandataires du peuple ; la seule femme-juré se bouche les oreilles à deux mains, l'un de ses confrères, du doigt, signifie qu'il n'a pas voté la sentence. Le tumulte monte encore.

Autour du box, le service d'ordre de la FGEL, de l'UEC, fait corps, se reconstitue, comme une cellule chaude, inoubliable, indestructible.

Le président Braunschweig, pétrifié, impuissant, n'a même pas appelé les flics. Et cela dure, pourtant, dix minutes.

Le meurtrier aurait pu s'enfuir. Un garde du palais, étrangement, a glissé à Jacques Rémy que la voie était libre.

Des gants blancs agrippent Pierre par son costume bleu, le tirent en arrière. Il paraît calme. Un gendarme lui dit : « Vous êtes un homme, Goldman. » On le ramène dans la salle pour l'audience civile. Il remercie l'avocat général de n'avoir point porté de coup bas, rend hommage à la courtoisie du président. Et ajoute :

— L'absurdité de cette sentence est d'être parfaitement

conforme à mon destin, à mon aptitude fondamentale à être accusé.

En redescendant vers la « souricière », il croise le procureur Langlois. Ce dernier lui serre la main, promet d'aller le voir à Fresnes.

Au même moment, M. Braunschweig répond à une jeune avocate indignée :

— Il fallait mieux le défendre.

« Il fallait mieux le juger », pense Philippe Boucher.

Une semaine après le verdict, Yves Janin préside la première assemblée générale du « Comité justice pour Pierre Goldman ».

— Ce n'est pas l'assassin des pharmaciennes du boulevard Richard-Lenoir que les jurés ont condamné, mais bien ce que représente Pierre, le gauchiste au couteau entre les dents.

Le comité a déjà reçu l'appui d'innombrables signatures prestigieuses, de Pierre Mendès France à Jean-Paul Sartre, d'Aragon à Régis Debray, de Jean-Marie Domenach à Yves Montand, d'Eugène Ionesco à Chris Marker.

— Pierre Goldman, enchaîne Janin, n'a joué aucune des figures consommables par les médias, ni les héros ni les antihéros. Paradoxalement, c'est de son côté, dans le box, que se tenait la liberté morale.

La liberté, la morale. Un comité. Nous vaincrons parce que nous avons raison.

L'AG a été convoquée à la Sorbonne, amphi Richelieu.

Sur l'affiche, deux hommes qui ont le même visage. L'un porte des guêtres, un pantalon d'uniforme, un béret de parachutiste. Il tient un fusil. L'autre, à ses côtés, en pantalon de paysan et vareuse militaire, brandit également un fusil. D'un style figuratif assez simplet, le dessin de propagande « représente » l'alliance entre civils et soldats — le symbole de la situation portugaise. *« Povo MFA, MFA Povo. »*

Serge July ne se lasse pas du spectacle des rues de Lisbonne en ce printemps 1975 qui lui rappelle irrésistiblement la commune étudiante de 1968. Comme au quartier Latin, les murs, au bord du Tage, ont pris la parole et chantent les louanges du Mouvement des forces armées qui, voilà moins d'un an, a renversé la dictature.

Dans la nuit du 24 au 25 avril 1974, une chanson de Jose Alfonso, *Grandola vila morena,* sert de signal pour déclencher le soulèvement des capitaines. Le MFA s'empare du pouvoir. La « révolution des œillets » commence. Cinq jours plus tard, pour le 1er Mai, une foule énorme, en liesse, envahit les artères de Lisbonne, acclame les héros du jour juchés sur leurs chars. Peu de temps après, une foule aussi considérable, en partie les mêmes, peut-être, se recueille sur l'immense esplanade de Fatima. Le Portugal est là, dans ces deux rassemblements : l'ivresse de la liberté retrouvée et la puissance de l'Eglise. La Vierge, et Otelo de Carvalho.

Accouru en pèlerinage politique, July se contente de respirer les effluves de la révolution, ne concédant au religieux qu'un regard esthétique sur la beauté des monastères. Il circule partout, carnet en main, afin de noter fébrilement les rencontres, les propos.

Lisbonne est transfigurée, possédée par la politique ; des milliers d'affiches partout, couvrant le moindre espace libre, des fresques géantes vantant les mérites des partis resurgis de l'exil ou de la clandestinité, et surtout une effervescence constante dans les rues, sur les places. Des meetings, il s'en tient en tous lieux et à toute heure, des groupes s'agglutinent autour des vendeurs de journaux qui hurlent les titres. Bridée pendant un demi-siècle, la presse explose : feuilles des groupes et partis qui prolifèrent, illustrés pour enfants, revues « osées » que la censure a longtemps proscrites. On s'arrache *Lui.*

La révolution des œillets délie les mœurs. Dans les vitrines des librairies aussi, le sexe s'affiche ; *Emmanuelle,* qui remplit les salles de cinéma françaises, voisine avec de fort sérieux traités marxistes sortis de la naphtaline, ou avec le livre d'Otelo de Carvalho, le stratège du 25 avril, qui raconte la préparation du coup de force.

July est séduit par ces officiers de la coloniale sans lesquels un changement de régime eût été improbable. Le MFA revêt à ses yeux une vague allure de Mouvement du 22-Mars. Lorsqu'il se rend au siège du ministère de l'Information, l'agitation ambiante évoque Nanterre en Mai : affiches empilées, réunions dans chaque pièce, tableaux et organigrammes sur les murs, mégaphones

— et tous ces militaires en uniforme ou en civil qui courent, téléphonent, tapent à la machine. Sur une table, distraitement oublié, un pistolet Walther rappelle au visiteur que sous l'apparente fête se joue une partie décisive. Certains nomment cela une révolution.

Toute la gauche européenne a le regard braqué sur Lisbonne. Les espoirs trimbalés de La Havane à Pékin, les illusions lyriques envolées rejaillissent impromptu, et, en Europe même, la perspective du Grand Soir prend un coup de jeune inespéré. Venus par charters entiers, les gauchistes que le scepticisme commençait à envahir se précipitent aux terrasses du Rossio, leur Boul' Mich' d'ici.

On y discourt des mérites comparés de Mario Soares, le leader du parti socialiste — qui porte, selon les physionomistes soupçonneux, la trahison sur son visage de bourgeois empâté —, et d'Alvaro Cunhal, le communiste dont la prison a sculpté les traits, véritable épure du bolchevik professionnel. Lequel s'imposera ? Social-mou ? Homme de marbre ? Chaque visiteur a apporté dans sa musette ses mythes et ses schémas, pressé de voir brûler, à nouveau, la flamme qui vacillait.

Le vieux Lénine n'a-t-il pas indiqué que la décomposition de l'armée était le signe intangible du processus de prise du pouvoir ? Sur les bords du Tage, la situation est plus explosive encore puisque les officiers devancent, à l'avant-garde, le prolétariat. Alors que les colonels grecs viennent d'être renvoyés dans leurs casernes, les capitaines portugais entendent instaurer le « pouvoir populaire ».

C'est ce rôle de l'armée qui intrigue July. Pour lui, le drapeau rouge s'appelle MFA. Dans la France gaulliste, les étudiants nanterrois avaient ouvert la brèche. Là, ce sont les gradés en tenue léopard qui « révolutionnent » le pays. July les accompagne dans leur campagne de « dynamisation culturelle » au Nord-Est, au cœur du Tras-os-Montes, région d'élevage où les grands propriétaires maintiennent leurs ouvriers agricoles sous la botte. Le spectacle de ces soldats en battle-dress, expliquant aux paysans qu'ils vont récupérer la terre, est déconcertant, enthousiasmant.

Mars 1975. Jean-Paul Sartre, accompagné de Benny Lévy, débarque à Lisbonne et entame lui aussi la tournée des popotes. Ils se rendent dans la caserne du 1er RAL, le « régiment rouge », où l'illustre Français est accueilli comme le Messie. Le soir, dans quelque restaurant, Sartre, Benny et July débattent autour des plats de morue accommodée de toutes les manières possibles et imaginables. Benny est beaucoup moins attiré que Serge par les militaires. Il se méfie de ce mélange de démocratie et d'autorité, de cette révolution accomplie par le haut, à la pointe des tourelles de chars. Il redoute que la base ne soit flouée.

Benny est aujourd'hui adepte du doute méthodique. Après l'avoir si longtemps invoquée, il ne croit plus à la révolution socialiste — comme s'il avait rangé au réfrigérateur les concepts fondamentaux dont il a usé et abusé. Il est de plus en plus sceptique sur les potentialités du prolétariat. Alors, les émois de quelques capitaines... Il s'intéresse, il suit, parle, mais ne vibre plus. La passion s'est éteinte, et l'ancien chef mao commence à pressentir que l'important est ailleurs, au-delà du politique, du théâtre. Du côté du sens, de la métaphysique.

Avec Sartre, il est témoin d'une impressionnante assemblée où des milliers de métallos brandissent le drapeau rouge, lèvent le poing fermé. Et là, au milieu des masses en éruption, il confie à Serge July son désir d'étudier désormais la philosophie. Serge le regarde, ébahi :

— Ton choix me fascine, mais je ne le comprends pas. Moi, j'ai besoin de ma drogue : le rapport à l'événement, à l'actualité.

C'est à cet instant que Benny mesure la distance franchie en quelques mois.

Penché sur la table d'opération, la blouse et le tablier maculés de sang, Bernard Kouchner travaille sans relâche. Avec ses amis Jacques Béres et Jean-Claude Sénéchal, il a pris en charge depuis quelques jours l'hôpital ultramoderne de Gia Dinh, dans les faubourgs nord de Saigon. Une caserne de parachutistes jouxte le bâtiment. Les trois hommes, abrutis de fatigue, administrent leurs soins à la chaîne. Un corps meurtri chasse l'autre.

— Attends, je n'ai pas fini celui-là ! lance Kouchner à Béres, qui arrive portant une fillette de trois ans, l'abdomen perforé par une balle.

— Tu veux la laisser mourir ? Elle a l'âge de ma fille.

Les deux médecins poussent de côté le premier opéré, se reportent vers l'enfant.

Il faut constamment choisir, sélectionner d'un regard celui qui est condamné et celui qui peut être secouru ; depuis le Biafra en passant par le Liban, la Jordanie ou le Guatemala, partout où il a bourlingué, Kouchner a pratiqué cette médecine de l'urgence, apprise sur le tas, et qui débute par le tri rapide des blessés. Ici, ils en ont cinq cents sur les bras, et il en arrive tous les jours, victimes des combats sur la route du Nord, réfugiés atteints par les bombardements, militaires et civils, criblés d'éclats d'obus, tous réunis dans la même souffrance. Les couloirs débordent.

Kouchner est arrivé au Vietnam six semaines plus tôt, quand l'armée « sudiste » a entamé un repli vite devenu retraite. Les Nord-Vietnamiens, le 5 mars, lancent sur les hauts plateaux une vigoureuse offensive, mais personne n'imagine alors que l'objectif est Saigon. La décision du président Thieu d'évacuer sa meilleure unité, la 1re division de parachutistes stationnée dans la région de Huê, déclenche la panique au sein des garnisons chargées de défendre les provinces septentrionales. En se rabattant plein sud, Thieu accélère le processus de décomposition.

Les unes après les autres, sans que les combats soient sérieusement engagés, les positions stratégiques, Da Nang, Qui Nhon, Cam Ranh, tombent avec d'immenses réserves de matériel américain, des milliers de canons, des centaines d'hélicoptères, d'avions. Les troupes vaincues — et qui n'ont pas livré bataille — refluent, charriant l'exode d'une population démunie, abandonnée. Un fleuve de peur qui s'en va grossir les camps de réfugiés.

C'est dans un de ces derniers, Anh Loï, à quatre-vingts kilomètres au nord de Saigon, que Kouchner a d'abord échoué, expédié là-bas par l'association pour l'aide à l'enfance vietnamienne. Cent mille personnes s'y entassent dans des conditions atroces. Bernard vérifie que la fameuse « troisième force » existe bel et bien, formée de bouddhistes, de nationalistes antiaméricains mais aussi farouchement anticommunistes ; des hommes qui ne voient dans le Front de libération qu'une émanation du régime de Hanoi. Une fois encore, le médecin constate le simplisme des discours conçus loin de la réalité : à l'évidence, les militants les plus solides, les plus aguerris du FNL sont les purs produits du communisme vietnamien, austère et patriote.

Devant l'avance rapide des troupes adverses, l'armée de Thieu s'effondre, et l'évacuation presse. Kouchner éprouve les pires difficultés pour regagner Saigon, dont tous les accès sont gardés par les soldats sudistes ; empêcher les réfugiés d'entrer dans la capitale semble être la seule tâche qui demeure à leur portée. Il réussit à passer ; on l'affecte à l'hôpital.

Le soir, après avoir opéré pendant une douzaine d'heures d'affilée, les médecins français traversent Saigon dans un minibus au sigle de Médecins sans frontières pour rejoindre leur logement, en banlieue. Par crainte des voyous qui rançonnent et pillent, ils sont armés. Si, la nuit, les rues ne sont plus sûres, la ville continue de vivre presque normalement durant la journée. Qui croirait les troupes de Giap à portée de canon ?

La rue Tu-Do, la rue des hôtels et des bars où les journalistes du monde entier échangent leurs tuyaux en buvant des boissons fraîches, affiche son animation habituelle. Saigon grouille de pousse-pousse, de motos, de voitures. Des jeunes filles à vélo évitent les triporteurs Lambretta surchargés. Les deux soldats statufiés de quinze mètres de haut, King-Kong dérisoires, pointent leurs mitraillettes de bronze vers les communistes au loin.

Au loin, vraiment ?

A mesure que l'on s'écarte du centre vers les faubourgs, des half-tracks M 13, des chars lourds M 8 se mêlent à la circulation, zigzaguent entre les chicanes de barbelés et les cochons gris. La capitale attend le coup de grâce, et la jeunesse dorée commente les événements chez Bob Da, le glacier à la mode.

Et brusquement, le film qui défilait au ralenti s'emballe. Le lundi 21 avril, le général Thieu démissionne. Amer et furieux, il annonce lui-même sa décision devant deux cents notables du régime convoqués au palais Doc Lap. Le président critique violemment « l'attitude inhumaine des Etats-Unis, qui est celle d'une grande puissance qui fuit ses responsabilités ». Il affirme encore que les USA, en refusant l'aide promise, assument la responsabilité de la débâcle.

Le général Duong Van Minh, un opposant neutraliste qui après quelques jours de confusion endosse la succession, espère encore négocier avec l'adversaire, lequel pilonne les routes à moins de dix kilomètres. Le 28, Saigon est totalement encerclée. A l'aube du mardi 29, l'ambassadeur américain appelle le président Ford, réuni avec l'état-major au Pentagone. Ford donne l'ordre d'appliquer l'« option quatre », celle qui prévoit l'évacuation totale des ressortissants américains par hélicoptères.

Depuis les porte-avions qui croisent au large décollent quatre-vingts appareils. Sous l'orage, les hélicos rasent les toits tous feux éteints, parmi les gerbes de balles traçantes, et rejoignent les aires d'atterrissage prévues, proches de l'ambassade où des autocars déversent les citoyens américains. Dans les rues de la ville obscurcies par une panne d'électricité, les uniques lueurs viennent de l'incendie qui ravage l'aéroport rudement bombardé de Tan Son Nhut, et des bandes de soldats dépenaillés ouvrent le feu au hasard.

Il reste neuf cents Américains, mais des milliers de Vietnamiens tentent de les accompagner. Scènes de panique, d'horreur. Les marines tapent à coups de crosse sur les mains des fuyards qui essaient d'escalader le haut mur hérissé de barbelés entourant l'ambassade. Agrippés aux chevaux de frise, un homme et une femme saignent, effondrés, immobiles. C'est la dernière vague. Pendant toute la matinée, la noria des hélicos se poursuit dans un vacarme effarant. Rue Tu-Do, Bernard Kouchner assiste au départ de deux marines, bardés d'armes, les fesses aussi carrées que les épaules. Les petits marchands sortent pour les embrasser. Rien n'est simple.

En début d'après-midi, l'ambassadeur Martin amène la bannière étoilée, replie le drapeau et grimpe dans un appareil. Les derniers marines qui protègent son départ sont obligés de balancer des grenades lacrymogènes pour éloigner la foule en pleurs, délirante, qui s'accroche désespérément aux patins des hélicoptères. La fin d'un monde.

« US go home ! » : le slogan scandé depuis tant d'années dans les manifestations, de par le monde, est devenu réalité.

Presque aussitôt, l'ambassade abandonnée est envahie et pillée. Les rues retrouvent une agitation quasi frénétique. Des véhicules en tous genres foncent sur la chaussée mouillée, jonchée de débris, avec leurs chargements hétéroclites de réfrigérateurs, de climatiseurs, de postes de télévision. Une foule affairée vide méthodiquement les locaux et les résidences désertés par les Américains.

D'autres ne pillent pas mais fuient comme ils peuvent. Une centaine d'appareils atterrissent en Thaïlande, les hélicoptères vietnamiens, par convois successifs, se posent sur le pont des navires US, et, une fois déchargés, sont poussés à l'eau afin de laisser place aux suivants. Des centaines de bateaux de pêche cinglent vers la haute mer, et l'armada américaine en recueille les passagers, hagards.

A l'hôpital, Kouchner opère toujours. Il a vu arriver des paras sud-vietnamiens, épuisés, sales. Des vaincus qui dérobent les vêtements des malades pour s'habiller en civil. Quelques heures plus tard, un silence inhabituel, complet, s'est instauré. La mitraillade a cessé, la canonnade s'est tue. Bernard relève la tête ; il regarde le visage des deux panseuses vietnamiennes. Elles pleurent.

— Qu'est-ce que vous avez ? interroge Kouchner.

— Je pleure parce que mon pays est enfin libre, dit l'une.

— Et moi, parce qu'il est en train de mourir, sanglote l'autre.

Le médecin achève l'opération et sort dans la cour. Des blindés y stationnent. Les petits hommes verts, grimpés sur les engins, avec leurs casques couverts de branchage, ressemblent à ceux qu'il a vus cent fois dans les reportages télévisés. Ils sourient, intimidés.

Le directeur avise Kouchner :

— Je vous présente le colonel qui prend en charge l'hôpital.

Le Français s'approche, serre la main tendue. L'officier nord-vietnamien répond avec chaleur :

— Vous avez bien servi le peuple vietnamien.

L'ancien du Comité Vietnam est heureux, ému même. Cette phrase, prononcée à cet instant, il l'escomptait tôt ou tard.

L'armée victorieuse investit Saigon. Minh donne l'ordre à ses troupes de déposer les armes. Jusqu'au dernier moment, il a espéré une discussion, une négociation. En fin de matinée, ce mercredi 30 avril 1975, le porte-parole du Sud lance un appel :

— J'attends au palais les représentants du gouvernement provisoire pour une cérémonie de transfert des pouvoirs.

La réponse lui parvient deux heures plus tard.

Trois chars, suivis de beaucoup d'autres, enfoncent les grilles de la résidence présidentielle, tirent en l'air et traversent les pelouses où les chenilles dessinent un profond sillon. Une Jeep se gare devant le perron. Duong Van Minh, dernier chef de l'Etat sud-vietnamien, s'éloigne dans le véhicule tandis que monte au mât le drapeau du GRP. Les vainqueurs ont jugé la cérémonie superflue. Une pluie fine tombe sur Saigon.

En début d'après-midi, les camions Molotova, bannières du GRP au vent, chargés de soldats, occupent le centre. Sur les trottoirs, des civils enthousiastes applaudissent, cependant qu'en retrait, dans l'encoignure des fenêtres, des visages inquiets surgissent furtivement. Chacun a conscience de vivre un de ces moments symboliques qui rythment les chronologies dans les manuels scolaires.

Peu à peu, presque en douceur, Saigon est totalement contrôlée. Un char lourd et des camions de troupes débouchent sur les quais au moment où un navire, emmenant sa cargaison de fuyards civils et militaires, s'apprête à appareiller. Les passagers redescendent à terre, décontenancés, les bras ballants, le visage raidi de terreur muette.

Sur la grand-place, à l'instant où défilent les premières troupes nord-vietnamiennes, un homme se dirige seul vers l'immense monument aux morts. Il se fige devant la statue, effectue un salut militaire impeccable, et se tire une balle dans la tête.

C'était un colonel de la police saigonnaise.

En vingt minutes, les soldats de Giap ont quadrillé la ville. Avec le sourire.

Le lendemain, 1er mai, les drapeaux de la révolution flottent à tous les carrefours. Fanfares, banderoles, cortèges. Les camions russes ou chinois couverts d'hommes, les chars ornés de fleurs paradent. Depuis ce matin, Saigon s'appelle Hô Chi Minh-Ville. Toute la cité retarde les pendules de soixante minutes pour se mettre à l'heure de Hanoi.

L'ordre règne. Les nouveaux arrivants, disciplinés, manifestent une correction extrême. Radio-Saigon, rebaptisée Radio-Libération, égrène les consignes : « Ne prenez au peuple ni un fil ni une aiguille. Protégez les biens de tous. Soyez cléments et généreux. » Le commandement militaire qui administre la ville a ordonné la fermeture immédiate des bars et des boîtes. Les principaux clients sont partis. Dans les ruelles, les filles ont troqué la mini-jupe pour l'*ao-dai,* le costume convenable.

Les patrouilles de combattants, lestés comme des mulets, lance-roquettes sur le dos, trottinent au pas de course et en file indienne sur leurs « sandales Hô Chi Minh », parmi la circulation qui a repris son train d'enfer. Les Honda folles foncent en klaxonnant. En apparence, la vie continue.

Kouchner est remercié pour ses bons services, mais il ne reçoit pas même l'autorisation de revoir ses malades. Le changement se mesure à de petits signes : les amis qui disparaissent. Ainsi l'ancien directeur de l'hôpital, puis le directeur de la Santé, lequel, avant de quitter son poste, oriente Bernard et ses compagnons vers un établissement spécialisé dans la chirurgie plastique. Le commissaire politique qui le reçoit l'éconduit fermement :

— Nous n'avons pas besoin de vous ici, docteur Kouchner.

Le vieux routier, formé dans le giron des étudiants communistes, ne tarde pas à percevoir que l'atmosphère s'alourdit. Dans la cité où il loge, des chefs d'îlot apparaissent dont la fonction est trop évidente. D'ailleurs, quelques jours plus tard, une fille dénonce le groupe des Français, accusés de détenir des armes. On les somme de s'expliquer. Kouchner s'aperçoit que ses interlocuteurs possèdent un dossier sur lui.

Le nouveau pouvoir organise, le 15 mai, un grand défilé de la victoire. Le temps est clair et ensoleillé. Dès l'aurore, une foule de jeunes gens se presse sur la place du palais de l'Indépendance, anciennement Doc Lap. Des haut-parleurs déversent des chants martiaux. A la tribune, sous l'immense portrait de l'oncle Hô, se sont installés, fraternellement unis, les vainqueurs : le bureau politique du parti communiste nord-vietnamien venu de Hanoi, et les membres du gouvernement révolutionnaire provisoire, arrivés par le même avion.

Kouchner s'est fondu dans la cohue. Mêlé aux ouvriers de l'usine Bastos, il ne peut s'empêcher de penser que cette cérémonie, sinistre, rigide, est l'absolue réplique des festivités équivalentes à Berlin-Est ou à Varsovie. Les délégations occupent des places marquées à la craie et s'ébranlent au coup de sifflet.

En cadence, les manifestants crient : « Hô, Hô, Hô Chi Minh ! ».

Sur l'estrade, le ministre de la Justice du GRP, Truong Nhu Tang, observe le cortège : les organisations de masse, les jeunes, les ouvriers, les fonctionnaires, les étudiants, tous récemment embrigadés dans les syndicats. Puis les unités militaires, les troupes du Nord, suréquipées, avec les tanks, les batteries antiaériennes, les missiles soviétiques qui brillent au soleil.

Tandis que l'orchestre recommence la même marche patriotique, Truong Nhu Tang se démanche le cou pour apercevoir les quelques régiments vietcong qui arrivent. Leur aspect est débraillé, misérable, en comparaison des détachements qui les ont précédés. Et les hommes du Sud portent le drapeau du Nord-Vietnam. Le ministre de la Justice, interloqué, se tourne vers son voisin et l'interroge sur cette anomalie. L'autre, ministre de Hanoi, avec un sourire rassurant :

— L'armée est déjà unifiée...

Le gouvernement révolutionnaire provisoire n'a pas usurpé sa seconde épithète.

Rentrée 1975. Jean-François Bizot et Michel-Antoine Burnier sont fatigués. Voilà cinq ans qu'ils se sont lancés dans l'aventure d'*Actuel* : bouclage après bouclage, à travers l'épuisement et la fureur, la précarité et l'enthousiame, ils ont sorti cinquante-huit numéros. Le temps d'explorer toutes les révoltes, de sonder tous les désirs. Les sentiers de la marge, ils les ont parcourus jusqu'à en connaître chaque recoin. Les sommaires d'*Actuel* concentrent la litanie des années denses inaugurées par le joli mois de Mai : les communautés et la musique planante, la contre-culture et la défonce, la libération des femmes et la fascination de l'Orient, l'antipsychiatrie et la bande dessinée, les maos et l'acide, la presse parallèle et l'antimilitarisme, les petites annonces et l'école différente, la route et le corps, l'écologie et le rock. Pêle-mêle, dans une odeur d'encens et sur papier bariolé, ont défilé Crumb et Hendrix, Ginsberg et Cleaver, Rubin et Sun Ra, Deleuze et Laing, Krivine et Jérôme Savary.

L'imagination exsangue, les fondateurs d'*Actuel* n'éprouvent plus l'envie de prolonger ce journal. Changer de formule ? S'adapter au temps qui passe, aux mœurs qui évoluent ? Il faut de l'argent, des hommes et surtout l'énergie nécessaire aux nuits blanches.

— Alors ? interroge Burnier. Il faut prendre une décision.

— J'ai une idée ! hurle Bizot. On va faire notre meilleur gag, décrocher une pub gratuite formidable.

— C'est quoi, ton scoop ?

— On va faire un faux dernier numéro !

A Bizot revient l'honneur de gratter le « dernier » édito, « *Actuel*, c'est fini ! » :

> Lecteur, on ne crache pas un gros bout de sa vie comme une chique.
> Nous avons fait *Actuel* pendant cinq ans avec des sentiments, des élancements, des plaisirs et des angoisses qui montaient, s'opposaient et dominaient à tour de rôle. Nous avons cru à l'utopie parce que la société dominante n'en brassait que d'horriblement froides. Nous voulions des choses bêtes : que les gens s'aident, qu'ils inventent, que le sourire du bonheur décrispe leurs visages, que la créativité irrigue un peu plus d'esprit de révolution. Et ces choses bêtes, nous les voulons encore.

Pourtant, nous arrêtons cette formule précise qui a fini par nous enserrer comme un corset. Nous ne sommes pas des professeurs en underground qui prêchent jusqu'à l'épuisement de leur corps d'inépuisables évangiles.
Un mouvement culturel doit disparaître d'usure pour retourner à l'humus et qu'autre chose pousse. En devenant massives, détournées aux fins d'un système, les idées d'une minorité perdent bizarrement leur force.
Point de tristesse, lecteur, point de larmes et point de cris : il faut savoir se poser, regarder les années, celles derrière qui tourbillonnent, et celles qui sont grises comme des canaux vaseux, et celles qui déferlent dans l'arrogance pour s'imposer aux manuels d'histoire. Alors, on voit : l'underground avait chanté l'amour, la nature, les fleurs, et cela n'est pas démodé.
Nous sommes contents de ne pas avoir glissé sur cette savonnette, le succès, et nous vous remercions de votre vigilance. Nous restons plutôt penchés vers les militantismes, à la pêche aux idées neuves, conscients maintenant d'une certaine pesanteur du réel et d'une certaine légèreté de notre propos...
Nous avons appris que la démocratie prenait parfois d'étranges chemins qui pouvaient ressembler à de vieilles lois.
Nous repartirons un de ces jours bêcher le temps qui passe, repiquer les idées neuves, arroser les valeurs toutes fraîches.
Allez, à bientôt.

Ce fut vraiment le dernier numéro.

Épilogue

En 1975 s'interrompt ce récit commencé à l'aube des années soixante. Nous le pressentions lorsque nous menions nos interminables entretiens avec les « héros » de cette histoire. D'eux-mêmes, ils achevaient leur « confession » vers ce point de bascule où l'aventure collective, diverse mais portée par le même souffle, s'étiole en destins individuels. L'« itinéraire de dégagement » a revêtu des formes multiples : le retour à soi, à la famille, aux enfants, l'insertion professionnelle, l'analyse, l'étude, la vie associative, la religion... A la braderie du siècle, les idéologies obsolètes se sont retrouvées en solde.

Une décennie a passé depuis que s'est dissipée la grande illusion. Le recul est-il suffisant pour mesurer les effets lointains ou pervers de pareille commotion ? Que sont devenus nos personnages ? Que pensent-ils de leur trajectoire ? Regrettent-ils ? Que reste-t-il de leurs amours ?

Délibérément, nous rompons ici avec le style saga. Les scénaristes se retirent. A ceux qui furent acteurs d'esquisser un bilan. Au lecteur de juger.

« GIGN assassin ! Mitterrand complice ! Machoro, ton combat continue ! » Ils sont deux cents, sous une pluie fine, qui manifestent rue de Varenne devant l'hôtel Matignon. Un peu plus tôt, la radio a annoncé la mort d'Eloi Machoro, l'un des chefs du mouvement indépendantiste canaque, dans la brousse de Nouvelle-Calédonie. Aussitôt, Alain Krivine a rassemblé les maigres troupes disponibles en cet après-midi du samedi 12 janvier 1985. Combien auraient-ils été, quinze années auparavant, dans des circonstances analogues ?

« Pisani complice ! » Vers 10 heures du matin, à Nouméa, le

haut-commissaire Edgard Pisani confirmait la mort du leader du FLNKS, et décrétait l'état d'urgence sur tout le territoire.

Envoyé spécial de *Libération,* Marc Kravetz a passé la nuit précédente dans les rues de la capitale, où l'émeute gronde depuis que la nouvelle de l'assassinat d'un « caldoche » de dix-sept ans a été diffusée. Des jeunes Européens harcèlent les CRS qui gardent le bâtiment du haut-commissariat.

Kravetz effectue la navette entre la place des Cocotiers où retentissent les explosions sèches des grenades offensives et la salle où l'état-major de Pisani dirige les opérations. Le journaliste de *Libé* y a sans difficultés ses entrées, car le préfet chargé du maintien de l'ordre, le bras droit de Pisani, c'est Christian Blanc, son vieux copain de l'UNEF. Blanc était président de la Mutuelle étudiante quand Kravetz en était le vice-président.

Mais, dans cette nuit de tension, d'affrontements, le préfet veille à n'honorer l'amitié qu'après le service de l'Etat. Il se garde d'avertir Marc — lequel, pourtant, rédige son reportage sur un coin de table — que les gendarmes ont encerclé, dans une ferme, un groupe d'une cinquantaine de militants armés du FLNKS emmenés par Machoro. Edgard Pisani redoute une action militaire du chef canaque, un des éléments les plus durs du mouvement, sur la ville de Foa, et a donné consigne de l'intercepter.

A 6 heures, les gendarmes ont demandé aux assiégés de se rendre ; selon les autorités, une fusillade s'est ensuivie, au cours de laquelle Machoro et un autre homme ont été abattus.

La nouvelle est connue à Paris dans l'après-midi. Devant l'hôtel Matignon, les deux cents militants de la Ligue communiste battent la semelle sur la chaussée ruisselante. Alain Krivine dénonce le « guet-apens parfaitement planifié », voulu par le pouvoir.

A l'intérieur, en ce début de week-end, il n'y a plus personne. Le Premier ministre, Laurent Fabius, est en déplacement. Seul Jean-Paul Besset, chargé de mission au cabinet, assure la permanence. Le commissaire de police du quartier le presse de prendre une décision rapide. Doit-il faire dégager la rue de Varenne par la force ?

Besset refuse et l'avertit qu'il va s'en occuper lui-même. Il franchit le portail, sort dans la rue. Krivine :

— Salut, Ploëch !

— Salut, Alain ! C'est inutile de rester, Matignon est vide.

A cet instant débouche une voiture de fonction qui pivote pour entrer dans la cour. Assis sur la banquette arrière, Denis Pingaud, conseiller technique, baisse à demi la vitre et saisit un tract qu'on lui tend. « Séraphin-avec-nous ! » scandent les manifestants goguenards, qui l'ont reconnu. La scène, il est vrai, ne manque pas de piquant : Besset et Pingaud sont tous deux des transfuges de la Ligue communiste ; voilà cinq ans, ils arboraient — maladie propre aux trotskistes — les pseudonymes de Ploëch et de Séraphin.

Faut-il insister sur la coïncidence dont l'épisode meurtrier de Nouvelle-Calédonie a fourni l'occasion ? Un ancien syndicaliste étudiant y préserve l'ordre public tandis qu'un autre ex-leader de l'UNEF « couvre » l'événement pour son journal ; à Paris, deux gauchistes reconvertis qui fréquentent les palais officiels se retrouvent face à leurs compagnons d'autrefois.

Seul, ou presque, Alain Krivine, aujourd'hui comme hier, perpétue le même rituel, les mêmes termes, le même rôle. Immuable.

1987. Jean-Paul Besset, chef d'édition à *Libération* :

> — Je n'éprouve aucun sentiment de trahison par rapport à ce que j'étais. La gestion pragmatique due à la complexité de la réalité risque d'entraîner loin, mais le refuge dans le discours me semble encore plus dérisoire. Je reste fidèle à mes idées, je continue à donner le même contenu à un certain nombre de mots : les valeurs fondamentales demeurent. Je garde ma révolte, mon indignation, même s'il faut les brider. Je me définis comme un humaniste progressiste et je ne confonds plus bonheur et politique. Evidemment, je suis lucide sur mon évolution.

La trajectoire de Jean-Paul Besset est d'une certaine manière exemplaire : de l'enthousiasme à la désillusion, de la révolution à la réforme. En 1968, il a vingt-deux ans ; il est documentaliste dans un petit journal, et pas particulièrement politisé :

> — Le 3 mai, je faisais la queue devant un cinéma du quartier Latin. J'ai vu passer des manifestants. J'ai quitté la file pour les rejoindre. J'étais en dehors de tout : c'était un geste

spontané et solitaire. J'ai plongé dans la fournaise. Je passais mes nuits à la Sorbonne. J'étais seul, mais j'avais le sentiment de vivre une aventure humaine collective.

L'année d'après, Besset adhère à la Ligue communiste, est pris dans l'engrenage militant. En même temps, il entre comme journaliste à RTL, où la rédaction lui propose d'être correspondant dans son pays natal, le Massif central. Il s'installe à Clermont-Ferrand et y travaille pour RTL et *le Figaro* — tout en étant le chef régional de la Ligue !

— Sur Clermont, on était un groupe de copains. L'organisation était une famille, on formait une petite contre-société, une communauté de deux cents personnes, et l'on vivait totalement entre nous : on avait nos bistrots, nos soirées, nos sorties à la campagne. Il y avait une réelle fraternité militante. On était une mini-force politique, mais respectée, avec un local, une librairie. Quand il y avait une grève dans une usine, j'entrais avec ma carte de presse. On avait un groupe de trente ouvriers à Michelin. Je me sentais bien avec eux. Je voulais rester journaliste, mais je croyais à la révolution dans un avenir rapproché. Je pensais être dans le réel. En tant que responsable de région, je suis élu au Comité central.

En 1976, La Ligue décide de créer un quotidien. Besset « monte » à Paris pour s'en occuper. Il est le seul journaliste professionnel de l'équipe où se retrouvent Georges Marion, Denis Pingaud, Edwy Plenel. Pendant quatre ans, il travaille quatorze heures par jour et touche un salaire inférieur au SMIC. Un sacerdoce inutile ?

— J'ai vécu l'échec du quotidien comme une blessure personnelle. C'était la mort d'un journal et la fin d'une histoire. J'étais déphasé et paumé. J'avais vécu en vase clos pendant des années. J'ai pris mes distances. Je voulais me désintoxiquer du militantisme.

Besset entre au *Matin* comme secrétaire de rédaction et reprend une vie normale. Quelques mois plus tard, il quitte la Ligue et, pour l'occasion, rédige une longue lettre :

« La rupture ne peut être que douloureuse après douze ans presque totalement consacrés à l'organisation. Rupture qu'il faut bien finir par nommer, accepter, revendiquer après qu'insensiblement on se soit écarté, que le fossé se soit creusé, comme une tranchée entre deux mondes. Est-ce moi qui ai dérivé ? Est-ce elle qui n'est plus la même ? Dans le moment, il n'y a que la conscience du vide, du fossé béant, et un sentiment d'irréconciliabilité définitif. Non pas qu'il s'agisse de regretter ces douze ans qui dégringolent soudain : le choix était le meilleur. Il débordait le politique pour engager moralement toute la vie. L'amertume est d'autant plus grande de sentir que c'est la meilleure part de soi-même qui se retrouve brisée, gâchée. »

La missive adressée à ses anciens camarades ne reçoit pas de réponse.

— C'était dur. Je pars, et on te dit « salut ». Pour eux, je n'avais pas tenu le coup : j'étais en dehors du cercle. Je faisais renégat.

Jean-Paul Besset perçoit l'élection de François Mitterrand comme un aboutissement naturel. Il adhère au parti socialiste en 1983 et y juge le militantisme affligeant, intéressé. En juillet 1984, Besset est en vacances à Cuba. Dans *Gramma,* il repère une brève : Laurent Fabius remplace Pierre Mauroy à l'hôtel Matignon. De retour à Paris, il reçoit un coup de téléphone de Jean-Gabriel Frédet, qu'il a connu au *Matin.*

— Frédet était chargé d'organiser le bureau de presse du Premier ministre. Il me propose de venir travailler avec lui. J'ai cru à un gag. Je réfléchis une journée. Fabius, pour moi, c'était un Giscard de gauche. A trois jours près, il a le même âge que moi, et je n'étais pas subjugué par son itinéraire. Et puis, je me suis décidé : on ne peut rester éternellement sur la touche à commenter. Voir les gardes républicains me saluer lorsque je suis entré à Matignon la première fois, cela m'a beaucoup amusé. Le nombre d'anciens gauchistes autour de Fabius est à mes yeux un complet mystère. Frédet n'a aucune histoire politique, mais nous nous sommes retrouvés, avec Pingaud et encore un ex-trotskiste, Poulet, à la presse. On m'a dit que Fabius avait coché nos noms sur une liste de collaborateurs qui lui étaient proposés. Hasard ou choix conscient ? Deux autres personnes qui préparaient ses discours venaient aussi de l'extrême gauche. En tout cas, l'expérience militante, dans cet emploi, m'a beaucoup apporté. J'avais l'intuition de ce qui est important bien avant les hauts fonctionnaires.

Les anciens gauchistes n'ont pas, contrairement à maintes légendes, envahi les cabinets ministériels de la gauche. Besset fait plutôt figure d'exception. Le cursus qui conduit sous les lambris dorés n'est guère compatible avec des années de militantisme extra-parlementaire. Tout au plus rencontre-t-on divers anciens soixante-huitards au cabinet d'Edith Cresson, ministre de l'Industrie. Ou encore Philippe Barret, ex-trésorier de la Gauche prolétarienne, comme chargé de mission au cabinet de Jean-Pierre Chevènement, ministre de l'Education nationale en 1984. Jadis, la GP voulait détruire l'Université bourgeoise et tirait à boulets — rouges — sur le savoir. Rue de Grenelle, Barret, épaulé par son camarade Milner, également ancien gépiste, fut l'un des plus fougueux chantres de restauration du savoir transcendant. Il est aujourd'hui inspecteur général de la vie scolaire.

Lorsque Max Gallo, en 1983, est nommé porte-parole du gouvernement, il demande à celui qui fut son étudiant, Jean-Marc Salmon, de s'adjoindre au cabinet. Salmon, ancien responsable de l'UNEF dans les années soixante, ancien militant maoïste, a rompu avec la Gauche prolétarienne en 1970, après une tentative infructueuse et déprimante d'établissement dans une usine de la région rouennaise :

— La découverte de la classe ouvrière réelle était décapante : plus de grandes phrases, de filtre idéologique — la réalité nue. Le mythe du prolétariat révolutionnaire s'effondrait. Les ouvriers, j'en ai vu beaucoup, et il était clair qu'ils ne voulaient pas de la révolution.

Comme tout militant drogué de politique, Salmon transite par une phase de décompression : musique, défonce. Il séjourne une année dans une communauté spirituelle au nord de l'Ecosse, où, entre deux méditations, il pratique le jardinage et la poterie. Puis il découvre New York et subit la fascination de l'Amérique dont il a si souvent pourfendu l'« impérialisme ». Contemplant les gratte-ciel de Wall Street, il est troublé par la puissance, le dynamisme, la vitalité d'une telle société.

L'idée de révolution, qui a obsédé son existence durant une décennie, l'abandonne définitivement. Il la juge dénuée de sens, lointaine, grotesque. Salmon vit aux Etats-Unis pendant quelque temps, s'y marie devant le rabbin. Rentré en France, il travaille à l'institut Ipsos, que dirige son ex-camarade maoïste des comités Vietnam, Didier Truchot.

Quand Gallo, donc, lui propose de travailler avec lui, il n'hésite pas une seconde :

> — Ma première mission est d'aller étudier sur place comment fonctionne le système de communication à la Maison-Blanche. Je passe quatre jours à Washington. C'était drôle, pour moi qui avais tellement gueulé « *US go home !* », de me retrouver là, reçu par les gens de l'équipe Reagan. A mon retour, j'ai rédigé une note détaillée pour la présidence.

Durant une année, Salmon « vend » aux journalistes la politique du gouvernement. Chaque lundi matin, à Matignon, il assiste à une réunion avec Michel Delebarre, directeur de cabinet du Premier ministre Pierre Mauroy, et Thierry Pfister. Son expérience antérieure lui est fort précieuse.

1987. Roland Castro, ancien membre du bureau national de l'UEC, ex-dirigeant de l'UJC(ml), fondateur de *Vive la révolution*, fait partie du groupe des experts de Lionel Jospin, premier secrétaire du parti socialiste. Il croise dans ces parages Alain Geismar ou René Frydman, ancien de l'UEC.

> — Le 10 mai m'a tapé sur le citron. Le 11 mai, J'ai écrit un poème : *Tout va changer*. J'avais mon plan de réhabilitation des banlieues et je l'ai proposé au ministère. Cela traînait. J'ai vu les conseillers de Mitterrand. Lorsqu'il y a eu le pro-

jet d'exposition universelle, j'ai écrit au président pour lui dire que c'était l'occasion ou jamais de restructurer la banlieue. Le jour où le projet d'exposition a été abandonné, j'avais rendez-vous à l'Elysée.

Je détestais Mitterrand jusqu'au 8 mai. Ce jour-là, j'ai assisté au dernier meeting de sa campagne, à Nantes, où il a fait un discours à la Malraux. Cela m'a converti. Quand je l'ai vu à l'Elysée pour la première fois, il m'a dit que mon plan l'intéressait, mais il a ajouté : quelque chose ne va pas entre nous, c'est Mai 68. Je lui ai répondu : je connais bien l'argument, Régis Debray me l'a assez servi. La discussion a démarré ainsi. Je lui ai proposé de lui montrer *de visu* ce que je voulais faire sur la banlieue. On a pris rendez-vous pour le 26 juillet 1983, jour du trentième anniversaire de l'assaut contre la Moncada par Fidel Castro.

Je l'ai emmené à Châtenay-Malabry dans une cité-jardin très belle afin qu'il constate qu'on pouvait construire des logements sociaux agréables. La municipalité me devait de l'argent pour un projet que j'avais élaboré et dont le règlement traînait. Lorsque le maire m'a vu descendre de la voiture avec Mitterrand, il était au garde-à-vous (j'ai été payé). Puis on a pris l'hélicoptère pour aller à La Courneuve, dans la cité des Quatre Mille où un petit Arabe venait de se faire descendre. On est revenu en voiture à l'Elysée. J'ai réclamé à Mitterrand une lettre de mission. Il a accepté, et ensuite a suivi de près notre travail. « Banlieues 89 » a commencé comme cela. Plus tard, j'ai organisé des déjeuners à l'Elysée. J'ai fait venir tous mes copains : Bizot, Butel, Dollé, Frydman, Kouchner, Le Dantec, Vacquin. Ils s'habillaient tous très correctement pour la circonstance. Le président était seul, sans protocole.

Jean-Pierre le Dantec, ancien directeur de *la Cause du peuple* :

— J'ai assisté à un déjeuner à l'Elysée à la fin de 1984, dont le prétexte était : comment reconquérir l'opinion ? J'ai joué le rôle du râleur. J'ai essayé d'expliquer au président le hiatus entre nous : il était un tiède bourgeois lorsque nous avions vingt ans ; il était devenu de plus en plus marxiste pendant la période du Programme commun, tandis que nous évoluions dans l'autre sens. La gauche était arrivée au pouvoir au moment où son idéologie était devenue obsolète.

Henri Weber a adhéré au parti socialiste en 1986. L'animateur, avec Krivine, de l'« opposition de gauche » de l'UEC au début des années soixante, le fondateur — toujours avec Krivine— de la JCR puis de la Ligue communiste qu'il a co-dirigée durant de longues années, est aujourd'hui un proche de Laurent Fabius et participe au *staff* de l'ancien Premier ministre. Son « décrochage » du gauchisme a été long, difficile, douloureux. Un leader qui a entraîné des centaines, voire des milliers de jeunes gens sur la voie des certitudes rêvées affronte quelques problèmes de conscience le jour où le doute l'atteint.

— C'est l'exemple italien qui a commencé à me dessiller les yeux. J'allais souvent en Italie. L'extrême gauche était forte et totalement délirante, sous hégémonie mao-stalinienne, fascinée par la violence. La réflexion stratégique se situait au sein de la gauche du parti communiste, et je considérais que dans le débat entre le PCI et les gauchistes, le PCI avait des arguments solides : on ne transforme pas les sociétés occidentales de manière brutale, sur un mode tiers-mondiste. Je jugeais les eurocommunistes intelligents : ils essayaient d'élaborer une stratégie de transformation des vieux pays capitalistes, et, en comparaison, le discours gauchiste semblait indigent.
A partir de ce moment, je me suis mis à travailler sur les textes, à remonter aux sources. J'ai étudié l'austro-marxisme, la social-démocratie allemande au début du siècle, et naturellement je suis tombé sur Kautsky et Bernstein. Et puis je suis passé aux grands classiques du libéralisme, et la lecture de Max Weber a été l'illumination. Finalement, j'ai abandonné le gauchisme par une démarche intellectuelle, en me persuadant que l'idée de démocratie était fondamentale et que tout le reste en découlait. La théorie marxiste-léniniste du dépérisssement de l'Etat m'apparut d'une extrême pauvreté, la fameuse « pyramide des conseils ouvriers », débile, et les critiques contre « les libertés for-

melles », idiotes ; j'ai erré pendant des années en restant sur la touche, sans me décider à rompre vraiment.

En 1980, Weber rédige une lettre de démission à l'intention de ses « chers amis et estimés camarades ». Il y énumère les raisons qui vouent l'organisation trotskiste à une marginalité sans retour :

> « Le dogmatisme confère aux débats de la Ligue un caractère scolastique inimitable qui les rend opaques et dérisoires au commun des mortels... »

Cette épître, il ne l'enverra pas, conscient de déguiser une irrémédiable perte de croyance sous des désaccords politiques trop rationnels, trop vite dépassés.

Il ne parvient toujours point à supporter l'idée que l'effervescence de Mai n'ait rien engendré sur le plan politique. La victoire de Mitterrand, en 1981, provoque le déclic. Cette fois, la rupture est consommée. Vingt années de sa vie s'achèvent :

> — J'ai mis trop longtemps à rompre, mais, comme tous les ex-gauchistes, je faisais une fixation narcissique sur la post-adolescence que je ne réussissais pas à quitter.

En 1983, Weber entame une longue enquête sur le patronat français. Grâce à l'introduction de Michel Calzaroni, directeur-adjoint à l'information du CNPF et ancien militant d'extrême droite, l'ex-révolutionnaire bénéficie d'un bureau tenu à sa disposition rue Pierre-Ier-de-Serbie, afin de consulter les archives.

> — Il faut assumer la social-démocratie. Je ne conçois pas d'être en dehors d'un courant organisé. S'il est possible de faire quelque chose, c'est au parti socialiste, et nulle part ailleurs.

Lors d'élections législatives, Weber sera peut être candidat du PS à Saint-Denis, dans la banlieue parisienne, avec de bonnes chances de succès. Son ancien camarade Krivine, qui habite la circonscription, aura ainsi la joie de voter pour lui au second tour.

Il ne lui déplaît pas, à Krivine, d'être le diplodocus de cette génération, le dernier survivant des temps héroïques, toujours prêt, la cinquantaine approchant. Prêt, lors de l'élection présidentielle du printemps 1988, à mener campagne pour Pierre Juquin, l'homme qui, en 1965, lui donna la chasse jusqu'à le bannir du giron communiste.

> — Vers trente-cinq ans, je me suis demandé si j'allais faire de la politique professionnelle toute ma vie. Un travail, de toute manière, n'aurait été qu'un gagne-pain ; la motivation, chez moi, est restée intacte.
> Globalement, le résultat de vingt années de militantisme n'est pas mirobolant. Nous avons monté une organisation de plusieurs milliers de personnes, mais nous ne sommes pas plus nombreux qu'en 1973, même si la composition sociale a changé. S'il ne s'est pas produit de développement impétueux, c'est qu'il faut replacer 68 dans une perspective plus modeste. L'idée de répétition générale était fausse. 68 était une révolte inégale dont l'organisation était nulle, et la politisation superficielle. C'était, politiquement, un mouvement plaqué sur des traditions antérieures. C'est la postérité culturelle de Mai qui est essentielle. L'oppression a été plus mise en cause que l'exploitation.

Même si beaucoup d'entre eux votent à gauche, les anciens gauchistes ne se précipitent guère, comme Henri Weber, pour reprendre du service. Vaccinés une bonne fois, ils conservent une méfiance instinctive envers les appareils de pouvoir, les naïvetés ou ruses de l'engagement, et ne nourrissent aucune illusion sur les charmes vénéneux du combat militant.

Fort peu d'ex-soixante-huitards se sont pris à rêver, le 10 mai 1981, tel Roland Castro. Revenus du Grand Soir insurrectionnel, ils n'ont point investi dans le Grand Soir électoral ; depuis longtemps, ils ont abandonné la chimère de changer la société par le haut, par décret, par la seule volonté d'un groupe partisan. L'« état de grâce » leur est apparu comme un mélange assez bizarre d'élans ingénus et de sectarisme revanchard.

Ils ne croyaient plus et ne croiront plus jamais que le pouvoir politique ait mission et capacité de changer la vie par son action propre, ni que l'Etat soit susceptible d'offrir le bonheur aux individus. En revanche, quand la gauche socialiste a retouché terre, renoncé à l'utopie programmatique, à scinder le monde et le corps social entre bons et méchants, la génération de 68 a goûté ce pragmatisme désidéologisé — plus porteur de changements potentiels, à ses yeux, que les discours précédents. D'une certaine manière, la prophétie millénariste régénérée par l'esprit de Mai s'est définitivement envolée en 1983, lorsque les socialistes, comme les gauchistes l'avaient fait quelques années auparavant, ont cessé de rêver les yeux ouverts.

La terrasse domine Paris et offre une des plus belles vues qui soient sur la capitale. Serge July en est fier et ne manque pas, si quelque ministre, conseiller à la présidence ou chef d'entreprise visite le siège de son quotidien, d'achever la promenade par les sommets. *Libération* est un grand journal, et les locaux sont à la hauteur ; une architecture moderne et aérée, de grandes baies vitrées, la rédaction entièrement informatisée, regroupée par services : l'ensemble évoque, dans un style plus cool mais non moins pro, les salles de *desk* des grands quotidiens d'outre-Atlantique — comme on les voit au cinéma hollywoodien.

Le directeur dispose d'une cage en verre, isolée, fonctionnelle, avec batterie de téléphones, télévision, terminal d'ordinateur. Par sa qualité et son audience, le journal que fonda un quarteron de maoïstes avec les deniers du peuple est devenu l'un des tout premiers titres français.

Du monde entier, on vient étudier le phénomène et son artisan principal : *Big boss* July.

Que subsiste-t-il, dans le *Libération* d'aujourd'hui, du *Libé* d'hier, remodelé par une double évolution, politique et professionnelle ? Depuis 1974, le quotidien a accompagné et parfois provoqué la rupture générale avec les idéaux, les délires, les utopies soixante-huitards. L'histoire de *Libération,* c'est aussi la chronique de la destruction du gauchisme.

« Toutes les mythologies héritées de Mai, tous les concepts qui corsetaient, qui structuraient la conscience et la pensée politique d'alors, il nous a fallu dix ans pour nous en débarrasser, pour en faire la critique, pour commencer enfin à réagir librement. Dix ans pour aller jusqu'au bout de nos utopies », écrivait déjà Serge July voilà une décennie.

La révolution des œillets, au Portugal, offrit la dernière scène où l'extrême gauche européenne vint mimer l'insurrection finale. Tous les ingrédients semblaient réunis pour déclencher le soulèvement : un parti communiste sorti tout droit du Komintern des années trente, une partie de l'armée manipulée et naïve. July lui-même investit moult espérances dans le MFA. Ce fut un fiasco, heureusement non meurtrier, et l'adieu définitif à la révolution.

A la mort de Mao, *Libération* commit un numéro spécial iconoclaste et illustré qui réglait son compte à la mythologie chinoise. La Révolution culturelle ramenée à sa triste réalité — un affrontement sanglant pour le pouvoir —, la dénonciation de la « bande des quatre », les révélations sur la mort de Lin Piao, tout concourait vers un diagnostic simple : la Chine est un pays communiste totalitaire, pas même économiquement efficace, où s'enchevêtrent famines et désorganisation, humiliation et oppression. Terrain connu, hélas ! parfaitement balisé. On était loin de l'homme nouveau. La révision fut définitive et, sur ce nouveau linceul des illusions perdues, *Libé* balança cent fleurs...

Le dernier acte de la rupture intervient à l'automne 1977.

Un commando de la Fraction armée rouge enlève le patron des patrons allemands, Hans Martin Schleyer, et exige en échange la libération d'Andreas Baader et de ses compagnons. Un mois plus tard, un Boeing de la Lufthansa est détourné par un nouveau commando qui réclame à son tour l'élargissement des prisonniers. Sur l'aéroport de Mogadiscio, en Somalie, où l'avion a finalement atterri, l'assaut est donné par une unité antiterroriste allemande.

Quelques heures s'écoulent, et le gouvernement fédéral annonce le suicide en prison d'Andreas Baader et de Gudrun Ensslin. Avant que ce dénouement ne soit connu, *Libération* a titré : « RAF-RFA : la guerre des monstres. »

Une partie de la mouvance gauchiste ne pardonne pas au quotidien la manière dont il a relaté les événements, trop distante à son goût. Le suicide des prisonniers paraît suspect, et beaucoup croient qu'ils ont été abattus dans leur cellule.

Un matin, les locaux de *Libé* sont occupés par une centaine d'« autonomes » qui prétendent faire le journal, accusent July de trahison. « Tout journaliste est un flic », « Attention, un journal peut en cacher un autre », « July, bientôt ton heure », menacent les graffiti peints sur les murs.

> « C'est le baptême du feu de l'institution *Libération*. Nous voilà patrons, otages, traîtres confrontés aux représentants d'un mouvement aussi confidentiel que verbalement violent. Dès lors, avec le cynisme qui sied à une équipe d'intellectuels petits-bourgeois, nous resterons fermes sur cet autre principe bourgeois : refuser de travailler sous la contrainte de quelque groupe que ce soit », écrit le lendemain Jean-Paul Géné, qui conclut : « De la bouteille de champagne que nous avions fait mousser en Mai 68, il ne restait que quelques gorgées amères, on nous les a fait boire de force hier, nous n'avons plus de goût pour les fonds de bouteille. »

L'épisode allemand ponctue l'histoire de *Libé* d'une brisure que July résume alors d'une phrase : « Dans le comportement révolutionnaire, il y a une terreur que je refuse. »

Sans doute parce qu'il a incarné à travers *Libération* les renoncements successifs au paradis perdu (ou à l'infini possible), Serge July suscite aujourd'hui une animosité certaine chez nombre de ses contemporains : il symbolise commodément une réussite assise sur les mythes défaits, la jeunesse évanouie — s'il a effectivement « trahi », s'il a cyniquement bâti un empire sur les décombres du militantisme obscur, il devient moins douloureux de regarder en arrière, de récuser le miroir infidèle.

Maoïste délirant hier, patron de presse maintenant : le succès éveille la jalousie, l'aigreur. On lui reproche pêle-mêle ses costards de mauvais goût, sa coiffure plaquée, ses cigares, ses « je veux dire en gros », ses « somme toute », et même son épaisseur, signe patent d'opulence renégate.

Ce procès instruit sans relâche trimbale trop de rancœur pour n'être pas suspect. « Somme toute », il omet l'essentiel : si *Libération* est ce qu'il est devenu, il le doit à l'opiniâtreté, à la ténacité, à l'ambition de Serge July. Sans lui, même ses ennemis le concèdent, *Libé* aurait depuis longtemps disparu. C'est lui qui a imposé avec la dose opportune d'autoritarisme, d'arbitraire, de calcul, la transformation d'un torchon illisible en quotidien national.

La mue irréversible s'est produite en 1981, quand Serge July a provoqué la suspension de la parution afin de franchir une étape. Lorsque *Libération* reparaît, juste après l'élection de François Mitterrand, deux principes de base qui avaient fondé l'originalité du journal disparaissent : l'égalité des salaires et la proscription de la publicité.

Marc Kravetz, chef du service étranger :

— Le non-professionnalisme des origines a permis l'aventure professionnelle. Si, au départ, des pros avaient créé ce journal, il aurait été sans âme, sans histoire. L'amateurisme a façonné le style. Ce qui a fait *Libé,* c'est l'incohérence, l'apprentissage sur le tas, la passion et les déchirements. July a tout encaissé, tout digéré, tout dépassé. C'est sa grande force, son mérite, presque historique, d'être un formidable catalyseur des choses qu'il repère comme essentielles. Il est mégalo, parano, procède par affirmations catégoriques sans démonstration, mais, chez lui, le positif, le productif l'emportent toujours. Et, au fond, sous l'apparence de la « bête de presse », l'individu, depuis vingt-cinq ans que je le connais, ne s'est pas fondamentalement modifié.

Serge July :

— Je n'ai pu vivre l'expérience de *Libération* qu'en tirant parti de tout ce que j'ai fait depuis les années soixante, ces périodes de l'existence qui réclament un engagement total : la guerre d'Algérie, Mai 68, la Gauche prolétarienne avec ses contradictions et ses erreurs. Ce fut pour les maoïstes que nous étions une plongée dans la société française, dans sa complexité : être entré dans les usines, avoir partagé la vie des mineurs, cela nous a permis d'avoir une vision moins étroite. Je n'aurais pas pu faire *Libération* sans cette connaissance-là.

July voulait changer le monde. Il n'a changé que le monde de la presse. En 1985, le magazine des Américains de Paris, *Passion,* reproduit sa photo en couverture et le classe *number one* des « cent poids lourds des médias parisiens ».

Jean-François Bizot :

> — Au début, July n'avait pas l'habitude du journalisme. Je le dis sans méchanceté. Il faut rendre hommage à ce qu'il a réalisé ensuite ; les méthodes n'étaient pas toujours très propres : quelques maoïstes méritants ont été jetés avec l'eau du bain. Mais, dans la vie, des choix s'imposent. Il fallait bien que quelqu'un prenne le pouvoir dans ce journal. Il voulait fabriquer un outil de pouvoir idéologique dans la société : il a réussi.

Toujours blafard, toujours la tête du gars qui vient de passer une nuit blanche — c'est souvent le cas —, Bizot ne dissimule pas une pointe d'étonnement à moitié admiratif devant l'animal politique qu'est Serge July.

Le directeur d'*Actuel* peut également s'afficher satisfait. Avec deux cent mille exemplaires vendus chaque mois, le mensuel n'a pas raté sa « renaissance » en 1979, même s'il fallut, là encore, piétiner quelques principes d'antan — ainsi la publicité sur papier glacé.

Bizot demeure égal à lui-même, timide, bafouillant, brouillon, avide de nouveauté, insaisissable et attachant. L'équipe, si elle s'est enrichie, reste globalement fidèle au poste. Jean-Paul Ribes, ex-porteur de valises, ex-Pied-Rouge, ex-mao, est parti diriger *l'Express-Aujourd'hui.* Mais Michel-Antoine Burnier continue d'assurer la rédaction en chef. L'ancien journaliste de *Clarté,* de *l'Evénement* (le mensuel d'Emmanuel d'Astier), d'*Action* forme avec Bizot le couple le plus étrange, le plus dissemblable, mais aussi le plus solide qui soit.

Les soixante-huitards investissent les médias. Marion et Plenel, qui ont aiguisé naguère leur plume à *Rouge,* tiennent la rubrique police du *Monde* et, à intervalles réguliers, déterrent quelques scandales qui ornent la une, leur valent le courroux du ministre de l'Intérieur et la vindicte de *Minute.*

Beaucoup de révolutionnaires en retraite, de gauchistes repentis, ont suivi des études de lettres ou de sciences sociales — parfois en dédaignant allégrement les concours universitaires. A l'heure de la reconversion, quel était leur talent ? Communiquer une expérience, une conviction. La carrière politicienne, ils avaient prématurément donné... Rien de surprenant si prévalent, parmi eux, les enseignants et les journalistes.

Jean Schalit, le rénovateur du *Clarté* des étudiants communistes, le créateur d'*Action* en 1968, l'un des pères de la deuxième formule d'*Actuel*, prépare la sortie d'un quotidien national pour le groupe Hachette. Arrêtons là une énumération qui serait vite fastidieuse, et, pour nous en tenir aux personnages de ce livre, relevons seulement que Jean-Marcel Bouguereau, après une quinzaine d'années de bons et loyaux services à *Libération*, est aujourd'hui le codirecteur de la rédaction de *l'Evénement du jeudi*.

— J'ai noté une belle formule, une belle expression du docteur Bernard Kouchner : la morale de l'extrême urgence...

Le président de la République se tourne vers Kouchner qui, à la tribune, anime le colloque organisé en janvier 1987 par ses soins sur « Droit et morale humanitaire ». Belle consécration pour le fondateur, seize ans plus tôt, de Médecins sans frontières : le gratin de l'intelligentsia française est là, et si François Mitterrand ouvre les travaux, Jacques Chirac les clôt. L'un et l'autre soutiennent l'idée que le « devoir d'ingérence » soit inscrit dans la charte des Nations unies ; le devoir d'ingérence, c'est-à-dire l'obligation d'apporter partout dans le monde aide et secours à ceux qui souffrent.

Depuis le Biafra, en 1968, Kouchner n'a pratiquement pas cessé de parcourir la planète, la trousse à la main, volant de catastrophe en massacre, de guerre en séisme : aventurier, troquant le fusil pour le bistouri et réciproquement, il fait figure de pionnier dans sa génération. Bien avant que ses camarades ne se dépêtrent de la gangue manichéenne, il a compris, privilège du médecin, qu'il faut être du côté de la victime quel que soit le régime : une ligne de conduite simple qui n'a pas varié en vingt ans de baroud — l'Amérique latine, la Jordanie, l'Erythrée, le Kurdistan, l'Irlande, le Tchad, l'Afghanistan, le Vietnam. Au Liban, il a soigné Palestiniens et chrétiens, opérant sous les bombes, dans l'anonymat, risquant sa peau loin des caméras de télévision.

Et puis, en 1978, l'image d'un bateau en perdition sur la mer de Chine, surchargé de réfugiés vietnamiens, envahit le petit écran au journal de 20 heures. Ce fut le départ d'une aventure, la mobilisation d'une poignée d'individus pour affréter l'*Ile de Lumière,* un rafiot transformé en navire-hôpital. Bien des anciens gauchistes qui avaient défilé dans les rues gueulant « FNL vaincra ! » se retrouvèrent à l'occasion : Claudie et Jacques Broyelle, Michel-Antoine Burnier, Alain Geismar, André Glucksmann, Jean-Pierre Le Dantec bouclaient ainsi la boucle en se portant au secours des victimes d'un régime qu'ils avaient jadis appelé de leurs vœux.

A ce rendez-vous crucial, Kouchner a vu avec joie se présenter des compagnons de jeunesse qui autrefois brocardaient son angélisme militant. Après maintes errances, ils aboutissaient finalement au même point que lui : ceux qui souffrent ne sont titulaires d'aucune carte partisane.

> — Je pense que nous sommes actuellement en train de décider si nous nous occuperons des hommes. Les Vietnamiens dont il est question n'ont pas toujours été de notre côté. Ils ont été comme ils ont voulu, mais le fait est que, pour l'instant, nous ne nous intéressons plus à leurs questions politiques, nous nous intéressons à leur vie...

Fatigué, la voix sourde et éraillée, Sartre parle. Les initiateurs du « bateau » réunissent, le 29 juin 1979, une conférence de presse à l'hôtel Lutétia. Kouchner rentre de Malaisie. Depuis deux mois, l'*Ile de Lumière,* ancré en face de Poulo Bidong, soigne les damnés de la mer. Lorsque Sartre est arrivé, marchant à petits pas, vieilli, Glucksmann l'a guidé par le bras. En passant à côté d'Aron déjà installé à la tribune, « Glucks » glisse un mot à l'oreille de Sartre, qui grimace un sourire bizarre. Aron lui serre la main et murmure : « Bonjour, mon petit camarade. »

Sartre n'a pas entendu cette affectueuse appellation qui remonte un demi-siècle en arrière, à l'époque de Normale sup. La poignée de main entre les deux hommes qui se sont évités depuis des décennies semble clore une époque. Celle de l'affrontement idéologique, des anathèmes.

Le dimanche 24 juin, sous la tour Eiffel, des réfugiés vietnamiens organisent une manifestation. Glucksmann est présent avec Cohn-Bendit. A quelques mètres, des militants d'extrême droite scandent : « Communistes assassins ! » Le lendemain, dans *Libération,* Dany Cohn-Bendit ne s'en est pas encore remis :

> « Cette rencontre sous la tour Eiffel n'est en fin de compte que la parabole d'une génération " squeezée " par l'histoire, qui recherche son identité en se baladant dans le cimetière de nos mythes perdus. Nous sommes les égouts de l'histoire... »

Deux jours plus tard, une délégation du comité, composée d'Aron, de Sartre, de Claudie Broyelle et de Glucksmann, est reçue à l'Elysée par Valéry Giscard d'Estaing. Le président de la République, un brin cérémonieux, ignorant de la situation, s'adresse à Sartre :

— Qu'en pensez-vous, Maître ?

De Gaulle déjà, il y a quinze ans, donnait au philosophe du « cher Maître ». C'était pour lui refuser l'autorisation de tenir en France une session du tribunal Russell qui devait juger les « crimes de guerre » américains au Vietnam. Le temps galope, ricane.

Sartre veut que Giscard s'engage à héberger plus de *boat people.*

— Le premier des droits de l'homme, c'est le devoir pour certains d'aider les autres à vivre.

Pressé par Glucksmann, véhément et pathétique, le président promet que la France fournira autant de visas que l'*Ile de Lumière* abrite de réfugiés, non sans avoir lâché cette interrogation qui laisse la délégation perplexe :

— Mais, au fond, pourquoi fuient-ils, ces Vietnamiens ?

Cinq mois s'écoulent, et l'*Ile de Lumière* remonte le Mékong jusqu'à Phnom-Penh. Dans la capitale cambodgienne que les Vietnamiens viennent de « libérer » des « Khmers rouges », Kouchner visite le lycée Tuol Sleng, un camp en pleine ville caché sous des plaques de tôle : c'était l'un des principaux centres de torture ; en trois ans, trente mille personnes sont mortes ici, affreusement mutilées. Fragment infime d'un immense génocide, l'un des massacres les plus effroyables du XXe siècle, perpétré en vertu de l'idéal pur qui avait nom révolution.

Jacques Broyelle, fondateur de l'UJC(ml) en 1966, présentement journaliste à *Valeurs actuelles* :

— Je revendique hautement que, sur la question du Vietnam, nous ne nous sommes jamais trompés (au sens classique de l'expression). Nous n'avions rien à voir avec des démocrates gogos croyant naïvement que le FNL était un front patriotique. Nous savions (en gros : les détails viennent après) que c'était le communisme dont il était porteur. Qu'il marchait main dans la main avec le Nord. Que c'était bien, juste, progressiste, que le Nord intervienne au Sud. Et qu'on allait voir tout cela accoucher d'une dictature populaire nouvelle, c'est-à-dire différente de celle de l'URSS. Mais d'une dictature quand même.

Robert Linhart, fondateur de l'UJC(ml), chercheur en sciences sociales :

— Il y a dans le reniement quelque chose de pathologique. Ecouter Broyelle, c'est dur.

Les ex-gauchistes, dans leur immense majorité, ne regrettent rien, comme le chantait Edith Piaf. Ou plutôt, ne regrettent point d'avoir épousé semblable itinéraire.

Serge July :

— Je ne suis pas amer. J'appartiens à une génération qui a vécu une formidable mutation à travers des errements qui se sont révélés fructueux. Le gauchisme français, à la naissance de beaucoup de bouleversements sociaux qui l'ont fait imploser, a joué un rôle positif y compris par ses erreurs. Il a permis d'aller jusqu'au bout, d'épuiser les idéologies d'avant-garde. Je ne regrette rien.

Jean-Paul Ribes, ex-mao :

— Je n'ai aucun repentir, car nous avons échappé au danger principal. Nous ne sommes pas devenus des assassins. Notre génération était généreuse, porteuse de valeurs morales très fortes qui ont été perverties par la politique, mais cette générosité tripale demeure.

Jacques Broyelle :

— Ce qui me frappe aujourd'hui, c'est l'amnésie, la facilité, la futilité avec laquelle beaucoup tournent la page, enfouissant ces épisodes, refusant de regarder leur réalité et leur passé en face, se fabriquant une voie royale vers la lumière, jalonnée d'étapes nécessaires, qui leur tient lieu de « bio » reconstituée. C'est tout à fait humain et rassurant psychologiquement.
Pour moi, revenir avec insistance sur le passé ne témoigne pas d'un goût douteux (judéo-chrétien) pour l'autoflagellation. Battre ma coulpe ne me tente pas, bien que je sois convaincu que j'ai fait du « mal ». Il faut aller au contraire « à la recherche du temps perdu » pour comprendre ce qu'on est, comment on l'est devenu, et comment on a pu être ce qu'on a été.

Alain Geismar :

— Je suis content d'avoir été mao. Absolument. Aujourd'hui encore, les gens qui n'y ont pas été voir, en 68, suscitent chez moi un sentiment d'étrangeté.

Olivier Rolin, ancien chef de la NRP :

— Mes regrets ? De ne pas savoir jouer du violon, de ne pas avoir plus étudié la philosophie. Mais je n'ai tué personne. Enlever Nogrette, ce n'était pas encore de la barbarie, même si c'en était déjà l'apprentissage. Je suis très content d'avoir vécu cette période. Mon remords concerne ceux qui s'en sont mal tirés, dont la vie a été définitivement et négativement infléchie. Personnellement, je n'aurais pas écrit si j'étais devenu énarque. J'ai un supplément de sympathie pour ceux qui sont passés par là, pour la capacité de passion qu'ils ont eue. Il faut être emporté, même si j'ai appris à me méfier de l'emportement.

Tony Lévy, ancien dirigeant de la Gauche prolétarienne :

— De regret, aucun. Je ne pense pas que nous ayons commis de conneries majeures, au sens métaphysique : nous nous sommes arrêtés juste avant. Les conneries non métaphysiques ont commencé quand nous avons joué avec la violence non symbolique, par exemple les « tribunaux populaires ». Mais c'était difficile d'en faire l'économie, parce que cet excès même nous a servi à nous arrêter. Nous avons expérimenté la passion dans l'ordre du politique. Avons-nous été dangereux ? Je dirai non ; mais nous avons failli l'être.

Henri Weber, ancien dirigeant de la Ligue communiste :

— J'assume ce passé, sa grandeur — l'utopie romantique, la quête de l'idéal qui donne un sens à ce bas-monde —, et sa petitesse — le repliement nombrilesque, le décollage du réel. Je n'ai pas le sentiment d'avoir gaspillé vingt ans de ma vie. Pendant longtemps, je me suis bien amusé. Evidemment, j'ai consommé une immense énergie pour pas grand-chose au bout. J'ai perdu du temps sur le plan de la réussite personnelle. Si j'avais investi cette énergie dans une carrière quelconque...

Christian Jambet, ancien de la Gauche prolétarienne :

— C'est une époque où, par moments, j'ai été prodigieusement malheureux, et en même temps, je le dis sans nostalgie stupide, ce fut une période de bonheur.

Peu de regrets, donc. Le sentiment d'avoir emprunté un passage obligé, celui que façonnait l'histoire, est partagé par l'immense majorité de cette génération. Presque personne ne déplore d'avoir accompli le voyage. Si nul n'est sorti indemne, chacun y a puisé sa « nourriture ».

Prisca Bachelet, passée par l'UEC, l'UNEF, le 22-Mars, enseignante :

— Tout ce que je sais aujourd'hui a été appris dans le militantisme, pas en amphi : les savoirs utiles et inutiles, l'analyse des rapports de force. Ceux qui n'ont pas essayé ce chemin sont enfermés dans une représentation disciplinaire de la compétence, ne savent pas travailler ensemble, ont peur des chefs, de l'autorité, du pouvoir.

Tiennot Grumbach, cofondateur en 1970 de *Vive la révolution* :

— Mon oncle, Pierre Mendès France, m'a dit un jour : « Vous avez perdu politiquement mais vous avez gagné culturellement. » On n'a rien construit sur le plan politique, mais notre génération a bouleversé les assises culturelles de la société française.

Olivier Rolin :

— Ce qui me reste du militantisme ? La détestation de la lâcheté. Je ne sais pas si je suis courageux, mais je ne supporte pas la lâcheté, tout en étant aujourd'hui très pacifique. Je parle de la volonté de défendre des libertés qui me constituent comme personne, comme peuple, comme culture. Ceux qui assistent indifférents à une agression dans l'ordre privé, social, international, me répugnent, me paraissent reproduire du fascisme — entendu comme tolérance envers la violence. J'appelle courage l'entêtement à défendre, y compris par la force, les libertés individuelles et collectives. Ce n'est pas propre à ma génération, mais je constate que les ex-maos sont aujourd'hui radicalement démocrates.
Depuis l'oraison funèbre que Thucydide fait prononcer à Périclès, l'idée de démocratie était inséparable de l'idée qu'on défendait cette démocratie, y compris les armes à la main. La grande radicalité qui a été nôtre, jusque dans nos erreurs, a nourri une expérience intérieure.

Jacques Rémy, ancien responsable du service d'ordre de l'UNEF, ami de Pierre Goldman :

— Les lignes de force qui structuraient ma conception du monde n'ont guère changé. Cela ne se traduit plus par un militantisme quotidien mais par des attitudes : en mai 1981, j'ai protégé Elkabbach menacé par une bande d'excités lors d'une soirée au Palace. Il m'arrive de séparer des types qui se battent dans le métro ou de « libérer » une femme contrôlée par les flics privés de chez Tati.

En 1986, Jacques Rémy a donné un coup de main à la coordination étudiante afin d'organiser les grandes manifestations, apportant son expérience des services d'ordre. Jean-Marc Salmon s'est investi dans SOS Racisme. Comme eux, beaucoup d'ex-soixante-huitards se sont massés sur les trottoirs pour regarder défiler leurs enfants.
Christian Jambet :

— Lorsque nous avons appris la mort de Malik Oussekine, nous nous sommes téléphoné. Quelles que soient nos pratiques politiques actuelles, nous étions révoltés : quand la mort est là, cela devient sérieux.

Le communisme est-il soluble dans le gauchisme ? S'il est un point qui recueille l'unanimité, c'est bien la conviction d'avoir amplement contribué à la faillite du PC.
Alain Geismar :

— C'est surtout pour le parti communiste que nous avons été dangereux. Voilà un grand acquis de notre histoire : il a été possible d'agir sans et contre le PC, et de défaire sa légitimité, qui s'est effondrée.

Jean-Pierre Le Dantec :

— Ce qu'on a fait de mieux, c'est de liquider sur le plan idéologique le PC. La période 1965-1975 consacre l'expulsion du parti communiste.

André Sénik, ancien dirigeant des Etudiants communistes :

— Notre seul mérite est d'avoir les premiers brandi le drapeau de l'anticommunisme. L'UEC, au début des années soixante, a été un réservoir : un monde fou est passé par là, s'y est vacciné définitivement contre le communisme.
Un jour, en 1976, on s'est réuni avec une bande de copains, anciens de l'UEC. Vacquin a trouvé un studio d'enregistre-

ment. On a recréé l'ambiance en accrochant des photos de Thorez au mur. Et on a chanté les chants staliniens des années cinquante, les chants de notre jeunesse. C'était une régression complète et purgative : on finissait par chanter au premier degré.

Olivier Rolin :

— Sur l'analyse du communisme, du totalitarisme, pour avoir été les derniers à nous tromper, nous avons évolué plus vite que nos aînés, plus vite que les responsables socialistes. Nous avons contribué à ce que l'opinion bascule.

Tiennot Grumbach :

— Nous avons tué l'influence du communisme totalitaire dans la jeunesse. L'environnement intellectuel du PC a été asséché. Ceux qui sont porteurs de projets de société concrets, les médecins, les architectes, les enseignants, les intellectuels ne sont plus au PC de Marchais. C'est une victoire de 68.

Personne n'a été aussi attentif à la dissidence dans les pays de l'Est que les anciens gauchistes. Lorsque, en Pologne, Solidarność fut victime de la répression, ils se sont retrouvés devant l'ambassade pour manifester avec une âme combative intacte.

La génération des années soixante, la dernière qui soit politiquement identifiable, est née dans le communisme ou bien dans la référence — positive ou critique — à ce dernier. Elle en est sortie, par la gauche le plus souvent ; du même mouvement, elle a remisé définitivement la programmation d'un monde meilleur, la conception globalisante du tout-politique, l'image « militaire » du combat « militant ».

André Sénik :

— Tout militantisme me semble suspect. J'ai renoncé à l'idée de révolution au milieu des années soixante-dix ; comprendre que l'idée même de révolution était dangereuse, cela n'a pas été facile, cela a pris du temps. Le drame humain n'est pas réductible à la politique. La révolution ne peut rien pour le bonheur individuel. Il faut s'imprégner de cette vérité.

Après des années de quête d'un absolu inaccessible, le décrochage s'effectue par paliers successifs, une sorte de maturation souterraine, insidieuse, qui éclate d'un coup, sur un détail parfois : de la critique tactique à la remise en cause d'une totalité insupportable, le processus de la désintoxication est émaillé des mêmes repères.

Olivier Rolin :

— Je ne puis dire ni le mois, ni l'année, ni comment ça s'est fait. Il me paraît maintenant que je suis, à cet égard, raisonnable et qu'avant j'étais fou — fou d'une folie que j'aime par certains côtés, mais pathologiquement atteint. La convalescence a été lente ; un homme qui vit quasiment isolé par rapport à la vie intellectuelle, à la vie sociale, au travail, est un homme malade. Je n'arrive pas encore aujourd'hui à comprendre pourquoi la « démocratie formelle » n'avait aucune valeur à mes yeux.

Au fond, la dépossession, comme l'adhésion, dix ou quinze ans plus tôt, ne s'expliquent pas, ou mal. Elles relèvent d'un sentiment religieux, d'un phénomène de croyance.

Henri Weber :

— La force d'attraction du marxisme, c'était sa dimension millénariste : le prolétariat, messie collectif, était l'instrument de la rédemption, du passage de la mauvaise société à la bonne — cela s'appelait la révolution. C'est cette force mystique, prophétique, profondément religieuse, qui a donné au mouvement de contestation un souffle considérable, qui a engendré le mythe mobilisateur.

Benny Lévy :

— Ce que nous avons remis en cause, après l'autodissolution de la GP, c'est l'idée même de révolution, l'idée de l'Apocalypse. Sartre avait repris, pour désigner l'acte révolutionnaire, ce terme qui, dans son ambiguïté même, exprime bien l'idée qui nous imprégnait : les pauvres se soulevaient pour qu'advienne le royaume de Dieu ; le grand jour du Jugement était proche où le monde serait mis à l'envers ; les puissants ne seraient plus rien. L'idée forte, c'était que l'homme allait se transformer de fond en comble.

En se modernisant, en se politisant, l'idée de révolution est devenue obscène, car le Grand Soir, cette conviction qu'il faut tout concentrer pour la prise du pouvoir, revient à accoupler la révolution et l'Etat. Et quand on veut revenir à l'idée de transformation de l'homme dans ce qu'il a de plus profond, cela revient à donner à l'Etat le moyen de transformer l'homme, le droit de le convertir. Le résultat, c'est le Cambodge.

La perversité de la démarche révolutionnaire, sa décadence induisent-elles l'abandon de toute espérance ?

Alain Geismar :

— L'idée révolutionnaire, je ne m'en débarrasse pas. La vie qu'on mène est insupportable. Les injustices de la société, je ne m'en accommode pas. Cette révolte fondamentale a été la vérité de Mai 68, esquisse d'une autre vie. Mais je pense que rien ne vaut d'envoyer les gens au massacre, si l'on n'est pas assuré — et on ne l'est pas — de ne pas fabriquer du totalitarisme. Je ne renonce pas à l'idée de révolution, mais je ne sais pas la faire. J'espère seulement être encore capable de secouer toutes mes routines comme j'ai secoué mon destin de futur notable de gauche en 68.

Christian Jambet :

— Le sujet de la révolution est introuvable, mais je ne considère pas la tentative comme délirante. J'ai rompu d'abord avec cette figure du peuple souverain, celle du prolo plein de sagesse qu'on exaltait et qui me semblait abjecte. Ensuite, j'ai mis en cause la logique. Aujourd'hui, je fais volontiers profession de foi de ne plus croire en rien. Pourtant, la question perdure sous des formes différentes. Je crois qu'au fond, si le concept d'égalité s'est disloqué, il nous reste l'aspiration à la liberté.

Alain Krivine :

— La révolution, l'idée de rupture, reste pertinente. Mais les modalités... L'adversaire est de plus en plus organisé, solide, militarisé. Le débat ne doit pas porter sur le léninisme ou le totalitarisme, mais sur la société capitaliste. Un bûcheron n'abattra pas son arbre avec une lime à ongles. Evidemment, si l'on pense qu'il ne faut pas de révolution, ce n'est pas la peine de construire un parti comme le nôtre.

Roland Castro :

— Le plus con, pour un révolutionnaire, c'est d'être dans une situation qui n'est pas révolutionnaire. Je préfère la subversion à la Révolution. Je suis aussi bien dans mes godasses que Krivine. Je n'ai pas le sentiment d'un déficit de passion. J'ai le sentiment d'être resté fidèle à ce que j'étais il y a vingt ans.

Il ne semble pas excessif, à entendre nos personnages, de parler d'une « défaite » — au sens strict — de l'idée révolutionnaire. Tous, apparemment, conservent et revendiquent le soubassement éthique de leur mobilisation éteinte. Mais, dans les « itinéraires de dégagement », une bifurcation, une conversion s'affirment quelquefois : un appel religieux, une demande métaphysique, une volonté d'interprétation.

Jean-Paul Ribes, l'ami et complice de Tiennot Grumbach, a énormément bourlingué. Du maoïsme collectiviste au joint communautaire, sans oublier nombre de missions discrètes dans le tiers monde, il a décliné sur tous les temps et tous les modes les conjugaisons du gauchisme. Avant de renouer avec le journalisme, il a dirigé une MJC de banlieue. Rendu à la société concrète, il a voulu militer autrement : animateur des Amis de la Terre, il a été candidat écologiste dans le XIIIe arrondissement de Paris. Mais cet « adoucissement » de l'attitude partisane, cette quête éphémère d'une action « différente » ne l'ont pas totalement apaisé :

— Mon acquis militant est considérable : j'ai appris le respect absolu de l'individu par son contraire ; j'ai appris que la politique est un métier de camelot. Sorti de là, j'ai commencé à ressentir le besoin de me rattacher à une tradition spirituelle et aux exercices qui lui sont liés. Mon approche la plus intime de la réalité, aujourd'hui, passe par une voie mystique. J'ai rencontré le dirigeant d'une école bouddhiste tibétaine. C'est un personnage rayonnant, qui m'a enseigné la méditation et auprès duquel je fais régulièrement retraite.

Le facteur religieux a été déterminant dans la dispersion du courant maoïste — y compris chez ceux que nulle « conversion » proprement dite n'a effleurés. Le choc de Lip, la rencontre avec Jean Raguenès et Charles Piaget, la découverte que la « deuxième gauche », celle qui est issue de la tradition de la CFDT, est autrement subversive que l'autre, ont ici joué un rôle essentiel. A un échelon plus personnel, Maurice Clavel, l'imprécateur de Vézelay, lors d'assemblées régulières chez lui — principalement en 1975-1976 — a délaissé le statut ambigu et second de compagnon de route pour se muer en accompagnateur, en « passeur », s'efforçant de fournir à ses jeunes amis désorientés quelques clés métaphysiques de leur errance.

François Ewald, Alain Geismar, André Glucksmann, Christian Jambet, Guy Lardreau, Michel Le Bris, Jean-Pierre Le Dantec et quelques autres, au premier chef Benny Lévy, ont pris part à ces discussions où le philosophique et le religieux s'entremêlaient. Clavel lui-même en a tiré un livre, *Nous l'avons tous tué. Ou « ce juif de Socrate »,* publié aux Editions du Seuil en 1977.

Ce n'est pas un hasard si la petite société de pensée qui a survécu à la dissolution de la GP s'est baptisée, sous la férule de Benny Lévy, « cercle socratique ». Ni si le premier ouvrage commun de Christian Jambet et Guy Lardreau, édité par Bernard-Henri Lévy chez Grasset, en 1976, est intitulé *l'Ange*. Aigu, déchirant même, s'énonce ici le vœu farouche de ne pas s'évader par la porte « libidinale », de ne pas se coucher sur un divan lacanien, de ne pas se rendre.

« Nous avions, écrit Guy Lardreau, fait l'épreuve d'une conversion, d'une révolution culturelle dont la morale n'a pas encore été tirée... Nous sortions brisés d'un échec qu'au vrai, tentant encore de le penser dans les pensées qui nous avaient perdus, nous ne comprenions pas. Nous croyions avoir touché le fond : savez-vous ces temps où tout vient à faire défaut, les nuits entières passées à pleurer à petit bruit, à petit flot, sur le passé sans remède. On ne sait jamais, avant, ce qu'il en coûte de ne point garder par-devers soi poire pour la soif, que d'être de tout abandonné à soi. Tout en bas quand il ne reste rien. Rien que ce bonheur pervers que nous retrouvions à philosopher. »

C'est en philosophant que Benny Lévy a entrepris ce qu'il nomme son « tournement ». Non point tant, affirme l'ancien chef mao, par besoin d'identité, que (d'abord) en raisonnant. Installé à Strasbourg, immergé dans la Kabbale, figure majeure de sa Yeshiva (son école talmudique), Benny Lévy a quitté — le jeu de mots est paru dans *Libé* — Mao pour Moïse. Il raconte, en 1987 :

— Ce n'est pas moi qui ai abandonné l'histoire universelle, c'est l'histoire universelle qui m'a abandonné. Le fait d'avoir participé à cette histoire me permet de mesurer le leurre qu'est l'historicisation — le faux comme l'élément dans lequel respire l'histoire universelle ; faux comme doivent être faux les contes et légendes de la Résistance.

Clavel a senti très fort que j'étais œuvré — je ne pouvais pas me passer de lui et il m'emmerdait. Il me disait : l'Inquisition n'est pas grand-chose, c'est Paul qu'il te faut (j'y vois aujourd'hui le démon de la simplification).

Avec Sartre, de 1976 à 1978, nous avons lu des textes sur la Révolution française, les discours de Robespierre, de Saint-Just, épluché avec passion le *Mémorial de Sainte-Hélène* (le rapport que ce bâtard corse avait avec la France !), puis abordé la révolution anglaise. Là, le biblique est devenu explicite — les cathares, la Gnose, on s'approchait du référent chrétien.

En même temps, on relisait ses œuvres, ses dominantes, la contingence, la nausée, son véritable impensé. Et Lévinas est apparu en 1978-1979. Enveloppé par cette écriture, je ne pouvais pas ne pas être sommé par une question. Il fallait retrouver les textes, apprendre l'hébreu. Je tombais sur des dires de la Kabbale : « Le monde a été créé

> avec des lettres... » Je ne comprenais rien mais j'étais embrasé.
> Sartre m'a vu me dissoudre et naître dans l'intimité de cette éclosion. On ne rencontre pas Dieu dans ces textes. Le terme « je crois » ne peut être traduit en juif. Les nuits de feu, ce n'est pas le genre de la maison d'Israël. Tu vas au texte intellectuellement, et après, le texte te ravage. J'aurais pu dire : nous avons été trahis, c'est l'imposture de la laïcité, il faut revenir à Dieu. Il a fallu que j'exténue les langues dans lesquelles j'avais parlé, que j'aille jusqu'au bout de la sécheresse de la langue politique, au bout des années d'histoire. Une vieille peau tombait.
> Les dix-huit derniers mois où je travaillais avec Sartre, je lui parlais le matin de Caïn et Abel que j'avais étudiés la veille. Je découvrais la puissance de ces écrits, la puissance inouïe qu'ils me donnaient pour articuler le désir qui était en nous et l'égarement de ce désir dans le politique.

Pourquoi la France a-t-elle été préservée d'une postérité terroriste quand le gauchisme s'est délité ? La Gauche prolétarienne et son « bras armé », la NRP, ont frisé le dérapage. Après tout, il aurait suffi que Rolin et ses amis soient arrêtés en flagrant délit, comme lors de la tentative d'enlèvement d'Henri de Wendel, qu'ils soient lourdement condamnés, pour que l'autodissolution — difficile — de 1973 soit quasiment impossible. Qui aurait alors été capable d'empêcher des noyaux épars de sauter le pas ?

Il est aujourd'hui volontiers admis que la GP, en canalisant la violence potentielle, en agglutinant autour d'elle les éléments les plus susceptibles de verser dans l'acte individuel, a servi d'ultime parapet.

Olivier Rolin :

> — Le « personnel » disponible pour un éventuel passage au terrorisme fut, pendant les années où elle a existé, littéralement aspiré et « canalisé » par l'appel d'air créé par la GP.

Rolin énumère les facteurs qui empêchèrent la Gauche prolétarienne proprement dite de s'embarquer dans l'aventure terroriste : méfiance à l'égard des structures rigides, crainte de se couper des masses seules porteuses de vérité, humilité exacerbée de l'intellectuel nié en tant que tel :

— Notre haine de nous-mêmes contredisait l'idéologie du révolutionnaire professionnel, détenteur de science et assuré de sa mission. En quoi elle était extrêmement rebelle à l'implacable orgueil terroriste.

L'ancien chef de la NRP insiste enfin sur le creuset intellectuel et personnel des dirigeants maos, et d'abord le moule humaniste des grandes écoles : ils en conservaient le corpus éthique, les valeurs morales qui interdisaient de donner la mort. Et ils ne l'ont pas fait.

Alain Geismar :

— On peut s'étonner que la stratégie de la Gauche prolétarienne n'ait pas débouché sur une histoire constellée de sang. Deux éléments sont ici décisifs : Mai 68 avait été un mouvement sympathique, non sanguinaire. D'autre part, les fondateurs de la GP étaient habités, individuellement, d'une fermeté morale profondément enracinée et d'un grand sens des responsabilités.

Olivier Rolin :

— On ne me croira peut-être pas, mais, même à l'époque, je n'ai jamais ressenti l'once d'une approbation ni même d'une compréhension à l'égard de la bande à Baader. Aujourd'hui, je réagis avec haine contre tout ce qui pullule à travers le monde sous les drapeaux quelconques du terrorisme. Je n'éprouve que mépris, voire haine contre toute forme de complaisance à son endroit. Je ne pense pas qu'il s'agisse là d'une forme de haine de soi...

Alain Krivine :

— Je suis pour l'action armée dans les pays de dictature, et contre en Europe. Je ne suis pas opposé aux attentats ciblés au Chili, mais je suis contre le terrorisme qui terrorise ceux qui doivent être nos alliés. Baader, c'était du substitutisme imbécile. Action directe, du crétinisme. Si le terrorisme ne s'est pas développé en France comme en Allemagne ou en Italie, c'est grâce à la présence d'une extrême gauche puissante dans l'après-Mai, et notamment la Ligue, qui a donné des perspectives à des gens qui auraient pu sombrer dans le désespoir.

Benny Lévy :

— Nos actions violentes, comme l'enlèvement de Nogrette, étaient symboliques : elles visaient à dénoncer des scandales, à découvrir des choses dissimulées. La violence dont nous usions était symbolique : elle ne cherchait pas à anéantir un ennemi physiquement. Nous nous interdisions par principe la peine de mort.

Jacques Broyelle n'admet guère pareil auto-satisfecit :

— Nous avons été dangereux. D'autant plus dangereux qu'après avoir contribué au déclin idéologique du parti communiste, nous avons fabriqué une version new-look de l'esprit révolutionnaire. Nous sommes partiellement responsables de la dérive terroriste en Europe (le cercle maoïste Dimitrov tabassait ses militants, commençait la journée par de la gymnastique collective, contrôlait les vies privées). Je me sens coupable d'avoir influencé un certain nombre de gens par un corpus d'idées qui, une fois lancées par nous, ont poursuivi leur existence autonome. Idées sans lesquelles le terrorisme n'aurait pas pu exister. Et de cette influence-là, nous sommes pleinement responsables. Je me suis appliqué ensuite à participer au « déconditionnement ».

Emma, ancien membre de la NRP, directrice commerciale en 1987 :

— Nous avons porté à son paroxysme la folie de la pensée marxiste. Notre aventure, ce fut le bouquet final d'une logique politique poussée à la limite. Mais la violence ciblée de la NRP, étroitement contrôlée, a évité des dérapages plus graves. Car les individus qui menaient ces actions avaient au fond une pensée extrêmement morale qui leur interdisait le pire.

Pour la plupart des ex-gauchistes, l'éloignement de la politique, la perte de la croyance partisane ont été accélérés par l'insertion professionnelle, généralement tardive, qui a d'autant plus durement suscité un « retour au réel », une brisure du cercle militant.

En 1985, Tiennot Grumbach, naguère mao, est élu bâtonnier du barreau de Versailles :

— J'aurais pu faire une carrière politique, c'était facile, mais j'ai du mal à m'inscrire dans une autre trace que celle de mon histoire propre. Quand j'ai posé ma candidature comme bâtonnier, j'ai raconté que je connaissais bien l'envers de la Justice — j'avais été impliqué dans une bagarre aux portes de Flins, initiée par la GP et où je n'avais rien à voir. Mes pairs m'ont élu en connaissance de cause. Je n'ai pas caché mon passé.

Je me suis investi dans mon métier ; c'était une manière de ne pas cracher dans la soupe, de ne pas tourner le dos. Mon cabinet spécialisé dans le droit du travail était devenu très gros. Nous avons été jusqu'à dix avocats et on a dû couper le cabinet en deux. J'avais commencé en 1973 sans secrétaire, écrivant tout à la main. La professionnalisation était inévitable. Mais dans le cabinet, on est resté soixante-huitards : on ne défend que des salariés, jamais des employeurs. Nos honoraires mensualisés sont modestes, mais nous sommes suréquipés en machines modernes, informatisés autant que les meilleurs cabinets de défense des entreprises. Nos collaborateurs salariés ont la signature du chéquier : nous fonctionnons dans la transparence. Pour être bâtonnier, j'ai joué le jeu de l'institution, car il importait pour moi d'être reconnu sur le plan professionnel. J'administre le barreau de Versailles et j'apprends beaucoup. Mais je reste fondamentalement fidèle aux valeurs de mes vingt ans.

Comme Grumbach, les gauchistes d'hier sont avocats, médecins, architectes, enseignants, journalistes — on l'a vu —, mais aussi travailleurs sociaux, animateurs culturels. Vingt ans après avoir proclamé que le pouvoir était dans la rue, il leur revient naturellement, non par quelque stratégie concertée, mais par la loi prosaïque de la démographie. La pointe avancée d'une génération nombreuse investit les lieux de pouvoir supérieurs ou intermédiaires.

Rien d'étonnant que ces jeunes gens, qui ont suivi — pour la plupart — des études supérieures, et manifesté jadis de singulières dispositions dans l'action, ne s'en tirent pas trop mal après avoir réinvesti leur énergie militante.

Certaines réussites sont éclatantes : Marin Karmitz, compagnon de route de la Gauche prolétarienne, occupe aujourd'hui une place de choix dans le cinéma français. Le réalisateur de *Coup pour coup,* film symbole des années gauchistes, est aujourd'hui producteur, diffuseur, associé avec la Compagnie financière de Suez dans une société d'achat de droits audiovisuels, actionnaire de la chaîne de télévision M6 :

> — Au fond, j'ai intégré dans mon métier la stratégie maoïste : faire évoluer le centre par les marges. Bien sûr, les « marges » sont devenues aujourd'hui des marges bénéficiaires. Mais la loi de notre société est qu'il faut attaquer le pouvoir en se dotant de contre-pouvoirs ; c'est ce que j'ai fait dans le cinéma. Je refuse la simple logique du profit. Dans mes salles, le critère commercial n'est jamais le seul. Le choix des films est surtout culturel, voire éthique. Comme producteur, j'ai bâti ma réussite avec les refus des autres. Aujourd'hui, je dirige le quatrième groupe français dans le secteur cinématographique.

Karmitz, July, Kouchner : ces noms, symboles de la réussite d'une génération, accréditent l'idée assez répandue que les soixante-huitards ont magnifiquement surfé sur la vague de la révolte. Pourtant, la nuance s'impose. A côté d'étoiles qui parfois brillent dans le star-system, combien d'autres, anonymes militants d'hier, qui, dans leur domaine social ou professionnel, ne connaissent nulle gloire particulière et dont le passé militant a ralenti ou dévié la marche ? Sans compter les déclassés, les marginaux, à jamais abîmés par la tourmente. Ou ceux qui se sont établis en usine, et y sont restés (il n'est pas, à l'école, de loi du retour), devenant de *vrais* ouvriers, parfois des syndicalistes actifs.

Antoine de Gaudemar :

> — J'ai eu beaucoup de chance ; j'étais là où il fallait être, j'ai traversé mon époque sans frustration. Ma génération a connu la chance d'avoir vingt ans en 1968, mais aussi un handicap majeur par rapport à celle qui avait cinq ou six ans de plus. Elle a été fauchée au moment où tout se décide. Nos aînés avaient eu le temps de finir leurs études, ce qui n'était pas notre cas. J'ai beaucoup d'amis qui sont actuellement paumés, qui n'ont pas su se récupérer, qui ne s'en remettront jamais. Ils sont laminés, aigris.

Pour nous en tenir aux noms qui traversent notre récit sur vingt ans et treize cents pages, la simple énumération des points d'atterrissage respectifs fournira au lecteur une vision panoramique relativement limpide (le choix initial était de réunir des « héros » qui ont en commun d'avoir transité par l'Université, et non point un échantillon représentatif de toutes les couches sociales) :

— Prisca Bachelet, militante de l'UNEF et de l'UEC, animatrice de Défense active dans l'après-Mai, est enseignante.

— Philippe Barret, normalien, ancien trésorier de la GP, est inspecteur général de l'Education nationale.

— Jean-François Bizot, ingénieur chimiste, ancien des Comités Vietnam de base, est directeur d'*Actuel*.

— Jean-Marcel Bougereau, ancien de l'UNEF, des *Cahiers de Mai,* est directeur de la rédaction de *l'Evénement du jeudi.*

— Jacques Broyelle, normalien, fondateur de l'UJC(ml), un des initiateurs du « bateau pour le Vietnam », est journaliste à *Valeurs actuelles.*

— Michel-Antoine Burnier, diplômé de Sciences-Po, ancien de l'UEC, est rédacteur en chef d'*Actuel.*

— Michel Butel, ancien de l'UEC, écrivain, crée des journaux éphémères.

— Gilbert Castro, ancien dirigeant de la GP, ingénieur des Mines de Nancy, dirige sa société de production de disques, *Celluloïd.*

— Roland Castro, ancien de l'UEC, de l'UJC(ml), de VLR, est architecte.

— Hervé Chabalier, ancien de la JCR, dirige Sygma-Télévision.

— Régis Debray, normalien, ancien compagnon du Che, est maître de requêtes au Conseil d'Etat et chargé de mission auprès du président de la République, François Mitterrand.

— René Frydman, ancien de l'UEC, sympathisant mao, militant du MLAC, a mis au monde en 1982, avec Jacques Testard, ancien trotskiste, le premier bébé éprouvette français, Amandine.

— Antoine de Gaudemar, ancien de la GP, dirige la rubrique livres de *Libération*.

— Alain Geismar, ingénieur des Mines de Nancy, universitaire, ex-dirigeant de la GP, s'occupe d'une entreprise d'informatique avec deux anciens camarades, Jean Schiavo et Bernard Liscia.

— André Glucksmann, ancien de la GP, est philosophe et écrivain.

— Tiennot Grumbach, ancien de l'UEC et de l'UJC(ml), fondateur de VLR, est avocat.

— Guy Hocquenghem, normalien, ancien de la JCR, fondateur du FHAR, est écrivain.

— Christian Jambet, ancien de la GP, rédacteur à *la Cause du peuple*, agrégé de lettres, est enseignant.

— Serge July, ancien de l'UEC, de l'UNEF, de la GP, est directeur de *Libération*.

— Pierre Kahn, ancien secrétaire général de l'UEC, est psychanalyste.

— Bernard Kouchner, ancien de l'UEC, fondateur de Médecins du monde, est praticien.

— Marc Kravetz, ancien de l'UNEF, est chef du service étranger à *Libération*.

— Alain Krivine, diplômé d'histoire, est dirigeant de la Ligue communiste révolutionnaire.

— Guy Lardreau, ancien de la GP, est enseignant en philosophie.

— Jean-Pierre Le Dantec, ingénieur de l'Ecole centrale, ancien mao, ancien directeur de *la Cause du peuple*, est un des présidents de l'école d'architecture de la Villette.

— Benny Lévy, ancien chef de la GP, ex-secrétaire de Sartre, normalien, est enseignant.

— Tony Lévy, ex-dirigeant de la GP, est mathématicien.

— Nicole Linhart, ancienne de la GP, est chercheur en biologie.

— Robert Linhart, fondateur de l'UJC(ml), animateur de *J'accuse,* est chercheur en sciences sociales.

— Jacques-Alain Miller, ancien de l'UEC, de la GP, est psychanalyste.

— Judith Miller, ancienne de la GP, est enseignante.

— Gérard Miller, ancien de la GP, est psychanalyste.

— Liane Mozère, ancienne de l'UEC et de l'UNEF, est sociologue.

— Jean-Louis Péninou, ancien de l'UNEF, des *Cahiers de Mai,* est directeur général de *Libération.*

— Françoise Picq, ancienne de VLR, du MLF, est enseignante en sciences politiques.

— Jeannette Pienkny, ancienne de l'UEC, est documentaliste.

— Jacques Rémy, ancien chef du service d'ordre de l'UNEF, est chercheur à l'INRA.

— Jean-Paul Ribes, ancien mao, ancien journaliste à *Actuel,* est rédacteur en chef adjoint de *l'Express-Aujourd'hui.*

— Nadja Ringart, ancienne de VLR, du MLF, est sociologue.

— Olivier Rolin, normalien, ancien chef de la NRP, est écrivain et éditeur.

— Jean-Marc Salmon, ancien de l'UNEF, ancien de la GP, s'occupe de la diffusion du livre français à New York.

— Jean Schalit, ancien de l'UEC, créateur d'*Action,* prépare un quotidien pour le groupe Hachette.

— André Sénik, ancien de l'UEC, est enseignant en philosophie.

— Didier Truchot, ancien mao, est directeur de l'institut Ipsos.

— Henri Vacquin, ancien de l'UEC, est sociologue d'entreprise.

— Jean-Claude Vernier, ancien de la GP, fondateur de l'APL, travaille dans la communication (informations par Minitel).

— Henri Weber, ancien dirigeant de la Ligue communiste, est enseignant.

Il manque à cette liste les disparus.

Frédéric Bon, ancien de l'UEC, de *Clarté,* d'*Action,* emporté par la maladie en 1987, alors qu'il était devenu une sommité en sciences politiques. A son enterrement, au premier rang, comme à celui d'Alain Forner quinze ans plus tôt, le bureau national de l'UEC « italienne » était là : Pierre Kahn, André Sénik, Jean Schalit, Bernard Kouchner, Henri Vacquin et Michel-Antoine Burnier, le cousin, l'alter ego.

Christian Riss, normalien, un des fondateurs de l'UJC(ml), établi chez Renault, militant de la Gauche prolétarienne, s'est tué en montagne, dix ans jour pour jour après avoir reçu, à la fin d'une manifestation, une balle dans le thorax qui avait failli lui être fatale. Depuis, il disait : « Je suis en sursis. »

Yves Janin, le copain de Goldman (dont il avait épousé la sœur), la doublure de Butel, la grande gueule des amphis, le cogneur du service d'ordre de l'UNEF, qui conduisait toujours pied au plancher, s'est tué en voiture dans un accident stupide, comme tous les accidents.

Michel Butel, son ami d'enfance :

> — Il devait venir me chercher à l'aéroport pour m'emmener dans sa maison des Cévennes. J'étais avec mes enfants auxquels j'avais parlé de lui vingt fois. Il n'était pas à la descente de l'avion. J'ai dit à mes enfants : « Toujours le même, il suffit qu'il dise : " Je viens " pour qu'il ne soit pas là. » Il avait eu un accident pas très grave. Il était blessé à la jambe, mais il est mort d'une embolie. Lorsque nous étions adolescents, nous parlions souvent du suicide, tous les deux. Je lui promettais que je me foutrais en l'air un jour. Il me répondait : « Moi, jamais. Mon " suicide " sera un geste idiot. »

Nicolas Boulte, ancien dirigeant de la JEC, ancien du Comité Vietnam national, établi chez Renault après 1968, membre du « comité de lutte » lié à la GP, était devenu, après sa rupture avec le militantisme, chauffeur routier. Il avait tapissé la cabine de son poids-lourd d'œuvres d'Artaud. Le 10 mai 1975, il rédigea sa notice nécrologique et l'envoya au *Monde* :

> On nous prie d'annoncer que
> Nicolas Boulte
> s'est donné la mort volontairement, lucidement.
> « A ce dont l'esprit se contente,
> on mesure l'étendue de sa perte » (HEGEL).

Quand parut le faire-part, Boulte s'était suicidé.

Michel Récanati, leader lycéen en Mai 68, dirigeant de la Ligue communiste, responsable du service d'ordre, organisateur de la manifestation du 21 juin 1973, s'est jeté sous un train le 23 mars 1978. Son ami Romain Goupil, auquel les parents de Récanati avaient simplement dit que Michel avait disparu, le rechercha durant trois ans. Il parcourut les communautés, le crut embarqué sur quelque cargo. Jusqu'au jour où, enfin, il apprit la vérité. Il décida alors de consacrer un film à son ami mort ; ce film s'achève par la dernière lettre que Goupil reçut de « Réca » :

> « Romain,
> « J'ai beaucoup souffert dans ma vie, réellement, profondément, gravement. Pour des raisons que j'essaie encore de découvrir, j'ai souffert de la difficulté d'aimer, de rire, de me laisser aller. Quand on souffre si fort en silence, quand l'inconscient oublie même les motifs de la souffrance, il y a deux défenses possibles : la mort ou bien le jeu, le théâtre. Mon jeu, mon théâtre, ce fut d'être toujours le plus fort, d'être toujours le meilleur, celui qui prenait le plus de risques physiques et moraux dans le militantisme. Et un jour, la carapace a craqué. C'était au lendemain du 21 juin 1973, après deux mois de clandestinité, l'exil et la prison. Dès que je me suis retrouvé en liberté, j'ai eu envie de repartir à zéro, de tout redécouvrir, ma famille, mes amis, moi-même... Surtout, ne t'imagine pas une seconde que je cours au suicide ou à l'autodestruction. J'ai une rage de vivre fantastique. »

Le film de Romain Goupil, *Mourir à trente ans,* a obtenu la caméra d'or au Festival de Cannes 1982.

Il serait obscène de vouloir expliquer par la crise du militantisme le geste de ceux qui ont choisi leur mort. Cet acte leur appartient. Connaissaient-ils eux-mêmes, Forner, Boulte, Récanati, d'autres encore, tel Roland Geggenbach, cette obscure zone où s'inscrivent les failles et les tourments ? Bornons-nous à constater, avec la froide pudeur qu'exige le respect de l'intime, que chez eux la politique, un temps, a sublimé le reste. Et qu'ils sont partis lorsque l'engagement avait perdu, à leurs yeux, tout sens.

Pierre Goldman, juif, révolutionnaire, guérillero, gangster, écrivain, condamné à la réclusion à perpétuité en 1974 pour le meurtre de deux pharmaciennes, acquitté de cette même charge en 1976, a été assassiné le 20 septembre 1979. Le lendemain, Serge July écrivait dans *Libération* :

> « A sa manière, brutale, entière, d'une seule pièce, Pierre Goldman était le plus pur d'entre nous. Celui qui avait été jusqu'au bout de ses fantômes. Jusqu'au bout de ses fantasmes. Pour d'autres, c'était des thèmes littéraires. Pour lui, une écorchure. Pour d'autres encore, un thème de salon, pour lui une tragédie... Avant 68, nous parlions de la guérilla : il a fait partie du petit groupe qui y est parti. Dans notre désespoir d'entrer dans une révolution qui soit la nôtre, nous évoquions notre quête d'action sur le mode de la délinquance. Pierre a fait des agressions à main armée. Et nous, nous le regardions. De loin en loin, ne sachant pas alors qu'il explorait pour nous l'horizon d'une génération qui craignait plus que tout de finir perdue. »

Depuis, tu es rassuré, Serge. Elle n'est ni finie ni perdue, ta génération. Goldman l'a écrit à Régis Debray, de sa cellule de Fresnes :

> « Tu verras, Régis, un jour nous serons heureux d'avoir eu vingt ans dans les années soixante. »

Final

Explications de texte

Avouons-le : nous n'aimons guère conclure. Ou plutôt, il nous semble que, l'enquête livrée, tout est dit ; que les leçons de l'histoire sont déjà là, dans et entre les lignes, et qu'il serait insistant sinon réducteur d'en aplanir les chevauchements, d'en aplatir les saillies à l'emporte-pièce rhétorique/théorique. Pour parodier le vocabulaire des technologies nouvelles, disons que le livre d'enquête est un ouvrage « interactif ».

Mai 1968, ses préludes et ses fruits, bien que les Français y décèlent dans les sondages l'événement le plus important depuis la Seconde Guerre mondiale, agacent fatalement maints « corporatismes ». Les anciens combattants, les vrais, ceux des classes creuses, souffrent de voir la scène occupée par des stratèges en chambre. Les « chrétiens » s'affligent que la culture communiste ait à ce point façonné la vie politique et sociale. Nombre de contemporains eux-mêmes, qui ont traversé la période vierges du moindre engagement, ne savent s'ils doivent maintenant se parer d'une clairvoyance prophétique ou s'excuser d'un parcours trop terne.

Du côté des partis, embarras analogue. La droite a eu très peur et l'a proclamé. La gauche a eu peur et s'est efforcée de l'avouer en d'autres termes.

Quant aux rejetons des soixante-huitards, ils se représentent fréquemment papa-maman, à leur âge, sous les traits de babas cool ringards — ce qui est fort naturel mais globalement caricatural.

Quelques ex-gauchistes sont, de droit, perturbés quand l'œil se retourne par-dessus l'épaule. Glissons sur les rivalités claniques perpétuées hors de saison. Ce qui blesse sérieusement, et que révèlent certains témoignages, c'est le « syndrome anti-July ».

D'une manière générale, l'expérience militante confère à ceux qui l'ont traversée un savoir et surtout des techniques relativement originaux — aisance en public, art de la parole, faculté de synthèse, mobilité, aptitude au conflit... L'« Université sauvage » a réellement concurrencé l'Université canonique. Pourtant, malgré le poncif que déversent les magazines s'appuyant sempiternellement sur les mêmes exemples, peu d'individus ont directement mué leur abnégation de jadis en accélérateur de carrière. Le grand nombre a différé les examens indispensables, manqué ou négligé les concours.

A profil équivalent (ils ont en commun d'avoir transité par l'enseignement supérieur), nos personnages auraient sans doute été plus vite et plus loin. Tous les soixante-huitards, il s'en faut, ne sont pas rédacteurs en chef, patrons de pointe ou conseillers d'Etat, mais professeurs, pionniers de la vie associative, animateurs culturels, permanents de comités d'entreprises.

On ne saurait trop insister sur le « sérieux » des engagements qui ont été souscrits. Ni sur la « casse » humaine qui en est résultée. Ce sont souvent les plus brûlants, les plus sincères qui ont à jamais infléchi le cours de leur existence. Ceux-là ne seront généralement pas célèbres, ne seront point invités sur les plateaux de télévision. Ils emportent dans un anonymat serein ou frustré les blessures et les richesses d'un itinéraire a-normal. Ils ont gâché leurs chances — parfois prometteuses — de promotion personnelle. Pas étonnant qu'ils observent avec une certaine rage le rétablissement de quelques-uns d'entre eux.

Il est vrai, cependant, que là où s'affiche une spectaculaire réussite sociale, là où le capital militant a sécrété du pouvoir, c'est dans le secteur de la communication. Michel-Antoine Burnier, l'un des « pères » d'*Actuel,* attribue à ce phénomène deux causes majeures. Le détour par l'engagement révolutionnaire, explique-t-il, est source, premièrement, d'une capacité de se concentrer sur un objectif principal, deuxièmement, de réseaux que les avatars de l'extrême gauche n'ont point détruits. A ceux dont le domaine d'exercice autorise le plein emploi de semblable bagage (la presse y est par excellence propice, infiniment plus que l'Education nationale ou l'administration), un « bénéfice » a été consenti.

Il n'empêche : c'est une minorité. L'abondance des fantasmes hostiles qu'éveille Serge July, au fil des entretiens, révèle simultanément que ce dernier est porteur de signes dans lesquels se reconnaît la génération concernée, et qu'il offre une silhouette sociale atypique, presque inadmissible. July n'a pas « trahi », selon nos interlocuteurs, parce qu'il a transformé une feuille militante en quotidien national, ni parce que ses éditoriaux sont à la mode, ni même parce qu'il a introduit dans *Libération* la publicité et la spécialisation professionnelle. July irrite parce qu'il est un des rares — mais ô combien ! remarquable — à toucher l'apparent salaire de ce qui n'avait pas de prix : la morale sacrificielle. La figure emblématique est, en l'occurrence, un contre-modèle.

Rien de surprenant qu'un flash-back sur Mai 68, atteignant des zones variées et/ou obscures, suscite un trouble multiforme. Mais, franchi ce stade, une interrogation s'impose dans son élémentaire pertinence et nous oblige à surmonter notre mouvement premier, à répertorier quelques généralités conclusives : un tel portrait de groupe n'est-il qu'un instantané narcissique, destiné aux seuls acteurs d'une tragi-comédie révolue, ou bien couvre-t-il un champ plus vaste, délivre-t-il un enseignement transmissible ?

Si nous avions retenu la première hypothèse, nous n'aurions franchement pas consacré treize cents pages à un clin d'œil complice et fugitif. Deux attitudes, s'agissant du printemps des barricades et de ses suites, nous semblent symétriquement stériles. L'une est celle des forts en anathème d'hier et d'aujourd'hui, qui s'affirment les meilleurs défenseurs de la démocratie dans la mesure où ils furent ses meilleurs adversaires. L'autre est celle qui, avant même l'examen, disqualifie l'objet avec une précipitation trop rageuse pour n'être pas suspecte, et certifie que la bouffée délirante qui ébranla notre société n'est lourde d'aucun message, d'aucune leçon.

Nous pensons qu'entre le discours sur la montagne et le non-lieu, il reste place pour une appréciation plus riche et plus sereine. C'est là un résultat de l'enquête, pas une humeur des enquêteurs. Tant pis pour ceux qui feignent de déplorer que nous n'ayons pas substitué nos états d'âme personnels à l'apport de témoins infiniment mieux qualifiés. Tant pis pour ceux qui s'étonnent qu'Alain Krivine — dont nous respectons scrupuleusement le parler, comme de quiconque — s'exprime moins bien qu'un héros de Flaubert...

Reprenons donc notre question. En quoi les dilemmes de l'UEC, les pérégrinations de Benny Lévy, les psychodrames de VLR, les AG du MLF naissant, le léninisme de la Ligue, la contre-culture de Jean-François Bizot ou les flambées lycéennes concernent-ils une majorité de Français auxquels le culte de Mao, les poèmes du *Torchon brûle,* les manifs casquées n'inspiraient rien de précis, hormis une sourde inquiétude ?

En ceci : les mouvements gauchistes ont véhiculé de manière aiguë des mutations, des ruptures, dont l'ensemble de la société a été *définitivement* affecté. La tentation est vive de réduire cette folle équipée au énième emballement d'une poignée de petits-bourgeois romantiques saisis par quelque fièvre éphémère et tardivement rentrés dans le rang, en attendant que d'autres boutonneux assurent la relève.

Ample contresens, qui ramène l'histoire à l'anecdote. Ce qui est intéressant, ici, c'est qu'à travers mille soubresauts désordonnés et pittoresques, un monde s'altère — et de manière irréversible.

Case départ fondamentale, ces jeunes gens ont eu à vivre une expérience inédite et lente : *la guerre est finie.* Quelles que soient les menaces géostratégiques qui pèsent sur nous, notre pensée, notre représentation, notre éventuelle pratique de la guerre ne seront jamais plus ce qu'elles ont été. Avec autrui et entre nous.

La génération des années soixante est née de la guerre (mondiale), a grandi dans la hantise d'un conflit nouveau (sous la guerre froide), a atteint l'adolescence traumatisée par une guerre dont les objectifs et les méthodes paraissaient contredire l'acquis des démocraties (la guerre d'Algérie). Les jeunes adultes qui entamaient leurs études supérieures au mitan des *sixties* se sont retrouvés confrontés à une réflexion terrible : la guerre mondiale s'est soldée par la victoire des Alliés, mais cette victoire n'a pas débouché sur son prolongement « naturel » — la justice sociale ; d'autre part, les vainqueurs de la « bête immonde » ont été capables de reproduire des comportements dignes de l'ennemi terrassé : ils ont torturé, déporté, nié le droit des peuples à disposer d'eux-mêmes.

D'où une interrogation des fils sur les pères (ont-ils résisté, ont-ils collaboré, ont-ils été courageux, lâches ?) et sur soi (serai-je digne d'imiter leur courage, de racheter leur passivité ?). Dans le creux qui a suivi le cessez-le-feu en Algérie, les jeunes qui refusaient d'épouser doucement le moule des *Choses* rêvaient soit de poursuivre sur un continent neuf le combat inachevé, soit de réunir dans les pays développés les conditions d'une guerre civile juste.

Ils ont essayé, à cette fin, de pénétrer et de restaurer l'instrument « révolutionnaire » disponible : le parti communiste français. Promptement éjectés par les staliniens, ils ont alors voulu contourner l'obstacle et reconstruire à côté (les trotskistes bâtissant un petit parti, les prochinois mythifiant la Révolution culturelle). Lecteurs d'Althusser, de Gramsci ou de Sartre, chrétiens progressistes ou anars, ils étaient — plus ou moins — tenaillés par un *complexe d'illégitimité,* par la fatalité de la bâtardise : seule la classe messianique, la classe ouvrière, la classe anticapitaliste par origine et par destination, malgré les berceuses des « révisos », malgré le carcan des « bureaucrates », pouvait — un jour — recevoir, transcrire leur révolte.

Il ne s'agissait pas d'une affaire franco-française. En Amérique latine, la guérilla fleurissait. Au-dessus du volcan planait la figure charismatique du commandant Guevara. La Havane était la Mecque nouvelle et attirait, dans ses anciens palaces mués en tour de Babel révolutionnaire, les pèlerins du vieux monde fascinés par « l'ouragan sur le sucre ». D'autres louchaient vers Pékin. Le Grand Timonier réinventait à leurs yeux la démocratie de masse en lançant les gardes rouges contre l'appareil. A n'en pas douter, la zone des tempêtes ravagerait bientôt l'Europe, encerclée et affaiblie, et, pourquoi pas, la Babylone moderne, les Etats-Unis.

De Berkeley à Berlin, cependant que les B 52 pilonnaient les rizières vietnamiennes, l'évidence était là : *rien n'était concevable sans une sortie du système,* sans une rupture.

L'anticapitalisme (avec son extension internationale, l'anti-impérialisme) était à la fois le moyen et la fin de la guerre civile juste. Tout ce qui retardait, arrondissait, poliçait l'existence au sein du système différait l'assaut nécessaire. « Heureusement », le patronat refusait de négocier, les fruits de l'expansion étaient scandaleusement mal redistribués, le pouvoir se comportait de manière hautaine et brutale, l'information était bridée, l'Université implosait. Il n'était point à craindre que les « libertés formelles », les « libertés bourgeoises » donnassent le change sur la voie des libertés réelles. Celles d'après. Après le capitalisme.

Le vocabulaire de la politique, à commencer par le mot « militant », connotait l'infini combat. Les enfants de la guerre finiraient par l'avoir, leur guerre.

La « divine surprise » de mai 1968, née, *stricto sensu,* d'une coïncidence, a débouché sur un paradoxe : il n'en est sorti ni réforme ni révolution. Durant un mois, on a mimé la guerre sans résultat politique apparent. Alors ? Péripétie mineure, gesticulation ludique, fumées éphémères ? Ce serait trop simple.

Le *premier malentendu de Mai* repose sur l'improvisation initiale. Un courant spontané, libertaire, faiblement politisé, individualiste, modernisateur et dépourvu de projet précis s'est donné pour encadrement la quintessence du gauchisme « professionnel » : les rescapés de la crise de l'UEC, de la JEC, de l'UNEF, qui ont greffé leurs héritages, leurs archaïsmes, sur un mouvement qui ne s'y reconnaissait guère mais avait un urgent besoin de ces truchements infidèles.

Deux jeunesses se sont, en cette occasion, rencontrées. Le peuple étudiant, qui n'était plus — la « poussée démocratique » aidant — celui des fils à papa, contestait la routine universitaire mais barbotait dans l'idéologie. Et le peuple qu'Edgar Morin a baptisé « génération du yé-yé », le peuple de la « poussée démographique », visait d'abord à desserrer l'étau familial, à s'affirmer comme marché propre, à se proclamer sujet autonome. Ceux-là n'étaient nullement encombrés par le complexe d'illégitimité, de bâtardise.

La jonction s'est opérée par nécessité : les seconds requéraient un porte-voix, les premiers le leur ont fourni ; les premiers appelaient de leurs vœux une classe ouvrière supplétive, les seconds (du moins la fraction prolétarienne d'entre eux : les jeunes OS) la leur ont fournie. Et les uns et les autres ont communié dans une découverte sans précédent : l'adolescence, *l'adolescence prolongée,* la peur narcissique de s'intégrer au monde adulte, de se renier comme force propre. La volonté acharnée, « sauvage » ou « barbare », de rester jeune, de se survivre.

Le *second malentendu de Mai* est issu de ce chevauchement. « Ce n'est qu'un début... » Répétition générale, commencement de la Longue marche : la fiction d'un contexte prérévolutionnaire a ravivé jusqu'au paroxysme les fantasmes guerriers, dans la quasi-certitude d'une bataille proche, voire imminente. Alors que cent nouveaux terrains de contestation étaient investis (et d'abord l'école), la phraséologie, la pratique ouvriéristes et populistes renaissaient comme jamais. La France a soudain été questionnée sur ses pauvres, sur ses immigrés, sur ses taulards, sur ses cancres, sur ses exclus, sur ses fous. Mais l'habillage, ou plutôt la syntaxe de ces questions était empruntée à un arsenal politique régressif, incantatoire, fruste et violent.

Cette violence, toutefois, était elle-même alimentée par la répression, la crispation apeurée, défensive, d'un pouvoir sourd, obstiné, incohérent. Tandis que Jacques Chaban-Delmas prônait une « nouvelle société », Raymond Marcellin déjouait un chimérique « complot international ». Il faut relire la presse d'alors pour vérifier le caractère sommaire, frontal, des rapports politiques et sociaux. Un fracas d'armures, de quincaillerie moyenâgeuse. L'air sentait la poudre et la sciure et la haine.

La fête aussi. De l'intérieur, le gauchisme a été progressivement subverti par les foyers qu'il allumait au passage. En l'espace de trois années, la logique groupusculaire s'est cassée — débordée ou submergée. Les fronts dits secondaires sont devenus fronts principaux. Les prisons et la magistrature, les hôpitaux et l'enfermement, l'école et la sélection, la famille et l'éducation, la ville et l'environnement ont été transformés en priorités revendicatives. *Le droit à la différence, le droit de dire « je » au sein d'une collectivité solidaire, a paru aussi important, puis plus important que la négation de soi au sein d'une collectivité combattante.* L'invention expérimentale d'une existence autre, communautaire par exemple, a semblé plus prometteuse que l'attente des lendemains promis. « Faire » a supplanté *Que faire ?*

C'est le mouvement des femmes, à ses débuts (avant sa propre ossification en chapelles concurrentes), qui a le plus entamé le discours de la guerre. Non pas comme mouvement catégoriel (ainsi s'efforçaient de le classer, de le banaliser, les groupes constitués). Mais comme mouvement qui interpellait ces derniers sur l'étroitesse partisane, qui ne proposait pas un ajout aux programmes politiques antérieurs, mais une modification de la pensée programmatique même, de la « parole de bois », de la hiérarchie des tâches, de la délégation de pouvoir. Il fut question de plaisir dans les assemblées gauchistes, et c'était une révolution dans l'introuvable révolution.

Le groupe le plus « dur » — les maoïstes de la Gauche prolétarienne — atteint son point de non-retour après qu'il y a eu mort d'homme, celle de Pierre Overney, en février 1972. Pourquoi Benny Lévy et les dirigeants de la GP ont-ils soudain désamorcé la machine qu'ils avaient remontée, et qui menait là ? Parce que l'ultime rempart qu'ils s'étaient fixé était de ne point excéder l'aspiration « des masses ». Parce que l'alternative, désormais, était entre l'escalade terroriste et la dissolution. Parce que l'attentat palestinien de Munich montrait sur quelle pente s'engagent ceux dont les relais politiques sont détruits. Mais aussi parce que la mouvance gauchiste avait changé de nature.

Que le malentendu de Mai était en train de se dissiper.

Ce qui est important, dans cette histoire, ce n'est pas uniquement que des jeunes gens exaltés aient soulevé divers problèmes qu'une société paralysée par le non-dit n'osait s'avouer à elle-même ; ce n'est pas qu'ils soient revenus à la « sagesse » au terme d'une escapade généreuse, bariolée, dangereuse.

L'important, c'est que les « révolutionnaires » sans révolution de mai 1968 et d'après *ont balayé derrière eux,* effaçant certaines traces et en imprimant d'autres. Esquissons un bilan.

* *La génération de 1968 a définitivement isolé le parti communiste* de la jeunesse, des intellectuels, d'une partie même de la « classe ouvrière ». Le déclin du PC accompagne strictement, fidèlement, sa trajectoire. « Nous travaillons pour François Mitterrand », soupirait Daniel Cohn-Bendit, qui n'était pas le moins « politique » de la bande, en Mai. Il avait raison. Le jeu français en est totalement redistribué.

* Après avoir tenté de ressusciter l'idéal révolutionnaire, *la génération de 1968 non seulement a liquidé la perspective d'une révolution, mais récuse les instruments d'une telle démarche* : le parti, le dogme, le centralisme démocratique, le programme. Elle est, très certainement, la dernière génération mue par un idéal révolutionnaire.

* *La génération de 1968, alors que certaines de ses composantes frôlaient cette éventualité, a soigneusement veillé, en France, à ne point engendrer une postérité terroriste qui lui fût imputable.* Et cela, de manière fort délibérée. Action directe, la mouvance « autonome » même, ne sont pas des séquelles du gauchisme. La thèse de la GP fonctionnant comme un abcès de fixation qui a cantonné dans le symbolique les personnages les plus engagés sur cette pente paraît, à l'examen, plausible — quoiqu'il s'en soit parfois fallu de peu.

* *La génération de 1968, non contente d'épuiser un modèle du politique, en a induit un autre* : changer la vie sur le terrain social, se méfier du tout-à-l'Etat, de la clôture fatalement sécrétée par la politique professionnelle. Ce n'est d'ailleurs pas un hasard si les descendants du gauchisme se rencontrent plus dans la vie municipale qu'au Palais-Bourbon, plus dans les structures associatives que dans les états-majors. Ils ont déjà donné ; ils en sont revenus.

Comment s'est effectuée pareille conversion ? Retournement

schématique d'excités qui brûlent le lendemain ce qu'ils adoraient la veille ?

Il s'est d'abord produit un phénomène d'usure. Après l'assassinat de Pierre Overney, la Gauche prolétarienne était à bout — de forces, de croyances, de certitudes. Elle excluait l'issue « libidinale » : ne lui restait qu'une issue « métaphysique ». Elle s'y est jetée, juste à temps. C'était concevable parce qu'en France, à la différence de l'Italie, l'Etat se montrait menaçant et le monde ouvrier peu disposé à suivre, fût-ce partiellement ; et parce qu'à la différence de l'Allemagne, la mouvance gauchiste n'était point proscrite du champ social, versée de force dans la marge : un assez solide cordon d'intellectuels amis — en l'occurrence injustement brocardés — la reliait au monde réel.

L'autre phénomène, c'est l'absorption rapide, effective, de l'innovation gauchiste dans quelques secteurs de la société politique (le PS, principalement) et surtout dans la société civile. S'il demeure, hors des quatre axes précités, un sédiment palpable du gauchisme, il concerne l'avortement, l'école (la recherche pédagogique, que les gauchistes taxaient jadis de compromission idéologique, a été relancée par ses détracteurs d'hier), les relations entre hommes et femmes, entre parents et enfants (l'extension des droits du citoyen mineur, le divorce par consentement mutuel, etc.), la qualité de la vie, l'aménagement urbain...

Deux rendez-vous cruciaux ont jalonné cette évolution. L'étape Soljénitsyne, en premier lieu. Les antistaliniens s'y sont vus confortés. Les néostaliniens (les maoïstes) s'y sont vus sommés de répondre par oui ou par non. Edgar Morin évoque opportunément ce qu'il nomme « un grand collapsus du marxisme ». C'est bien de cela qu'il s'agit. Tandis que les signataires non communistes du programme de la gauche tergiversaient, biaisaient, tournaient autour du totalitarisme sans admettre le concept, les anciens gardes rouges y ont trouvé leur chemin de Damas, reconnu dans l'Etat de droit leur souverain bien.

Ils ont expérimenté divers micrototalitarismes et en sont ressortis vaccinés sans qu'il soit besoin du moindre rappel périodique. Au contraire. Complices sourcilleux des dissidents de partout et d'ailleurs — dès lors qu'une orthodoxie étouffe le concert démocratique —, ils récusent les modèles, dont ils ont observé de trop près le fiasco ou la perversion (le Portugal fut pour eux l'ultime comédie révolutionnaire, et le Cambodge l'ultime tragédie). Ils ont irrémédiablement perdu, dans l'ordre du politique s'entend, le rapport eschatologique à l'histoire, la croyance, le messianisme qui étaient leur aliment poétique et redoutable.

L'autre rendez-vous, c'est la crise. Ce qui s'est effondré, peu à peu, ce qui s'est effrité, c'est la clé de voûte : l'anticapitalisme. L'idée de rupture brutale, de chirurgie sociale, s'est délitée. Les ex-gauchistes ont constaté, un peu tard mais avant les dirigeants socialistes, le bien-fondé de ce qu'avançaient de longue date les penseurs de la « deuxième gauche », les autodidactes de la CFDT : les marges d'action des dirigeants politiques sont faibles ; seule une appréciation rigoureuse préalable de ces seuils permet ensuite d'impulser de réels changements. L'essentiel ne se joue pas à l'hôtel Matignon mais au plus près du lieu de travail, du lieu de vie, du lieu d'éducation.

A l'évidence, maints soixante-huitards se sont sentis plus à l'aise sous le dernier gouvernement Mauroy, ou sous celui de Laurent Fabius, que sous le règne de la gauche triomphante, nationalisatrice et revancharde. Si l'on interroge les uns et les autres, c'est là moins un signe d'assagissement, d'inclination pour la modération libérale, qu'une exaspération fortement enracinée devant l'incantation impuissante et la rodomontade démagogique.

Durant le retour sur terre, le plus difficile a sans doute été le retour à soi. Plus de la moitié de nos interviewés ont recouru aux émules de Jacques Lacan. Plus de la moitié, encore, la phase militante achevée, ont conçu aussitôt des enfants. Irréductibles optimistes... Les utopies conviviales, pas plus que les tropismes guerriers, n'ont résisté à l'étiolement des années d'expansion. Reste que les descendants de Mai, débarrassés du tout-politique, n'ont pas renié leurs valeurs, ni la quête, par une pratique sociale où les individus s'affirment et s'affrontent, de la solidarité.

H.H., P.R.
décembre 1987

Annexes

Sources

Pour ne point hacher le récit, en casser le rythme par une avalanche de notes, de renvois, nous nous sommes astreints —non sans peine— à « rentrer » dans le texte même un maximum d'informations nécessaires à la lecture courante (par exemple la signification des sigles). Il n'empêche : nous sortons de ce travail criblés de dettes qu'il convient d'acquitter.

Nos premiers créanciers sont les témoins qui ont patiemment accepté nos questions, nos objections, nos ignorances. Quand nous avons achevé le décryptage de ces entretiens, nous étions « forts » de deux à trois mille feuillets qu'il a fallu classer, découper, recouper. Ont notamment été interrogés pour ce second volume :

Prisca Bachelet
Philippe Barret
Jean-Paul Besset
Alexandre Bilous
Jean-François Bizot
Frédéric Bon
Jean-Marcel Bouguereau
Jacques Broyelle
Michel-Antoine Burnier
Michel Butel
Roland Castro
Hervé Chabalier
Daniel Cohn-Bendit
Robert Davezies
Régis Debray
Emma
Alain Geismar
Tiennot Grumbach
Christian Jambet
Serge July
Pierre Kahn
Marin Karmitz
Bernard Kouchner

Alain Krivine
Henri Leclerc
Jean-Pierre Le Dantec
Benny Lévy
Tony Lévy
Nicole Linhart
Robert Linhart
Michèle Manceaux
Marianne Merleau-Ponty
Liane Mozère
Béatrice Ouin
Jean-Louis Péninou
Françoise Picq
Jeannette Pienkny
Jacques Rémy
Jean-Paul Ribes
Nadja Ringart
Philippe Robrieux
Olivier Rolin
Jean-Marc Salmon
Jean Schalit
Jean Schiavo
André Sénik
Marie-Noëlle Thibault
Olivier Todd
Henri Vacquin
Jean-Claude Vernier
Patrick Viveret
Henri Weber

Beaucoup nous ont apporté, outre leur témoignage, le secours d'archives personnelles. Il serait fastidieux d'en dresser l'exact inventaire. Signalons seulement que Françoise Picq et Nadja Ringart ont bien voulu nous confier l'exceptionnelle documentation qu'elles ont accumulée sur les premiers pas du MLF (tracts, revues, photographies, notes manuscrites). Liane Mozère nous a fourni maints matériaux analogues (ainsi divers numéros introuvables de *l'Antimythe*) et nous a éclairés sur les productions du CERFI. Prisca Bachelet avait conservé plusieurs brochures de *Défense active*. Robert Davezies nous a ouvert ses registres évoquant la contestation au sein du clergé.

Nous souhaitons exprimer notre gratitude à Me Henri Leclerc. Sans les dossiers d'instruction qu'il avait conservés, notre information sur les affaires judiciaires abordées dans ce livre eût été défaillante. Nous savons gré à Régis Debray et à Jacques Rémy de nous avoir donné accès à la correspondance qu'ils ont entretenue avec Pierre Goldman. Jean-Marcel Bouguereau, en outre, nous a permis d'écouter l'interview de Jean-Paul Sartre qu'il avait recueillie juste après la visite rendue par ce dernier, en Allemagne, à Andreas Baader.

La presse de l'époque a été l'instrument principal d'une mise en perspective de ces données premières. Depuis les revues (*Esprit, les Temps modernes, Partisans, Politique aujourd'hui, Recherches,* etc.), jusqu'aux quotidiens *(France-Soir, l'Aurore, la Croix, le Figaro, l'Humanité, le Monde, Paris-Presse),* en passant par de grands hebdomadaires *(le Canard enchaîné, l'Express, le Nouvel Observateur, Paris-Match, Témoignage chrétien),* nous nous y sommes plongés de manière boulimique. Les titres proches de l'extrême gauche ont naturellement été l'objet d'une attention particulière : *Actuel, l'Idiot international, la Cause du peuple* et *J'accuse, Politique-Hebdo, Rouge, Tout, Tribune socialiste* ont été méthodiquement explorés. Merci à Dominique de Libéra de nous avoir assistés dans cette tâche. Merci aux services de documentation du *Monde,* de *Libération,* et à l'Institut d'histoire sociale de nous avoir grandement facilité les recherches.

Une bibliographie détaillée, sur une période aussi dense, occuperait des dizaines de pages. Nous nous contenterons de mentionner ci-après les ouvrages auxquels nous sommes directement redevables, écartant les titres plus généraux. Ainsi :

Association Choisir, *Avortement : une loi en procès. L'affaire de Bobigny,* Paris, Gallimard, 1973.

Beauvoir Simone de, *La Cérémonie des adieux, suivi de Entretiens avec Jean-Paul Sartre,* Paris, Gallimard, 1981.

Bernheim Cathy, *Perturbation ma sœur. Naissance d'un mouvement de femmes,* Paris, Ed. du Seuil, 1983.

Bleskine Hélène, *L'Espoir gravé,* Paris, Maspero, 1975.

Bosquet Michel, *Ecologie et Liberté,* Paris, Galilée, 1975.

Bizot Jean-François, *Les Déclassés,* Paris, Le Sagittaire, 1976.

Broyelle, Claudie et Jacques, Tschirhart Evelyne, *Deuxième Retour de Chine,* Paris, Ed. du Seuil, 1977.

Burnier Michel-Antoine, Kouchner Bernard, *La France sauvage,* Paris, Ed. spéciale, 1970.

Burnier Michel-Antoine, *Le Testament de Sartre,* Orban, 1982.

Clavel Maurice, *Les Paroissiens de Palente,* Paris, Grasset, 1974.

Clavel Maurice, *Nous l'avons tous tué. Ou « ce juif de Socrate »,* Paris, Ed. du Seuil, 1977.

Cohen-Solal Annie, *Sartre,* Paris, Gallimard, 1985.

Collectif, *Actuel par Actuel,* Paris, Stock, 1976.

Collectif, *Ce que veut la Ligue communiste,* Paris, Maspero, 1972.

Collectif, *Contrôler aujourd'hui pour décider demain. Les thèses du PSU,* Paris, Tema, 1973.

Collectif, *Echanges et Dialogue, ou la Mort du clerc,* Paris, L'Harmattan, 1975.
Collectif, *La Bataille de l'avortement,* Paris, La Documentation française, 1986.
Collectif, *La Répression dans l'enseignement. Dossier de l'Ecole émancipée,* Paris, Maspero, 1972.
Collectif, *Les femmes s'entêtent,* Gallimard, 1975.
Collectif, *Lip, affaire non classée,* Paris, Syros, 1976.
Collectif, *Lip 73, dossier établi par la CFDT,* Paris, Ed. du Seuil, 1973.
Collectif, *Non à l'inspection. Dossier des profs sanctionnés,* Paris, Ed. du Cerf, 1973.
Cooper David, *Psychiatrie et Antipsychiatrie,* Paris, Ed. du Seuil, 1970.
Daniel Jean, *L'Ere des ruptures,* Paris, Grasset, 1979.
Debray Régis, *Entretiens avec Allende sur la situation au Chili,* Paris, Maspero, 1971.
Debray Régis, *Les Rendez-vous manqués (Pour Pierre Goldman),* Paris, Ed. du Seuil, 1975.
Duclos Pierre, *Les Prêtres. Une génération raconte son métier,* Paris, Ed. du Seuil, 1983.
Duhamel Olivier, *Chili ou la Tentative,* Paris, Gallimard, 1974.
Frémontier Jacques, *Renault : la forteresse ouvrière,* Paris, Fayard, 1971.
Garcia Guadilla Naty, *Libération des femmes. Le MLF,* Paris, PUF, 1981.
Gavi Philippe, Sartre Jean-Paul, Victor Pierre, *On a raison de se révolter,* Gallimard, 1974.
Goldman Pierre, *Souvenirs obscurs d'un juif polonais né en France,* Paris, Ed. du Seuil, 1976.
Halter Marek, *Le Fou et les Rois,* Paris, Albin Michel, 1976.
Hardy Yves, Gabey Emmanuel, *L... comme Larzac,* Paris, Alain Moreau, 1974.
Kouchner Bernard, *L'Ile de lumière,* Paris, Ramsay, 1980.
Lambert Bernard, *Les Paysans dans la lutte des classes,* Paris, Ed. du Seuil, 1970.
Lamour Catherine, *Le Pari chilien,* Paris, Stock, 1972.
Lardreau Guy et Jambet Christian, *L'Ange,* Paris, Grasset, 1976.
Le Dantec Jean-Pierre, *Les Dangers du soleil,* Paris, Presses d'aujourd'hui, 1978.
Linhart Robert, *L'Etabli,* Paris, Ed. de Minuit, 1978.
Leys Simon, *Les Habits neufs du président Mao,* Paris, Ed. Champ libre, 1972.
Macciocchi Maria-Antonietta, *De la Chine,* Paris, Ed. du Seuil, 1972.
Manceaux Michèle, *Les Maos en France,* Paris, Gallimard, 1972.
Paugam Jacques, *Génération perdue,* Paris, Robert Laffont, 1977.
Pisan Annie de, Tristan Anne, *Histoires du MLF,* Paris, Calmann-Lévy, 1977.

Phlipponneau Michel, *Au Joint français les ouvriers bretons,* Saint-Brieuc, Presses universitaires de Bretagne, 1972.

Revel Jean-François, *Ni Marx ni Jésus,* Paris, Robert Laffont, 1970.

Rocard Michel, *Le PSU et l'Avenir socialiste de la France,* Paris, Ed. du Seuil, 1969.

Roudinesco Elisabeth, *La Bataille de cent ans. Histoire de la psychanalyse en France,* Paris, Ed. du Seuil, 1986, t. II.

Russier Gabrielle, *Lettres de prison,* Paris, Ed. du Seuil, 1970.

Salmon Jean-Marc, *Hôtel de l'avenir,* Paris, Presses d'aujourd'hui, 1978.

Samuelson François-Marie, *Il était une fois Libé,* Paris, Ed. du Seuil, 1979.

Shelton Robert, *Bob Dylan,* Paris, Albin Michel, 1987.

Signoret Simone, *La nostalgie n'est plus ce qu'elle était,* Paris, Ed. du Seuil, 1976.

Todd Olivier, *Un fils rebelle,* Paris, Grasset, 1981.

Touraine Alain, *Vie et Mort du Chili populaire,* Paris, Ed. du Seuil, 1973.

Vadrot Claude-Marie, *L'Ecologie. Histoire d'une subversion,* Paris, Syros, 1978.

Virieu François-Henri de, *Lip, 10 000 montres sans patron,* Paris, Calmann-Lévy, 1973.

Weber Henri, *Marxisme et Conscience de classe,* Paris, coll.« 10/18 », UGE, 1975.

Que Cathy Bernheim et Monique Cahen soient enfin remerciées d'avoir consenti à lire et critiquer les pages de notre manuscrit consacrées au mouvement des femmes.

Repères chronologiques

1968

Septembre	Premier numéro de *Rouge*.
Automne	Naissance de la Gauche prolétarienne. Kouchner au Biafra.
1er novembre	Sortie du premier numéro de *la Cause du peuple*.

1969

Janvier	Ouverture de l'université de Vincennes.
16 janvier	Jan Palach se suicide par le feu à Prague.
3 février	*Hara-Kiri* devient hebdomadaire.
2 mars	Premier vol du Concorde.
Février-mars	Agitation dans les lycées.
27 avril	Victoire des non au référendum. De Gaulle s'en va.
6 mai	Krivine candidat à la présidence de la République.
Juin	Opération de la GP à Flins.
15 juin	Georges Pompidou est élu président de la République.
21 juin	Jacques Chaban-Delmas Premier ministre.
21 juillet	Amstrong marche sur la Lune.
21 août	Festival de musique à Woodstock.
12 septembre	Un commando de l'Armée du salut interrompt une représentation de *Hair*.
14 septembre	Bagarres entre le PC et la GP à Argenteuil.
16 septembre	Discours de Chaban-Delmas, Premier ministre, sur la « nouvelle société ».
Octobre	Retour de Goldman en France.
15 novembre	Sortie de la revue *Vive la révolution !*

Michel Foucault, *l'Archéologie du savoir*. William Reich, *la Révolution sexuelle*. Alain Touraine, *la Société postindustrielle*. Costa-Gavras, *Z*. Maurice Pialat, *l'Enfance nue*. Jacques Rivette, *l'Amour fou*. Eric Rohmer, *Ma nuit chez Maud*. *Hair* au théâtre de la Porte-Saint-Martin.

1970

Janvier	Deux lycéens s'immolent par le feu à Lille.
10 janvier	Occupation du CNPF pour protester contre la mort de cinq immigrés.
26 janvier	Un ouvrier est tué dans un accident aux chantiers navals de Dunkerque.
16 février	Incendie du bureau des Houillères à Hénin-Liétard.
3 mars	Violents incidents sur le campus de Nanterre.
6 mars	« Raid » de VLR contre la mairie de Meulan.
11 mars	Rassemblement des partisans de Gérard Nicoud au Parc des Princes.
17 mars	Arrestation de Nadja Ringart.
22 mars	Arrestation de Jean-Pierre Le Dantec, directeur de *la Cause du peuple*.
Avril	Arrestation de Pierre Goldman.
27 avril	Sartre directeur de *la Cause du peuple*.
30 avril	Vote de la loi « anticasseurs ». Arrestation de Le Bris.
8 mai	Attaque par un commando de la GP du magasin Fauchon.
27 mai	Procès de Le Bris et Le Dantec. Manifestations dans Paris. Dissolution de la Gauche prolétarienne par le Conseil des ministres.
25 juin	Arrestation d'Alain Geismar.
26 juin	Fondation du Secours rouge.
26 août	Un groupe de femmes dépose une gerbe à l'Arc de triomphe en l'honneur de « la femme inconnue du soldat inconnu ». Cinquante mille femmes manifestent dans les rues de New York.
Septembre	Première grève de la faim des détenus maoïstes. Massacre des Palestiniens en Jordanie.
23 septembre	Premier numéro de *Tout*.
Octobre	Première AG du MLF. Parution d'*Actuel*.
8 octobre	Soljénitsyne prix Nobel.
20-22 oct.	Procès Geismar devant le tribunal correctionnel.
1er novembre	Incendie dans un dancing à Saint-Laurent-du-Pont : 146 morts.
4 novembre	Salvador Allende est élu président de la République au Chili.
9 novembre	Mort du général de Gaulle.
17 novembre	Interdiction de *Hara-Kiri* ; parution de *Charlie-Hebdo*.
23 novembre	Action du MLF contre les Etats généraux de la femme organisés par le journal *Elle*.
24 novembre	Procès Geismar devant la Cour de sûreté de l'Etat.

26 novembre	Enlèvement du député Michel de Grailly par un commando de la NRP.
Décembre	Procès à Burgos de seize nationalistes basques.
12 décembre	Sartre préside le « tribunal populaire » de Lens.
14 décembre	Procès, devant la Cour de sûreté, de Schiavo et de ses camarades accusés d'incendie criminel.
15 décembre	Emeute dans les ports polonais de la Baltique.
23 décembre	Libération de Le Dantec.
24 décembre	Libération de Régis Debray en Bolivie.
26 décembre	Première de *1789* par le Théâtre du Soleil.

Pierre Bourdieu et Jean-Claude Passeron, *la Reproduction.* David Cooper, *Psychiatrie et Antipsychiatrie.* Michel Crozier, *la Société bloquée.* Gilles Deleuze et Félix Guattari, *l'Anti-Œdipe.* Alexander S. Neill, *Libres Enfants de Summerhill.* Jean-François Revel, *Ni Marx ni Jésus.* Costa-Gavras, *l'Aveu.* Elio Petri, *Enquête sur un citoyen au-dessus de tout soupçon.* Claude Sautet, *les Choses de la vie.*

1971

Janvier	Grève de la faim des détenus politiques.
15 janvier	Sortie de *J'accuse.*
8 février	Fin de la grève de la faim. Création du Groupe d'information sur les prisons (GIP).
9 février	Richard Deshayes blessé au cours d'une manifestation. Arrestation de Gilles Guiot.
10 février	Manifestation du MLF contre le professeur Lejeune.
13 février	Occupation du Sacré-Cœur.
18-19 février	Manifestations lycéennes pour la libération de Guiot.
Mars	Création du FHAR.
9 mars	Violente manifestation contre un meeting d'Ordre nouveau au Palais des sports.
23 mars	Manifestation de paysans à Bruxelles.
28 mars	Le MLF fête la Commune au fort d'Ivry.
4 avril	L'Ecole normale supérieure est fermée.
5 avril	Manifeste des 343 dans *le Nouvel Observateur.*
Pâques	Autodissolution de VLR.
22 avril	Publication du rapport sénatorial sur la Villette : le scandale éclate officiellement.
	Edmond Maire secrétaire général de la CFDT.
Mai	Premier numéro du *Torchon brûle.*
29 mai	Alain Jaubert passé à tabac dans un car de police.
3 juin	Manifestation des journalistes devant le ministère de l'Intérieur.

12-13 juin	Congrès d'Epinay du parti socialiste.
18 juin	Création de l'APL. Manifestation gaullo-maoïste au mont Valérien.
13 juillet	Manifestation aux Halles contre la démolition des pavillons de Baltard.
23 juillet	Christian Riss est grièvement blessé par balle.
29 juillet	Dernier numéro de *Tout*.
Septembre	Début de la démolition des pavillons de Baltard, aux Halles.
3 septembre	Manifestation de policiers à Evian.
22 septembre	Une infirmière et un gardien assassinés à la centrale de Clairvaux.
Octobre	Création du mouvement Choisir.
26 octobre	Admission de la Chine à l'ONU.
20 novembre	Marche internationale des femmes pour une maternité libre.
9 décembre	Mutinerie à la prison de Toul.
13 décembre	Clavel à l'émission « A armes égales » : « Messieurs les censeurs, bonsoir ! »
23 décembre	Libération d'Alain Geismar.

Ivan Illitch, *Une société sans école*. Maria-Antonietta Macciocchi, *De la Chine*. Simon Leys, *les Habits neufs du président Mao*. André Cayatte, *Mourir d'aimer*. Claude Faraldo, *Bof*. Louis Malle, *le Souffle au cœur*. Marcel Ophüls, *le Chagrin et la Pitié*.

1972

11 janvier	Programme du PS : *Changer la vie*.
29 janvier	Début de la grève de la faim des licenciés de Renault.
14 février	Entrée clandestine de Sartre à Renault-Billancourt.
21-28 février	Nixon à Pékin.
25 février	Mort de Pierre Overney.
4 mars	Enterrement de Pierre Overney.
8 mars	Enlèvement de Robert Nogrette par la NRP.
10 mars	Début de la grève au Joint français.
Mai	Affaire de Bruay-en-Artois ; crise à *la Cause du peuple*.
13-14 mai	Journées de dénonciation des crimes contre les femmes, à la Mutualité.
5 juin	Annonce de la grâce présidentielle accordée à l'ancien milicien Touvier.
27 juin	Signature du Programme commun entre le PC et le PS.
5 juillet	Chaban-Delmas quitte Matignon.
5 septembre	Attentat palestinien aux jeux Olympiques de Munich.

11 octobre	Procès de Marie-Claire devant le tribunal de Bobigny.
28 novembre	Exécution de Buffet et de Bontemps.
17 décembre	Georges Marchais secrétaire général du PCF.
31 décembre	Naissance de la troisième chaîne de télévision.

Hannah Arendt, *le Système totalitaire*. Club de Rome, *Halte à la croissance*. Bernardo Bertolucci, *le Dernier Tango à Paris*. Marin Karmitz, *Coup pour coup*. Stanley Kubrick, *Orange mécanique*. René Vautier, *Avoir vingt ans dans les Aurès*.

1973

4 janvier	Présentation de *Libération* à la presse.
27 janvier	Accords de Paris sur le Vietnam.
3 février	Manifeste de 331 médecins en faveur de l'avortement.
6 février	Incendie du CES Pailleron.
4-11 mars	Elections législatives : poussée de la gauche.
14 mars	Début des manifestations lycéennes contre la loi Debré.
21 mars	Grève des OS aux usines Renault du Mans.
9 avril	Constitution du MLAC.
17 avril	Début de la grève à Lip.
3 mai	Manifestation des artistes contre le ministre de la Culture, Maurice Druon.
18 juin	A Lip, les salariés prennent en main la production.
21 juin	Manifestation violente contre un meeting d'Ordre nouveau.
28 juin	Interdiction de la Ligue communiste.
Juillet	Scandale du Watergate.
14 août	Evacuation de l'usine de Palente par la police.
25 août	Marche sur le plateau du Larzac.
11 septembre	Coup d'Etat au Chili.
13 septembre	Dernier numéro de *la Cause du peuple*.
29 septembre	Marche pour Lip.
Automne	Constitution de la maison d'édition « Des femmes » par le groupe Psychanalyse-et-politique.
6 octobre	Début de la guerre du Kippour.
17 octobre	Augmentation du prix du pétrole par l'OPEP.
4 décembre	Découverte de micros au *Canard enchaîné*.
20 décembre	Publication en russe à Paris de *l'Archipel du Goulag*.

René Dumont, *l'Utopie ou la Mort*. Gisèle Halimi, *la Cause des femmes*. Robert Paxton, *la France de Vichy*. Ingmar Bergman, *Cris et Chuchotements*. *Histoire d'A*. Jacques Doillon, *l'An 01*. Marco Ferreri, *la Grande Bouffe*.

1974

14 février	Soljénitsyne expusé d'URSS.
2 avril	Mort de Georges Pompidou.
25 avril	« Révolution des œillets » au Portugal.
19 mai	Valéry Giscard d'Estaing président de la République.
28 juin	Majorité civile à dix-huit ans.
3 juillet	Eclatement de l'ORTF.
24 juillet	Démission des colonels en Grèce.
Juillet	Mutineries dans les prisons.
8 août	Démission de Richard Nixon.
8 septembre	Manifestation de 200 appelés à Draguignan.
12-13 octobre	Assises du socialisme : Rocard entre au PS.
Novembre	Débat à l'Assemblée nationale sur l'IVG.
5 décembre	Sartre rencontre Baader en prison.
9 décembre	Début du procès Goldman.

Marie Cardinal, *les Mots pour le dire*. Jean-François Lyotard, *l'Economie libidinale*. Bertrand Blier, *les Valseuses*. Just Jackin, *Emmanuelle*. Louis Malle, *Lacombe Lucien*. Claude Sautet, *Vincent, François, Paul et les autres*.

1975

17 janvier	Promulgation de la loi Veil sur l'IVG.
30 avril	Chute de Saigon.
Octobre	Dernier numéro d'*Actuel*.

Emile Ajar, *la Vie devant soi*. Michel Foucault, *Surveiller et Punir*. André Glucksmann, *la Cuisinière et le Mangeur d'hommes*. Pierre Goldman, *Souvenirs obscurs d'un juif polonais né en France*.

Index

Cet index renvoie aux Années de rêve (I) *et aux* Années de poudre (II).

Table

ACHEVÉ D'IMPRIMER PAR BRODARD ET TAUPIN À LA FLÈCHE.
DÉPÔT LÉGAL : AVRIL 1990. Nº 12113 (1688C-5)

Demandez à votre libraire dans la collection « Vision Seuil » les deux cassettes de la série télévisée *Génération,* dirigée par Hervé Hamon, Patrick Rotman et Daniel Edinger. Les principaux acteurs de Mai 68, confrontés aujourd'hui aux documents de l'époque, expliquent leur *Génération.*

VISION SEUIL

Collection Points

SÉRIE ACTUELS

A1. Lettres de prison, *par Gabrielle Russier*
A2. J'étais un drogué, *par Guy Champagne*
A3. Les Dossiers noirs de la police française
par Denis Langlois
A4. Do It, *par Jerry Rubin*
A5. Les Industriels de la fraude fiscale, *par Jean Cosson*
A6. Entretiens avec Allende, *par Régis Debray* (épuisé)
A7. De la Chine, *par Maria-Antonietta Macciocchi*
A8. Après la drogue, *par Guy Champagne*
A9. Les Grandes Manœuvres de l'opium
par Catherine Lamour et Michel Lamberti
A10. Les Dossiers noirs de la justice française
par Denis Langlois
A11. Le Dossier confidentiel de l'euthanasie
par Igor Barrère et Étienne Lalou
A12. Discours américains, *par Alexandre Soljénitsyne*
A13. Les Exclus, *par René Lenoir* (épuisé)
A14. Souvenirs obscurs d'un Juif polonais né en France
par Pierre Goldman
A15. Le Mandarin aux pieds nus, *par Alexandre Minkowski*
A16. Une Suisse au-dessus de tout soupçon, *par Jean Ziegler*
A17. La Fabrication des mâles
par Georges Falconnet et Nadine Lefaucheur
A18. Rock babies, *par Raoul Hoffmann et Jean-Marie Leduc*
A19. La nostalgie n'est plus ce qu'elle était
par Simone Signoret
A20. L'Allergie au travail, *par Jean Rousselet*
A21. Deuxième Retour de Chine
par Claudie et Jacques Broyelle et Évelyne Tschirhart
A22. Je suis comme une truie qui doute, *par Claude Duneton*
A23. Travailler deux heures par jour, *par Adret*
A24. Le rugby, c'est un monde, *par Jean Lacouture*
A25. La Plus Haute des solitudes, *par Tahar Ben Jelloun*
A26. Le Nouveau Désordre amoureux
par Pascal Bruckner et Alain Finkielkraut
A27. Voyage inachevé, *par Yehudi Menuhin*
A28. Le communisme est-il soluble dans l'alcool ?
par Antoine et Philippe Meyer
A29. Sciences de la vie et Société
par François Gros, François Jacob et Pierre Royer
A30. Anti-manuel de français
par Claude Duneton et Jean-Pierre Pagliano

A31. Cet enfant qui se drogue, c'est le mien
par Jacques Guillon
A32. Les Femmes, la Pornographie, l'Érotisme
par Marie-Françoise Hans et Gilles Lapouge
A33. Parole d'homme, *par Roger Garaudy*
A34. Nouveau Guide des médicaments, *par le Dr Henri Pradal*
A35. Rue du Prolétaire rouge, *par Nina et Jean Kéhayan*
A36. Main basse sur l'Afrique, *par Jean Ziegler*
A37. Un voyage vers l'Asie, *par Jean-Claude Guillebaud*
A38. Appel aux vivants, *par Roger Garaudy*
A39. Quand vient le souvenir, *par Saul Friedländer*
A40. La Marijuana, *par Solomon H. Snyder*
A41. Un lit à soi, *par Évelyne Le Garrec*
A42. Le lendemain, elle était souriante…, *par Simone Signoret*
A43. La Volonté de guérir, *par Norman Cousins*
A44. Les Nouvelles Sectes, *par Alain Woodrow*
A45. Cent Ans de chanson française, *par Chantal Brunschwig*
Louis-Jean Calvet et Jean-Claude Klein
A46. La Malbouffe, *par Stella et Joël de Rosnay*
A47. Médecin de la liberté, *par Paul Milliez*
A48. Un Juif pas très catholique, *par Alexandre Minkowski*
A49. Un voyage en Océanie, *par Jean-Claude Guillebaud*
A50. Au coin de la rue, l'aventure
par Pascal Bruckner et Alain Finkielkraut
A51. John Reed, *par Robert Rosenstone*
A52. Le Tabouret de Piotr, *par Jean Kéhayan*
A53. Le temps qui tue, le temps qui guérit
par le Dr Fernand Attali
A54. La Lumière médicale, *par Norbert Bensaïd*
A55. Californie (Le Nouvel Age)
par Sylvie Crossman et Édouard Fenwick
A56. La Politique du mâle, *par Kate Millett*
A57. Contraception, Grossesse, IVG
par Pierrette Bello, Catherine Dolto et Aline Schiffmann
A58. Marthe, *anonyme*
A59. Pour un nouveau-né sans risque
par Alexandre Minkowski
A60. La vie tu parles, *par Libération*
A61. Les Bons Vins et les Autres, *par Pierre-Marie Doutrelant*
A62. Comment peut-on être breton ?, *par Morvan Lebesque*
A63. Les Français, *par Theodore Zeldin*
A64. La Naissance d'une famille, *par T. Berry Brazelton*
A65. Hospitalité française, *par Tahar Ben Jelloun*
A66. L'Enfant à tout prix
par Geneviève Delaisi de Parseval et Alain Janaud
A67. La Rouge Différence, *par F. Edmonde Morin*

A68. Regard sur les Françaises, *par Michèle Sarde*
A69. A hurler le soir au fond des collèges, *par Claude Duneton avec la collaboration de Frédéric Pagès*
A70. L'Avenir en face, *par Alain Minc*
A71. Je t'aime d'amitié, *par la revue « Autrement »*
A72. Couples, *par la revue « Autrement »*
A73. Le Sanglot de l'homme blanc, *par Pascal Bruckner*
A74. BCBG, le guide du bon chic bon genre *par Thierry Mantoux*
A75. Ils partiront dans l'ivresse, *par Lucie Aubrac*
A76. Tant qu'il y aura des profs *par Hervé Hamon et Patrick Rotman*
A77. Femmes à 50 ans, *par Michèle Thiriet et Suzanne Képès*
A78. Sky my Husband ! Ciel mon mari ! *par Jean-Loup Chifflet*
A79. Tous ensemble, *par François de Closets*
A80. Les Instits. Enquête sur l'école primaire *par Nicole Gauthier, Catherine Guiguon et Maurice A. Guillot*
A81. Objectif bébé. Une nouvelle science, la bébologie *par la revue « Autrement »*
A82. Nous l'avons tant aimée, la révolution *par Dany Cohn-Bendit*
A83. Enfances, *par Françoise Dolto*
A84. Orient extrême, *par Robert Guillain*
A85. Aventurières en crinoline, *par Christel Mouchard*
A86. A la soupe !, *par Plantu*
A87. Kilos de plume, kilos de plomb *par Jean-Louis Yaïch et Dr Gérard Apfeldorfer*
A88. Grands Reportages, *collectif*
A89. François Mitterand ou la tentation de l'histoire *par Franz-Olivier Giesbert*
A90. Génération
1. Les Années de rêve, *par Hervé Hamon et Patrick Rotman*
A91. Génération
2. Les Années de poudre, *par Hervé Hamon et Patrick Rotman*
A92. Rumeurs, *par Jean-Noël Kapferer*
A93. Éloge des pédagogues, *par Antoine Prost*
A94. Heureux Habitants de l'Aveyron, par Philippe Meyer

Collection Points

SÉRIE HISTOIRE

H1. Histoire d'une démocratie : Athènes
Des origines à la conquête macédonienne
par Claude Mossé
H2. Histoire de la pensée européenne
1. L'éveil intellectuel de l'Europe du IXe au XIIe siècle
par Philippe Wolff
H3. Histoire des populations françaises et de leurs attitudes devant la vie depuis le XVIIIe siècle
par Philippe Ariès
H4. Venise, portrait historique d'une cité
par Philippe Braunstein et Robert Delort
H5. Les Troubadours, *par Henri-Irénée Marrou*
H6. La Révolution industrielle (1770-1880)
par Jean-Pierre Rioux
H7. Histoire de la pensée européenne
4. Le siècle des Lumières, *par Norman Hampson*
H8. Histoire de la pensée européenne
3. Des humanistes aux hommes de science
par Robert Mandrou
H9. Histoire du Japon et des Japonais
1. Des origines à 1945, *par Edwin O. Reischauer*
H10. Histoire du Japon et des Japonais
2. De 1945 à 1970, *par Edwin O. Reischauer*
H11. Les Causes de la Première Guerre mondiale
par Jacques Droz
H12. Introduction à l'histoire de notre temps
L'Ancien Régime et la Révolution
par René Rémond
H13. Introduction à l'histoire de notre temps
Le XIXe siècle, *par René Rémond*
H14. Introduction à l'histoire de notre temps
Le XXe siècle, *par René Rémond*
H15. Photographie et Société, *par Gisèle Freund*
H16. La France de Vichy (1940-1944)
par Robert O. Paxton
H17. Société et Civilisation russes au XIXe siècle
par Constantin de Grunwald
H18. La Tragédie de Cronstadt (1921), *par Paul Avrich*
H19. La Révolution industrielle du Moyen Age
par Jean Gimpel
H20. L'Enfant et la Vie familiale sous l'Ancien Régime
par Philippe Ariès

H21. De la connaissance historique
par Henri-Irénée Marrou
H22. André Malraux, une vie dans le siècle
par Jean Lacouture
H23. Le Rapport Krouchtchev et son histoire
par Branko Lazitch
H24 Le Mouvement paysan chinois (1840-1949)
par Jean Chesneaux
H25. Les Misérables dans l'Occident médiéval
par Jean-Louis Goglin
H26. La Gauche en France depuis 1900
par Jean Touchard
H27. Histoire de l'Italie du Risorgimento à nos jours
par Sergio Romano
H28. Genèse médiévale de la France moderne, XIVe-XVe siècle
par Michel Mollat
H29. Décadence romaine ou Antiquité tardive, IIIe-VIe siècle
par Henri-Irénée Marrou
H30. Carthage ou l'Empire de la mer, *par François Decret*
H31. Essais sur l'histoire de la mort en Occident
du Moyen Age à nos jours, *par Philippe Ariès*
H32. Le Gaullisme (1940-1969), *par Jean Touchard*
H33. Grenadou, paysan français
par Ephraïm Grenadou et Alain Prévost
H34. Piété baroque et Déchristianisation en Provence
au XVIIIe siècle, *par Michel Vovelle*
H35. Histoire générale de l'Empire romain
1. Le Haut-Empire, *par Paul Petit*
H36. Histoire générale de l'Empire romain
2. La crise de l'Empire, *par Paul Petit*
H37. Histoire générale de l'Empire romain
3. Le Bas-Empire, *par Paul Petit*
H38. Pour en finir avec le Moyen Age
par Régine Pernoud
H39. La Question nazie, *par Pierre Ayçoberry*
H40. Comment on écrit l'histoire, *par Paul Veyne*
H41. Les Sans-culottes, *par Albert Soboul*
H42. Léon Blum, *par Jean Lacouture*
H43. Les Collaborateurs (1940-1945), *par Pascal Ory*
H44. Le Fascisme italien (1919-1945)
par Pierre Milza et Serge Berstein
H45. Comprendre la révolution russe, *par Martin Malia*
H46. Histoire de la pensée européenne
6. L'ère des masses, *par Michaël D. Biddiss*
H47. Naissance de la famille moderne
par Edward Shorter

H48. Mythe de la procréation à l'âge baroque
par Pierre Darmon
H49. Histoire de la bourgeoisie en France
1. Des origines aux temps modernes
par Régine Pernoud
H50. Histoire de la bourgeoisie en France
2. Les temps modernes, *par Régine Pernoud*
H51. Histoire des passions françaises (1848-1945)
1. Ambition et amour, *par Theodore Zeldin*
H52. Histoire des passions françaises (1848-1945)
2. Orgueil et intelligence, *par Theodore Zeldin* (épuisé)
H53. Histoire des passions françaises (1848-1945)
3. Goût et corruption, *par Theodore Zeldin*
H54 Histoire des passions françaises (1848-1945)
4. Colère et politique, *par Theodore Zeldin*
H55. Histoire des passions françaises (1848-1945)
5. Anxiété et hypocrisie, *par Theodore Zeldin*
H56. Histoire de l'éducation dans l'Antiquité
1. Le monde grec, *par Henri-Irénée Marrou*
H57. Histoire de l'éducation dans l'Antiquité
2. Le monde romain, *par Henri-Irénée Marrou*
H58. La Faillite du Cartel, 1924-1926
(Leçon d'histoire pour une gauche au pouvoir)
par Jean-Noël Jeanneney
H59. Les Porteurs de valises
par Hervé Hamon et Patrick Rotman
H60. Histoire de la guerre d'Algérie, 1954-1962
par Bernard Droz et Évelyne Lever
H61. Les Occidentaux, *par Alfred Grosser*
H62. La Vie au Moyen Age, *par Robert Delort*
H63. Politique étrangère de la France (La Décadence, 1932-1939)
par Jean-Baptiste Duroselle
H64. Histoire de la guerre froide
1. De la révolution d'Octobre à la guerre de Corée, 1917-1950
par André Fontaine
H65. Histoire de la guerre froide
2. De la guerre de Corée à la crise des alliances,1950-1963
par André Fontaine
H66. Les Incas, *par Alfred Métraux*
H67. Les Écoles historiques, *par Guy Bourdé et Hervé Martin*
H68. Le Nationalisme français, 1871-1914, *par Raoul Girardet*
H69. La Droite révolutionnaire, 1885-1914, *par Zeev Sternhell*
H70. L'Argent caché, *par Jean-Noël Jeanneney*
H71. Histoire économique de la France du XVIIIe siècle à nos jours
1. De l'Ancien Régime à la Première Guerre mondiale
par Jean-Charles Asselain

H72. Histoire économique de la France du XVIIIe siècle à nos jours
2. De 1919 à la fin des années 1970
par Jean-Charles Asselain
H73. La Vie politique sous la IIIe République, *par Jean-Marie Mayeur*
H74. La Grèce archaïque d'Homère à Eschyle, *par Claude Mossé*
H75. Histoire de la « détente », 1962-1981
par André Fontaine
H76. Études sur la France de 1939 à nos jours
par la revue « L'Histoire »
H77. L'Afrique au XXe siècle, *par Elikia M'Bokolo*
H78. Les Intellectuels au Moyen Age, *par Jacques Le Goff*
H79. Fernand Pelloutier, *par Jacques Julliard*
H80. L'Église des premiers temps, *par Jean Daniélou*
H81. L'Église de l'Antiquité tardive
par Henri-Irénée Marrou
H82. L'Homme devant la mort
1. Le temps des gisants, *par Philippe Ariès*
H83. L'Homme devant la mort
2. La mort ensauvagée, *par Philippe Ariès*
H84. Le Tribunal de l'impuissance, *par Pierre Darmon*
H85. Histoire générale du XXe siècle
1. Jusqu'en 1949. Déclins européens
par Bernard Droz et Anthony Rowley
H86. Histoire générale du XXe siècle
2. Jusqu'en 1949. La naissance du monde contemporain
par Bernard Droz et Anthony Rowley
H87. La Grèce ancienne, *par la revue « L'Histoire »*
H88. Les Ouvriers dans la société française
par Gérard Noiriel
H89. Les Américains de 1607 à nos jours
1. Naissance et essor des États-Unis, 1607 à 1945, *par André Kaspi*
H90. Les Américains de 1607 à nos jours
2. Les États-Unis de 1945 à nos jours, *par André Kaspi*
H91. Le Sexe et l'Occident, *par Jean-Louis Flandrin*
H92. Le Propre et le Sale, *par Georges Vigarello*
H93. La Guerre d'Indochine, 1945-1954
par Jacques Dalloz
H94. L'Édit de Nantes et sa révocation
par Janine Garrisson
H95. Les Chambres à gaz, secret d'État
par Eugen Kogon, Hermann Langbein et Adalbert Rückerl
H96. Histoire générale du XXe siècle
3. Depuis 1950. Expansion et indépendance (1950-1973)
par Bernard Droz et Anthony Rowley
H97. La Fièvre hexagonale, 1871-1968, *par Michel Winock*
H98. La Révolution en questions, *par Jacques Solé*

H99. Les Byzantins, *par Alain Ducellier*
H100. Les Croisades, *par la revue « L'Histoire »*
H101. La Chute de la monarchie (1787-1792)
par Michel Vovelle
H102. La République jacobine (10 août 1792 - 9 Thermidor an II)
par Marc Bouloiseau
H103. La République bourgeoise (de Thermidor à Brumaire, 1794-1799)
par Denis Woronoff
H104. La France napoléonienne (1799-1815)
1. Aspects intérieurs, *par Louis Bergeron*
H105. La France napoléonienne (1799-1815)
2. Aspects extérieurs, *par Roger Dufraisse* (à paraître)
H106. La France des notables (1815-1848)
1. L'évolution générale, *par André Jardin et André-Jean Tudesq*
H107. La France des notables (1815-1848)
2. La vie de la nation, *par André Jardin et André-Jean Tudesq*
H108. 1848 ou l'Apprentissage de la république (1848-1852)
par Maurice Agulhon
H109. De la fête impériale au mur des Fédérés (1852-1871)
par Alain Plessis
H110. Les Débuts de la Troisième République (1871-1898)
par Jean-Marie Mayeur
H111. La République radicale ? (1898-1914)
par Madeleine Rebérioux
H112. Victoire et Frustrations (1914-1929)
par Jean-Jacques Becker et Serge Berstein
H113. La Crise des années 30 (1929-1938)
par Dominique Borne et Henri Dubief
H114. De Munich et à Libération (1938-1944)
par Jean-Pierre Azéma
H115. La France de la Quatrième République (1944-1958)
1. L'ardeur et la nécessité (1944-1952), *par Jean-Pierre Rioux*
H116. La France de la Quatrième République (1944-1958)
2. L'expansion et l'impuissance (1952-1958)
par Jean-Pierre Rioux
H117. La France de l'expansion (1958-1974)
1. La République gaullienne (1958-1969), *par Serge Berstein*
H118. La France de l'expansion (1958-1974)
2. Croissance et crise (1969-1974)
par Serge Berstein et Jean-Pierre Rioux (à paraître)
H119. La France de 1974 à nos jours
par Jean-Jacques Becker (à paraître)
H120. Le XXᵉ Siècle français, documents (à paraître)
H121. Les Paysans dans la société française
par Annie Moulin
H122. Portrait historique de Christophe Colomb, *par Marianne Mahn-Lot*

H123. Vie et Mort de l'ordre du Temple, *par Alain Demurger*
H124. La Guerre d'Espagne, *par Guy Hermet*
H125. Histoire de France, *sous la direction de Jean Carpentier et François Lebrun*
H126. Empire colonial et Capitalisme français *par Jacques Marseille*
H127. Genèse culturelle de l'Europe (Ve-VIIIe siècle) *par Michel Banniard*
H128. Les Années trente, *par la revue « L'Histoire »*
H129. Mythes et Mythologies politiques, *par Raoul Girardet*
H130. La France de l'an Mil, *collectif*
H131. Nationalisme, Antisémitisme et Fascisme en France *par Michel Winock*

H201. Les Origines franques (Ve-IXe siècle), *par Stéphane Lebecq*
H202. L'Héritage des Charles (de la mort de Charlemagne aux environs de l'an mil), *par Laurent Theis*
H203. L'Ordre seigneurial (XIe-XIIe siècle), *par Dominique Barthélemy*

Collection Points

SÉRIE POLITIQUE

DERNIERS TITRES PARUS

70. Autocritique, *par Edgar Morin*
71. Nouveau Guide du militant, *par Denis Langlois* (épuisé)
72. Les Syndicats en France, t. 1, *par Jean-Daniel Reynaud* (épuisé)
73. Les Syndicats en France, t. 2, textes et documents *par Jean-Daniel Reynaud*
74. Force ouvrière, *par Alain Bergounioux*
75. De l'aide à la recolonisation, *par Tibor Mende*
76. Le Patronat, histoire, structure, stratégie du CNPF *par Bernard Brizay*
77. Lettre à une étudiante, *par Alain Touraine*
78. Sur la France, *par Stanley Hoffmann*
79. La Cuisinière et le Mangeur d'hommes *par André Glucksmann*
80. L'Age de l'autogestion, *par Pierre Rosanvallon*
81. Les Classes sociales dans le capitalisme aujourd'hui *par Nicos Poulantzas*
82. Regards froids sur la Chine, *ouvrage collectif*
83. Théorie politique, *par Saint-Just*
84. La Crise des dictatures, *par Nicos Poulantzas* (épuisé)
85. Les Dégâts du progrès, *par la CFDT*
86. Les Sommets de l'État, *par Pierre Birnbaum*
87. Du contrat social, *par Jean-Jacques Rousseau*
88. L'Enfant et la Raison d'État, *par Philippe Meyer*
89. Écologie et Politique, *par A. Gorz et M. Bosquet*
90. Les Racines du libéralisme, *par Pierre-François Moreau*
91. Syndicat libre en URSS *par le Comité international contre la répression*
92. L'Informatisation de la société, *par Simon Nora et Alain Minc*
93. Manuel de l'animateur social, *par Saül Alinsky*
94. Mémoires d'un révolutionnaire, *par Victor Serge*
95. Les Partis politiques en Europe, *par François Borella*
96. Le Libéralisme, *par Georges Burdeau*
97. Parler vrai, *par Michel Rocard*
98. Mythes révolutionnaires du tiers monde, *par Gérard Chaliand*
99. Qu'est-ce que la social-démocratie ?, *par la revue « Faire »*
100. La Démocratie et les Partis politiques *par Moisei Ostrogorski*
101. Crise et Avenir de la classe ouvrière *par la revue « Faire »* (épuisé)
102. Le Socialisme des intellectuels, *par Jan Waclav Makhaïski*

103. Reconstruire l'espoir, *par Edmond Maire*
104. Le Tertiaire éclaté, *par la CFDT*
105. Le Reflux américain, *par la revue « Faire »*
106. Les Pollueurs, *par Anne Guérin-Henni*
107. Qui a peur du tiers monde ?
par Jean-Yves Carfantan et Charles Condamines
108. La Croissance… de la famine, *par René Dumont*
109. Stratégie de l'action non violente, *par Jean-Marie Muller*
110. Retournez les fusils !, *par Jean Ziegler*
111. L'Acteur et le Système
par Michel Crozier et Erhard Friedberg
112. Adieux au prolétariat, *par André Gorz*
113. Nos droits face à l'État, *par Gérard Soulier*
114. Les Partis politiques, *par Maurice Duverger*
115. Les « Disparus », *par Amnesty International*
116. L'Afrique étranglée, *par René Dumont et Marie-France Mottin*
117. La CGT, *par René Mouriaux*
118. Le Mal-développement en Amérique latine
par René Dumont et Marie-France Mottin
119. Les assassinats politiques, *par Amnesty International*
120. Vaincre la faim, c'est possible
par Jean-Yves Carfantan et Charles Condamines
121. La Crise de l'État-providence, *par Pierre Rosanvallon*
122. La Deuxième Gauche, *par Hervé Hamon et Patrick Rotman*
123. Les Origines du totalitarisme. 1. Sur l'antisémitisme
par Hannah Arendt
124. La Torture, *par Amnesty International*
125. Les Origines du totalitarisme. 2. L'Impérialisme
par Hannah Arendt
126. Les Rebelles, *par Jean Ziegler*
127. Le Pari français, *par Michel Albert*
128. La Fin des immigrés
par Françoise Gaspard et Claude Servan-Schreiber
129. Les Régimes politiques occidentaux
par Jean-Louis Quermonne
130. A l'épreuve des faits, *par Michel Rocard*
131. Introduction aux relations internationales
par Jacques Huntzinger
132. Individu et Justice sociale. Autour de John Rawls
ouvrage collectif
133. Mai 68. Histoire des événements, *par Laurent Joffrin*
134. Le Libéralisme économique, *par Pierre Rosanvallon*
135. Un pays comme le nôtre, *par Michel Rocard*
136. La Nouvelle France, *par Emmanuel Todd*
137. Les Juges dans la balance, *par Daniel Soulez Larivière*
138. Les Cadets de la droite, *par Jacques Fremontier*